西部小说系列

当一个时代随风而逝时，

我抢回了几撮灵魂的碎屑。

——作者题记

白虎关

雪漠 著

中国大百科全书出版社

图书在版编目（CIP）数据

白虎关 / 雪漠著 .—北京：中国大百科全书出版社 . 2017.1

ISBN 978-7-5000-9994-9

Ⅰ . ①白… Ⅱ . ①雪… Ⅲ . ①长篇小说 – 中国 – 当代
Ⅳ . ① I247.5

中国版本图书馆 CIP 数据核字（2016）第 280321 号

出 版 人　刘国辉
责任编辑　李默耘
责任印制　魏婷
装帧设计　U-BOOK
封面题字　雪漠
插　　图　张笑颜
出版发行　中国大百科全书出版社
地　　址　北京阜成门北大街 17 号
邮　　编　100037
网　　址　http://www.ecph.com.cn
电　　话　010-88390603
印　　刷　三河市华东印刷有限公司
开　　本　880 毫米 × 1230 毫米　1/32
字　　数　470 千字
印　　张　19
版　　次　2017 年 3 月第 1 版
印　　次　2021 年 5 月第 3 次印刷
定　　价　78.00 元

爱与理想的喷涌（“大漠三部曲”新版总序）

●雪漠

我的诗总是没有结尾，
很像我的生命和觉悟，
也如我心中鲜活的你。
风中的蝉翼渐渐远了，
一如那亘古的叹息。
我总是在别人病里，
疼痛我自己。

一

中秋了，西部的大漠也该忙碌了。一切，都还是那种调子，缓慢，沉稳，内敛，有点像我的小说。所有的人，还在各自的轨道上，继续着各自的生活，一年又一年，周而复始。不管外面的声音怎样呼啸，也难吹醒大漠的梦。我不知，这梦还要睡多久？大漠的沉寂，已经千年了，都成深入顽空定的老僧了，顽空太久，总难激起智慧的涟漪。偶尔，喘息几声，很快，就被岁月的飓风卷走了。

卷走的，除了喘息外，还有那份疼痛。是的，疼痛。但是，有疼痛，总比麻木要好。在这个巨大的虚幻里，能感受到疼痛的，定然是清醒的人。虽然，我的小说里写了诸多的“疼痛”，但细心的读者，总能从那疼痛中，读出一股大力。要想冲破黎明前的黑暗，必然会有疼痛。没有大疼，便没有大安。我一直寻找那妙方。

从《大漠祭》起，疼痛就开始了，你能看出来，那是一种无奈的疼痛。到了《猎原》，疼痛中有了忏悔，有了觉醒，有了决裂和希望。而在《白虎关》里，这种疼痛，一直发酵，一直发酵，到了生命的极限，疼痛的灵魂便一泄而出了，发出的呼喊，有点撕心裂肺。所有的一切，都在叩问，那解除疼痛的良药在哪？谁能抚平一个个灵魂的伤痛？谁能给予回答和指引？

就这样，三部书里，写尽了红尘中的这杯苦酒。

那么，人类为什么会有疼痛？我告诉你，因为有死亡，因为有变化，因为一切都不能永恒。这是生命的真相。不管你是否明白，该来的终究会来，该去的终究留不住。关键是，该如何面对这一宿命？后面，我写的“灵魂三部曲”(《西夏咒》、《西夏的苍狼》、《无死的金刚心》)，还有“故乡三部曲”(《野狐岭》、《一个人的西部》、《深夜的蚕豆声》)，也许，很多人从中能找到治愈的妙方。但同时，要想真正治愈，你还要去感受另一种更大的疼痛，那是打破后的幻灭和升华。

在我的小说世界里，塑造了上百个人物，他们都活着，都行走着，都在展示自己的灵魂。从他们的故事中，你可以读出我所要表达的思想和智慧。他们很实，也很虚，在虚实之间，都在演绎着自己的命运。所有的故事，生了，灭了；灭了，又生了，生生灭灭，已演了千年。偶然间，我写出了他们，定格了他们，其用意只有两个字：明白。

为了这明白，我总在破呀，立呀，总在实呀，虚呀中行走，寻觅。寻觅是我永恒的功课。明白之前的寻觅，是为了自己的明白；而明白之后的寻觅，是为了让更多人的明白。于是，我的作品总是源源不断，绵绵流长，总如火山般喷涌。

破也萧萧，立也萧萧，一切的一切，都在诉说那个古老的故事。曾有人说，雪漠不会编故事。是的，雪漠不会编故事，但他知道，真正的人生有无数的精彩故事，是无须刻意编的，它一直存在于天地间。你、我、他，都是故事中人，我们的生命，都在诉说自己的故事。

从1989年开始创作，到2000年《大漠祭》初版，再到2008年《白虎关》初版，我写了二十年的“大漠三部曲”。2009年，我一边感叹沧桑，一边告别关房，走入一个新的世界。我从凉州，客居岭南。再从岭南，定居沂山。我不想老死在“大漠”里，我想出来，看看世界，兜兜风。我知道，宿命里，还有更远的路要走。

有人说，我的身上，蕴涵着两种东西，是他人少有的。什么东西？爱和希望。我是理想主义者，我相信希望的永恒。我有点像地球，表面看起来平静，深处的岩浆却在涌动，那便是希望和爱。那种活力，时时会喷出，成为一座壮美的火山。

当然，我的一生，也在朝圣。我一直像拜月的狐儿。从《大漠祭》，到《猎原》，到《白虎关》，再到最近的《野狐岭》，都是我朝圣时留下的足记。虽然遭遇艰难，但还是一路走了来。

所以，我的读书、写作、禅修、演讲、访学、交流等，都是我朝圣的方式，其所有的目的，就是为了战胜自己，消去兽性，趋向神性，让自己成为一个真正的人。

二

“大漠三部曲”中，还写了我眼中的西部文化。

这文化，有两个特征：一是当下关怀，二是终极超越。

对于前者，体现在《大漠祭》《猎原》《白虎关》里，而后者，则体现在《西夏咒》《西夏的苍狼》《无死的金刚心》《一个人的西部》《野狐岭》《深夜的蚕豆声》里。它们构成了一个整体，以文学的形式展现给世界。此外，我的“光明大手印”书系，则是以文化的形式，展示了什么是终极超越。

当然，我还想定格一个时代。写“大漠三部曲”时，我定了戒律：不迎合，不跟风，不跟潮流，不追求时尚。我要求每部作品，都是一个世界，绝不雷同。我的创新，不是形式上的模仿，而是精神上的超越。精神上的超越，能直指人心。

有一次，一个记者说，雪漠，你的《大漠祭》中，有些凉州方言不对。我说，不管对不对，以后就以我为准了。因为这茬人死后，没人再知道对不对了。

作家的作品，是作家心灵的产物，世界怎么样，并不重要。就如《无死的金刚心》里的琼波浪觉，本身怎么样，并不重要。不同的作家，诠释了对世界不同的理解；而不同的理解，又构成了不同的价值；那不同的价值，又决定了作家不同的话语权。有的不朽，有的是过眼云烟。只有作品成为文化时，那作家写的东西，才能影响世界。

三

我常说，我的写作是因为爱。

爱是人类永恒的话题，道不尽，说不完。“大漠三部曲”里，我写了人世间最美的世俗之爱，灵官与莹儿，猛子与月儿，都用他们的爱，感动了读者。这是小爱，虽然很美，也令人向往，但它很快会消逝，条件一变，那天长地久，就成曾经拥有。而在“灵魂三部曲”里，我写了一种大爱，这是信仰之爱，超越了肉体本身。琼与雪羽儿、黑歌手与紫晓、琼波浪觉与司卡史德……他们的爱，有种出尘之美。大爱是智慧与慈悲的合一。小爱转瞬即逝，大爱相对永恒；小爱是个人的觉受，大爱是心灵的滋养。我一生所向往的，就是这种大爱。

因为有大爱，那出走后的灵官，就能成为琼、黑歌手、琼波浪觉、马在波，因为他实现了超越。“大漠三部曲”就源于大爱。我将心中的爱，都化为文字，化为行为，化为思想。面对世界时，我总有浓浓的爱，这样，便有了写作的理由。

爱是一种光。我总想分享那光，照亮有缘者。光小时，我就当萤火虫，光大时，我就当火把。只要有光，就有希望。等我成火把时，就会点燃另一个火把，或点燃一堆篝火，那便是我的一本本书，或是一个个跟我做事的朋友。我们的人生，都是在茫茫长夜里漫游，都不知生从何来，死往何去，但只要看到火光，就能感到温馨和希望。

“大漠三部曲”，便是我的一种光。

——2016年9月10日写于沂山雪漠书院

文化与信仰（《白虎关》第三版代序）

●雪漠

再次感谢中国大百科全书出版社的雪漠图书中心。

《白虎关》又再版了，这是第三版。它和《大漠祭》《猎原》一起，伴我从青年到中年，构成了“大漠三部曲”。至今，谈到小说里的兰兰、莹儿、月儿、大牛等，我的心还是会痛，我总是在他们的故事里，流我自己的泪。我知道，这个世界上还有很多“他们”，于是，我就有了写作的理由，总想多留几部书，写写他们的未来。未来总是令人憧憬的，虽然我知道，所有人的未来都是一个定局，但这个过程中，总该有种新的东西吧。毕竟，时代发展到今天，“他们”的命运也该出现一种新的转机吧？我们的文学，也为它提供了无数种可能。

一个人从生到死，是一片空白，期待你用自己的行为来填充。所以，人的一生，就是“填空”的一生。同时，人的一生，也是闯关的一生，闯过一关，你就会成长一点，灵魂就会强大一些。

我的《白虎关》，就写了一群闯关的人。每个人有不同的关，欲望和心灵不同，关就不同，小说也因之呈现了万种风情。

我也是个闯关者，书中那些命运的关口，我也曾经历过。曾经的生命中所有的关，现在看来，都成了难忘的风景。

对《白虎关》，评论家雷达老师的解读入木三分，独具特色，他在《中国作家》2008年第9期著文称：“雪漠，是甘肃小说家中地域性文化精神最为突出的作家，他的来自西部生存的苍劲的小说语言，深情刻骨的大漠情怀，已随着他的《大漠祭》赢得了全国性的声誉，建立了一种浩荡凛冽的西凉风格。

雪漠的叙事能力强，笔下富于生命质感。《白虎关》很像一个生命大寓言。两个女子，为了活着的理由和生命的盼头，被命运抛入陌生的绝境。猛兽、酷暑、干渴……及诸多未知的灾难都将那两个弱女子的灵魂放上命运的砧板，开始无情地捶打。灵魂的韧性由此产生，生命的尊严也由此体现。正是在一次次的炼狱中，两个弱女子升华为两个大写的‘人’。主人公跟豺狗子的较量是文本中精彩至极的华章，人与兽，善与恶，生与死，情与爱……诸多悖论般的命题一次次展现，人的灵魂由此洗礼得以重塑，两个鲜活的生命跃然纸上，承载着厚重如大地、壮美如雪山的西部精神。时下的小说中，已经很少能看到如此本色、新奇、呼之欲出的‘人物’了。”

不过，现实生活中，我们不一定会像兰兰们那么幸运，我们总是躲不开“豺狗子”，总是会陷入命运的沼泽中。因为，我们时时都处在“流沙”中，遭遇着我们不愿遭遇的一切，如生死、贫穷、热恼、疾病、灾难、厄运等，它们总是突如其来。所以，我们需要有真正的盼头，需要一种更高的向往和追求。许多时候，选择的力量、文化的力量、信仰的力量，便能决定我们的命运走向。但是，能做出正确选择的人，并不多。很多时候，命运的大力总能左右我们，让我们身不由己。

时代发展到今天，人类正遭遇着历史上最大的“豺狗子”，它便是庸碌的洪流。科技的高度发达，欲望的极度膨胀，混混文化的强势，总能让人陷入泥潭，整日追名逐利，浑浑噩噩，难以超越。在“温水煮青蛙”的魔咒中，很多人毫不自知，泥足深陷，难以升华。《白虎关》展示的，便是书中人物跟“豺狗子”搏杀时的惨烈。

在《白虎关》里，我想定格的东西已和《大漠祭》《猎原》有所不同，因为时代发生了巨变。农耕文明日落西山，大势所趋。所以，我在首版中题记道：“当一个时代随风而逝时，我抢回了几撮灵魂的碎屑。”当然，我抢回的，不仅仅是灵魂的碎屑，也是一种存在，更是一种文化和信仰。

当然，《白虎关》更是一群鲜活人物的灵魂舞台，我们看到的，可能是一个个迷失的自己。书中那一个个挣扎的灵魂，那一次次命运的炼狱，那一幕幕难忘的场景，那一行行流淌的泪水，或许会让我们感受到生命的另一种悸动……

——2016年7月1日写于沂山雪漠书院

从“成为雪漠”到“享受雪漠”

●雪漠

从《大漠祭》初版至今，已过去十二年了。世界发生了很多变化，时尚文学过了一茬又一茬，许多畅销书的寿命也越来越短,《大漠祭》们却越来越热了。各大网上书店也常常断货，常有人托朋友找书。虽然有了多种版本，仍常常供不应求。虽没人热炒过它们，它们还是靠作品本身的力量赢得了时代和市场。当然，日后，还会有个有力的助缘，让更多的人发现它们。那时，它们的价值将会被重估。那时节，会有许多人惊叹：嘿，这可真是个宝藏啊。呵呵。

我是1988年开始动笔的，2000年《大漠祭》在上海初版，2003年《猎原》在北京初版,2008年《白虎关》在上海初版,我终于完成了“大漠三部曲”的写作。出版历时八年，写作时间则超过了二十年。从二十五岁开始写初稿，到四十六岁完成初版，历时真有些长了。写初稿时，我刚刚踏上文坛——只发表过中篇小说《长烟落日处》——到《白虎关》出版时，我已成了“著名作家”，按《小说评论》原主编李星先生的说法，我完成了从一个小学教师到著名作家的“神话”。

这一过程,我用了二十多年。下笔时,还风华正茂；收笔时,已须发斑白。

二十多年时间写三本书，委实有些长了。

不过，这二十多年，其实也是我人格修炼的二十多年。我从一个凉州农民的儿子，欲望多，烦恼盛，毛病不少，经过二十多年的努力，成了别人眼中的“证悟者”“成就者”——对这类词语，我其实并不随喜，因为我实无所证，亦无所得，更无所求，但有人需要，就那样叫叫也没啥，就像我老将自己说成是一头见到光明的驴子一样。

某次，一有名寺院的住持僧问我，雪漠，你闭关二十年修光明大手印，太浪费时间了，我只诵《大悲咒》，一个月就有感觉，你得到了啥？我说，我啥也没有得到，只得到了一颗啥都不想得到却啥都不缺的心。

所以，那“成就者”、“证悟者”之类的说法，是别人认为的雪漠。我自己，其实就是个平常人、有颗真正的平常心而已。我最想做的，就是当好一个作家，静静地写自己想写的书。我理解的幸福，就是静静地待在属于自己的房子里，没有人来打搅，能静静地禅修，静静地读书，静静地写作，在生命消失之前，做完自己该做的事，仅此而已。幸好，到目前为止，那被强制拆迁之类的破事还没有骚扰到我。虽然树欲静而风不止，老有些不愿遭遇的事，但总算还在可控的范围内，生命就有了一份属于自己的色彩。

我的所有修行，仅仅是为了让心属于我自己，活出自己想活的那份从容和宁静。所以，对于我写的那些关于佛教的书，你觉得有意思了，就读读，没意思了，就扔了。那只是过来人的一点儿心得，权当分享而已。倒是对我的小说，我一向聊以自慰，因为我创造了一个世界，正因为有了它们，我才有了一种独行天地间的人间之乐。自从我成了想成为的自己后，许多别人眼中的享受，就不再是享受了，只有写作和读书，还能让我享受到一种平常人的喜悦。它成了我享受生命的重要方式。

说真的，我从来没想拯救世界，我只想拯救自己。无论我的创作，还是修行，都是为了实现对自己灵魂的救赎。文学让我有了另一个世界，大手印则让我实现了对那个世界的升华和超越，很难说哪个更重要。只是到了后来，因为发现这类文化太珍贵了，它已成了风中的残烛，我不想叫岁月的飓风吹熄它，才花费了生命和稿费去研究，去传播，去抢救。一人之力不够，才有了广州市香巴文化研究院，才有了人们眼中的那些利众之行。我当然没想到，大手印文化反倒回报了我的文学。我的小说后来的热销，除了它真的很好，那些老读者仍在口碑式地传播外，还因为很多人认可了我承载的文化，有些人真的离苦得乐了，就想再读读我的小说，这才发现了我那独有的文学世界，进而又开始了口碑式的传播。在这一点上，也应了老祖宗说的“善有善报”。

其实，文学和文化是雪漠的两个翅膀，是一幅织锦的两个侧面，是太极图中的阴阳鱼，不要将它们分开。要知道，自从我超越了二元对立后，创作和修行达成一味了，创作是我的修行，修行也是我的创作。熟悉我写作习惯的朋友知道，我的写，才是一种真正的修。写这“大漠三部曲”的过程，也是我从张牙舞爪，到回归平常心的过程。虽然费时太长，我因此失去了别人眼中的那种精彩人生——连我爹都说我一辈子没“耍人”。“耍人”是凉州人对“精彩人生”的一种怪味描述——也有过《西夏的苍狼》中的黑歌手的那种无奈，但一向无怨无悔。要是上帝再让我重新选择一次，我还会这样活。

这不，此前我这样活，今后我还会这样活。过去我闭关二十多年，后来出来了几年，发现我独处时，非常充实，一到人群中时，却十分孤独，总不想充当别人期望的那种角色，只好再进关房了。像我的新书《光明大手印：参透生死》的封面那样，虽刚到五十岁，却常常把“死亡”二字顶到头上，当成一把悬着的剑，老想它随时会落下来。因为，凉州人老说“人上五十，夜夜防死”，就想在死神追到自己之前，写完该写的书，做完该做的事，不要留下啥遗憾。于是，除了吃午饭时见见家人，其它时间，我都在享受着明白后的雪漠。这一来，真成诗中写的那样了：

挥挥手，
还是到山上去吧。
山高，
高到太阳里了，
太阳里有个亥母洞，
洞是我命中的乐曲。

念珠握在手里，

木鱼在心头敲响，
黑夜是今生的袈裟，
高屋是前世的岩窟。

于是，我又成了《西夏咒》中的那个苦修的琼，除了送饭者，我又一次将红尘拒在了门外。

书倒仍在流行着，它成了我跟世界的主要联系方式。从《光明大手印：实修心髓》、《光明大手印：实修顿入》开始，每年都会有它的这个系列的新作问世，如《参透生死》，如《文学朝圣》，如《智慧人生》，如《当代妙用》，等等。这次，“大漠三部曲”也换了面孔，初版以来，这是第三次换“婆家”了。

从2000年至今，这三本书，有多种版本，多不统一，原因很多。比如，读者出版集团版的《大漠祭》就将《白虎关》中的一部分选入了，因为《大漠祭》要入选“农家书屋”，有人想叫农民们多了解一下莹儿的命运，我同意了。本想以附录的形式，将《莹儿的轮回》选入，但正式出版时，却变成了最后一章。这样，版本就显得乱了。有位教授就问我：莹儿咋死了两次？

还有很多内容，是被删节了的。如《猎原》中的《母狼灰儿》那一章，非常精彩，也非常感人，原稿中有，但出版时叫编辑删了，删得当然有道理，但我总有些可惜，因为那是我很喜欢的章节。这次，又恢复了。

《大漠祭》更是这样，有许多内容，在当时出版时，编辑有些顾虑，或是为了评奖，就忍痛割爱了不少。很多内容非常精彩，对农民的命运和心态有十分传神的描写，这次也恢复了。此外，还保留了村野和民间文化的内容。在初版中，许多民间文化是被删了的，如二舅帮老顺家祭神的详细经过，如牌位的内容，如齐神婆给憨头燎病禳解的详细经过，如憨头的丧仪经过和老道念的《指路经》，等等。我想，多年之后，再找这类东西，也只能在我的作品中找了，就留下了。我想，就让我的作品有点毛病吧，保留一个真实的雪漠。

《白虎关》亦然，在原稿中，莹儿的死活一直很模糊，我没有确定她的归宿。因为这是个悖论，死不忍心，活不可能——除非她不再是莹儿。但《收获》

某编辑约稿时，希望我写死她，就那样写了。后来，此情节一直不为人随喜，在复旦大学开研讨会时，雷达老师等专家都认为她不该死，这次，我就恢复了原稿的一些文字。还有那“引子”，是为了推销的需要，是机心的产物，虽然也精彩，但因为损伤了整部作品，这次也删了。

这样一来，本次出版的版本，也算是修订版吧。至此，距我动笔写《大漠祭》时，已过去了二十五年。虽然期间也写了称为“灵魂三部曲”的《西夏咒》《西夏的苍狼》《无死的金刚心》，但学界认为最能代表雪漠的，还是“大漠三部曲”。

当然，我自己不这样认为。要是没有“灵魂三部曲”，雪漠也不全面。当然，“灵魂三部曲”也同样面临了上面我谈到的那些问题。下次有机会，我也会将它们重新修订一下。因为初版时，为了出版方便，它们也被删改得面目全非了。像初版的《西夏咒》，跟我的原作，甚至有些黑白颠倒了，把张三做的事，安给了李四，我希望能还原原作面目。《西夏的苍狼》亦然，我甚至想重写它。重写要看因缘，修订则是定然会做的事了。

随着年岁的渐大，我越来越散淡了，越加喜欢离群索居，不想见人（送好书者例外），不想多事，不想浪费一丁点的生命，就索性常住在关房里了。那关房在岭南的森林旁，远离世俗喧嚣，触目皆是生机。我或禅修，或读书，或写作，看看星星，望望月亮，沐浴清风，聆听雨意，耳闻鸟鸣，眼观翠色，就显得逍遥了。

当然，静处观物动，闲里看人忙，这本身，也是一道风景呢。

心静到了极致，一切就哗哗地远去了，除了疯长的头发和指甲外，我几乎感受不到时间了。只觉得，世界、生命、万物，都往那看不见的远方逃了去。真没个啥执著的了。吃穿够了，除了“享受雪漠”外，再也没个啥值得追求的了。就将过去的书再修订一下，权当留一个存世的版本吧。

——2013年1月6日于樟木头“雪漠禅坛”

目　录

目　录

第　一　章

黑云彩罩住了牛心山，九眼泉打了个闪电

1

麦场上发生的一幕，使老顺非常震惊。

看到豆垛晃上晃下的时候，老顺以为是牲口偷吃豆秧呢。“呔！”他叫了一声，豆垛就不晃了。老顺四下里转转，也没见个牲口影儿。正疑惑，豆垛又晃了起来。

他便上了场房。

豆垛上，猛子正压个女人晃势，白屁股在晨光中晃得刺目。

老顺像挨了一棒。虽说这个要债鬼曾和双福女人闹出了惊天动地的桃色新闻，但毕竟是耳闻。这眼见，却分明成闷棍了。他仿佛才发现儿子竟也是个男人，也会伏在女人身上干他以前常干的事儿。这使他震惊别扭。听说见了这类场面，会一年不利顺的。老顺倒不在乎这个。他在乎猛子那惊慌中带点儿恼恨的表情，其中蕴含的内容很复杂，既有干了丑事被人发现的尴尬，又有对父亲多管闲事上房瞭望的恼怒。还有啥？破罐子破摔？还是……怨老子没给他娶媳妇？……再有啥？老顺晃晃脑袋，晃得脑中嗡嗡响，却晃不出个清晰眉目。

恶心。他只是嘀咕一句。

日头爷在东沙丘上探出个惨白的脑袋。老顺脸上烧烘烘的，嗓子很燥，像年轻时在寡妇门口徘徊时一样。日怪。他有些恨自己了，干丑事的又不是他，羞啥哩？……也难怪，儿子大咧，到了不规矩的时候了……又不是骟马……便是骟马，见个齐整些的骒牲口也跳哩，没法。没啥……只是，老顺口里虽“没啥”，可心里总觉得有点啥呢。而且，那点儿“啥”，总叫他心里怪不舒坦。

这也怪他。

真该怪他。五六十岁的人了，咋想到上房呢？可谁又知道儿子正把豆垛当婚床呢？知道的话，躲还来不及呢……问题是，为啥偏……又是上房又是长伸脖子观望呢？说明他发现那晃上晃下的样子不太像牲口吃豆秧的。

只记得那个白晃晃的屁股和猛子那扭曲得变形的脸闷棍似的把他击晕了。他怔了怔，不合时宜地咳了一下，但马上又觉得自己咳得很蠢。他手足无措了，脑中有千万只蜂在嗡嗡。

跳下房时，老顺甚至没经过那截矮墙——那是特意为上下方便而留的，他忘了上下房应有的程序，直接从房上跳到后面的沙堆上。那情景，极像逃脱了枪口的兔子。

“哎呀，老顺，练轻功吗？”孟八爷嬉笑道。

老顺尴尬地笑笑。他偷望孟八爷，发现他并没发现自己失态的原因，遂将提悬的心放下，干咳几声，又窥一眼使他失态的豆垛。豆垛仍静悄悄耸着，没一点儿声响。那两人，肯定恶心地凝着，不敢再晃势。老顺心里骂：不要脸，大天白日的。

孟八爷像往常那样，露出挑逗的捉弄的笑。老顺已习惯了他这老顽童相，但他心虚地发现，对方此刻的笑与以前不大一样，难道他也发现了吗？这可是个笑料啊。……“白屁股使老顺成了兔子。嘿，姿势好极了。”他定会这样取笑，“老呀老了，还能叫个屄吓惊……真没见过个世面，连盘子大个屄也没见过……噢——吓惊了。”声音是够难听的，而且不分场合，很叫人头疼。他留意地瞅一眼孟八爷，却放心了。因为他已眯了眼，把目光转向田野里蚂蚁般忙碌的人们。

老顺没有和孟八爷喧谈的兴趣，也想给垛上人一个卸妆的空隙，就梦游似的前行。……他不由替儿子着急了。正是上地的时候，人来人往，叫人窥见，脸往哪儿搁，又不能明里提醒儿子加快动作……丢人不如喝凉水，祖宗羞得往供台下跳哩。

要债鬼。

该给娶媳妇了。老顺想，儿子大了。他有些吃惊，儿子仿佛突然大了似的。他简直来不及反应，就一个个长成墙头高了，而且……他似乎读懂了儿子方才的表情中叫他难以捉摸的内容，那就是："谁叫你不给老子娶媳妇呢，老子当然操别人。"真是这样吗？也许是……肯定是……他想到猛子尴尬和恼怒中透出的那种任杀任剐的蛮横味道，叹口气。

望一眼此刻还静静的豆垛，往村里走。是该娶了。这是羊头上的毛，早晚得燎。只是，手里无刀杀不了人。钱是个硬头货，一个媳妇得好几万票老爷。哪儿生发？麦子倒还有些，扎紧喉咙，也能粜个三五千。粜吧。迟早得粜，迟早得娶，原打算防个饥荒年啥的，现在还防啥呢？今日有酒今日醉，管他明天喝凉水。混上一天是两半日子。

一进屋，老顺就躺在炕上。他觉得很疲乏，从里到外，从上到下，都乏，乏透了。莹儿带着娃儿站娘家去了，屋里自然清静。老顺懒得睁眼，也懒得去想啥，但猛子恼怒的脸和那个白屁股却在他眼前晃来晃去，晃得心里愈阴沉了。院里的公鸡正追赶母鸡。母鸡的叫声半推半就骚气十足，搅得老顺怒气冲冲。隔着窗子，他"啾啾"了几声，却喝不断鸡们的浪声浪气。于是，他恶狠狠呸一声，跳下炕，脱只土头土脑的鞋子，扔出去，活活拆散了那对恋鸡。

老伴被大惊小怪的鸡叫声惊出厨房，见老顺一蹦一跳地去捡鞋，嗔道："鸡又没挡你吃屎的路，你打它干啥哩？"

"你才吃屎哩。"老顺拾个小棍儿，刮去沾在鞋上的鸡粪，狠嘟嘟顶了一句。

那只惊魂渐定的公鸡又开始了被破鞋惊断的性骚扰。老顺却懒得再理会，心想，也难怪，公鸡也知道干那事儿，何况人。老顺没心思和老伴说笑，取了烟锅和打火机，噗——，烟弹划弧，飞出老远。几只鸡扑过去啄。老顺尽量让那烟在肺里多转了几转，牙缝里发出了长长的咝咝声。

老伴见老顺心事重重，问："究竟咋了？颠个脸，叫人心里乱哄哄的。"

老顺许久不语，一下下咂着。呛人的烟一股股腾起。老伴又问："究竟咋了？"老顺恶声恶气地说："问啥？你那个爹爹大天白日干驴事。""谁？""除了你那个愣头爹爹，还有谁？"

"猛子？"老伴一怔，又笑了，"当大的要像个当大的，拿儿子开啥玩笑。"

老顺狠狠咂几口烟，鼻孔里喷两股横气："我咋不像当大的？这是实话。"

老伴瞪大眼睛，左右望了一下，一脸鬼祟地问："和谁？"

和谁呢？这下，轮到老顺瞪大眼了。谁呢？不知道。他竟把这个关键问题忽略了。这确实很重要。她究竟是谁？是姑娘，还是媳妇？是谈恋爱，还是打野鸡？对象不同，性质就不同。老顺拧眉，死命回忆那场面，好从中捕捉一丝信息，却不料脑中茫然，一片灰白。不要说那女人的影子，连儿子的脸也不知逃何处去了，好容易显现的，只是那个白屁股，而且不清晰，像波晕荡漾的水中的月亮那样恍惚。老顺懊恼地嘿一声。他发现大脑老和他作对，该记的记不住，不该记的，却刻在心上。比如，方才的事，任何一个老子都会恶心，可那一幕却老晃，叫他瘆怪怪地极不舒服。而现在，研究案情需要材料，脑中却白茫茫一片了。他懊恼地拍几下脑袋，却想起，那一瞬，没看见女人的脸。

"不知道。"他无奈地说。

"那就是个屁。"老伴说，"谁告诉你的，你就打掉他的狗牙。哼，现在的人，跟个音音儿，念个经经儿，就爱捣闲话。要是我，不打掉他狗牙才怪呢。"

老顺火了："你打谁的狗牙？来，打老子的。谁说你的活爹爹的闲话？是老子看见的，老子还能红口白牙捣他的闲话……老祸害！"

老伴叫煮山芋噎住似的瞪了眼，脸上的肉蹦蹦跳着。许久，话音才冲开闸门："看见了就看见了！凶啥？成精了？龙生龙，凤生凤，老鼠的儿子会打洞。你还有脸说儿子……”

老顺脸上白一阵黑一阵，鼻孔里开始有了横气。初时他还在忍，等她提起箩儿斗动弹，开始涉及他的隐私时，便忍无可忍了。他伸出左手，撕住老伴的头发，抡圆右掌，瞄准那张黄脸，狠狠扇了几下。

老伴哭叫起来，边哭边骂，内容愈加难听。

老顺很懂得速战速决的游击战术，数招得手，马上抽身，顺手还拿上了动手前放在窗台上的烟锅子。

2

庄门外凉飕飕的漠风一吹，老顺的头脑清醒了，气也消了。这是几十年常做的功课。动口是老伴的能为，动手是老顺的强项。照例是老伴先占上风，老顺要后发制人结束战争，前者再用哭声打扫战场。此后，老伴要耍几日威风——但不可太过分——老顺嬉皮笑脸赔小心。而后，万事大吉。他们的刚柔对垒向来是和谐的。精明的老伴即使在耍威风时，也忘不了打量笑嘻嘻的老头子是不是突然咬起了牙。

“老啊老了，咋又是刀枪矛子的？”老顺晃晃脑袋。他有些后悔方才的手重。大儿子憨头一死，老婆子真皮包骨头了。小儿子灵官去了外面，又不来个音声儿。老婆子老念叨。念叨归念叨，可人家不通个声气儿，你有啥法子？娘老子的心在儿女上，儿女的心在石头上。无义种。

真吃枪药了。老顺想，按说，也没啥大不了的事，叫人家说了说两句，动啥手呢？……可没治，许多时候，人由不了自己，手也由不了自己，心更由不了自己。心要使气，手要出气，老顺有啥法子？他想笑，可口一张，却叹了一口气。

想到老伴挨揍的原委，老顺的心一下子暗了，眼前又出现猛子羞恼的脸。这时，他才真正确认了那是“羞恼”。记得，在双福捉奸的那夜，猛子就朝他吼过：“谁叫你不给老子娶？”

要债鬼。

老顺终于明白了老先人为啥叫儿子“要债鬼”。确实，儿子是啥？所谓儿子，就是能理直气壮地从你兜里掏钱，从你碗里抢肉，从你口里夺食，而又心安理得的那个人。莫非，真是我前世欠了他们的债？像大儿子憨头，从老鼠大，抓养到墙头高，娶了媳妇，生了病，债要完了，腿一伸，走了。走了就走了，还落了一屁股的债，叫老子背。不是要债鬼是啥？

现在，又该着猛子要债了。一想到猛子裸着身子在豆垛上晃势，老顺心里又毛呵呵了，就往人多处走。这是他惯用的法儿，烦了，就聆听杂音，去淹那烦。

近来最热闹的地方有两处，一处是金刚亥母洞，一处是白虎关。前者是村里人挖土山时发现的，洞里有好些文书和文物。村里人加固了洞窟，宗教局下了批文，就变成了道场。后来，双福出钱引来了电，又将凉州城拆了的十多间老房子搬到洞外。村里人爱新鲜，闲了，就来这儿。

此刻，洞口正围了一圈人。老顺听出，仍在喧王母娘娘。

这是个新话题。说是某一日，村里来个老婆儿，留下一封信，人说那是王母娘娘——就是玉皇爷的大老婆，她得知人间有包天的灾殃，才私下天庭，拯救世人。信上说，当今世人不善，恶人横行，不信神，不敬佛，上欺天，下欺心。上天震怒了，要降下罪来。到那时，日不出，月不明，洪水浸天，毒虫遍地，瘟疫四起，白骨盈野，猛兽横行，人食同类，有房无人住，有衣无人穿，有地无人种，有粮无人吃……好个可怕！

喧谈者你一句，我一句，都说末日到了。语气倒兴奋得像叫驴，仿佛既怕末日，又希望它快些来到。都说，怪倒是怪。那次的黑风，像原子弹爆炸一样，一下子就把天吞了。太阳呀，世界呀，全溜进它肚里了，少见。……按神婆的话说，世界到眼皮底下了。

“这就叫劫。”齐神婆说，“在劫难逃呢。过了青阳劫，过了红阳劫，挨上白阳劫了。谁也得过那个道儿。”一个问：“劫是啥？”齐神婆道：“劫就是劫。国家不也承认有劫吗？‘文革’不就是十年浩劫吗？那就是劫。旋风一样，碰上啥,啥就卷进去了,树叶呀,灰尘呀,纸片呀。人也一样。你想躲吗? 成哩,得行善积德。"

村里怕末日而修行的人多,老伴的头也信成个蒜锤儿了,可老顺不信,大的理由说不来,但他瞎猫盯个死老鼠,只问两点:一、"老婆子,你不是行善吗?为啥老不干不净地骂我?"二、"老婆子,金刚亥母不是保你吗?我扇你耳光时,她干啥去了?"这样一问,老伴就大眼瞪小眼了,吭哧半天,便涨红了脸,用撒泼来代替说理。老顺呢,就嘿嘿笑了,骂她"狗咬火车,不懂科学"。

老顺想,末日就末日,死就死。他可不像老伴,小驴娃放屁自失惊,颠儿颠儿,老来这洞窟里念咒磕头。老顺想,老子一巴掌,就把你的黄脸扇成抹布了,咋不见亥母来保你?

老顺向来不管那些无聊的话题。前世呀,后世呀,轮回呀,在他眼里都无聊。就现在,都活不明白,管啥过去,提啥将来?塞满老顺心的,仅仅是眼前的事:猛子的媳妇咋生发?灵官究竟在外面搞啥鬼名堂?就这。别的,闲扯淡。

老顺叫过神婆,托了个事儿,叫她好歹给猛子介绍个母的。豆垛上的一幕,鱼刺般卡在嗓里。……这愣头爹爹,再不给拴个母的,怕要反天哩。

忽然,传来毛旦的破锣嗓门:"噢——,出金子了!"

一堆娃儿也叫:"噢——,出金子了。"

老顺想:"真有金子呀?"他晃晃脑袋,随了众人,往白虎关颠去。

3

一个月前,双福带了几十个沙娃,来到白虎关,掘窝子,扎木笼,说是淘金。

老顺耸耸鼻头说:"想金子,头想成虼蚤大了。若有金子,早叫祖宗挖了,能留到现在?"村里人也不信,都说这沙旮旯,狼都不拉尿,哪会有金子。

都笑双福。双福在村里招沙娃，好些人不热心。

活六十年了，老顺还没见过金子呢，只听说是黄的，会发光，很重。此外，实在想不出金子还有啥特点。倒是听祖先说过，沿了白虎关上行，是天梯山；再上行，是磨脐山。磨脐山下有个金磨，老在转，放上石头，也能磨出豆瓣儿金。开这山，得抓山鸟和支山石。听说几辈子前，祖先养过个鸡，髭毛郎当，瘦如病鸦。天梯山的道人说，这便是抓山鸟，叫村人弄些豆子，喂那鸡，说是喂满百日，才可抓山。安顿之后，道人便去找支山石。哪知，喂到九十九日，豆子没了，祖先心急，放开那鸡，鸡便飞向虚空，一下，就抓起了磨脐山。可惜，没那支山石，鸡力尽而死。半个时辰后，道人带回了支山石，山却合拢了，再也无法打开。

这传说，流传几百年了。

老顺想，传说毕竟是传说。只有小孩子，才把传说当真。村里人都等着看双福的笑话呢。谁知，一个月过去，他真倒腾出金子了。

水蜿蜒着，从水库那儿，银蛇般游了来，游向涮金槽，将木槽中的沙冲去，槽凹处就留下了一层黄澄澄的砂金。老顺咽口唾沫，晃晃脑袋。他有种做梦的感觉了。这就是金子呀？抬起头，日头爷在嗡嗡地叫。

因猛子和双福女人有过一腿，闹出了天大的风波，老顺竟莫名其妙地反感起双福来。他想："天是个溜尻子货。这双福，成财神爷的卵子儿福蛋蛋了，又是上电视，又是上报，听说企业还要上市卖股票哩，偏又叫他弄出了金子。村里的穷汉连裤子都穿不囫囵哩。"他愤愤不平了。

大头也闻讯而来，人还在百米外，声音早过来了："双福，这一宝，还叫你押准了。……我还以为你赔定了呢。我算过，光沙娃的工资，就上万了。"双福笑道："瞎驴碰草垛咋成？我想，既然上游的双龙沟有金子，不定下游的白虎关也有金子。闹个仪器一测，嘿，那电阻，真是金子的。"

老顺不懂啥电阻，却见过揭墓贼用的仪器。听说它会发出电波，能入地几十米，是铜是铁，一看表上的数字就知。想来，双福就用这法儿测的……心里仍噎噎地难受。

双福将砂金倒入茶缸，端了淘金盆，叫沙娃上几锨沙，迎了那水势，一下下涮。沙子咕嘟着，被水冲走了。老顺屏了呼吸，心却随双福的手晃荡，想："这次，别出金子。"但随着沙子的减少，晶亮的黄色又出现了。

"噢，金子！"毛旦又叫。

老顺恶狠狠说："金子也是人家的，你叫啥？"

毛旦嬉笑道："金子虽是人家的，可是我们挖出的。"老顺啐道："才当个沙娃，就这样牛气。若是当了县太爷，还有老子们活的路数吗？"毛旦笑道："我要是当了县太爷，谁不送礼，就杀谁。"又悄声说："我知道你心里不舒服，想叫他败呢。没啥，那娘们也愿意叫猛子操。拔了萝卜，有窝窝儿在呢。"这下，说到了老顺痛处。他脸色大恶，啐毛旦一口。毛旦笑嘻嘻望老顺一眼，做个鬼脸，背起柳条筐，下了窝子。

因了猛子那档子事，老顺没到窝子上来过，这时既然来了，就索性开个眼界，见那窝子，直直扎入地面，黑黝黝的。老顺眯了眼，瞅半天，才能看清井底，因井壁松软，怕塌，就用木头扎成笼子，编上柳条。老顺想，那沙漠里的红柳，怕要遭殃了。

井外的柴油机正突突着，五寸胶管里，喷出浑浊的水。大头朝下面吼一声："若挖到水巷，可要小心些，别淹了黄毛鼠。"毛旦的声音蹿了上来："你嘴里吉利些。"大头嘿嘿笑了："好心当了驴肝肺。"他对双福说，"事先可说好的，若出了金子，得出些钱。别叫村里人戳我的脊梁。"双福笑道："戳啥，这白虎关，撂百十年了，谁又交了个钱毛？"大头说："撂是撂，你一挖，就有人眼红呢。"

大头问老顺："你要不要？也给你个窝子，若闹出金子，立马脱贫了。"老顺有些心动，却问："闹不出呢？"大头道："也不过赔个几万块钱。"老顺说："成了，你们闹吧。现在，我日子还能过下去，要是赔个几万，砸锅卖铁，几辈子都进穷坑了。我穷了穷些，可安稳。"

忽听北柱吼："女人们别上窝子！"老顺扭头，见几个女人也想上窝子看稀罕，听到吼声，缩了回去。双福笑道："那是老金客子的规矩，说金窝子上忌讳女人。我不信，可谁都那么说。”大头道：“这号事，不可不信，不可全信。”

毛旦嘿哈着，背着沙，沿井上的绳梯上来了。那绳梯，忽悠着，晃得老顺头晕。毛旦却不在乎。这毛旦，自小脑中就缺根弦。先前过年，村里人在大树间拴秋千，毛旦就摇晃了身子，在大树间担的横木上走，逗得女人们噢噢叫。双福招沙娃，谁都怕下窝子，他却第一个报了名。

老顺离了井口，往家中走，一路见人们看大戏似的往白虎关涌。他想，金子是人家的，你们跑啥？他很想自己也弄个窝子，可一想要投几万块钱，心不由灰了，到哪儿弄这钱？银行是溜尻子货，见了富的，送票子上门；见了穷的，躲都来不及；就算能弄来钱，万一赔了，咋办？还是安稳些活吧，安稳不吃亏。

进庄门时，正遇见猛子，老顺想到他在草垛上干的好事，大羞，装做没看见，想溜过去。哪知，猛子却说：“爹，听说不？白虎关出金子了。我们也弄个窝子？”

老顺想，现在的年轻人，咋成这样了？干了驴事，还没羞没臊。不要脸。要是在前些年，换别个脸皮薄的，或上刀路，或寻绳路，上吊抹脖子，得大人提防呢。他倒好……就胡乱哼一声，往院里走。

进了书房，他发现老伴睡在炕上，就怀疑她病了，问哪儿不舒服。

日光透过薄薄的窗帘射到老伴盖的被子上，成一片模糊的昏黄。她面窗而卧，用一个被角盖住了头。在不太冷的节儿，这蒙头盖脸的模样，显得很滑稽。

老顺这才记起了方才的纠葛，忍俊不禁地笑了：“算了吧，老妖。别猪鼻子里插大葱假装大象了。你也不是撒赖的材料。等会儿，猪一哼，鸡一叫，你的屁股就着火了。嘿嘿！”

老伴气哼哼地说：“死就叫它死去！老娘当老丫头当腻了，再也不想当了。把大小爹爹们当个猪地侍候，侍候了个啥成色？手劲侍候大了，朝老娘使。脾气侍候歪了，朝老娘发。老娘也长个见识了，也当两天甩手掌柜的。”说着，狠劲一裹被子。

老伴气哼哼说：

“老娘当丫头当贼了，
再也不想当了！”

“算了吧，老妖
别装大象了！”

老伴一搭话，老顺就松了口气。女人们不怕哭，不怕闹，最怕鼓着劲儿不声不响，越想越气，越气越想，就有抹不开性子寻短见的。从老伴的语气中，老顺断定她肚里的气消个差不多了。……就是，打人不打脸，揭人不揭短。谁叫你提起簝儿斗动弹？谁个年轻时没几件荒唐事呢？

第 二 章

哥哥走了我配瓜，手拿着瓜秧儿灰塌塌。

1

莹儿带着盼盼从娘家回来了。盼盼是娃儿的小名，莹儿给起的，都说好。

莹儿瘦多了，脸上的水红也没了。自丈夫憨头死后，她就没缓过来。跟小叔子灵官的相爱，更成了命运的鞭子，时不时就抽了来。想不瘦，也由不了她。

那娃儿，活脱脱一副灵官相，骨碌碌乱转的大眼睛，棱鼻子，指头上的纹路，甚至睡醒时连续打的那呵欠——皱皱眉，皱皱脸，将脸上的肉堆在一起，痛苦至极似的发出“呵——”的一声——总会让莹儿痴呆许久。在先前偷情的许多场景中，最让她难忘的，就是他醒时夸张的呵欠。在那极稀罕的几次能整夜相聚的夜里，莹儿总舍不得睡，总怕眼睛一闭，天就亮了。睡眠能贪污了相聚的幸福，便索性不合眼。她借了透过窗帘的淡淡的月光，瞅灵官那张熟睡的俊秀的脸，看他鼻翼的翕动，看他胸部的起伏，心头荡漾着一种奇妙的韵律。有时，她就放长了灯线，用枕巾包了灯泡，用昏黄的光照灵官的脸。这样，她就能在奇美的感觉里泡上一夜。天快亮时，那花儿旋律就响起来了：“四更里的月牙儿撇西了，架上的鸡娃儿叫了。睡着的尕哥哥叫醒

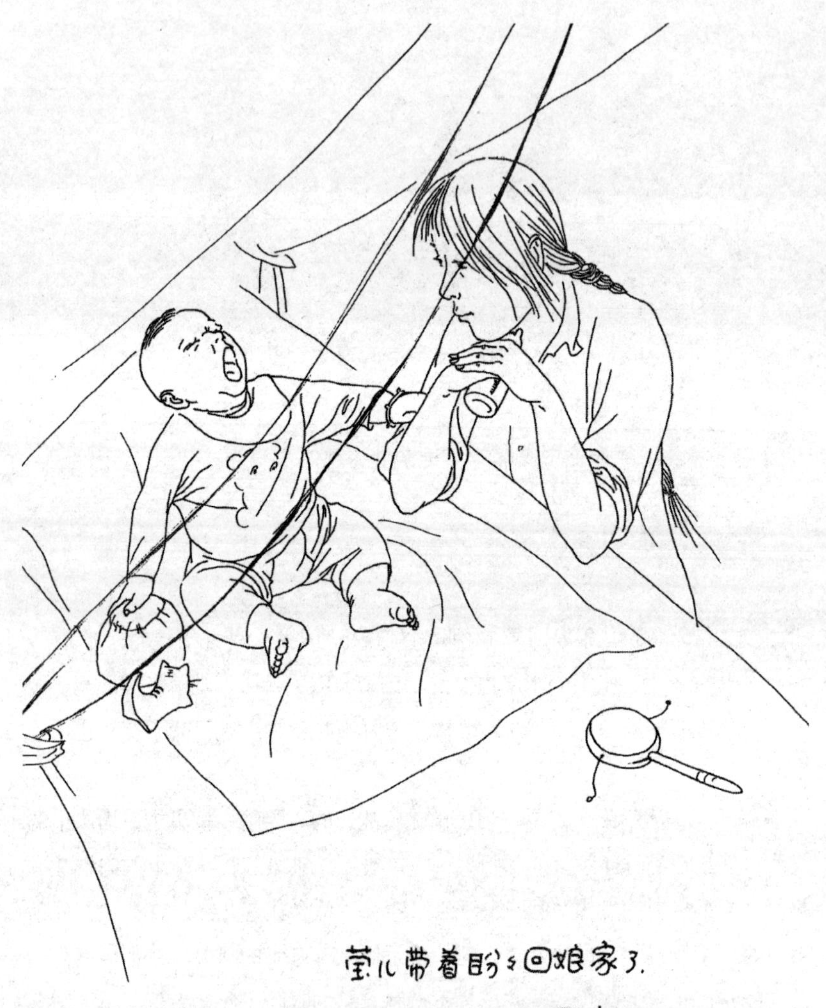

萤儿带着盼盼回娘家了.

那娃，活脱脱一副灵官相.

那"呵欠"，总让萤儿痴呆许久.

来，你去的时候到了。”她就推醒灵官，轻轻咬他的耳垂。灵官就像这娃儿一样，痛苦地堆出一脸皱纹，夸张地“呵——呵——”地打呵欠。莹儿抿嘴笑了。这无奈地叫灵官起床的过程，是最令她难忘的镜头。醒了的灵官会搂了她，很紧地搂了她，搂得胸都平了，然后念叨：“一二三四五，金木水火土，快起快快起，不起是个驴。”念完，便英雄气地掀了被，才起身，又萎在她怀里念叨了：“不起就不起，当驴就当驴。”

这一切，都鲜活在莹儿心中。

莹儿简直不敢相信，自己是如何度过灵官出走后的几个月的。那是一个噩梦，漫长的噩梦，清醒而又无法摆脱的噩梦。她终日迷瞪，终日昏沉。时不时，就有条理性的鞭子溅了水抽她一下。她的精神快要崩溃了。屋里的一切，总在提醒她：这儿，曾来过个鲜活的肉体。她曾拥有过他，全部地拥有过他。后来，他走了，去了很远的地方。那地方，远到心外面去了。心外面的地方，才是世界上最远的地方。

出去的那夜，灵官影子似的飘进了屋里。那时，死去的憨头塞满了屋子，也塞满了心。黑夜里，密布着憨头的眼睛。莹儿看得见那一双双悲凉无助的眼睛。灵官自然也看得见。两人于是木然了。许久，灵官说，我想出去，看看外面。那声音很木，很冷。莹儿无话可说。若不是怀了娃儿，她也想看看外面呢。除了电视上尺把大的“外面”，她还有自己心里的“外面”。心里的“外面”，比真的外面大，也比真的外面好。灵官想来也是。莹儿还知道，等看了真的外面，心里的“外面”也许就没了。但人的一生，总是该看看真的外面的。

于是，灵官走了。

莹儿觉得自己去送他了。她站在高大的沙丘上，望着渐渐远去的灵官的影儿，浓浓的感觉弥漫开来，淹了天，淹了地，淹了心。心便充满了浓浓的液体，激荡着她，一下，又一下，汹涌而强烈。后来，便冲开了心灵的闸门——

走来走来着——越远地远哈了——

眼泪的——花儿飘满了——

眼泪的——花儿把心淹了——

哎哩哎嗨哟——

眼泪的——花儿把心淹了——

走来走来着——越远地远哈了——

褡裢——里的锅盔轻哈了——

心上——的愁肠就重哈了——

哎哩哎嗨哟——

心上——的愁肠就重哈了——

眼泪——的花儿把心淹了——

在莹儿的感觉中，灵官就是在她的歌声中走出沙湾的。不远处，有个年轻人，被她的歌声迷醉了，并从此迷了他的一生，把他从去巴黎的路上迷到了西域。这个人叫王洛宾。这是莹儿心里荡漾了无数次的故事，老恍惚在心头，晃呀晃的，早成图腾了。

但真实的故事是，莹儿没送灵官。在娃儿幸福的呵欠声中，她活过来了。这呵欠，是幸福的按钮，总令莹儿迷醉；但又是撕扯伤口的绳索，提醒她一个不得不正视的现实。在一阵阵迷醉，一阵阵撕痛中，娃儿满月了。莹儿也成了莹儿。她依然那样轻盈地劳作，轻盈地笑，轻盈地抱了娃儿，给他唱那些花儿，像当初给灵官唱时那样投入。

莹儿的感觉中，娃儿在笑，轻轻蠕动的口里，吐出了两个字：天籁。那张小脸，也恍惚成灵官了。给娃儿换衣服时，摸着那嫩嫩的肌肤，莹儿的心就化了。她一下下咯吱他，逗得精肚老鼠儿似的“灵官”咯咯笑，她于是抿了嘴笑，想：“真怪，那么俊一条汉子，竟是这样一个精肚老鼠儿变的。”

憨头死后的日子里，就是娃儿的笑，娃儿的哭，娃儿的屎尿，填充了家里和心里的巨大空虚。

莹儿想：老天也长眼睛哩。失去多少，总会在另一方给你补来多少。

2

小姑子兰兰站娘家时，老逗莹儿，一见娃儿，就夸张地睁了眼，细瞅一阵，又夸张地望莹儿，直望得莹儿脸红了，才问 :“我瞧着，这娃儿，咋像一个人呀？”莹儿捣她一下 :“哪里呀？你少嚼舌。”“不信？我抱了，叫村里人评去。”兰兰抱了娃儿，作势要出门，莹儿便揪了兰兰的耳朵 :“叫你嚼舌！叫你嚼舌！”就夺了娃儿，放炕上，再把兰兰咯吱得喘不过气来。

“你呀，想哪里去了？我瞅着，他像个电影明星哩。”笑罢，兰兰说。

说笑归说笑，谁也没把话往明里挑。莹儿想，能叫人猜了去，不叫人听了去。

村里人明里也没啥闲言。暗里，就不知道了。明里的话暗里的屁，没人在乎的。倒是这娃儿谁都稀罕，来串门时，都要抱抱，在他的嫩脸上吧叽吧叽地亲，把对憨头的一切怀念全加在娃儿身上了，乐得婆婆合不拢嘴。

兰兰每次来，都住莹儿的小屋。姑嫂俩能叽咕到深夜。在这无边无际的空间里的某个沙旮旯里，在无始无终的时间里的某几个夜晚，在无量无数的人海里的某两个人，能如此贴心地喧，她俩都当成命运对自己的恩赐了。有多少女人，身边连个说贴心话的都没有呢。一生，就孤单进坟墓了，成为村里人所说的“孤鬼”。

除了不能碰但心照不宣的一些话题，兰兰和莹儿无话不谈。兰兰喜欢喧“二杆子”花球，莹儿喜欢听灵官小时候的一些事。多数时候，话题便被莹儿牵扯过来。灵官小时候很坏。一次，他用火钳烫通个竹竿儿，装了溏土，口含一头，一吹，一股尘土飞扬而出，直溜溜扑向公社主任的眼睛，害得老顺成了名人。有一个月时间，广播里老播陈顺教子无方的新闻。兰兰和莹儿咯咯地笑。笑一阵，莹儿就望熟睡的婴儿，想 :这孽障，怕也不是省油的灯，少不了淘气，心却被一股巨大的幸福激荡了。

为照顾兰兰，莹儿也提及花球。兰兰和花球的恋爱，谁都觉得很滑稽 :

花球是毛孩子，兰兰却是大姑娘。兰兰老领了花球，贼溜溜爬进地里，抠出埋进地里的大豆种子烧了吃。兰兰说，花球嘴上老有麦草烧的黑灰。那是偷吃烧大豆的标志。日后的有一天，那沾了黑灰的嘴里会吐出一个“爱”字，把兰兰搅得意乱情迷。

有时，隔壁的老顺不耐烦了，吼一声：“吃了大豆喧屁呀？”

莹儿吐吐舌头。兰兰撇撇嘴，嘀咕道：“你眼热啥哩？你想喧，还没人听呢。”

在兰兰和莹儿后来的印象中，姑嫂两个贴心的那几夜，是两人最留恋的时光之一。

她们并不知道，一场命运的风暴，已遥遥而来。

第　三　章

野狐桥的桥塌了，好的好的霜煞了。

1

兰兰又挨打了。

白福抡着牛鞭，跟捶驴一样，捶了她一顿。红的紫的血道儿，织了一身。待他出去耍赌时，兰兰挣扎着回了娘家。

一进娘家门，兰兰发现，院里尽是鸡粪，就捞过扫帚扫起来。一使扫帚，胳膊和腿又钻心地疼了。不用看，她也知道，那部位，定然是淤青了。老这样。自打女儿引弟死后，她就像吃了枪药，招来的打也格外多了。闹离婚，除了多挨几次打外，也没个实质的进展。

她知道，离婚是天大的事。要么，双方同意；要么，叫法庭断。前者显然无望，那么只能上法庭了。可一想到法庭啥的，兰兰总是心虚，总觉得那是个可怕的地方。拖了些日子，才死下心来趁白福又打了她，回娘家了。她想，这次，死也不走了……法庭怕啥，大不了揪了头去。

扫完院子，又去挑水。这是她当姑娘时必做的家务。每次站娘家，她总要干她以前应干的那份活。除了替换母亲外，还因为干活时，她心中总升起一种久违的情感，一种融和着天真、纯洁、幻想、激情的少女才有的情感。

她想，还是当姑娘好。

兰兰挑了水桶，踏上那条充满沙土的村间小道。她发现村子变了，显了旧，显了丑，显了以前不曾留意的怪模怪样。路上虽有许多沙土，但不沾身。这是兰兰最满意的。不像婆家那儿，人不亲土亲，动不动就沾满身子，打也打不下去。

空气水一样清冽，清清的，凉凉的，吸一口，就把脏腑洗透亮了。许多天来，兰兰第一次感到了清爽。除了空气的缘故，还因为这是她的家乡。村落、房屋、小道、树木，甚至鸟鸣都浸入过她的生命，在心上留下了抹不掉的印记。

涝池在村北的干渠旁，放一次水，足够全村人畜吃一个月的。出嫁后，兰兰已经不习惯吃涝池水了。这水，入口绵绵的，有种土腥气。而且，显得很脏。冬天还好些。夏天，这里是青蛙的世界。一入夜，涝坝里的青蛙大合唱，能吵得人睡不着觉。

兰兰没想到，花球会在涝池边等她。她觉得舌头一下脱水了。花球一手扶桶，一手拿瓢，用她熟悉的目光望她。“哟，一嫁人，心也嫁了。是不是？女人的心，天上的云呀。”他说。

兰兰放下桶子望花球。她的眼里有种吸力，仿佛要把对方吸入灵魂深处。分离的几年，如过了几辈子，她要在相视中讨那宿债呢。时间停止了。太阳、黄沙、村落……都悄悄退出世界，只有心在撞击。从前，他们青梅竹马，耳鬓厮磨。没有分离，自然没有铭心刻骨的相思。现在，经过苦难的煎熬，像沙漠旅人见了清泉，她被幸福的眩晕激荡着。

太阳渐渐高了。涝坝水退去了青碧，还原为一潭浑浑的死水。一切丑陋都裸露了：上浮的麦草，下陷的蹄印，游来游去的蝌蚪。这一切，兰兰都视而不见了。她被幸福激荡着，仿佛一下子跃过了所有的不幸，又回到从前了。少女时代的感觉觉醒了，心在狂跳，脸在发烧，还有那神秘的眩晕。

不远处，北柱媳妇凤香正向涝池走来。

“黑里，老地方。”花球悄声说。兰兰胡乱嗯一声，取了瓢舀水。

花球舀满水，取过扁担，将挂钩挂在桶梁上，挑起桶子走了。

凤香的打趣声传来了：“哟，喧了个亲热。人一来，想听，又走了。兰兰，喧了些啥？是不是爱呀情呀的？”兰兰说：“眼热不？眼热了，也喧去。”凤香笑了：“老了，早过了那节儿了。想当初，傻乎乎的，糊里糊涂就成了别人的婆娘。谁知道爱呀情呀是啥滋味。现在，老了，成脚后跟上的老皮了。人家可喜欢少的，俏的。花球——，对不对？”

花球远远回答：“还喜欢你那样浪的呢。”

“挨刀货。”凤香笑骂。她四下里望望，悄声问：“兰兰，你真闹离婚？”“谁说的？”“谁都说呢。”凤香说，“说的人多。其实，也没啥，天下的男人又没叫霜杀掉。”

兰兰叹口气。这儿，放屁响满村。怪不得，有人怪怪地望她，跟望怪物一样。……这闲言，怕是婆家传来的。婆婆见人就说：“那婊子，没安好心，想跳槽哩。”她想，也好，用不着再躲闪了，就说：“离又咋样？”

凤香说：“离的话，千万别再生孩子，一有那孽种，任你多调皮的马也上了绊子。……依我看，与其那样过，不如离。长痛不如短痛。现在啥都好说。等再有个娃儿，就晚了。……脓熟了，该挤的时候，还是挤掉。”

“你真这样想？”兰兰情不自禁，抓住凤香的手，“你不觉得我丢人？人会不会骂我？”

“嘴在人身上长着，咋说，由他说去。你又不是给人活的，管他呢。丢啥人？又没偷，又没抢，丢啥人？再说，又不是人家涮你，是你涮他，丢人是他白家丢人。你丢啥人？”凤香声音脆，话一快，就像瓦罐里倒核桃。

兰兰心热了。她望望凤香，想说句感激的话，可又觉得啥话也说不出心中的感激。她看到凤香鼻洼里有一点黑灰，就掏出手绢轻轻地擦。擦不了几下，胸中有股很热的东西翻上来，进入眼眶，变成了泪流。她索性哭出了声。积淀了许久的难受，随哭声出了胸腔……

2

月亮升起来了。

兰兰抚抚心跳，走向大沙河。一切都模糊了，低矮的房屋，剥脱的墙皮，满地的溏土，都融入月夜了。兰兰喜欢月亮，当姑娘时，老在门口沙枣树下望月。那时的月亮比现在亮，比现在圆，老在那广袤的天上，跟云赛跑。月亮跑得很快，钻入一团云，再钻入一朵云，跟织布的梭子似的。兰兰想，还是当月儿好，多自由，由了性子在天上呢。长大后，才知道，那月儿也被拴着，一个无形的绳子拴了它，像妈围了锅台，也像驴绕着磨道，一圈，又一圈，不知转多少年了——但仍是羡慕月亮。到后来，嫁人，生活，一心忙碌，就忘了月亮了。

兰兰的印象中，月亮总和花球连在一起。他们带个大衣，铺在沙丘上，并排躺了，望月。那月光会伴了情话，渗进心里。若是在春天，就有了沙枣花香。那沁人心脾的香味，和月光，和情话，给了兰兰许多回忆。后来她想，自己的幸福，想来就是在那时挥霍了的。幸福也和钱一样，惜着用，就能用久些。

记得那时，兰兰爱唱一首歌。许久不唱，词已忘了大半，但主要的几句还是记住了 :“你带我躲过村口的黄狗，你带我走脱十八年忧愁，你带我去赶长长的夜路，你带我去看东边的日头……”这歌，仿佛是照兰兰经过的事写的。那时，等爹妈一熟睡，她就悄悄拨开庄门，去大沙河，老听到孟八爷家的老山狗闷雷似的叫。那狗精灵，大小有个动静，就扬了脖子，朝天吠。兰兰就不怕鬼了。别人眼里阴森森的林间小道，也溢了温清。这温清，一直溢到了妈叫她换亲的前夜。

想到换亲，兰兰叹口气。那事儿，一想就闷，还是想大沙河吧

那时的大沙河还有水，有草，有清亮的石子。那石子，一个个捞出，放太阳下，有许多图案。兰兰搜集了好些石子，闲下来，就看那石子，成享受了。除了石子，那水也好，清冽，没一点尘滓。听说，这是祁连山的雪水，穿过漫长的时空，流了来，扭出个足够一村人生息的湾儿，就蜿蜒北去，不知所终了。沿了那河岸，就见沙浪蠕蠕，渐荡渐高，终于成沙海了。

后来，兰兰变了，由清凌凌的女孩变成了浑浊的婆娘。大沙河也变了，水没了，草死了，树少了，唯一没大变的，是那沙枣林。这沙枣，不像别的

树那样娇气，根扎深些，叶缩小些，节俭着水分，就活下来了。早年，兰兰就是靠沙枣解了童年里的饿。那时，她和花球们老来这里，打猪草，打沙枣，拣牛粪。妈给他们分了任务，完不成，鞋底就朝屁股上扇。打沙枣凭眼尖手快，一人上树，拿个条子，狠抽。别的娃儿一窝蜂扑去抢。对沙枣，多也成，少也成，妈很少过问。牛粪可含糊不得，牛粪是啥？是烧的，没它，水不滚，饭不热。为抢它，娃儿们老打架。后来，定了规矩，谁发现，归谁。于是，眼尖的花球喊："黑犏牛扎尾巴了——，是我给兰兰瞅的。"兰兰就扑了去，捧牛粪入筐。

记得，很小时，花球就爱黏兰兰，莫非，这就是缘？可既然有缘，咋终于没缘？

大沙河和别的河不同，这儿河床低，沙山高，加上摇曳的树影，清香的枣花，一想，心就温清了。按妈的说法，这河干净，昼里也罢，夜里也罢，想来，总火爆爆的，不像边湾河，就是在焦光晌午，也觉得阴气森森。妈说："大沙河好，没鬼，干净。"兰兰想，河里没鬼，可心里有鬼，就抿嘴笑了。

到地方了。她拍拍巴掌，这是暗号。

却没回答。那花球，又迟到了。兰兰倚了沙枣树，望天。月亮很大，星星稀了，但隐约可见天河。一攒一攒的星星，汇成大河，横贯天际，那走向，跟大沙河一样。河这头，是牛郎；河那头，是织女；也跟她和花球一样。可人家，一到七月七，就踩了鹊毛搭的桥，相会一次。千年了，真叫人羡慕。兰兰想，那王母，并不坏呀，没逼织女嫁人。那织女，也好，用不着换亲。

还是人家好，毕竟是神仙。兰兰叹口气。

记得，换亲前夜，她硬了心，没赴花球的约。还是不见面好，一见面，真怕叫泪泡软了心。爹妈苦，憨头也苦，为他们，就只有委屈花球了。那泪，却溢满胸腔，瞅个空儿，就往外溜。当然，见了爹妈，那笑就似模似样了。

真像做梦。

几年了，梦没有做醒，梦里出嫁，当媳妇，生孩子，和婆婆平打平骂，叫男人驴一样捶。那兰兰，早不是兰兰了，由清凌凌的少女，变成浑浊不堪的农妇。恍然似在梦中，却又没有了梦。没梦的生活实在出十足的丑陋来，现实撕破了一切。……记得，电影《魂断蓝桥》里说，战争撕碎了一切。这里，用不着战争，或者说，一生下，就堕入了战争：生活露出了尖牙利齿，三咬两咬，就咬去了与生俱来的女儿性，咬得她遍体鳞伤，体无完肤了。

只在偶现的恍惚里，还记起，她曾是少女，曾有过梦，梦里还有些玫瑰色的故事。但一切，都成泛黄的洇水的画了。花球也罢，沙枣林也罢，都月晕似的退出老远，显出陈年旧事的气息来。兰兰总会搜寻些理由，来说服自己认命。

直到她不想认命的今夜，许多感觉，才像冬眠的蛇一样活了。

她又拍几下巴掌：啪啪——啪——啪啪。

花球应该回答：啪——啪啪——啪。

没回应，却听到狗叫。兰兰才要躲，花球已从树后闪出了。“鬼东西。”兰兰欢欢地叫。她扑过来，叫花球搂了。兰兰喜欢他的搂，也喜欢他的吻，都有激情，都像男人，都带了花球特有的疯。心遂成小鹿，乱跳不止。这感觉，少有。婚后，一切都迟钝了。心上也麻了层垢甲。一切，都浓浓地浑，就把生来本有的梦浆了。没梦时，那日子就不是过，而是熬了，像熬中药一样，在苦水里滚，在药水里泡，被生活的炉火煎着，早不见本来面目了。她像被拴在磨道里，除了沿那既定的轨道转圈，除了听那单调磣牙的石头摩擦，没有别的色彩。待尺把厚的磨盘变薄时，青春就没了，青丝被鹤发取代，水红叫皱纹覆盖，细腻被风沙吹去，浪漫叫穷困吞噬。一个声音，就老在心里叫：“认命吧，你！”

兰兰心头一热，泪流满面。几年了，老想哭，老想倚在花球肩头，哭个死去活来。心头老汪着一晕噎噎的东西，吐给爹，爹会叹息；诉给妈，妈会流泪；说给不相干的，没那份心情，也会惹来许多是非。老见村里婆婆，到另一家门口，骂那妖精，教坏了自己媳妇。这节目，老演，心上就包了层皮，宁叫捂臭，也不见天日；但那汪着的情感，却是渐蓄渐浓，就有人老在父母的坟前哭。兰兰没那福气，就想花球的肩头。花球说：“哭吧。哭哭，心里舒畅。”

兰兰抹了泪。她想，难得一见，还是笑吧。可心里的噎仍汪着，就长长叹口气，说：“那日子，过不下去了。”花球说：“过不下去就离。”“离了咋办？”“嫁呗。”

兰兰叹口气。这话儿，实在，兰兰却觉得虚，老觉得眼前挡一团烟雾，胶一样黏，咋冲，也冲不出它的笼罩，就眯了眼，看看天，看看月，想想当姑娘时做过的梦。偎在花球怀里，想这些，是天大的享受了。闭了眼，静静品那风，品那月光，品那心跳，品那甜晕，迷醉了。

兰兰说：“要是不长大多好，无忧无虑，活在梦想里。一长大，啥丑都露出来了，受骗了似的。”

花球说：“都一样。我那些女同学，当姑娘时花枝招展，一写作文，不是青春，就是理想，一结婚，理想是啥？是猪粪。老见她们提个猪食桶，拿着糊板，唠唠唠地叫。学的那点儿文化，早叫猪粪味腌透了。算了，说这些没用。活人嘛，你想咋样？闭了眼，咬了牙，就是一辈子。想太多，老得快。”

兰兰叹口气，谁说不是呢？每次照镜子，她就会伤感：青春的红润消失了，代之以萎黄。眼角，也有了隐隐的纹路。不甘心啊！她还没好好活呢，青春就远去了。而丈夫——那个在她少女时代憧憬过许多次的角色，竟是……竟是……那样一个东西……一切，不甘心。真不甘心！

“反正，这次，我铁心了。头破血流也罢，我认。”兰兰咬咬牙。

“就是。人不过几十年个物件。一眨眼，就老了。不折腾几下，死了，都是个冤屈鬼。”

露水下来了。凉凉的湿润沁入衣服。两人相拥着，沉浸在恋人特有的迷幻之中。村子模糊在遥远的夜色中。一切都消融了。忧伤变成一条细丝，在诗意的夜气中游弋着，成了另一种享受。一切都充满诗意。那月，那风，那随风下潜的凉意，以及心跳，和手心的汗。

“永远这样多好。”兰兰喃喃说道，“不要风，不要雨，不要太阳……只要这大沙河，沙枣树……月亮……还有你。”花球笑了：“还得一袋山芋。饿了，烧山芋吃。”兰兰说：“没山芋也成。饿死了，就做鬼。做鬼多好呀，风一样。想来就来，想去就去，风一样。做人真没劲，心老是空荡荡的，没个实落处，没一点盼头了。活人，只是消磨时间，有时一想，真可怕。这和等死有啥两样呢？”

夜很凉，是清凉，不是寒凉。风微微吹来。那是来自大漠的和煦的风，带着大漠特有的味儿，柔，轻……与其说是风，还不如说是夜气。是的，那是暗涌的气，在兰兰心头鼓荡着。她很想哭。

花球轻轻抚摸兰兰的脸。兰兰流出了泪。她不想出声。她怕哭声会搅了那份宁静和韵致。她轻轻抹去泪，倚在花球胸前。她听到花球强有力的心跳。一切如梦。

村子模糊在遥远的夜色中。一切都消融了。忧伤变成一条细丝，在诗意的夜气中游弋着，成了另一种享受。

“该回去了。”这个念头一冒出来，兰兰的心便一阵刺痛。美好的时刻总是很短。多想让这一刻永远延续下去呀，可是爹妈在等。爹妈那满是皱纹的树皮似的脸总在眼前闪。闪几下，就把她的血闪凉了。

“回去吧。”她说。

“回去？喧一夜，成不？”花球的话一出口，兰兰就感到极强的诱惑了。一夜……一夜呀。她的心再一次狂跳。她差点就要答应花球了。

花球揽了她的腰，一下下吻。花球的吻很热烈，热烈得令兰兰窒息。那汹涌而来的生命巨浪，能冲垮一切防线。真不忍心结束这一切。

兰兰拨开那双在自己裤带上摸索的手，叹息道：“这可不行，自上回流产后，血就没干过。”

“你骗我。”

“骗你干啥？药没少吃，可没顶用。”

花球松开了手。兰兰觉出了他的失望，就说：“别这样，好容易见一次面，喧喧吧。”花球不语。兰兰说：“开始，梦里还和你喧。后来，梦里也不见你，觉得有好多话想说。可一见面，就忘了。”

花球说：“吃了大屁喧屁呀？……该回了。我来时，女人不叫来，这会儿，怕到处找呢。”

兰兰想问："若是我没病，你走不？"却忽然没了谈话的兴致。她有些后悔今夜的约会。她发现，花球变了。

男人都一样。她产生了极强的失落感。

3

回到家，妈正偎在炕上发呆。望一眼兰兰，她叹口气，轻声说："夜里凉。出去，得披件衣服。"兰兰嗯一声。借着灯光，兰兰见衣襟上沾了几粒沙。这会暴露她的行踪的，遂轻轻抖掉。她已编好了词儿。妈要问，就说到月儿家玩去了。可妈啥也没问，叹口气后，仍是发呆，仿佛她不知道兰兰出去过，或是明明知道她去干了啥。

妈不问，兰兰就不解释了。也好。编谎，总叫人良心不安的。兰兰上了炕。她忘了将沾在袜子上的沙子抖去。炕沿上留下了一些沙。兰兰望望妈，妈没望她，便借沏水之机下炕，用屁股蹭去了沙。

"妈，喝水不？"她问。

"不喝。"妈又不易察觉地叹口气。兰兰心里很轻松。哭了一场，把淤在心头的闷都泄了。心头是少有的清凉。她沏杯水，偷偷照照镜子，发现自己很正常。脸也不红，但洋溢着春光。这使她比平时美了许多。"我还年轻呢。"她悄悄嘀咕一句，冲镜子里的自己做个鬼脸。

爹爹睡着了，鼾声很香甜。均匀的长长的闷雷似的鼾声，同妈的愁脸形成了鲜明的对比。

兰兰上了炕，把水杯搁在炕上，依了墙，想和妈说阵话，但又不知说些啥。最想喧的，是关于花球的话题，可这也是她最想避的。妈的脸已像黑树皮了，尽是皱纹。兰兰很难受，想到妈为自己操了那么多心。这次，要是离婚的话，妈又不知得着多少闲气，心绪随之黯了。

"想啥呢？妈。"她问。

"人不如个物件。"妈梦呓似的说。

这话，妈常说。村里一死人，妈就说。这时说出，叫兰兰摸不着头脑。妈想到了啥呢？是想到了死去的憨头，还是想到了别的？兰兰还以为妈牵挂自己呢，看来不是。兰兰心里轻松了，却有些委屈，想："妈竟然没把我放在心上。"

"不说了。"妈叹口气。

妈侧身而卧。不脱衣服，妈老这样。她总是显得很疲劳。一天的劳作，仿佛耗尽了她所有的精力。她总是不脱衣服，滚在炕上。兰兰劝过妈，说皮肤也在呼吸，放出的许多废气排不出去，对身体不好。妈却老这样。奇怪的是，每夜，妈仿佛累垮了。但清晨，妈却总是第一个起床。不脱衣服睡觉似乎没影响妈的休息。妈仍那样精干利索，仍一直从早上干到黑夜，仍囫囵身子滚到炕上，仍成一堆软泥。

妈一动不动，但兰兰知道妈没睡。妈似乎知道她去约会了。兰兰有点不好意思。那时，全村人都知道兰兰和花球的事。但兰兰并没公开和妈谈过。爹妈也不问。一次，偶尔听到爹妈私下里喧。爹的态度很明确，他不希望女儿自由恋爱。从别人一提花球父亲就皱眉的细小动作上，她知道爹讨厌花球。提到白福，父亲反倒有许多好话，说他身体好，能劳动，就是好玩爱赌。而这点，在村里人眼里几乎算不了啥，人家不偷，不抢，不嫖，不就玩几把牌吗？有啥？当然，白福是过分了些。改了，不就好了？至于打老婆，那更不是啥毛病。村里除了几个塌头叫女人支使得团团转，在男人堆里抬不起头外，哪个不打女人？老顺不是也用牛鞭在女人身上织过席子嘛？所以他劝，年轻人嘛，火气盛，等上了年岁，就好了。也许会这样。但兰兰觉得，在牛鞭和拳头中度过一生，实在不甘心。她不想走母亲的老路。她想，母亲也许能体谅她。母亲也年轻过，也挨过揍，也闹过离婚。现在，她老了，身老了心也老了。母亲更多的是陪她叹气，或是在她忧伤时，陪她抹几把泪。

妈忽然说话了："你的事，自己掂量。爹妈陪不了你一辈子。"妈的声音像梦呓。兰兰嗯一声。这是妈态度最明确的一次，但仍显得含糊。兰兰理解妈的难处。妈既不能怂恿女儿离婚，又不愿眼睁睁瞅着女儿被人折磨。妈左右为难。这句话，你咋理解都成："你不用管爹妈了。你的主意你拿。"或是："该懂事些了，爹妈操不了你一辈子的心。"前者鼓励，后者规劝。但兰兰宁愿理解为前者。是的，爹妈陪不了自己一辈子。他们的话，可听可不听。主意自己拿，路自己走。

出嫁前，花球哭得死去活来。他说，只等她一句话，就把她领到天涯海角。但兰兰不能。憨头的媳妇，爹妈的脸面，村里人的言语，都是一座阻挡她私奔的大山。那时，白福还没露出他最恶劣的一面，只听说他好打牌。打牌并不是啥缺点。村里喜欢打牌的人多，闲了，总要摆几桌，取个乐。兰兰并没想到，他会失去人性……噩梦呀。

现在，梦醒了。兰兰已不是过去的兰兰。在生活的打磨下，她早已失去了自己。她不再含蓄，敢和婆婆撕破脸皮对骂；不再羞涩，在白福拳脚交加时，揪住他致命的所在；不再细腻，总是粗枝大叶，和村里女人一样，说些没有弦外之音的直来直去的话……生活像剪刀，把她的女儿性剪了个精光。只有在夜深人静时，她才记起自己也曾是少女，也有过梦想，有过爱情。她才感到深深的失落、愧疚和不甘心。

"我咋变成这样？"她常常不甘心地感叹。

但她明白，一个人是很难摆脱那种命运的梦魇的。她这样，妈这样，沙湾的女人都这样。黄沙、风俗、丈夫的粗暴、艰苦的劳作……都成了腐蚀女儿性的液体。不知不觉中，女孩最优秀的东西消失了。她们成了婆姨。婆姨不是女人。婆姨是机器：做饭机器，生育机器，干活机器……女人本有的东西没了，该有的情趣消失了，该得的享受被绞杀了。麻木，世故，迟钝，撒泼，蓬头垢脸，鸡皮鹤发，终成一堆白骨。这，已成为她们共有的生命轨迹。

更可怕的是，谁都觉得这是"命"。命是旋转的磨盘，女人只是磨盘上的蚂蚁。都得认命。谁想打碎既定的程序，就得付出粉身碎骨的代价。

兰兰想："粉身碎骨也罢，我认了。"

想到离婚，她唯一不忍面对的，是嫂子莹儿。不管咋说，她俩是换的亲。

大哥憨头虽害病死了，可莹儿并没外心。除了抹泪，除了叹气，莹儿并没打算改嫁，一副拉扯娃儿铁心守寡的模样。兰兰自然不忍心叫她守寡，但一想把莹儿这么好的人送到别人家，又实在舍不得。

“憨头哥，你咋这么没福气呢？”兰兰想。

在莹儿站娘家的这段日子，姑嫂俩掏心喧了几次，除了离婚的话题，她们无话不谈。几次，那字眼差点迸出口了，但又终于咽了。毕竟，白福是莹儿的哥。兰兰不想把一个叫莹儿为难的话题摆到她面前。但兰兰知道，最是贴心贴肺知肝知肠的，还是莹儿；最能体会出她女儿心的，是莹儿；最能理解她内心痛苦的，是莹儿；最能明白女儿引弟之死给她带来的心灵重创的，也是莹儿……同病相怜，她们的心自然贴近了。

“你啥也不用说，我能理解。”莹儿说。

兰兰当然能听出她话里的话。

凉州女人天性中的坚韧使兰兰从丧兄丧女的悲痛中活过来了。莹儿也一样。莹儿依旧像以前那样恬静。要不是瘦，要不是眼皮下隐现的细纹，要不是不经意中偶现的痴呆，倒真像没经过生离死别呢。兰兰当然希望她这样。同时，一丝不快也时时浮上心头：憨头死了，她竟然这么快就恢复过来了。莫非，她从来没将憨头放在心上？

但马上，她便释然了。女儿一死，她不是也天塌了吗？不是也寻死觅活吗？每每想起，心如刀割，但一次次想，一次次割，无数次后，心就木了，虽有痛楚，但剧烈的程度逐日减轻。时间，是最好的良药。岁月的风，一日日刮，扬起一粒粒沙尘，久了，多深的沟壑也填平了。

姑嫂俩在一起，掏阵心，抹阵泪，便唱花儿。兰兰和莹儿一样，也喜欢唱那些离别和相思的花儿。那花儿，像扣线，老从心里往外捞扯——

狼在豁牙里喊三声，
虎打森林里闯了。
阿哥的名儿喊三声，

心打从腔子里放了。
嘉峪关口子里雷吼了，
黄河滩落了个雨了。
为你着把眼睛哭肿了，
把旁人瞅成个你了……

唱起这些天籁似的花儿时，姑嫂俩都会落泪。心思虽异，感情却共振了。这便是花儿的魅力。即使是陌路，即使年龄和性格相差极大，也会在花儿的旋律中化了陌生，化了沟壑，化了心中的块垒，成为朋友。

兰兰就是在花儿中读懂莹儿的心的。莹儿眯了眼，噙了泪，望着茫无边际的天空，或滚滚滔滔的沙海吟唱花儿时，兰兰便能感受到她灵魂的痛楚。但那是两人都不愿触及的禁区。心照不宣，是她们不约而同的选择。但花儿还是唤醒了兰兰少女时代的那段被村里人认为荒唐闹剧的恋情。

兰兰和花球称得上是青梅竹马。兰兰是一手领了灵官，一手牵着花球长大的，滚沙洼，玩土窝窝，捉蚱蚱虫，烧黄老鼠……就是在一次次儿时的游戏中，兰兰长大了，花球长大了，人大了，心也大了，心中波晕一晕晕荡开，把他俩荡到了大沙河的沙枣林里。

久违了。

岁月的沧桑和生活的艰辛已尘封了那段往事，心木了，感情更木了。每每触及，也只有昏黄的印象了，像浸了油又在霉屋里放置多年的油画。是花儿鲜活了它们。有了鲜活图腾的兰兰再也不想在既定的轨道中转圈了。

幸也？悲也？

却听得妈妈梦呓似的说：“那古浪丫头，也是个苦命。嫁的那个二杆子，可不是个安分货色。”

兰兰明白，妈说的，是花球媳妇。口中的唾沫一下子干了。她已将“她”忽略了，多可怕。

兰兰燃烧的血一下子凉了。

4

清早起来，兰兰有些头晕。她很后悔昨夜的约会。约会前，花球还鲜活在记忆里。约会后，她发现，花球对她感兴趣的，仅仅是个肉体。兰兰叹了口气。自和白福结婚，便成了他的合法强暴对象。久而久之，她对肉欲失去了兴趣。每一念及，总倒胃口。这很可悲。作为母亲，她有丧女之痛；作为妻子，她是“打到的媳妇揉到的面”；作为女人，她只有遭强暴的记忆，连老天赋予的女人的享受也没了。

兰兰想，真没活头了。

想来，花球看重的，也仅仅是她作为女人的那点儿资本。兰兰很失望，想，哪怕你说几句假惺惺的情话也成；哪怕你不说话，只相依了，由那感觉占了心，熨出眩晕来；再哪怕，你胡乱说些不相干的话，也比那样强。那是羞辱人哩。莫非，干不成那事，就连话也说不得了？

兰兰还是想努力地说服自己。她搜遍肚里的拐拐角角，找出的理由却仍是苍白。明摆的，人家喜欢的，仅仅是女人身子，是个不同于自己老婆的女人身子。

臭男人。

忽然，北柱的女儿大丫走了进来，说：“姑姑，新娘叫你呢？”

“哪个新娘？”

“花球媳妇。”说完，大丫蹦蹦跳跳走了。

兰兰心跳了，想，她找我做啥？想到昨夜的约会，她有些怕见这女人了。莫非，她觉察到啥了？莫非，花球说了啥？他是不是提出了离婚？想到这，心狂跳起来。就是从这心跳上，兰兰发现，自己还爱花球。

兰兰出了庄门，见北柱家墙角处立着那女人。那是个略显病态的女人，也许是奶娃儿的缘故，她显得很瘦，而且一脸阴郁，愁眉苦脸。这形象，兰兰一见，心就不由得抽搐。也是苦命人哪。她想。

女人见兰兰来，转身往前走。前边是土山，山上是那个叫金刚亥母洞的岩窟。一个念头，闯进心里 ："她会不会害我？"却不由笑了。我又没干啥，她想。

女人回头望兰兰一眼，上了山坡。山坡上，尽是沙秸，那是打沙米后撒落的。黄毛柴头也叫人割了，那扭曲的枝条上尽是老皮，裂着口，很是丑陋。此外，便是老鼠洞了。那女人一下去，就见老鼠四下里窜。女人也不怕，立在那儿，等兰兰。

兰兰明白，她选了这地方，定是有话说。她会说啥呢？她是不是听说了她和花球的事？但心却坦然了，想，那是啥年月的事呀。

女人缓缓转过身来，木然了脸，望她。兰兰发现，那眼，是口干涸的井，或是一块戈壁，心里不由得酸了。她很想安慰几句，却不知说啥好。又想，自己还不如她呢，人家有娃儿，有花球，自己有啥？心倏地酸了。

女人突地跪在山坡上的洼处。

兰兰慌了，说 ："你干啥？有啥话，你说。起来，起来。"拉几下，女人却不起，仍用那枯井望她。兰兰四下里望望，想，叫人看见，咋想呢？

女人木木地说 ："我看见了，夜黑里。"

兰兰才知道，昨夜，她悄悄跟了花球，脸腾地红了。幸好，没干啥。有些后怕了，但更多的，是羞。毕竟，和人家男人约会了，搂了，抱了，咋想，都脸红。嗓里很干，想说啥，又不知说啥好。

"看在娃儿面上。"女人说。

兰兰狠劲晃一下头，想晃去别扭。太阳已跃上空中，四下里亮晃晃的。若有人来，一眼，就能发现这喜剧。人丢到娘家门上了，传出去，咋活人？她一下下拉女人手臂 ："起来，有啥话，好好说。"

"不答应，死也不起来。"女人木木地说。

"答应啥？"兰兰慌乱地辩解，"我们，没干啥呀。"又四下里望望，幸好没人。

"我知道，你们好过。可现在，有娃儿哩。再好，我活不成了。"女人的话听来，像机器人的。

“不好，不好。我们，根本没好。说了几句话。”兰兰慌乱地辩解。

“以后？”女人问。

“以后，话也不和他说，总成吧？”兰兰身子发软了。

女人惨然笑了，望兰兰一眼，说：“你知道，当初，是他强奸的我，怀了娃儿，没法了，才跟他的。人丢尽了，再也丢不起了。活着，是为了娃儿。”

兰兰打个哆嗦，说：“成了，我答应你。”

“啥也不干？”

“不干！”

“你赌个咒，向金刚亥母。”女人的眼睛有了些光。

“我答应你，赌啥咒。”

女人把视线转向远处，长长地叹口气，说：“我知道，你又骗我。我想了一夜，鼓了一夜劲，才敢找你。不赌咒？成哩，你回去吧，我跪死在这里。”

兰兰想，这女人，咋成榆木疙瘩了？就说：“成哩，我赌。以后，我不和花球好，若好，叫我不得好死，成不？”

女人说：“这算啥咒？我也这样老咒呢。女人，哪个怕死？好死也罢，坏死也罢，都不怕。真要赌，要赌爹妈。”

“爹妈又没惹我，咋能赌他们？”兰兰带气了。

“心里没冷病，不怕吃西瓜。你不干，咒又不应。”说完，女人给她磕了头来。

“行了行了，我赌：若我和花球好，我爹妈不得好死。”

女人惨然笑了，说：“其实，赌不赌也没啥。我再见你们好了，就吊死在你们的庄门上。”说着又得得地磕了几个头，才缓缓起身，梦游似的走了。

兰兰一身大汗。望着那女人上了沙洼，她不由得瘫在地上。

亮晃晃的太阳，很是羞人。

第　四　章

老虎下山林败了，庄子大了人害了。

1

白虎关的金窝子多了起来，双福连开了几十个。赵三、大头和所有能弄到款的人都涌了来。还有许多外地人，也闻讯赶来，才几天，河床里就栽满了井架。白虎关本是大沙河的一段河滩，说不清何年何月，河床变成了一块黑戈壁。

那井架，三木相搭，上面插个红旗，猛望去，河川里到处都是红旗，风一吹，猎猎作响。南山上的树或买或偷，制成了一个个木笼。沙窝里的红柳也遭殃了，掌柜们派专人吆了驼车进沙窝砍红柳。因白虎关地性软，若不打木笼，沙土下流，立马就会埋了人。第一次塌井的是一个外地掌柜的，村里人不叫他砍沙窝里的红柳，他就没打木笼。井才打了六米，一下就塌了，埋了三个沙娃。沙娃的爹妈闻讯赶来，伏在河床里，扑天抢地地干嚎。满指望当沙娃挣几个血汗钱，娶个媳妇，养儿引孙，哪知道连本都赔了。猛子记得，那是开金窝子后，河床里第一次听到的哭声。因了这事故，老顺坚决不叫猛子当沙娃。

白虎关的地皮儿，立马金贵了起来。一个井口，方圆四米，开始卖一百元，现在卖到了二百元，看样子，还要往上蹿呢。因为财大气粗，大头从村民小组长成了村长，成了村里最牛最吃香的人，吃香的，喝辣的，每日里吆五喝六，喝得脸红脖子粗。孟八爷说："大头，你是领导，卖那井口，我不敢放半个响屁。可那红柳呀，梭梭呀，可不许叫再砍。你不见，两个大沙漠已逼了来，一合拢，这儿连个鬼也站不住了。"大头打个饱嗝，说："八爷，人命关天呢，你不叫人家砍，井塌了，你赔命价？上回死的那几个，还不是你带人挡了，才没砍来红柳扎成木笼。三条年轻轻的生命，一下子就到阴司里了。现在人一提，谁不骂你呢。"孟八爷一顿足，正要辩，大头说："成了成了，不在其位，不谋其政。天大的事，有咱党呢，别咸吃萝卜淡操心。"把孟八爷噎得够呛。

孟八爷想：这大头，才换了个帽儿，口气就变了。官气一大，人气就少了，就啐一口，叫花球写个状子，递到林业局。

吃过晌午，花球来找猛子，说："双福的另两个窝子也到底了，听毛旦说，红得很，时不时地，就见豆瓣金。上午我去看了，沙娃们背了好些沙，涮得马虎。我抓了一把，放日光下瞅，有金花花呢。"

猛子以前跟人在祁连山下的金矿上打过模糊。所谓"打模糊"，就是从别人涮过的沙中再涮一次，弄好些，一天也能弄个十几二十块钱，比跟上包工头卖苦力强，就弄块木头，吭哧吭哧，做起金盆子来。

那"金盆子"，做来也简单：找几块板，做成簸箕形的木槽，一头宽，一头窄，在底上做成搓板形就成。打模糊不需要成本，所有器具就是一个铁锨、一个金盆子、一个装砂金的缸子。

猛子问："人家不叫打咋办？"花球道："谁敢不叫打？天是我们的天，地是我们的地。他们，不过有几个臭钱而已。叫打了，好说好散。不叫打，叫了父老们，一窝蜂拥了去，把这些窟窿填了，谁也别挖了。"又说，"爷爷老阴个脸叹气呢，他说，若掘出了金子，地脉败呢。我不信这些。可我知道，这金矿一开，沙湾人别想过平静日子了。"

猛子也觉出了这些。以前，他糊糊涂涂，也懒得想。后来，他跟了孟八爷，跑了些地方，见了些人，听了些话，心就开了些窍，闲下来，也能翻书了。

他发现，先前的好些东西都开始变了。

老顺见两人捣鼓，过来，看出是那涮金的金盆子，就说："话说清楚，老子可没钱。款也贷不得，到处是喝血的口了，别叫银行也喝血。我问过，开个窝子，光沙娃工资，设备啥的，就是几万。"花球笑道："开窝子？我们有那个心，没那个力。我们只想打个模糊。"老顺说："那也成。"

两人带了金盆子和铁锹往白虎关走，路上多女人。男人都当沙娃去了。月儿在女人群里，显得闷闷不乐。猛子说："月儿，走，打模糊去。"月儿说："出那臭力干啥？若想挣钱，教你个法儿：开个饭馆。看这势头，要不了多久，就人山人海了。开个饭馆，肯定赚。"猛子问："你咋不开？"月儿道："那活儿，我不爱。"花球说："倒也是个法儿。可是，票老爷是个硬头货。"两人边喧说，边去白虎关。

这白虎关，一日一变，多了井架，多了沙丘石堆，人也密密麻麻了。柴油机的突突声塞满了整个河床。人声倒不多，除了掌柜们有寒暄的，沙娃们都蚂蚁般忙碌。

因有几个窝子已进了底，双福日夜都在井上。平素里，他还到城里照料其他生意。听说，他有好几十处工程，或盖洋楼，或修公路，还开了工厂。为了上市，工厂招了几千个工人，每人集资五千，只这一下，就弄了几千万。又听说，企业若是上市，还能弄来几个亿呢。乖乖，那钱，怕是连大沙河也盛不下了。瞧他，人心不足蛇吞象，又淘金了，财像水一样往怀里流呢。打一个井，从地面到蓄金层，约有十多米，正常进度得一个月时间。所有沙石，都由沙娃的背斗往外运。一背斗，上几锹沙，一日里，上下几十趟，挣二十块钱。十几个沙娃轮换上下，井就渐渐深了。在清底前的这段日子，双福可以去照料其他生意。每到清底时，管事掌柜就打电话，他再从城里赶来。

清底是很重要的事，一个月的劳作，只在清底时才见收获。那金子，相对集中在地下十多米处。再下面，多是青石板，金子想再往下溜，也叫青石板挡了来。金盆子涮的，就是那进底后的沙。进底前的沙石中，是没有金子的。

北柱端着金盆子，迎了水头，一下下涮沙。双福坐个凳儿，边抽烟，边和赵三寒暄。按金客子的说法，金子有灵性，谁该得，谁不该得，都是命定的。运红的，窝子也红。双福的财运是公认的好，他的窝子也最红。听北柱说，最红的时候，一天有一茶缸砂金呢。他一说，村里人都噢哟一声，都想开个窝子，可手里无刀杀不了人，票老爷不善待穷汉。

一见双福，猛子驻足了。他把金盆子扔给花球说："这活儿，我不干了。妈的，吃人家剩下的残汤剩饭，一想就恶心。"花球知道他抹不开面子，笑道："你别拔上屌毛栽胡子，只顾威风，不管疼痛。穷是你的合该穷，也没个啥丢人的。你瞧这模糊，你不打，别人也打。不说别的，光你的媳妇，得多少钱？你爹那骨头，咋熬，也熬不出三两油水。"这一说，猛子不言语了，蹲在地上。

花球说："你张不开嘴，我去问。你只管涮就是了。"说完，走过去，大了胆子，对双福说："哎哟，财神爷，你吃了肉，能不能叫我们喝些汤？你涮过的沙子，叫我们打个模糊，成不？"双福问北柱："你涮得尽不？"北柱道："你亲眼瞅的，咋不尽。至多，里面有些金毛毛。"双福便对花球说："成哩。你背了，到下水里去涮。"花球明白，他怕他偷没涮的沙，就笑道："成哩，下水就下水。"从肩上取下袋子，刨一阵，背了沙回来。

因了许多水泵抽水，河床里真成河了。据说，这儿有地下水道，别看上面干得裂口，地下水却旺得很。几十个五六寸的水管齐抽，水就汪洋成一片，一直流入大沙河了。花球和猛子选个平整处，拣几块石块，垒道横坝，将清水聚拢到一个水口处。两人就蹲在水口，一下下涮。

才开涮，猛子就有些后悔了，觉得自己今天塌了架子。去年，他弄了双福女人，和双福打过一架。今日个，人家当掌柜，自己却打他的模糊，心里很是别扭。但一想到穷，只好咽下那口气。谁不想高贵呀？问题是得有资本。穷得穿不起裤子时，你无论咋高贵，那乱甩的老屌也会将你拽下供台的。

花球往金盆子里弄些沙，迎了那水头，一下下涮。水冲浮沙，顺流而下，涮到底，发现了几星亮亮的黄。花球叫："金子。"猛子嗔道："浅碟子货，这也算金子吗？"他以前打过模糊，知道涮过的沙里当然有金子。有时，沙也会将豆瓣大的金子裹下来，留给打模糊的。

花球道："嫌啥少？一锨，这么些。那一堆中该有多少？"

赵三听到花球的叫声，过来，夸张地瞅一阵，大笑几声，说："等我的窝子进底了，也叫你打模糊。"那笑声很刺耳，猛子一抬头，见那红红的酒糟鼻子很扎眼，很想给它一拳。花球却笑道："成哩，成哩。"赵三又笑几声，回去，对双福嘀咕了几句。双福也笑了，却是那种很有教养的应和似的笑。

猛子觉得一股血冲上头顶，他深呼吸几次，才没将金盆子甩出去。花球也长长地呼吸几次，悄声骂："赵三，你个驴日的。你笑啥？你不过一个屠汉，杀生害命的货。不过才有了几个臭钱，就这样。……记得不？灵官说，穷是世上最可怕的东西。"一听这话，猛子的眼泪一下子涌出。

"上沙吧。"他哑了嗓门说。

约一个时辰，猛子涮完了花球背来的沙。茶缸里的黄星儿攒成黄豆大了。望着被一群人簇拥的双福，他不知道自己该不该笑。

2

日头爷一下山，风就发起威风。从大漠深处刮来的风，干冷干冷地剐皮肤。水也格外凉，直往骨头里扎。猛子的手木了，他扔了金盆子，说成了，肚子成空皮袋了。

花球贼溜溜四望一下，悄声说："吃了黑饭，弄些没涮的沙。闹好些，一次，就顶几十次模糊。我刚才瞧了，那背出的沙，没来得及涮。"猛子说："那活儿，可干不得，叫人知道，贼名儿背定了。"花球道："怕啥，这砂金，是天造的。别人能得，我们也能，凭啥叫他们独吞？"猛子想，也对。两人便将涮下的砂金分了。

回到家，猛子将纸包的砂金给了爹。老顺一见，大瞪了眼，乖乖几声。摸摸那黄色，竟觉出沉甸来。老伴和莹儿也围了过来。老顺叫："小心，别弄到地上。"待几人都捻过那黄色，老顺小心地包了纸包，觉得那黄色沁入灵魂了，心情也惊人地好。

晚饭后，花球来叫猛子，两人各提一个纤维袋，摸向白虎关。夜很黑，但河床中一片亮光。抽水机仍在突突，依稀渗出沙娃的说笑。猛子说："来早了，人家还没睡呢。"花球说："沙娃们轮流上班。那是上夜班的。"

两人伏下身，朝双福的涮金槽摸去。开始路还平顺，到后来，地面上尽是从窝子里背出的沙石，有些还湿淋淋的，寒凉沿手心上延。猛子打个冷颤，想："花球说得对。这金子，是天给的。他弄了，不过吃喝嫖赌。我得了，不定能干多少好事呢。"

到近前了，机器声山洪似的响。两人移向河床。河床地势低，沿了那凹处，就能到涮金槽处。只是河床湿，爬不多久，衣服就湿了，凉一下进心了。一不小心，又滑入水里。那寒凉至极的水，倏然吞了身子。花球也吁吁着，估计他也成落汤猪了。猛子打个哆嗦，倒觉出一股刺激来。这年月，日子寡淡极了，吃了干，干了睡，像磨道里的驴一样，转了一圈又一圈，没劲透了。只有偷女人时，才有些许新奇，但偷几次，也就木了。倒是这回，像电影中的侦察员一样，有种异样的新鲜。虽有些冷，心却在欢欢地跳。

几年间，猛子经了些事，人也大了，脑中的窍也开了，常想些以前不想的事儿。先前，他懒得动脑子。后来，他不想动，可生活硬要他动，脑中就怪怪地有了好些想法。这下糟了，脑中一有了想法，烦恼就趁机袭来。但正如人的长大无法阻挡一样，大脑的日趋复杂也难以逆转。他虽是不愿上山的驴，生活的鞭子却时时抽他。前有拉者，后有赶者，不觉间，他就到了一个以前没经历过的天地，烦恼也随之袭来了。

水愈加凉了，竟沁入骨髓了。花球哈着气。水声咕咕着，把远处的机器声冲淡了。白天看起来不远的一截路，竟着了魔似的，遥无尽头了。真是怪。

忽听人声传来，猛子屏息望去，见双福出了帐篷，身后跟个女孩，两个说笑着，走向更远处的一间临时房屋。花球低笑道："那孙蛋，又啃嫩葫芦了……知道不？好些女娃老往双福跟前凑，都想傍他呢。"猛子皱皱眉头，叹口气，想："这世界，疯了。"仿佛一夜间，先前的一切就给打翻了。外面的讯息找缝儿往里挤，电视、回村的民工、到城里打工的妹子……都带来一些不明不白的东西。不知不觉间，村子就变了。要是这金矿一开，不定还有啥怪事呢。好些东西，猛子想破脑袋，也想不出个所以然来。

双福们走出灯光，融入朦胧了。两人又继续前爬，已到那涮金槽旁。湿温的沙堆在夜里笑着，水声也在笑着。猛子爬上沙堆，望那亮处，见人影晃动，但无近前来的，就低声招呼一声。两人撑开袋子，往里刨沙。刨一阵，觉得那袋子饱了，一较力，想抡上背，袋子却只是蠢笨地一晃。猛子明白太重了，就倒去一些。虽知倒去的沙里可能有金豆，但也顾不了太多。

两人捞着沙袋，原路退去。这时，他们才发现，那想象中轻而易举的事做来却难似登天，他们无法匍匐着将沉重的袋子弄回去。才爬着捞了一截路，猛子就气喘吁吁了。花球也在牛喘。猛子说："灯底里看这儿，怕黑糊糊呢。放心，站起来走。"抬起头，见井上沙娃虽在忙碌，却无人朝这边望，就起身，将袋子扛肩上。

两个虽直立着行走，但因路黑，不敢快行，边摸边挪脚。忽然，猛子见一沙娃，背了背斗，向涮金槽走来。一想差点叫他撞着，猛子不由得倒抽冷气。两人又伏在地上，见那沙娃打个手电，呼哧着移来。他将筐中的沙倾上沙堆，用手电乱照一气。

花球悄声说："糟了，叫他发现了。"猛子说："不要紧，他肯定在找金子。"话才落，那沙娃却叫："不好了，有人偷沙！"猛子吃了一惊，怨花球："你咋没把坑弄平？"

"抓贼呀。"几个沙娃边叫，边扑了过来。

猛子和花球索性起身，背了沙就跑。那些人边吼边追，疯石头鸟一样飞来。猛子捏着鼻孔，装出怪腔，叫："再撵，老子放枪了。"说着，拣个石头，用力抛去。虽没打中人，那几人却驻足了，只是吼叫，不敢近前。

正跑着，听得花球叫："糟了，袋子破了。"猛子正疑惑肩上分量咋越来越轻了。一摸，发觉袋中已无多少沙子。原来，方才匍匐时，沙石磨破了袋子。

"操他妈。"花球骂，"白挨了一回冻。"

次日晨，两人又去打模糊，见几个沙娃，正沿了那路寻找。听沙娃说，夜里，来个偷沙贼，偷了沙，却撒了一路。双福叫人沿路去寻，竟发现核桃大的一块金子。

猛子懊恼地望花球一眼，说："妈的，连金子也成溜尻子了。"

日头爷升到了半空，丑陋的河床显现了出来。崖头上，双福叫人开始盖房子，他们挖了槽，灌了混凝土，看那样子，想扎根呢。别的掌柜沙娃，或挖地窝子，或搭帐篷，在白虎关凸现出许多古怪来。猛子觉得，这世界，真是古怪了许多。

花球懒洋洋提了金盆子。显然，他还在意那从袋中溜出的金核桃。猛子虽也懊悔，但知道，丢失的东西，肯定不是自己的。爹老向他灌这理儿，好些年了。

3

吃过午饭，爹叫猛子跟齐神婆去相亲。这些天，爹老忙这事。猛子知道跟豆垛上的事有关。原以为有了那事，他会无脸见爹。哪知，脸只是烧了一下，就寂然成牛皮了。没办法，经的事多了，脸皮就厚了。

齐神婆说得唾星乱迸："那丫头没说的。辫子有辫子，样子有样子。上炕能剪几剪子，下炕能炒几盘子。我的眼错不了。那丫头，配这娃子，配个过来过去呢。估计，彩礼也不重。人家不是那号黑心肠。"

"哟，亲家，有你哩。你放心，办成办不成，都亏不了你呀。"妈一脸感动。

"也就是你呀，亲家。"齐神婆撇撇嘴，"自打上回，会兰子到我家闹过后，我赌咒发誓，再也不保媒了。我好心好意，口焦舌燥，没功劳，也有苦劳吧？你娃子丫头一大堆了，倒怨起老娘来了。把老娘的肝花心肺都亏烂了。你说亲家，怪惊惊……大头打你，是大头的事，老娘又没在背后踢飞脚，又没有煽啥风，点啥火，你怨老娘干啥？还抱我的腿呢。亲家，你说气人不气人？我没给她个好话，用焦毛醋弹，把她撵出去了。真是的。我又不是过不去日子了。找我的人踏折门槛，谁还在乎那两个保媒钱呢？也就是乡里乡亲

齐神婆说得唾星乱迸:

"那丫头没说的,辫子有辫子,样子有样子."

猛子问:"和月儿比,咋样?"

"哟——"　齐神婆怪声怪气地拉长了声音:

"那可不能比呀!"

的，才穿个针引个线的。你说，亲家。”

“就是呀，亲家。人家是人家的事，你不管就别管他。我的事，可不能推脱。猛子那娃子，别看急里冒跳，其实心憨着哩，不会耽搁人家姑娘。”

猛子在门外听了一阵，感到好笑。两人“亲家”了一大堆，不沾亲，不带故的，凭啥“亲家”？这神婆的“亲家”也太多了。倒是妈说他憨的话叫他感动，他响响地咳嗽几声，进了屋。

“快来。”妈说，“给你干妈敬个烟……给你问下了，是包家的姑娘。吃了饭，你捎上干妈去，看上就娶，看不上……看不上也得看上。全胳膊全腿，能过去就成。模样儿，又不能当饭吃。”

“哪里呀？”齐神婆道，“人家那丫头，人眉人眼的，眼睛又大，汪着水，辫子黑油黑油的……就怕人家看不上你。”

猛子问：“和月儿比，咋样？”

“哟——，”齐神婆怪声怪气地拉长了声音，“那可不能比呀。比样子嘛，强。月儿是个乌鸦，那丫头可是个凤凰；月儿是个臭蓬，那丫头是朵刺玖花；月儿是个红柳墩，那丫头是棵珊瑚树。比妖嘛，那丫头咋比，也比不上月儿的。人家那丫头，可实诚哩，脸上连油也不擦。你想，啥年成了，还吊个辫子。月儿是啥？是个妖精——这话，可只对你们说的，嘴牢实些，别传到她妈耳朵里——你看，嘴唇红丢丢的，头发乱蓬蓬的，走一步，扭三扭，说话嗲声嗲气，能浪出水来，像个黄花闺女吗？听说，上回进城打工，傍了个城里老板，新鞋穿成旧鞋了，却叫人家一脚踢了。那是个过日子的料吗？这山望着那山高，那边的山上有蟠桃。本是丫环的命，却好做皇娘娘的梦……当然是不能比的。”

猛子听她作践月儿，心里有了气，又不敢发作。但心底里，他也承认，神婆说的有几分像。

妈说：“哟——，亲家。你越说，越合我的心了。就要她，就要这个丫头。成了，是他娃子的造化，劳驾亲家你，多费些唾沫。”

“没说的。你的事，就是我的事。不管咋说，总是一个坛城里的金刚兄弟，看在金刚亥母的面子上，我也该尽力子帮。”

吃了一只鸡后，猛子就骑了自行车，捎着打着饱嗝的“干妈”。他穿了一身新衣，显得很别扭，但这是规矩，别扭也破不得。上人家的门，穿个破衣，人笑话哩。好好歹歹，人家也是黄花闺女，又不是寡妇，没个好陪衬，咋能上门？

按照礼行，男方上女方家，每次得买“礼行”。第一次礼重些，猛子就买了四斤冰糖，四包豆奶粉，四个罐头，还割了四斤礼方儿。这“礼方儿”，就是猪肉。按规矩，还该给神婆买套衣服，可妈说礼缺后补。猛子知道，妈怕他相不中，白花钱。

临行前，妈教给了猛子相亲的诀窍：“娃子，捉猪娃看母哩。”叫他多瞅瞅丫头的妈，看她的茶饭、卫生、脾气、待人接物等等。那丫头，能瞅了皮皮儿，瞅不了瓤瓤儿，看起来虽光花明净，说不准还是个龌龊鬼呢。那老娘，老皮老肉了，也不注意收拾，反倒能从她身上看出丫头的教养来。

齐神婆一路尽说女方好话，听她的口气，那女孩，是天上少有，地上仅有。这一套，猛子听过。哪个人相亲，“干妈”都这样，三寸不烂之舌三拨两动，就把夜叉说成仙女了。猛子懒得去理会，双福女人却溜进心了。记得，叫双福捉了奸后，他们曾半真半假地订过终身，但现在，那张纸仍将她和双福连在一起。人没笼头拿纸拴呢，咋跳弹，他们还是一条绳上拴的两个蚂蚱。这样，自己的相亲就不算失约了，可心里，仍觉得有些对不住她。

路边的地里，有许多人在薅草，从春至秋，女人都干这营生。一年中，最耗时间的，就是这活了。当姑娘时薅草，当媳妇时薅草，当了老奶奶仍薅草。这薅草，贯穿了女人一生，仿佛女人就是为薅草而生的；脸因之萎黄，手因之粗黑，青春呀啥的，就在薅草中没了。

见猛子过来，薅草的凤香打趣道：“猛子，瞅女人去哩吗？哟，穿了新衣呀。”猛子下了车子，笑道：“眼热了，叫干妈也给你找一个。把那北柱，一脚踢了，找个俏些的，有钱的，省得薅草。”凤香笑道：“不行了，老了。你可得把眼珠子拨亮，别弄个猪不吃的茄莲来呀。”北柱接口道：“就是猪不吃的，人家眼里，也是天仙呢。人家猛子不挑食，老的嫩的都能啃。是不是，齐家干妈？”神婆笑道：“人家瞅的，是地道的天仙呢，红处红似血，白处白似雪，哪像凤香，丢进牛粪里，寻不出个眉眼来。”猛子道：“谁说寻不出来？比牛粪黑的，比牛粪臭的，肯定是她。”

“挨刀货。”凤香绕个草团，打过来。猛子一避，草团打到神婆身上。凤香笑道：“哎哟，干妈，瞧，这草，也是个溜尻子呢，一见个有钱人，就亲热。”

神婆骂：“没大没小的。老骨头了，能挨这么一下？”

“猛子，可别在丈母娘家放骚。”凤香喊。

到包家了。这院落不大，矮小，土坯造，显得土眉土样，墙皮也剥落了，像褪毛时的骆驼。一见这样子，猛子就想，这人家的姑娘，好不到哪里。

“亲家——，亲家——”齐神婆扯了嗓门叫。她见谁都是“亲家”。

“哟，亲家来了？”随声音，一个老婆儿出门了。她显得干瘪，枯瘦。神婆从车把上取下礼行，递给“亲家”。“亲家”接了，笑道：“屋里进，屋里进。”见那接礼行的手上有多年的老垢甲，猛子想：捉猪娃看母哩，她的姑娘，也干净不到哪里。

屋里是着意收拾过了：正堂里，是毛主席像，边上是观音、电影明星。墙上还有一块黄布，上写“寿比南山”四个字。被子叠得也齐整。红白方格的新床单，很整洁，但猛子却老想到老女人手上的垢甲。

“菊儿，倒水来。”老婆儿叫。

菊儿进来了，低眉垂眼，模样儿倒也周正。这形神，没神婆夸的那样好，但也不是“猪不吃的茄莲”，按妈的话说：平常，平常的模样，平常的身材。猛子想：这号人，过日子行。打到的媳妇揉到的面，好调教。

菊儿递过一杯茶水，说：“请喝茶。”猛子说：“不喝不喝。”菊儿把茶杯放桌上，说：“放心喝，不要钱的。”一笑。这一下，那模样儿顿时鲜活了。猛子想：成哩。

神婆笑道：“对，好好瞅瞅，别缺鼻子缺眼，缺胳膊缺腿。菊儿，灯拨亮些。”菊儿一笑：“有啥好瞅的，不就七个窟窿吗？”猛子道：“就是，不就九个窟窿。”

菊儿说的是七窍，猛子把下边的也加上了。神婆掩了口，咯咯笑了。菊儿脸一红，也笑了。

老婆子笑道："看来，这也是个怪人。"

神婆笑道："小伙子不坏，姑娘不爱。"

"男亲家呢？"神婆问。

"给人家做泥活去了。"老婆子说，"菊儿，喊你爹去，"菊儿嗯一声，望一眼猛子，走出门。这一望，把猛子的心搔了一下，想："这丫头，耐看呢，猛一看，不咋的；再一看，哟，成哩；又一看，嘿！俊了。"

神婆笑道："亲家，你看这门亲事，是天成的。这娃儿，这丫头，一个金童，一个玉女；一个麒麟，一个凤凰；一个金杵，一个玉碗；咋看，都像一对儿。我说，就定了吧，你们啥时上门，看家道也成，不看也成。要说那家道，也没啥看的，沙湾头一户，要啥没有？我老说：老顺，你前世咋修的？修来的这么些福，吃香的，喝辣的，穿红的，挂绿的，要啥没有？不说别的，光那兔肉，一立秋，就能吃到第二年春上，顿顿的肉呀。亲家，别人家，一年难见几回肉星儿，人家老顺，嘿，酒池肉林哩。要有个三宫六院，七十二妃，就跟皇宫差不离了，丫头一过去，就是皇娘娘了。"

猛子偷偷笑了。这一大堆动听的话里，只兔肉有点根据，别的连影儿也没有。真难为了这张嘴。

"有你哩。亲家，有你哩。"老婆子说。

正说着，菊儿爹走了进来，一身泥点，显是才从工地上下来。菊儿似乎很不满意爹，觉得失了面子，打来一盆水，放地上。老汉跟神婆打过招呼，洗手洗脸。

神婆道："亲家，该享享福了。"

老汉边洗脸，边说："享啥福？老牛不死，稀屎不断。天生一个苦命人，不生发几个，喝风呀？"菊儿道："少说两句。"老汉道："丫头，嫌爹给你丢人？谁也是庄稼人，谁也得吃五谷，凭了双手挣碗饭吃，有啥丢人的？干一天给十五块，不挣白不挣。"

"行了行了。"菊儿道。

猛子接口道："这年头，光种地咋成？能了活，了活几个，也多少是个贴补。"菊子望了他一眼。老汉说："就是。"

神婆说："你这女婿……"猛子肚里笑了，八字还没一撇，成"女婿"了，偷眼望菊儿，菊儿也望他，视线一碰，菊儿红了脸。"……你这女婿，可是个有本事的人，做买卖是把好手，放鹰了，捉兔了，能得很。还是个义气人，谁有个难处，一张嘴，五十也给，一百也给，都叫他及时雨呢。"

菊儿笑出声来。

猛子脸红了。这神婆，说大话，也不分个场合。说到买卖，只跟白狗收过几回农副，还赔了；至于那及时雨的事，哪有个影儿？自己也难见个百元的票子，拿啥送人？

菊儿一笑，神婆也觉出啥了，打个哈哈，又对老汉道："那家道，可真是沙湾头一户，好大个家业。哥哥死了，嫂子迟早改嫁。兄弟在外面谋了个差事，听说财发大了，打死他，也不往这沙窝里钻了。弟兄三个的财产，他一个人得了。三碟儿合了一大碗，满当当呢。丫头一过去，就是掌柜的，左手抓金，右手捧银，前脚踢秤，后脚关库房门，有你们老两口享的福呢。到时候，可别吃得走不动呀，给我也留些汤水。"

菊儿望猛子一眼，抿嘴一笑。老汉说："有你亲家哩，你瞧着咋好，就咋好。丑话说到前头，我们老两口，娃子分家另过，就剩这一个丫头。婚礼可含糊不得，我们养老，还先靠它呢。"

"哟，亲家。"神婆道，"亲家真是个直爽人。直爽人好呀，有话说到面里，有屁放到圈里。这号人，最对我的脾胃。那婚礼，还有啥说的？只要你张嘴。你能张嘴，人家就能办来。不就牛身上拔根毛吗？不过，我瞧你亲家，也不是个狮子大张口的家儿，像你们老两口这么面善的，我还没见过呢。太大的数儿，你们也张不开口。是不是，亲家？"

老两口互相望望。老婆子说："可也不能亏了我们。"

"哟，瞧你说的。"神婆笑道，"亏天亏地，也不能亏你亲家。不说别的，只瞧这灵丝丝一个天仙女，剐了肉卖，也值几个金元宝呢，能亏了你？可丫头，过去也要过日子哩，要太多了，名声不好听，好像你亲家指望着丫头活人似的。我见人就说，人家包亲家，别看人穷，可志不穷呢。穷了身子穷不了心呀。不像有些人，身上穿的毛料子，手上戴的金镯子，怀里揣的新票子，可心穷。包亲家钱少，可心不穷。”

猛子简直五体投地了，这等口才，这等心机，他是望尘莫及的。那菊儿，低了头笑，时不时，偷眼望一眼猛子，望得猛子焦渴难忍。

老婆儿好容易瞅个机会，插话道："可人总得吃饭呀？”看来，她也没叫神婆的那番话灌晕。

“瞧你说的，亲家。”神婆喝口水，“有了这么有本事的女婿，能叫你们两个活宝受穷？人家老两口，贤惠得很，自己宁饿一口，也要叫人吃饱，能眼睁睁叫你亲家受孽障？再说，还有我呢，我老嘴老脸地穿针引线，他别人想亏你，我也饶不了他。我就说，亏天亏地，也亏不了亲家。我不信，谁能打我的脸？他全沙湾所有吊把儿的男人，借他十个胆子，也不敢。何况，你那两个亲家，真是个贤惠人呀。”

老汉呆呆地坐着，许久不语。终于，他问出一句："你说，多少合适？”

神婆却把球踢回去了："你瞧，亲家，过得去就成。不对亲戚是两家，对了亲戚是一家。少了，亏你亲家；多了，你丫头面子上下不去。差不多就成，马太快，牛太慢，骑个毛驴儿走中间，中间就成。”

老两口却给她暴风雨般的语言打蒙了，你望我，我望你，谁都说不出个中间数儿。一谈婚礼，菊儿就不自在了。这阵势，在骡马市上老见，就出去了。神婆见俩“亲家”不好当着“女婿”的面张口，就对猛子说："你也出去一下，我们喧和喧和。”

猛子出了庄门，见菊儿正倚了门框，望那母猪，就也望去。猪旁是一堆猪粪，一垛麦秸。十几个猪娃在吱吱哇哇追逐。猛子很想和菊儿说句话，可又不知说啥好。菊儿却问了："你念了几年书？”“初中。”“我也初中。我还想上高中呢，可爹妈不供。”猛子说："我是爹妈供，我不想上了。念书没用，花上几万上大学，又不分配工作。有啥用？”菊儿望他一眼：“咋没用？总比当牲口强。瞧，他们，那口气，跟骡马市上一样了。”

猛子半开玩笑地说：“那你别要钱呀？”菊儿也笑道：“你以为我就那么贱？现在的人，不要钱的心不疼……”又狠狠盯猛子一眼，“我不知道，你还动这心思。”

猛子笑道：“啥心思？我连书都没心念，还有啥闲心动心思？瞧你，也是个难伺候的主儿，爹妈要钱了，你说当牲口了；不要钱，又说贱，左也不行，右也不行。”

菊儿笑了：“他们养个人不容易呢，该要个金山才是。”

猛子笑道：“别说金山，金海也得出，把爹妈剐着卖了，你一过门，就手背朝下要饭去。”菊儿笑道：“成哩。我还羡慕那些走南闯北的乞丐呢，人家啥地方没走过，啥场面没见过？我们，盆盆下的蚂蚱呢。”说着，叹了口气。

正说着，菊儿妈出了庄门，对猛子说：“亲家喊你呢。”

猛子一进书房，神婆就说：“差不多，不亏东家，也不亏西家。猛子，连衣服啥的，一包在内，一万，订婚送四千，送婚送六千。有心了，你给外父外母扯一套衣裳，没心了，人家也不要。”

“扯，扯。”猛子忙说。他知道，这数儿，真是中间价。神婆的儿媳妇，都花了一万五呢，还不算冬衣钱、夏衣钱、逢年过节的零花钱、开箱钱、开包袱钱等等乱七八糟的钱。这乱收费，已深入婚姻了。

4

相过亲后，神婆来催了一回，要问个实信儿，定个日子，好给那边回个话。老顺懒得和这个“脸皮比城墙厚”的“活爹爹”谈婚论嫁，就叫老伴去问。猛子却因曾和双福女人谈过嫁娶之事，说好她若离婚，自己就娶她，可现在，人家婚还没离，自己就已相亲了，实在有些说不过去，便想探一下那婆娘的口风再说。因为相个亲，没啥要紧，只买点礼行就成，花不了几个钱。订婚可不一样，一订，就得送订婚的彩礼。若女方反悔，那彩礼一分不少，要退给男方。若男方反悔，彩礼就成了女方的遮羞钱。这是千百年的规矩，谁也破不得。妈一问，猛子只好胡乱地吭哧，不说成，也不说不成。齐神婆得不到个准信，大发脾气，说："生娃娃的不急，倒急死接生婆了。"猛子却想：先探探那婆娘的口风再说。

吃过晚饭，妈洗了碗筷，和兰兰进了北书房，去修那金刚亥母本尊法。猛子出了家门，见一群人在桥头上叽喳。这"桥头"，并无桥，只有一大堆黄土，人们蹲呀坐的，方便，就成摆龙门阵的地方了。上了黄土堆，东望，可见沙窝，就是书上说的那个叫"腾格里"的大沙漠。吃过晚饭，汉子婆姨便自发地聚到这里，发布些新闻啥的，倒也热闹。

自弟弟出去后，家里少了说话的，猛子心里空堂了不少。虽说灵官也不是他的知心人，但总能斗阵嘴，磨阵牙，时不时地，还能拽出点笑声。现在，抬头是爹，低头是妈。两个老的又老是犟嘴，常为些针头线脑的事争个脸红脖子粗。屋里便闷了许多。

更糟糕的是，这日子，是越来越难打发了。地里活多时好办，苦个驴死鞍子烂，脑袋才挨上枕头，呼噜声就响了。怕的是农闲时，地闲了，人闲了，日子短了夜长了，便有了太多的难熬。除了到桥头上闲谝外，真想不出再有个啥干的。那日子，真成"熬"了。熬上一天等于两半日子。村里，连个消磨时间的玩意儿也没有，活得真没劲。

最可怕的，除日子的难熬外，还"没个啥盼头了"。这本是爹妈的感叹，却不觉间进了猛子的心，时不时地，就拽了心，荡几下真没盼头了。以前，还有想头：饿了，想吃的；冷了，想衣服；燥了，想女人。现在，饿呀冷呀离得远了，女人也不过那么回事，几分钟的用途。一完，就觉得这玩意儿也可有可无。那么，就该有个"盼"的东西，就像爹娘曾经盼弟弟考上大学，"月月有个麦儿黄"，过几天好日子一样。还是有个盼头好。他想。

不觉间，猛子就到双福家门口了。这门高，大，总叫他产生被压迫感。这劈面而来、巍巍峨峨的门庭太欺负人，仿佛在说些很嚣张的话，很令猛子恼火。这感觉，会一直延续到双福女人脱衣之后。这时，他就觉得双福也没啥，你门高门大有啥用？女人照样叫老子压在身下。但女人一穿衣服，猛子又憋气了。因为，那衣服呀，家具呀，电器呀，也会像门庭那样，说些很嚣张的话。

双福和女人的婚至今没离。据说，双福忙是一个原因。他的财势又扩了，许多大建筑项目都是他投标修建，暂时还顾不上处理那些屌长毛短的事。但另一个众说纷纭的原因是：双福正在争取个啥劳动奖章，不是“五一”，就是“六一”。究竟是几一，谁也弄不清楚。想来是“六一”，因为乡下人眼里，数字大些当然好些。双福怕离婚一事，影响自己的形象。当然，更有一种说法：双福怕一离婚，他的财势就一分为二了。

猛子在高大的门庭前憋了一阵气，但那门庭依然高大。猛子只好把憋的气变成长长的叹息了。

吱呀一声，门开了。女人出了庄门，见是猛子，撇撇嘴，把一盆水狠劲泼了出去。

“进呀。你癞蛤蟆告天爷吗？站客难打发呀。”女人挑挑眼，说。

说来也怪，跟女人越接触，猛子越打骨子里看起这女人了，和她结婚的念头也越淡了。女人是啥？娶来的媳妇买来的驴，任我打来任我骑。这婆娘，心又高，气又傲，人家不骑你，你就烧高香了。一想娶她当女人，总是心虚。猛子知道自己肚里有几两酥油。好饭无盐水一样，好汉无钱鬼一样。连毛撕不上一盘子的猛子，在这女人跟前，咋也髭不开翎毛，抖不出威风来。但有一点是肯定的，他觉得自己有些离不开她了。先前，下腹火炽的时候，便是想她的时候。现在，改了：心里一空堂，这婆娘那张讨人喜欢的脸就乘虚而入了。一想她，猛子就会想起个词儿：知音。虽说猛子也知道，自己没个啥“音”值得叫人家“知”。但这个词儿，要比“心肝”呀，“宝贝”呀，“心头肉”呀啥的文明。时代在发展，人类在进步，猛子也变文明了。

丫头叫双福接去城里念书，女人屋里就空堂了。馍馍老在盘儿里放着，猛子啥时想“吃”了，就来；想做啥，就做啥。这女人一张口，就是叫猛子刮目相看的一大堆词儿，把他的心也熏亮活了。人说，好女人是一本书。至少这女人就是，而且，是本大书，老翻，老嚼，却不腻，总嫌翻不透。

因为她明里还是双福的婆姨，两人没再谈婚呀嫁呀的事。车到山前必有路。双福不急着办手续，女人也不急。到哪山，打哪柴。有了猛子，她水也行着，磨也转着，没个啥急的理由。猛子也一样，急的是他爹，身上背不住烫面条儿，三天两头就找神婆，想把这羊头上的毛燎掉。真是"生娃娃的不急，倒急死接生婆"了。猛子笑了。

"笑啥？"女人挑挑眼，"瞅准了没？把灯挑亮些，可别挑来个猪不吃的茄莲。"

"人家，是天仙女呢。哪像你？一座肉山。干个啥的，也像东洋大海里掉进了一根针。"

女人吃吃笑了，道："没跟你嫂子学花儿吗？那首花儿咋唱来？'心肝妹妹别嫌我的尕，裹上些布来缠上些麻。'"

猛子笑道："你尽想这些。怪，这花儿里啥都有，你有啥心，就有啥花儿。真是的，我倒觉得有首花儿好。一空扎个手到你这儿来，就想起那花儿了。""啥？""枣红马儿走的好，尾巴上绾了个绣球。看一回尕妹没拿头，口里含了颗大豆。这词儿好不？可惜我五音不全，一出声，怕老鼠都夹不住尿了。"

女人笑道："你没拿头就没拿头，也用不着含啥大豆。其实，啥都比不上人。人才是个活宝。人真怪。活个几十年，为啥不恩恩爱爱好好地活，却去追别的东西，啥钱呀，名呀，利呀，无休无止的。等到手了，人也该咽气了。好好一个大活人，为啥不贴心贴肺地爱？不变着法儿，爱出花样，爱出滋味，却图那些虚名虚利干啥？莫名其妙。"

猛子眯了眼，望女人一阵，道："你不是说男人仅仅是个屌吗？"

"没错。"女人笑道，"可也不仅仅那样，还得为心活呀。女人总爱寻个盼头，有盼头，就把一辈子祭出去。没盼头，连个笑脸也懒得露。谁不是这样呢？有为爱的，有为子女的，有为丈夫的。若没盼头，心就死了，人就跟牲畜差不离，不过多个说话，少个尾巴。"

“你呢？你图个啥？”

“我？”女人拧眉一阵，冷冷笑了，“我图一口气。我要把眼睛睁得大大的，看那一阔脸就变的浅碟子有个啥好果子吃。知道不？这老天爷，打盘古起，就划好了一个道道儿。谁也逃不过这道道儿去，那就是：有多红，就有多黑。”

一股冷气，蹿上猛子脊梁。

5

出得门来，猛子还被女人的话震撼着。这婆娘，真不简单。想想赫赫焰焰的双福，再想想孤孤凄凄的女人，猛子呲起了牙花子。一个财大气粗，如日中天；一个被人抛弃，守着活寡——想到“活寡”，猛子晃晃脑袋，笑了——这对比，叫猛子的心一下子抽紧了。

想当初，双福穷得夹不住屁时，秀秀跟了他。那时，他是啥？二杆子，贼疙瘩。她是啥？秀女。用瞎仙的话说：“生得齿白唇红，面如桃花，走路就像春风摆动了柳条那么好看。”提亲的涌破门呢。爹宁叫秀秀死，也不叫她嫁双福。秀秀宁死，也不嫁别人。死死活活，闹了一阵，才洞房花烛，成大团圆。现在呢，你驴撵的双福，一阔脸就变，眼睛红了，认不得人了？你顶个箩儿，就当个天？抓住个屁大个事儿就想离婚？你想摔了旧貌，换个新颜？你指头入到屁股眼里思谋一下，算人不？

猛子咬咬牙，想到女人的话：“有多红，就有多黑。”得叫你败，等你穷得连鼻涕都吸不住时，就会定准定盘星，知道自己有几两重。

路不平，众人铲哩。

你不是“能”得拉不下屎吗？那就叫你败！

可一想双福的赫赫势焰，猛子又泄气了。那真是个庞然大物呀。一想到他，就像想到了老天爷一样，连个下口的地方都找不到。若是双福的钱集中到一个万人把守的所在，猛子也能变成老鼠，自浇汽油溜进去，烧他个鬼哭狼嚎，一贫如洗。水拉火烧单日穷哩，这是凉州贤孝中常有的情节。可双福，已不仅仅是一大堆纸币了，他有公司，有大楼，他的建筑器材据说至少千万，还有钱啥的……不说这些，哪怕大水冲了他的全部财产，他穷得只剩下个“双福”，凭这名头，他照样能贷到款，照样能闯出万儿。几年过去，照旧成一个赫赫焰焰的双福了。

想到这，猛子才明白双福有多么强大。但怪的是，猛子心里的女人也强大。女人的冷笑，老在心头石头似的滚。老听她说老天划的那个道儿：有多红，就有多黑！

可猛子能发现双福“红”的途径，却找不到叫他“黑”的办法。他即使是个老虎，也吃不下这个天去。

不觉间，猛子出了村子，上了沙丘，坐在那个高突突长满芨芨的沙丘上。望着瑟缩在沙海皱折处的村庄，他心头灌了铅似的沉重。秀秀的影儿，老在眼前闪。猛子知道，双福和她离婚，是迟早的事，就像爹说的那样，“羊头上的毛，迟早得燎”。那时，赫赫焰焰的双福依旧赫赫焰焰，秀秀也依旧会待在沙漠皱折处的一所小院里，女巫似的笑，也女巫般睁着在黑暗中发亮的眼，等着老天划的那个叫双福“黑”的道儿来临。

夜降临了。月亮白孤孤的，照着大漠，照着村子，照着莫名其妙地长大，学会了莫名其妙地思索的猛子。带着沙米黄毛柴和其他混合气味的漠风，轻悠悠荡来，在猛子心上拂，拂一阵，猛子便化在漠风里了。

不知过了多久，一阵犬吠传来。猛子激灵一下，心便怯了。月光下，沙漠啥的，都模糊出神秘了。神秘里有沙狐，有沙老鼠、沙娃娃……有一些多愁善感的小生灵，也有坟堆，和游来荡去的磷火。还有鬼魂。今夜，他有些相信鬼神了。这一点上，他和爹一样，半信半疑，时信时疑。需要信的时候，就信，比如上坟烧纸祭神；需要疑的时候，又疑，比如爹一和妈吵架，就扔香炉，骂菩萨，说些对鬼神大不敬的话。

猛子想，夜幕里应该有鬼神。不远处，一道巨大的黄土岭在月光下模糊出磅礴的轮廓。那里，埋葬着世世代代的沙湾先人。岭上，有许多砖石垒的圈。圈里，是许许多多的坟。坟里，埋着整个家族的先人。那家族，各有名儿，如白虎关、巷道里、金银城等。每个名儿，代表着一个大族。每年的三月清明、十月初一等节气，就会有黑压压的孝子贤孙们来这里烧纸祭先人，先人们就会乐颠颠变成一个个小旋风来接受祭祀。而后，就带着子孙们烧的纸钱，去阔阔气气过几天鬼日子。

那土岭很高，很大，俨然成山了。其名儿，也叫黄龙山。先前，山上有黄龙庙。每到初一十五，必须上供。一不上供，龙就怒，风就吼，沙子就咆哮。一座座沙山也蠕蠕而来，压房屋，埋庄稼，把人烟填个一干二净。后来，破四旧毁了那庙，老百姓也懒得再建。既然供得不好便招祸，索性便不供它，倒也清静。

倒是那土地庙还保存着，塑个老头儿，倒也不霸气。你烧香也成，不烧香也成。他也不嚷，慈善了脸笑。土地庙上方，就是金刚亥母洞。听说历史上很有名，但那是历史的事，猛子也懒得打听。

那黄土岭，年代久远了，听黑皮子老道说，这儿曾有龙脉，能出皇帝的。对皇帝那玩意儿，除了三宫六院、七十二妃、三千宫女外，猛子也不羡慕别的。听说，只那每天大清早的上朝，就是个头疼差事。猛子信爹的话。爹说："不信皇帝吃山珍海味，会比老子吃野兔肉香。"

据黑皮子老道说，沙湾的龙脉，到了该出皇帝时，却叫皇家斩了。说是那皇帝心虚得紧，总怕别人沾龙气，就设个"钦天监"，天天望气，见哪儿有龙气，就斩。龙气是啥样儿？谁也没见过。黑皮子老道说，那龙气，里面红，外面黄，有五种颜色，有的像龙，有的像凤，有的像龟，有的像大伞，有的像巨人，垂了手，立在太阳的西面。那气，能直透天庭呢。老天怕沙湾的龙气叫皇家望见，就派个乌云狗来，癞皮，脓疮，在坟上拉屎，一堆，又一堆，终于盖了坟头，龙气就隐了。一天，有人发现狗竟在祖坟上拉屎，就一棍子打死了它，清理了坟上的狗粪。这下，不好了，哗，坟中龙气，直射天空，把天上的紫微星也冲进了北斗星的斗口。皇家这才发现了，派人来斩。听说，白日斩，夜里长，人山人海，折腾了一月，却连个土皮也揭不了。某夜，一人来取忘下的洋镐，听到山中有人说话："哼，除了红谷子糠黑狗血，他连个屌也斩不了。”第二天，就边斩，边撒红谷子糠黑狗血。终于，挖出了一个芦芽。一锨下去，滋——，一股黑血，冒到了几十里外的一口井里。清末，那井主人的后代里就出了个大官：两江总督牛鉴。猛子在历史书上见过这名儿。洋鬼子的炮声一响，他就夹起尾巴，跑了个一溜风。他留下的，除了这传说，还有“牛家花园”，在凉州很有名。

据说，那芦芽就是龙脉。据说，是龙脉的芦芽都有血。据说，斩龙脉的那夜，沙湾人的第三十二辈祖先生下了一个丫头，是正宫娘娘。同时，家里的骒马也生了匹金马驹儿。龙脉一斩，金马驹死了，正宫娘娘也死了。

还有许多“据说”呢。

月下的黄龙山黑黝黝的，仿佛大了许多。夜真好，月也好，多寻常的东西，叫它们一修饰，就神秘了。这不，月下磅礴的那条游龙，在昼间，不过是一道土岭，黄苍苍，光秃秃，半土半石。那龙头所在，有一道豁口，据说是皇家斩下的。

忽然，猛子脑子一动。

对了，斩坟！

沙湾人都知道，双福发财，是因为他爹的坟好。那坟，四面高，中间低，坟四周，环绕着一圈芦芽。一到夏天，芦芽就蹿出许多彩旗似的芦叶，在风中招摇得忽喇喇响。

那就掘他个驴撵的坟！

第　五　章

侧棱棱睡觉仰面听，听不见阿哥的骆驼声。

1

月儿要跟莹儿学花儿，莹儿答应了。从一份报纸上，月儿看到了一则消息：省城兰州的花儿茶座需要会唱花儿的女孩子，她就想学点花儿。说不准哪一天，她还会出去。

对灵官的出去，月儿深以为然。她对莹儿说，在这个狼都不拉屎的沙旮旯里，只有两条路：要么憋死；要么像父母那样觉不出憋而幸福地活着。

灵官的归来，成为莹儿最美的期盼。怪的是，灵官并没许诺啥，莹儿却相信灵官会回来。村里人也相信灵官会回来，见了老顺，谁都问："灵官快回来了吗？"老顺就欢欢地答："快了快了。"

"快了快了。"这是莹儿最爱听的词。

莹儿在教月儿花儿的过程中反刍着过去。一曲曲回肠荡气的花儿，勾起了一次次刻骨铭心的记忆。那唱音，有种动人心旌的魅力。那是带泪的倾诉，含笑的哭泣，顿悟时的超然，惨痛后的微笑。唱不了几首，莹儿眼里便溢满了泪。用不着解释，月儿也能感受到莹儿心里的那份真情。这便是花儿的魅力。它仿佛是一只神奇的手，从心里抓出那份生命的感觉，全部地放到了听者的心中，引起她灵魂的共振：

绳子拿来背绑下，
柱子根儿里跪下。
刀子拿来头割下，
不死是这么个做法。
桂花窗子桂花门，
老天爷堂上的宫灯，
杀人的刀子接血的盆，
小妹妹没有悔心……

唱这类花儿时，莹儿便成了世上最坚强的人。那份执著，那份坚强，那份为爱情宁死不屈的坚韧，仿佛不是从那柔弱的身子里发出的，而是来自天国。月儿被深深地感动了。她读过许多小说，小说里有许多坚强的人，说过许多坚强的话，但给她灵魂的震撼，远没花儿强烈。“浑身打下的青疙瘩，不死老这么做哩。手拿铡刀取我的头，血身子陪你睡哩。”这仿佛已不是爱情了，已成为信仰，成为宗教，成为人生唯一的慰藉。这就是花儿，是西部独有的歌，是灵魂的诗，是贫瘠的人生中繁衍绿色抵御风沙的芨芨草。在莹儿如泣如诉的歌声中，月儿咬着嘴唇，闪着泪花，灵魂被那夺人魂魄的韵律荡出一阵阵战栗。

两人唱一阵花儿，都沉浸到花儿独有的艺术氛围里。溢在心头的，是扔下重负后的轻松，是淋漓痛哭后的酣畅，是呐喊后的释然，是求索后的欣慰。

奶过娃儿，哄他熟睡了，给婆婆安顿一声，莹儿和月儿出了庄门。月儿想叫上兰兰，莹儿知道她正在修炼，就在嘴上竖了根指头。

两人唱着花儿，到了村外的沙丘上。这沙丘，便是莹儿的感觉中送灵官渐去渐远的那个。在那株黄毛柴旁，她站成一道风景，并感动了自己。一条灰线似的小道，蜿蜒远去，通往一个更大的世界。那沙道上，应该有一个人，在她的凝眸里渐渐远去，融入遥远的地平线里。她便唱那首“眼泪花儿把心淹了”的歌，在这黄沙掩映的世界里，唱出了一抹醉人心弦的风景。

沙丘上，是芨芨和一些沙生植物。此外最醒目的，便是鼠洞。那黑洞到处都是，鼠们也四下里窜着。月儿惊叫着抱住莹儿。莹儿却淡淡地笑笑。先前，她也怕老鼠，后来，她经历了丈夫的死亡，就啥也不怕了。就是。还有比死亡更可怕的吗？若有，便是自己死了的心了。

月儿肩上有只蠕蠕而动的虫子，弓着身子，一伸一缩，好个嚣张。沉浸到花儿的境界里，两人模糊了外部世界，没留意树下蛛网似的交织的虫子，虫子便趁机游上了月儿。莹儿没惊动月儿，轻轻弹下了它，又发现自己裤腿上也有只小虫正放肆地往上爬，也弹下了它。

莹儿发现，她已不是先前的她了，仿佛明白了许多，心灵已到了一片很大的开阔地。究竟明白了啥？不知道，只觉得明白了，看开了以前看不开的事。先前，心不属于自己，老叫一种情绪牵了去。比如，先前她最怕虫子，一见那绿绿的毛毛的虫子，汗毛就立起了。现在，她明白了，虫子不吃人，不咬人，真没个啥好怕的。再比如，先前，她最怕和灵官分离，一想，就觉得没活头了，真像花儿唱的那样：“哥哥走了我配瓜，手拿瓜花儿灰塌塌。”现在，心也灰塌塌过了，便明白了灰塌塌后的心还会温馨，还会灿烂。一切怕，终究没啥大不了。也许，这是一种进步。那么，谁使她进步的呢？她当然明白，是死亡。

丈夫死了，虽不爱却朝夕相处的丈夫一下子从生活里消失了。死亡是最好的老师。明白了死，才会明白生。

莹儿眯了眼，望着梦幻中的灵官走向外面世界的那条小道，坐下。透过黄毛柴棵，回望村子。和背后巨大的沙漠相比，院落显得很稀落。在黄沙的映衬下，村子也灰塌塌了。靠沙丘的这边是一大块地。地里有一头牛，一个人。人赶着牛，正在犁地。地头上是麦草垛，和几只刨食的鸡。就这样，大漠、庄子、人、牛、鸡、麦草……还有身旁时不时乱窜的黄毛老鼠，构成了她生存的世界。

近年来，这简单而局促的世界，随了她的经历和情感，时而丑陋，时而美丽，时而浪漫，时而凄惨，终又归于平淡了。真应了那歌中的话：“平平淡淡才是真。”

“瞧，这就是家乡。”月儿停止了吟唱，撇撇嘴。

莹儿皱皱眉。月儿身上，有许多叫她喜欢的东西，唯独不喜欢的，就是这一点。月儿向往外面的世界，该；但相应否定了沙湾，不该。很奇怪。莹儿自己也嫌这沙旮旯闭塞，却听不得月儿口中吐出的类似内容。沙湾是小，是穷，是贫瘠，可这是她的家乡，是灵官的家乡，是娃儿——想到娃儿，她的心一荡——的家乡。这儿，养育出了灵官，才使她的生命有了最耀眼的一段绚丽。月儿，你不该嫌的。城里好，那是人家的。但莹儿只是皱皱眉，啥也没有说。她觉得奶子很胀，就敞开怀，滋滋地挤了一阵。一线线乳白色的液体射到黄毛柴上。

西天上抹着很红的一道霞。那红，沁到心里，暖融融的。落日是最美的景色，美得叫人直想落泪。那美的红，均匀地洒上沙丘，洒上柴棵，洒上村落，也洒上那个叫“生活”的词。月儿，你是否觉出这美？这是大自然的花儿呀，你觉得到吗？你呀，这无声的花儿，都荡进心了，听，都荡出奇异的旋律了。莫非，你真是“松木杆子柳木桶，千提万提提不醒”？月儿，觉不出这些，你只能成花儿歌手，却成不了“花儿仙子”。“仙子”是啥？“仙子”就是花儿的出口。那口，不是她的，是大自然的。口一张，天籁就流出来了。

2

莹儿这才明白，她和灵官之间为啥能产生那样一段恋情。而且，她相信，月儿和灵官不一定能。月儿很清纯，很漂亮，很灿烂，唯独缺少的，是那种心灵的默契和共振。许多时候，面对大漠，面对星夜，或面对一些触及她灵魂的现象，奇妙的感觉才产生，灵官就说出了它。比如现在，若换了灵官，面对这黄昏的落日，面对这辉煌了或萧条了的大漠，灵官定然有许多感慨。那感慨，恰恰也是莹儿想说的。而月儿，却着意用“向往”和“理想”的噪音，干扰了大自然最美的音律。

莹儿给月儿讲了花儿的种类和格律，如“单套子”、“双套子”等。月儿听得很认真。但莹儿感觉到，月儿学花儿是为了“用”，而自己唱花儿是因为“爱”。这是最本质的区别。前者，只能成为歌手；后者，才能成为“仙子”。爱是大海，花儿是浪花。只要有爱，花儿就自然流出口了——

河里的鱼娃离不开水，
没水时咋么价活哩；
花儿是尕妹的护心油，
不唱是咋么价过哩。
烟洞的山上兵来了，
刀杀了众百姓了；
手提着大棒打来了，
要花儿不要命了。

瞧，花儿比命贵哩。

讲阵花儿，唱阵花儿，那感觉，又在心里浓了。莹儿便借故撒尿，到远处的沙洼里。沙洼里草多，被霜掠过，干刷刷响。一纹纹沙的涟漪波荡开来，与天接一起了。天的那边，有灵官，有那个叫她梦萦魂绕的冤家。冤家，你可知道？此刻的我，正想你呢。“想你想得吹不灭灯，灯花花落下了多半升。”你的名字，是我心里最好的花儿。灵官，我的冤家。灵官，我的“挨刀货”。灵官，我的剐你千万刀也解不了心头之恨的冤家呀。你在干啥呢？你是否忘了这个狼都不拉屎的沙旮旯？你是否忘了还有个把水灵灵的眼睛都望成干窟窿的莹儿？天凉了，你可要添件衣服。你知道不？我最不忍心听的，是那首《小男儿出门》呀……“刮了一场冷风下了一场雪，谁知道我小男儿的冷和热。”知道不？这几句，是利利的小刀儿，总在心上剜呀剜的。你个冤家。

知道不？你的儿子会笑了。一笑，鬼鬼的，可像你啦。一见他，谁都怪怪地望我。望就望，我才不管呢。只是，本该叫你爹的，却只能叫叔叔了——

噢，“叔叔”是城里人的词儿，沙湾人叫“佬佬”呢——将来，他会“佬佬——佬佬——”地叫你，像你妈叫猪一样。可笑不？

莹儿笑了。脸上虽是泪花闪闪，但她确实笑了。

3

奶丢了。

莹儿回了家，一喂娃娃，却发现奶没了，挤也挤不出一点。妈问："你泼过奶没？往外面。那奶，可不能乱泼。"莹儿说："没泼过。后晌和月儿出去，奶胀得慌，在沙丘上挤了一阵。"

"这就对了。"妈说，"奶丢了。知道不？那娃儿吃的奶，乱泼不得，一泼就丢了。得拾。走，你带我去。快些拾来，夜里要挖獾猪呢。齐神婆催着叫猛子订婚，可没钱，挖个獾猪儿，多少变两个钱。"

莹儿问："谁收獾猪？"

妈说："不收獾猪，收獾猪油。专治积食，牲口结症，消化不良，一吃就好。一两十块钱，一斤就是一百。一个大些的獾猪，刮七八斤油哩。"

又说："现在的獾猪，正肥。等冬上，獾猪就瘦成猴儿了。挖了，也没几两油。那东西怪，冬眠时，围个圈，一个的嘴对一个的屁股。肥的就能把能量传给瘦的，才能维持到春上。"

两人边喧，边去那个沙丘。莹儿感到好笑，就那样挤几下，奶就丢了？莫名其妙。可真丢了，胀胀的奶子瘪了，充足的奶水没了。娃儿吮一阵，吮不出啥来，就哇哇大哭了。真是好笑。

喧一阵獾猪，婆婆又开始别的唠叨，叫她少和月儿那“货”在一块儿搅，你瞅那眉眼，能是个好货？心比天高，命如纸薄，狐眉狐眼的，哪像个规矩人？跟好人学好人，跟上龙王打河神，一块儿待久了，熏也把你熏坏了……又叫她少在人面子上说笑，“憨头刚走，你一嘻嘻哈哈，人还当你有外心了，熬不住了，说啥难听话的都有”。

莹儿微微笑着，由了她说。婆婆老说："能给媳妇个好心，不给她个好脸。"有好心就行了。她听得出那是好心，由了她说去。

妈又说，有些地方不干净，煞气小的人去不得，一去就着祸。沙丘那儿，六〇年饿死的人都埋在那里，死了一茬又一茬，埋了厚厚一层儿呢，是有名的"饿死鬼"地方，你的奶肯定叫"饿死鬼"偷了。先前，那儿安过个场，怪得很，庄稼再好，也亏。值夜的社员老看到有人偷麦子，可抓不住。麦堆上的印子也好好儿盖着，没见人动过，你说怪不？有天，我去值夜，见孟八爷前头走，就喊，可他低了头，直往前走，咋也追不上，追着追着，就不见了。到家里，孟八爷正和那老贼喧呢，他说哪儿也没去过。你说怪不怪？那是个乱葬岗子，不丢奶，还能饶了个你？

莹儿仍是笑。这些，她都听过。可怪，和月儿去那儿时，咋没想起这是个乱葬岗子呢？丈夫一死，她的胆子奇怪地大了。凤香曾偷偷问："憨头可是个小口呢，可没老人那么安稳。你怕不怕？"莹儿答："怕个啥呀？"连她也觉得奇怪，先前的"怕"溜哪儿去了？

"怪，奶咋能丢？"莹儿笑道。

"咋不能丢？别说奶，水也丢哩。你过门的那年，家里就丢水了，挑着满满的一缸水，忽然不见了。神婆说赶紧找，不然，一家人会缺水，会渴死，就找。哎呀，膀筋都跑断了，才在西山坡的牛蹄窝里找到了水……一勺儿，就那么一勺儿，找来就没事了。知道不？毛旦家也丢了水了，没找到。后来，一家人死得只剩下毛旦了，都发烧，都喊口渴，嘴都烧成个黑壳壳了。怪不怪？才活了狗大个岁数，经的倒不少，啥怪事都见过。"

说话间，上那沙丘了。太阳落山了。天还没黑透。沙丘上的各类植物都慢慢地往夜里跑去。风凉飕飕吹来，带阴森味了。猛子妈打了个寒噤。因喧了鬼，心便怯阴阴了。望莹儿，却不显异样，就私下里笑了，想，连个年轻人都不如了。她狠狠清清嗓门，跺跺脚，拍拍衣襟，看那架势，接下来该说惊天动地的话了。谁知，却倏地跪下了。

莹儿偷偷地笑了。

莹儿四下里看看。远处，已模糊成夜了，近处，却白孤孤的，像黎明时的鱼肚白。贼大贼大的月亮，刺目地悬在空中，很扎眼，仿佛那是蛮横地闯入天空的异类。许久没见它了，猛一见，心都激灵了。想想年来的一切，仿佛沧桑成历史了。死的死了，生的生了，爱恋也有，离别也有，生老病死，都经了，都见了，心反倒宁静了。怪得很，想想，多大的事儿，哪怕天大，过来一想，也仅仅是个事儿，仅仅是在生命的记事簿上画了个道道而已。大事，一个道儿；小事，也一个道儿，难说哪个大哪个小，哪个深哪个浅。许多时候，大事反倒恍惚了，冷不丁想起的，反倒是小得不能再小的事儿，比如灵官睡醒时的那个仿佛痛苦至极的呵欠。

妈跪在那里，烧了香。那火柴忽悠悠亮了几次，都叫漠风吹熄了。她撕开衣襟，搂了火，才燃了香。一股奇特的香味儿飘了过来。一闻这味儿，不宁静的心也宁静了。那是抚慰灵魂的风，忽悠悠，荡呀荡的，便把心中的疙瘩荡化了，把心也荡化了。莹儿不接受兰兰的那种修炼，却接受了这香味。这香味，很像灵官的那些话。不是那种热得炽人的情话，而是那有一句，没一句，时而东，时而西的没意思的话。这话，悠悠晃晃的，荡不了多久，莹儿便也悠悠晃晃了，啥也没了。只有那感觉，悠悠晃晃地迷醉。

莹儿不喜欢听灵官说有意思的话。她看来，有意思的话其实最没意思。你何必把一些莫名其妙的心思往脑中塞呢？你不塞，谁也不能强迫你。可你，偏要塞，反倒弄乱了脑子，把莹儿也引沉重了。其实，你没必要考虑太多，你老说："人一思考，上帝就发笑。"为啥还要费那个脑子？说呀！冤家。

莹儿觉得自己想透了，灵官还没有。对他俩的那段情，莹儿没了犯罪感。说不清是啥时没的，反正没了。想想，也真是的。她和丈夫，啥都没有，没有恋，没有情，有的只是个虚名儿。那虚名儿总是虚的，和灵官，可啥都是实的，还实出了小灵官——想到"小灵官"，莹儿抿嘴笑了——凭啥"实的"为"虚的"产生犯罪感？莹儿认为，罪恶是一方对另一方的粗暴干预。两厢情愿，便无罪恶。

火苗儿忽悠悠燃起来。那是妈点的表纸。莹儿不明白，为啥凉州人把黄纸叫表纸？就像不明白为啥把叔叔叫“佬佬”一样。“表纸”就“表纸”吧，“佬佬”也“佬佬”去。不理解就不理解，但懒得去费脑子。她不像那冤家，没事找事，总要用思考的杆子搅乱大脑的鸡窝。那脑中的鸡，安息的安息，活动的活动，关你啥事？没事找事，自寻烦恼。像那黄母鸡，老扇翅膀，老飞，老扇出满院的尘土。结果呢？还是在院里咯咯。你跳去，你飞去，我看你飞，看你跳，累成个喘气的风箱，我偏要偷偷地笑。冤家。

妈边焚表纸，边念叨：“你们活着成人，死了成神。幽冥两路，各有各的吃头，把我娃儿的奶还给我吧。娃娃饿得吱哇乱叫呢！”求一阵饿死鬼，又求土地神：“土地爷爷，土地奶奶，我拾奶来了。”边念叨，边磕头，边往碗里撮土。

拾完奶，妈起了身，拍拍膝上的土，没再理直气壮地咳嗽。夜幕降下了。那贼亮的月亮虽大，但四下里仍是模糊。妈捏了莹儿的手，跌跌撞撞，下了沙丘。记得白天上沙丘时，有许多的沙老鼠乱窜，莹儿有些不忍心：这跌撞一气，怕是把老鼠洞踩塌了，却想：该。说不准偷奶的，正是你们这些偷嘴的老鼠呢，抿嘴笑了。

回到家，妈把那撮来的土，用水冲了，澄一阵，叫莹儿喝了。吃晚饭时，莹儿觉得胸脯又胀疼了，一摸，怪，那奶子，早胀鼓鼓了。

4

晚饭后，老顺拿了手电，点了马灯，带了棒。孟八爷带着枪，拿着绳子和帆布。猛子提了锨和洋镐，去那个踩好了踪的崖头。老顺以前挖过獾猪，知道那不是个轻省活，就叫兰兰也去，帮凑几把。兰兰又挂络了莹儿。

好大个月亮挂在空中，星星也给融化了。这时的月亮，没方才找奶时那样贼亮，光线柔和了，质感也跟天空和谐了。孟八爷不知和老顺喧了些啥，喧几声，谁都鬼鬼地笑。莹儿怀疑那话题与自己有关。夜风吹来，心头水洗似的清新。

马灯悠晃着，映了老顺的腿，地上就多了两个巨大的黑柱，交叉着，忽前忽后。这马灯，是老顺的爱物，玻璃罩儿，有个圆圆的旋钮，控制灯苗儿的大小。用时，顺时针拧一下，灯就忽地亮了；不用时，逆时针拧一下，灯苗儿就豆大了，忽忽悠悠的，像要熄，可总能亮上一夜，方便，又不费油。莹儿的印象中，老顺是和鹰、马灯、骆驼、烟锅儿连在一起的。那些东西，已成他身上的零件了。他拨鹰呀，给牲口添料呀，浇水呀，去盐池驮盐呀，总要带上马灯。灯光中，两条黑柱挪呀挪的，挪了大半辈子。

村里人都没睡。白虎关那儿传来沙娃们五啊六啊的猜拳声。间或，还能听到月儿唱花儿的声音。兰兰笑道："听，月儿正浪漫呢。哥呀妹呀的。"莹儿说："一样。这年龄，谁都一样，有浪漫的心就好。"兰兰说："等嫁了人，围了锅台转几年，提上猪食去喂猪，唱的就不是哥呀妹呀了，而是'佬佬佬'了。那浪漫，就成蒸锅里的气，想留也留不住了。"莹儿笑道："真怪。凉州人把叔叔叫佬佬，把猪也叫猪佬佬。"兰兰说："你不听，爹把妈也叫猪呢。小时候，老说，去，找你的猪去。"

"一样。"孟八爷笑着接口道，"妈也罢，叔叔也罢，猪也罢，都活一口气，都有一条命，都是混世的，一样。"老顺说："啥一样？人咋能和猪比？人家猪佬佬，吃了睡，睡了吃，多轻闲。"兰兰说："可得挨刀。""谁不挨刀？"老顺说："不说结扎啊，动手术啊，单说临死时，那一刀，可是老天爷戳的。软刀刀，细绳绳，一下下磨，眼窝深枯枯的，嘴是个黑壳壳，好容易才断气。哪有猪利索？拿个尖刀，瞄准心脏，一下，就了结了。"孟八爷说："话不能那样说。猪总是猪，只是一堆活着的肉。人就不同了，别看都长七个窟窿，差别可大。强盗也是人当，圣贤也是人做，行善的，作恶的，上天堂的，入地狱的，都不是人吗？看你咋个活法呢。谁有谁的心，谁活谁的人。心有多大，人就有多大。"

兰兰奇道："八爷，你也灌顶了？这话，上师也这样说呢。"

"我灌啥顶？我的上师是自己的心。"

说话间，已到大沙河。河沿上，有许多崖头。这崖头，说不清年月了。

据说曾经是地，祁连山的雪融成水，冲呀冲的，带走了土，冲去了沙，就塌成洼了。偶或，暴雨几日，山洪一发，咆哮的水头舔呀舔的，洼就豁陷下去。那岸，就成了崖头。

崖头长。河有多长，崖头就有多长。崖头高，豁陷多深，崖头就有多高。后来，河无水了，只剩个名儿了。一些动物就趁机溜来，掘个洞，垫个窝，繁衍子孙，把自己的生存历史尽量延长一些。

早些年，大沙河里还有水，还有草，还有柳墩呀，芦苇呀，水草呀，芨芨呀，就成条绿龙了。那绿龙，扭绞着，进沙窝，渐渐就变成叫“麻岗”的绿色世界了。那时，芦苇很高，柳墩也很密。冰草啥的，里面都能藏人。兰兰和伙伴们玩一阵，尿憋了，一蹲就能方便了。上学时，兰兰一学那“天苍苍，野茫茫，风吹草低见牛羊”时，她就偷偷地笑。她想，风吹草低见到的，其实是撒尿的她呀。……还有芨芨呀，马莲呀。马莲会开花，那花儿，蓝蓝的，很好看。兰兰能用马莲编各种动物，如蝴蝶呀，蚂蚱呀，活了似的。那高高的芦苇，密密的柳墩，长了小锯齿能划破手的冰草，还有桦条呀，黑老刺呀……把大沙河遮成个世界了。那野兔呀，跳跳呀，狐子呀，狼呀……都在里面，按自己的方式生活着。

兰兰最喜欢在大沙河里玩水。她最喜欢那个“天泉”。那泉，在密林深处。妈不叫她去，说那儿有狼，但兰兰还是在焦光晌午去那儿。焦光晌午是鬼活动的时辰，狼啊，狐啊，都睡觉呢。兰兰不怕狼，只怕夜里的鬼。那焦光晌午的鬼只是妈的嘴里出来的，她不觉得有啥好怕的。少女时代，那“天泉”的魅力，总是很大的。听说，那泉儿，跟天上的泉相通，喝了聪明，漂亮，皮肤白，谁都说。也不知兰兰的白皮肤是不是喝那水的缘故，反正那时，她老喝那水。……后来，冰草搓绳了，柳墩盖房了，芦苇成灰了，狐子进沙窝了，狼跑麻岗了，就剩下这干涸的河床和崖头了。

但那美丽的“天泉”老在兰兰的梦里荡。……细绒绒的沙，随一晕晕的泉水荡出，又一晕晕散开，在泉边形成很美的纹路。那纹路，万花筒似的，忽而像风，忽而像云。看一阵，兰兰也成细纹了。而后，她才伏下身，把脸埋进泉水，用那清冽，洗尽身心的热恼。后来，兰兰才知道，这“天泉”，是“狐仙”固定的饮水处呢。每天早上，一个白狐子就会悠哉悠哉，踩了晨露，去那儿饮水。一天，白福和憨头在“天泉”那儿下了夹脑，狐仙被夹折了腿。它带了夹脑，来找白福，却叫一棒子打死了。再后来，生了女儿引弟，神婆就说她是来讨命债的狐子，白福就把她引进沙窝，冻成了冰棍……噩梦呀。

兰兰打个哆嗦。

5

孟八爷发现的獾猪洞，是百十个相似的洞中的一个。有的住着动物，有的已成空穴，有的是动物的疑穴，有的是浇水时冲下的兜坝，有的是“贼水”钻入地下时的通道……准确地判断是否是獾猪洞，需要经验。某夜，白狗挂络了猛子去挖獾猪洞，挖到半夜，才发现，里面连个獾猪屁也没有。

会辨踪的孟八爷，当然知道哪个洞里有獾猪，有几公、几母，大约多深，等等。但这些经验能做到的，仅仅是不会白出力气，却不能减轻劳动量。挖獾猪很苦：先要把獾猪洞掏大，人猫腰可进。然后，一人挖，两人在盛了土的帆布两端拴上绳子，一来一往，运土出洞。这时，听到动静的獾猪会有两个对策：一是固了洞，挖的人忽然不见了洞，以为又挖了个死窝子；二是獾猪自己也拼命往更深处挖，你追我赶，看谁的耐力久。有时，挖的人实在没力气了，或罢手；或弄了水来，把獾猪淹死；或弄些麦草，点燃，用浓烟熏出獾猪，再收拾。

崖上的獾洞用水灌难以奏效：崖上裂缝四布，到处是叫“钻眼”的水洞，有多少水，溜多少水；加上路远，挑呀担的，运水比运土更费力；烟熏也不保险，扇进多少烟，就从“钻眼”里溜出多少。熏半天，不见动静，忽然闯出个吱吱哇哇怪叫的动物，倒吓人一跳，等你回过神来，早不见影儿了。那獾猪，跑时像小猪，虽不凌厉，却有长劲，你想撵上，先得变成鹿才行。

猛子先刨松洞旁的土，再一下下扔到远处。猛子在老顺眼里不值一提，唯独可以入眼的，是他干活时的“猛”。不一会，洞便被他搅大了。猫了腰，人能进去了。孟八爷便将两侧拴了绳的帆布扔进洞。猛子将一端拴裤带上，把土一锨锨扔到帆布上。时而，嘿一声，老顺们便牵了另一端的绳子，捞出土来。

马灯随猛子进洞了。外面一下子暗了。除了沉闷的嚓嚓声和老人的喘气声，啥声音也听不见了。夜气凉水似的涌来。莹儿出来得急，没加件衣服，时不时哆嗦一下。兰兰就脱下自己的褂子，给莹儿披了。

“去，弄两个山芋，烧个垒子。”孟八爷吩咐道。

老顺说：“就是。这家伙，一时半会，还挖不出来。得生发些腰食，烧山芋也成。洼里东头的那块，是大头家的。他吃了老子们的。今日个，也给他放些血。”

“放啥血呀。明日个，我给他说，就说老子挖獾猪，饿了，吃他几个山芋，又没拔他的牙。”孟八爷笑道。

莹儿和兰兰便去了洼东头。路不长，但不平，两人摸了好大阵子，才借着月色，出了大沙河，进了洼地。明知入夜不久，但莹儿的感觉中已过了好久。远离了挖獾猪的声音，倏然间，像掉进了寂寞的窟里，隐约能听到白虎关那儿的抽水机声。莹儿觉得兰兰捏她的手紧了，知道她心里发毛，便轻声唱起了花儿。几曲才完，已到大头地里。这地曾是坟窝子，很油，昼里看去，地里的山芋秧黑油油的，像要淌出绿来。莹儿和兰兰分别摸几根粗大些的秧，顺秧刨开土，摸出十来只大山芋，又将土复了原。莹儿悄声笑：“长这么大，没做过贼，心像鹿娃儿跳呢。”兰兰说：“这算做贼？你不听爹说，自那白虎关开了金矿，大头喝了不少血哩。”莹儿说：“谁知道呢？会兰子可眼热我那个驼毛主袄呢。过几天，给了她，也算是补了她的山芋。”兰兰说：“你何必那么认真？不就几个山芋嘛。”莹儿说：“不问人，拿根针，也算偷呢。”兰兰张张嘴，没说出话，却有些怨自己：你不是行善吗？心有大小，善无大小，恶也无大小，你白修炼了。

莹儿说：“记得小时候，队里来个卖扣线的，我多拿了一股，回到家里，偷偷笑，奶奶笑眯眯地说：‘莹儿，那人能穷死吗？’我那个羞呀！自那后，我再没拿过人的一根针。除了这些山芋……会兰子，算我们借的，还你一个驼毛主袄，美死个你。”说着笑了。

兰兰边往衣襟里拾山芋，边想：这心，莫非是天生的？有的生来就善，有的生来就恶？像莹儿，虽生在尘世上，却玲珑透明，仿佛没被浊气熏过似的。这似乎是天生的。但联想到自己，便否定了天生之说。先前，自己迷着，占点小便宜，便乐滋滋的。吃点小亏，心就毛了，几天不畅快。现在，不是开始向善了吗？每天的修行功课上，不是也发些叫众生越过越好的愿吗？……不过，这话咋说？比如这山芋，要不是莹儿提醒，真不当“偷”了？乡里乡亲的，吃个山芋，算啥？小时候，她老和花球刨队里的大豆种烧着吃，谁又当“偷”来着？

姑嫂俩衣襟里兜了山芋，下洼，穿河滩，向灯影忽悠的地方走去。出了阵力气，莹儿倒不冷了，却想起娃儿了。他是不是饿了？心里有点急，又想起婆婆待娃儿的那份黏糊的爱，奶粉啥的也便当，才放下了心。

猛子干活猛，已不见他的影儿了。半人高的洞里，隐约传出幽幽的光来。倒是老顺的呼哧声促，仿佛刨洞出大力气的是他。两个老汉吭哧着又拖出一兜土来。莹儿嗅到了陌生的动物才有的那种气息，鼻腔痒了，打个喷嚏。兰兰又把莹儿还她的褂子塞了过去。

“快些。”老顺说：“我的肠肚子，可哭爹叫妈哩。”

“你一说，我也饿了。”兰兰说。

莹儿嗔道：“见风就是雨呀。”就向老顺要过手电，捡些土块，垒成个中空的堡垒，留个入柴口，捡些柴草，燃了，顺口塞入垒中。一条条火蛇便欢快地顺着土块缝隙蹿出。不一会儿，垒上的土块便红了，在夜里红出种透明来。沙湾的土好，容易点燃。兰兰把山芋放入烧红的垒子里，再用锨，把垒子拍成土堆。真可惜。莹儿替那玲珑光明的塔状物可惜了。美的东西是看的，一用就毁了。啥不是这样呢？真“煮鹤焚琴”呢。

“这家伙……把洞堵住了。”洞里，传来猛子喘吁吁的声音。

“捣。朝酥处挖，现堵的，咋堵也是酥的。”孟八爷道。

“知道。知道。”

往外拉帆布的频率渐渐慢了，显示了猛子掘洞的艰难。莹儿仿佛看到，獾们惊慌失措，拼了命，往更深处掘。獾的前蹄当镐，后蹄当锨，边刨土，边运土，那四只粗短而有力的爪蹄飞动着，扬起一股股土来，堵了后面的通道。死神正沿着那通道飞扑过来。死神有坚硬的镐，飞快的锨。獾则只有与生俱来的那点本能和钝钝的爪蹄。你能逃过死神吗？哪怕你再有力，终有力尽时，你身后穷追不舍的锨终究会赶上你，给你致命一击。可怜的獾呀。却又想到了死亡。人，多像这可怜的獾，无论你如何费尽心机，死神还是慢慢逼了来，黑夜一样罩了你。临死时，你才会明白，一切的努力都是徒劳的。这是没有任何希望的比赛。人的努力，在强大的自然规律面前，显得多么微不足道呀。

莹儿叹口气。她有些奇怪自己了。憨头一死，这号念头，成影子了，时不时地，就会在心上掠过。

兰兰用木棒拨开土，挑出山芋。浓浓的香味弥漫开来。这是用垒子烧的山芋独有的味儿，是浓烈的焦香。那山芋，表皮黄苍苍的。一敲，嘣嘣响。人一见，就会流下口水。兰兰捡把毛草，刷去山芋上的土，招呼了一声。

孟八爷扔了绳子，朝洞里喊一声：“吃腰食来！”

猛子提了马灯，满头大汗，钻出洞来。“这骚玩意儿，也聪明着哩。我往里，它也往里。我估摸快了。窝早到了，它们再有劲，也刨不了几米。”

几人拍拍土，连皮吃起了烧山芋。真是惬意。山芋有多种吃法，但烧的最好吃。而垒子烧的，又是上品。铁炉呀，烤箱呀，咋弄，也弄不出垒子烧的那独有的味儿。吃这山芋，有个讲究：不可去皮，用草刷刷表面的土，连皮吃最好。那黄黄的硬硬的香香的皮，连了不少山芋肉，吃来最为过瘾。孟八爷哈着气，仿佛不堪其烫，但嘴却不停，连皮带肉，转眼间吞了几个。

莹儿喜欢烧山芋的味儿，但不喜欢这吃法。她无法把依然沾着土的皮吞下肚去，便就了灯光，一丝丝地剥皮，一个没剥完，十多个山芋早进了别人的肚子。

孟八爷拍拍手，拍拍肚皮说："吃到了五谷，再吃上几口六谷再干。"取了烟锅，惬意地唏哩。

6

又挖了一阵，忽听猛子喊："准备好。见獾了，哎呀，三只哩。"孟八爷叫兰兰拿手电照住洞。老顺举了棒候着。孟八爷则将火枪准备好，说："你先用锨狠狠戳几下，快快地出来。"马上，便听到猛子的嘿嘿和獾猪刺耳的惨叫。

"让开！"猛子叫着，后退出洞。

猛子刚出口，一个黑影就已蹿出。老顺常放鹰，有眼功，一棒下去，那黑影便滚地上了。猛子也抡锨上前，砍出几声惨叫。

正忙乱间，听得兰兰叫："逃了一个！逃了一个！"孟八爷嘿一声，蹿几步，朝黑夜的响动处放了一枪。"中了，别管它。"他说。果然，崖下有厉叫传来。

"还有一个呢？"猛子喘吁吁问。

"早跑了。"孟八爷道，"刚才蹿出了两只。打下的，是大的。那小的，早跑了。"

兰兰吐吐舌头，才见个黑影儿蹿出，一眨眼就不见了。那知孟八爷却瞅了个清，神了。更神的，是那循声而去的一枪，实腾腾的。这会儿，连厉叫也息了。

挨了锨的獾也没了动静。马灯上前，照出了惨状。莹儿抽口冷气。那獾，獠牙外露，下牙朝上，上牙朝下，相互交错，状极狰狞，显是不甘心自己的死去。猛子打着手电，下了崖头，捞回那滚入河川的獾。"嘿，孟八爷，你的枪可神了。那铁砂，都进胸膛了。"猛子说。

莹儿打个哆嗦。

回到家，她心里仍觉得疙里疙瘩。记得小时候，她很胖，奶奶老拍着她的屁股，戏称她獾猪娃儿。现在，真的獾猪娃儿就躺在大书房地上，死了。那种新奇的刺激感没了，浓浓的怜悯袭上心头。那会儿，在洞里，它们该多可怜啊！一想洞里的獾惊慌失措死命刨土想逃避死神的样儿，莹儿的心就酸了。

孟八爷砍下獾猪爪子，给了莹儿，说："等干了，烫个小洞，穿个绳子，挂娃的脖子上，大吉大利，没毛病子。"看到那娃娃手似的爪子，莹儿很不自在，但听说娃儿戴了吉利，就赶紧接了。

老顺取来刮肉刀，开剥了獾。獾毛像猪毛，肚里有许多虫子尸体，便扔了肚肠。他和孟八爷扯了獾皮，一下下刮。獾和别的动物不同，那油，都附在皮上，刮呀刮的，就白森森一脸盆了。妈将獾油炸成液体状，用瓶装了。孟八爷吩咐别掺水，不然，会坏掉。不掺水，搁上多久，还是好物件。按时下市价，孟八爷算了算，能卖个几百的，再弄几次，猛子的媳妇就现成了。

猛子却说："这活儿，苦死个贼。再也不干了。"妈却乐滋滋地臭他一句："不干？当驴粪官去。"

老顺却只顾弯腰吭哧，一头汗珠子，刮一下，往锅边上擦一下，一点珠儿就往锅中的液体里滚去。他抹把汗，说："那肉别扔，虽有土腥味，可香，治寒胃呢。"

兰兰说："香是香，可吃不得。一吃，獾猪油就从肚皮上渗出来了。"莹儿接口道："再说，它只吃虫子，脏得很。"老顺吭哧道："人家喜欢吃虫子，跟我爱吃兔肉一样，有个啥脏的？你们不吃我吃。老子肋巴都成搓板了，巴不得油从肚皮上渗出呢。"

第　六　章

嘉峪关口子上雷吼了，黄河滩落了个雨了。

1

兰兰去神婆家，学“斩赤龙”法。

这是个方便法门，炼好了，女子就断了月经。据说，月经不断，修行就有障碍，好容易练下点根基，一流血，功全没了，所以，女子修道，先得斩龙。那方法，说来简单：守神于膻中穴，心不外驰，魂不乱游，久而久之，气凝于窍，就能斩了赤龙。自上回流了娃儿，因情绪不好，也因下地干活，没休养好，下身的血水淅淅沥沥，从没断过。虽用过几副药，没顶大用，也没钱再治。后来，听妈说，凤香原来也是这号病，一修炼，嘿，病好了。兰兰想，反正不花钱，试试吧。

兰兰每天都修炼，乐此不疲。她需要“金刚亥母”，那孤单无助的心需要个依靠。

女儿的死，哥哥的死，总在提醒她一个事实：她也会死的。一想到死，巨大的空虚扑面而来。一茬茬的人死了，一茬茬的人消融于虚空之中，留不下半点痕迹。他们是掉进了深不可测的黑洞，还是被融化成了虚空？不知道。一想到某一天，自己也会像青烟般从世上消失，消失得无影无踪，她就会不由自主地哆嗦。

真“人死如灯灭”吗？灭了，就永远灭了吗？

若真是灯倒好，总会有人点亮它。可谁来点亮我那苦命的哥哥和女儿？谁能？

兰兰泪流满面，泣不成声。心中，她一声声发问，可回答她的，总是静默。静默过后，兰兰却更加顽强地发问。那个叫“死亡”的黑洞叫她恐惧。那里面盛的，莫非是那种叫“硫酸”的液体，会化了骨，化了肉，化了一切，最终将液体自己也化了，还原为那个巨大的黑洞？

亿万生灵进了黑洞，黑洞却依然那么空堂，听不到一点儿回音。《西游记》里的无底洞还有底。而你，“死”，莫非是真正的无底洞？

兰兰回答不了。谁也回答不了。金刚亥母便在命运中笑了。她告诉兰兰：那黑洞，不是无底洞，而是一个循环往复的管子，一头叫生，一头叫死。生命的水流呀流呀，忽而叫生，忽而叫死。生也是死，死也是生。生命的水，会永永远远流下去。

你的女儿引弟，仍在那管中流着，汇入无数无量的水分子中，忽而叫这个名儿，忽而变那个姓儿，忽而进这个容器，忽而入那个小池……“引弟”，不过是流入你的容器时暂时的名儿。

是吗？

是的。憨头也是。等到有一天，他们迷了的本性醒了，便会跃出管子。要本性觉醒的法儿只有一种，那就是：修炼。

兰兰于是修炼：盘腿打坐，静心调息，正身远虑，心不外弛，意观本尊形貌，心诵本尊真言。

莹儿哑然失笑。

笑了几次，莹儿就不笑了。她发现，兰兰是认真的。她一上座，就成唐卡上的亥母了。那份宁静，那份超然，每每叫莹儿不可思议。这种修炼，一日四次，修炼时，兰兰就那样凝成本尊。相较之下，婆婆就松懈许多。她只是上香，磕头，做些供养而已。

要本性觉醒的法
只有一种，
那就是修炼。
兰兰一上座，
就成唐卡上的亥母了。

莹儿无法理解兰兰为啥有这么大的变化。她不知道，几次死亡，已使兰兰换了个人。她经过了炼狱，烤问了灵魂，踏上了另一条求索之路。

2

这天，白福来叫兰兰回婆家。白福先软后硬，兰兰却软硬不吃。白福说："人嘛，谁没个错呢？以前，是我不对。有个再一再二，没个再三再四。你再原谅我一次，成不？"兰兰不说话，半闭着眼睛，像个泥胎。白福又说："人嘛，一个混世虫，较那么真做啥？"又说，"反正，我可是豁出去了。你好我也好。你不好，刀子哩，枪哩，我啥都干得出来"。又说，"弄不好，一个炸药包，啥账都结了"。

兰兰却起了身，伸个懒腰，长长地喊一声："妈——，我可打七去了。"然后，就朝金刚亥母洞走去。白福咬了牙叫："我看你上了天。"又进了小屋，对莹儿说："妈叫我带个话：这骚鸟好了，你也好。她若是狠下心给你娘家的脸上划黑道儿，那你也拾掇一下，跟我走。不管咋说，是换亲的。不信，还拿不住她。"莹儿淡淡地说："你去给妈说，你们的事少攀扯我。憨头死了，我还有娃儿哩。我生是陈家的人，死是陈家的鬼。你们想往娘家捞我的尸身子也成哩。"白福说："你也别唬我。咋说，你也是妈十月怀胎掉下的肉，你又不是从石头洼里迸出来的。妈的话，你不听？"莹儿眼里便含了泪，说："你去给妈说，我已死过一回了。叫我好生安稳一阵，成不？你们的啥账，你们自己结去。攀扯我做啥哩？"一见莹儿的泪，白福的心也软了，说："其实，我也知道你心里苦……要说，你还年轻，要把你的路走好，也不要太死心眼。妈其实还是为你好。"莹儿抹把泪："我的心我长着哩。我知道咋活哩，只求你们别太逼我。我有我的活法。"白福道："我不逼你，可妈难说。一提这骚鸟，妈就成气葫芦了，恨不得把她撕成八片儿。人家要真死了心，你也得听妈的。"莹儿待了一阵，又说："你去对妈说，若真还把我当女儿看待，就好生叫我自个儿活，少再把两件事往一块儿搅。成不？"白福说："啥两件事？

本来就是一件。她不过去，你能过来？这换亲，粗看是两件事，其实还不是一件？”莹儿抹泪道："这么说，我连个安稳寡也守不了？自小到大，我没硬拗过妈。这回，我就铁心拗一次。你去给妈说，再不要软刀刀细绳绳割我了，叫我好生安分几天。”白福望莹儿几眼，嗓门忽地哑了："成哩。妹子，我去说……我也大不了打光棍。没啥。真没啥。”往脸上摸几把，却摸下一把水来。

猛子妈在另一个屋里隐隐约约也听了些。书房和小屋间有个小洞，供猫儿进出，伏下身子，耳贴小洞，另屋里的动静能听个大概。越听，她的脸越白，又想到儿子憨头的死，泪也不由得流了出来。

“起外心咧！”她拖着哭音说。话一出口，连她也奇怪。她耳里明明听到的是莹儿铁心的话，咋一到她心里，就觉得她起外心咧？是不是她也觉得，兰兰一来，莹儿就得去？

“啥事？”老顺问。

“白福叫莹儿回娘家哩。”

“去不？”

“说是不去……可是能由了她？谁也知道是换亲。憨头又那样了。就算不那样，这边的回来，那边的也要走。规矩在那儿摆着。何况，憨头……呜呜呜……”她哭出了声。老顺皱眉道："你小驴娃放屁自失惊啥哩？人家又没说走。到哪山，打哪柴。”

老伴抹把泪："你想，人家娘家是省油的灯？兰兰一来，那口气，谁能咽下去？”

“叫兰兰回去不就得了。”

“回去？你个老贼，又想把丫头往火炕里搡呀。这回，浑身上下，连块好肉也没有。”

老顺冷笑道："谁家的两口子不打架？你当新媳妇那阵，悬乎乎叫老子一脚踢死，你忘了？谁没个错呀？人家改了就成。”

老伴撒泼似的道："改？三改四改，丫头早叫人家捶死了。我知道你是个黑心老贼，肠花五肚里都不干净。丫头不是你身上掉下的肉，就连死活都不顾了？”

“呸！”老顺大怒。他很想朝那黄脸上扇几巴掌，忍了几忍，才没出手。

听到动静，莹儿过来了。“又是啥事？刀枪矛子的。不能静一静？”

老顺气呼呼道：“莹儿，我也知道你的难处，谁都是娘老子养下的。你要想去，我也不怪你。”

莹儿明白他们拌嘴的缘由了，笑道：“这话说哪里去了？娘家是娘家，我是我。我还有娃儿呢。”

“就是。你个老贼。”老伴咆哮道，“人活着，为个啥？还不是为个养儿引孙，谁像你个老贼，活了个路断人稀。”

老顺笑了：“好，好，我承认我路断人稀。”又对莹儿说：“她怕你要走，正朝我撒泼呢。”

莹儿笑道：“谁又走呢？话总得叫人家说。”又意味深长地说：“我呀，撵我，也不走。”就出去了。

老伴才得了保证似的松了口气。许久，又说：“二十来岁，要说，守寡是嫌岁数小了些。咋说呢？大头妈也是二十来岁守寡的，不也过来了吗？”

“你守不？”老顺忽地来了气，“你动不动守寡守寡的。要是我死了，你守寡不？”

老伴又像给打晕了似的，眨眨眼，张张嘴，许久，才狠狠地说：“你以为你是个啥鸟？我凭啥给你守寡？我还巴不得你早死呢。想叫我给你守寡，你还没修下哩。”

“你当然。你当然。”老顺笑了，“那你以后少说守寡。那话儿难听。你一说，活脱脱一个阎罗王。”

老伴这才明白老顺的意思，鼓鼓嘴，想发作，不知又想到了啥，却笑了。“你个老贼，不叫守寡，安了啥贼心？我可想用驴笼头，换个头巾戴呢。”

这“驴笼头”，是月儿妈的外号。某夜，月儿妈悄悄打发媳妇替她去值夜守水，自己却睡在媳妇屋里。半夜，月儿爹溜上炕来，塞了块新买的红头巾，亲热了一番，说：“哟，还是我娃的东西好。那老嫁汉的，早成驴笼头了。”

第二天大清早，却见老婆子顶了那红头巾扫院子。老汉就问："老妖，你哪来的头巾？"月儿妈响响地回答："驴笼头换的。"

老顺晃晃脑袋，沉了脸，说："你咋能开这种玩笑？"话音没落，却又笑了，"老不正经。"

一说一笑，妈心里的疙瘩化了些。送走白福，就烫了面，炸了油饼子，给莹儿端了厚厚的一叠去。

夜里，妈思前想后，越想心里越毛，咋也睡不着了。按她的经验，莹儿妈不会善罢甘休，总会闹一闹的。而且，莹儿终究拗不过她妈。打折的骨头往里戳哩，毕竟是人家肚里掉下的。而且，自己总是心虚。不管咋说，叫人家二十来岁就守活寡，也觉得不是回事儿。叫她离去，又舍不得。她烙饼似的折腾到半夜，忽然想出个法儿，就捣醒老顺，说："肥水不流外人田。我思谋了一夜，像莹儿这种性子的，实在不多。白家终究要闹。守寡也不是个长久的法儿，能不能像人家那样……那样……小叔子招个嫂子？"

"睡吧睡吧。"老顺烦躁地说，"到哪山，打哪柴。你半夜三更，胡吱吱啥哩？"

老伴于是静了。一会儿，又捣捣老顺："我估摸，只有这法儿能留住莹儿。"

老顺却响响地打呼。

老伴再捣捣他："你想，兰兰一来，人家娘家终究要闹。毕竟是换亲，莹儿一走，可要带去娃儿呢。憨头连个根也没哩。"

老顺这才醒了。他大睁了眼，望很黑的夜，许久，问："谁？灵官？""灵官小哩。猛子吧。""屁。齐神婆已经问下了。人家那边都回了话儿，催着订婚哩。你叫我老嘴实脸的，说话不算数，人家骂松尻子货哩。"老伴静了一会儿，又说："那好办。猛子不是还有些事儿瞒人家吗？找个人一说，人家就不愿意了。"老顺说："宁拆十院庙，不拆一缘婚。谁会干这缺德事儿？""八字还没一撇呢，算啥婚？找个人，通个风，报个信儿，叫人家先说不情愿的话，既不得罪神婆，又能回了这事儿。"老顺想了一阵，觉得老伴的想法有道理。别的不说，能省下一疙瘩钱呢。

3

次日清晨，老顺去白虎关，叫来毛旦，叫他去挑猛子的婚。

毛旦一听，就龇出黄牙，吃吃地笑了："干这活儿？谁都比不过我。我不说别的，只说他和双福女人的那档子事。"老顺虎了脸道："别喧嚷太凶，闹个满城风雨……能不能换个别的理由？"毛旦说："成哩。也不能把猛子的名声弄得太臭，人家才活人哩。名声太臭，怕连个母的也拴不下。……我不说少的，只说老的。我就说：'哎呀，你们把丫头往火炕里推呢。别的不说，那公公，可不是平处卧的狗呀，扒灰，搞嫂子，当烧白头，啥没干过？活脱脱一个老叫驴呀！'成不？"

老顺狠狠朝毛旦脖里砍了一掌，"你咋能这样作践老子？不行！"又指指老伴，"说她吧。"

毛旦说："成哩，谁也成。我就说：'哎呀，你们想把丫头嫁那家？得先送少林寺里，嘿儿哈儿的，练成个武松才成。为啥？单说那婆婆，活脱脱一个母老虎，脾气又坏，人又邋遢。垢甲打得门响哩，抹布拧得水淌哩。屋里的齷齪能压塌炕，剩饭坨坨儿堆成了山。成不？"

猛子妈却笑道："成哩。作践成啥样也成哩，只要把这婚挑了。"老顺乐得咯儿咯儿笑："毛旦，你咋把她的底细摸了个清？你把这老祸害画了个活。你能当画家呢。"老伴也笑道："就是。想不到，你还是我们老两口的贴心人哩。不说别的，单是那老贼的嘴脸，就叫你认了个清。当姑娘那阵，若听了这几句，就是去当尼姑，也不会嫁到陈家门上来。"

毛旦得意地哧哩几声，又问："要不要把那驴笼头的事也安在顺爸头上？"老伴笑弯了腰："成哩成哩。"又对瞪圆了眼却忍不住笑的老顺说，"你可得给我生发个红头巾，免得叫人白背了名。"

老顺好容易才忍住笑："毛旦，你个贼砍头的，你咋作践这老妖也成，可别往老子头上扣屎盆子。就上回，凤香逃计划生育钻老子的被窝，叫人传了个疯狗扬尘。一提猛子，人就说：‘龙生龙，凤生凤，老鼠的儿子会打洞。’仿佛我也成那号货了。你一作践老子，天都要刮黄风了。”

“这事儿，我倒忘了。”毛旦笑道，“成哩。这事儿，总能给人家说吧？这总不算白嚼你吧？这可是有人经，有人见的。你人当百众的，明打明地搂了人家的媳妇睡觉。这事儿，别人可干不出，除了顺爸。”

老顺跳下炕，按倒毛旦，用鞋底重重地在他的屁股上扇几下，才笑道：“先给你打个记性，叫你知道啥该说，啥不该说。说好了，老子给你三十块的跑腿钱。说不好，我可要……要……挑你的懒筋哩。”

毛旦这才收了笑：“知道，知道。不就是开个门缝儿，放个风风儿，念个经经儿，能叫他想了去，不能叫他听了去。”

“这就对了。”老顺说。

猛子妈笑着端来油饼，美美地招待了毛旦一顿。

毛旦问明了地方，才挤眉弄眼地走了。

4

白福一来，莹儿心里就沉甸甸了。白福把一个她早已模糊的事实又提醒了：换亲。她知道妈的脾气，要强了半辈子，嘴要强，心更要强。兰兰一回娘家，妈定然觉得面子上无光，肯定要报复。其方式只有一种：叫她也回娘家，而且一定要叫她带上娃儿。对婆家来说，才是最重的报复。

一望娃儿，莹儿就觉得一切都有了意义。明知道，心中的希望只能是梦。但有梦，总比无梦好。婆家的环境虽也压抑，但总有许多能激起回忆的东西。而那回忆，总令她产生一种眩晕的幸福。就是在这小屋里，她和灵官有了第一夜。那是怎样刻骨铭心的一夜呀！灵官笨拙的吻，她机械而热烈的回应，沸腾的情绪，销魂的瞬息，灵魂的默契，无言的相思，都沁到这小屋的每一处了。这是莹儿灵魂中最美的角落，也是她最不愿意舍去的乐土。每到深夜，那门上的锁吊儿一被风吹动，她就觉得灵官要进来了。瞧，他在那儿蹑手蹑脚、东张西望呢；他屏了呼吸，涨红了脸，轻轻地推门呢；他进来了，带着月光似的一抹寒气，在蹭脚上的土呢；正伸出了摸索的手呢；他上来了……我的灵官。莹儿便痛苦又幸福地呻吟了。而后，泪流满面。

小屋，我的小屋。

这小屋的一切，都那么熟悉而温馨。好些画面晶出了，正朝莹儿笑呢：有灵官裸露的身子，有两人扭曲的肢体，有悄声没气的情话……说情话时，灵官便顶了被子，搂了她，贴在她耳旁说："悄点，那个猫儿进出的洞里，啥都能听见。"莹儿就说："听见就听见。"但除了控制不住的那几声呻吟外，两人总是悄声没气。后来，莹儿的印象中，最令她迷醉的，就是这悄声没气。悄声没气的笑，悄声没气的动作，悄声没气的情绪激荡，悄声没气的心跳和狂乱。这便是偷的魅力。一次，灵官悄声没气地说："妻不如妾，妾不如偷，偷不如偷不着。"莹儿就狠狠地咬他耳朵："你个挨刀货。偷着了，就不好了？"

一切，都发生在小屋里。

可现在，妈却要她离开小屋，回到枯燥乏味、整天吵呀闹呀的娘家。莹儿打心底里不愿意。

这儿有莹儿喜欢的一切。除了小屋外，还有后院。就是在后院里，莹儿第一次抛出了爱的绣球，灵官却落荒而逃了。每次想来，总觉得有趣……还有西湖坡，那可是莹儿的太虚幻境呢，一想，心里就涌出了花儿："白牡丹掉到河里，紧捞吧慢捞着跑了；人世上来了好好地闹，紧闹吧慢闹着老了。"冤家，你该好好地闹呀，咋像掉到河里的白牡丹了？我紧捞慢捞，你还是跑了……还有大漠，那是多么神奇的世界呀！灵官，你记得那个打沙米的夜吗？记得那冷清清孤零零的星星吗？你抱了我，想挡那砭骨的寒凉，却总是徒劳。记得那一夜，好冷。但那又是我生命中最热的一夜，知道不？冤家。

离了这一切，总是心不甘。

莹儿当然也知道，妈也不甘心。心头肉似的女儿换了个媳妇，却又飞了。儿子又打光棍了。可是，妈，为啥不叫我静静地活一阵呢？我多想静静地活一辈子。啥都不图，只带了这娃儿，悄悄地活着，等那个狠心的冤家。等来了好，等不来也好。一辈子能有个盼头，总比没有好。妈，你要强了一辈子，却连个盼头也没有。为啥不叫我有个盼头呢？妈。

莹儿忽而流泪，忽而沉思，不觉间，已午后了。因为炸了油饼，没做午饭，倒也清静。

嚼了几嘴油饼后，月儿来了。她已把录下的花儿都学会了。唱得虽不本色，但调儿是准确了。莹儿就打起精神，又教了几个花儿令：马营令，白牡丹令，尕马儿令等。月儿又录了。

录了几段后，莹儿便再也没兴致了。月儿看出莹儿心事重重，想问，又怕勾起她过去的痛来。正没趣间，猛子妈隔屋里喊："月儿，你来，我问你个事儿。"

月儿过去。猛子妈便口对她耳朵，说了与老顺夜里商量过的事儿，叫她探探莹儿的口风。

"你想，人家会同意吗？"月儿感到好笑。

猛子妈撇撇嘴："她有个啥不同意的，猛子还是个童身娃儿呢。"

月儿忍住笑，没揭猛子"童身娃儿"的老底，又问："猛子同意吗？"

"不同意？还由了他了。娶个媳妇，得牛大一疙瘩钱。他抱来，老娘给他娶个黄花姑娘。"

月儿点点头。回到莹儿小屋，她总想笑，也总想按猛子妈的吩咐探探莹儿的口风。不知咋的，却死活张不开口。

直到离去，月儿还是没探上个口风。

5

后晌，毛旦咋咋呼呼进了院子。一看那架势，老顺就明白：事成了。

果然，老顺还没问，毛旦的唾沫星子就迸了一院子："哈，那个老插花，可吓坏了。我还没说完，她的脸就白了，嘴里乖乖乖乖地叫，头上的冷汗珠子骨碌碌滚……"老顺打断毛旦的话："你咋说的？"毛旦不答，却挑挑眼角，反问："你猜，我咋说？照你的心思儿，我该作践猛子？"妈忙说："咋能作践娃子，人家才活人。""就是呀。"毛旦说："我也是长心的。有心把猛子作践一顿，又怕将来没人给他当媳妇，只好委屈你们老两口了。"老顺道："该。这老妖，编排了一辈子人，也该着你把她编排一顿。时候一到，恶有恶报啊！"毛旦缩缩脖子，哧哩几声道："我也这么想过。可又想，光编排人家婶子也不公平。我可是个清官，不能拿偏刃子斧头砍人。要编排，老两口子都编排。反正，你们早成了脚后跟上的垢甲了，狠狠剐几下也没啥。"

"成哩成哩。"妈笑道。

老顺催道："你咋个编排法？快说。"

毛旦忽而抠指甲，忽而耸鼻头，忽而瞪眼睛，拿腔作态一阵，看到老顺要恼了，才说："我就说：亲家——我可是称她亲家哩。嘻嘻，你可把姑娘送到好人家了。那老公公可贤德得很，可会疼人哩。那婆婆，更没得说，可会替换媳妇子哩。"

"你咋这样说？"猛子妈嗔道。

老顺白老伴一眼："嘴夹紧！叫人家说。"

"我一说，那个老插花，眉毛都飞起来了，说就订婚，订了婚，过完年，就叫他往婆家拿人。我说：该。越早越好。那老两口儿，可是个有趣的人哩。老婆子去浇水，媳妇儿头疼，睡在小屋里。哎呀，这老公公看到媳妇子一个人在家，就去买头巾……"

老两口笑了。老顺道："屁。咋把这事安我头上了？"

毛旦道："我说，哎呀，那婆婆可是个鬼精灵，眉眼儿一动，就知道老头子的心思，就回来，叫媳妇子浇水去，自个儿睡在媳妇子的炕上。一会儿，老公公来了。你们笑啥，往下听……就摸上炕，给了头巾，后来就烧白头了。老公公说，哎呀，还是我娃的好，那老嫁汉的，早成驴笼头了。第二天，婆婆顶了头巾，扫院子。老公公问：哎！你哪儿弄的头巾？婆婆说：驴笼头换的。你说，这公公好不？可疼媳妇子呀。亲家，你的丫头去了，吃香的，喝辣的。丫头顶红的，女婿戴绿的。好不？"

老两口好容易才忍住笑："人家咋说？"

"咋说？那老插花，眼都直了，说，乖乖，这号老牲口，头想成个蒜锤儿，也不给他丫头。又问我：那老牲口叫啥来着？我说叫陈顺，人叫老顺。"

"唉呀，毛旦。"老顺说，"你少作践我两句成不？明明是人家干的，安我头上干啥？"

"人家不是挑婚吗？"妈笑道，"人家最后咋说？"

"人家骂神婆哩。"

妈吐吐舌头："乖乖，叫齐家干妈挨骂了。"

老顺说："那有啥？把那些退来的礼物给了神婆，还个情。"

老顺摸出三十块钱，给了毛旦。毛旦接了，嬉皮笑脸地走了。

挑了婚，又没得罪神婆。老两口轻松地笑了。

莹儿进了书房，老两口仍在笑。妈问："月儿说啥了没？"莹儿说："那丫头，是个话壳子，心里有一句，嘴里吐十句。""你咋想？"莹儿不解地望望婆婆，说："我想啥？……活人嘛，还是少想一点，想多了，脑子疼。"妈说："就是，啥都是顺其自然的好。"

"就是。"莹儿取了几块油饼，笑笑，给打七的兰兰送去。

莹儿并不知道，她已成了鏊板上的饼。

第　七　章

九里山前驴推磨，老鼠它拉不到洞里。

1

赵三正在井上，大声说话，一副粗豪的屠夫样儿。没治，他生在屠夫家，长在屠夫堆，又当了十几年屠夫，虽有了几个钱，不屠夫也由不了他。显然，他自个儿也想不屠夫，努力想优雅些，可屠夫味儿硬是从汗眼里往外冒。没治，生就的骨头长就的肉，想不屠夫，也由不了他。

那双福，倒叫钱熏出了几分文气。想当初，穷得精屁股撵狼时，也不过一个乡巴佬，后来，财发大了，到大地方，沾了些文气，就斯文了些，听赵三说笑时，便只是矜持地点头。但再矜持，猛子仍觉得一股恶心往外冒。那学来的，只是皮毛儿，里面的实质若恶心，有多好的包装，也掩盖不了恶心。

花球说："瞧那烧样，想当初，也不过是个生疤的土豆，一有钱，就牛气成金疙瘩了。知道不？听说，这几日，他出的金子，早超出了成本。再出，就是净赚了。要不，我们也弄个窝子？"猛子道："说得轻巧。你连骨头撕不满一盆子，拿啥开窝子？"花球叹口气。

两人到那涮金槽水口处，花球又去背双福涮过的沙。猛子眯了眼，看远处的山。那山，隐约在薄雾里，看似很远，但并不远，骑了骆驼，或步行，几个时辰，便能到那山上。那山，便是祁连山，蜿蜒千百里，扭呀扭呀，便扭出一道窄长的峡道。西边大山，东边大漠，中有小道，东扭西窜，人便称之为河西走廊。但猛子懒得管那些屌长毛短的事，他只是将胸中淤积的恶气吐出。他很想叫几声，但他知道，他一叫，别人就会将他当成叫驴之类的动物了。叫得有资格，人穷了一叫，别人就当你侵犯了他。

听得双福说："花球，你打模糊，我也不说不叫打。可是，你别偷没涮的沙。"花球笑道："我倒真想偷呢，不想偷是假的。听说，那夜有人偷沙，差点偷去几两金子？"赵三笑了，那笑也一副屠夫气，粗声大气地冲人。赵三说："那穷命的贼，若偷去那沙，最少值千儿八百。可惜呀，有发财的心，没发财的命呀。"猛子听出他话里有话，估计他们怀疑是自己偷的。要说，河里打模糊的，现在就他二人。别人也可能偷，但涮来却没他们方便。猛子心里有了气，他最反感别人说他穷命，便说："赵三，听你的话，你是好命了？既是好命，为啥老人说屠汉养儿子是充数儿呢？"赵三的笑一下子没了，支棱起脑袋来。虽然离得不近，猛子还是看到了赵三脸上鼓起的肉棱。"啥意思？"他恶狠狠地问。

"没啥意思。"猛子懒洋洋说。

猛子知道这话气得他够戗，心里暗暗好笑，但还是觉得对方那命穷的话刺痛了自己。先前，他觉不出啥，只要山芋米拌面填饱肚囊，就懒得想别的。可近来，他发现，那穷，已成尖刀了，时不时就刺他一下。当那"穷"字仅仅是影响生机时，也没啥。这世上，填肚子的东西有的是，或野兔，或野鸡沙米啥的。吃饱之后，便能懒洋洋晒太阳，也惬意，觉不出做人的沉重来。一旦那"穷"字超过一定限度，影响到做人的尊严时，就不能不正视了。当然，这"尊严"二字，他才放入心里不久。不过，那概念，只要一入心，就生根了，时不时就会探出刺来，扎他一下。

爹似乎是不怕穷的，老听他说："穷是老子的活该穷。"这话，他说了一辈子，很坦然，一副乐天知命的架势。当由穷带来的磨难袭来时，爹虽也苦恼，龇牙咧嘴，坦然受刑，但很少怨天尤人。爹老说："老天能给，老子就能受。"

他将那坦然的“受”，当成向老天示威的武器。猛子虽能感受到爹“受”时那份尊严，但还是不愿效法他。他跟爹不一样，老天不公时，他就会大骂：“老天爷，我日你妈！”

猛子不信赵三那话：“你没有发财的命。”他不信真有个叫赵公明的，是个溜尻子拍马屁的家伙，谁富了，就再扔给他一疙瘩金子。他不信。他待在家里，当然是谋不来一分钱的。当他带了兔鹰，抓几只兔子，到城里卖了，就是几十块钱。这钱，是他挣的，不是那赵财神赐的。赵三那财，是千百个猪呀、牛呀、羊呀的命换的，不信老天爷会安排你杀生害命。要是他真安排了，猛子又该操他妈了。

花球背来了沙。他放下袋子，吁吁喘气。猛子懒得闲言，取出金盆子，铲些沙，迎了水波，一下下涮。浮沙忽地腾起，在盆里旋几下，叫水带了去。涮的感觉很好，沙打旋时，有种流动的美，一晕一晕，茫无轨迹。那图案，一次次刷新，决不重复。浮沙一晕晕逐水而去。几块石子把盆底咬得咯咯响。猛子捡了石子，很想朝赵三扔去，但想归想，还是随便一扔。人穷志短，马瘦毛长，谁叫你自个儿穷呢？朝人家撒啥气？

几点黄星又露了出来。这晃前晃后，为的就是晃出这几星黄来。猛子吁口气，那黄光很叫人喜悦，但怪的是，心底竟腾起一股无明火来，搅得他心绪大恶。他手一扬，恶狠狠将盆子抛出。那盆划个弧后，溅在河水中。

花球嗔道：“发啥烧疯？”

猛子懒洋洋出了水，朝沙上一躺，长吁一口气，闭上了眼。花球仍在唠叨。猛子也不去在乎。许久，他一骨碌爬起，恶狠狠对花球说：“别人吃剩的，有个啥吃头？”

花球冷笑道：“有本事，你也开个窝子呀？”

2

猛子再次接受了花球的提议：去偷沙。花球的想法很实用：偷来半袋没涮的沙，若运气好，淘出几千块钱，再生发些，就能开个窝子。

大头又定了土政策，地皮儿又涨价了。谁要也成，一个窝子交五百元。钱虽不很多，可这仅仅意味着允许你在白虎关开井。这儿，撂荒几百年了。谁要是种辣子需肥沙，你哪儿掏也成。现在，大头定个所谓政策，就要收钱了。据说，市上也眼红了，正在订新政策。花球说："现在才五百，再过些日子，可就说不准了，五千？五万？嘿嘿，就看人家的嘴咋张。"猛子想，凭啥？就凭你大头舔乡长屁股当了村长？

但平心说来，真要淘出金来，五百元也值。可问题是，那五百元，仅仅是允许你在白虎关挖个四米方圆的朝天窟窿。挖个窟窿，得用人，人得吃饭，得发工资。虽说这地面旱得冒烟，可地下却似骚女人，稍一碰，就会汪洋成一片。这儿曾是水路，千年了，祁连山的雪水，就是打这儿流向大漠的。后来，上游修了水库，截了水，明水没了，暗水却还在地下咕咚着。你掏洞，碰到人家痒处，人家就会咕嘟着上冒。你要么被淹了老鼠，要么就得备下抽水设备。这设备，你朝凉州城的营业员龇龇牙，人家又不给你。手里没刀杀不了人呀，你个驴操的票老爷。

花球的提议不无道理。

入夜，猛子便背了纤维袋，和花球一起，摸向大沙河。才出门时，天上还有星星。那星星，睁个贼眼，贼嘎嘎笑。一入大沙河，星星就没了。那儿，到处是贼亮的电灯，哗哗地放光，一晕一晕的，直往脑中钻。还有那抽水机声、沙娃的叫骂声、窝铺里传出的猜拳声，都一团一团往脑中扑。

这世界疯了。

因怕有人偷沙，那堆沙处高挑起一盏电灯，不知有几百瓦，反正贼亮。别说往跟前趴人，飞来个马蜂都能扎眼。更可恶的是，那沙堆附近，竟冒出个小帐篷来，虽不大，可住几个人不成问题。那里面，说不准就有人举了木棒候着呢。

猛子吁口气，捣捣花球。花球半晌不语，忽见几个黑点，一跳一跳，在帐篷前出现。猛子认出，那是狗。因沙娃吃腰食时，懒得洗手，沙子就沾在馍上，吃时也懒得洗，剥了皮，随手一扔，便招来吃野食的狗。花球说："我想了个法儿，装狗。"猛子还没弄清这话的含义，花球已融入夜了。花球一离开，那声响就大了许多倍，满天搅着。脑中也有好多机器吼。猛子有些灰心了，虽也不信命运，但仍然觉出有种巨大的力量正桎梏了他，闹得他干啥都不顺。

不知过了多久，花球摸来了。他们的窝身所在是一道沙岭，从大漠那头扭来，探入了白虎关。那沙丘想不到自个儿胡乱的一扭，会成就两个做贼的人。但猛子并无做贼的感觉。这很怪，他偷女人时，有做贼的感觉，偷别的东西时也有，唯有偷沙时没有。他眼里，这沙，跟这天，跟这地，一样，是大家的。虽然双福凭了你有几个臭钱，从地下掏出，但凭啥叫你独吞？就凭你屁股大，尻槽肥？

花球递过一张狗皮，说："等会儿，披了，爬过去。咋看，都会当成来觅食的狗。"猛子破口而笑，见那些寻食的狗，倒真是没人注意，便说："你爹老骂你贼坯子，看来真没骂错。"花球捣猛子一下，说："你不贼？咋连人家女人也偷？等过了半夜，闲人睡了时，再去。这会儿，谁都睁了贼眼瞅你。虽披了狗皮，也容易露出马脚。"说着，将狗皮一铺，仰天躺了。猛子也躺了，这才又看到天，只是那灯光污染了天，天也没寻常那般明净。

花球道："这日子，真没法过了，待在村里，跟坐牢一样。到城里打工，也像叫这世界抛到了角落，到处是钢筋，到处是水泥，啥都冷冰冰的，没一些人情味。你说，这日子，咋能活出个起色？"猛子道："这世界真变了。先前，有口热汤，大家喝。现在，吃稠的人胀死，喝不上粥的饿死。这日子，明摆着过不下去了。以前，懵懂时，糊里糊涂，头一挨枕头，就打呼噜。可没治。这世界，不想叫你懵懂。这也扎你，那也刺你，虽没猛榔头砸你，但那针挑的滋味，也难受哩。有时一想，这样活一辈了，还不如去跳井。"他狠狠地抓几下狗毛，又说："瞧，这村子，窝在沙旮旯里，也不知多少年了。它可是从来也不想去惹谁的，可没治，你不惹它，人家来惹你了。"

花球说："听说市里要搞小城镇呢，乡上要去争。将来，说不准我们也有城镇户口了。"

猛子冷笑道：“城里人都一群群地下岗，你城里人了，又能当个屌毛。”他一骨碌爬起，咬牙切齿地说：“你要想活出个人，法儿只有一个，挣钱。好饭没盐水一样，好汉没钱鬼一样。那双福，当初穷时，叫村里人整得夹不住屁。现在，一有钱，连那野狗，见了他都摇尾巴。”

花球站起身，提了狗皮，抖几下，说：“就是。为了弄钱，我都愿意当狗。……可惜，我不是女的，若是，我是不愿窝在这儿的。多少好女人，花儿一样，嫁个蠢汉，叫驴一样捶，叫褥子一样铺，才几年，俊没了，跟晒干的狗粪一样了。凭啥？一样叫人操，叫蠢汉操也是操，叫大款操也是操。弄好些，嘿，摇身一变，成富婆了，那牛气，不比双福弱。凭啥叫人家窝在这沙旮旯里，羞答答的玫瑰静悄悄地开？没用。没人欣赏的美，就不是美。”

猛子笑道：“这话，叫村里人听了，不骂死你才怪呢。”花球说：“骂归骂，等我一有钱，一个个又成哈巴狗了。”“也倒是。这年头，笑贫不笑娼。”“可凉州人是贫也笑，娼也笑，不笑中不溜。像我这种二杆子货，正是叫人笑掉大牙的角色。”

二人胡扯一阵，见河滩里的人渐渐稀了。有的井口已熄灯，这是那些才开掘的窝子。还有些井口挑灯夜战，三班倒。从井口中背出的沙石四下里乱倒，有的高成了山。整个河滩混乱异常。

双福那堆沙处的灯仍在亮，但那周围地势，高低参差，循了地势，隐身倒不难。两人披了狗皮，提个纤维袋，缩了身子，寻些洼处，向前摸去。

狗皮才着身，一股刺鼻的腥就扑向鼻腔。这狗皮定然没熟，上面定然也有些黑红的血污之类，但猛子懒得在乎。没治，你既想当狗，就顾不了太多。花球那话虽刺耳，却是实情。这年头，做人得有资格，当你穷得穿开裆裤时，尊严是个屌毛。他希望这次当狗能当出点起色，弄些沙来，淘出几颗金豆子，也能开个窝子，好吆五喝六地活几天。

二人猫颠狗窜，摸向目的地。以前熟悉的地面，早给弄陌生了，行来很是吃力，但二人不急，只要在明天日出前弄到沙，就大功告成了。去早去晚，都一样，只要别叫对方发现就成。花球的法儿倒不错，几米外望来，不仔细瞅，都当成狗了。要看出底细，必须到近前，但一般沙娃是不敢到狗跟前去的。听说前几日，有个沙娃想弄条狗吃，却叫狗咬了，害了狂犬病，正在凉州城里噢噢地叫呢。这一想，猛子倒害怕惹事的沙娃会飞来石头。这倒有可能。平日里，不管野狗家狗，猛子一见，总捡块石头投去，偶有打中，便开心十分。这一想，便觉得有石头飞来，呜呜破空，但抬头一看，方知是幻觉。

只是那电灯泡十分可恶，一波一波，扩散出乱毛似的光，直往脑中钻，一旋再旋，脑子就不是自己的了。那噪声虽也可恶，还倒好受些，也幸好有那噪声，若无它，此刻的心跳声，定然也涨满沙窝了。没法子，做贼虽也有些历史，可每次都这样，就像虽偷过多次女人，再偷时仍免不了心跳。这感觉，很是刺激呢。这年头，啥都往心上磨，心早成脚后跟上的老皮，木了。寻常的事儿，已很难激活它了。爹老骂他，说他比牛多个说话，少个尾巴，但没法子，只有新奇，才有刺激。这村子，这大漠，这风沙，自他落地时，就是这副嘴脸，再加上日复一日的劳作，困了睡，饿了吃，跟磨道里的驴一样，转了千百圈，想转出个新鲜的花样，也没那个脏腑。倒是这偷沙，平添了好些刺激。猛子打个激灵，觉得心上有了一股活力。

不知此刻几点了。管他呢，几点也成。但一想，要是有几双眼贼溜溜地盯那沙，并不很妙，就希望此刻也到半夜。猛子觉出腰的酸来，做人时并不觉做人的优势，当了狗才觉出还是做人好。不说别的，这当狗时的腰酸，是做人时不曾有过的。爬上双福女人横冲直撞时，虽也腰酸过，但那酸的同时，还有舒服，这酸却是纯粹的酸……不，还有疼呢。沙石硌得膝盖火烧火燎，定然出血了。猛子听出花球也在呼哧，还能听到狗皮有脆响。这生狗皮，都这样。幸好有那抽水机们的叫，否则，只这狗皮的脆响就会露出马脚来。猛子感到好笑：那觅食的狗会发出这号声响吗？

摸下沙岭，摸过乱石滩，到了水边。几十个抽水机在突突，原来的干河滩已汪洋出一片清凉来。要到那堆金光闪闪的沙边，先得过这水。可这是怎样的水呀？猛子手才探入，炸凉就溢满心了。夜气本就瘆人，要是再入水，不生病才怪呢。花球却下了水，他口中抽着气，唏唏哩哩，像患了感冒的老狗。

猛子想，管他，冰死了算，就也下了水。周身的汗眼打起了寒战，松紧了好几十回。他屏了气，摸了河床石头，以防滑倒。

正怕滑倒呢，那凉却涌了来，沿脚心，直往上蹿，还东扭西扭，仿佛蛇在骨髓里钻，瘆凉无比。机器的嘈杂声倏地没了。河水的哗哗声涨满了天，仿佛有无数的水鬼在笑，心一下酥了。幸好水面不太宽，那心的酥软才传至腿部，他已萎倒在彼岸。听到花球的骂声，不知在骂水还是在骂人。

感觉已有老长一段时间，从狗皮下探出头，见一些井口虽有人影晃动，但闲游闲逛者没了，估计时辰已近半夜。若真有守夜的沙娃，也可能入梦了。这一想，瞌睡虫趁机溜了来。猛子打个呵欠，他很想将那狗皮翻转过来，美美地睡上一觉。

两人狗一样爬向那堆向他们微笑的沙。还好，那高高突出的沙，造成了一抹明显的阴影，足以使两条狗不大白于光下。只是腰的酸愈加猛烈，仿佛折了。但那沙也荡来一晕晕魔力，两下相抵，就把难受消解了。

终于嗅到潮湿的沙味了。瞧，那沙中，金星乱冒呢。花球已开始往袋中刨沙，刷刷声洪水似的咆哮，还有心跳。怪，机器声跑哪儿去了？心却战鼓似的擂个不停，把胸腔也砸疼了。

抖开纤维袋，一把把刨。那浸透水的沙却火一样烫手。这感觉真是奇妙，比第一次弄双福女人时还奇妙万分呢。猛子心里欢欢地笑着。他仿佛扑进了浩瀚的乐里，尽兴地游呀游呀。他丝毫没发现几个黑影已绕至身后，一张逮鹰的大网悄然落下，像夜的降临那样不可抗拒。

3

棍棒雨一样落下，发出干燥或潮湿的声响。猛子觉不出疼。他知道是狗皮替他抵挡了大力，这便是生狗皮的好处。那晒干的血块和硬硬的干皮融为一体，成为猛子的铠甲。花球却直了声叫，不知是在虚张声势还是真的疼痛难忍。那叫声，跟前些年队里的一头疯牛一样，仿佛不是在使用声带，而是那满胸腔的声响一窝蜂喷涌而出，慌不择路似的。猛子很想制止他，他怕这声音会招来村里人，更怕看到爹那张老脸。他希望那棍棒落一阵后就放了他。他一边憋了气——这样会消解部分疼痛——一边探出手，摸那桎梏他身子的东西。他辨出，那是一张捉兔鹰的网。从那抡棒者的嘿哈声中，他辨出有北柱。前些时，北柱请他给绾个网，说要绾个兔鹰。这网，说不准就是他绾的那张。过去，他曾无数次地网过兔鹰。现在，又轮到别人网他了，真是好笑。

听得花球叫："北柱，北柱，你往死里打老子？"

棍棒住了，果然是北柱。他将那电灯泡移了来，照见一张血糊糊的脸。猛子将脑袋探出狗皮，见那血头，吃了一惊，叫："北柱，你打死人，可要抵命。"

这一说，四下里静了。

几双手胡乱撕扯许久，才将两人放出，猛子见花球脸上到处是青红的淤块，便感激狗皮的恩德。毛旦怪叫一声："哟，我们还以为是人呢？"花球气呼呼道："不是人，是你爹吗？"毛旦啐一口，说："花球，你还嘴硬。这下，不死也得叫你褪层皮呢。"猛子说："毛旦，你个溜尻子货。谁有钱，你就舔谁的屁眼！让开路，老子要回家了。先把你打我的记下，等哪天消闲了，我连本带利还给你。"

却听得一人道："说得轻省。做了贼，还有理了？"猛子见这人面生，心虚了。对付毛旦们，他连哄带吓，或能奏效，可对陌生人，就说不准啥法儿管用了。他想，索性溜吧。于是，他手后抖，腿前扫，将毛旦扔出老远。对方还没反应过来，他已蹿出老远。

花球的叫声却再次响起了。猛子这才发现，自己这一招并不仗义，就驻足回头，想："就是死，也索性死一块儿吧。"叫一声："谁再动手！老子可拼命了。"回到了那沙前，见花球萎在地上，四蹄乱蹬，抱腿的毛旦给弄得东倒西歪。想来花球也想跑，却叫毛旦逮住了腿脚。

几个沙娃朝这边移来。那陌生人高声问："董事长，这几个贼娃子咋弄？"

"按定的规矩办。"是双福声音。

猛子想，冤家路窄呀，我弄过他女人，落到他手，不脱层皮才怪呢。

毛旦们拽了二人，前拉后推，向井口处走。一道手电光射来，晃得眼疼。猛子估计是双福所为，遂怒目而视。四下里倏然静了，猛子虽看不到双福的脸，却感觉出他那双眼中射出了一种羞恼的光。猛子啐了一口。手电熄了。听得一人道：“用不着披那狗皮的，一看就是狗。”这声音很陌生。一阵笑声炸起。毛旦的笑很是刺耳，他平时与猛子相处不坏，竟也发出这种笑？猛子很想朝他脸上砸几拳。他想，人咋是这样？几张票子就能卖了良心。但一想到自己的处境，不觉沮丧无比：人家，是在笑贼呀。

猛子估计双福会说出难听的话，可怪的是，他啥都没说。当然，他没说的，别人都替他说了。可他那双亮亮的眼，却在猛子心头晃。若是双福出了恶言，猛子会骂出世上最难听的话，包括他当过乌龟之类，羞辱他一顿。可他啥都没说。双福不说话时，反倒像夜一样，罩了猛子。猛子觉得对手无处不在，待要反击，却老虎吃天了。

猛子被推搡到井口上。他不知道双福所说的规矩是啥。是老规矩？还是新规矩？记得爹说，先前在祁连山淘金时，若发现沙娃偷金，是要被活埋的，但谅他双福也没那个胆子——不过也难说，这年头，啥事都可能发生。听说黑社会的杀个人就跟杀鸡一样。若是别人，猛子可能会告饶。没啥，大丈夫能屈能伸，认个错，没啥。可这是双福，一个强大的双福，一见他那庄门，猛子就感觉憋气。想当初，操他女人时，猛子就觉得有把刀在捅双福。向他认错，下辈子吧。

想来双福真定了啥规矩，几个沙娃熟练地绑了二人。花球叫：“双福，你真要活埋老子？双福，老子的女人娃子由你养活。”双福不语。沙娃们却大笑。毛旦道：“成哩，他不养活，我养活。我正愁没个涮饭盆子的呢。不过，你那婆娘，也得归我。”猛子很想朝那脸上踹一脚。他猛扭几下，扑向毛旦。几个沙娃却揪了他，丢入井中。

猛子朝黑里堕去，耳旁风狼一样叫。突出的木笼部件，都扑来咬他，身子火一样燃烧。我要死了。他想，他很想在死前多想一下，可那黑，那风，还有恐惧，把脑子塞得无一点缝隙了。黑猛地扑了来，把脑子捶得死疼，仿佛那是个大口，正往里吸一只飞蝇。嗓门不由得涌出一串声音。猛子不想叫，可那嗓门，却偏偏猛叫个不停，叫声撞入井底，又往上涌，像一粒粒石子打在心上。

忽觉背上一抖，倏地静了。猛子明白，他背上的绳子控了身子，也明白对方不是要活埋他，而是在玩一种游戏。听说，这游戏，也是专对付偷金的沙娃的，玩法是：弄个滑轮，吊个沙娃，在井中忽而上，忽而下，别说叫井壁蹭，只那忽闪，就叫人软了脊梁。

果然，脊背紧了一下，身子忽地上升，绳子一下咬入肉里，脏腑哗啦啦一阵闷响。猛子想，我要死了，觉得腹内也给震得一塌糊涂。井壁又来咬他，那些柳条杨木，平时一副文静模样，此刻，都张了獠牙，嬉笑着来咬他。这情景，像噩梦。他老做这样的梦，梦里有好多娃儿，一窝蜂围了来，揪他，咬他。他很想打死他们，却总也打不死他们。有时，才捏死对方，手一松，小孩又活了，龇了牙嘻嬉笑。这时的黑里，就环伺着许多小鬼，你撕一把，我咬一口，猛子甚至还听到他们的笑声呢。

花球的哭声隐隐传来。那哭声，想来很大，听来虽隐约，但它竟然盖过了耳旁的风声。这风声，似拍岸的惊涛。猛子估计花球在大声吼，边嚎边诉说，估计他在求对方饶了自己。一定是。猛子很想吼一声："你别求他们！"可心里却希望他们能饶过他。

才落井时，脑中只是一片空白。此刻，恐惧才一拨儿一拨儿涌了来。说不清怕啥，反正是怕。那怕，像酱油一样，把每个毛孔都腌透了。依猛子的性子，应该吼几句气壮山河的话，或是骂双福。骂啥话也成，不在乎内容，只要有骂的形式就成。可没治，一切都叫恐惧挤没了。倒不是怕死，此刻死倒没啥怕的，只是那恐惧无孔不入。说不清恐惧啥，这说不清的恐惧才是真正的恐惧。怪的是，脑中是一种异常清明的空白。那清明的空白，竟和恐惧合二为一，分不清谁是谁了。

一团亮向脑袋撞来。猛子知道那是井口，也知道有人正在看他的笑话。他很想说句服软的话，但嘴却不听命令，仍发出惊愕的叫。仿佛那嘴不是自己的，而是另外一个有生命的东西。随它叫吧！忽然间，清风一拂，绳子已将他提出井口。于是，他努力想稳住，腿脚却也背叛了他，软得跟面条一样。周围是一团大笑。那笑，打着滚，扑向自己，跟梦中的小人一样撕扯他。

北柱上来，悄声说：“服个软吧。”他抬起身，表演似的说：“董事长说了，有三条路，你选：一条，召集村里人，把你逮到家府祠，按家法办；另一条，按规矩，当半个月的沙娃，没工资；第三条嘛，你认个错。”

猛子闭了眼，深吸一口气。他努力地想，觉得想了许久，才明白了北柱的话，就说：“当沙娃吧。”猛子懒得多说话。那恐惧，已把他所有的精力吞了个精光。他连呼吸的气力也没了。

他死也想不到，这一选择，差点把他送进了阴司。

第　八　章

落网的鹿羔羔绳头上缠，双眼里淌的是泪水。

1

月儿把猛子妈的想法告诉了兰兰。

兰兰马上就觉出这是好事：一是像莹儿这样的媳妇，打了灯笼也难找；二来，爹妈省了一番心，不再为那一疙瘩婚礼钱在炕上烙饼子了。爹那一边唉声叹气，一边翻过来掉过去睡不安稳的样子，成了印在兰兰心上的图案。自憨头一死，爹妈又愁猛子的媳妇了。自打猛子和双福女人勾搭，招来搅天的唾星后，给猛子娶媳妇就成了眼睫毛上的火，你不想入眼入心，还由不了你。所以，月儿一说，兰兰就觉得这是个好法子。女人嘛，说穿了，就是嫁男人、养儿引孙、围锅台转……像母鸡一样，下蛋是你的本分，想上天，还没那鹰的翅膀呢。一看穿，嫁哪个，还不是一样？当然，这是兰兰心里对莹儿的说辞。对自己，她有另一套说辞。也不奇怪，谁不是这样呢？

兰兰按妈的意思问了莹儿。

莹儿说："别开玩笑。"

兰兰笑道："谁开玩笑呀？人家都想方设法把相好的亲搅黄了，只等你一句话呢。"

莹儿这才明白了。怪不得，这几日，公婆老鬼鬼祟祟地嘀咕。她感到很好笑。而这好笑，一下子叫她觉出这话题的荒唐。但心底里，却奇怪地有种预感：今后，她的日子不安稳了。说不准为啥，但可以肯定的是：她即使想守寡，也守不安稳。

“你说呢？”兰兰笑着追问。

“别开玩笑。”

确实，莹儿没想过这个问题。对猛子，她没有好感，也没有恶感，就像看待庄门口的那棵沙枣树一样。那沙枣树，是“灵官家的”，猛子也是“灵官家的”。仅仅是这样。现在，突然冒出这个怪问题，她有些措手不及，而且从心底里产生了一种奇怪的怕。她不想继续这个话题了，但兰兰却是一追到底。

无奈间，莹儿笑问：“你说，你咋不在婆家待，到娘家来做啥？”

兰兰不解她为啥要问这，便说：“你是明知故问，还是真不知道？”

“别耍滑头，回答！”

兰兰差点要回答了，但她仍不想在莹儿面前说她娘家的坏话，仍疑惑她为啥问这。

这时，她看到莹儿眼里有一丝诡谲，忽然明白了。“你是说，我不愿做的事，却叫你做了？”

“不是吗？”莹儿笑了。

2

夜里，兰兰修炼完，妈便问：“月儿托你的那个事，问了没？……月儿那狼吃的，我叫她问，她倒把皮球踢给你了。”兰兰说：“问了。”妈急急地问：“咋说？”看妈发急的样子，兰兰感到好笑，便想逗逗她：“你想，人家会咋样？”“究竟咋样？”“你又不是不知道，你儿子的名声天摇地动哩。”

妈白了脸，“乖乖”一声，说：“怕的就是这哩，咋办？你好好说合一下。谁养的猪娃儿谁知道脾气。猛子虽有那档子事，可心眼儿实诚。又是个童身娃儿，强如人家的二婚头。”

兰兰长长地哟了一声：“蛇当然不知自毒了。你的身上掉下的肉，当然咋看都顺眼。可你脱开身子，想一想，女人活个啥哩？是图吃哩？图穿哩？都不是。是图人哩，对不？可那人又图个啥？图脸蛋儿？模样儿？身坯儿？都是，又都不是，但起码得正经，是不是？妈，你捂了心口子想想，你儿子是个正经人不？”

妈便白了脸，一语不发。

老顺黑了脸，说：“你个老妖。你热屁股溻到冷炕上。你愿意，人家还不愿意。婚可挑了，老子可要当甩手掌柜的了。”妈白一眼老顺，道：“哟，咋又是我一个人的事了？有好事了，是你的；有瞎事了，成老娘的了。你早干啥来？”老顺道：“你要不提猴猴拔蒜蒜，把老子从梦里捣醒，哪有这事？”妈说：“我叫你吃屎，你吃不？一个大男人家，咋一有不好的事，就往老娘身上推。你不是吊把儿的男人？”

看到爹妈犟嘴，兰兰却笑了：“行了行了，人家又没说不成。”

老顺笑道：“就是。我估摸，人家巴不得呢。像我们这么好的家，拨亮几副眼珠子，也难寻。”老伴哟一声，说：“就是。尤其你这样一个扒灰烧白头公公，更难找。人家也巴望着戴红头巾呢。”

兰兰也听过那驴笼头换红头巾的典故，想笑，又觉得妈在女儿跟前开这玩笑不妥，就说：“人家也没答应。”

“咋？”老两口又恹了。老顺嗔道：“有屁你往尽里放，成不？”兰兰说：“人家没说成，也没说不成。”

“那当然是成了。”妈欢天喜地了，“人家，那是害羞哩。当然不明说。”

老顺却疑惑：“真这样？”

兰兰笑道：“我又不是人家，咋知道？”

“成了成了，我估摸成了。”妈笑道，“不管咋说，猛子是童身娃儿，她是个二婚头。”

老顺却怒了：“有没别的屁放？啥童身娃儿？你那个爹爹，都成老叫驴了。

你还动不动童身童身的，也不怕叫人把牙笑掉？”

老伴瞪一阵眼，才恶狠狠说：“你才是个老叫驴呢。谁没个错？啊？！你难道是没节节子的好人？你好，咋也往人家炕头上摸？”

老顺脸上的肉棱儿突地显了，但看一眼兰兰，却咽了口气：“以后，你少提这些陈芝麻烂谷子。再胡吱吱，老子可不客气。不把你嘴里的牙涮下来，老子不姓陈。”

老伴也想钢牙铁口地回几句，但看老顺模样，怕早成燥火药了，就换了个口气：“你以后，也少说娃子。你一个当老子的，也那样说，叫娃子活人不？”

老顺阴阴地瞪一眼老伴，却一语不发，出去了。

兰兰劝妈：“你少揭人家的老疤。打人不打脸，揭人不揭短。小时候，为这，头打烂了拿草腰子箍哩。人家都抱孙子了，扯人家面皮干啥？”

妈鼻孔里长出一口气：“丫头，你不知道。这口气，老娘憋几十年了。心里说忍忍，可又由不了我。你说，活人嘛，我别的图不了，图个男人干净总成吧？”

兰兰皱皱眉头：“人家就错了一回。以后，再别瞎猫儿盯个死老鼠了。”

“我总咽不下这口气。”妈又长吁了一口气。

“你都这样，叫莹儿咋想？那事儿，天翻地覆了。谁不知道猛子的大名？”

妈于是木了，好一阵，才说：“就是。怕是人家心里真不愿呢。你好好开导一下。这贼爹爹，咋干这号没脸的事儿？”

3

次日一大早，白福又来叫兰兰。一见白福，兰兰连话都不想多说一句。感情这东西，一旦破了，比家具破了更糟。家具破了，还能凑合着使，感情一破，却连“凑合”的念头都不能容忍了。兰兰简直不敢相信，自己竟和这东西同床共枕了几年。她甚至恶心自己了，恨不得泡到涝池里洗上三天三夜。

白福瘦了许多，可怜兮兮的。这是他以前没有的。那原本合身的褂子，也一下子宽大了许多。白福一进庄门，兰兰就发现了这一点。她之所以发现这，并不是出于关心，而是她忽然觉得白福陌生了。那模样，有些怪怪的了，而且是无法容忍的厌恶的怪——尤其是那罗圈腿，走起路来，侉侉势势的。自己当初竟离开了花球，跟这东西结了婚，真不可思议。莫非，造成这事实的，除了给憨头换亲那个天大的理由外，真是命？

兰兰信命。她相信人有自己的人生轨迹，这便是“命”。但兰兰又不认命。听一个算卦的讲，命能转，时也会转，运也会转。那人说，他算过许多命，大多应验。极少不灵的，是修行人的命。修桥的，铺路的，放生的，行善的，命都比算出的好。无子的，可有子。无禄的，能有禄。灵官留下的书里，有本《了凡四训》。里面讲的，就是如何转化命运。兰兰能接受这道理。确实，啥都是心造的。有多大的心，就能干多大的事。双福的心比猛子大，双福的事业就大。白福长了白福的心，女儿就迟早得给糟蹋死。妈的心小，爹的心大，灵官的心里事儿多，孟八爷的心豪爽大气……这些人的心，决定了这些人做的事。人与人的区别，实质是心的区别。那命运，说穿了还是心。心变了，命也变了。积了善，成了德，心由小人修成了君子，那小人命自然就成君子命了。小人损人利己，君子舍己为人。小人万人讨厌，君子人人敬仰……一切，都随那变化了的心变化了。

所以，兰兰信命，但不认命。

有一个事实：在她并不知哥哥患了绝症时，就产生了和白福离婚的念头。这意味着，她已不再把换亲当成天大的事，而一任命运摆布了。经历了太多的沧桑，小女孩会长成女人。一个真正的女人，终究会正视自己的命运。她的命毕竟只有一次，用完了，就再也没了。她时时拷问自己：为眼前这人，值不值得把命赔出去？值了，就送你一生；不值，就要重新选择了。否则，便是白活了。生活中有许多白活了的女人，可兰兰不愿白活。哪怕几年，几月，或更短，她也要为自己活一次。

白福在书房里跟妈妈絮叨着。那声音，兰兰都不想听了。不用听，她也知道内容：一是软求，一是硬逼，软求告可怜，硬逼要拼命。仅此而已。白福肚里的杂碎她知道。他想玩个花样，也没个好脏腑。但兰兰觉得，还是打开窗子说亮话好，叫白福绝了心思，不再纠缠。她就进了书房，望着大立柜说："你做的啥事，你心里清楚。叫我再进你家的门，下辈子吧。"话音一落，却又觉得自己说得不妥——即便下辈子，她也不愿进白福家的门——便补充道："十八辈子，也休想了。我宁愿化成泡沫，也不想在你那个家里蹲一天。"

白福停止了絮叨，凶狠地望兰兰，用他一贯的那种表情。兰兰早习惯了，就像那个听惯了黔之驴叫的老虎，不再觉得对方有啥强大之处，便冷冷地笑笑。

"卖货。"白福从牙缝里挤出两个字。

妈却不依了："白福，饭能胡吃，话可不能胡说，我的丫头咋卖了，你抓住了吗？"

"我羔子皮，换几张老羊皮。"白福提高了声音。他的意思是要拼命哩，要用年轻的"羔子皮命"，换兰兰爹妈的"老羊皮命"哩。兰兰仍是笑笑。白福已从扬言要杀她转到吓唬父母了，但兰兰认定他是吓唬。咬人的狗不叫，乱叫的狗不咬人。你白福，还没那个血性呢。真的，自打女儿被他冻死在沙窝里，他的精气和血性没了。梦中时时惊叫，觉得白狐又来讨命，还老梦见大盖帽啥的，时时惊悸。他像放了大半气的羊皮筏子，虽有个似模似样的外形，但碰不得，一碰，就觉出软塌塌来。而兰兰，则恰恰相反，她眼里已没啥怕的了。至多，她随了女儿去。死都不怕了，还怕活吗？

"成哩成哩。"妈接口道，"我们老两口，早就活腻了。你白福若能行个好，叫我们不再受苦，我给你磕头哩。早死早脱孽。你也用不着唬我们。"

白福一下子软了。

"大妈子，"他带了哭音，"你说，我还有啥活头？连梦里也没个安稳。要是你再不体谅，真不想活了。不说别的，连个盼头也没了。啥盼头也没了。"说着，他抽抽搭搭哭了起来。

兰兰却厌恶地耸起了鼻头。她的心凉透了。别说眼泪，就是他的血，他的死，也打动不了她了。她有些奇怪，自己是个心软的人，见不得人哭，见不得受伤的动物。一些别人看来很寻常的事，也能打动她。可独独对白福例外了。人说一夜夫妻百日恩，百日夫妻似海深，可她，对白福只有厌恶。那厌恶，如同对一堆浓痰的厌恶，除了厌恶，还是厌恶。哪怕有一点恨也好。有时，恨也是一种爱，可是没有。她只有厌恶。就是在这厌恶上，她才发觉缘尽了。爱是缘，恨是缘，厌恶则意味着缘尽了。有缘则聚，无缘则散。那就散吧。

"你别恶心人了。"兰兰耸耸鼻头。

白福停止了哭泣，恍惚了神情，可怜兮兮地坐在那里。看这模样，你很难想象，以前，他竟然是那样的凶蛮。那变化，仿佛差别很大的两种动物：先前是野猪，忽然，又变成病鹿了。

妈似乎心软了。望望兰兰，望望白福，想说啥，却终于没有说出。兰兰知道妈的心思。若白福不在场，她会说"浪子回头金不换"，劝她再考虑考虑。妈就是这样，她会无原则地被泪水打动。但兰兰却是铁心了。而且，这铁心，也是对白福好，叫人家重打锣鼓重开展，趁了年轻，再找一个，好好过日子，免得三拖四拖，倒耽搁了人家。

白福恍惚一阵，起了身，梦游似的出了书房，进了莹儿的小屋。果然，他一出门，妈就悄悄对兰兰说："你再好好想想。"

"妈。"兰兰嗔道，"你再别给人家想头了。叫人家死了心吧。"

妈叹口气："我是怕，怕……莹儿带了那娃儿去。那，可是憨头的根哩。"

"人家的娃儿，不叫人家带。能成？"

"胡说。"妈硬梗梗地说，"拼了老命，也不成。她守寡，我好生看待……当然，小叔子招嫂子，更好。她走，得把娃儿留下。"说着，话却变软了，眼泪涌了出来："忽喇喇的，天塌了，真家破人亡了。"

兰兰知道，妈一提憨头，就止不住泪了，就转过话头，说："悄些，听人家喧个啥？"妈立马便收了泪，侧了耳，却听不出个啥；就过去，关了门，伏下身，趴在猫洞儿上，一脸神探模样。

兰兰感到好笑。

听一阵，妈起了身，悄悄说："没喧啥。那倒财子，没说啥，扯了屄声，掉尿水哩……唉！要说，也可怜。”

兰兰心软了。她厌恶白福当面的泪，却被他背后在自己妹子面前的哭打动了。一个男人，到了在自己妹子面前哭哭啼啼的地步，也确实有他的难处了。她差点要改变主意了，但一想那些隐在灵魂深处不敢触摸的事，心却突地又硬了。

“刘皇爷假哭荆州。”兰兰撇撇嘴。

妈却不满意兰兰的态度：“丫头，话不能那样说。谁都是人。谁有谁的难处，别人的笑声望不得。”

“谁望笑声呢？”不知咋的，兰兰的心也酸了。但酸归酸，那主意却仍在心里铁着。要糊涂，就糊涂一辈子。一旦明白过来，那糊涂的日子，就一天也不想过了。

莹儿进来了。看那模样，也似陪着白福掉了泪。她显得很为难地说：“妈叫我过去一下。哥说，妈的身子不舒服。”

妈的脸一下子僵了，半晌，才说：“你去也成。娃儿，我给你喂几天。”

莹儿的脸一下子白了。

4

吃过午饭，莹儿把院里铁丝上晒干的尿布儿收了来，叠得整整齐齐，交给婆婆；又去铺子里买了包婴儿奶粉和白糖，安顿了一番，才跟白福出了庄门。

一出门，莹儿的眼泪就涌了出来，咋擦也擦不干。路上有几个女人，都怪怪地望她。莹儿恨自己，但恨归恨，却仍是控制不了眼泪。

婆婆开始提防她了。

这是个不想接受却不得不接受的事实。这些日子，莹儿总感到身后有双眼睛。开始，她还怨自己太敏感。但今天，婆婆明确无误地告诉她：她已经不信任她了。怕她去了娘家不回来，把娃子做了人质。或者换个说法，你不回来也成，娃子你得留下。无论哪种，在莹儿眼里都是刀子，而且是直往心上插的利利的刀子。

这一来，她的预感证实了：她连个寡都守不安稳了。

坐在白福骑的自行车后面，莹儿仿佛梦游。凉风吹来，卷起尘土，已带了萧条的意味了。那萧条，也到心里了。莹儿很想哭，很想扑在一个人的怀里委屈地哭，美美地哭。可这人，不知游荡在哪儿呢？

太阳很亮，是那种惨白的亮。树光秃秃的，吊着许多飞来荡去的虫儿。对这虫儿，莹儿早不怕了，它上头也罢，上脸也罢，莹儿顾不了太多。心里有种很重的液体在晃，晃得眼里的一切都灰蒙蒙了。

过了村间的小道，进了那个乱葬岗子河滩，莹儿渐渐收住了泪。一种熟悉的感觉在心里滋生了。那感觉，像熨斗，熨啊熨，就把那沉重的液体熨成了温水。就是这千疮百孔的丑陋的河滩，曾给过她人生中最美的一个瞬间。这儿，她和他疯魔过，痴迷过，哭过笑过。就是在那沙山后面，他喘吁吁扑倒了她，把幸福的眩晕注入了她的灵魂。仿佛，那是不曾有过的美梦哩。真的，莹儿有时不敢相信，自己曾拥有过鲜活的他。要是那鲜活突然出现在眼前，她真会承受不住那巨大的幸福而晕死过去。

这想头，仅仅是这想头，也令莹儿绚烂许多呢。不知道那想头何时到来？为了这想头，莹儿愿等上一生哩。

有了这想头，她守的就不是寡，而是守想头了。能把想头守上一生，也是幸福的。

可一想临行前的那一幕，她的心又被揪了。当然，不是担心娃儿受委屈。婆婆有半辈子养娃娃的经验，还有对死去的儿子的爱，娃儿自然不会受委屈。莹儿无法接受的是，婆婆已开始提防她。憨头活着，她是“自家人”。憨头一死，她就成了“外家人”，是个待嫁的寡妇。她感到后怕的是，在这种提防中，她究竟能守上多久？能否守到那想头的到来？

不知道。

而且，那“提防”一产生，便会有一连串相应的行为，足以叫人心冷。

这日子，咋过?

莹儿不能不担忧。

漠风扬起了尘土，刮了过来。莹儿觉得，那风，刮进心里了。

5

妈一见莹儿，就搂了她哭。妈瘦多了，头发也花白了。妈是村里公认的厉害人。她厉害时雷鸣电闪，哭起来也惊天动地。她对憨头印象好，憨头一死，她搭了不少眼泪。她老用憨头的好，来反衬兰兰的坏，老说：一龙生十种，十种九不同。一娘养的，憨头那么贤良，兰兰却白披了张人皮。莹儿虽不觉得兰兰坏，但能理解妈。而且，她能理解所有关系不好的婆媳。养个儿子，从锤头大，养到墙头高，却娶了媳妇忘了娘。心里那口怨气，自然要往媳妇身上出。妈还多了对兰兰闹离婚的仇恨。那怨气，比别的婆婆更烈了些。

妈的哭也像她的笑，风风火火几声，就息了，问："那骚货，做啥着哩？"

莹儿见妈一不问自己，二不问娃儿，三不问其他人，却问兰兰，就知道她心上放不下的还是这事，便喧了兰兰。

"哼，就她，成仙哩？我看她变鬼，也变不上个好鬼，不是髭毛郎当的冤屈鬼，就是血丝糊拉的血腥鬼。"妈用牙缝，一字一句地说。

莹儿皱皱眉头："妈，你咋能这样咒人家？"

"咒？"妈一脸刻毒，"我还恨不得拿刀子剐她呢。你说，害人不浅的，半路里闹离婚。露水曳到半山坡。不成你早说，我花儿一样的丫头，哪儿换不上个好媳妇？现在，生米煮成熟饭了，丫头成了婆娘了，你又跳弹个不停。我说你小心，可别把膀筋跳断。你麻雀儿蹲了个葡萄架，髭毛郎当格势大。还想上天哩？也就是我的瞎窟窿娃子，眼窝里没水，才看上了你。要依了我的性子，第一次相面就过不了关。你还想当我的媳妇子，羞先人去吧！"

莹儿皱皱眉头："妈，你少编排人成不成？一辈子了，你眼里哪有个好人。"

"谁说没好人？我的丫头就是好人。天上有，地下没有。"

“谁身上掉下的肉谁疼爱。”莹儿说。

妈这才捞过莹儿，上下端详：“哟，比上回胖了些。丫头，你可要放心吃，别只顾俏巴，不敢吃饭，成个干猴儿了。你吃上个啥，娃儿吃的奶里就有个啥……噢，娃儿乖不？”

“乖。吃饱就睡了。倒是不闹。”

“不闹就好，养个娃娃脱层皮呢。我生你那阵子，肚子都吃不饱，哪有奶？叫你把血都咂出来了，真不容易。好不容易，从鞋底大养成个人，却给人当媳妇子了，真是憋气。盘古爷开天辟地，没遗下个养老丫头的习俗。若遗下，我可真舍不得把你嫁人。”说着，妈的眼圈子又红了。

“瞧，又来了。”莹儿笑道。

妈笑了，说：“娃子咋好，也没丫头贴心。就像白福，头吃个钟盆，却像盛了谷糠。一说话，就和娘犟嘴。”又悄声问，“人家待你好不？你婆婆。”

“好。”

“我不信。憨头一不在了，你可成外人了。要是住不下去了，到娘家门上来。老娘养你个老丫头。”说着，她留意地打量莹儿的反应。

“那成了啥？”莹儿笑了，“不管咋说，那儿还有我的精脚片印，还有责任田啦，我不信人家还撵我不成？”

“人家当然不撵。”妈撇撇嘴，“人家白得一个劳动力呢，丫头，话往明里说，那骚乌，若好好儿和白福过，你咋也成。婆家蹲也成，娘家来也成。要是那骚乌跳弹，你可得给为娘的长个精神。”

莹儿心里明白，马上要有些事儿发生了。依兰兰的性子，是铁了心要离婚的。兰兰一闹，她就安稳不了。咋这么个苦命？莹儿一阵难受。

妈仿佛看出了她的心事，劝道：“其实，你也别太死心眼。你才活人，路还长着呢。毕竟新社会了，又没人给你立贞节牌坊。”

正说着，爹进来了。他的又一个“大买卖”黄了。说是李宗仁在瑞士银行存了个黑匣子，钥匙却在中国，而且在某省某市某乡某村某人手里，凑上个三万元，就能从那人手里买来钥匙。有了钥匙，就能取出黑匣子，里面有几万根金条。爹就到处借钱，跟人凑够数儿，结果叫人一舌头掠了，连个影儿也追不回来了。

爹一脸皱纹，一脸漠然，一脸麻木，见了莹儿，也不打招呼。妈却绿了脸，斥一声，爹便出去了。"你说，丫头，就这号人，得'想钱疯'了。我说，你也别大买卖了，先从地里刨几颗粮食吃吧，别成饿殍疯虱子了。可他，嘿！先骗了老娘的猪钱，后哄了老娘的黄豆钱，把亲戚邻舍骗了个路断人稀，却叫人喂了一个又一个抓屁。"

"行了，行了！"爹进来，声音很大地说，"你少编排老子成不？朱买臣还发迹呢！你别小看老子，老子这次瞅下了个古董，夜明珠。成了，给老子分个十万八万的。那时，我看你老嫁汉脸往哪儿放！"

"呸！"妈背朝老伴，用力拍几下屁股。"羞先人去吧。你找个牛蹄窝儿，撒泡尿照照。看你那尖嘴猴腮的一脸穷相，能不能闻上个带荤腥儿的屁？老娘倒了八辈子的霉，才头仰屎坑，嫁了你这么个惊毛骚驴……你跟风跑死马，把老娘的四千多花个精光。你挣的钱毛呢？拿来，给老娘多少解个心荒儿。"

莹儿爹涨红了脸，脖子上的青筋忽而鼓起，忽而落下。看那样子，只差往地缝里钻了。

"妈，你少说两句成不成？"莹儿嗔道。

莹儿爹缓过气来了："丫头，叫她说。这号扫帚星，不见棺材不落泪，跟那朱买臣姜子牙的婆娘一个喋头。到时候，哼。"

"到时候？"莹儿妈冷笑道，"到时候，你也端一盆水，泼到地上，叫老娘收。怕是你有那个心，没那个运呢。"

"你个老妖，金银能看透，肉疙瘩识不透。"莹儿爹无力地辩解着。

"哟——，我把你从这头瞭到那头了，把你的拐拐角角都瞭透咧。头想个蒜锤儿大，你想钱，可人家钱想你不？"

"行了行了，妈。轻易不上娘家门，一来，就听你们吵架。"莹儿跺跺脚。

莹儿妈这才剜了老头子一眼，住口了。

爹已经大汗淋漓了。

6

黄昏时分，以保媒为生的徐麻子上门了。这麻子，丑陋不堪，一脸坑洼，鼻头如蒜，眼睛又近视得厉害，迷了眼瞅人，贴人家鼻尖上了，还分不清对方是男是女。徐麻子光棍一条，好喝酒，常提个酒瓶，串东家，串西家，保个媒，收点儿谢金，混碗饭吃。他和神婆不同。神婆融神婆、接生婆、媒婆为一身。他则专一，只保媒。其日常活动就是串门，打听哪家的姑娘大了，谁的男人死了，心中有了本账，便往光棍家去。保成了，谢他个二三百的。保不成，也少不了他的喝酒抽烟钱。

莹儿对徐麻子无好感。一则，爹的“大买卖”多是他提供的信息。他只图嘴头快活，并不染指，倒把爹拖进了债窝；二来，这徐麻子好酒色，一饮点酒，或一见女人，那颗颗麻子就放出光来，红得发亮，毫不含蓄。莹儿一见，就想呕。

徐麻子和齐神婆虽是同行，却不相忌，常常联手，互通信息。莹儿和兰兰的换亲，就是他们联手促成的。

徐麻子一进门，莹儿便猜出了他的来意。憨头尸骨未寒，便有人为她张罗男人了。她感到好笑。

因为徐麻子老提供骗人信息，莹儿妈对他格外不客气。莹儿爹倒是一如既往。他虽因徐麻子提供的信息背了债，但相信这麻子“心”是好的。徐麻子一进来，他就对莹儿妈说：“去，买包烟。”

莹儿妈朝他一伸手：“给我钱！”

莹儿爹不介意，又说：“再赊瓶酒。”

莹儿妈又一伸手：“给我钱！”

“说是叫你赊嘛！”莹儿爹望一眼徐麻子。

“我可没那个脸。你赊了人家多少？叫人家背后骂成个驴了，还赊？要赊，你赊去！你不要脸，我还要呢。”莹儿妈一脸尖刻。

徐麻子却笑笑："算了。我有烟哩。"掏出一盒，扔在桌上。

"又抽你的。店里的臭虫倒吃客哩。"莹儿爹过意不去。

"人家有哩。"莹儿妈缓和了脸色，"人家徐亲家才是个有本事的。"

"啥本事？拾个炒麦子钱，养个三寸喉咙息。"徐麻子说。

"馍馍渣攒个锅盔哩。"莹儿妈瞪一眼老头子，又酸溜溜道，"不像有些人，癞蛤蟆接了雷的气，口气大，可穷得夹不住屁。"

"你又来了，你又来了。"莹儿爹讪讪地笑了。

"行了。"徐麻子道，"你们少拌嘴。少年夫妻老来伴嘛……谁都忍两句……我无事不登三宝殿。有个话儿，说了，可别见怪。"

"说这话，就见外了。亲家，有话说到面里，有屁放到圈里。"妈也猜出了徐麻子的来意。

徐麻子眯了眼，瞅一阵莹儿，说："这丫头，我可是从小看着长大的。当姑娘时，就是从画上走下来的，红处红似血，白处白似雪。生了娃儿，还没变样子……听说……这个……不知道她有啥想法？"

莹儿感到好笑，却忽然产生了一股浓浓的沧桑感。几年前，也是这个麻子，为她和憨头牵线搭桥。几年后，一个死了，一个成寡妇了。又是这麻子，来为她和别人牵线。沧桑变化，以至于斯。几年后，又是啥样儿呢？

妈却稳稳地应了："她能有个啥想法？又不是旧社会，又没人给她立贞节牌坊。就是旧社会，那寡也不是人守的。听说，一到夜里，就把麻钱儿撒在屋里，灭了灯摸。我可不希望我的丫头熬。亲家，有啥话，你明说。"

"妈。"莹儿说，"人家才那个。你说这些话，不怕人笑掉牙吗？"

"笑了笑去。丫头，那是天灾人祸，又不是你丫头投毒谋害亲夫。人家死了，总不能叫你也死去。亲家，有啥话，你明说。"

徐麻子笑笑："就是。丫头，天要下雨哩，寡妇要嫁哩，天经地义。你羞个啥？……那个赵三，知道不？就是卖肉的那个，现在在白虎关开了窝子，对，就是他。说了个临洮女人，跑了，想另找一个。他早瞅上这丫头了。当丫头时，就瞅上了，头想成个蒜锤儿大。谁知，叫憨头独占花魁了。前几天，叫我打探一下。成的话，婚礼好说。”

莹儿的头一下大了。这时，她才知道，自己真贬值了。那赵三，酒鬼一个，而且不学好。那年，盖房子偷了公路边的树，扒了树皮，刚盖到房子上，就叫人抓住了，挂了牌子游乡。这号货色，竟想打自己的主意。可见，此莹儿已非彼莹儿了。即使等来了灵官，她也怕配不上他了。

莹儿的眼泪一下子涌了出来。

妈却没注意莹儿的变化，说：“那赵三，听说脾气不好，爱喝酒，爱打女人。那临洮的，就是叫打跑的。”

徐麻子笑道：“啥话还不是人说的。再说，牙和舌头，还打架呢。哪个两口子不打架？打到的媳妇揉到的面。打归打，好归好。天上下雨地下流，小两口打架不记仇。夫妻没有隔夜恨。你也是过来人。”

“也倒是。也倒是。”莹儿妈笑道。

“婚礼好说。人家说了，只要你们开个口，好说。……要说这年月，有钱是爷爷，没钱是孙子。这可是人家看上了莹儿。有些人想跟人家，人家还不要呢。听说，也有些黄花闺女……”

莹儿差点哭出声来了。她悄悄抹了泪，怕再待下去，真要痛哭了，就出了屋，出了庄门。

7

不知何时，下起了毛毛雨。那毛牛似的雨丝儿，为村子蒙上了一层朦胧的轻纱。一切都虚了。那山，那树，那村落，都虚成梦了。

莹儿娘家和沙湾的地貌迥异。娘家虽也靠近沙漠，但南面靠山。平日，山光秃秃的，泛出贫穷和苍凉来。一下雨，反鲜活了山，鲜活出一种朦胧哀婉的韵致来。莹儿索性由那雨丝去冲洗盈眶的泪，一时，脸上水光闪闪，分不清哪是雨，哪是泪了。

徐麻子一提亲，莹儿才真正明白了自己的处境。几年来，她连连掉价，从“花儿仙子”掉成“憨头媳妇”，再掉进“寡妇”行列里了。按徐麻子的设计，她还要继续掉价，掉成“屠汉婆姨”。跟上秀才当娘子，跟上屠汉翻肠子。莹儿没福当那娘子——她眼里的灵官可是秀才呀——但也不甘心去翻那血糊糊粪臭四溢的肠子。村里人向来看不起屠汉，一来脏，老和血呀粪呀打交道；二来杀生害命。人们的语气中便多有不敬了，别人养儿子是顶门立户，屠汉养儿子是充数儿。“充数儿”就是可有可无：有了，算个人数，没有也不要紧。反正，屠汉的儿子仍是屠汉。一个屠汉和百个屠汉没有实质的差别，仅仅是数儿的多少而已。就是这样一个屠汉，竟打发人来向她提亲。莹儿心里瘆怪怪的。

记得，灵官说，凉州女人的一生里，把六道轮回都经了：当姑娘时是天人，生在幻想的天国，乐而无忧；一结婚，便到人间了，油盐酱醋，诸般烦恼；两口子打架时，又成阿修罗，嗔恨之心，并无稍减；干家务时是畜生，终年劳作，永无止息；感情上是饿鬼，上下寻觅，苦苦求索，穷夜长嚎，而无所得；要是嫁个恶汉子，其身其心，便常在地狱道中了。漫漫黑夜，无有亮色，毒焰炽身，酷刑相逼，哀号盈耳，终难超脱。

莹儿觉得，自己真是这样。

她虽也有嫁灵官的奢望，但有时理性地想来，灵官应该有另一种生活。一和她结婚，灵官就会拴在这块土地上了。就像那风筝，无论飞多高，线头儿却永远扯在地上。他应该像鹰那样飞出去——虽说一想到这，她的心里就隐隐作痛，但她还是希望他飞出去，走自己阔敞的路。

莹儿希望的，是静静地走完自己的人生之路，就按目前的轨迹，带着娃儿，怀着企盼，掐碎浪漫，正视现实，实践自己的宿命。她只想对这个世界说：“请别打搅我。叫我一个人静静地活着。”

仅此而已。

莫非，就连这一点，也成奢望了？她真想问：“我究竟碍谁的路了？”

白福在不远处挖树墩。那是前不久放下的树，树大，根也大，也深。寻了根，挖下去，能得许多烧柴。白福光了膀子，在毛毛雨里痛快地干着，身上头上冒着蒸气。看到哥哥，莹儿的心更沉了。她明白，今世里，她的命运注定要和他连一起了。前面，是想也不敢想的路。

雨丝儿一星星下来，从脸上渗到心里了。心里有了潮湿的感觉，欲哭无泪。那感觉，愈来愈浓，浓到极致，就变成花儿了——

黑了，黑了，实黑了，
麻荫凉掩过个路了；
眼看着小阿哥走远了，
活割了心上的肉了。
早起里哭来晚夕里号，
清眼泪淌成个海了；
杀人的钢刀是眼前的路，
把尕妹妹活活地宰了……

8

哭一阵，唱一阵，天麻乎乎了。雨丝儿由沙沙变成淅沥了。莹儿梦游似的进了庄门。她听到徐麻子和爹正在猜拳。徐麻子直了声叫："六六顺呀！三星高照呀！五魁首呀！"莹儿知道，徐麻子喧的事称了妈的心。妈又给赊来了酒。

猜拳间隙，便是徐麻子自吹自擂的声音："放心，亲家。我好好坏坏也在江湖上混半辈子了，认个人还成。那赵三，别看是个粗人，过日子没问题。"莹儿皱了皱眉头，进了厨房。地上，有一摊鸡血，妈正在拔鸡毛。看来，妈认真了，要杀鸡谢媒哩。

莹儿冷笑一声。

妈边拔鸡毛边唠叨："这麻子，别看又麻又丑又瞎，也算是个有本事的人，吃香的，喝辣的。听说还维了几个女人。嘻，上回，麻子病了，又发烧，又呕吐，找神婆，神婆一算，说是他不该和一个身上来红的女人闹混，叫人家冲了。麻子承认了。你说，这麻子，雨打沙土地，翻晒石榴皮，光腚坐簸箕，一脸麻坑儿，却屁股上戳了一扫帚，百眼眼儿开哩。”

莹儿懒得答话。盆里冒出的热气带着死鸡身子独有的味儿，直往脸上扑。莹儿有些恶心，就离远了些，坐在灶火门上，望着红红的灶膛发呆。

徐麻子神头怪脸的声音传来了。他唱起了喝酒时的《尕老汉令》。这也是花儿的一种。为了助兴，猜拳间隙，时不时地，也会来上一段。莹儿不爱这《尕老汉令》，嫌它粗俗。这《尕老汉令》，就该徐麻子这样的人唱。要是他嘴里迸出“爱呀”啥的，倒辱没了这些词。

莹儿笑了。

妈见莹儿闷闷不乐，正想逗她开心，却听她笑了。她把莹儿的笑当成对那事的态度了，就说：“其实，屠汉也罢，啥也罢，还不是为了那三寸喉咙？我倒希望你爹爹是个屠汉呢，顿顿能见个荤星儿。我这辈子没个嗜好，就爱吃肥肠炒辣子。嘿，一提肥肠炒辣子，涎水都下来了。可没治，嫁了个拔毛没毛，喝血没血的塌头，倒八辈子霉了。别说肥肠炒辣子，连猪屁也不常闻。……要说，这也是你丫头的福分，窝窝儿还没凉，接后手的又来了。”

“妈，你少说几句成不成？”莹儿生气了。憨头咋说也当过你半个儿子，咋人情薄得连纸都不如了？

“好，不说不说。”妈拔尽鸡毛，燃了麦秸，把鸡放火上燎一下，又放在案板上，举了切刀，狠狠剁起来。

望着红堂堂的灶火，莹儿心里有说不出的难受，想：“人咋不如动物了？像黄羊，若死了一个，另一个宁愿死在枪下，也不愿舍那死者而去。而人，嘿！听，妈后面的那句是啥话。那是娘说的话吗？”

书房里传来更粗更野的猜拳。白福满嗓门喧个牛声，猜拳像吵架。白福也好酒，先前一喝点酒，就揍兰兰，打得她身上青一块紫一块的。……要说，也真难为了兰兰。女人，咋这样命苦？莫非这造命的，也欺软怕硬，不敢惹恶男人，才把弱女子的命往坏里造？

妈把锅里的开水装了，抹抹锅底，倒入清油。等油没了沫子时，妈把剁碎的鸡肉倒进锅里，嗞啦啦爆炒起来。这规格，接待贵客才这样。看来，妈认真了。

书房里传来刺耳的笑。白福的笑声最大。这个没心肝的。莹儿抹把泪，泪眼恍惚里，仍看红红的灶膛。怪的是，明明面对了红的火，心里却灰塌塌的。

“虽说儿大不由娘，可儿女不管多大，在娘眼里仍是吃奶的娃娃。三寸气不断，老娘的心就闲不了。老娘多活了几年人，鼻子里多钻了些烟，经的也多，见的也多。听妈的话，亏不了你。哪个娘老子不是为儿女好？”妈也不管莹儿是否在听，边炒鸡肉，边唠叨。

灶下无柴了，莹儿去院里取。院里很静。虽然有那猜拳声，仍显得很静。雨点儿仍滴着，又成毛毛细雨了。这是个睡懒觉的好天。填了热炕，斜斜倚了被儿，边打毛衣，边望熟睡的娃儿梦里也时不时鼓一下的嘴。火炉上放了砂锅，熬着米汤——炖羊肉当然更好，砂锅咕咚咕咚响着。身旁，那“秀才”哗哗地翻书。多好。这可是想都不敢想的奢侈呀。

那么，再降上几格也成：没了这猜拳声，没了这炒肉声，没了妈的絮叨……只有这雨，只有这静，只有那安详，只有这梦……莫非，这也成奢望了？

白福挖来的树根堆在庄门棚旮旯里，散发着潮湿的气息。莹儿拿几块碎些的。这湿柴不易着，着了却耐。就像她，感情不易“着”，一旦“着了”，就会“烧”很长时间。不像那烈火干柴，噼里啪啦一阵子，火冒个老高，却很快成灰烬了。莹儿当姑娘时，不像村里的女孩，心里忽而有这个，忽而有那个，她只有心里的那个。“那个”，现实里没有，只心里有，成她的图腾了。后来，嫁了人。再后来，心里的那个，和灵官合二为一了。这好不容易着了的湿柴，就很耐地燃了。

莹儿叹口气。

天虽下着雨，却没黑透，泛着青枯枯的白来。这样的夜，是典型的相思夜。若没有猜拳声，没有唠叨声，哄娃儿睡了，推开窗，迎进潮湿而清新的夜气，迎进那若有若无似真似幻的雨声，迎进那游丝一样曳动的相思。由了它们，在心里窖着，发酵，酵出很浓很醇的情绪，把心腌得醺醺似醉。那时的夜里，便会晶出灵官的眼来。那眼，带几分纯洁，带几分向往，带几分聪慧，带几分善良，静静地瞅莹儿。莹儿就由了他瞅，心里还说些怨他的话，骂这个不长心的冤家。多好。相思固然苦，可相思也实在美。人若没相思，就成木石了。但这相思，最好像这雨，牛毛似的细柔，飘来，若有若无，亦真亦幻。万不可成瓢泼大雨呀，那样，相思就成洪水了，会把人冲垮的。灵官刚出走的一个月间，相思是洪水。莹儿觉得自己是洪水中的游藤，时时要给那激流拽去。在相思的激流里，她游呀游呀，好容易才缓了下来，才觉得悠来荡去的命线儿成自己的了。

莹儿叹口气，抱了柴，进了厨房。一进门，那嗞啦啦的炒肉声和呛人的烟味，把雨夜给她的情绪又冲光了。她又回到现实中了。现实真是现实，无论你咋躲，也躲不出现实去。有时，仿佛躲出了，其实，那仅仅是肥皂泡似的幻觉而已。这泡儿，无论咋荡，无论多美，叫现实一碰，啪，就破了。想想，真是无奈。莹儿把湿柴放进灶膛，推几下风匣，湿柴就嗞嗞地叫了，边叫边冒水泡儿。望着水泡儿，莹儿又恍惚了，觉得自己也成泡儿了，在火中嗞嗞叫着，不一会，就连个影儿也没了。要真是泡儿倒好，煎熬一阵，便啥都没了。这“没”，是不是灵官常说的涅槃呢？那泡儿化成气了，是生呢，还是死？

莹儿头有些晕。湿柴燃了。水泡儿在嗞嗞地呻吟。湿柴的火焰很润，不似干柴那么燥。这很润的火烤着莹儿的脸，脸也烧了。妈的说话声还在响，但莹儿的心却叫呼呼作响的火焰涨满了。因为妈说的，还是那重复了无数次的话。就像她做的，也是重复了无数次的事一样。不用听，莹儿就知道妈会说啥，也知道妈在想啥。人说知子莫如父，其实知母也莫如女呢。妈是个啥人，莹儿太知道了。

爆炒了一阵，妈取来盘子，把黑红色的鸡肉舀到盘子里，又取过碗来，挑下几块鸡腿和马子肉，就端了盘，颠儿颠儿去书房了。书房里响起了徐麻子夸张的声音：“哎哟！亲家，你咋干这号子事？可真叫人过意不去了。”妈说：“哟，亲家，不就是个土鸡吗？自个儿养的。这扁毛虫，生来就是叫人吃的。

不叫你亲家吃，我养它做啥？”莹儿感到好笑。平素里，一提徐麻子，妈总是一脸不屑，不是讥他“雨打沙土地”，就是笑他“光腚坐簸箕”，或骂他不是个好鸟，女人身上来红也不饶人。今日个，转五百四十度大弯了，还把下蛋最厉害的芦花大母鸡也杀了。听那话，这鸡，只有徐麻子配吃。

莹儿感到好笑，却又突地悲哀了：妈，你咋也不问问我愿不愿意？莫非，你眼里的我，也只能配那屠汉？当初，你不是说你的丫头天上有地下没有吗？不是觉得除了当今圣上的大太子别人都辱没了她吗？后来，降格成了交换的物品。现在，嫁个屠夫，也得巴结徐麻子了。妈，我也是人呀。哪怕你问问我，叫我答复你一次，也算当了一回人。

莹儿取过灰铲，用灶膛里的败灰盖了火籽儿。她轻轻地拍那灰堆，却很怪地想起了婆婆的那个说法，心突突突跳了几下。眼泪却由不得涌了出来。狠心贼，她骂。泪花里显出灵官的脸来。挨刀的冤家。莹儿直视着那双眼睛。冤家，无福当你的女人，我就当你的嫂子。一个死了，还有一个哩。

她想笑，却不由得哭了。

在书房里传来的徐麻子和妈的欢笑声中，莹儿痛痛快快哭了一场。

第 九 章

一身的紫肉儿苦干了，腔子里挣下个病了。

1

没当沙娃前，猛子并不觉得沙娃难当。现在才发现，沙娃那口饭，并不好吃。他才干了半日，就觉得散了架。每个骨节，每个汗眼，都发出声来叫疼。但他并不后悔当初的选择。当沙娃再苦，也比在家府祠里受污辱强。按家法，若有人偷了东西，就逮到那里，召了族人，数出罪状，不论男女，都啐。猛子愿死，也不愿叫人啐。他知道，这事儿，双福做得出。他那口恶气憋许久了，早想找个机会出了——可没想到，沙娃如此之苦。

下木笼时，猛子发现，大地正吱呀乱叫着，拼命挤木笼呢。刚开窝子时，没用木笼，大地便狞笑着，一抖身，哗啦，几个沙娃就没命了。后来，就用木笼：将那粗木条，搭成井样，夹以柳条桦条。但大地是不甘心的，它咋甘心叫人在身上扎洞呢？它就挤，挤呀挤，猛子就听到那吱呀声了。但他仍硬了头皮下行，沿了绳做的软梯，脚一动，绳也乱动，晃呀晃呀，脑子就晕了。但别的沙娃不在乎，大地虽在叫，绳梯虽乱扭，但他们不在乎。猛子也是长了卵蛋的，人家下木笼，你就得跟上。

一股潮湿气扑鼻而来。那气味，阴阴的，有股霉味，已有潮湿的迹象了，但还没出水。这是新开的窝子，离见底还有老长一截。这是最苦的时候，你见到金子的希望很渺茫。你只有出臭力，将那沙石装入背篓，再沿了绳梯，颤巍巍上去，倒到那人造的山上。

因井底小，一班四人：两个背手，负责背沙石；锨家往筐中装沙石；那镐手王秃子，则抡了镐，疯子似的画弧，把那整块的大地，弄成一堆狼藉的碎末。初见王秃子仇恨的眼神，猛子的脊梁上一阵阵发冰。他觉得土地爷一定会疼的。那长可盈尺的镐头边往土里戳，边叫出碜牙的声响。那声响塞满了井，撞得猛子牙根发酸。若在平时，他会捂了耳朵，但今天，他想看看自己的耳朵能忍耐成啥样。……你个驴日的耳朵，老子能忍，你也就忍一忍吧。他想到双福那发亮的眼睛，里面装满了嘲弄。猛子冷笑一声，啐口唾沫，背起装了沙石的背篓，上了绳梯。

锨家定然想讨好双福，在背篓里装了超量的沙石。猛子早就发现了这一点，但他不怕。他眼里的锨家也是双福。你能装，老子就能背。只是那绳子入肉太深，简直能觉出疼了。猛子抖抖背篓，上了绳梯。

那绳梯，用两道粗棕绳，中间横以木棍，在空中乱颤。背篓也随了绳的晃撕扯身子，才上了几步，猛子就觉出腰疼了。那疼，波晕似的扩散，很快就荡至全身，但猛子赌气地想：叫你疼，叫你疼，你个驴日的腰。

抬起头，一个亮亮的方块里有好些人头。猛子知道他们在望他。他们定然也知道锨家做的手脚，也定然知道猛子的难受。猛子便恶狠狠上了几步。这几下，仿佛把体力耗尽了，他有种虚脱的感觉。口里很渴，太阳穴轰轰地叫，肩上的绳子吱呀着用力。猛子想，要掉下去了。他不敢朝下望，他自小就有恐高症，朝下看，他怕手会自个儿松了。

他屏了息，咽口唾沫，口里虽无唾沫，他还是咽了口唾沫。他想，双福你个驴日的，老子偏不尿你。一想到双福，身上却奇怪地有了一种力。他努力地攀几下，然后俯在横木上，喘口粗气。他觉出危险了。这时候，手脚要是不听他的使唤，他就会飞堕而下，像山上滚洼的老牛一样，滚成一堆烂肉。

他奇怪地想到了爹。爹老说："你能给，老子就能受。"爹说这话时，是

爹老说
“你能给，
老子就能受。”
猛子努力向上攀去
……
借了这力道
他一步一步，
接近了那亮光。

针对老天的。怪的是，双福就有种老天的感觉。猛子很讨厌这类比，但没治，双福硬要成老天，猛子也没治，便也想：就是。你能给，老子就能受。他这时才明白了爹的心。爹原来一直和老天较劲，就像自己跟双福较劲一样。

“上呀！”花球在井上喊。他已背了一回，“第一回，都这样。”

猛子努力向上攀去，攀一下，骂一声。他较劲儿似的咒骂。怪的是，每骂一次，脚下就多了份力道。借了这力道，他一步一步，接近那亮光了。

忽然，猛子感觉到有双手在拽他，想把他拽离绳梯。一种恐惧腾起了。他想，莫非，我命里该当摔死鬼。他想到自己在猪肚井睡过豁子女人，豁子就是摔死的。这一想，头发倏地参起。他差点松手了。他努力地扭过头去，朝身后啐了几口。这是妈教的驱鬼法。听得井下吼：“你吐啥骚水！快上！”是锹家的声音。猛子笑了，再啐几口。

再挣几步，已到井口。花球上前，提了背篓，拉上猛子。听得花球骂：“呔！锹家，上这么多沙，往死里整人哩。出了人命，你可要抵命。”

一股清风扑来，天把蓝也倾泻了下来，灌入猛子身内。那是异样地清爽，从里到外的爽。每个汗眼都叫：“爽呀！爽呀！”远山上浮朵白云，那白，耀目呢。猛子觉出，生命真好。

北柱过来，说：“双福说了，谁不想干，可以回去，只要认个错就成——当了沙娃的面。”

花球望猛子。

猛子啐了一口，说：“不就十五天吗？老子干！老子有啥错？”

2

身体里定然有些古里古怪的东西，它能预感到突现的灾难。记得，木笼塌时，猛子身上的肉狠劲地跳了几下。当时，他还在井外，迎了风头，狠劲吸气。那风，从沙漠那头吹来，爽极了，吸不了几口，脏腑就亮透了。这时，大腿处有块肉起劲地跳，砰！砰！腿里仿佛有个兔儿在弹腿。

他想，木笼该不会塌吧？

但他还是下了井，因为双福和掌柜们正起劲地说笑呢。猛子能觉出，双福定然在用眼的余光扫他，那是他的习惯。猛子恶狠狠吐口唾沫，下了井。

到井底，那锨家正嘲弄地望他。这一班中，锨家是头儿，他的权力最大，想整你，就给你多上些沙，就能挣得你伤骡子似的喘气；想体贴你，手下就能留点情；到井底时，最有可能捡到金子的，也是锨家。所以，锨家多是掌柜的亲信。那抡镐的，叫“把式”，地位仅次于锨家。到清底的时候，把式瞪了贼眼乱瞅，说不准也会发现金子。背沙的叫“背手”，是窝子里最苦的人，干一班下来，骨架都散了。

猛子很厌恶这锨家，这人若是当了官，比世上最坏的官还坏。他心中的刁钻，早渗到了脸上。时不时，他总要找个理由喝神断鬼。那神态，比省委书记还牛气十倍。猛子很想揍他。

记得，木笼就是在那时塌的。

吱扭声忽然大了。猛子以为是幻觉呢。他已适应了乱颤的绳梯，周身的疼也给汗洗了个精光。猛子知道，那疼，暂时躲进了骨髓，正发酵呢，等它一释放，立马就能吞了自己，但还顾不上想它。他只想做好眼前的事。他是实了心干活的。此刻，唯一能显示他尊严的，只有干活了。他不想磨洋工。当然，即使他想磨蹭，也没有机会，一到井下，锨家就噌噌几下。因第一次上得太多，差点出危险，锨家不敢再整他，每次装三锨多一些。一上那软梯，猛子就憋足了劲，一猛心上蹿。他发现，那绳梯，越上得快，越显省力，一磨蹭，自家的身子也要欺负你。那百十斤的重量，全靠手抓脚蹬呢。不过，猛子也不想磨蹭了，他想试试自己，能否干沙娃的活。以前，虽也参加田里劳动，但那活轻微。这背沙，却真是将吃奶的劲也使了。他想试试，能否超过过去的自己。以前，他是个混世虫。后来，经了好些事的他不想混了，只想好好活几天人。既知道活人得吃苦，那就从当沙娃开始吧。

但他没想到，木笼会发出那样的叫。才入底，就听到那吱吱声越来越大。先是一阵吱吱声，声音很大，像无数只巨鼠在叫，十分瘆人，开始有沙下泻。

正在井底撒尿的花球惊叫："天呀，木笼要塌了。"

"夹嘴!"把式王秃子喝道。

猛子正嫌花球嘴臭，说那不吉利的话，却听得那吱吱声越来越大。沙子雨一样下落，一股震动从上面传下，已到身边。妈呀，真要被埋了，猛子想。他很想抬头看看，但沙土水一样下泼，脑子嗡了一声，一片空白了。恐惧却一下抓住了心，耳旁的锨家疯了似的叫，王秃子也在闷吼。花球哭声顿起，他是有机会出窝子的，猛子下来，他就能上，但他偏要在井底撒尿，木笼可等不了他。人家大地硬挤，木笼已撑得筋疲力尽，就轰然合拢了。

耳旁是各种声响，分不清啥声音。那混合的声响猛擂脑门，黑倏地挤来压来，很有质感。猛子闭了眼，仍能觉出那是稠稠的胶质，混了土，混了灰，混了绝望，混了恐惧。腿下身边都在抖动，这感觉和地震时一样。小时候，他遇过一次地震，大地像老母猪抖虱子似的晃。他和灵官互抱了，啥都没想，只是颤抖。平时觉得死很遥远，那次才觉得死就在身边。过了些日子，又觉得死遥远了。死一遥远，他又成混世虫了。没想到死偷偷跟定了他，稍不留意，就朝他龇一下牙。这次也许真要死了，他想。怪的是，心里虽有恐惧，更多的却是不甘心。那不甘心，仅仅是感觉，是一团混沌，没个清晰的思路。只觉现在死了，有些不值得。

接下来，是一阵更大的震动。猛子抱了头，觉得细石子打到胳膊上。他想：完了。脑中一片空白了。纤尘弥漫。耳旁叫出几串咳嗽。听得有人惨叫，接着绽起哭声。猛子听出，是花球的。

"妈呀！"花球叫。

沙石终于静了。顶上的木笼仍在叫，猛子不敢抬头，但觉得天没了。巴掌大的那块天肯定没了。猛子小心地睁开眼，却啥也看不见。这时，他才觉出了恐惧。恐惧是块巨大的空白。那空白，能盖了好些东西，天呀，地呀，心呀。恐惧时，啥也没有，只有那遮天盖地的空白。

渐渐地，心从空白里晶出了，才发现那稠稠的黑，已挤压了来。那黑，有很强的质感，撞得他脑门发疼。耳中有面大钹，使劲敲，咣！咣！咣！他抱了头，蹲下，想：随你吧，老天。

一个人扑来，和他抱在一起。又是一个。分不清是谁，也用不着分清，只要是人就成。在巨大的灾难降临时，只要有人和你拥抱就是最大的安慰。人这个概念，在死来临时最显珍贵。

各种声响息了，黑却更浓。花球的哭声没了。谁也不再出声。他们显然叫突降的灾难吓呆了，还来不及理性思维。但猛子觉出，那合拢的井并没完全下堕。木笼上的檩条柳条们担了大部分沙石。那下泻的，仅仅是从缝隙中滑过的细沙。这一发现，很令他欣喜。他捏捏掌中不知是谁的手，问："没事吧，你们？"

听得王秃子闷闷地说："啥没事，叫活埋了！"

花球说："亏了那木笼。"

猛子松了口气，但觉得胸腔很闷。那黑里，定然还有乱飞的纤尘，真够戗。但心头轻松了许多，想，幸好井不很深，若打到水层，这会儿，早淹成水老鼠了。

花球说："不要紧，上头会叫人挖的。"

王秃子冷笑道："就这点儿空气，等人家挖出，也不过几个尸身子。"

这一说，猛子浑身酥麻了。就是，咋没想到这？就那么一点儿空气，你吸，我吸，就没了。不说人家挖不挖，就算挖出，也早死僵了。听得花球又抽泣了。在凝固的胶质般的夜里，那声响很叫人发堵。猛子嗔道："你掉啥尿水？一个大男人，死就死，怕啥？"花球抽泣道："女人才生娃儿……"王秃子冷冷地道："你是怕人家没人养活？你瞧，这世上光棍多，哪见剩寡妇的？"一句话，噎得花球不再出声。

一只相对柔软的手摸了来，猛子辨出是花球的，就捏一捏。花球萎倒下去，倚了猛子，喘起粗气。

"死吧。"王秃子咕哝道，"谁都死吧。"

觉得脚部有潮湿的热感传来，猛子一摸，觉出黏来。他怀疑是花球刚才撒的尿。一股刺鼻的腥却扑了他一脸。"秃子，打个火。"叫了几声，才听一声很大的响。光里显出土头土脸的王秃子。花球瞪着恐怖的大眼。

就了火光，见手里那黏，竟显黑红。“血！”花球叫。猛子早看到萎在一旁的锨家。王秃子定然也看见了。光倏地没了，黑又稠稠地挤了来。

“打亮！打亮！”猛子叫。

亮又醒了，凑近锨家，见他已没了半个脑袋，红的白的汇于一处，在凹处汪了。亮一抖，又熄了。

一股酥麻，从头顶荡向四肢。猛子打个寒噤，手在另一旁的沙中蹭几下。一股恶心涌向心头。

“猛子！”花球叫。黑里伸来一只手，猛子接了，使劲捏几下。“真死了？”花球哆嗦着问。王秃子说：“头都没了。想活，也由不了他。”

猛子很讨厌他。听那语气，锨家成阿猫阿狗了，就气呼呼说：“亮了火。”王秃子说：“只剩一点儿油了。”猛子恶狠狠说：“亮了！”几声不情愿地咕哝后，光亮又涨满了井。

头顶仍黑洞洞的，看不清塌成啥样了。想来那塌处，距井口不远，依稀可见粗木，横里斜里地织了，定是它们撑了力，将下堕的沙石们托了。

拨拨锨家身子，仍软乎乎的，但想来真死了，除非半个脑袋也能活。剩下的半张脸木木的。方才，这脸还挂满了刻薄。此刻，半张脸没了，刻薄也没了，只剩下带着半个脑袋的身子萎在血水里。猛子发觉，那死，成人的影子了，只要一有机会，就突现了。

就了亮，花球爬离了锨家。他紧挨锨家，那石头，若稍拧半个身子，进阴司的，便是他了。但花球看来没想到这一点，他只是怕尸体。那种怕，从他抖动的身子里荡出，荡入不大的空间，发酵着。

猛子挪挪身子，蹲了，熄了打火机，另两人也凑了来。那黑将尸体盖了，但白的脑浆红的血仍浆在脑中，一波波打旋。猛子觉出恶心。怪的是，恐惧却溜远了。他想，要是那石头砸了我，此刻，我到哪里去了？

一种很怪的感觉溢满了心。每次经历死亡，那感觉就倏然而来，脑中啥都没有，只有那感觉。那感觉里瞧世界，都变样了，钱财呀，名声呀，女人呀，都淡了。先前心里多重的东西，都轻飘飘了。若在以往，此刻他会恐惧的。可那感觉酵在心里，连那尸体、脑浆、污血都跟他毫不相干了。他只是想，要是那石头砸向我，这会儿我在哪里？

花球狠劲地捏他的手。他手上老茧不多，容易辨认。猛子知道他很恐惧。先前，猛子也这样。一次去医院，见一骷髅，他毛发倒竖。后来，死的人多了，才觉出那骷髅自己也有，它如影随形地跟定了自己。真没个啥怕的。恐惧虽溜远了，另一种感觉，却不知不觉地漫上心来。那便是不甘心。

真不甘心。这样死了，人会说，死得该，谁叫他当贼呢？猛子是不想以贼的身份死的，早知在今日要死去，不如在跟偷猎者搏斗时叫对方捅上一刀。这时，他才明白人的死，比人的活重要。此刻他死了，便是该死的贼。那时他死了，便是烈士啥的。人还是那个人，死法不同，价值就不一样。这一想，就有些后悔头脑发热，跟花球来干这营生。当然，他当初并不认为自己是贼。这沙，不姓张，不姓李，谁有本事谁弄，可也挡不住有些舌脏的，骂他是该死的贼。爹妈养了他二十几年，背个贼名去死，真不值得。

他想，要是他真死了，妈会哭的。妈可不管他是做贼还是当英雄，只要他死，妈就哭。爹却不一样，爹会恨铁不成钢地骂几句，也可能掉几滴泪。猛子不稀罕爹的泪，妈的哭声哭相却一下塞满了脑子。想到妈会那样哭他，猛子很感动。但同时，又感到一种揪心的疼。

妈会咋活呀？他想。

井底静了，黑将啥都淹了，心跳和呼吸声涨满原来就不大的天空。他看不见另两人，但能觉出他们的绝望和恐怖。这时候，死几乎成了必然。那挡架沙石的木笼，一旦乏力，成吨的沙石就会倾泻而下，埋了自己；或是，有个贼溜溜的石头溜出桎梏，带了风声坠下，脑袋就不做主了；再或许，那沙石间若是没了缝隙，凭底下的那点儿空气，也支持不了几个时辰。前几日，另个窝子里就有被捂死的沙娃。

隐隐传来一阵嘈杂，定然是井外的。不知外面乱成啥样了？是不是惊动了村里人？一定会的。那毛旦，准会咋呼，还有别的多嘴的沙娃。河川里有许多看热闹的，定然会将这消息传到村里的。这会儿，妈不知咋样伤心呢？

“呔！”花球朝上吼了一声，声嘶力竭。

“别叫了，听不到的。”王秃子冷冷地说，“这会儿，外头炸翻天了。”

这倒是，猛子想。

3

静了些，一种巨大的嗡嗡声响了，说不清是不是幻觉。这嗡嗡应和了心跳。猛子长长地吁了口气，他口中虽说不怕死，但死真降临时，仍有些不甘心。猛子一想，这辈子仅干了几件事：操了双福女人，经了憨头的死，跟孟八爷去过猪肚井，和豁子女人睡过觉……就这些。生命的二十多年里，留下的，仅仅是这样几个片段。莫非，这就是灵官所说的人生价值？

花球问：“猛子，你想啥？”

猛子道：“我想，这辈子白活了。想一想，当初，真该多干些事——当然是好事。现在想干，也晚了。算了，活不了多久了，哭也没用。你说，要是还有活的机会，最想干的事是啥？”

花球说：“出去，看一看，看看外边的世界究竟是个啥样儿。你呢，王爸？”王秃子咬咬牙说：“拿个炸药包，将那些坑过人害过人的官儿都炸了。反正是个死，要死，大家一齐死。”王秃子因为穷，窝囊几十年了，谁也瞧不起他，加上超计划生育，时不时就有乡上干部去他家抢粮。

猛子笑了：“我也老想呢。可炸了一个，上来一群，照样坑你。”花球说：“听黑皮子老道说，人家该坑。人家是啥转世的？是打的那批土豪劣绅，你分了人家的田，共了人家的产，人家投了你的胎，讨债来了。”

胡扯几句，谁都懒得再说话。猛子萎倚在井壁上，想，要死了。一切都像做梦。过去，现在，将来，都是梦。那死，想来也是梦，但死后的自己，是啥样儿？是真有来世，还是啥都没了？若有来世倒好，大不了再活一次。若是泡沫般从世上消失了，那就真不甘心。老娘十月怀胎生下他，还没干成啥，就死了，跟没生有啥两样？他很后悔自己没好好念书。以前他以为，念书是没用的。后来，念了高中的灵官和念了初中的他在一起翻土块时，他一点也感觉不出念书有啥优势。后来，灵官溜出了沙湾，去了一个未知的所在。他自己，仍在翻土块。生活如磨盘一样，一圈一圈，老在那轴上打转，变化的，仅仅是那张娃娃脸变成了汉子脸。现在，又跟老鼠一样，给闷到了井底。早知这样，真该去看看外面，看看那个把灵官引诱出去的花花世界，究竟是啥模样。现在，他跟盆盆子下面的蛤蟆一样，活呀，死呀，都在那巴掌大的天底下折腾，真有些不甘心。

他长吁一口气，晃晃脑袋，将妈的哭脸从脑中晃去。既然要死了，也不想那不高兴的事了，但妈的脸硬往里挤，便又想，哥死了，弟弟杳无音信，自己要是再出事，真要妈的命了。心头一噎，眼泪涌出了眼眶。他极力不发出哽咽声，只一下下咽那泪水。听得花球的喉头也时不时咯噔一声。

“要死了。我才活了二十几岁，没活出个名堂呢。”花球抽噎道。

猛子想，这倒也是。要是这会儿死了，真成糊涂鬼了，活得没眉没眼的。能想起的，就那么几个瞬间，跟没活区别不大。早知这么快就死去，真该多做些事的，或者，多念些书——早知道这么快就死去，他会好好念书的。以前，觉得念书没用，生就刨土吃的料，念多少书，也叫土吃了。可这死，说来就来，心里却仍是混沌一团。念了书，可能会明白些……真有些不甘心哪。

真想知道生死的秘密，死是啥？爹老说，人死如灯灭。灭了就灭了吗？那灯苗儿，本来燃个不停，风一来，忽地灭了。那灭了的灯苗儿到哪儿去了？真啥都没了？活蹦乱跳的一个人，说没了就没了？真泡沫一样消失了？真不甘心。他倒宁愿相信有来世，哪怕进入地狱经受那毒焰，也比泡沫般消失好些。贤孝上说地狱有十八层，有刀砍的，锯锯的，火烧的，石砸的……成哩，啥也成，只要有就成。多大的痛苦，也比啥都没了强。

三人都不再出声。猛子瞪大眼，看那黑，想从中看出点亮来。可没用，那黑，是啥都没有的黑——连黑也没有，只有一种感觉。身后的井壁，身旁的人，依稀有质感，是自己仍活着的证据——“证据”这词儿，还是从灵官那儿偷来的呢——要是这回真死了，坟头就是他活过的证据。不，他连坟头也没有。按规矩，没生儿育女的人，是没资格住棺材垒坟头的。他只配给捞到远处的洼里，架个麦秸，烧了；烧剩的，填狗肚子或是狼肚子。村里人管这号人叫“大死娃娃”。

一想自己一生的结局竟是当“大死娃娃”，猛子便受不了。随了这茬人在日后的死去，谁也不知道曾活过个猛子，谁也不知道！就是现在，猛子活过的证据，就是曾睡过双福女人、后来偷沙、后来叫埋到井下……就这。就这轻飘飘的几件事，就成了他活过的证据。

早知这么快死去，他会多留些证据的。当然，留些好的证据，比如修桥铺路、帮帮人，干些妈眼里的善事。若有可能，他会尽量帮那些孤寡老人。灵官说得对，人的价值，就是人做过的事。成仙成圣，成妖成魔，都由人自己做。可惜，明白得太晚了。记得，灵官说，死亡是最好的老师，明白了死，才会明白生。若不是被埋到井下，将要死了，他是不会想这些平时看来纯属扯淡的事的。

脚下黏黏的感觉很浓。猛子知道，那定然是锨家的血，或是脑浆。他懒得想它，但此刻想到锨家时，眼前却仍显出那张刁钻的脸，还有那刻薄的表情，还有白的脑浆红的血。此外，啥都没有。也许，这便是锨家活过的证据了。要是他知道片刻之后，会有一块石头飞下，会削了他的半个脑袋，他定然会笑的，定然会把自己好一些的形象留在世上。

死亡是最好的定格，把一切都定格成了永恒。

4

黑里是不知昼夜的，说不清过了多久。只觉得肚里很饿，那不是一般的饿，是心被吊起来炽烧的饿。懒得说话，明知要死了，话也就死到了腹里。人都死了，话也没啥用。话和屁一样，这头出了，那头消失了，跟没说一样。

花球倒是说了些事后诸葛亮的懊悔话，叫王秃子臭了一句，就哑了。臭得好。这时，啥都别说，说也没用，反倒懊恼了心，就叫心浸在这黑里，啥缝隙也别露，直到那张叫“死”的大网罩住自己。既知那结局的必然，就没必要自寻烦恼了。好好地度过死前的时光吧。反正，谁都会死的。

明白了谁都会死的猛子仍噎得发堵，身虽浸透了黑，心却注入了灰色。那是迷茫在旷野的感觉，四顾无人，满目萧然。身虽无风的感觉，心却明显觉出了冷风。他仿佛读懂了以前的憨头。憨头死前，想来也和自己一样。那时，啥都帮不了你，情人、朋友、父母、子女，都与你毫不相干。你必须自个儿面对那非来不可的东西。

所以，让心轻松些吧，犯不着跟自己过不去。

又想，这世上，所有的人都难免这结局。为啥在活着时，不轻松些呢？既然终究得死，那所有的争斗，所有的巧取豪夺，所有的烦恼，都没有意义。想到自己以前和人有过的纠葛，猛子懊悔极了。

那时真傻。他想，那时，他执著眼中的一切，啥都争，不惜以命相搏。那争来的小利和可怜的满足，早烟消云散了，那争时的凶相和锹家的刻薄一样，留在世上，叫死定格了。

他长长地叹了一口气。

花球也叹口气，说：“我还没活明白，就要死了。你说这世上，有没有老天爷？”猛子说：“管他呢，有他没他一样。”王秃子说：“以前，我是信有的。若没个老天爷，叫人咋活？谁也欺你，你连个申冤处也没有。一想有老天爷，才好受了：怕啥，老天爷长眼睛呢。可现在，我早不信他了。”

“为啥？”花球问。

“我睁了几十年眼睛，瞧呀，瞧呀，老天爷就是不开眼。瞧，那坑人的，害人的，骗人的，欺人的，都成了人上人，吃香的，喝辣的。像我，知道不？我连个鸡都没杀过，从不和人红脸，可善了个啥结局？差点没裤子穿了。要不然，我会当沙娃？”花球说：“我倒希望有个老天爷。”他呻吟道，“老天爷，救救我吧，我还才活人呢。”

猛子臭道：“叫啥！叫得人心烦。”

王秃子应道："就是。养养神吧，说话费力气呢。"

"饿死了。"花球叹道。

那饿，真越发汹涌了。算来，最后一顿饭已经很久远了，是"转百刀"拌面，很后悔没多吃一碗。此刻，一想那稠稠的饭，就溢满了口水。这念想，分明成了一种折磨，肚肠仿佛疯狂地搅动了，说不出的难受。猛子有些羡慕锹家了：瞧人家，死得多利索，不留神，半个脑袋就没了，怕连痛感也没有呢。这饿，这黑，这等死的感觉，哪一样，都不是人受的。人最怕的，不是死，是明明知道死的不可挽回，而不得不等它的那份无奈、恐惧和焦虑。

这是最要命的。

听得王秃子猛吸几口气。"怪？"他咕嚅道。打火机亮了，光又涨满世界。那恶心的尸体又扑进眼里。

"熄了！"猛子厌恶地说。黑得久了，那亮，扎得眼疼。那死人，则扎得心疼。王秃子却不顾，他四下里照，终于照着了一样东西，他轻轻摇摇。猛子认出，那是水泵。井下到十米后，就要备上水泵，以防出水后来不及抽。王秃子说："瞧，养命的这点儿空气，正是它赐的呢。"他将打火机伸向泵头。那火苗儿，倏地偏了。

花球叫道："这下，死不了了。"猛子也兴奋了。他站起来，摸摸那胶管，觉得它比世上所有的女人都美。风缕的感觉从泵头缝隙中浸出，清凉到心里了。王秃子说："别硬晃。弄塌了上面，命也不做主了。"借了光，猛子看到了头顶。几条横担的檩条弯着，一处柳条已兜了下来。那里面，定然盛了致命的沙石。更要命的是，一块牛犊子大的石头叫檩条桎梏了，仿佛吹一口气，它就会坠下来。猛子倒抽一口冷气，水泵带来的兴奋没了。

王秃子口对泵头，发出兽叫。那声响，顺了这水管，想来能传到上面。花球也将脑袋凑过去吼。

叫几次后，两人寂了声。一个声音就溜了下来："你们没死？"花球朝上吼："你才死呢。"一阵乱糟糟的声响。一个说："别怕，我们救你们。"王秃子说："救个屁，先弄些吃的。饿死了。顺水管流。弄些稀的，别堵了管子。"猛子笑了，想：“这秃子，脑袋倒开窍。”就补上一句：“弄些面糊糊，清一些。”

说罢，猛子小心地看着上方。

亮光没了，那大石却在心里摇晃。

第　十　章

南山的黑云绾疙瘩，雷响电闪着白雨发。

1

猛子们重见天日时，已是六天后了，这是别人后来告诉他的。幸好，那个备用水管为他们输送了氧气和流质食物。双福带领沙娃，斜刺里打个斜巷，避开木笼担架之处，直通井底，才救出三个活人和一个死人。

猛子们被蒙了眼，背往村里。黑蹲了太久，骤然一见强光的话，眼会瞎的，就在眼上蒙了几层黑布。但日光还是穿透黑布猛扎眼球。那是耀眼的红，猛子觉得那红光遍布天地。身子有种火烧的感觉。耳旁仍在喧嚣，风声人声还夹杂着妈一声紧似一声的发问。猛子想下来自己走，但那厚脊背还是挟持了他，弄出沉重的脚步声。

猛子知道，这几日，村里定然翻天了。虽然老有沙娃死，但村里人一下叫埋了四个，就意味着四家可能会同时发丧，这是从没有过的事。但猛子懒得想，若真死了，也就死了。要是活着，也就用不着自找不愉快，想那没意思的事。但猛子诧异地发现，他们的被埋和被救引起的喧闹，很快就被白虎关的大喧闹淹了。机器们仍在轰鸣，沙娃们仍在忙碌。他们的死与活，已不是最引人注目的事了。大家的目光，盯的是那冷冰冰却又火热万分的砂金。

进了家，躺在炕上。家中熟悉的炕粪臭立马叫他感受到家的温暖。他长伸四腿，尽情享受解除了桎梏的那种舒适。这舒适，熨得灵魂都瘫了。妈一声声地问他想吃啥。爹时不时咳嗽一声。呛人的旱烟味侵了来，勾起他久违的一种感觉。

吃一点拌面汤，他解下蒙眼布，并没觉出那光的刺目来。他发现，妈关了门，拉了窗帘。屋里有好些人，都不说话。

许久，听得一人叹道："唉，财是命，命是财呀。"妈说："穷了穷一些过。这事，咱不干了。这几天，妈搭的眼泪，没一桶也有一盆呢。"猛子心里发堵，想说话，又不知说啥好。

缓了几日，猛子才下了炕，腿有些发飘，两鬓处嘣嘣跳着，脑门也疼。妈知道他想去撒尿，就递过一个脸盆。猛子拨开妈的手，摸索着穿了鞋。经过一段时间的过渡，他估计眼睛能适应光线了。谁知，才一开门，那扑入的亮光仍扎疼了脑子。他忙捂了眼。

"咋了？又咋了？"妈扑了来。

"没啥。"猛子闭上眼，只留隐约的一条缝，顺墙根走向庄门外。一入光地里，仍觉得有万千金针，直泻而下。他怕那光亮扎瞎了眼睛，胡乱找个地方，撒了尿。

隐隐地，仍可听到白虎关有机器的喧嚣。一听那声音，他心中腾起一股奇特的恶心，心也痉挛了几下。他挪到墙角堆麦草处，蹲下。暖融融的日光亲热地围了来，一下下舔他的心。

"猛子！"

猛子听出是白狗的声音，胡乱嗯一声。白狗说："我也想弄个窝子。"猛子厌恶那话题。此刻，他一想窝子，胃就立马痉挛。几日里，他就靠吃流食养命。那流食，挟了水管中的沙、脏物和橡胶的气息，印入灵魂了。一想起，就想呕。

白狗说："这年月，饿死胆小的。瞧那双福，三倒腾，两倒腾，成气候了。"

猛子皱皱眉头。他觉得很累，很想一个人静一静。太阳光正舔他眼皮，舔出很红的辉煌。心却仍在井下的黑里浸着。一切，都像做梦。

妈的声音传来："白狗，你少挂络他。我们，天生刨土的命，就刨土吧。你成龙变凤，你自个儿担承。想拉垫背的，到别处去。"

白狗笑道："给你个狗头金，却当砖头扔。婶子，你不识好歹。"妈说："你升天入地，我管不住。别老跟猛子骚情。这回，叫花球一撺赶，差点把小命送了。"

白狗破口笑道："人家花球妈，也正怨猛子呢，你倒怨他。"

猛子笑了。那事儿，真说不清谁撺赶谁呢。

白狗拍拍屁股，说："那事儿，你想好。知道不？市里要在沙湾搞小城镇了。不说别的，只这白虎关，就是个金疙瘩。到时候，地面比金子贵。那时后悔，就是正月十五买门神了。"

妈半开玩笑地斥道："快走，快走。你这旋风一来，我的头就疼。"白狗打着哈欠走了。

猛子懒洋洋倚在麦草上，任阳光往身上泼。每根骨头都酥了。他啥也不想，只想叫日光融化了。

缓了许久，他去了花球家，得知花球恢复得很快，已进了城，说是去弄钱了。猛子又想起跟他一块被埋了的王秃子，就想去看看。平时里，人与人也觉不出啥，可一经了那难后，人就变了。不管咋说，他和王秃子是同生共死的人。

才转过墙角，见王秃子家围了一堆人。一打听，原来是他没交上水费和计划生育罚款，乡上带人来叼，拉走了王秃子的所有吃粮和几件破家具。虽然国家免了农业税，可乡上的水费却长了，比农业税高出好多倍呢，王秃子交不起，才当沙娃的。

猛子后来怀疑，那惊天血案的种子，正是在那天种的。

2

乡干部走后，王秃子女人的干嚎声压住了白虎关的机器声。孟八爷劝一阵秃子女人，劝不断哭声，只好安顿几人，叫看着些，以防女人想不开寻了短见。他回家提了些面，叫王秃子一家先糊个口，又去了老顺家，想叫猛子妈去开导一下。猛子妈和老顺斗了一辈子嘴，练就了一副好口才，大的用场没派上，劝人却是把好手。村里人有闹别扭的，她一去，总能化了干戈。

孟八爷一进老顺家，见老两口一脸光彩，问啥好事。猛子妈把莹儿站娘家回来答应嫁猛子的话说了。老顺又喧了毛旦挑婚的事，孟八爷笑得眼泪都夹不住了。

笑一阵，他问："兰丫头的事咋办？"

猛子妈说："丫头吃了秤坨铁心了。宁死在娘家门上，也不回去。"

"这可麻烦啦。明明是换亲的。你不去，人家不闹？"孟八爷一脸忧色。

"那种事儿，两厢情愿的话，刀子也砍不断。"猛子妈说。

孟八爷沉吟道："这事儿，要说是个好事。嫂子招小叔子，也顺。你们省下了一疙瘩钱，猛子也有了那肚儿不疼的娃子。媳妇子也是人梢了，面子和心肠都好。可白家，不是吃素的。尤其那母老虎，呵一口气，天都变色哩。兰兰不去，人家能咽下这口气？"

老两口脸上的笑渐渐没了。

"你去喊媳妇子，我问个实落。"孟八爷说。

莹儿正给月儿教常用的几个花儿令："黄花姐令"、"大眼睛令"、"尕肉儿令"。月儿学得快，已能似模似样地唱了。叫莹儿惊喜的是，月儿能随口现编词儿，而且很是顺溜好听。美中不足的是，那词儿文了些，把花儿应有的那种原汤原汁冲淡了。正说话间，婆婆叫她，莹儿就过去了。

一见孟八爷的正经样儿，莹儿就知道他要问啥。她不喜欢这个话题，但她更不喜欢徐麻子的话题。两下相较，倒是前一个能接受些。毕竟，它和灵官沾了边儿。

"你真愿意？"孟八爷问。究竟愿意啥，他没说。

莹儿点点头。

"人家闹咋办？你可想好。毕竟，是自己的娘家人。"

莹儿迟疑了一下，又点点头。

“开弓没有回头箭。可不要前爪子有劲，后爪子没劲。”

莹儿脸上的肉棱儿一现，又点点头。

“这事儿，成就成。不成，也不惹那个骚气了。人家可是童身娃儿。一不成，身价就掉了。人会说，哟——，猛子叫一个寡妇子也没看上，难听。”

最后一句，很刺耳。但莹儿知道这是实话，又点点头，就出去了。

“成哩。”孟八爷吁口气，“这媳妇子，顺眼，性子是坦了些，可不是那号惊毛骚驴。”又问：“灵官那娃子，来信儿没？”

“没。我估摸，该来信了。”老顺说。妈却轻轻叹了一口气。

孟八爷又叫猛子妈瞅个空儿，去劝说一下秃子女人。猛子妈嘴上答应，心里却想，我自己的事都火烧眉毛了，哪有闲心劝人家？但她还是去了王秃子家，送了半袋面，说了半骡车话。

但猛子妈心里隐隐有个预感：那白家，是不会善罢甘休的。果然，晌午饭刚吃过，莹儿妈就来了。一进门，她就“亲家亲家”地叫了个亲热。然后，喊明叫亮，要请丫头站娘家。

老顺皱皱眉头，没说啥。猛子妈却发话了：“哟，亲家，才来，咋又去？”

“站娘家，站娘家，得站几天。亲家，上回，没带娃儿，丫头的身子和心分了家，站也站不安稳。绕遭了一下，就回来了。这回，带上娃儿，叫丫头尽了性子，住几天。”

老顺呼地站起，一语不发，出去了。

“不成。”猛子妈笑道，“娘家又不是常站的。”

“你也知道这一点呀？”莹儿妈阴了脸，哟一声。

猛子妈明白她是指兰兰，就转了个话题：“那娃儿，人家里站不惯。上回去你家，不是又拉又吐的？”

“那算啥？谁家的娃儿不是稀屎拉大的？”莹儿妈脸上已没有方才的那种貌似真诚的笑了，明显带了嘲笑，“谁的丫头不是娘肚子里掉下来的呀？人家的，能常年累月地赖在娘家。我的，难道就是专门给人家当驴的？”

猛子妈也不客气了：“谁当驴了？你喊来问问，当个太太地侍候哩。冷了，放到热处。饿了，饭端到头底下。皇娘娘也不过如此吧？”

“皇娘娘就好。”莹儿妈的语气缓和了些，“我也不是跟你嚷仗来的。明说了吧，你的丫头来，我的丫头就去。你的丫头不去婆家，我的丫头就回娘家。换亲的规矩，在那儿摆着。你不丢底，我还典脸呢。”

猛子妈的脸一下子灰了，灰一阵，却哭出声来：“怪就怪憨头这要债鬼。”

一提憨头，莹儿妈的脸色缓和了，看那样子，也要陪亲家搭眼泪了。但猛子妈却望了她一眼。这一望，莹儿妈马上认为，这哭憨头，是亲家的一种手段，脸又倏地绷硬了。

兰兰做完了功课，进来，淡淡地说：“妈，嚎啥？嚎又嚎不活？”却没望婆婆，也没打招呼。

一见兰兰，莹儿妈遭烫了似的，涨红了脸，一句话也不说了。她出了书房，进了小屋，裹了娃儿，捞了莹儿出门。却发现，老两口如临大敌地守在门口。

“放下娃儿！”猛子妈厉叫，“丫头是你的！孙子可是我的！”

一看那阵势，莹儿妈又进了屋，把娃儿放在炕上。也许是放重了些，娃儿大声哭了。莹儿也哭了。

“哭啥？不争气的东西。人家的丫头，是娘养的。你是打石头洼里迸出来的？”莹儿妈直了声叫。

老顺垂了头，蹲在台沿上。猛子妈早已泪水涟涟了。兰兰木然了脸，又进了北屋。

莹儿妈又捞莹儿。莹儿一甩手，哭道：“妈，你叫我好好活几天，成不成？”

“人家叫我好好活不？你说！人家叫我好好活不？人家的人，能体谅娘老子，你为啥不能？”

莹儿不再说话，只是哭。娃娃哭得越加厉害。猛子妈进去，抱了娃儿，边哄娃娃，边流泪。

“这人，真没个活头。”老顺咕哝一声，摇摇晃晃站起，向庄门外走去。

猛子妈抱了娃儿赶上，悄声道：“你哪里去？人家叼娃娃，我可没治。”

“哟，没王法了？”老顺说。

“王法也向了人家。娃娃是人家生的。”一听这话，老顺住了脚步，又回来，坐台沿上。

小屋里，传出莹儿妈的声音：“哟，理由都给了人家了？人家的丫头站娘家，是天经地义，想多久，就多久。我的，连门都不叫出了？”

“走！走！叫人家走！”老顺跳起来，吼道。

“就不叫去！”猛子妈尖声说，“我的媳妇还不由我了？”

“我的媳妇咋不由我？”

一句话，又把猛子妈噎住了。老顺指着老伴，骂道：“你个老祸害。人家想走，就叫人家走。你能捆绑住吗？”猛子妈却拧了脑袋，一语不发。

却听得莹儿哭着劝：“妈，你先去，行不？叫我歇两天，再去看你，行不？您给我一点面子，行不？”

“不行！”莹儿妈厉叫，“人家，软刀刀细绳绳，往死里弄我哩。我发啥慈悲？反正，两条路：要么，你跟为娘的走；要么，我就不走了。既然陈家好，老娘也赖下不走了……”

“好啊，欢迎，欢迎。”猛子妈胳膊拢了娃儿，拍几下巴掌。

却听得莹儿妈说：“……叫人家大婆子小婆子地要。”

“话往好里说！”老顺吼道。他不明白，这婆娘的话是啥意思？“大婆子”明摆着。这“小婆子”，究竟指谁？是她自己？还是影射莹儿？说他当公公的想霸住儿媳妇？不管哪种，传出去，都是笑料；就吼道：“走吧，走！……老妖，你叫人家走，你霸住做啥哩？天下的女人，又没叫霜杀掉。”

“叫人家说。”猛子妈提高了声音，“成哩，成哩。欢迎。你当啥也成。小婆子也成。大婆子也成。妈妈也成。你能说，老娘就能受。”

“屁！屁！”老顺吼道。

“这话，可是你说的。”莹儿妈出了小屋门，捞了老顺手腕，几下，就拽到书房里了，一手却解起扣子，“小婆子就小婆子。老娘就当个小婆子。只要你老家伙中用。”

“丢开！丢开！”老顺直了声叫。

孟八爷闻讯赶来，一进书房，见老顺正和女亲家纠缠在一起。女亲家一手捉老顺的腕子，是怕他逃跑；老顺一手又捉了女亲家的手，怕她解扣子脱衣服。

孟八爷破口大笑：“哎呀，这么精彩的戏，该上春节联欢晚会了。”一见他进来，两人才丢手了。

老顺已给这女人折腾得筋疲力尽了。莹儿妈身子胖大，瘦小的老顺降不住。若不是孟八爷赶来，真不知闹出啥尴尬事呢。接着，月儿爹们也进来了，都“亲家亲家”地劝。

孟八爷却止不住笑，望一眼老顺，望一眼女亲家，时不时就迸出一串夹杂了“哎哟”的笑。老顺晃晃脑袋，也笑了。莹儿妈却铁青了脸，一副刀枪不入的模样。

“亲家亲家两亲家，尻子里入个榔头把。”孟八爷打趣道，“亲热得拉不开了。”

莹儿妈却气呼呼道：“你们评个理儿。我来请我的姑娘站娘家，可人家不放。坐牢也有个放风的时间呢。你们评评，我该不该请姑娘？”

“该，该。”孟八爷笑道。

“你是请吗？”猛子妈抱了娃儿进来，插言道，“你怕是刘皇爷借荆州吧？”

“听，听，啥话？”莹儿妈撇撇嘴。

“啥话？好话。你肚子里的杂碎谁不知道？憨头虽不在了，可是明媒正娶的。你想领就领，欺陈家门上没人哩。”猛子妈啐道。

“我的丫头是你明媒正娶来的，你的丫头是我偷去的？”女亲家反唇相讥。一下，又把猛子妈噎住了。

孟八爷笑着打圆场：“谁都温和些。话里少些火药味，都有些岁数了，咋都是惊毛骚驴？该！该！我说你们都该。请的也该。留的也该。请的，是当娘的本分，叫丫头到娘家站两天，热热火火喧几天。娘儿俩亲热亲热，把肚里拐拐角角里的牢骚倒一倒。”

“她有啥牢骚？当个皇娘娘地伺候上。”猛子妈冷冷地说。

“夹嘴！”老顺斥道，“叫人家说。”

“请的也该。”孟八爷笑道，“留的嘛，也该。为啥？要是你是泡臭大粪，人家早用铁锹铲了，扔出去了。还留啥？还不是婆媳们有感情，才舍不得叫去……几天，也想呢。我知道，莹儿丫头孝顺，妈妈叫得像炒麻籽儿似的，一声比一声脆和。婆婆嘛，也当个自家丫头一样看待媳妇子，舍不得叫去……几天也舍不得。也该。”

莹儿妈白孟八爷一眼：“那人家的姑娘站娘家，黄鹰一样，一放出，就不见回窝。也该？”

孟八爷语塞了。他发现，这婆娘不简单，每句话都在老弦上抠。这事儿，咋说也是理短：你的丫头一站娘家，就不叫回去；人家的，想站，却不叫去；就说：“兰丫头呢？也叫回去。”

猛子妈却扯长了声：“回——去？一回去，怕是连个囫囵尸身子也见不着了。多少回了，悬乎乎死掉。那丫头，死也不踏白家的门。”

“听，听。”莹儿妈冷笑道，“就人家的，是娘养的。”

“你为啥不说你的爹爹是个坏种。”猛子妈回了一句。

“你的爹爹呢？坏了坏，你给我的丫头配一个。”莹儿妈这话一出，老顺就黑了脸。看那样子，竟似要吞了女亲家。猛子妈也白了脸，呆一阵，又“要债鬼，要债鬼”地哭起憨头来。

孟八爷厌恶地望莹儿妈一眼，说：“这就是你亲家的不对了。打人不打脸，揭人不揭短。你咋能说这话？”月儿爹们也“就是就是”地应和。莹儿妈自知说错了话，气焰低了些。

但孟八爷知道，莹儿妈说的，也是实情。白福再坏，还是个男人。憨头虽好，却早做鬼了。幽冥两路，显然跟莹儿配不成夫妻了。想到老顺老两口说过的那个话题，想，也好，就顺坡下驴，索性挑明了，就说：“不过，人家白亲家说的，也不是没道理。憨头毕竟不在了。莹儿也年轻，叫人家守寡也不是回事。你老顺想留人家，名不正，言不顺，叫人把牙笑掉了。白亲家的话虽不中听，却中用。你好哩坏哩，给人家配一个。灵官还小，就猛子吧。出的不出，进的不进，倒省了许多麻烦。”

莹儿妈慌乱了：“我可没那个意思。”

“意思嘛，没有了，就叫它有。”孟八爷笑道，“你刚才也挑明了，我们同意。他们老两口的思想工作，我做。”

这话一出，连孟八爷自己也得意了。听他的语气，这主意，是莹儿妈想出的，老顺们还得他做工作。这下，老顺们有面子了：事成了，是孟八爷劝说成的；事不成，是老顺们不愿意。外人听来，也不丢人。

“不成！不成！”莹儿妈却钢牙铁口。

“咋不成？”孟八爷笑道，“白亲家，别不好意思。我看成哩。老顺不成，也由不了他。咋不成？好事。亲上加亲。谁也知道谁的底细，丫头也不受罪……唉，养女容易，嫁人难呀。金银能识透，肉疙瘩识不透。有些人，看起来人眉人样，却是蛆肚子坏肋巴。丫头嫁过去，过不好日子不说，弄不好，还叫人呜呼死了。这种事多哩。有些当娘老子的，图个钱呀，财呀，把丫头错嫁个不学好的。结果，把丫头送阴司里了……亲家的主意，不出不进。好！谁的肠肠肚肚，一看就明白，倒也放心。”

孟八爷歪打正着，倒把莹儿妈说动了心。徐麻子介绍的赵三，她也听说过，虽有些钱，可爱嫖风打浪，不是个好货。她是图那彩礼的。有了彩礼，兰兰真跳了槽，她好歹还能给儿子弄来个母的；但心里却在嘀咕，怕丫头过去受罪。娘心里，亲的还是丫头，知疼知热的。那白福爆仗性子，不时炸她一下。日久天长，虽习惯了，但对儿子的感情却淡了。叫莹儿嫁个不学好的去受罪，娘也不放心。猛子常到她家帮兰兰干活，牛一样能苦，心也不坏。莹儿嫁了，倒也不会受罪，就沉吟道：“这……这……”

“没‘这’头！”孟八爷见莹儿妈动心了，口气愈加干脆，“就这么办！”

“可丑话说在头里。”莹儿妈说，“媳妇子得回婆家。”

“好说！好说！”孟八爷口气很硬地说了个模棱两可的词。猛一听，似打了保证，其实，也没给个一定。孟八爷想：“先答应，再慢慢劝兰丫头。”他叫一声："老妖，发啥呆？宰鸡儿！"

猛子妈呆了好一阵，才把娃儿塞给老顺，欢天喜地地去抓鸡了。

孟八爷却取笑老顺和莹儿妈："你们俩日后亲热时，得分个场合和时辰。"

俩亲家都红了脸，不好意思地笑了。

3

不多时，猛子妈就把爆炒的鸡肉和野兔肉端了上来。要说，刚生了气，是不该吃肉的。按凉州人的说法，癌就是吃肉生气才得的。但没肉，清汤寡水的，显不出热情来。为了不闹腾出癌来，孟八爷叫猛子妈炖好了酒，边吃肉，边喝酒。酒肉是朋友，互相消解，就无大碍了。

莹儿抱了娃儿，到书房里来了。看得出，她心情极好。这结局，出乎她预料，很使她高兴。倒是兰兰仍不赏面，仍窝在北书房里坐禅。孟八爷知道她们婆媳俩尿不到一个壶里，硬拉在一起，反倒败兴，也不去叫她。老顺老两口、孟八爷、莹儿妈、莹儿坐在一处，边吃肉，边喝酒，好不热闹。

许久了，老顺老两口没这么高兴过，老是患得患失，既怕莹儿飞了，又怕她带走娃儿。既悲死别，又怕生离，心老是攥成个酸杏蛋儿。孟八爷一番口舌，便扭转了乾坤，解了他们的心病。他们都很高兴，一次次给白亲家夹软肉。看那一脸春风，仿佛方才没吵过架似的。

吁了几盅酒，孟八爷兴致大增。他酒风好，时不时地，就听到他开怀的大笑。那开怀的笑配上微微泛红的脸，使孟八爷年轻了许多。白亲家酒量也好，几盅酒一下肚，便没了拘束，话也多了。

孟八爷有意叫这氛围升华，就喝了三杯酒，要行个新酒令。这三杯酒是资格酒。谁要行新酒令，得先喝三杯，才有资格。三杯酒一落肚，孟八爷就说出新酒令了。

这酒令，叫《两个小蜜蜂》。孟八爷就比划着教：唱"两个小蜜蜂"呀，行令的两人得伸出两个大拇指；唱"飞在花丛中呀"，双拳变掌作飞翔状；"飞呀，飞呀”，再飞翔；而后，或伸两指，或出拳，或伸掌，分别代表剪刀、锤子和布。剪刀剪布，布包锤子，锤子砸剪子，一物降一物。胜了的，伸出手掌，遥遥作势，打对方耳光。对方作被打状抡头甩耳，口中发出挨打的呻吟。做错动作的，喝酒。

这些，没啥，莹儿妈很快就习惯了。

叫她为难、也最惹人发笑的是两人出了相同的手势，这就叫“西厢”了。“西厢”时，两人必须马上噘嘴唇，向对方飞吻，啧啧有声。

孟八爷做得极为逼真，把莹儿妈飞吻得一脸通红。莹儿妈却扭扭捏捏，被罚了几次，便死活不行这令了。

这一手，惹得莹儿笑疼了肚子，猛子妈也笑得喘不过气来。老顺强忍着，但还是时不时嘿嘿几声。

这一令，便把气氛推热烈了。

再饮一阵酒，谁都到兴头上了，孟八爷便不再劝酒。他要搅酒场子了。凉州人饮酒，讲究的是对方不吐，意味着没招待好，所以最忌讳主人劝阻，败了酒兴。孟八爷却讨厌喝得吐天哇地。一喝到酒酣耳热，他便要搅酒场子。只是他这一搅，不但不败兴，反添了无穷乐趣。

孟八爷善唱，那声嗓，那味儿，和他的人品一样呱呱叫。他最擅长的，是“凉州小调”，也叫“小曲儿”。小曲儿多，如《十里亭》啦，《放风筝》啦，《王哥放羊》啦，把凉州人生活的各个方面都涉及了，浩如烟海。这回，孟八爷唱的是《闹五更》，说的是姑娘初嫁到婆家第一夜的经历。

孟八爷的嗓门是惊人的好——

姑娘二十一，打发到婆家去；
一根葱的那个身坯儿，越看越稀奇。
一更里照明灯，来了个铺床人；
核桃和那个枣儿哟，啪啦啦满炕滚。

莹儿抿嘴笑了。这场面，她当然熟悉。娶她那夜，闹洞房的人一走，娶亲的会兰子就来铺床了，念叨了一些吉利话，把核桃枣儿扔了一炕。这核桃，代表娃子，枣子代表丫头，祝新媳妇子女成双哩。

二更里吹灭了灯，小俩口嘴套上亲；
有心说两句知心话，又怕有听床的人。
听下了听下吧，小妹妹不怕他；
盘古爷遗下的，有那个听床的人。

这“二更”，莹儿没经过。憨头硬着身子，面朝墙，僵了一夜，没敢碰她。第四天夜里，他才摸索过来，但开始了，也结束了。后来，莹儿才知道，憨头患了阳痿。北柱们猫在窗外，听了几夜床，却连个声气儿也没听到。一想这些，莹儿的心阴了，憨头的脸又浮脑中了。苦命人啊。她想。

三更里月儿升，小哥哥把脚儿蹬；
小哥哥你不要蹬，尕妹是明白人。
解开了贴身衣，露出了白肚皮；
胳膊儿搂得紧，嘴唇儿甜蜜蜜。

屋里人都笑了，除了莹儿。这镜头出现时，已到婚后几年的某个夜里。那“小哥哥”不是憨头，而是灵官。那夜，灵官游过了月色，游向了她，在她的生命的港湾里，荡出了幸福的涟漪……这时，她心里又溢上一股浓浓的相思，异常强烈。望着娃儿的那张小灵官脸，酸涩的感觉涌上心头，又涌上眼睛，脸上便水哗哗了。她伏下身，亲亲娃儿，趁势在娃的衣袖上擦了一下。

四更里月偏西，架上的鸡娃儿叫；
骂一声扁毛虫，你叫得太早了。

莹儿抿抿嘴，偷偷笑了。那夜，她可真这样骂过呢。那一夜，她没有睡，怕一闭眼，天就亮了，就使劲搂了灵官，一下下咬他。这咬，不是驱他的睡意，而是情不自禁的撕咬。她还想把他吞肚里呢。可是，“四更里的月牙儿撇西了，架上的鸡娃儿叫了。手儿里摇来嘴儿里叫，你去的时候儿到了。”灵官只好悄声没气地穿衣，悄声没气地下地，悄声没气地回身咬咬她，悄声没气地融入夜色了……

五更里月儿落，高兴地睡了个着；
下巴儿顶着了，哥哥的汗散窝。
小叔儿去踩门，喊着却不答应；
隔窗儿捣了一木棍，新媳妇才惊醒。

莹儿抿嘴笑了。这五更，虽没在新婚之夜发生，虽推迟到几年后，虽换了“哥哥”，莹儿听来，仍很亲切。和灵官次数不多的几次整夜的相聚里，他老背过身子睡，莹儿就在背后搂了他，下巴儿顶在他脑后的汗散窝里，研墨一样，把他研醒，再研出他的激情来……这编曲儿的，可了不得。这细节，他咋知道?

记得，那个枯燥宁静的新婚之夜的早晨，灵官来踩门。按规矩，婚后第一天，得小叔子踩门，门踩开，新婚夫妇才能出去。那天早晨，莹儿很早就醒了。憨头也穿好衣服，垂下脑袋，坐在那里。听到敲门声，开了门，灵官进来了。那时，他还是个学生娃，还是个典型的毛孩子。莹儿不会想到，日后，这个毛孩子会闯入她的生活，填充了她的巨大空虚，又制造出更大的空虚。

灵官进来了。他仿佛很羞，垂下眼睑，端一盘叫“炉扣子”的食品，不说话，背过身，手从头顶上一扬，把食品倒进身后莹儿张开的衣襟里。这，便是踩门了。

记得，她把炉扣子放在桌上，取出红纸包，包里有二十块钱。这是给小叔子踩门的礼行。灵官接了，就出去了。……谁知道，他不但踩了门，后来，还踩了人呢。莹儿抿嘴一笑。

孟八爷的嗓门越加兴奋，被激起的笑声也越大——

小姑儿去踩门，鼓着尕嘴儿笑；
新媳妇撇撇嘴，丫头你不要笑；
等你给上个婆婆家，好不好你知道。

这一节，更没了。小姑儿兰兰，是和她同时入洞房的。莹儿过来，嫁兰兰的哥哥憨头。兰兰过去，嫁莹儿的哥哥白福。就这样。这就是她们爱情的归宿。

公婆和妈妈被《闹五更》逗得越加开心，笑个不停。莹儿心里却淤了泪，渐渐地，泪涌到眼里了。她背过身子，悄悄地抹了。

听了这《闹五更》，心头的喜悦没了。那心思儿，一被勾起，就汹涌成浪了，竟鸦片烟瘾犯了似的想起灵官来。突地，想到自己和猛子的话题，心狠狠抽动了一下。

“冤家，到时候，你再来踩门不？”她忽然对灵官产生了强烈的怨恨。是怨他出去呢，还是怨别的？不知道。但想到日后再一次的踩门对灵官造成的伤害，她快意地笑了。

4

这喜庆气氛一直延续到次日。亲家们打开窗子说亮话，把猛子和莹儿的事摆上了议事日程。憨头已过百日。百天一过，礼上就说得过去了。人死后，最重要的七七一过，百日就是个坎儿。活着为人，死了为神。百日一过，憨头在阳世的一切都了了，成神了。

老顺老两口很是高兴，这一下，一石二鸟，把心里的疙瘩解开了。莹儿妈也很舒心，虽说她老和兰兰吵架，可心里，她还是承认兰兰不坏，另娶一个，也不一定能赶上她。再则，莹儿的后半生也有了依靠。这猛子，在她看来，比憨头要灵泛些，又是个童身娃儿，面子上也好看，就高高兴兴地走了。老顺给包了两只野兔子。

莹儿的心绪却很复杂。她既为摆脱了徐麻子的纠缠而轻松，又为嫁猛子而沉重。虽说理性告诉她：这样最好。嫁灵官，是没影子的事，可自己又不能不嫁。与其嫁别人，离开灵官的家，不如嫁猛子，继续当灵官的嫂子。但心头，却总是为自己浮萍一样无法自主的命运而沉重。妈妈一离去，也没必要强作欢笑，复又闷闷不乐了。

月儿便来陪她。

月儿几乎把莹儿知道的花儿令都学会了，欠的是火候和不可缺少的那份质朴。有了这质朴的心，才能唱出花儿应有的原汤原汁。任何矫情都会叫花儿变味。变了味的花儿，也许叫“歌儿”。或者，称啥也成，但不是花儿。

花儿是啥？“花儿本是心上的话，不唱时由不得自家。钢刀拿来头割下，不死就这么个唱法。”这就是花儿。唱花儿，必须对人生有特殊的感悟。否则，口一张发出的，是干巴巴的乐音，而不是曳血带泪的花儿。花儿里有笑，是含泪的笑。花儿里有泪，是带笑的泪。这里，只有心灵的体悟，而无需语言的诠释。带上了理性色彩，就不是花儿。

对这些，月儿似懂非懂。

于是，莹儿便唱起来了。心里有浓浓的相思，口一张，便自然流出了——

一对儿鸽子飞起了，
崖根里它吃了水了；
明明白白地糊涂了，
眼睛里活见了你了。
大河沿上的牛吃水，
眼看着四山里雨来；

睡梦里梦见尕哥哥，
又说又笑地醒来。

莹儿如泣如诉地唱着。爱流泪的她，这回没流泪。她把泪都变成花儿了。倒是月儿流泪了。她仿佛明白了花儿。这花儿，没有大喊大叫的寻死寻活，流出的，只是一种淡淡的相思，一种雾一样淡烟一样朦胧的相思，诉说着明白时的糊涂，清醒时的恍惚，梦中的惊喜……它隐去了相思带来的惨痛和失落，没有爱呀恨呀，死呀活呀，但有哪部世界名著，能写出如此真切的相思呢？

唱完许久，月儿还浸在那旋律里。她仿佛读懂了莹儿的心，她想问，莹儿却又眯了眼，沉浸在另一种旋律里了。她的眼里涌出了泪，声音激烈而绝望——

白纸上写一颗黑字来，
黄表上拓着个印来，
有钱了带一个笑脸来，
没钱了挂一匹布来，
有心了看一回尕妹来，
没心了辞一回路来，
活着了捎一封书信来，
死了着托一个梦来……

莹儿再也唱不下去了，伏在床上，嚎啕大哭。望着痛哭的莹儿，月儿想劝，却忍不住流泪了，索性也伏在莹儿肩上，哭了。

一种奇怪的直感袭向痛哭后的莹儿：那事儿，怕不会那么简单。

第 十 一 章

青土坡里的白蚂蚱，蹬嘎蹬嘎地蹦哩。

1

兰兰在打七，就是在七天里啥都不想，啥都不干，万缘放下，一心念金刚亥母心咒。

唐卡上金刚亥母踩着莲花日月，拿着法器。那些图案，都是象征，比如，莲花象征清净无染，月轮象征慈悲，日轮象征智慧……但万千象征，说到底，都离不开那个“善”字。兰兰自心里有了善，心里的花球也远了。因为那种接触，不符合善的原则。所有的鲜活追忆，都成昏黄的暗晕了。

金刚亥母洞不大，一次打七，只能盛七八个人。期间，不能外出（除了大小便），不能进人（除了送饭的），不能说话（除了开示的），不能偷懒……总之，有好多“不能”，叫禁忌。

和兰兰一同打七的，是月儿妈、王秃子、会兰子、凤香、花球、黑皮子老道等。花球本不想受苦，但听说兰兰也参加，就替换了他妈。黑皮子老道是带经的。他声音浑厚，一念，嗡嗡响。由他带经，谁也服。

打七，一天打四座。每座两个时辰，一动不动；下座后可以走动，边走，边诵心咒，但不能说话。吃饭一茬换一茬，睡觉也一茬换一茬。每天睡觉的时间，不能超过四个小时。

七天里，金刚亥母的心咒是断不得的。

村里人在金刚亥母洞里打了地铺，还放了凳子。能盘腿的，坐地铺上，不能盘腿的，坐凳子。除了吃饭睡觉外，或闭了眼，或睁了眼，或大声，或小声，把那心咒串成珠儿，串上七天。

就这样。

2

兰兰笼罩在一种奇异的氛围里，周身沐浴着圣光。那看似寻常的心咒，诵来，竟荡到灵魂深处了，一晕一晕，像温馨的海水冲刷礁石一样，清洗着兰兰的心。往昔的一切都化了，烦恼呀，痛苦呀，甚至期盼呀，都散了，不留一点儿痕迹。那散了的，还有心，还有身子，还有那个叫兰兰的概念。时不时地，就只有空灵了。有时，空灵也散了。

黑皮子老道很会带经。他的声音柔和，浑厚，随木鱼声一字字迸出。这所谓的经，就是那心咒。但就是这寻常的十几个字，伴了木鱼，伴了磬儿，伴了檀香，伴了一脸的肃穆和一心的虔诚，就成了一泓温暖的甘露，荡呀荡的，就荡化了身，荡化了心，把一个沉重的“我”消融到奇妙的韵律中了。

兰兰的生命需要这韵律。在心里盛满了苦难，盛满了泪水，淹没了希望的时候，这韵律，便该在灵魂里响了。兰兰不管它是佛还是仙，只将它当成那个“善”字。真主也罢，上帝也罢，梵天也罢，佛陀也罢，想来都逃不过这个字去。

在“善”字的洗涤下，心中的苦没了，恨消了。一种特殊的情绪渐渐滋生。这情绪，像黄昏落日的余晖，一洒上万物，世界便成另一种样儿了：有了一份宁静，有了一份超然，有了一份慈悲，有了一份豁达……这许多个“一份”，便构成了一份觉悟。这，便是打七的目的。

这许多份“量变”引起的“质变”，便是修炼的终极目的：或以宁静而求智慧，或以虔诚向往净土，或以超然逍遥于世，或以慈悲利益众生，或以觉悟达到涅槃。是为正修。

若其形虽同，而其目的，却发生异化，以利众之名而行私利之实者，便成邪法。

正邪之别，仅在一心。

3

入关不久，打七者都露出了本来面目。

凤香们是图红火的。按凉州人的话说，是“热闹处卖母猪肉”的，却想不到这红火不那么好瞧。新鲜劲儿一过，乏味和疲惫随之袭来，呵欠连连，便迷瞪过去，梦起了周公。会兰子显得很虔诚。她是死了心要修炼，却由不了身体。平素里，她想睡多久，就睡多久。这只睡四个小时的打七，令她心有余而力不足，就显出一脸的恼苦，时不时打个呵欠，再狠狠地喊几声咒。本意是想驱瞌睡，谁料却像吵架了。

花球也很失望。他之所以来打七，纯属是为兰兰而来。花球想，一群男女整日整夜在一块儿，总该发生些故事的。他既怕兰兰和别人发生故事，又希望自己是故事的主角。没想到，进入关房后，竟是如此之苦。除了瞌睡，他腿疼，腰疼，浑身的骨节都错了位似的难受。更叫他失望的是，兰兰竟然是眼观鼻，鼻观心，虔诚修炼，面若圣女，望都不望他一下。这倒不怕。若没别人，他自会有手段鲜活了她。可苦就苦在时时睁着几双眼睛，连睡觉也得轮换。为保证咒声不断，就是在轮换睡觉时，同时诵咒的，也不能少于三人。这一来，他连个打飞眼的机会也没了。

王秃子口中虽念念有词，但那双贼嘎嘎的眼睛却忽而瞅这个，忽而扫那个。那神形，不像来修炼，纯属是监督这几个狗男女来了。

王秃子很能坐。除了吃饭睡觉，他一直盘坐在墙角里，时而一脸阴沉，时而露出若有所思的阴笑，时而作恍然大悟状，把花球们弄得很不自在。

兰兰不掺一点假地诵咒，跟她干农活一样。一天过去，她的嗓子就哑了。那呵气似的诵咒声，也是实打实地不掺水分。她把做啥都当成种地一样，从不干“人哄地皮，地皮哄肚皮”的事儿。

黑皮子老道有坐静基础。平素里，祭个神呀，发个丧呀，捉个鬼呀，向来是以有功夫的人自居的。自不会在村里人面前塌了架子，坐得似模似样，诵得也似模似样。

黑皮子老道是真心服那金刚上师才皈依的。他亲眼见过上师的神通。他是想长功夫，想学两手，才皈依了佛门。

4

两天后，黑皮子老道叫月儿妈带经。

月儿妈的瞌睡马上没了。她要强了一辈子，却没要强出个眉眼。当姑娘时，她比花儿还俊。原指望，嫁个当大官的，或是挣大钱的，最不济，也要嫁个城里的英俊少年。谁想，却嫁了个月儿爹。那月儿爹，表面温顺，不像个爹毛人，可一遇个女人就爹毛了。那桃花运，是惊人的好。原指望，叫白狗们念个书，成个气候，谁知都不是走正路的货，一见书便一脸蠢相，干起邪事倒浑身机灵，又绝了她的望。幸好，月儿出脱得人模人样，也爱念书，虽没考上学，但女儿的命全在一嫁，倒也叫她添了些希望。不过，一想自己的一生却又心虚。……啥都说不准。天底下，啥怪事儿都有。那瞎仙不是唱吗？“原指望上朝堂，当娘娘，谁料想进了烟花院。”所以，仍是心虚。她一辈子没露过脸，憋了一肚子气，娶了儿媳，就和她们比个高呀，见个低呀，时时压她们一头。谁料想一分家，各搅各的勺子，各过各的日子，你想再压，也没了理由，心里更是憋气。

这带经，虽也不是个太露脸的事，却总是打七者暂时的头儿，就扯了嗓门，狠劲地带。她有口无心，硬生生把老道带出的纯正咒声带拐了音。

王秃子笑出声来。

老道纠正了几次，月儿妈也着急地想纯正，但嘴却忘情地拐了音。老道只好叫兰兰带经。月儿妈便讪讪地笑了，阴阴地望兰兰。

咒为心声。兰兰的心宁静，那咒音，马上就纯正了。兰兰音色好，有种金属似的余音，一放声，脆生生袅袅。黑皮子老道又着意用浑厚的男低音共振着配合。不多时，多人就融成一个旋律了。那旋律荡呀荡的，荡了杂念，荡了睡眠，荡了打七的房，把一切都荡没了。

渐渐地，兰兰宁静到了极致。那咒声，反倒嘈杂了。口就随了宁静的心，一声低似一声。后来，只剩下心在诵。后来，诵也没了，心也没了，啥也没了。

许久。

等下座的磬儿响起时，他们才吃惊地发现，这刹那的静，竟过去了两个小时。

5

第三天早晨，王秃子忽然不辞而别。

他实在忍受不了在他眼里纯属扯淡的勾当了。他眼里，老道的故作高深莫名其妙，兰兰的虔诚莫名其妙，月儿妈酸溜溜盯兰兰的眼神莫名其妙……总之，一切都莫名其妙。

他是看在了神婆保过娃儿的份上来打七的。他想，来世还远着呢。近的是女人的病、娃子的裤子，还有叫乡上催了几十次的计划生育罚款。就算真有末日，真有瘟疫，他也不怕。世上人多，他们叫瘟了，王秃子也情愿叫瘟。犯不着在这里受罪。更何况，他根本不信月儿妈拐了音的心咒能把他送上佛国，也不信蓝汪汪飘几朵白糊糊云的天上能住人。要不是看神婆面子，他连洞门也不进的。……结果，哟，看了许多景致。想不到，耳鬓厮磨了多年的邻居还一人一副嘴脸呢。

在那个墙角里，王秃子冷眼观了两天，啥怪相也见了，啥嘴脸也瞅了，啥声音也听了，啥世面也经了……谅他们，再也弄不出新花样了。再说，腿也疼得要断，眼皮儿也硬往一块儿合，就想溜出去，搂了病婆姨，美美地睡一觉。婆姨再病，总是婆姨，总比这儿看洋相活受罪强，就溜了出去。本想给神婆打个招呼，又怕那老妖耍泼，就偷偷溜出了金刚亥母洞。

神婆正从外面进来，一见大惊："你咋……"

"女人病咧！女人病咧！"不等神婆说啥，就一溜烟不见影儿了。

这下，祸惹大了。

这打七，等于闭关。按规矩，能死在里面，不能中途退出。打七，为的是消业。在六道轮回的苦海里，人忽而是张三，忽而是李四，忽而是老虎，忽而是毒蛇……千世万世的，造了许多业。这业就像是毒，积在心里身里，时候一到，就会算个总账：善有善报，恶有恶报。你插了翅膀，也躲不过那个报去。所以，修行先得消业，消业必须受苦。打七是最好的消业方法，腿疼呀，腰疼呀，乏困呀……都在消业。打七最忌讳的，是有人中途退出。谁若提前退出，他的业呀，罪呀，就一股脑儿泼在其他人身上了。王秃子还不知道这呢，若知道，他怕是连牙都笑掉了。

更糟糕的是，那关房门上贴满了符帖。你上厕所外出，因口诵咒，心不外驰，倒也无妨，而一中途退出，那符织就的保护网就开洞儿了。候在门外的魔们，就趁机进来，给你带来很大的麻烦。你"道高一尺"，他"魔高一丈"。弄不好，你便"走火入魔"了。

黑皮子老道如临大敌，一脸紧张。他左手掐雷印，右手捏剑诀，一脸降妖伏魔的愤怒相，口中边咕噜着降魔的心咒，边把那黑豆撒打开来，噼啪直响。据说，这便是"撒豆成兵"的法术。肉眼凡胎看来，那只是乱滚的豆子，而在神魔鬼怪眼里，便是天兵天将了。接着，他不顾禁忌，讲了"人去业留"的说法，以警诫留下的人，叫他们不能再中途退出，免得害了别人。谁知，话没落，月儿妈第一个叫了："这么说，他秃子的罪，要叫我们受了？"

凤香说："就是，真便宜他。"花球说："把他抓了来。"会兰子说："那我也出去，把业留下。"已有五人犯禁语戒了。

黑皮子老道黑了脸，冷冷地说："你们嚷啥？秃子只是留下了业。他带去的，是啥，知道不？”

“啥？”几个女人问。

“以后就知道了。”黑皮子老道高深莫测地笑了。

既如此，人们心里的疙瘩才化了。对老道的能为，打七者都知道。祭神，他是主祭人；发丧，他是高功道人。梦表时伏在供桌上，一脸焦黄，真像死了。都说，那时，老道的元神已到天宫里送表去了，留在人间的，只是个尸身子。梦完表回来，元神入了体。那黄皮子死人，才又成黑皮子老道了。都那么说。据说，他的元神进过金刚亥母的舍利塔，叫护法神打了一巴掌，胸脯上黑黑的一块。谁都见过那块青印。虽说是败在护法神的手下，但老道元神外游的事，还是传遍凉州了。现在，他虽没说出王秃子的破关会招来啥祸，但那笑，谁都知道是啥含意：“天机不可泄露。”

怀着对王秃子的痛恨，大家接着修炼。

6

看来，王秃子一破关，真招来了魔。

这一点，大家都感觉到了。首先是睡魔，思维呀，眼皮呀，都像浆住了。一不留神，眼皮就往一块儿合。花球趴在被子上打起呼噜。凤香成了吃食的鸡，头一下下前啄，嘴里的咒也停了，却强撑着不往地铺上躺。月儿妈倚了墙，一缕涎液从嘴角里垂下，伸缩成亮亮的一线。会兰子在地上来回走动，走走停停，走的时候，似乎醒着，停的时候分明睡着了。能站着睡觉，也是人家的能为。

兰兰也困了。但她采用了许多法儿，不使自己堕入梦里：一是双盘了腿。这一盘，两腿撕裂般疼。疼了好，一疼就不瞌睡了；二是跪，等身体习惯了双盘，麻木欲睡时，兰兰就取开双盘的腿。那一取，腿就折了似的，就又能清醒一阵了。她忽而起，忽而跪，忽而走动，忽而睁大眼睛，大声诵咒。兰兰的嗓门虽哑了，但声音更大了。她想，大不了，诵死在关房中。与其猪一样活，不如为觉悟死。

每座前，黑皮子老道都要左手掐雷印，右手捏剑诀，金刚怒目，降一阵魔。但那魔，终于没能降伏。

另一个有魔的标志，是有人又生异心了。

因兰兰取代了月儿妈的带经，招致了她的忌妒。她把那比老男人还要老的嗓门扯长，怪声怪气地诵咒，而且顽强地拐了音。不一会儿，人们便不知不觉地随了她念，反倒模糊了本来的咒音。月儿妈边诵，边怪怪地望兰兰，兰兰知道，她开始较劲儿了。

最叫兰兰担忧的，却是会兰子。她有着盲目的虔诚心，精神又十分敏感。这类女人，很容易变成神婆。她完全沉浸在自己的境界里，诵咒时，一脸虔诚，饱含深情，泪流满面，情不能抑。仿佛金刚亥母是她死去的老娘，而她则是个哭灵的孝女。时不时地，她就要站起来磕大头，磕一阵，就浑身哆嗦，抖出一脸幸福的红晕，却又忽然嚎啕大哭。

会兰子第一次哭时，谁都吓坏了，便停了诵咒，一下下掐她人中。黑皮子老道摆摆手，说："不要紧，自发功。"大家才知道，这也是"功"。月儿妈于是也想和她在这"功"上较劲，便也立起，一脸虔诚，只是无泪。后来倒是抖了，脸上却无幸福的红晕，反倒抖出牛喘来。她倒在炕上，哎哟几声，没有再试。

会兰子除了抖，除了哭，还时不时怪叫。兰兰很反感，恶狠狠说："请你自重点。这是道场，不是驴马市场。"

会兰子便臊红了脸，痴坐一阵，再也没发过"功"。

7

那魔，终究发作了。

一夜，被月儿妈们替下来休息的兰兰死活没睡意。她分明瞌睡到极点了，却奇怪地没睡意。忽然，咒音停了，月儿妈怪怪地笑了，而后，会兰子也笑。

兰兰半睁了眼，见两人正咬了耳朵嘀咕。跟她们一拨的凤香已睡成死猪了。月儿妈说："我不信，我治不了一个黄毛丫头。老娘活了多半辈子，还没叫个黄毛丫头辱臊过呢。你带得好，老娘就搅。"会兰子说："哎呀，她说我时的那个凶呀，活活一个母老虎。我还没见过那么狠毒的呢。以前，我还以为兰丫头文静呢。"月儿妈说："文静个啥呀？贞节烈女的王宝钏，胡萝卜背了几背筐。那骚鸟，小小儿就不是个好货，跟花球勾勾搭搭。到婆家，也不安生。听说，和队里的小伙子有一腿，叫人家撵出来了。……反正，这七，我是不想打了，我要捣他个乱。我忍不下这口气。"

兰兰听得头皮都发麻了。没想到，自己眼里神圣的修炼，她们却这般儿戏。那咒声绝不能停，但她们早停了。更想不到的是，月儿妈竟对自己恨到这地步了。既然这样，你们为啥不在自家的大书房炕上睡大头觉，到这里受啥罪？

又听得月儿妈说："明天，我就叫花球和她挨了睡。等他们一那个，我们就一顿棒子打出去，叫她脸面扫地，看你还牛个啥？"会兰子说："人家也不一定那个。"月儿妈说："咋不那个？棉花见了火，还能不着？"会兰子说："反正，花球的眼睛可贼勾勾的。她不那个，花球也要那个。"月儿妈说："管她那个不那个。我们说他们那个了，他们就那个了。谁还去摸他们究竟那个来没？"会兰子说："这样，有些太那个了。人家，可是在娘家门上哩。"月儿妈说："谁叫她那么狠毒来？瞪我的那一眼，我死了也忘不掉。"

兰兰出了一身冷汗。她和花球老道们一班，一换班，也不管挨了谁，倒下就扯呼噜。要是叫人家辱臊一顿，真跳进黄河也洗不清了。她很奇怪，自己不就是带了回经吗？对会兰子的那声吼，也是为了大家的修炼呀，竟惹得她们痛恨如斯。兰兰感叹道，连修行者都如此，何况那些俗人。

正吃惊呢，两人叽咕了好一阵，到了叫兰兰这拨人的时候了。月儿妈过来，在兰兰脸上轻轻拍几下，亲热地叫："起呀，妖狼吃的。睡得尻子里都没脉了，能修个啥？"

兰兰虽吃惊她的态度，但还是很响地打个呵欠，咕噜一声："瞌睡死了。"

8

次夜，困极的兰兰才下座，便堕入梦乡。她在天空里飞，想上天就上天，想入地就入地，那份逍遥，是醒着时没有的。忽然，一双手将她拉回地面。她一惊灵，醒了。胸膛上竟真的有双手，正在动作呢。那手柔软绵长，动作也细腻，她觉出是花球。当姑娘时，一跟他相约，他就这样黏她。一种熟悉的感觉立马扑来，淹了心。潮热腾地涨满身子。正想回应呢，却忽然记起正在打七。天呀，她打个哆嗦，推开那手，悄声说："你干啥？正打七呢。"花球很粗地喘着气，说："别怕，他们都睡了。"兰兰这才发现，咒声早断了。没想到，在自己眼里神圣的修炼，别人竟视同儿戏。她想：你们想睡觉，为啥不到大书房炕上去？到这里来做啥？她的心倏地灰了。

那手却仍在摸索，兰兰恼了，狠狠地揪它一下。要不是身旁有人，她会扯下脸皮，狠狠说他几句。真是的，这是啥地方呀，你以为是大沙河里呀，也不怕护法神惩罚你？

忽觉几人压了来，把她和花球压在一起。听得月儿妈说："绑了绑了。这对狗男女，到关房里鬼混来了。"兰兰就想起昨夜听见的话，吓出一身冷汗。她想解释，却不知说啥好。

"叫他们穿上衣服。"月儿妈说。

兰兰想，她没脱衣服啊。

听得会兰子应："现在穿上了。"

兰兰这才明白他们在演戏。花球挣扎几下，骂："老子又没干啥，你压我干啥？放开。"

灯亮了，几双黑眼睛扑了来。兰兰啐道："羞先人哩。昨夜里你们喧的，我都听到了。"会兰子红脸了，扭过头去。月儿妈却说："听见啥？老娘说啥了？路不平，众人铲呢。你在亥母洞里鬼混，还不叫老娘说？"花球啐道："老骚货，你白嚼啥？我们干啥了？"月儿妈说："干了啥，你自己知道。打！打出关房。”她望着会兰子。会兰子却倏地垂了头。月儿妈虚张声势地叫了几声，便讪讪地寂了。

花球冷笑道：“就你们这号修行人呀？呸！”月儿妈脸红了，却冷笑道：“你好得很？咋在关房里干那驴事？”花球黑了脸，上前，冷不防，扇过一个耳光。月儿妈狼嚎一声，扑天抢地起来。黑皮子老道顿足道：“天的爷爷，这是关房呀。”

月儿妈边哭边叫：“他们在关房里干驴事，我一说，他就打我。活不成了！活不成了！老娘这辈子还没叫人动过一指头呢。老娘也有墙头高的儿子哩，谁没长手呀。”她边扯哭声，边拧鼻涕，出了关房。

黑皮子老道拧眉顿足，却没阻挡。

凤香煞白了脸，推花球一把：“你快跑，那白狗，可是混蛋一个，他一来，天翻地覆哩。”花球脖子一梗，说：“我也是长毛出血的，头打烂了拿草腰子箍。谁怕他？”他虽嘴硬，却仍是出了关房。

兰兰知道，这一闹，真臭名远扬了，心却木了。几年间，经了太多的事，心上包了层茧，好名坏名，也懒得在乎了。但想到打七不圆满，坏了缘起，心就突地悲了，想：我的命咋这样苦，连个七也打不圆满。她虽懊恼，但还是坚持着做完会供，才回了家。

兰兰一进家门，妈就告诉她，村里翻天了，都在说她和花球的“驴事”。兰兰略一解释，妈就恼了：“我去找这老妖婆，这还算人吗？”兰兰淡淡地一笑：“算了，嘴长在人家身上，咋说咋说去。”却担忧花球：白狗混蛋一个，花球揍了她妈，他怎会善罢甘休？

正忐忑呢，不想，花球媳妇却闹上门来了。她披头散发，一脸血污，拽着一路哭声，到了庄门上，也不管有人没人，先褪下裤子，撒了泡尿——凉州人眼里，这是最大的辱臊了。老顺气绿了脸，庄门是财门，最忌阴人脏物。正懊恼哩，女人已上了沙枣树，她取根绳子，绾个扣子，一端系树上，一端套脖子上，往下一跳，立马就翻起了白眼。老顺急了，抱起女人身子，一刀割断绳子。哪知，那女人缓过气来后，冷不防从怀里掏出螺丝刀，插进自家喉咙。她插得很深，又乱搅了一气。看得出，她是真不想活了。老顺们忙将她送进医院，折腾了几天，她的命虽保下了，脖子却歪了。

老见那歪脖子女人阴阴地望老顺家庄门，兰兰心里直发毛。

她想，脸丢到娘家门上了，还有个啥活头？

第　十　二　章

黄扣结下的撒渔网，网不到清水的浪上。

1

安抚了花球媳妇后，孟八爷进了老顺家，想劝兰兰回心。他红口白牙，答应了莹儿妈，就得兑现。老顺也希望丫头能回婆家。花球女人那一闹，老顺又是破财，又是丢人，身心疲惫到极点了。丫头要是再待下去，不定还会闹出事来。他认定啥都是原配好。男人“休前妻，没饭吃”。女人更糟糕，要是挑三拣四，挑花了眼，准没好果子吃。老先人就说：“瓜里头挑瓜，临完了挑个苦瓜。”所以，他对孟八爷说：“你好好劝劝她。你那嘴，死人也能说得夹不住屁。……就是，跳弹啥哩？咬了牙，三忍两忍，一辈子就了活了。”

兰兰却木着脸，一副任你剐杀的模样。孟八爷忽然没了底气。

猛子妈明白兰兰的心。作为过来人，她太了解丫头了。若不是涉及到憨头，她不会叫丫头嫁白福。若不是又涉及到猛子，她会嘴上使上三吨力气，叫丫头离婚。但现在，看丫头吧。

兰兰脸上带着修行人特有的淡然，先开口了：“我知道，白福干活厉害，是个庄稼好手；我知道，赌博和打女人不是啥大毛病；我知道，啥都是原配好，头餐面好吃；我知道，活上一天是两半日子，眼一眨，一辈子就过去了。”她问孟八爷：“你有没新鲜些的？”

孟八爷出乎意料地张开了口，说不出话。

兰兰望一眼妈，淡淡地说："你们当娘老子的，除了拿丫头换，再没个别的本事娶媳妇？"说完，一语不发，出了书房。

孟八爷望望老顺，说："没戏了。"老顺这才明白：兰兰真铁心了。他们忙活了多日的事儿，叫兰兰几句话，就搅黄了，猛子妈一急，又流泪了。

静一阵，孟八爷发话了："丫头说的，也有道理。猛子又不是没人嫁。丫头给哥哥换了，又给兄弟换。想想，也不是回事儿。那钱，总能生发。"妈抽泣道："不是钱的事儿。"

"她是舍不得叫媳妇子去哩。"老顺叹息道。

"人家也不想去……这么好的家，哪里去找？"妈抹去泪，"不过，咋说呢？只要人家双方愿意，钢刀也砍不断哩。"

孟八爷明白她的话：兰兰不过去，由了她去。只要猛子和莹儿两人愿意，莹儿妈也没法。……这想法，不是没道理。大官也管不住女儿嫁穷汉。秦腔里有好多这种事。娘老子嫌贫爱富，姑娘却私订终身。问题是，人家，那是有爱……那个情的。猛子那愣头，会不会盘弄女人的心？不过，这事儿上，也是金银能识透，肉疙瘩识不透。有些灵丝丝的女儿心，偏叫愣头钓了去……就说："这话，倒也是的。"

老顺望望老伴，望望孟八爷，一脸惘然，却听得老伴又说："要不，先叫他们圆了房再说。生米做成熟饭。"老顺这才明白了老伴肚里的牛黄。"呸！吃屎哩。人家一个寡妇，你欺着叫人家死哩？我还以为你能迸出个啥好屁。"老顺耸着鼻头，望老伴，像望一堆狗屎。

老伴涨红了脸，撒泼似的道："你有啥好屁？放一下，我听听。"

孟八爷笑着劝一阵，对老顺说："她说的，怕是最好的法儿呢。""好啥？缺德哩。""缺啥德？霸王硬上弓了，当然缺德。两厢情愿了，不就是好事吗？感情这东西，虽说抓不住摸不着，可没它不行。没感情硬来了，就成强奸了，就犯罪了，碰到风头上，乓，一颗铁大豆，把本也赔了。有感情了，多坏的事也是好事。明明是个见不了人的丑事儿，也成风流韵事，成交桃花运了。

这事儿，没边没啥的。那界限，就是感情。要是猛子和媳妇子有了感情，她‘老插花’拿个铡刀，也砍不断。硬砍，我们还告她干涉婚姻自由哩。白福和兰兰，没感情，你硬捆，也犯法哩。就这样……这法儿，也不妨试试。一夜夫妻百日恩，百夜夫妻似海深。要不了几天，再没感情的，也拉不开了。”

老顺这才不说话了，但一想莹儿妈，心中总是歉疚。人心都是肉长的，将心比心，总是内疚。

2

妈瞅个空儿，把莹儿答应招小叔子的事，告诉了猛子。猛子却一脸漠然。明明是自己的事，却又觉得是别人的。怪。

妈乐滋滋地说：“这事儿，谁都没意见。莹儿妈也同意，就这样定了。”

猛子这才认真了妈的话。说实话，对莹儿，猛子只把她当成嫂子。莹儿对他的吸引力，远没双福女人强烈。猛子喜欢野些的，露些的，浪些的，胖些的。这些，莹儿都没有。莹儿清秀，清秀就显得单薄，缺了双福女人的那种跳突突的性感；莹儿含蓄，含蓄了就呆板，没有那种叫人心里直晃势的浪劲；莹儿清凌得像气，仿佛不食人间烟火了，形象就因之虚了，少了那种实在的强烈的诱惑。他只喜欢女人身上有一骨碌一骨碌的肉。一笑，那肉浪浪地跳。搂到怀里，那肉便浪浪地乱滚。最好，再急里骨碌地跳弹，再由他降伏后浪叫一阵。对，就是这种。

莹儿却不是。

但很快，猛子还是动心了。他知道，当个贼女人——也就是城里人说的情人——浪些的好；当个女人——也就是老婆，还是莹儿合适；但也不好明里说啥，只说：“急啥？我还小呢。”

妈破口笑了，啥也没说，但猛子觉得她说了好多话。想当初，他被双福捉了奸，爹打他，他一句话就差点把爹噎死：“有本事，你给我娶啊，打老子，算啥本事？”现在，爹妈要给他娶，他却说：“还小呢。”一想，连他自己也忍俊不禁了，就搓搓脑袋，笑了。

妈笑道："这事儿，就定了。你可别给我翘羊头，我按下这头，那头却起了。"就出去了。

妈一把话挑明，猛子就想见莹儿了。他想看看这个将要做他媳妇的，变成啥样儿了。可莹儿却窝在小屋里，连个面也不闪，时不时地，听到她逗娃儿的声音。那声音水性十足，温柔到了极致，竟在土牛木马似的猛子心中也温柔出一种旋律了。刹那间，他浑身燥热，出了门，进了北书房。

兰兰已把北书房改造成佛堂了：窗上，蒙块黄布；墙上，挂块红布，里面供着佛像。条桌上，献着枣儿、花糖和几个软儿梨，燃着香，点了清油灯。兰兰正在桌前的蒲团上捻一串珠儿，捻一个，嘴动一下。那架势，叫猛子感到好笑，就打趣道："哟，女神仙。"见兰兰不接茬，理也不理，便觉得没趣，退了出来。

猛子出了庄门，随性走去。忽听得一阵花儿，循声望去，见月儿正在沙丘上练唱。月儿练得很投入，把个颤音练了又练。听一阵，猛子就烦了，笑道："成了成了，羊都吓惊了，还以为狼来了呢。"月儿见是猛子，鲜活了脸。猛子喜欢月儿的笑。月儿的笑很灿烂，是一览无余的灿烂，是雨后晴空似的灿烂，是少女独有的灿烂。猛子接触过的那些女人，缺的，就是这灿烂。他忽然有点"爱"月儿了。这一"爱"，心奇怪地晃势了。心一晃势，就想到自己和莹儿的事来，想：还是"姑娘"好呀。

月儿问猛子："你妈给你说过个事儿没？""啥事？"猛子装糊涂，但明白她已知道那事了。

"好事。"月儿又笑了，笑一阵，却眯了眼，望远处。好一阵，才叹口气："可惜了。"

"啥可惜？"猛子的心又晃势了一下。月儿痴痴地皱了眉，说："女人，命咋这样苦？"

月儿似笑非笑地望着他，望一阵，却将视线转到了远处。开始，她的眸子里只是茫然，渐渐有了潮气，渐渐又凝了几滴泪。她忽然唱了——

黑了黑了实黑了，
麻荫凉掩过个路了；
眼看阿哥走远了，
活割了心上的肉了。
黑烟的大锅里烙馍馍，
蓝烟把庄子儿罩了；
杜鹃儿啼来血水儿淌，
不死就这么叫了。
不信摘不下星星来，
不信揪不下月来；
不信喊不回春风儿，
不信叫不出血来。

唱不了几句，月儿就一脸泪光。那花儿，也成哭诉了。

猛子发现，这“姑娘”，咋疯疯癫癫的？忽而笑，忽而哭的，莫名其妙。

“还是莹儿好呀。”他想。

3

听到猛子的声音，莹儿像听到鸡叫一样，说不上是喜是悲，只是听到了一个声音而已。那份淡漠，连自己也吃惊。虽说她答应了嫁，但嫁就嫁吧。女人生来，就是嫁人的。嫁谁也是嫁。两嫁相较，能嫁个好一点的，也就算好命了。既然谁都觉得自己应该嫁猛子，那就嫁。守寡，在别人眼里，反成怪物了。先前，女人不守寡是怪物。现在，守寡倒成了怪物。反正，女人稍不注意，就成怪物。那就平顺些活吧。守着个盼头，总比没盼头好。

现在，莹儿又多了个盼头。一见娃儿，莹儿心里就溢出一股奇妙的感情。

这感情，竟和跟灵官接触时相似。她吃惊了。说不清她是把对灵官的爱嫁接到孩子身上呢，还是她当初就将灵官当成了孩子？或者，女人对男人的爱，本来就掺和着母爱呢？莹儿说不清。那感觉，倒也不因说不清而淡了，反倒温水似的荡开来，荡呀，荡呀，就荡满身心了。

吃晚饭时，莹儿发现，猛子怪怪地望她，让她很不舒服。她倒是希望他和以前那样，望她跟望兰兰一样。现在，那眼神怪怪的。莹儿很不舒服。

洗了锅，喂了猪，莹儿懒得看泡沫电视剧，就进了小屋，反扣了门。逗娃儿玩一阵，乱想一阵，又为月儿备一阵课，想想下次该教的那些花儿令，就脱衣睡了。娃儿的皮肤很嫩，搂在胸前，莹儿感到了一种母亲才有的温馨，渐渐迷糊了。

不知过了多久，莹儿觉得有个东西在捣自己。她一下子惊醒了。手一摸，觉出是个木棍。从一端光滑的质感上可以断定，这是她常使的那个榔头把。窗子上本来有玻璃，后来，不小心弄碎了玻璃，就糊上牛皮纸遮风。那榔头把弄破了牛皮纸，探进来，伸伸缩缩，一下下在被儿上捣。

幸好娃儿挨窗睡了，不然，棍儿在嫩脸上捣一下，怕是个青印呢。

“谁？”她问。

木棍儿停止了动作。莹儿明白，是猛子，别人做不出这事。

“我。”一个压低了的声音，果然是他。

莹儿的身子一下子发紧了。她很紧张，传出去，丢人哩。这挨刀货，咋能干这号事儿？她大着胆子问：“啥事？”许久，才听到猛子压低了的声音：“有个事儿，急事。”

莹儿当然明白他说的“事儿”是啥，心奇怪地放松了。她捉了棍儿，慢慢往外推，说：“有啥事，明天说。”她很想狠狠说两句，又怕对方难堪。

“我可翻窗子哩……我可从门头窗里进哩。”那声音颤抖着，变了味儿。

门头窗没安钢筋，进个人没问题。莹儿的心怦怦地跳了，很害怕，却又奇怪地觉出了婆婆隐在夜里窥视的眼睛。这一想，心又静了。“你进，我可喊了。”她说。

“别。那事儿，你不是也点头了吗？”

莹儿皱皱眉头。这时，她才奇怪地厌恶起那事儿来。那事儿就是为了这“事儿”。莹儿厌恶心大盛。她压低嗓子，一字一顿地说：“现在，我，还是，憨头，女人。欺，负，寡，妇，算，啥，东，西!”

木棍凝了一阵，慢慢抽回了。静了许久。

莹儿“看”到了猛子那尴尬至极的脸，心又软了，缓了语气说：“馍馍不吃，在盘儿里放着哩。”这话的含意是，我迟早是你的人，急啥？

一阵窸窣，进了西书房。

莹儿大惊，这愣头，和爹妈睡一屋，竟敢摸来干这事？

4

猛子颠手颠脚地摸上炕，觉得自己要羞死了。第一回叫女人拒绝，令他无地自容。想到憨头，他羞得恨不得用刀捅几下胸膛。

憨头消失之后，猛子的羞愧淡了，但仍不理解，那算啥欺负？从双福女人身上，他知道，女人渴望男人……世上，竟有拒绝男人的女人？

他想不通。

满以为，那榔头把一捣，得到的，是惊喜的迎合。那门，会倏地大开，扑出两坨软软的肉来。谁料，热屁股溻到冷炕上，还叫人不咸不淡地说了一通。

羞死了。

猛子屏息，听听屋里动静。爹是睡死了的，那呼噜，响几十年了，丢进火里也得三分钟才能烧断。妈没声音。猛子记得，他忍着乱蹦的心下了炕，摸出门时，妈是有声音的，是一种轻微的咝咝声。在呼噜声和咝咝声的鼓动下，他才敢大了胆子，赤了脚，到小屋门口，推了几下，推不开，才取了榔头。

现在，妈的咝咝声没了。莫非，她醒了？一想妈醒了，猛子又觉得脸上着火了，恨不得一头扎进地狱的油锅里变成白沫。真羞死哩。

也许，妈一直就没睡。夜里，电视上有个当娘的不同意女儿嫁个工人。

妈说："那娃子，傻瓜一个。生米煮成熟饭，还能由了那老妖？"爹却臭了一句："谁都养儿女哩。你的姑娘叫人拐了，你咋样？"记得，妈怪怪地望了自己一眼。

但猛子溜出去拿榔头，不是为了"生米煮成熟饭"，而是突然想到了一个镜头：莹儿坐月子时，为怕受风，不敢外出，就在院里圈个席子，倒些灰，叫她撒尿。席子上有个洞。一天早上，猛子从洞里看到了一个白屁股。……今夜，一睡下，白屁股就奇怪地在脑中恍惚了。而且，这不是双福女人的，不是豁子婆姨的，明明安了莹儿那张清秀的脸。他一下子就着火了。

真没脸见人了，他想。一是没脸见莹儿。一个锅里搅勺子，低头不见抬头见。这夜里的尴尬，白日咋面对？二是怕见妈。妈要是醒着，在黑里睁大了眼，瞅他出去，听到那些话，又见他灰溜溜归来。嘿，真羞死哩。

猛子咬牙切齿地恨自己，恨得牙花子都酸了。

5

次日，却一切照旧。莹儿一如既往地做家务。妈一如既往地忙里忙外。爹一如既往地托了鹰出去。他又逮了三只鹰，为挼它们，老顺忙了个驴死鞍子烂，常常是丢下红鹰，托起黄鹰，候的是青鹰，连肩膀架子都肿了，便老是喝神断鬼。这是他的老毛病，一干活，眼里就没好人，不是打丫头，就是骂娃子，或是专跟"老祸害"过不去，口舌不断。一辈子了。

倒是妈和兰兰有些异样。吃过早饭，妈到北书房里和兰兰嘀咕。忽听兰兰大声说："我不说！这事儿，想想都脸红。你一个当娘的，咋说得出口？"妈边说："不说就算了，歪啥哩？"出了屋，见猛子望她，妈一脸慌张。

猛子明白：妈知道夜里的事了，叫兰兰劝他"往好里学"。脸腾地发烧了，赶紧去抚弄架上的鹰，倒叫鹰狠狠啄了一下。"这骚毛。"猛子讪讪地骂。

这鹰的架势，叫他想到了莹儿的拒绝。连这毛虫也欺负自己了，还了得。他突然心绪大恶，去厨房里切块萝卜，戴了皮手套，上前捉了鹰。鹰尖利地叫着，扑打着翅膀啄他。因为有皮手套的保护，猛子由了它啄几下，将萝卜狠狠塞入鹰的口中，迫它咽到嗉里。要不了多久，鹰会很难受。那时，它就会可怜兮兮地咕咕叫。活该。谁叫你欺负老子？涝坝大了鳖也大了？人家喝神断鬼，是占着人家是爹。你是个啥？屌毛。猛子心里平顺了些。

惩治了鹰，出了庄门，却见花球来找他。到近前，花球悄声说："嘿，娶个女人套了个罐，生个娃娃上了个绊。真是的。上回那娘们一闹，奶受了影响，娃儿吃不饱。爷爷叫生发个兔子，给娃儿催些奶。走，我和你捉一个去。"

"你得问爹，不然，又会把骂我个贼死。"

"问了……就是他叫我来的呀。他叫我带那个上过兔子的黄鹰。"

猛子这才信了。进庄门时，见莹儿提着猪食桶过来，见了他，也不望，径自向猪圈走去。猛子脸火一样烧了。

老顺的声音传来："你去归去，腿可得利索些……"

"知道，知道。"老顺话没说完，就叫猛子截了，"玩鹰玩老了，还用你安顿？"他这是借这话题掩饰自己的窘态呢。说完，偷看一眼莹儿，却见她专注地看猪吃食。猪的嗵嗵声很响。猛子吐吐舌头。

花球看出了端倪，大声道："莹儿，猛子可偷眼看你呢。小心人家夜里摸上你的炕。"莹儿不接茬。花球讨个没趣，推猛子一把。两人便进屋，取鹰，找了个兔子头，进了沙窝。

猛子托着鹰，一路踢柴棵，踢得尘灰乱飞。连踢了十几个，也没踢出个活物来。

"兔子不会藏这儿。这儿常来人，早惊跑了。"花球说。

"谁说的？哪儿都有。上回，我家后墙的芨芨墩就藏着一个，是个尕兔子，没经验。我正出来喂鹰，它出来了，嘿，正好，一送，就把鹰送身上了。兔子鬼，有时脚踩到它身上，它也不叫。去，折个长柴，赶一下。"

花球跑过去，扭断一根长柴，一下下扫那柴棵。忽然，草丛里蹿出一个灰丸，一眨眼，就到远处的沙丘上了。

"嘿，兔子。"花球大叫。

猛子手一抖，送出鹰。鹰翅划气声很响。一眨眼，鹰兔已在沙梁上扭一起了。沙窝里响起兔子凄厉的孩子似的惨叫。“嘿！嘿！”猛子蹿了上去。

鹰一爪刺进兔子腰里，另一爪插进兔子头部，尖喙啄得兔毛乱飞。猛子取出兔子头，递给鹰，鹰啄起兔头来。猛子趁机从鹰爪下换出兔子，装入帆布包，扔在沙坡上，说：“嘿，这家伙拳势好得很。爪子尽在要害上。”

出师顺利。两人兴致很高。花球用长柴继续扫荡。不多时，又赶出一只兔子。

这显然是只狡兔。逃命时，它不是一味亡命，而是时时留意箭一样逼近的鹰。待鹰爪将要插进它的脊背的瞬间，便倏然转身。鹰一下子蹿出老远。待它转过头来，兔子已变成一个灰点。

“嘿！嘿！”猛子大声地叫。

鹰又射了过去，再一次逼近野兔。

野兔忽然弹向空中。鹰又一次扑空。它一飞冲天。

“这个脓包。”猛子骂。

“哎哟，跳那么高。没见过兔子能跳那么高。”花球喘吁吁道。

鹰被激怒了，盘几圈，闪电似的扎下。很快，鹰黑丸般弹起，滚下沙坡，翅膀扑扇着，发出惨叫。兔子却溜下沙洼，消失了。

“糟了。”猛子叫。

到跟前，鹰已瑟缩成一团，惨叫着，全没了那雄视一切不可一世的神态。“蹬了。这鹰完了。”猛子脸色灰白，“爹不骂死我才怪呢。”他伸手在鹰嗉上一摸，手上一片血。

“几天就养好了。”花球安慰道。

“伤是养好了，可鹰完了。它再也不上兔子了。以后，见个死兔子都鬼了。你想，兔子那么大劲，上个沙坡，嗖嗖嗖的，叫它蹬一下，了得。再说，蹬的又是嗉子，那儿最受不得疼。”猛子唏哩着，抱起鹰，捋几下，又捋出一片血迹和几声惨叫。

“兔子。”花球叫道。

一只兔子在山坡上扭动着。这是从沙坡上的布包里跑出来的。它的腰折了，拖着后半截身子，拖出长长的血迹。

猛子抱着鹰，过去，手一抖，把鹰送到兔子身上。鹰却尖叫一声，逃难似的躲向一旁，瑟缩着。“瞧，完了。它再也不敢上兔子了。”猛子沮丧地说。

他捞过兔子，狠狠摔几下，说：“嘿，你的命倒大。”

6

果然，没等猛子说完，老顺就跳了起来：“你个吃屎货。你是干啥吃的？你为啥不撵？”“撵了。”猛子嘟囔道。“你为啥不喊？”“喊了。”“放屁。老子放了几十年鹰，叫兔子蹬了几回？你天生一个吃屎的货。务息一个鹰容易吗？这是地道的好鹰，义气，拳势又好。”

猛子不敢强辩，低了头，由他骂。

花球说：“那个兔子贼得很。嘿，一跳那么高。我还没见过啥东西能跳那么高……”老顺白花球一眼。花球便住了口。

“算了。”老伴说，“人家又不是故意的。是兔子蹬的，又不是人家蹬的。”

老顺吼道，“他们是干啥吃的？撵紧点，不信兔子能缓过劲来？”

“哟，那个快法。”花球说，“嗖一下，就老远。我估摸，火车也没那么快。三撵两撵，都喘不过气来了，还是差一大截子。”

“大声喊，惊动惊动，叫兔子顾不上蹬。”

花球道：“喊了。嗓子都喊哑了。你听，现在还哑呢。”

“那是个老兔子。”猛子悄声辩解。

“老兔子？”老顺指着猛子鼻子，哆嗦着嘴唇，“老兔子？老子没抓过老兔子？你以为老兔子就不得了？”

“上回，你叫蹬掉的……那个……也是老兔子。”猛子低声说。

老顺朝猛子啐一口，“你再嘴犟？糟蹋了鹰还有理了？上回我碰的那是个啥吗，啊？是个兔王。”

花球说：“我们碰的，也是个兔王，那个长，那个大，一蹿老远。”

老顺说："我碰的那个才是真正的兔王。不然，能叫它蹬了鹰？"不觉间，老顺的语气已变成争兔王了。老伴笑了："都是兔王，都是兔王。不就一个毛虫吗？嚷啥哩？嚷也没法了。"

猛子知道父亲的气出得差不多了，就拿些纱布，出了门，包了鹰的伤口。鹰可怜地叫着，缩成一团，体形竟似突然小了一圈。神态也极为萎靡，似惊坏了的麻雀。猛子抚抚鹰羽。鹰低唤声声，像在诉苦。

刚包扎完鹰，兰兰出来了。花球一见兰兰，眼睛一亮。猛子知道他们的故事，想借故挪开。哪知，兰兰却对猛子说："我有事，要给你说。"花球以为兰兰找他呢，谁知她却像见了路人似的冷漠，心便灰塌塌了。听兰兰那话，和逐客令差不多，就告辞了。猛子进屋，捞过抓来的兔子追出，扔给花球。

猛子估计妈给她说了啥。想到夜里的事，他懊恼极了。丢人。他晃晃脑袋，有些怕见兰兰了，真怕她冷了脸，教育他一通，叫他下不了台。但低头不见抬头见，躲也不是办法，只好跟了她，到院墙后头。

四下里很开阔，可看到远处起伏着颠簸而去的大漠。大漠上方，是一疙瘩一疙瘩的云，翻腾出奇形怪状来。猛子任目光游了去，心里却在等兰兰说出那些难听的话。谁知，半晌，等来的仍是沉默。一扭头，见兰兰也眯了眼，任目光飞翔。许久，才听到她不易察觉的叹息。

兰兰明显变了。没有了大喜，没有了大悲，脸上超然了许多。她发话了，声音木然，很是机械："妈叫你生米煮成熟饭哩。怕那个'老插花'生事。"这"老插花"是"老妖"的形象称谓。老了，头上仍插个花，妖妖道道，招摇过市，老不正经。这里指莹儿妈。

"啥熟饭？"猛子问。话音才落，他便明白了。村里人老说，生米煮成熟饭，丫头成了婆娘。夜里，他就想做那熟饭呢。莹儿却说："馍馍不吃，在盘儿里哩。"

兰兰又说："那事儿，缺德。你可不能当牲口。"猛子的脸腾地烧了，以为她知道夜里的事了。他恨不得找个地缝钻进去，就算借给他个胆子，他也不会干那事了。像那鹰，只叫蹬了一下，就再也不敢上兔子了。

听得兰兰又说:"给你明个心。我可是铁心了。娘家门上不叫蹲了,我就走。死到哪里算哪里。那白家的门,我是死也不进的。"

"谁又撵你呢?"猛子说。他见兰兰的脸比铁还硬。这表情,在双福女人脸上也老出现,便想:"这女人们,咋一说变脸,就换个人呢?驯顺起来,猫一个。硬起来,嘿,怕是比发威的野猪,还硬手几分呢。"

兰兰眯了眼说:"那事儿,强求不得。强扭的瓜不甜。你别听妈的话……反正,我是铁了心的。尸身子也不愿进白家门!你可把你的路走好,不要露水曳到半山坡。"说着,一扭身,进了院门。

猛子愣了半晌,才明白兰兰的意思。那话儿,翻译明白些就是:她死心了,白家不会饶她。不饶,就要往娘家拉莹儿。一拉,他就是和莹儿结了婚,也会"露水曳到半山坡",半路里打光棍。

那事儿,麻烦着呢。猛子想。

他干咽了一口唾沫。

第　十　三　章

狂风打给的磨盘子转，青龙呀白虎呀叫唤。

1

莹儿妈显然明白，兰兰不是省油的灯。几天后，她又来了，目的很简单，探个实信儿：兰兰究竟是个啥心？亲家热情的招待是糊心油，三糊两糊的，就把她本来明白的心塌糊涂了。一回家，“高人”一点拨，她才发现自己忘了最不该忘的一件事：问兰兰的打算。问明白，你仁了，我仁；你不义了，我也不义；人心换人心，八两换半斤。于是，这次来的目的很明确：要么，兰兰回婆家；要么，莹儿站娘家。

这次，叫白福捎了她来。软的不成，就来硬的。

莹儿妈一进门，猛子妈就毛了。这“老插花”，怕是又生事咧。面子里，却比上回更亲热地迎上去：“哟——，亲家。”

“门槛都踏折了。亲家，你可别烦。”莹儿妈心里虽暗，却也是一脸灿烂。

“哟，亲家，烦啥？不对亲戚是两家，对了亲戚是一家。我的家就是你的家。这回，你一定要多住几天，我们两亲家好好喧喧。”

莹儿妈心里嘀咕：“亲戚不亲戚，还得看你的活妈妈哩。”却说：“不成哩，老牛不死，稀屎不断，倒猪喂狗，还得我四股子筋动弹。人家爷父两个，当甩手掌柜的，只有吃饭的肚子，没有想事的心。我当老丫头的，三寸喉咙气不断，就得动弹。哪有你亲家消闲？”

“谁消闲？老乳牛养了九个牛，事事都离不了老乳牛。一样，一样啊。”

老顺皱皱眉。对这一套，他腻透了。两人都怀了刺猬心，嘴上却偏要抹蜂蜜。但他更头疼这婆娘的去而复来。这夜猫子进屋，怕不是吉兆。他简直有些怕她了。这是典型的“母老虎”。骂，骂不过人家。人家啥话都能出口，平常人眼里疙里疙瘩想想都脸红的脏话，在她口里跟榆树面糊糊一样顺溜。那榆树面糊糊，看似一大碗，一吸，一碗就都溜进肚里了。这婆娘吐脏话也一样，口一张，就是一大摊，你别想和她对骂。打，更吃亏。轻了，人家就一手解你的扣子，一手解她的裤带，把你往炕上逼。重了，她索性不顾脸了，把裤子往腿弯里一丢，露出白屁股，锅头上撒尿，把被子当地毯，把你作践个乌烟瘴气。听说，这是她的杀手锏。白福队里，没有不怕她这一招的。

“肥猪也哼哼，瘦猪也哼哼。你有这么好的男亲家，还说这些话？不怕伤了男亲家的心？”莹儿妈边说，边望老顺一眼。

老顺知道这是向他打招呼了。自上回两人闹过后，老顺想想都尴尬，就胡乱应几声，戴了皮手套，托了鹰，叫过猛子，叮嘱几句，叫他不要出去，才出了门。哪知，他还没走多远，北柱家的大丫就撵了来：“顺爷，不好了。打伙伙捶了。”“哪儿？”“你家呀。妈叫你去挡呢。”

老顺的头大了。

2

他进门时，大战已息了。

白福满是鼻血。猛子脸上是几道血口子——后来才知道是莹儿妈抓的。俩亲家脸上也是血道，是长指甲的战果。看那局势，也没多激烈，屋里并无大的破坏。

据老伴后来说，那白福，不看眼色，话嘲得很，猛子放恼了，按了白福，捶驴似的揍。莹儿妈急了，扑上去，一抓，猛子脸上就五个血口子。猛子妈也急了，一抓，莹儿妈脸上也几道血口子。莹儿妈一还手，猛子妈脸上也几道血口子。

就这么简单。

莹儿捂了脸哭。兰兰却木然了脸，一脸淡漠。白福黑了脸，阴阴地望猛子。猛子鼓着嘴，望天。

莹儿妈的声音很大："啥理，都给你们了？你的丫头能常年累月在娘家门上，我的丫头连站一次也不行？"老顺一听，倒也有些道理，就恶狠狠瞪一眼猛子。猛子却在望天，根本不和他对视。

庄门外，有许多看热闹的娃儿。老顺想："丢人死了。好狗不咬上门的客。传出去，叫人把舌头都嚼烂了。丢人不如喝凉水。"就过去，唬几声娃儿们，关了庄门，又过来对莹儿妈说："亲家，声音小些，丢人哩。"

莹儿妈反倒提高了嗓门："丢啥人？你们的脸比城墙还厚哩。怕啥？老娘好好歹歹，也算个亲戚，上了门，你没个好心有个好话，没个好话有个好脸，反倒上头上脸地打人。白福，你过来，叫他再打。看他把你囫囵吃下扁拉下来。"

白福却一语不发，只阴了脸望猛子。望一阵，却推了自行车，出门去了。因这两个活爹爹在一起就免不了刀枪矛子地干仗，老顺没阻拦，由他去了。

莹儿妈又把枪口对准了哭泣的莹儿，嘶了声叫："你嚎啥？不争气的丢底典脸鬼。你瞧人家姑娘，哪回不向着娘老子。就你这个要债鬼，一点也不给娘长精神。"

老顺道："亲家，你可不要当搅事棍棍子。当大人的，是压菜缸的石头，能压就压哩。"

"啥？"莹儿妈尖声反问，"说的比唱的好听。我问你，你咋压的？你压得好，你的活妈妈为啥跳弹个不停？"几句话，就把老顺噎住了。他像缺水的鱼儿一样开合了几次嘴，却没说出啥来，就恶狠狠瞪一眼兰兰。

却听得兰兰冷冷地说："你还叫咋压？若不是爹压服，你的活爹爹早进了监狱，早吃铁大豆了。别灶王爷不知道自己的脸黑。他干了啥事，你心里也有数。别太逼人，兔子急了也咬人哩。”

莹儿妈慌张了，四下里望望。那张银盘大脸紫了红，红了紫，变换几次，却突地爆出哭声来。

她的哭声是悠长而绝望的。这个要强了一辈子的女人，却没一点儿要强的资本。丈夫是公认的塌头，没啥本事，却不安分，时时受骗，落下一屁股两肋巴的债，至今还执迷不悟，乐此不疲，像闻到腥气的瘦狗一样东窜西颠。儿子更是败家子，好赌不说，脑中像缺了根弦，时时惹祸，和人一有个碟儿大碗儿小的拌嘴事，人一下就能捏住她的嘴。莹儿又不遂她的心，不跟她回娘家。一身的要强，化为一腔的怨愤，突地喷出了。嚎哭声中，还时不时夹几句控诉。她坐在地上，扑天抢地，涕泪交流，遍身尘土。一股股纤尘，随拍地声弥漫开来，直往洞开的屋里扑。莹儿抹去泪，上前拉几下妈，倒叫她狠狠臭了几声。

看到一向要强从不服软的亲家竟如此失态，老顺慌了手脚，就捣捣猛子妈，示意她去劝劝。但老伴恶狠狠瞪了他一眼。显然，她还记恨方才亲家那一抓呢。那一抓，着实不轻，几道血痕从她眼下直通下巴——悬乎乎把眼珠子抓掉——腮帮上斜刺里又是一道。这一道，显然是拇指的功劳。这些，加上那恶狠狠瞪他时肌肉的扭动，就显得滑稽异常了。老顺忍了几忍，才没破口笑出。

家里早闹得不像样子了。女亲家手拍地面，尘土飞扬，嚎哭声更是响遏行云，村里人多半都听到了，定然也开始了挤眉弄眼的叽咕。平时不睦者，定会说些很难听的话。猛子扭曲了脸，莹儿在呜呜，兰兰一副吊死鬼相……

莹儿妈越哭越勇，哭声直蹿云端，再悠悠地婉转下来，呜呜几声，诉说几句。就这样，周而复始，循环往复。好不容易有个宣泄的机会，正好痛快一场。你不劝，我哭一阵，也就算了。你一劝，老娘偏要哭出更高的水平。哭声便越大了，拧鼻涕的频率也更高。时而，她拍几下地。时而，再拧一下鼻头，脸上满是泥水，加上猛子妈赐的那几个血道儿，便成凉州人常说的“三花脸”了。

渐渐地，白亲家的哭声变味儿了，碰头抢地，时泣时诉，竟变成哭丧了。

孝女在灵前哭丧时，就是这种哭法：大张了口，长长地嚎，尽量悠长，尽量凄惨，边嚎，边诉说爹妈的好处和自己的悲痛。嚎一阵，说几句，那嚎，便成了说的伴奏了。猛子妈最擅长这种哭法。这种哭在亡灵前，自能赢得啧啧称赞，但在其他场合，就最为晦气了。人家又没有死人，你哭啥丧？

猛子妈这才发现，亲家的嚎哭不仅仅是宣泄，更是武器了。她自己，也曾把它当成武器。别人欺了你，打不过，骂不赢，就一路嚎哭了去，在对方家里哭丧。若想更厉害些，你可以在地上打过滚后，再上他的大书房炕，铺开被儿，在上面哭丧。还有更厉害的，就到灶火门上哭丧，再撒泡尿。这一来，哭声便冲了灶王爷。女人的尿又最为晦气。这一家，定然要败运了。

村里人把这种哭法叫“糟蹋”。

看来，莹儿妈是糟蹋陈家来了。要是她铁了心来糟蹋你，那可真麻烦。你骂又骂不过她，打又打不得她。打她一下，她就上吊抹脖子，撒死拼命。她既然横下心来糟蹋你，早就不怕死了。

这一招，是凉州女人的杀手锏哩。

老顺知道，这“母老虎”要是来这一手，可真是头疼事。正懊恼间，却听到大头的声音：“咋？俩亲家唱大戏吗？”大头进了庄门，劝：“行了行了，亲家。亲戚道里的，有啥话，好好说。”他的声音满院子响。

“正好，你给评个理。”莹儿妈边嚎边说，“人家的姑娘……呜呜……能站娘家……我的丫头……呜呜……连个门也不叫出。”听得猛子粗声大气地说：“谁说不叫出？能挡了？”

“夹嘴！”妈呵斥猛子，“亲家，娃娃吃奶哩。等娃娃离过脚手，她站多久也成。”

老顺一听，这话，咋又变味了？猛子的话，有点“撵”的味道；老伴的话，则是：等娃娃离过脚手，她改嫁也成。就赶紧出门，说：“话往好里说，话往好里说。”

“去！去！再拉，老娘死给你看。”莹儿妈又在“臭”劝她拉她的莹儿。

猛子出几口粗气，一跺脚，出了门。

3

夜里，猛子一进家门，便发现出事了。爹拧了眉头抽烟。妈抱了娃儿抹泪。兰兰木然了脸，倚在门框上。

莹儿叫娘家人抢走了。白福带了人，扑进来，二话不说，劫了莹儿就走。

这戏，在换亲的家庭里常演。人们看来，天经地义。你不仁，我不义。你不来，我不去。人心换人心，五两换半斤。谁也放不出半个响屁。

那娃儿，却叫妈抢了下来。白福们没硬抢。硬抢，要出人命哩。因为老顺拿了把铡刀，立在门口，黑了脸说："你拉大人，没说的。但娃儿留下！不然，不砍下你们的血葫芦，老子不算人！"

一个说："成哩，留下！白福，这娃儿，用不着你要。人家留人根，天经地义。儿子随娘，也是天经地义。看哪个更天经地义些，叫法院断去。"就留下了娃儿。

猛子一进屋，心就不由得憋了。可怪的是，同时也奇怪地轻松了。自那夜叫莹儿轰出后，一进自家院子，心就不自在了。她这一走，心倒奇怪地自在了些。说不准啥原因。那夜后，猛子最不敢触摸的，是憨头。莹儿的话很利，一下，就扎心里了。是的，人家还是寡妇呢，人家还是憨头媳妇呢。真羞死人了。那是最叫他尴尬的事。一想，就想用脑袋去撞石崖。

那夜后，莹儿也很少和他对视，看不出她的心绪。先前，他以为，女人都喜欢"那个"。北柱老说："女人长的狗心，谁弄了谁亲。"他就怀了热热的心去捣她。谁知，热脸溻上了冷屁股。……羞死了，真想一头栽进井哩。去年叫双福捉了奸，也没这么羞。因为那时他心里有股气，气一咕嘟，羞也没了，怯也没了，反倒咕嘟出英雄气来。因为他面对的，是财大气粗的双福。你越厉害，越能显出你是条汉子了。而那夜，他是——按莹儿的说法——去"欺负"一个寡妇。老先人就说了，世上最缺德的事有四种：套白狼，打闷棍，踢寡妇门，挖绝户坟。说是一旦干了，立马遭报应呢。

人虽叫抢了，但猛子毕竟是小叔子，不好说啥，既不能带人去白家抢嫂子，叫人笑掉大牙，又不能劝兰兰换来莹儿给自己当老婆。只觉得这白福欺人太甚，活人眼里下蛆哩。但实在也没个打他的理由。明摆的，人家占了理。是你家的人先毁约不去。人家抢，在村里人眼里，也天经地义哩。

猛子估计，爹会大发雷霆。哪知，老顺望都没望他。妈抹阵泪。娃儿一哭叫，她就忙颠颠收拾奶壶去了。倒是兰兰的木然很扎眼。那眼珠，好长时间不动一下，仿佛成木偶了。

但一想，那白福，也实在太嚣张了。不管咋说，猛子也是长骨头长脑髓的汉子。你这么一闹，叫他咋再在人面子上走？猛子大张了鼻孔，喷一阵横气，捞个铁锨，就往外扑。妈追了出去，趁猛子开庄门的当儿，拦腰抱了猛子。猛子挣几下。妈的身子拨浪鼓一样被甩起了，却死活不丢手。

“松开！妈。我做了这个畜生。”

“先人，别给老娘惹祸了。叫我安闲些活几天。”妈带了哭声。

老顺出了房门：“松开，叫他先把娘老子做了，你再成龙变虎去。你头吃上个杂碎盆子，干正事没溜子，动不动就刀枪矛子的。你捂住心口子想一想，你有多好？好狗不咬上门的客。”

猛子这才灰溜溜回到屋里。

老顺阴阴地望一眼兰兰。显然，他把这账算兰兰身上了。她若是乖乖回婆家，哪有这事？爹反对兰兰跳弹。爹说，活人了世混日子，多一事不如少一事。

于是，老顺的脸更黑了。一腔子的牢骚，开始顺着嘴里腾起的烟上翻。那喉结，虽动了几动，却终于没有咽下上翻的话：“丫头，老子可说清楚。白家你不去，成哩。你吃屎喝尿，老子管不了。老子也没指望你换媳妇。可那花球也不是个好货。现在，村里人嘴里早风搅雪了，说啥话的都有。咸的淡的，黑的红的，都往外冒，要多难听，有多难听。老子丑话说到头里，你嫁谁也成，可必须是个老老实实务息庄稼的。歪门邪道的，给我滚得远远的。明日个，把上房里的那些亥母呀啥的玩意儿收拾掉。不然，老子给你收拾。”

兰兰却淡了脸，许久，冷冷说道：“爹，你干脆明说，叫我再给你换个儿媳妇得了。扯那么远干啥？我修行，又不是今天的事，以前你为啥不说？单单白家抢了人才说？我没遂你的心，你朝亥母撒啥气？我真不明白，一屋子男人，为啥都没个卵蛋似的，指望着一个弱女子呢？没我，你们还断子绝孙不成？那么多心思，为啥不往发家致富挖穷根上动？就算我连骨头带肉叫你们卖了，又能值几个钱？"

"放屁！"老顺吼了起来，"你扯哪儿去了？没你，老子也活了几十年。离了狗屎，还不种辣子呀？"

兰兰冷冷说道："我换了一回，牲口一样。想叫我再当牲口？我可不愿意。能养起，就要生发着给娶。老指望丫头，也不是回事儿。"

"夹嘴！"妈喝了一声，又哭了起来。姑娘几句话，就戳到他们的痛处了。老顺黑了脸，张了嘴。那嘴干干的，似黑洞了。猛子则涨红了脸。确实，一个大男人，连个女人也娶不来，想靠姐姐换，真丢死人咧。

却听得老顺吼一声，扑进北书房，将供台上的亥母唐卡呀，供品呀，香炉呀，几下掠了，扔到院里，边用脚踩，边直了声喊："老子……老子……谁指望……你换亲卖钱……老子……老子……是看不惯这歪门邪道……老子……老子……"他"老子"了半天，却再也说不出一句囫囵话了。但看得出，他气坏了，已失去了理智。若兰兰是男人，他定然会用棒子招呼。对兰兰，却下不了这个手，只好把怒气迁到兰兰最看重的东西上。他眼里，这比用棒子揍人更解恨。

果然，兰兰惨白了脸，眼睛倏然深枯枯了。她望一眼爹，许久，才一字一顿地说："这……些，你，能，毁，掉。"她指指自己的心窝，"这，里，的，你，能，毁，掉，吗？"

她梦游似的起身，梦游似的走过去，梦游似的跪下，给老顺磕个头，叫声："爹。"又给妈跪下，磕个头，叫声："妈。"然后缓缓起身，梦游似的飘向庄门。

"哪里去？"老顺骇极似的叫。

兰兰不语，轻轻飘出了庄门。身后，传来老顺狼嚎似的哭。

兰兰进了金刚亥母洞。

第 十 四 章

乌云遮住了满天星，一阵阵雨来一阵阵风。

1

莹儿哭哑了嗓门。她想孩子。

娘家弥漫着一股烦躁的气氛。白福整日和那些狐朋狗友泡在一起。爹又将目光转向古董，整天跑揭墓贼家。

母亲却老和徐麻子嘀咕，话题仍是那屠汉赵三。徐麻子带赵三上过门，那模样，胖，油，头似猪头，一喝酒，鼻子就成了红皮蒜头。那大形势，和大头相似，但少了豪爽，多了蠢笨。莹儿一见就反胃。她明白，妈之所以把赵三夸成天上也少有的稀罕物件是因为他有钱。宰猪杀牛十几年了，那四寸宽的刀儿都成柳叶儿了，腰里自然鼓了。现在，赵三又在白虎关开了金窝子，据说发了好些横财。他放出风来，为莹儿不心疼钱，要是能带上那娃子的话，价码还会长一倍。因为，儿子难得，胡子难得。赵三的前妻就是不生养被他打跑的。没儿子，他心中总是没底，更难保日后能生个吊把儿的。有了那个腰不疼的娃子，打个喷嚏，都理直气壮似的打雷，价码当然要长了。

莹儿妈却说："你怕啥呢？我的丫头能生一个，就能生十个。"她知道，叫丫头站娘家是天经地义，牙口硬几下，没人敢放响屁。可那娃子，是憨头的根，人家拼了命，也不会放的。那夜，她亲眼见过女亲家扑上来叼抢娃儿时不要命的模样，心里总是很虚。再说，她的心虽硬，但还没硬到把人家娃子抢来卖钱的地步。

徐麻子却说："那娃子，明溜溜是你丫头的。你去问问法官，爹死了，娃儿跟爷爷奶奶，还是跟妈？明摆的。国家在法律上都规定了，天经地义。"

"是吗？"莹儿妈疑惑了。她不信法律会规定把人家的"根"抢过来。徐麻子说："骗你，我祖坟里埋的是老叫驴。"莹儿妈才有些信了。但信归信，一想要从女亲家手里把娃儿弄过来，心里却没底。不，不是没底，简直比登天还难，就说："那老妖拼命哩。那娃儿，比她的命还重要。丫头站娘家，都不叫带娃儿……算了。那娃子，你头想成蒜锤子大也不行。娃子金贵。你想娃子，人家也想娃子。再说我也抹不下脸，人家死了一个，我再去抢另一个，叫人听了，像啥话。"

"那是你丫头的，咋算抢？"徐麻子道。赵三给过他口风，要是真能弄来娃子，给他两千块。这数字，多出单纯的媒钱好几倍，他自然要极力撺赶。"娃娃跟妈，天经地义。你活活地把吃奶的娃儿从奶头上揪下来，才缺德呢。"

这一说，莹儿妈就动心了。几天来，莹儿老哭，老嚷着要去给娃儿喂奶。那奶子，更是胀，一胀，就把莹儿的眼泪胀出来了。妈虽狠心地不叫她回去，心中却也疼她。看到她黄缥缥失去水分的脸，总是难受，就说："你去打问一下。若真是法律上规定了，也是个说法。"

徐麻子笑道："早打问了。推磨的不会，拨磨的会。我问的那个，还是个律师呢。他说这案子，要是他接了，准给你一个囫囵娃子。"

"乖乖，又得花多少钱？"

"不叫你花。人家赵三出，花多少，都归他。再说，人家隔三间五，就请法庭上的人喝酒。炒面捏的熟人呢。他也问了，没问题。只要你们同意，他叫人写个状子，递上去，就受理。"

"同意，同意。"莹儿妈欢快地说。天上掉下个元宝来。原以为娃子是人家的，谁知"法"上是自己的。真叫她意想不到的高兴。但一想到憨头死后女亲家悲痛欲绝的模样，她就有些不忍心了；再一想女亲家和她吵架时立眉红脸的泼妇相，心立马又硬成石头了。就这样，她忽而不忍心，忽而成石头。变了几次，明摆的利益占上风了。更想到了白福养娃子的那份艰难，若丫头过去，养不下个儿子，怕又要受孽障了，就说："亲家，有你哩。你看着办吧，成了，亏不了你。不成了，也不怨你。原不指望能要来娃子。你不提，我还在鼓里蒙着呢。"

"灯花儿拨了，灯才亮哩。"徐麻子笑道，"别的，不用怕。怕的是你丫头心软。到法庭上，千万不能当松屄子货。"

"不会，不会。这丫头，想娃儿，都有疯了。"

2

莹儿真要疯了。

娃儿老在耳旁哭喊妈妈。莹儿的心都碎了。

徐麻子一来，她就出了庄门，沿了村间小道，径自走去。小道上溏土很多，但莹儿不顾。由你染吧，染了鞋，染了袜，染了裤腿，染了心。

心真似叫溏土染了，老灰蒙蒙的。思维也不清晰，恍恍惚惚，如在梦中。少女时的憧憬是梦，少妇时的沉重是梦，寡妇时的凄酸也是梦，还有那幸福——那是怎样叫她销魂的幸福呀！——也是梦。梦中的一切，总在飘忽，云里雾里的，难以捕捉。甚至，这痛苦，这骨肉分离的痛苦，也不那么清晰，不那么实在，仅仅轻烟似的罩了心，恍儿惚儿的，把现实罩灰了。

小道旁的树秃着。那树叶儿，全叫风卷了，枝丫儿刺向天空，很是扎眼。麦子割完了，地里一片狼藉。心里也一片狼藉。那狼藉也成梦了。远处的人恍惚了，近处的人也恍惚了。有问询的，莹儿只含糊地应几声。她不再是过去的那个莹儿了。她只是个寡妇，是个叫现实扯了线在乱风中浮游的风筝，还是个母亲——想到"母亲"一词，她的心抽动了一下。奶胀得慌，可儿子却在别处喊饿。这"母亲"一词，是否在嘲讽她？

这小道，久违了。

念书时，她常来这儿背书，常幻想将来。那时的将来，是五彩缤纷的。有时，她赶了羊来，倚了那树，读些叫她少女的心沸腾的书。“将来”真美。她渴望“将来”，呼唤“将来”。

她当然想不到，在“将来”，她会换亲，会嫁憨头，会成寡妇，会做不是母亲的母亲，会像牲口一样叫人卖，会没有了“将来”。从生命的这头，她能瞭到那头。母亲的现在，就是她的将来。只是，因为读了书，构画过“将来”，心里比母亲更苦而已。

风吹来，冷清而萧索。这秋风，能卷了树叶，卷了尘土，卷了浮草，可能卷了我心头的灰色吗？能卷了我梦里也难以摆脱的憋吗？干脆，你把我也卷走，到那天涯海角，或是无影无踪，或是卷成碎末，消失在这大漠里吧。秋风，听得到吗？狠心的你，咋只会冷清地呼呼？

莹儿无声地哭，尽情地哭。命运真好，还为她保留了一块能尽情地哭的天地。

伏在树干上，哭一阵，又眯了眼，望阴阴的天。她很羡慕林黛玉，能有个潇湘馆，有个紫鹃，有个嘘寒问暖的宝哥哥。她是《红楼梦》中最幸福的人。该经的经了，该享的享了。等那大厦忽喇喇倒的时候，却早走了。在人生最美的时刻，走了。质本洁来还洁去。真是幸福。听说，西子湖畔，还有个叫苏小小的，也是在最美的时候死的，叫历史欷歔了千年呢。她们真好。命运，咋对她们如此奢侈呢？

不远处，便是大漠了，便是她无数次咀嚼过的大漠。这儿往北，便能到一个所在。那儿，有莹儿心中的洞房呢。在那个天大的洞房里，黄沙一波波荡着，荡出了她生命里最难忘的眩晕。……灵官，狠心的冤家。你是否忘了大漠？忘了那个曾用生命托了你，在孤寂中浮游的人？……她已变了，少了玫瑰红，多了沧桑纹。再见时，她已不再有当初的容颜。冤家，可知？

这大漠，一晕晕荡去，越荡越高，便成山了。听说，沙山深处，有拜月的狐儿。它们虔诚了心，拜呀拜呀，拜上百年，就能脱了狐体，修成人身。……

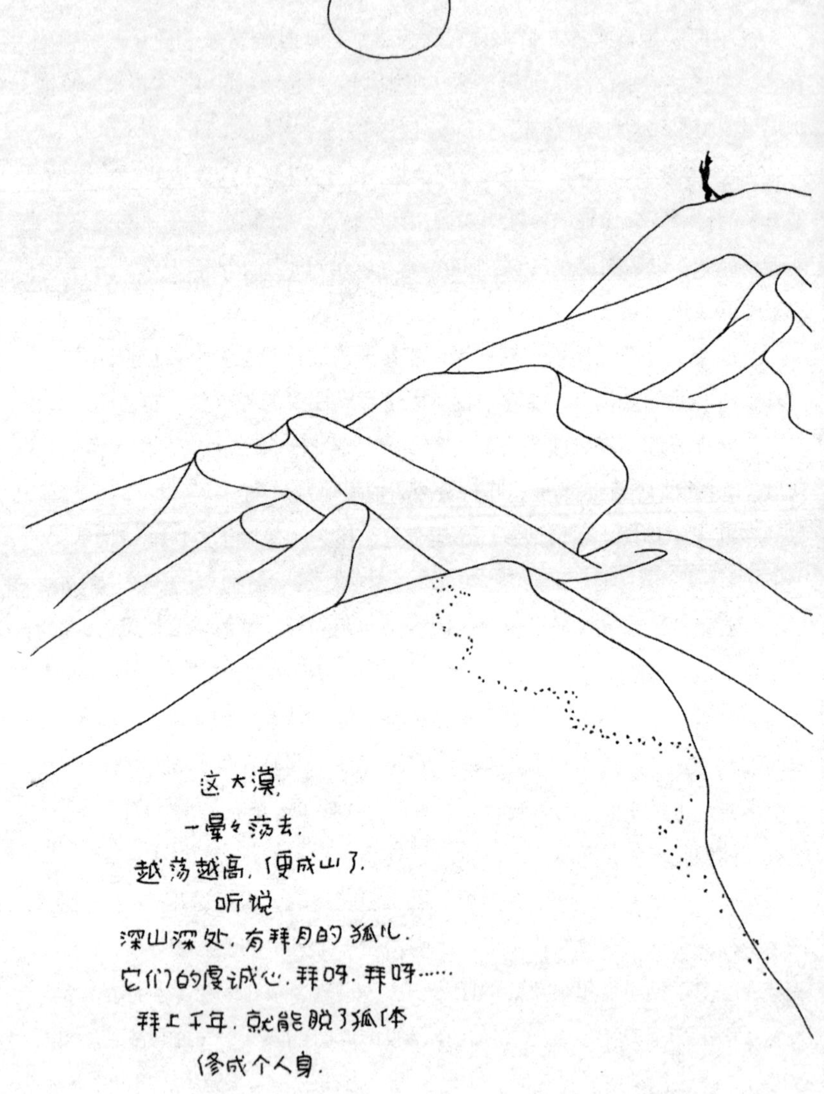
这大漠,
一晕々荡去.
越荡越高.便成山了.
听说
深山深处.有拜月的狐儿.
它们的虔诚心.拜呀.拜呀……
拜上千年.就能脱了狐体
修成个人身.

可人身有啥好？你们狐儿，有国家保呢，谁来保我？

那拜月，能脱了女儿身吗？若能，我就拜他个地老天荒，修成个自由的狐身。能不？说呀，秋风？

那可爱的引弟，就冻死在沙山旮旯里。莹儿的心一下下抽动。灵官说引弟命苦，说别的女人虽苦，还能生存，而引弟，连这权利也给剥夺了。……冤家，又胡说了。还是早走的好，明摆的一个结局。咋走，也走不出命去。早死早脱孽。长大有啥好？嫁人有啥好？生存有啥好？

有时想，还是不出生好。可这，由不了自己。等明白了，已有了人身，便也有了无穷的烦恼。听兰兰说，信了金刚亥母，就能到空行佛国，再不到这五浊恶世上来了。真的吗？莹儿希望自己信这些，可心里总是疑惑。就像清醒者不理解梦游者一样，她也无法理解兰兰。

还是走吧。由了脚，载了心，任它走去。走到哪儿，算哪儿。

3

在一株黄毛柴旁，莹儿驻足了。秋霜掠了百草，黄毛柴也干了。不远处，几个女人在捋黄毛柴籽，边捋，边大声地说笑。莹儿很羡慕她们。生活无疑是苦的，她们也无疑是乐的。也许这人生，就是这苦啊乐啊构成的。记得，她读过几本佛书，书上说苦有多种，有生苦、死苦、爱别离、怨憎会……好多苦呢。那时的她，晕乎在幸福里，觉不出啥苦。后来，她才渐渐体会出苦了。不说别的苦，只那“爱别离”，就叫她苦不堪言。昼里夜里，身心都浸在苦液里。后来，有了娃儿，娃儿一笑，她又乐了。那小脸上的酒窝是她幸福的开关。开关一动，心就哗地流出幸福。可一离开娃儿，又苦了。睁眼闭眼，总听到娃儿的哭，总是揪心，总是六神无主。妈老说，忍几天，忍几天就好。可那几天，是多么漫长呀，真正是度日如年了。要是那“忍”后，有个好结局，也好。可又不。这是明明白白的生离，死别似的生离，活扯了心头肉的生离。太阳都成个黑球了。

莹儿又无声地哭起来。

自“爱别离”后，娃儿就成了莹儿的一切。望了娃儿，她便会想起那销魂的幸福。虽说，回忆之后，终究是失落。可那回忆的过程，总有燥热，总有眩晕，总感到幸福的波晕激荡了心。回忆许久，心也被激荡许久。当然，从回忆里出来，回到现实时，那种空荡实在难耐。总想搂了那鲜活的身子，销魂地闹啊。……记得不？那花儿咋唱来着？“人世上来了好好地闹，紧闹吗慢闹着老了。”老了，知道不？我老了，等你回来时，我怕成老太婆了。一想，心就难受，噎噎的，想呕，可又呕不出啥。若是能把心呕出来，多好。没心的人好，像这些捋黄毛柴的女人，不正在说笑吗？

这人生，究竟是苦，还是乐？似乎不全是乐，也不全是苦。思念是苦，可那冤家，若是飞到这儿，搂了我，不乐死才怪呢。莹儿偷偷笑了。一想那冤家，心绪就大好了。阿哥是灵宝如意丹，阿妹是吃药的病汉。真是这样。这花儿，把啥心都摸透了。

“莹儿，来。”一个女人远远地喊。

这是她当姑娘时的朋友，叫香香，就过去了。那几个女人，也住了手，望莹儿。“你可瘦了。”香香说，“先前，可真是仙子，红处红，白处白，一掐，出水呢。”

“老了。”莹儿淡淡地笑。

“老啥？狗大个岁数。”女人们都笑了。

香香认真望一眼莹儿，说：“啥都看开些。该前行时，还得前行。”

这“前行”，是村里人对“寡妇改嫁”的雅称。这些日子，人老问：“你前行啊不？”她就说：“还没那个心呢。”人就劝：“该前行时，还得前行啊。”凉州人看来，人生同走路：当姑娘时，和父母走；当媳妇时，陪丈夫走；丈夫死了，前行，再找个伴儿。

“听说，徐麻子给你说和赵三呢。那赵三，可钱多。听说，他还在白虎关开了金窝子，也红得很。”一个红脸女人说。

“糟蹋了你，别理他。”香香笑道，“跟上秀才当娘子，跟上屠汉翻肠子。

跟了赵三，真辱没了仙子。”

红脸女人道：“女人嘛，谁没叫辱没？多俊的姑娘，也叫人当褥子铺……不过，那赵三雇了人呢。你真去了，也不一定翻肠子。一进门，就成掌柜哩。”

香香说：“听说那赵三，可是个酒鬼。一喝点尿水，就喝神断鬼打女人。前一个，就是叫他打跑的。”

“听说她不生养，”一个说，“赵三心闷了，才喝酒。以前，他不好酒，倒是好赌。每年正月，提上一包钱，四乡里撵场子。可刹车也好，赢了，那一包。输了，也那一包。”

“听，听。”香香笑了，“又是屠夫，又是酒鬼，又是赌鬼，真辱没仙子了。订了没？若订了，吹灯！天下男人又没叫霜杀掉，哪儿找不上个公的？若前行的话，也要找个好的。性子好，样子好，家业好，再读过书，才不辱没了莹儿。”

红脸女人瞪香香一眼，道：“话往好里说。宁拆十院庙，不拆一缘婚呢。”香香吐吐舌头，问：“订了没？”

“哪里啊？”莹儿笑了。这香香，憨大心实，没心机，一说话，就袖筒里入棒槌，直来直去。念书时，她们常睡一个被窝，嘀咕些小秘密。后来，香香糊里糊涂叫一个二杆子弄大了肚子，只好嫁给了他。

“那就算了。”香香说，“反正你岁数也不大，碰上个好的再说。”

“啥好的？”红脸女人道，“男人，都一样。还是实惠些好。省得像我们，地里刨了，还得到沙窝里刨。人家赵三，拔根汗毛，比我们的腰粗。听说，想嫁赵三的，涌破门哩。要说，也是个实惠婚姻。”

莹儿道：“别作践我了。那样子，一看就恶心。你们一提，我都反胃了。”

红脸们不再说啥，只一下下捋那柴头。捋一把，往袋中扔一下。一股黄毛柴独有的味儿弥漫在空中。香香却问：“你是不是早有下家了？心里有了人，看别人，自然反胃了。”

“哪里啊？”莹儿笑了。心里却道，“当然啦，还是个秀才呢。”说一句：“你们捋，我回了。”

说笑一阵，莹儿心里轻松了些。怕她们再提赵三，就撇下她们，斜刺里走去。这儿黄毛柴多，沙丘上到处都是。老鼠洞也多，莹儿一踏上沙坡，沙就乱了，细瞧，却是一群老鼠在穿梭。莹儿不理它们，眯了眼，望远处那磅礴而去的沙岭。太阳不热，风吹来，反显凉爽了。莹儿走过布满鼠洞的沙坡，上了沙山顶。这儿柴棵少，没有鼠洞，很是干净。莹儿坐了，眯了眼，任思绪随眼飞了去。

天边有几朵云，很白。天也很蓝。这是典型的秋高气爽的天气。在这样的天气里，心情好是应该的，闷闷不乐反显别扭。莹儿就着意鲜活了心，望望天，望望沙漠，望望那些劳作的女人。

熟悉的环境，勾起莹儿熟悉的感觉来。要是此刻，灵官和她也一块儿说笑，一块儿捋柴籽，才算不辜负大好的天呢。若那样，叫“理想”见鬼去吧，叫“将来”见鬼去吧，最美的是现在。回眸一望，抿嘴一笑，把万千言语都融入了。只叫那默契化了你，化了我，化了这天地。

灵官，可知？人世间最美的，不是高屋，不是权势，而是心灵间的那份默契，那份温馨，那份宁静。你的知识害了你，你的追求迷了你。你放弃了最该珍惜的，却去追逐虚幻不实稍纵即逝的。值得吗？灵官，拥了一个鲜活的身子鲜活的心，仰在沙上，观星星望月亮的，过一辈子，多好。或是，在一个大雪天里，在炉上羊肉锅的咕嘟声里，你拥了被看书，我倚了你打毛衣。那聪明的娃儿，则在炕上搭着积木。多好，你跑啥？冤家。

瞧，这天多大，这地多大，还窖不下你那不安分的心吗？你奔，奔上天大的前程，奔到你盼望的将来，又咋样？你能拥有这至纯的爱？你能观赏这宁静的美？你能享受那纯美自然的天伦之乐？若能，你也用不了奔，你手一伸，就能接过去。若不能，你的奔有啥意义？灵官，念书害了你。当然，也害了我。瞧那些不识字的妇女，活得多好，一把把捋，一声声笑，好个快乐。真后悔念书。念书有啥用？真为驱散愚昧？可那愚昧，驱散又如何？反倒更痛苦了。倒不如叫愚“昧”了心智，糊糊涂涂，快乐一生去。

闭了眼，昧了心智，啥都好。谁叫你我睁了眼呢？这眼，一旦睁了，就再也难闭了。

莹儿由了那心绪飞去。虽泄了心头的许多话，却又拽来了泪，心又噎了。明知在这秋高气爽的晴天里，还是鲜活了心好，可心偏要噎，莹儿也没法。

索性，放了声，哭它一场。

就哭了。

4

一进家门，妈就告诉她徐麻子的话，莹儿很反感，说：“妈，若嫌我吃了你的饭，我就出去。不信，这么大个天下，还缺了我的一碗饭。”妈说：“你咋能这么说话？咋说，你也是娘身上掉下的肉。你的事，娘不操心，谁操心？”莹儿说：“那闲心，你还是少操的好。我大了，也长心哩。我的事，叫我自己料理一回，成不成？”“你会料理个啥？叫人家卖了，还头三不知道脑四呢。陈家的贼心，明摆着：他的丫头，再卖一回。我的丫头，叫他白收拾去，像拾掇破鞋底儿一样。头想成蒜锤儿了。你的丫头是十月怀胎，我的又不是十天半月掉下来的。”莹儿皱眉道：“妈，你少说两句。一进门，不是听你骂这个，就是听你骂那个。”

莹儿妈噎了似的，张合了几下嘴，眼里却涌出泪来：“你也这样说我？老贼说，小贼说，现在，连你也说了。我天不亮就爬起来，忙活到半夜，为的啥？还不是为你们儿女？现在，连句话也不叫我说了？成哩。丫头，你大了。翎毛儿干了，翅膀儿硬了。涝坝大了，鳖也大了。嫌老娘聒噪，你给指一条路，刀路也成，绳路也成。老娘脖子一伸，腿一蹬，啥心也不操了，由你闹去。索性，把那老贼也捅了，给白福也喂上老鼠药，你带了这家财，跟那个猛榔头娃子过去。”

莹儿泪流满面，却啥话也说不出来，就扑进小屋，哭了个失声断气。妈的声音却依然响着：“放心，老娘也活不了几天了。肚里的那个疙瘩也长了。说不准，也是你死鬼男人的那号病。老娘想操心，老天还不一定叫我操哩。

你急啥？”

爹说：“行了行了，少说些成不成？丫头都成那样了，你还嘲兮兮地说啥哩？”

“谁的样子好？老娘也没吃成个紫头萝卜。老娘怕也叫风卷跑哩。成哩，你老贼当个好人，把丫头送到陈家门上去。可娃子的媳妇子你生发。”

“成哩成哩，那古董……”

“呸！”老汉话没说完，就招来一脸唾沫。

“羞你的先人去吧。你大买卖小买卖地嚷了几十年，尿疯犯了似的。也没见嚷来个麻钱儿，反倒把老娘的猪钱黄豆钱菜籽钱倒腾了个精光。你还有脸再古董古董地叫？我看你天古董，地古董，不如跌个坐咕咚。热屁股溻到冷地上，叫土地爷把你的屁眼塞住，少再支吾……”

老汉涨红了脸，口半张，手指老伴，半天，却倏地泄了气：“你个老妖，嘲话说了半辈子……你少欺老子。金银能识透，肉疙瘩识不透。要是老子发了，非……”

“把老娘囫囵吃上，扁屙下来！”莹儿妈啐道，“老娘把你从前心瞭到后背了。吹大话，放白屁，老娘承认你是个家儿。干正经事，你连老娘的脚趾头也不如。”

“好……好……”爹把脖子一缩，阴了脸，一副好男不跟女斗的模样。

莹儿妈也懒得痛打落水狗，瞟老汉一眼，哼一声，望了小屋，说：“那徐麻……亲家，也是个好心。那娃儿，本是你自己的。你自然得要来。你丢下，谁养活？那两个老鬼，土涌到脖子里了，说不上哪天就咽气。那猛子，天生一个愣头，连自己都管照不好，整天惹祸招灾，说不准哪天犯事，不是叫关班房子，就是吃铁大豆。那灵官，连个屁影儿也没有。生不见人，死不见尸，连他的娘老子都指望不上吃他的热饭，娃儿能指上？那小祸害，迟早嫁人。你的娃儿，你不养谁养？就算猛子们心好，看在憨头的份上养活娃儿，可人家的女人愿意吗？人家又不是‘带肚子’、‘车后捎’，又没在娘家门上叫人下了种，凭啥没过门就当妈？宁务息个榆树子，不务息个侄儿子。你咋能指望人家替你养娃儿。怪事。就是个亲爹，另娶了女人。娘后了老子也后了。何况，本来就不是人家亲生的。不信猛子灵官会为娃儿，跟女人争个红头黛脸。”

莹儿木呆了脸。初时，她还反感妈的话。渐渐地，妈的话打动了她。她不能不承认妈说的是实话。村里人把不是亲生的叫“抱疙瘩”。“抱疙瘩”受孽障的，比比皆是。人常说，云里的日头，后娘的指头，最是歹毒的。

莹儿听过凉州小调《哥哥劝妹妹》，妹妹受不了婆婆的气，想寻短见。哥哥便劝。劝的内容很多，莹儿忘不了其中一句：“天爷要是刮上一个旋涡儿风，小娃娃没个妈妈孽障得很。”那冬天的旋涡儿风，四下里乱窜，蹲到哪儿都避不了风。衣服单薄了，就只能抱个膀子，在墙角里瑟缩了。那场景，莹儿一想，心就哆嗦。

妈的声音又响了：“长痛不如短痛。一咬牙，啥都解决了。人家法律，在那儿摆着哩。娘养儿子，天经地义。你前怕狼，后怕虎，最终受罪的，还是娃儿。再说，你一个心，又分不成八瓣儿。你也拽，我也捞，东一块，西一片，光操心，就把你操成个猴相了。我看，一句话，你同意，叫人家断去。法院断给谁，就是谁的。”

这时，莹儿才发现，自己已给妈引岔了路。妈东搅西搅，把她的心给搅浑了。仿佛，她已接受了妈的安排。有争议的，仅仅是娃儿。

好容易，莹儿才从妈营造的氛围里挣出。……为啥老想到要离开娃儿呢？那寡，也是人守的。她是嫁出去的姑娘，泼出去的水。在村人眼里，守寡也天经地义哩。只是，兰兰不来，妈不会放她去。换亲就这样。一个绳儿，拴两个蚂蚁，谁也别想自个儿乱跳弹。但兰兰是兰兰，自己是自己，大不了，回到婆家，分家另过。自己当牛做马，给白福苦出个媳妇钱，赎出自己的身子来。但这想法，又是多么天真啊。一家人地里刨一年，也见不了几个钱。那一疙瘩媳妇钱，想想都头晕。看来，自己真成风筝了，牵线的是妈，那线绳儿是钱。

但莹儿也怨不得妈。明摆的，兰兰不来，白福得另娶，得花一大疙瘩票老爷。白福毕竟是二婚，女方图不上人了，就要图钱。妈把她许给赵三，不也是图钱吗？

妈的嗓门大，响不了几声，莹儿的脑子就浑了。自进了娘家门，妈的声音老响。那飞动的嘴唇也老在脑里闪。时不时地，莹儿的脑子就浑了。脑子一浑，啥都模糊了。但模糊不了的，是奶子的胀。一胀，总能扯出娃儿哭声。那哭声，一声比一声高，一声比一声厉，一直扯出莹儿的泪来。

她抹去泪，叹了口气。老觉得，有根绳子，纵纵横横地捆了心，叫她无片刻的轻松。但那想法却越来越凸出了：她不想从“灵官嫂子”变成“屠汉婆姨”。飞出的鸟，总有回窝的时候。她等。

那就嫁给猛子吧。兰兰回来，好。不来了，叫婆家出些钱，再给白福娶一个。这钱，算她借婆家的。将来，由她变驴变马苦着偿还。她想，说明了，猛子一定会同意。

她决定说服妈妈。要是妈不同意，她就不吃不喝，以死相胁。

5

后晌，风开始乱叫。沙子一绺子一绺子在天上蹿。听说蹿到太平洋去了，听说迟早会填了太平洋，听说联合国着急了，给了中国好多钱，专门用于治沙。还有许多“听说”，莹儿也不去管它。只是一见风，莹儿就想到凉州小调中的“旋涡儿风”了。娃儿在风中瑟缩着。眼大大的，脖子细细的，像电视上的“小萝卜头”。怪。娃儿还不会走路，咋会在风中蹒跚地来去呢？那腿，麻秆似的，身子摇晃着，在沙上踩出一长串歪歪扭扭的脚印。莹儿的视线便模糊了。她想到了一张照片，两岁的灵官正在吮指头，小鸡鸡露在外面。……她心里又有温水似的东西荡了。只是这感觉，很短，荡不了几晕，又息了。

不想那冤家了。莹儿想。

说不想，可心总是不由她。那一幕幕销魂的场面又出现了。莹儿卧在炕上，面对了墙，时而甜晕，时而悲凄，时而微笑，时而切齿。

瞅个机会，莹儿说出了自己的打算。妈一听，就躁了。妈一躁，就吊了脸，立了眉，啥话都往嘴外迸。这时，莹儿就怀疑自己也是个“抱疙瘩”，不是妈亲生的。妈的话难听，认定她已和猛子“那个”了，骂她“老的嫩的都想啃”。莹儿气蒙了，但莹儿不回骂。妈毕竟是妈。世上无不是的父母。想骂了，叫你骂几声。想打了，叫你打几下。谁叫你是妈呢？只是那眼睛不争气，泪一个劲儿外涌。嘴倒争气，胸腔里的呜呜一冒上来，就叫嘴咽下去了。莹儿就木了脸流泪，时而，咯叽一声，咽下要外喷的呜呜声。

然后，莹儿就蒙了头，面朝墙，绝食了。这一手，莹儿不常用。小时候，娘不叫她上学了，说“丫头天生是外家狗，白花钱”，莹儿就用过这一手。后来，妈松了口。这一回，她是铁了心的，妈要是真不松口，她就饿死。活到这个份儿上了，死反倒是解脱了。

风在窗外。一块蒙窗的塑料纸鼓荡个不停。先前，这儿安的是玻璃。后来，妈和爹打架，妈把大立柜上的镜子和窗户上的玻璃都打了个精光。打了就打了。蒙了塑料纸也一样。只是起风的时候，那塑料纸就疯了，一鼓一鼓，啪啪地响。也好，反倒时时压息了风声。

妈进来了。还有一个人。从那丝丝络络的清痰声上可以听出是徐麻子。对他，莹儿很是厌恶。他老涎了那双贼眼望她。一次接开水时，还趁机捏了她的手，仿佛他眼中的守寡女人都是饥不择食的货色。平心而论，莹儿也想，尤其在夜深人静想到与灵官“闹”的场景时，莹儿也渴盼再和灵官“闹”一场。但那对象，只是灵官。女人怪，心若真盛了一个人，就再也无别人的立足之地了。但要是命运逼她接纳猛子的话，她也只好接纳了。这就是女人。

一只手抚在她额头上。从质感上辨出，是徐麻子的。妈的手很粗糙，锯齿一样。徐麻子的手很绵，是典型的游手好闲不干体力活的手。莹儿很厌恶。她真想朝地上吐口唾沫，说：“哪儿来的破头野鬼？”可她又抹不下脸来。她只是伸出胳膊，用力挡去，用力量的强度来显示自己内心的不满。

“没发烧呀？”徐麻子讪讪地说。

要说，徐麻子也是个人物呢。没这号人，村里就有许多不便。比如，你的丫头大了，看上了张五的儿子，你就不能自己问。一问，成了当然好。不成，就叫人打了脸，丫头的身价也掉了，就叫人抓了话把："哟，那丫头，送货上门，人家还不要呢。"别的小伙子也会说："哟，那货，张五的儿子都看不上，我能看上？"有了徐麻子，他就把话吆远了，给你东提一个，西说一个，探你的口风，或是夸姑娘，或是想个法儿，叫张五开口求他。这一来，反倒变成张五求女方了。徐麻子这才打个口风："成哩，亲家。我给你打问一下。成了，是你娃子的造化。"但徐麻子的讨厌之处在于以己度人，他以为赵三好，就以为莹儿也喜欢。他以为寡妇难熬，就以为莹儿也一定想男人。他以为是好事，就不择手段地撮合了。

听得妈说："谁说没发烧？放着那么好的掌柜娘娘不当，偏要钻那个稀屎洞子。那个猛榔头娃子有啥好？小小儿，就和双福女人明铺暗盖。你嫁了，能有好果子吃？"

妈一说话，就能戳到要害上。那猛子，最叫莹儿难以接受的，就是这了。先前，与己无关时，一想那事，便当成笑料。于今，一想要嫁他，心里总是别扭。莹儿自小就追求完美。一个东西残缺了，宁愿不要它。可那赵三，难道就完美了？自己呢？在别人眼里，不也残缺了吗？妈老说"破锣有个破对头"，那么，我就当那个破对头吧。

徐麻子说："那事儿，也没啥。好男儿采百花呢。问题是，兰兰来不？她来，你就去，没说的。不来，规矩在那儿摆着。你哥又不能打一辈子光棍。人活着，可不能光顾自己……兰兰可放出风来了，宁尸身子喂狼，也不进白家的门。"徐麻子的话，也是见血封喉。

"进，也，不，要，她。"莹儿妈一字一顿地说。

莹儿想说："那没妹子的人，都打光棍了？五尺高的汉子，自个儿不去挣钱娶媳妇，叫妹子换，不嫌丢人？"但她只是咽了口唾沫。这些话，说了没用，还不如不说的好。

"养儿养女没用。"莹儿妈说，"还是计划生育好。生的多，操的心多，流的汗多，苦成个驴，却没个贴心贴肉的。谁都有吃饭的肚子，无想事的心。就我一个老鬼，有一天蹬腿了，你们还饿死不成？"

莹儿想说："那些没娘没老子的，也没有饿死。你为啥不省些心，叫儿女也按自己的性子活一次？"明知这也是没用的话，也咽进肚里。

徐麻子道："有些事，也不能由了儿女的性子。哪个娘老子不为儿女好？毕竟，人家多过了几个八月十五。没经过的见过，没见过的听过，没听过的想过，多少有一些老经验。"

莹儿心里冷笑："老经验是多，可这日子，咋越过越紧窄了？咋连个媳妇也娶不起了，还得一次次拿女儿换？"但她只是叹口气。这些话，还是埋在心里好。明明是大实话，妈会当你抬杠呢，反倒气坏了她。

"就是。"妈得意了，"这日子，打我的舌头上来了。我说这世道越来越坏了，日子越来越不好过了。为啥？人心坏了。瞧，人心一坏，天也坏了。刮黑风，起黄风，飞沙走石的……听说，狼也反了，沙湾的猪叫狼吆了，羊叫狼咂血了……以后，日子还要苦哩。"

莹儿心道："那你的心呢？是善呢，还是恶呢？你说人心恶了，天就坏了。那你为啥不善些？"可进一步想，就难用善恶的标准评价妈了。妈的想法做法，对儿子来说，似乎是善的。平心而论，妈有妈的难处。女儿终究得嫁人。儿子终究不能打光棍。家里却一贫如洗。地里刨出的，至多混个肚儿圆。妈也是为了生存呀。上学时看《骆驼祥子》，她最恨小福子的爹。那老头，恶口恶言地埋怨小福子不拿自己的本钱养活家。现在，莹儿才理解了他。她相信，要是爹妈能想出别的法儿，就不会这么逼她了。小时候，妈最疼她，爹也最疼她，从不叫她受太大的委屈。

这几天，爹外出得格外勤，带来的讯息也总是激动人心又虚无缥缈。莹儿知道，爹在安慰她。爹没出口的话是："等爹倒个古董弄上一笔，你想干啥也成。那赵三算啥？"爹瘦得很快，尖嘴猴腮了。十年前，爹算过一笔账，得出个结论："种庄稼白种，苦白受，至多混个肚儿圆。"自那后，爹就不再把改变命运的希望寄托在土地上。大买卖是他的梦想。没有了它，爹就没了活头。所以，他总是乐此不疲地上当，津津乐道地构画，把自己的未来设计得比"极乐世界"还美。

莹儿的泪一下子涌了出来。

许久了，她老想放声为爹一哭。

6

徐麻子和妈你一句我一句，劝说了半晌，像拿棒在冷水上敲，没起大的作用，就出去了。

屋里倏然静了。

莹儿绝了几顿食，有些饿了。但这把戏既然开始了，就得继续下去。这是“黔之驴”的最后一击了，若唬不住妈，只有任其宰割了。所以，她一下下为自己打气。

想来好笑。第一次听到她和猛子的话题时，她感到好笑，觉得那想法辱没了自己。现在，它却成为命运的奢侈了，须以绝食相胁，才可能实现。想想，真是好笑。世事无常，以至于斯。

……明知将来，也不免无常，但她还是愿忍受一切苦难，以守候那心中的净土，等他回来。回来，又咋样？她不去考虑。她只完成这个过程吧。人生，重要的是过程，而非结果。生命是个过程。爱情是个过程。一切，都是过程。因为所有的结果，只有一个：死亡。万事万物，都是无常的，永恒的只有死亡。那我就守了这过程，迎接那永恒吧。

泪又溢出了。流吧，有泪流，也是幸福的。怕的是，不久，连哭的心绪也没了。那时，生和死便没啥区别了。趁现在还能流出泪来，多流些。

哭了一阵，觉得尿有些憋。莹儿爬起身。头有些晕。她用手指拢拢乱发，取过镜子。镜里出现的，是一张黄缥缥没有血色的脸和一双通红的眼睛。莹儿取过毛巾，仔细擦擦。她不想叫村里女人看出她的伤心来。当初，她可是“花儿仙子”哩。现在，落毛的凤凰不如鸡。明知这是人所共知的事实，但她还是努力鲜活了脸。虽说那鲜活仍掩不了憔悴，但掩不了就掩不了吧。有些鲜活，总比没有好。

下炕，穿鞋，穿了外衣，出了门。院里，纸片乱飞。天空仍黄蒙蒙的。树在风里摇摆得慌。莹儿身子有些软。她扶了墙，一步步挪出去。

路过旮旯时，莹儿听到了奇怪的响动。似乎是徐麻子的喘气声。妈的声音很轻，但听来清楚："放心，不来。那两个死鬼，不到黑不进屋。"徐麻子喘吁吁道："咋没水？"妈笑道："你得哄呀……早背了。许多年没这事了。一见那老鬼，就没那心思了。"门扇被挤得吱扭乱响。

莹儿一阵恶心。腿一软，身子趔趄了，萎倒在门前。那门，被莹儿无助的手撞了一下。屋里顿时寂了。她脑中嗡嗡叫着，挣扎着起身，出了庄门，才拍打了一下身上的土。

风很大。一股股劲吹而来，迷了眼，也迷了呼吸。莹儿背了风，喘一阵气，想："她咋能干这事？"想到爹的可怜样子，她有些恨妈了。

方便后，莹儿在风中静了一阵。心里的风盖过了心外的风。那乱摇的枝条也摇进心里了，心很乱。远处的天上，黄云滚滚。看来，这风一时半时停不了。可怜那沙子，由风吹了，无规则地飘零一气。但风终有寂的时候，沙也终有静的时候，但自己的心和身，何时能静呢？

待了好一阵，莹儿发烧的脸才正常了。她有些怕见妈了。素日里，老见她钢牙铁口地夸自己正经。今日个，妈分明在贿赂徐麻子，好使他尽心尽力地成全那"好事"。依妈的性子，定然看不上那张恶心的麻脸，可她……莹儿真为她恶心。方才那一跤，一定惊了他们。咋见她的面，成了一个难题。

她忍了几忍，仍不由得一阵恶心，干呕几声，只呕出几个嗝来。

"莹儿——"

扭过头，见爹抱了膀子，在风里走来。身后的风沙，一股股卷爹的脊背，把爹的身子都刺小了一半。那几根黄胡子被风肆虐了，在爹的脸上耀武扬威。一滴青涕悬在爹的鼻头。一根草绳勒在爹的腰间。这样子，活脱脱一副乞丐相了。

莹儿很想哭。

爹却笑了："丫头，我那事儿，有九分成了。成了，给那老妖一万，叫她别再逼丫头。我的莹儿，画上的人儿，啥时候这么委屈过？丫头，谁也不嫁。等买卖成了，我养你个老丫头。”

莹儿的眼里涌出了泪，背了身，用力眨眼。那泪，飘风中去了，不知去向。

爹老这样。“九分成”了一辈子。可爹的心，莹儿懂。爹也能体谅她。莹儿鼻腔一酸，她差点答应爹嫁赵三了。卖了自己，叫跌绊了一辈子的爹过几天清闲日子。

“走，屋里走。这风，可利呢。脸上一有水，就叫风吹皴了。”爹伸出手，抹去莹儿脸上又滚下的泪珠。

莹儿这才记起了那响动。叫爹撞见，多难受呀。爹可怜。妈可怜。自己也可怜。她轻叹一口气。爹又劝了：“愁啥？丫头，活人还能叫尿憋死？皇天不负有心人呢。我不信别人能搞大买卖，我连个炒麦子也捡不来。只要捡来一颗。只一颗。嘿，就够你丫头吃一辈子了。走，走，屋里走。”

莹儿听到妈特有的大嗓门远远传来，才跟爹进了屋。妈在厨房里响着锅碗，说些不着边际的话，声音很大。莹儿明白妈的意思：“老娘方才可没做啥呀，老娘正做饭呢。”莹儿望望爹叫风吹得发青的脸，鼻头一酸。

进了屋，上了炕，依旧躺下。爹用他独有的大话语气喧那个“九分成”的大买卖：“嘿，那是个猫儿眼。哪面看，那猫儿眼都会朝你转。嘿，夜里也放光。听说，那是当初财主逃往台湾时，给贴身丫环的礼。几十年了，好容易才保存下来。你猜，咋保存的？你做梦也想不到。人家盘到锅头里。锅头用了几十年，那猫儿眼也藏了几十年。人家要四十万，不多。我给他引的下家。说好的，两头各抽三万谢我。这回，六万一到手，丫头，你吃香的，喝辣的，穿红的，挂绿的，由你。给那老妖一万，塞住她的嘴，叫她少跟个破头野鬼一样毛搔你。给她两万也成。我拿上两万，也到白虎关开个窝子，说不定，也能挖个金疙瘩呢。剩下的两万，丫头，我给你，你咋花咋花。不想前行，你就一个人过。不受气呀。你想吃就吃，想睡就睡，把那娃娃养大，中个状元，你说不定还能当个诰命夫人，凤冠呀，霞帔呀，多威风。”

莹儿笑了，想，也不想太远了，只等那冤家来，望一眼也成。却想到那响动，心倏地暗了，觉得爹很可怜。

“又是啥大买卖？”徐麻子的声音。

一阵恶心。莹儿捏捏喉咙，就是这张恶心的麻脸，方才……她努力不去想它，却听得爹欢欢地打招呼：“哎呀，徐亲家，哪阵风把你刮来了？”

“西北风。西北风。”徐麻子也欢欢地应。

莹儿想，他是否正偷偷地嘲笑爹呢？这号货色，仿佛啥事都没做过似的，无耻透顶了。她很想看看那张麻脸上的芝麻眼里会发出怎样厚颜无耻的光，却又怕自己忍不住恶心。

她想：“妈也不嫌恶心……。”

爹又欢欢地喧那猫儿眼。徐麻子仍欢欢地应和。吹捧不了几句，爹就不知道高低了。那话，越加吞天吐地地大了。爹的外号“大话”，就是这样得来的。

妈做熟了饭，端进书房。莹儿仍不吃，腹内虽奇饿，但她咬了牙。她知道，自己只有这点儿尊严了。一失去，就连说话的份儿也没了。

爹仍用那“大买卖”劝莹儿。妈虽尖刻地嘲弄他，他却热情不减。莹儿落泪了。

7

夜里，依旧喝酒。徐麻子是个典型的酒鬼，一见酒，连命也不要了。

莹儿肚里火烧一样难受。怪，肚里早无食了，咋似火烧呢？不管它。这饿，不管它，它也奈何不了自己。只觉得猜拳声很是刺耳。尤其徐麻子那曳着老痰的含糊的声音，鸡毛一样在嗓子里搔。那一粒粒麻子，定然也放光了，红得发亮。老这样。爹仍是吞天吐地地喧大买卖。白福则含糊了舌头，说些不着边际的话。当然，他眼里赵三好，有肉吃，有酒喝，有钱花，比猛子强了百倍。

妈若有所思地纳着鞋底，很少说话。这反常，说明她已经知道莹儿发现了她的丑事。她不敢和莹儿对视。莹儿也不去望她，实在聒噪得耐不住了，她就挣扎着下炕，去了兰兰以前住的小屋。

腿软，步儿发飘。心的折磨和绝食，已使她虚弱至极了。她挣扎着上了炕，捞过被儿，一躺下，就喘吁吁了。莹儿大睁了眼，望那黑夜。那黑夜，时不时地，就叫闪电撕破了。而后是一串炸心的雷声，然后是泼水声。那水声涨满天地，又涨满了心。莹儿就由了那泼水声去涨满心，省得别的情绪趁虚而入。风也大了，时不时吼几声，仿佛是狼嚎。莹儿迷糊了心，由风嚎去。

此刻，那冤家在哪儿？会不会被淋坏？这念头，突地又冒上心了。没治。那冤家，成水中的皮球了，硬按下去，稍不留意又会冒出来。冒出来就冒出来吧。那就想你，想你这个冤家的脸，想跟你在一起的时光，可脑中的你却捉迷藏了。你的脸呢？你的可爱呢？你的鲜活呢？躲哪去了？咋费尽了心力搜索，脑中却一片空白？倒是那脑中的轰轰，由隐而现了。冤家，别躲呀。莫非，连这点儿奢侈，也不愿给我？那就滚远点吧。叫我的心死去。死呀，这狗心。

屋里突地亮了。一声炸雷。屋里的掩尘纸被震得哗哗作响。莹儿的心却木着。莹儿想，由你炸吧。索性，你炸了这身子，炸了这心，炸了这世界。她见过一种闪电，骨碌碌滚，一股硫黄味，碰着啥，就烧啥。那年修金刚亥母寺，村人捐了粮，捐了钱，叫大头贪了些。夜里，那滚动的闪电就找去了，扑进屋，旋一转，把顶棚上的掩尘纸烧了。大头急了，顶了会兰子的血裤头，才保下了命。莹儿没贪过钱，却贪过比钱比命更珍贵的东西，那就由你炸吧。炸吧，把身子炸个粉碎，把心也炸成粉来，把这个莹儿炸没了，融入虚空，融入黑暗。或者，哪儿也不融了，索性消失得无影无踪。

隔壁的猜拳声大，都满嗓门噎个声音，爹仍是超人的热情。徐麻子拉长了舌头，酒一喝高，他就这副孬样。妈也有了说笑，仿佛啥也没发生过一样。由你们笑去吧。我等这天雷来炸吧。你炸呀，炸呀！咋又悄声没气了？

那泼水声随狼嚎似的风声越加猛了。想来那地上，已水流成片了。天也罢，地也罢，已没了界限，都叫水淹了。水真好，把啥都能淹了。那花儿不是唱"眼泪花儿把心淹了"？淹了就好。可又没真淹去，只是泡了。心咸咸的，闷闷的，噎噎的，反倒比不淹难受。

妈几声很脆的笑传来，把风雨泼息了。莹儿皱皱眉头，想到爹那张沙枣树皮似的脸，心里噎得慌。爹这一辈子，图个啥？上了一辈子当，却没悔个心。也好，有梦做就好。不像妈，老怨天尤人，老是个气葫芦。因为她已没了梦。没了梦，活得就苦。自己也像爹，明知道盼的一切，是命运给你的“当”，可她还是愿意上当。有梦，总比无梦好。可就连这可怜的梦，现实也总是搅，叫她做不囫囵。梦给搅得支离破碎，心也就破碎了。

那黑重重地压了来。黑色的雨死命地泼。以前，那黑色的心里，还有几个亮点。此刻，那亮点也不见了，许是叫心染黑了。

口很渴。有点儿水喝，当然好。可莹儿绝食呢。那水，自然也该绝了。莹儿不想骗自己，要是连自己也骗，真没个活头了。要绝食，就真心实意地绝，把那水也绝了。大不了一死。死，真没啥可怕的。一想日后的活，反倒不寒而栗。

冤家，你一拍屁股，走了个干净，却把一个巨大的空虚留给了我。好个孤凄。我知道你闷，你憋，可你躲开的闷憋，又占据了我的心。只是它更强大。在一个弱女子的心里，它们是为所欲为了。弄得连那首花儿，也懒得唱了。记得不？就是那首：“杠木的扁担闪折了，清水呀落了地了；把我的身子染黑了，你走了阔敞的路了。”那“阔敞”，原是“干散”，可我还是改成了“阔敞”。这是我的祝愿。相信你的路，会越走越阔敞的，而我，已没了路。那落地的清水儿，染黑了我的身子，也染黑了我的心。听，这泼水声，就是那落地的清水呀。冤家，把天都染黑了呢。你这瞎眼的天，虽用那闪电划呀划的，但终究还是叫黑染透了。冤家呀，前世的冤家，今世的冤家，来世的冤家。

那闪电，越来越稀了，渐渐不再肆虐。风却不弱，依旧在。夜奇怪地重了，把猜拳声压了，把说笑声压了，把莹儿的眼皮也压了。

莹儿堕入了浓浓的黑里。

8

觉得黑愈加重了，开始扭动着撕扯自己。莹儿醒了。身上有只手，在乱抓。

浓浓的酒气扑面而来。那喘息，带着咝咝声。这是老气管炎患者独有的喘息。是徐麻子。

“妈呀——”莹儿厉厉地叫。

“叫啥？”徐麻子压低了声：“他们睡了。给，这是钱，买个头巾。”莹儿觉得手里多了卷纸。她一阵恶心，扔在地上。“滚开！”她骂。这麻子竟如此放肆。莹儿气软了。她想翻起身，狠狠甩出一击耳光，却是有心无力。“滚开，老畜生！”这是她懂事以来第一次骂人。

“忍忍，忍忍。只一会儿。就一会儿。”徐麻子喘吁吁道：“不信你个棉花，见了火不着。”他索性扑到莹儿身上，撕她的衣服。

“爹——”莹儿厉厉地叫，带了哭音。她听到隔壁有动静了，先是男声，后是女声，却终于寂了。

“哥——”她哭喊。声音把风雨都盖了，却刺不破隔壁的寂。

“他们，知道。怕啥？拔了胡萝卜窝窝儿在哩。又不是黄花闺女。明日个，给你买个裤子，成不？好料子。我说话算数。骗你，我得大背疮。”他把莹儿的两只手背了，压在她身下，开始解扣子。

“呸！”莹儿哭了。一只手已按上乳峰了，自己的手却被压在身下。她连挣一下的力气也没了。另一只手开始解她的裤带。

“哇——”莹儿突地爆发出哭声。那声音，不像人声，连那手也给惊住了。她把所有的力气都运到喉咙上。此刻，这是她唯一可行的挣扎方式了。

“乖乖，别哭。”徐麻子慌了，用手去捂莹儿的口。莹儿趁机抽出了手，抓了一把。徐麻子显是疼了，又背了她的手。莹儿觉得酒气又近了，有东西开始扎脸。一股恶臭喷了过来。

“妈——”莹儿叫。这声音，把夜都撕破了，咋叫不醒妈呢？莫非，他们真默许了？真不敢得罪这麻子？真怕坏了家里的好事？莹儿绝望了，连一丝儿挣扎的心也没了。还是死吧。死吧。她无助地哭了。

那酒味却循声搜来了。莹儿一阵反胃。忽然，一丝亮光进了莹儿绝望的大脑。她狠狠咬去。

一声兽似的惨叫。

莹儿冷静了。在所有的呼救无济于事后，她反倒冷静了。“滚开！”莹儿含糊地命令。

“嗯——嗯——”对方也含糊地应。

她松了口。一道闪电亮了。她看到那张扭曲的脸。听到一阵很响的呻吟和抽气声。“滚！”她斥道。

含糊的呻吟远去了。

莹儿一阵恶心，呕了几下，却呕出了眼泪。她索性哭了。她哭着穿了鞋，出了门，走到院里，在滂沱的雨中大哭。

恶心浸入每一个毛孔了。心里塞满黏物。这下，身子真黑了。雨，泼水似的往身上落。泼吧。洗吧。把那脏洗去。莹儿张开口，边哭，边接雨水。身子很快湿透了。衣服贴身上了。她真想脱光衣服，叫雨从里到外清洗一遍。心里却在不停地呻吟：“冤家，我脏了，比茅厕还脏了。再不叫你碰了。”她爆出一阵吓人的大哭。

雨是彻天彻地了。闪电没了，雷声没了，倒是雨知心贴肺地泼着，洗刷着一切。

9

莹儿进了书房，拉亮了灯。徐麻子无耻地打着呼噜。爹醒着，妈也醒着。白福是无心无肝的鼾声。莹儿木着脸，谁也不望，说：“我可到陈家去了。”爹叹口气。妈迟疑了一下，坚决地说：“不行！”

莹儿耸耸肩，冷笑道：“我想去，可不是像你说的，老的嫩的都想哨。”她用下巴扬扬徐麻子，“人家，才想呢。”

妈一下子软了。

莹儿出了庄门。四下里仍黑。雨小了。风却凛冽得紧，一直泼进心里。莹儿打个哆嗦。鼻头痒痒了，怕是要伤风了。这倒不怕，心头卸下了一副重担哩。想不到会这么快出了娘家门，原打算以死相胁呢。只是那恶心，已印到灵魂深处了，稍一触及，便想呕。

那雨中隐现的小路上充满了泥泞。这也不怕。摔几跤也没啥。人生来就是摔跤的，除非瘫子和死人。莹儿不怕摔跤，倒是怕那恶心会永久印在心里。真是恶心。她已用水涮了百十次嘴，但恶心依旧。配不上你了，冤家。她哽咽一声，泪突地涌入眼眶了。

一股风吹来，裹着雨，泼在脸上。莹儿脚下一滑，摔倒了。泥泞沾了半边身子。倒是不冷，身子仿佛木了。心却没木，那恶心，醒醒地蠕动个不停。

不知道啥时候了。半夜，还是凌晨？这并不重要。在凉州人眼里，夜是鬼的世界。鬼就鬼吧。怕鬼的，是以前的莹儿。现在，没啥怕头了。那鬼，会吃人吗？会撕衣服吗？会做那些人常做的坏事吗？不会。那有啥好怕的？最怕的，是人，是那些人模人样却不长人心的人。莹儿甚至有些怕爹妈了。夜里那戏，他们扮演了啥角色？不知道。还是不知道好。知道了，就失去爹妈了。权当你们真睡了，睡成了死猪，总成吧？

莹儿又哭出声来。

闪电许久没出现了。也好。那光明，虽亮，能一下子照亮路，照亮世界，照亮心。可一熄，却牵来更黑的夜……索性就黑成一块吧。成凝固的一块，混沌了天，混沌了地，混沌了心。

这闪电，多像那念书呀。利利的一道光，一下就照亮人生了。她看到了前途、未来、幸福……可叫现实一压，就倏地熄了，把啥都罩黑中了。还不如索性就黑了的好。不奢求幸福，就没有痛苦；不渴望光明，就不嫌弃黑暗；不构建未来，就不埋怨现在。真像那寓言了。那混沌，本无七窍，原也活得逍遥。叫多事的智者凿了，反倒痛苦死了。真的，不念书多好。糊涂了生，糊涂死。

冤家，你也是闪电呀。在生命里亮亮地一闪，闪出炫目的美，却又倏地熄了。亮过后的暗，是那样的可怕。早知如此，你还是不出现的好。那时，我已认命了，我会认命做憨头媳妇，认命做寡妇，认命前行，认命叫现实撕扯去。也许，后来就木了，觉不出苦了。那香香们，不也活得挺好吗？冤家，你可害苦我了。

莹儿哽咽了一下。泪又模糊了双眼。模糊就模糊了吧，反正也用它不着。夜把啥都隐了，那路，却在心里延伸着。闭了眼，也不会偏离。

上了大路，泥泞少了。沙地有沙地的好处，那雨早渗了，踩上去，不再有泥泞。路旁有棵沙枣树，黑黝黝似鬼影。这儿常闹鬼。据说，有时的焦光晌午，就能看到一个红衣女鬼。这树上，吊死过几个女子，都穿着当媳妇时的红衣，就闹鬼了。莹儿不怕。不就是个女鬼吗？你成了鬼，也是个女的，有啥好怕的？可心却怯了，就到路中间走。听妈说，路当中，有道煞。这煞，鬼怕神惊，是老天爷专为夜行人设的。那就走中间吧。中间好。爹常说："马太快，牛太慢，骑个毛驴儿走中间。"

沿了路，一直儿走去。天似乎亮了些。路旁的树渐渐稀了。这些年，伐得厉害，把那翠绿，变成房子呀，家具呀。变就变吧，莹儿管不了许多。树稀了，阴森味也少了。沙丘呀，沙洼呀，柴棵呀，都模糊了，模糊成朦胧的夜了。也好，把啥都隐了，把女鬼也隐了。说不准，她们正笑自己呢，笑自己活得恓惶。……这有啥好笑的？当初，你们也和我差不多。现在，你们好了伤疤忘了疼，望别人的笑声，不道德。这一说，她们就害羞了。莹儿笑了。去吧，知错就好。你们自由了，脱孽了，是你们的造化，取笑别人，就不该了。我是昨日的你，你是明日的我，你有个啥炫耀的。

雨小了。由暴雨而中雨，由中雨而小雨了。东方的亮色，渐渐浓了。那亮，如洇在宣纸上的墨水一样，由小渐大，由淡至浓，一下下舔那夜幕。夜就慢慢地化了。由你化去吧。不化也好，凝成一块也好。在莹儿看来，一样。只是在昼里，自己这落汤鸡样，会勾来许多眼里的问号。想想，也怪难堪的。当初，是"花儿仙子"呀。现在，成夜行的孤鬼了。孤鬼就孤鬼吧。到哪山，打哪柴。只要不怕掉牙，由你们笑去。

却倏地想起爹来。小时候，她一哭，爹就手忙脚乱，恨不得摘下星星，从不曾委屈了她。现在，爹变了。夜里，隔壁的那男声，明明是爹呀，却叫妈喝息了。爹呀，好可怜的爹。你咋能眼睁睁叫女儿受辱？那徐麻子，不过是个媒人，就能叫他活人眼里下蛆。这世上，比他牛气的，多啦，你唯唯诺诺，还有活路吗？爹，苦命的爹。我知道你苦，心里苦，对不？好饭没盐水一样，好汉没钱鬼一样。人穷志短，马瘦毛长。你也是牙咬断了，往肚里吞，对不？爹，我知道，穷把你的脊梁骨抽了。是吧？爹。莹儿又哭出声了。

那么，妈呢？你可是个要强的女人呀。胳膊上跑得马，拳头上立得人。咋也变了？妈，以前，你穷是穷，还有些底气。你常说："穷是老娘的合该穷。"那口气，天都吞了的。现在，你"底"也丢了，"气"也散了，啥也没了。那么强大的你，咋一下子就软了？

莹儿抹把泪。她很后悔那句伤妈的话。心一下下抽了。真不长心。她想，妈已经够苦了。叫那恶心的徐麻子……可自己，竟拿锥子捅她的心。真不是人。莹儿用力咬嘴唇，怕已咬烂了，就狠狠呸了一口。她这是呸自己。真想跑回去，跪在妈面前，一下下磕头，磕出血来，请她原谅。她差点要转过身去了，可还是忍了。明知道，这一出来，也许会改变命运的。为了那个冤家……冤家呀，只有伤母亲了。

莹儿像母狼一样，长长地嚎几声，噗地跪倒，朝娘家方向，一气磕了许多个头。

起身时，才发现自己跪积水中了。没啥。这泥呀，水呀，不过污了衣裤。一水洗百净，终究碍不了啥事。但自己那话，却叫妈当不成妈了。妈呀，原谅我。

莹儿边哭，边跌撞着走。这段路，不很平，多坑洼，走得稍快些，便成跌绊了。不要紧。摔倒了，爬起来；摔青了，会复原；摔烂了，会痊愈；摔死了，更好。那心里的痛，却难消了。恨爹娘时，一股气蒙了心智。醒来，却觉出爹妈的苦来。若重活一次人，莹儿就会闯天下去，创业，挣钱，叫爹妈微笑着享受去。可现在，晚了。莹儿只能眼睁睁望着，一任爹妈像瓶中的毒蜘蛛，你咬我一口，我咬你一口，仇人似的折腾。

全是那穷害的。

莹儿这才理解了灵官的出走。他做的，不正是她盼的吗？

天渐渐亮了。只是，她不知道，等待她的，又会是啥？

第十五章

白蜡杆子紫红的幡，风刮时它自己倒哩。

1

兰兰在金刚亥母洞里修行。

她闭了眼，在坐静观修。她已进入了空灵状态，心外无身，身外无心，一点灵光，恍兮惚兮。那心咒，在心头反复地滚。

兰兰觉得生命里有了神。

是什么？神就是神。无所不知，无所不能。有祸，神替你化。有罪，神替你灭。有苦，神替你消。有病，神为你治。神是救星。神大慈大悲，救苦救难。贫穷者可求神赐福。弱小者求神保佑。无子者求神赐。久病者求神治。落难者求神解救。发迹者感谢神恩。杨柳枝净水瓶，滋润着兰兰干涸的灵魂。山丘般的香灰里，掩埋着兰兰充满希望的心。

神还是裁判官呢。神高悬明镜，洞察秋毫。善有善报，恶有恶报，不是不报，时候没到。时候一到，远在儿女近在身。行善者，终究能感动神灵，降福于你——哪怕是死后——作恶者，最终免不了神的谴责——哪怕报应在他第二百代子孙身上——那恶，抗他作甚？有神呢。举头三尺有神灵。神会洞察一切，了却一切。

于是，兰兰觉得体内多了一种力，在鼓荡，在喧啸，在冲撞，心却越加空灵了。这空灵，是轻易追求不来的，仿佛没了心，没了意，是无有云翳的虚空，是无有波纹的静水，是宁静中的超然，是窥破虚妄后的洞悉。

那空灵，渐渐荡开了。身没了，心没了，眼前的一切都没了，都往一个巨大的虚静里堕去。那虚，是无我无物的虚；那静，是无波无纹的静。却又是灵光闪闪，并不昏沉。一点灵性，恍兮惚兮，悠悠荡荡，无处不至。没有语言，没有内容，没有一点渣滓，没有半缕污垢，没有贪婪，没有索求，只有倾诉，只有心的裸露和倾诉。

兰兰静极的灵魂在流淌。由你淌吧，流吧。那不是兰兰，兰兰已空灵了。身奇异地空灵，心也奇异地空灵，没有杂念，没有念想，没有自己，没有“没有”。那神也罢，仙也罢，是遥远到心外的事。那是没有翅膀的飞翔，是柔若无骨的线条，是随心所欲的挥洒，是无嗔无怒的倾诉，是无怨无争的展现。现在，她明白了，这便是空灵的作品。

兰兰沉浸在酣畅的宁静里，心静止了。渐渐地，她体验到乐了。渐渐地，乐也没了，只有空灵。这空灵，融了苦，消了忧，解了愁，止了痛，把浊世化成了天国。莫非，这便是金刚亥母的坛城？这飘逸，这虚无，这静空，这灵动，真是个绝好的所在呢。

一股奇妙的香，沁入骨头了。多像大沙河里的沙枣花呀。一股股香味、果味、酒味、诸种的供品味一齐涌来，扑来。兰兰有种醺醺的醉意了。莫非，这就是受供？黑皮子老道说，神受供的，不是形，不是质，不是色，不是味，是那供物的性。那“性”，一如人的灵魂。此刻，兰兰仿佛明白了。渐渐地，所有的感觉也溶入空灵里了，只有那点儿灵光在闪现。

好个酣畅淋漓呀！虽空灵到极致了，兰兰仍品到了酣畅。真的。那空灵的酣畅，才是真正的酣畅呀。她真想唱，想跳，想向虚空里飞去。那躯体，早盛不下空灵的酣畅的倾诉了。那天空，怕也盛不下呢。

盛不下就盛不下吧。那空，本不是叫谁随便盛的。倒是它能盛了万物。静极了，空才显现。空极了，才有灵光。那灵光，莫非便是智慧了？人不是说“定能生慧”吗?

以前，打七坐静时，兰兰也有很静的感觉。有时，静极了，她会不由自主地做一些手势。这手势，寻常人不懂，黑皮子老道却说是“诀”。兰兰不懂啥是诀，黑皮子老道就问：“你知道天线不？没天线，收音机杂音大。这诀，就是那天线。你一插，心就通神了。”兰兰于是知道了诀。

兰兰跟黑皮子老道打过几次七，渐渐对他有了好感。他庄严，能干，啥都懂，加上行如风，坐如钟，气派得很。任谁见了，都不由得生敬。他虽也灌顶不久，但兰兰对他很是尊敬。

自皈依了金刚亥母，兰兰心里充实多了。以前，空有个人样儿，却无个人心，老叫外物牵了心跑。那身子，跟行尸没啥两样。黑皮子老道说，他的祖先会赶尸，能作法叫死尸走路，能到千里之外。那么，以前的自己便是尸了。赶那尸的，就是心。现在，她降伏了心。灵魂和形体才算合一块儿了，倒也过得充实。

兰兰知道，爹眼里，修行不是正经事。土里刨食最可靠，别的全是瞎胡闹。除了庄稼、土地、农活等祖宗常干的营生外，爹眼里的所有的事都是“瞎胡闹”。妈是信金刚亥母的，但她的信是功利性的信。她希望这信，能给她带来好处，比如消灾，比如发财，比如交个好运。最差了，也能在下辈子投生个好人家活个好人。而兰兰，则有更高的念想。她脑中有许多想不通的问题，读书也不明白，问人也不晓得，那就修吧，等明了心，见了性，大彻大悟，就不再有扰心事了。

自心中有了金刚亥母，兰兰心清了，欲寡了，啥都看淡了。她眼里，一切都是吹了气的猪尿脬，叫心的风吹了，诱得肉体去撵。撵了一辈子，挣个贼死，追到的，仍是啪的一声，闻到股骚气而已。兰兰索性就不追它了。谁愿意，就追去。反正，兰兰是看透那虚幻了。

看透了虚幻，许多痛就木了。比如，女儿的死，原是透心彻肺的痛，现在缓和多了。明知道，人一生下，就奔向死。十岁是死，百岁是死。鹿活千岁，也终有一死。死是永恒的归宿，活倒是暂时的偶然。通脱地想来，实在没啥痛苦的。这是麻木呢，还是超然呢？兰兰却分不清。

现在，摆在她面前的，只有一个问题，那便是找个身的归宿。心的归宿已有了，身却仍是肥皂泡呢。金刚亥母也罢，修炼也罢，都解决不了她的生机。

那白福，早挤到心外了。今生，她宁和一头猪挤猪窝，也不愿和白福排大炕。花球虽约过几次，兰兰没答应。因为，他有女人有娃儿，再和他纠缠，就不道德了。灌顶前，她还希望能和花球像情人一样交往。灌顶后，这念头就消了。她想，自己的修行，就从还了别人的男人开始吧。那媳妇，也苦命呢。

2

早饭后，月儿向莹儿辞行。她已托同学在兰州的花儿茶座里寻了个差事。她已学会了常用的花儿令，所欠的仅仅是火候。莹儿真心希望月儿出去闯一闯。近来的一切，叫她换了脑子。若重活一次，她也会有另一种活法。但现在，晚了。像那公驼，小时候，用个小木桩拴，它也挣不脱。长大了，即使能挣脱，它也不动那心思了。莹儿也一样。但她终于明白了，没读几天书的丈夫为啥在临死前要逛文庙。每每想及，莹儿便泪流满面。这是最叫她心碎的镜头。……莫非，踏上黄泉路之前，他才明白了这一点？

可惜迟了。

莹儿明白，自己也迟了。她像一片黄叶，在起伏的海浪上颠簸，已由不了自己。那就随波逐流吧，叫命运之水，载了自己，游呀荡呀，到哪儿的码头，就上哪儿的岸。但她还是赞同月儿的出去。

告别了莹儿，月儿又去金刚亥母洞见兰兰。兰兰虽不说啥，但心里不以为然。她不信月儿出去，能找来啥幸福。幸福是啥？是感觉。吃饱了，喝足了，穿了绫罗绸缎，骑了高头大马，照样恼苦得想拿刀抹脖子。而叫花子夫妇，讨来片面包，你推我，我让你，凝眸相视，会心一笑，也无异于仙人了。对幸福，兰兰的解释是，看的越多，知的越多，幸福越少。心贪了，烦恼就来。念头多了，额头的皱纹都上得快。就这样，木了心，灭了智，由那宁静占据了心，是何等的乐事呀！

但对月儿的出去，兰兰并不说啥。鸡往后刨，猪往前拱，各有各的活法。幸福是道百味菜，看你有个啥胃口。想去了，你就去吧。想来了，你再来。只是，来的你，已不是去的你。你心高了，命薄了，欲望多了，满足少了。到最后，按黑皮子老道的说法，“三尺白布掩腐尸，一抔黄土盖枯骨”，一个土馒头，把啥账都了了。细想想，那所有的奔波和追求，有啥意义？

兰兰想，仅仅过了三四代，人们就忘记祖先了。三四辈后，子孙也将不记得我们。一茬一茬的人生了，一茬一茬的人死了，一茬一茬的人留下的，是一茬一茬的空白。这许多茬空白，合成了巨大的虚无。谁能解释，人活着，为了啥？

月儿，去就去吧。兰兰想，也许，这人生，本无个目的，也无啥意义，只有过程了。体验这过程，便是历练人生。一团团云的价值，就在于划过虚空，现几个图案，再无影无踪。那鸟儿，嗖的一下，飞过虚空，那扇动的翅膀，能留下痕迹吗？但你还是飞吧，留不下就留不下吧。重要的，是那过程。

修道者，想来也这样。形如枯木，色如死灰，定心灭智，苦苦追寻，有几人能羽化飞升？那些所谓的修成者，今在何方？也许那成功，仅仅是参透了巨大的虚无。

去吧，月儿，去参透虚妄，去历练过程，去寻觅灵魂的安宁。

3

老顺很恼苦。

因为，关于兰兰和花球的闲话越来越多，句句扎耳，十分难听。还有人将她跟黑皮子老道也扯在一起糟践。老顺甚至觉得没活头了。人活脸，树活皮哩，叫丫头一折腾，祖宗都羞成红脸关公了。

真鬼迷心窍了。

先前，兰丫头对老子知疼知热贴心贴肺，咋一修行，一行善，反倒六亲不认了？莫非，也像《封神榜》上的苏妲己那样，虽仍是那个旧身子，魂灵子早成妖精了？

老顺找孟八爷吐一阵苦水，心却丝毫轻松不了。

“随缘吧。”孟八爷说，“你又不能钻进人家心里把她的想法抓出来。这世上，最难转的是心。释迦佛呀，孔圣人呀，说到底，还不是为了教化人心？可教化了几千年，人心倒更坏了。”又说，“兰丫头没盼头了，抓根稻草，就当成救命的船了。”

老顺叹道：“细想来，那丫头，也真命苦。自小到大，她没经过几件顺心事：想念书，可老子只有四两油，供她，就供不了娃子；大了，又得换亲，换个可心人也成，那白福，偏偏又不是个好货；只有引弟是个盼头了，可又死了。真没盼头了。”

孟八爷道：“人就活个盼头，穷了穷些，有盼头就好。没盼头，就跟牛马一样了。兰丫头没盼头了，她正想再有个盼头，正好，遇上金刚亥母了，就合铆了。也成哩，人活个啥？心。幸福也是心，痛苦也是心。心幸福，人就幸福；心痛苦，人就痛苦，跟别的关系不大。千万富翁照样跳楼，穷汉照样高兴得成天喊秦腔。楼里软床上的富人恼苦得睡不着觉，窗外的硬土地上却卧个穷汉做好梦。啥都全靠这个心。至少，兰丫头有盼头了，那空落落的心有了个主儿，对不？”

老顺问：“这么说，她信那亥母是好事？”

孟八爷道：“所谓邪法正法，不在于说得多动听，区别在于正法是利益众生，邪法是害人。正邪之分，全在于心。听说，那金刚亥母法，倒真是藏传佛教的法门。那金刚亥母洞，市里也下了批文，是正规宗教场所。没啥的。”

4

次日，又一拨儿人要出关了。他们一出关，猛子妈就准备入关打七。入关时，须在鸟雀归巢之后。虽名“打七”，却有九天：第一日，傍晚入关；最后一日，上午出关。中间圆满七天，故名“打七”。

自第一次灌顶以来，金刚亥母洞从没空过，你进我出，络绎不绝。据说，不打七，不算真正的修行，死神一到，神识无主由业牵，就难免再入轮回。多打几次七，修些定力，临终时就能到佛国。所以，没打过七的猛子妈老做噩梦。梦里，老见泥浆翻滚，化为大火，焚烧自己。神婆说：“你打一次七吧。”猛子妈说：“干妈，七当然得打。不打七，也不算修行人。可那娃儿，你不能叫人家趁机抱了去。”神婆说：“放心。一打七，护法神护你哩。她想抱，也怕由不了她。”猛子妈放心了。傍晚时分，她又悄悄叮嘱了老顺父子一番，入关房了。同入关的，还有会兰子、月儿爹、兰兰等。

老顺简直腻透了。这老妖，纯粹是吃饱了撑的。自兰兰脱胎换骨六亲不认后，老顺对那修行没一点好感。老伴在家中的一切勾当都令他厌恶，比如，每天早晚间，老伴总要在亥母神像前燃蜡，上香，磕头，打哈欠，念叨。后面几种无碍大局，唯那燃蜡，分明是糟蹋钱。一根蜡两毛多钱，就算三天点一根，一月就是四五斤麦子，加上香，再加上别的供物，她一人就浪费十多斤麦子。此外，每到初一十五，还要随心供养。这一“随心”，不知又随心了多少。多的没有，但至少随心了几包烟钱和几瓶酒钱。与其搞这号名堂，还不如供养他烟酒，叫他也尽兴乐呵一阵。可每次，他吁两盅酒，老伴就怨他贪尿水儿。你那亥母，不知贪了我多少“尿水”呢。那酒，可是五谷精华哩，喝了，长骨生肉。那蜡，一燃，就啥都没了，有啥好处？老顺很生气。某次，老伴又搞所谓的“灯供养”时，老顺就骂：“把那么个屌，点啥？”老伴吓坏了。那蜡，是供金刚亥母的，咋成屌了？就说：“别乱说，有罪哩。”老顺说：“有个屌罪。”老伴怕还会扯出他无数的“屌”来，不敢再言声。

不几日，师兄弟们都知道了老顺把供金刚亥母的蜡叫“屌”，都说他造罪，都好心好意地劝他，连老顺一向看不起的月儿妈，竟也一本正经地劝他：“以后，你就说：那灯，叫多供一会，多积些功德。”老顺冷笑道：“也没见你供出个啥名堂。”月儿妈说：“咋没名堂？我那月儿，不是到兰州了吗？那花儿茶座，不是谁想去就能去的，又轻闲，又体面，多少人想巴望，还巴望不上呢。天下有多少念书人，连个屁事也干不上。娘老子不给积德，怪娃儿干啥？”老顺大怒，说：“啥意思？你的意思是灵官没考上大学，是老子没给他积下阴德？”月儿妈说：“我可没说。”但背过老顺，她却说：“这号事，可说不准。要说，那灵官，化学脑子，学啥通啥，咋考不上？”言外之意，仍归罪于老顺了。

老伴这次打七，也有为后人们积些功德的意思。这意思，她才透露，老顺就恼了，恶狠狠道：“风刮倒了，赖天爷哩。他自已没本事考学，赖娘老子干啥？”

老顺想，闹不好，也有人把大儿子的死说成是老子亵渎神灵的缘故呢。难说。这一想，心里很是烦闷，就去地里转。这是他的习惯，每次闷了，就去地里转。一见那肥得流油的土地，就觉得有种很大的东西冲了心中的烦闷。

到了西湖坡，见孟八爷拿个铁锨，在挖地呢。老顺问：“那活儿，你干啥？你儿子孙子一大堆，用得着你挖地呀？”孟八爷叹道：“老牛不死，稀屎不断呀。瞧，多肥的地呀，插个牛尾巴，就能长出牛犊子呢。可他们，为啥就不喜爱？知道不？花球想撂荒呢。他说种地种不出金子来。……瞧，都叫那金子弄疯了。多好的地呀，你撂荒，老天能饶你？”老顺叹道：“猛子也嚷嚷呢，说种地不划算。他们咋长脑子？连土地都不爱了。我说娃子，等你嘴里饿出干屎臭来，你才知道，土地是头号宝物哩。”孟八爷说：“听大头说，那个开发商瞅定了西湖坡，又到市里去活动了。我说，这西湖坡，是沙湾最肥的地，说啥也不能卖的。”

“就是，卖了喝风呀。……全是那白虎关惹的骚。”

说完，齐叹了一口灰楚楚的气。

5

午后，有两年没见过面的徐麻子上门了。听说，他正给莹儿介绍对象。若传言属实，那他这次是探试来了，老顺就不冷不热地待他。对徐麻子，老顺从骨子里看不起。因他不是正儿八经的庄稼人，尽干些不守祖业的勾当。

但因他和神婆联手，成全过莹儿和兰兰换亲，老顺也不好抹下脸，给他个下不了台。

“哟，这老崽，几年不见，咋越活越年轻了？”每次见面，徐麻子就说这号话。老顺明知道他在扯淡。他想，年轻啥？几年前，老子脸上还光堂呢，现在成老沙枣树皮了；但心里还是很受用，夸自己年轻，总比催自己死好听。

“年轻啥？老了，半截子进土了，哪像你，日日有酒，顿顿见肉，体子跟叫驴似的……啥风把你刮来了？”老顺半是迎合，半是嘲讽。

“黑风。”徐麻子睁着那双咋睁也是缝儿的眼睛，四下里瞅瞅，问：“女亲家呢？”

“打七去了。”话一出口，老顺就有些不好意思，仿佛那打七，跟偷呀抢呀成一类了，心里不由骂老伴。

“哟，她也灌顶了？”徐麻子又眯了眼四下里瞅，“媳妇子呢？”

老顺说：“在哩。”喊一声：“莹儿，沏水。”

听得厨房门响了一下，莹儿的声音传来：“爹，我去给妈送饭。”

那声响，往庄门外去了。

老顺只好自己取个杯子，给徐麻子沏了水。他仔细打量徐麻子，发现他竟然年轻了，那麻子，颗颗发亮；又闻到他身上的酒味，馋一浪浪卷来。他知道，酒瘾犯了。也正好，趁老伴不在，乐呵一下。可惜，这乐呵的对象，不大称心。酒逢知己千杯少，话不投机半句多。和徐麻子这号人，浪费钱呢。

正沉吟，却见徐麻子已从衣袋里掏出一瓶酒来。老顺说：“哟，亲家，我这儿有酒哩。你想喝，明说。这样，真见外了。”徐麻子说：“一样一样。我的，就是你的。”又朝另一个衣袋里一掏，竟掏出一疙瘩东西。老顺嗅到一股他熟悉的肉味。打开，嘿，竟是猪蹄子。

这下，老顺真过意不去了。方才，“亲家”进门时，自己还不冷不热，又嘲又讽。瞧人家，又是酒，又是肉的。伸手不打笑脸人，便为自己方才的冷漠惭愧了。若有莹儿妈的口才，早有一番热情洋溢的表白了。自己口拙，也说不出那号肉麻话，便说：“店里的臭虫倒吃客哩。”

徐麻子笑道："你咋成女人精了？我和你，啥关系呀，还分啥你我？"

这一说，老顺倒忘了过去对徐麻子的不佳印象，真将他当老朋友了。发现这一点后，他自嘲地笑笑，想，还是老先人说得好，吃人的嘴软，拿人的手短。

老顺接过徐麻子递来的猪蹄子，口才凑去，一线涎液已溜出口外。若不是他吸得快，真丢人咧。老顺一生，无太大的嗜好，只喝酒、吃肉、挼兔鹰、抽烟而已。在肉里，他最贪猪蹄子，一想，就流口水；可这不比兔肉，挼个鹰，就能猎来，得花钱呀。一个猪蹄子，五六块钱，一想，就只能咽口唾沫。今日个，瞌睡遇到了枕头，好我的徐亲家哟！

"吃，吃。烂得很，我叫他多卤了一个小时。我的牙口不好，你可能嫌烂些。"徐麻子说。

"正好，正好。"老顺边咕嚅，边含糊地说。这肉，不但味儿可口，那口感也合心，真是过瘾。自上回，孟八爷买过几个猪蹄，过了回瘾后，那猪蹄，除了在自家养的猪身上见过外，梦也没梦见过。今日个，真过年了。老顺想，那老妖一打七，就有人送猪蹄，立竿见影了。以后，想啃猪蹄了，就叫她去打七。一笑。

一个蹄子，三下五除二，就溜进肚了。老顺抹抹嘴，他后悔吃得太快，没多嚼，可肉一入口，胃里就伸出手来，往下拽肉，他也没法。他意犹未尽地拌拌嘴，见徐麻子又指另外一个，就坚决地摇头，说："我饱了。徐亲家，你吃。瞧，我成店里的臭虫，倒吃起客了。"

徐麻子说："肉铺里，我先消灭了两个。这两个，是给你带的。"老顺很想一口气吞了它，但还是咽了口唾沫，说："饱了饱了。亲家，你吃。"徐麻子不再让他，说："也好，给媳妇子留下。这猪蹄，勾奶呢，奶娃娃的吃了，奶足得很。"这号话题，当公公的不好迎合，老顺就没吭声。

两人猜一阵拳，徐麻子带来的酒就见底了，老顺坚决地取出了上回喝剩的半瓶。才开瓶，却听到徐麻子哭了起来。老顺说："徐亲家，醉了？"徐麻子不答，仍是哭，鼻涕眼泪，抹个不停。老顺很讨厌哭声，他虽不是个迷信罐子，但还是忌哭声，认为它会带来晦气，就皱皱眉头。

徐麻子哭道："亲家，我难受几年了，一想，心上就刀刀儿戳哩。我对不住你呀。"老顺吃了一惊："你咋说这种话？""真对不准你呀，我是好心办坏事呀。""啥坏事？"徐麻子却不说"啥坏事"，只是哭，神头怪脸地哭。

一个男人，咋能这样哭？老顺又皱皱眉头。虽然吃了他的猪蹄子，还是厌恶他了。

"憨头，我对不住你呀。"徐麻子又哭起死去的憨头了。一哭憨头，老顺心里的厌恶倏地淡了，有股热热的东西涌上，他也想哭呢；却听得徐麻子哭道："亲家，我不知道，那白家人，心这么黑。"

这一来，老顺更摸不清头脑了。片刻间，徐麻子哭了三个内容，正想探问，徐麻子却住了哭声，抹把泪，叫："亲家，喝酒，喝酒！"

老顺一肚子狐疑，陪了几盅，问："白家又咋了？"他以为徐亲家那"对不起"的，是传说中的他正给莹儿介绍对象的事，就说："没啥，有女百家求，你是吃这碗饭的。"这一说，又勾起徐麻子的伤心，他抽泣起来。老顺怕他又神头怪脸地哭，就说："喝酒，喝酒。"徐麻子哭道："这酒，我咽不下呀。一想你那么好的儿子叫我害了，就恨不得碰死。"

老顺又狐疑了，想，那憨头，明明是患肝病死的，咋成他害的了？才要问，徐麻子却说："知道不？白家瞒了我。那姑娘，白虎带刺呀。"

"啥白虎带刺？"

徐麻子不管，却叫："毒呀。利利地害了憨头。"

这下，老顺听出点眉目了。听那口吻，莹儿是白虎星，克死了憨头。那白虎星，老顺懂，村里人也懂，就是女人没阴毛。据说，这号女人，最不吉利，男人别说碰，一见，就倒霉透了，娶了白虎星的，肯定短命。那"带刺"是啥？老顺懒得问。幸好没别人，一个公公，和别人谈这号事，叫人把牙笑掉了。就是，你管人家的阴毛干啥？

徐麻子却解释了："那带刺，就是只有一根毛，最毒，男人碰了，必死无疑。"

老顺耸耸鼻头，厌恶地看徐麻子一眼，虽带了酒性，晕乎乎的，他还是没忘自己的身份。这号话，听外人说时，都嫌瘆人，何况公公；就说："喝酒，喝酒。"

徐麻子长叹一口气："都怨我，等知情人告诉我时，已经结婚了。要是早知道，那媒，我是死也不会保的，害得憨头早早儿，就走了。"

老顺道："徐亲家，喝酒就喝酒，莫可提荆州。叫人听了，牙笑掉哩。"他对这号神神道道的事向来是半信半疑，不像老伴，信出一脑袋棱儿来。何况，就算真那样，死的已经死了，人家还要活人呢，传出去，叫人家咋见人？

徐麻子却仍在唠叨，内容越加不雅。老顺恼了，一拍桌子，说："这酒，你喝不？不喝，老子可收了。那种闲屁，少放。"

徐麻子显然带了酒性："闲屁？好心得不到好报。我可是好心的，开始，我还想，那丫头，人温顺，想说服你，进的不进，出的不出，叫猛子娶了；可一打听，才知道是这号事儿。"

老顺明白了：这徐麻子，是带上使命来的。这行为，就是所说的"挑婚"了，这边挑拨，那边说合，他也打发毛旦干过这事，就冷笑道："你的好心，我领了。干你这号事儿，我也是老手呢。"他手伸进喉咙，哇哇哇吐几口，也没吐出啥来，就喘息道："老子怪自己吃了你的脏东西。滚吧！老子不和你计较。正好老婆子打七，不然，她会啐你一脸唾沫星子。"

徐麻子见老顺撕破了脸皮，索性也抹下脸来，说："啐我干啥？我又没把丫头往人家怀里推，又没叫女人往男人窝里滚，啐我干啥？那黑皮子老道，可老的嫩的都想啃呢。你掏尽耳盯，去打问打问，谁不知道？那打七的把戏，骗别人还成，能骗了我？男的女的，没日没夜一块儿滚，棉花见了火，不着才怪呢，还有脸给人说？"说着，他一把抓起放在桌上的纸烟盒和剩下的那个猪蹄子，走了。

6

老顺气得身子都抖了，明知才吃了肉，生不得气，一生气可能得癌，还是忍不住发抖；但神志还清，知道吃了肉，生了气，得用酒解，就边生闷气，边喝闷酒。

猛子进来，见爹一脸通红，正呼哧着粗气喝闷酒，问："那徐麻子，惹你生气了？那老牲口，一出庄门，就一路冒怪声，胡传混说。看那样子，也喝醉了。"

老顺软了舌头，说："你快去，把那麻子的腿砸折，把那骨头砸绵，快去！你不去，就不是我做的。"

猛子笑了："爹，你少喝些，那酒里的话，梦里的屁，管它干啥？"老顺斜了眼睛问："你去不去？不去，不是老子的种。"猛子取过来酒瓶，拧了盖，说："你一喝点酒，就这样。妈的饭送了没？"

他这一问，老顺心上给一粒石子打了一下，才记起老伴叮嘱过的，叫他看好娃儿；才记起莹儿好长时间不闪面了，就说："不好了，那娃儿，叫她抱走了。"猛子笑道："人家，在庄门上哩。你悄些说，叫人家听见。"

老顺出得门来，步儿也不稳了。脑中，有个东西猛砸脑膜，轰轰地响。好在有肉垫底，那酒却不上翻，心里也很明白。远远地，见徐麻子正指手画脚地嚷嚷，就吼："呔！麻子，有啥屁，在老子的面里放来。"徐麻子见老顺踉跄而来，就踉跄而去。

老顺想："啥白虎带刺，狗屁。"又想，兰丫头，一点也不给娘老子长脸，脸往娘家门上丢。他觉得肚里的气腾地起了，很想揪住兰兰，抡圆巴掌，一下下往她脸上甩。长这么大，他还没打过丫头呢，可这会儿，却想打——不是想打，是真要打，丫头若在跟前，那脸，定然早肿了。不要脸的东西，听见没？那麻子，说啥来着？你干事，人家刷老子的脸……听，人家说啥？男的女的一块儿滚？棉花见了火？

又想起，那兰兰，就是打七后变的。打七前，还低眉垂首，一脸温顺；打七后，就六亲不认了。……那打七里，莫非真发生了啥事？那次，兰兰倒真和黑皮子老道在一起。骚鸟。一想黑皮子老道，老顺心中的气开始鼓荡。此刻，若见了那黑鬼，他会扑上，咬住他喉咙，一下下咂，咂出腥热的液体来，像狼咂羊血那样。就这，还不解恨呢。

又想到了老伴。这老妖，竟也去打七。打七？这会儿，一经徐麻子提醒，说这词儿，味儿就不对了。老顺努力地想跟老伴一块儿入关房的人：会兰子，是个骚货；还有谁，他没打听，但月儿爹也许有，他是啥人？不提别的，只“红头巾换驴笼头”一事，早名扬天下了，是地道的老不正经。他为啥趟这浑水？莫非，真像徐麻子说的，往“着”里燃棉花？难说。这一想，月儿爹那张老脸突地现眼前了，渗出一股老不正经的恶心味儿，正望老伴呢。

恶心。一股火腾地暴燃，在胸腔里啸卷。

老顺呼哧呼哧地喷一阵气，很想捡个石头，朝那恶心的脸上砸。他费力地四下里寻，却发现有几人正望他。一个问：“顺爸，醉了？”一个说：“打个醉拳。”老顺想，胡说，我咋能醉？脑中那钹，仍在敲。耳膜上也添了面鼓，开始擂了。胸中的火气都往四肢上荡，步儿虽不听使唤，劲儿却显得很足。

他捡个石头，摇摇晃晃，往前走去，一路大叫：“杀人！”

路人笑了。一个说：“这顺爸，咋耍酒疯？”老顺说：“你才耍酒疯。”却发现，那舌头竟也大了许多。他扬扬石头，那说话的人，就吓得后退。这人很面熟，但脑子浆住了，记不起他的名字。

“走走走走走啊走，走到九月九……”一个娃儿唱。

老顺就踩了那调儿和节奏，走向金刚亥母洞了。

“杀人！”老顺叫。

没人理。没有护关的。那门上，有张纸片儿在风中荡，上面画些怪模怪样的字。老顺上前，一把扯了，狠狠一脚，踏开了门。一股齐整的诵咒声扑来。

“杀人！”老顺又叫。他四下里一扫，就看到老伴们了，都睁大了眼。咒声也倏地停了，十几只眼睛诧异地望他。“你咋进来了？出去！出去！”老伴气急败坏地叫。

“出去？”老顺想，“叫我出去？没门。”就说：“棉花见了火，哪有不着的？”他举了那石头，绕个圈，说：“你们，男人女人，一窝里滚，像啥？”腹里的火气虽足，舌头却不争气，发出的声音，软不拉沓的，竟真像醉汉了。

“醉了，他醉了。出去！捞出去！”会兰子叫。

老顺扬扬石头，会兰子赶紧住了口。老顺想，我才不往你头上扔呢，那脑袋，一下，就开瓤儿了。没劲。他费劲地四下里望望：一个平常的洞窟，几个平常的地铺，一个平常的唐卡，点着平常的灯，供些平常的水果……就这些？兰兰就叫迷了？老顺感到很滑稽，觉得有睡意袭来，他打个呵欠。

“出去！出去！”老伴厉叫。那口气，像喝儿子。

老顺想，偏不！他费力地想：自己进来，总该做些啥？提起手，望望石头，又打个呵欠。他很想睡觉，却想在睡觉前，把石头安顿个地方。他发现已有人朝他走来，一急，就把石头扔向供桌。圆石咕噜噜滚着，撞到了许多东西，竟将金刚亥母的牌位砸成了两截。

那两人上来，才抱住他胳膊，老顺却跳入睡里了。

他甚至听到了自己的鼾声。

第　十　六　章

黄鹰黑鹰打一战，闪断了黄鹰的翅膀。

1

这天，兰兰很早就醒了。她奇怪地梦到了老顺。爹远远地望她，眼里淌几行泪。这图像很清晰，很抓心，就醒了。天还很黑，洞里常有的潮湿味没了。她发现。人很容易被骗，啥地方，进去腌一顿，就不辨香臭了。刚来时，还觉得洞里的潮湿味很浓。几个时辰后，啥味也没了，这就好。但爹的脸，老在脑中忽闪，心就噎了。对爹，她有太复杂的情绪。自小儿她亲近爹，爹对她，比兄弟们疼爱。她后来答应换亲，除了不忍叫憨头打光棍外，还不忍看爹的愁脸。那些日子，爹老叹气，爹偷偷望她的脸，可又不逼她，她就想："算了，为了爹，把这辈子豁出去。"才点头的。

后来，在生活的教育下，她成熟了。她发现，爹并不像她小时候想象的那样高明。爹很愚，老做些很愚的事，老说些很愚的话。好些话就不入耳，心就不由自主地抵触了。没法。兰兰不想抵触，心却要抵触。比如，爹叫她和白福凑合。她想，凑合就凑合吧，可她想凑合，心却一点儿也不想凑合。再比如，爹不叫她信金刚亥母，兰兰想，不信就不信，又不中吃，又不中穿，可心却说：不信她，再信啥？一辈子没个信的，也活不出滋味来。而且，那信也上瘾：开始不信，然后半信半疑，后来信了，再后来，按爹的话说，就“信出一头疙瘩”了。对兰兰的变化，爹觉得意外，觉得不可思议，跟换了个人似的。这有啥奇怪的？人总会成熟的，心总会长大的。有冬眠，就会有惊蛰；有种子，就会生芽儿。那心，不时时在变吗？心变了，人就变了。

可兰兰终究不能从心里抹去爹。爹的影儿，在心上刻二十几年了，想一下子抹去，也不现实。那影儿，一显出，心就凄酸，老觉得爹养大了自己，白养了。没叫他好好享几天福，自己不配做女儿。可这世上，配做女儿的又有多少？自己也是精屁股撵狼，连块遮羞布也没有。连生存，都自顾不暇了，老叫逐在身后的生活车轮，撵出狼狈的惶恐来。只有在遇到金刚亥母后，才算为自己活了几天人。至少，心是宁静充实了，不再像以前那样空荡，不再茫然四顾无有依止。可爹你流啥泪？

两行泪悄然流下，被兰兰悄然抹去，再咽下涌到喉间的哽咽。这情绪，近来少有。别人眼里，自己一定是六亲不认了。可那认六亲的前提是听话，一听话，兰兰就不是人了，就成了六亲们叫她充当的角色了。在那个既定的生活磨道里，兰兰已转了千百圈。那时，她多听话，可生活也没因她的听话显出它该显的艳丽来。现在，兰兰不求艳丽，只想宁静，宁静到啥也不想。经历了暴风骤雨，她只想找个宁静的港湾，静静地歇一歇。爹，你哭啥？

梦里的爹带来的情绪渐渐远了，兰兰又恢复了平静。据说，那六道里的众生，在无休无止的生命轮回里，都当过自己的父母。修行得道后，就能把众生父母都救度出来。为了生生世世的父母，就委屈一下现世的父母吧，连那佛教的多少宗师，也六亲不认呢。

兰兰心里诵着咒。这样，走过漫长的路，却没走；经了好多事，又没经；听到许多声音，又没听；说过啥话，也没说。这样好。一诵咒，许多东西都退远了。经的东西都成了描空的彩笔，虽也一下下画，那天空里，却无一点儿影子。

兰兰喜欢默诵心咒。诵久了，心就飞向一个开满桃花的岛上，身边是轻柔荡漾的海水，耳旁是温馨吹拂的清风，那水和风，就化了身心，把“我”融入了辽阔的江天。

这生存的所在，就随即变了。潮湿没了，零乱没了，烦躁没了，多了平和，多了宁静，多了超然，多了清凉。那祖师咋说来着？“安禅不需佳心水，灭却心头火自凉。”这觉受，被称为“禅乐”。

如果说兰兰的最初修行，仅仅是绝望了现实，想在虚幻中追寻寄托的话，到现在，已变为贪禅乐了。这禅乐，非言辞所能形容，非凡欲可以体验，非金钱可以购买，非权势可以索取。至此，修行者有乐无苦。听说，有人把宗教比为鸦片，这是行家之言。那禅乐，确如吸食鸦片般飘忽，迷离，甜晕，不过多了份清凉和宁静。

有人把修行人当成了符号，而妄加分析，而忘了他们首先是人。是人，就有精神。每个人，都有一个精神世界。这世上无两片相同的树叶，也无两个相同的人。面对一个个活生生的人，所有分析，都显苍白。治万般心病，得用万般良药。但这话，兰兰存在心里。是非以不辩为解脱，你有你的千般计，我有我的妙消息。

她闭了眼。眼皮是世上最大的东西，一合，就把世界盖了。盖了好，那入眼的，多烦恼之诱因。那入耳的，入鼻的，入舌的，触身的，都是烦恼。《西游记》上，那猴子打的六贼，便是这六个。《心经》不是说“五蕴俱空”吗？“色不异空，空不异色”，“受想行识，亦复如是”。那眼见，耳闻，鼻嗅，舌尝，身触，都会引起贪心。有求皆苦，无欲则刚。兰兰就无求了，那爱情，不可得，我便不求；那富贵，无踪迹，我便不想；那理想，已成空，随它去吧。而我，弃了小爱换大爱，取了小贪换大贪，爱那金刚亥母，爱那六道众生，贪那空行佛国，贪那永恒的涅槃之乐。

一股浓浓的悲袭来，热浪随之涌上心头，涌出眼眶，脸上就凉刷刷了。这感觉，每每在极静时涌来，淹了心。据说，这意味着悲心大发。那观世音菩萨，就因悲众生之苦，常洒泪珠。无数泪珠，化为无数度母。那唐朝的文成公主，就是绿度母的化身。又据说，许多大成就者，每想众生受苦，多痛哭流涕。按这说法，兰兰便是进步了。但这悲，却老是搅心。兰兰于是知道，自己的悲，并不是大悲，而是发自心底的某种情绪。那情绪里，老晶出爹老树般的身影，心顿时就乱了。

兰兰这才知道，自己六根没净呢。

2

自老顺坏了那次打七的缘起，村里说闲话的多了。有的说，那金刚亥母，连自己的牌位都护不住，叫老顺一石头砸成了两截，咋能保佑村里人？有的说，那护法神，连个关也护不住，咋能挡住末日的火风和猛兽？大头也三番五次进洞干涉，动员人们不要迷信，要劳动致富。好些人的心，就叫白虎关引了去。毕竟，那儿有黄灿灿的金子。打七者明显少了。洞里常住的，只有兰兰和几个女人，但多数时分，女人们都在闲聊。

这天，兰兰正在持咒，凤香进了洞窟，悄声说："你爹叫你。"兰兰不应，自那次出了家门，她怕见家人，虽也想，可怕见。开弓没有回头箭。既出来了，死在外面填狗肚子，也不想进去看人家脸色。嫁出的姑娘，泼出的水。而且，自己又是灰头土脸地进门，土脸灰头地出门。那爹娘的影儿，虽时时在脑中忽悠，但总叫兰兰晃没了。只有在不经意的恍惚里，爹妈才偷偷袭来，拽出她满腔的酸热来。

"你爹叫你。"凤香又说。

兰兰说："你带个话，就当我死了。"凤香说："人家好心来看你。去，见一下。"兰兰说："你说，就当我死了。"凤香冷笑道："没见过这号当女儿的。你修个啥？难道有不孝的修行人吗？"

兰兰打个哆嗦，才慢慢起身，出了洞。远远地，就听到土地庙传出爹的声音，心中有股奇怪的情绪涌动了。她很想哭，却听到父亲的话了："我养了她的身子，养不了她的心。就当我白养了。"

听到这，兰兰心头涌上的酸热突地没了。

兰兰极力不去望爹。她垂下眼帘。她感觉到爹射向自己灼热的视线了，听到爹熟悉的气管的咝咝声。听得爹说："丫头，回家吧。北书房给你收拾好了。"

兰兰木然了脸。她很想看爹的脸，不知他是否瘦了？这是老萦在心头的问题。但她又提醒自己："挺住。你一望，心就软了。心一软，就得听爹的摆布。……那白家，是死也不能再进的。"她于是木木地站着，心里诵起心咒。心咒一诵，爹没了。爹虽在前面站着，但爹没了。爹鼻孔里的出气声却分明粗了，利利地扎她的耳膜。平常时分，一有这预兆，家里准有人遭殃，多是妈。兰兰很怕爹。心咒虽刷子似的急急扫着，把关于爹的讯息扫了出去，但兰兰还是很怕爹。要是她看到爹的脸，说不准会流泪的。于是，她硬了心，转过身，说："我进去了。"

身后，传来老顺的怒吼："你死了死去吧！"

老顺气坏了。

为这次会面，他准备了许久，主要是感情准备。老伴也劝了他多次。老伴说："你捂住心口子想一想，你当了回老子，对丫头做了些啥？"老顺就"捂住心口子"想，才渐渐发现了自己的不是。别的不提，至少，他没和丫头谈过心。换亲时，丫头哭，老顺说："哭啥？哪个女的不嫁人？姑娘生下，就是嫁人的。"结婚后，白福打兰兰，兰兰一哭，老顺就说："嚎啥？打到的媳妇揉到的面。哪个女人不挨打？你妈，还悬乎乎叫老子一脚踢死。"孙女死了，兰兰一哭，老顺就劝："也许是那丫头的命吧。这号事，世上也有哩。"兰兰闹离婚，老顺撇嘴道："好男儿采百花，好女儿嫁一家。还是头餐面好吃，忍一忍，就是一辈子，离啥？"就这样，每次，他都以长辈的口气教训兰兰，从没问过："你咋想？"老伴一骂，老顺就想：对呀，她心里咋想？心病还得心药医。就充满希望地来谈心。谁知，热屁股溻到冷炕上了。

他最气的，是兰兰的冷漠。毕竟是父女，折了的骨头连着筋呢。况且，父女俩不见面，也有些日子了。自那次，兰兰一甩袖子，进了金刚亥母洞，老顺只在梦里见过兰兰三回，一回是侧面，两回是背面。虽不能说梦萦魂绕，但那想，是肯定的。老顺钢牙铁口，宁叫"想"在脑里捂臭，也不叫它左右了脚。这回，推金山，倒玉柱，老子给你下话来了；老子厚了老脸，自打嘴巴，见你来了；老子前趋三步，你也该迎来两步；老子下个跪，你也该还个揖；老子塌塌架子，你也该低低脑袋，可瞧她，连个眼皮儿也没抬。是可忍，孰不可忍？

月儿妈笑了：“你叫啥？真死了，你的鼻子都拧歪了。”老顺叫：“老子才不呢。那号无义种，连老子都不认，白来人世一趟。”

老顺把莹儿给他的包儿扔进洞里，转过身，下了山。一股风吹来，黄叶和纸片儿啸卷着，还有尘土和一种说不清的臭味。这些，都进心了，心就糟透了，似乎比听到大儿子患癌症时还坏。那时，只有悲痛；现在，还夹了乱七八糟的一堆。天毛了，心也毛了。

“早知这样，当初生下，一屁股压死，喂狗。”他想，“还是计划生育好，生得越多，越烦恼。”

身子没一点力气，倚了那小树，老顺看看天。满天的云在翻滚。那声吼，把体内所有的能量耗尽了，也把对兰兰的怨恨泄了大半。

“丫头瘦了。”他想。

他发现，自己竟又牵挂那“无义种”了，不由呸一声，想：“我真是个没起色的货，人家都六亲不认了，你还挂牵啥？”

他恼恨地晃晃脑袋，晃走脑中不该有的念头，又摇晃了身子走。“回吧，管她呢。”他想，“人家都不认你。你想她干啥？无义种。”

远远的，大丫拽了北柱的胳膊走来。大丫仰了脸，对北柱笑语着。

老顺很羡慕北柱，想：瞧人家……人家咋养的姑娘？是不是人家命好？一想命，他又想起家里发生的一连串事儿来了。他发现，那事儿，真像排了队似的，一个没完，一个又来了。但想想村里人，才发现谁家也有事儿，还有比他更坏的……

他想，望前瞭，不如人；往后瞭，人不如。

这一比，老顺心里才轻松了些。

3

老顺身上的肉嘣嘣嘣跳了一夜。根据经验，那肉一跳，准没好事。他怕丫头听了那句“死了死去吧”后想不通，真寻了无常。次日一大早，大头也叫他去说服兰兰回家，那洞里聚的人一多，大头就怕出事，老顺就和老伴去金刚亥母洞。

兰兰先看到了妈。妈老了，鬓角的头发白了，眼球跌进崖里，颧骨高突，皱纹密布，鼻洼里汪着清涕。妈是个爱干净的人，向来注意形象。那清涕，就很扎眼。

爹垂了头，坐在椅子上，没望她。从感觉上，兰兰觉得他还记恨自己。但兰兰理解爹，爹是个老实人。爹即使在恨铁不成钢时，仍会爱自己。有多恨，就有多爱。

兰兰很想扑入妈怀里哭。这镜头，在不经意时，就会在脑中显现。可现在，兰兰的心里木了，木得像没有黄毛柴的沙洼。那哭的念头也没了，就垂下眼，等妈发话。

听得妈说：“你瘦了，吃得饱不？”兰兰说：“能”。妈问：“睡呢？挤不？”兰兰答：“不挤。”

妈却说：“我们想通了，那婚，你想离，就离。天下的好男人又没叫霜杀掉。离了，你嫁人也成。不想嫁，妈养你个老丫头。家里又不缺你一碗两碗的饭。”

老顺望着脚尖，也说：“我想通了。你们的事，老子不管了。老子又不能跟你一辈子。我想通了。”

兰兰觉得很怪：这话题，明明是自己的事，却觉得与己无干。但爹的话，是对自己离婚最开明的态度。爹已向自己妥协了。怪的是，她心如死水，不起一点波纹。

老顺又说：“丫头，你瞧，想通了，回去，重打锣鼓重开展，好好过日子，想咋就咋，老子也不逼你。”

妈高兴了，说：“对，那金刚亥母，心里有就有，也不在形式。”老顺没说啥，但那堆皱纹动了动。

兰兰说：“你们先去，叫我想一想。”

她转身进了洞，心里突地悲了，想：“我想不通，我行个善，修个行，碍了别人啥路？”泪哗地流了一脸。

4

兰兰哭了一阵，把心头的淤积泄了，心空荡了许多。她一有了牵挂，安详氛围就没了。这修炼，需要出离，要是掺了别的情绪，觉受就成了日光下的霜花儿。咋修，心也静不了。

亥母，救救我。

自见了爹，兰兰没了宁静，没了空灵，没有那笼罩在心头的神秘氛围。诸般烦恼，趁机袭来。

神婆也按爹妈的心意劝她。自打大头代表政府一干预，神婆的狂热也渐渐退了。也许她发现，当人们真正信金刚亥母时，就不信她了。神婆生意是越来越淡了。她的舌头像安了轴承，话也由了她的需要说。兰兰想，神婆虽当了神婆，看来并不信神。那神婆，仅仅是个职业而已。

金刚亥母洞失去了以前的清静。三个女人一台戏，多了是非。每日里，都为些鸡毛蒜皮闹别扭。那原本人迹罕至的岩窟，现在成了传闲话的所在。兰兰和黑皮子老道的闲话就是从那儿传出的。

渐渐地，由信仰而生出的那晕圣光没了，人们都露出了本来面目。修行者已分为几派，为争一些小名小利，各派间常生事端。打七也停了，每天只是应卯似的修上一座。多数时辰，都在闲聊。

兰兰想，人真是怪物，高尚时比啥都高尚，卑劣时比啥都卑劣。前些时，谁都是节妇烈女，都庄重了脸，虔诚了心，只差向亥母剖腹表忠心了。那高贵一旦倒塌，却一个比一个龌龊。

新奇感一过，诸般热恼趁机袭来。月儿妈第一个生了退转心，并开始影响别人。她不想吃的饭，一定要撒进沙子的。也许她想：要是真有报应的话，也是法不治众的。

众人既生了疑，后来的修炼，感觉就与以前不同了。念那心咒，也全无感应。

凤香悄声说：“那感觉可没了。想来金刚亥母怪罪了，把功收了。”月儿妈说：“人家金刚亥母，才不在乎呢。人家成佛了，再在乎，就跟俗人一样了。”

兰兰暗笑，想：她是为自己铺路呢。她很想说：“人家金刚亥母，当然不跟你一般见识。可那护法神说不准，稍稍使个坏心，你这辈子就完了。”这话，以前神婆老说。哪知，这次，神婆却说：“那话儿，看咋说。佛法讲究一切随缘，也没见哪个不信的着了祸的。”

兰兰明白，她要打退堂鼓了。想当初，神婆接受灌顶，并不全是信仰，只想借此谋些福来。兰兰想：亥母呀，看看你的弟子们，咋是这副嘴脸？心突地悲了。

兰兰想，这信仰，说牢实，比铁牢实。说不牢实，一风就卷倒了。但扪心自问，大头们一吓唬，自己竟也泄了底气，不由长叹。……瞧，洞里的一切都扎眼了。当初，金刚亥母占了心，荆棘窝也成了净土。现在，人不顺眼，境不顺眼。霉味时时旋来，空气也很潮湿，黏糊糊带点儿腥味。这空气，不知在月儿妈们的肺里旋出旋进多少次了，一想，兰兰就反胃。看来，与其说是亥母度人，不如说是人需要亥母。有她心里实落，没她心里空荡。那是心里的大树呢，大树底下好乘凉。心里有了亥母，烦恼就没地方放了。

可现在，一切都变样了。

月儿妈问神婆：“亲家，你天眼开，你说实话，有没个金刚亥母？”这话，若在以前，是十分的大不敬。神婆沉吟道：“这话，看咋说。信则有，不信则无。说没有吧，人家的香火燃了千年。说有吧，谁也没见过。”

月儿妈来了精神：“谁也没见过？”神婆抿抿嘴唇，又说：“也有人见过，或在禅定里，或在梦里。诚心念那心咒，倒有不少灵验，有病的病愈，求啥的应啥。可不应验的，也多。这事儿，我也嘀咕呢。”

兰兰的心灰了。这些日子，亥母已成为生命支柱，苦也由她，乐也由她，生也为她，死也为她。是她，给了宁静，给了超然，为她苍白的生活添了色彩。为此，她感激神婆，视神婆为导师。可如今，神婆竟说出这号话来。若是连神婆都嘀咕，别人会咋想？

兰兰流出了泪。那泪，泉一样涌，咋擦也擦不尽。

5

老顺打发猛子来接兰兰。兰兰梦游般出了洞。她步儿发飘，心里空堂堂的。她想："要是真没亥母。一切都没救了。"她有些后悔上回对爹的态度。那天，爹一定气坏了。现在想来，不该。她很想见爹，又怕见爹。见了爹，她不知说啥好。这辈子，多次伤爹的心了。老是内疚。可越内疚，就越把自己包裹紧了。这循环，也成恶性的了。

一出洞，兰兰就望见了很蓝的天。

猛子默默地望兰兰。兰兰发现，猛子瘦了，黑了，嘴唇上有了胡茬。那模样，越来越像爹了。这一发现，很使她难受。她不知道，他的未来，是不是也跟爹一样苦呢？

村里变了好多。白虎关的热闹到处传染着。噪音扑了来。以前虽有噪音，但金刚亥母在心头坐着，圣洁的光熨着心，也熨着眼中的世界。这会儿，一切都灰塌塌了。外面的世界很精彩，但那是人家的世界。空气倒很清新。这是唯一叫她感到清爽的东西。

迷迷瞪瞪，踏上回家的路。熟悉的感觉扑面而来。当初，在婆家受了委屈回娘家时，最先熨心的就是这感觉。毕竟是家乡，那独有的味儿，早渗入血液了。

孟八爷、花球和那个病恹恹的媳妇正在修渠。兰兰装着没看见。

孟八爷却远远叫了："兰兰，你爹来瞭过几回呢。那老崽，嘴硬心软，见你来，怕成撒欢的骡子了。"

兰兰低了头，急急地过了。

第 十 七 章

阴间的闪电阳间的雷，惊走了催田的布谷。

1

莹儿和兰兰牵着骆驼，出了村子。

莹儿想给自己挣赎身钱。她说，爹妈也有难处，等挣够哥的媳妇钱，妈就不会逼她了。兰兰说，那赎身钱，也有我的一份。天塌下来，咱姑嫂俩顶。开始，莹儿想挖獾。兰兰说，挖獾虽能弄钱，但两个弱女子，肯定挖不过逃命的獾，而要是爹们一搭手，钱就进妈的眼了。莹儿又说，那就捋黄毛柴籽吧，但兰兰说她坐月子时，染了麦毛子，一碰柴灰啥的，身上就出红疙瘩，能痒死人呢。

姑嫂俩又想了好些法儿，都需要本钱。女人的身子虽也是本钱，但她们都不想变坏。兰兰就说，一勺子舀一疙瘩金子的事，也别想了。……要不，我们到盐池去驮盐？乡里人贪便宜，都吃那盐呢，一碗盐换一碗麦子。天长了，日久了，馍馍渣就能攒个锅盔。……因为花球媳妇老歪了脖子在村里晃，兰兰也想谋个"眼不见为净"的营生。莹儿就说，成哩，走一站算一站吧。

老顺却不放心。他说，沙窝里有坏人哩。要不，叫猛子跟你们去？兰兰说，算了，自己吃饭自己饱，自己修行自己了。我们做的业，还是叫我们自己消吧。

兰兰明白，要是猛子一掺和，钱又成“家里的”了；就说，放心，丢了骆驼，由我们两个大活人顶当呢，我们剐了肉，卖了骨，不信还换不上个骆驼钱？这一说，爹就叫煮山芋噎了似的，干张了一阵嘴，再也不好说啥了。

姑嫂俩的“家”，就驮在驼背上。因为来时要驮盐，“家”很简单：不过是灶具、被窝、水和吃食而已。为了一次多驮些，莹儿吆自家的驼，兰兰也借了峰驼。她本想多借几峰，老顺说，成了，这一次，就当去探路。又说，以前驮盐，只要给看盐的几只兔子，人家就会给你装一驮子，现在说不清了。你们预防着带些钱。姑嫂俩就进了城，卖了獾油，作为本钱。莹儿想，这钱，就当是借婆婆的，等卖了盐后，再还给她。

出了村子，东行数日，就能到沙漠腹地。盐池也是海子，就怀在沙漠的肚子里。不定哪年哪月，这沙漠想来是大海，后来，地壳变了，有的海水搬到了别处，有的就叫日头爷吸光了，盐就晶在海子里——这是兰兰乱想的，不知道对不对。兰兰想，对不对并不重要，重要的是想。世上好些事，你咋想，就会成咋样。比如那佛国，谁也没见过是啥样子，你可以由了性子想，你喜欢它成啥样，它就能成啥样。佛说，万法唯心造呢。

很小的时候，兰兰就跟了爹去盐池。记得，她陷入驼峰后，沙山就忽而俯了，忽而仰了，随了驼峰，梦一样恍惚着。恍惚一阵，兰兰就真的入梦了。有时，枯黄色的梦里，也会响起三弦子的声音。那声音很苍凉，仿佛沉淀了太多的苦难和血泪，总能引起心的痛楚。它承载着痛苦，盛满了血泪，孕育着希望，向往着未来。那未来，虽隐入黄沙间隐隐升腾的雾气中，海市蜃楼般缥缈，但那向往本身，却总能感动兰兰。

步行一阵后，姑嫂俩骑上骆驼。驼行沙上的感觉缓慢而厚重，沙坡的波动更明显了。驼毛暖融融的，很像母亲的怀抱。巨大的安全感在心里洇渗开来。莹儿想，骆驼真好。它甚至比妈好，比婆婆好，比生活里的人都好。在这个不安全的世界里，它给了自己一份安全感。莹儿想，兰兰想到金刚亥母时，想来也这样。人一生下，就被抛入了陌生和孤独。谁都需要一份安全感。她自己，不也在守候那份依怙吗？

沙漠很大.
那起伏远去的黄色的波纹.
仿佛轻柔的风.
总在抚慰灵魂.

莹儿老喂骆驼，跟骆驼有了感情。骆驼很乖，每次喂它，它总要亲莹儿的手。它的眼睛很清澈，那儿盛满了理解，盛满了慈祥。它望莹儿时，目光显得那么忧郁。莹儿明白，它真的读懂了自己。在有时的恍惚里，她也会将骆驼当成那冤家。她就跟它对望。那深如大海的眸子，仿佛要将自己吸入。莹儿真想融入其中。

骆驼好。沙漠也好。沙漠很大，那起伏远去的黄色的波纹，仿佛轻柔的风，总在抚慰灵魂。自跟那个冤家闹混之后，莹儿常想到灵魂。她明白，当一个人想到灵魂时，痛苦就开始惦记他了。记得当姑娘时，她混混沌沌。虽有梦想，但很恍惚，那时她不懂灵魂是啥，灵魂也自个儿安睡着。她当然想不到，日后有一天，灵魂会醒来，搅得她六神无主。

沙岭扭动着游向未知，也如梦魇般的漫漫长夜。驼铃被漠风扯成了绸丝，一缕缕远去了。近的是驼掌声，沙沙沙响着，梦一样虚朦。兰兰时不时斥一声，因为驼总是抡头甩耳，想挣脱羁绊。但主人煣成的榆木圈很厉害，它穿入鼻圈，拴着缰绳。猛一拽，疼就直溜溜钻入驼脑，拽出浊泪来。

不过，谁也没有想到，那群龇着獠牙的豺狗子，会躲在命运的陌生角落里，正阴阴地瞅他们。

2

所谓驼道，其实是一块块绿洲间的那条线，它可以划在车马走的路上，也可以划在没有人烟的沙漠里。沙漠里的驼道多是阴洼。风将浮沙卷进阳洼。阴洼里的沙子，不定沉积多少年了，踩上去就瓷实些。见阴洼宽了些，兰兰扯了骆驼，跟莹儿并排了走。她的鼻尖上有了汗，眼角里现出了隐隐的皱纹。记得以前，兰兰是很受看的，妈才答应换亲的。妈觉得两个女儿差不了多少，谁家也不吃亏。现在，兰兰丑了，皱纹爬上眼角了。莹儿想，自己想来也一样。一丝伤感游上心来。她想，还没好好活哩，就开始老了。

兰兰用围巾擦擦汗，眯了眼，望望远处，轻声说："你不用担心。愚公还能移山呢。只要有两把手，钱总会挣够的。”莹儿不说话，也眯了眼望远处。

兰兰扬扬头说，瞧见没，那跟天连在一起的沙山？一过那沙山，就算过了头道沟。再过几道沟，就能看见盐池的。莹儿明白，兰兰轻松地说出的“沟”，走来，却跟到天边一样的遥远。以前，她虽进沙窝打过沙米，但那只能算在沙窝边上旋，连一道沟都没过呢。一想要去远到天外的陌生所在，莹儿真有些怕呢。

兰兰看出了莹儿的心事，她拍拍挂在驼背上的火枪和藏刀。

怕在沙窝里遇到狼，兰兰带了火枪。兰兰会打枪。小时候，嘴馋了时，她就会偷出火枪，趴在涝池边的麦草下，等渴极了的沙鸡子来饮水时，就轻吼一声，扣动扳机。撞针就会弄醒火炮儿，火炮儿就会引发膛里的火药，火药就会变成火，裹了枪里的铁砂，钻进才飞向空中的沙鸡子的肉里。沙鸡子肥，肉香，用铁钎穿了，放火上一烤，便有浓浓的肉香溢出。兰兰说，你怕啥，有枪哩。我带了两葫芦火药呢，还有一斤多铁砂，还有十几颗钢珠子。遇上狼了，就喂它几颗钢珠子。

一听有狼，莹儿心慌了。她连狗都怕，何况狼。却又想，怕啥？与其这样受煎熬，还不如喂狼呢。看透了，真没个啥怕的。想当初，没遇灵官前，生活虽也单调，可她觉不出单调。虽也寂寞，她也觉不出寂寞。她一生下，就在这个巨大的单调和寂寞里泡着，混混沌沌，不也活到了二十多岁吗？可自打遇了那冤家，单调和寂寞就长了牙齿，总在咬她。她想，要是真遇了狼也好，早死早脱孽。

夜里，进了一道沟。沟里多草，也叫麻岗。麻岗里有水草。驼们吃上一夜，草汁也够次日的消耗了。兰兰发现，麻岗的绿色比以前小多了。听说，祁连山的雪水是个相对的常数，它虽因气候变化而稍有增减，但平均值相对稳定。那点儿雨雪，能养活的绿洲，也是相对的定数。上游的绿多了，下游的绿就少。千百年间的所有开发，仅仅是绿洲搬家。现在，上游开了好多荒地，麻岗里的绿就少了。

姑嫂俩卸了驮子，支了帐篷。那所谓帐篷，是几块布缝成的，能多少遮些风，但不能挡雨的。好在沙漠里轻易见不到雨，谁也不会将防雨的事放在心上。兰兰将几根木棒相搭了，将布甩了上去，四面压进沙里，中间铺了褥子。莹儿则将骆驼拴在草密处。按说，应盘了缰绳，由骆驼随性子吃去，但她怕骆驼跑得太远，会耽搁次日的行程。就想，叫它们吃一阵，再勤些换地方。出了门，啥事都小心些好。

姑嫂俩拣些干柴，燃了火，就着火喝了点水。莹儿有些乏，说随便嚼几嘴馍馍算了。可兰兰说，不行，出了门，吃的不能含糊。你今个含糊，明个含糊，不觉间，身子就垮了。有好些出不了沙窝的白骨，就是这样“含糊”死的。她叫莹儿躺在火堆边，叫她边休息边入火，自己则取出脸盆，挖些面，做了一顿揪面片。

吃了面片，天已黑透了。莹儿很喜欢月夜，但老天不能因为她的喜欢，不按时令将月亮搬了来。兰兰已点了马灯。那团光晕虽小，但光总是光。有光就好。莹儿想，自家的盼头不也是生命的光吗？它虽然小，但没它，生命就黑成一团了。记得，她看过个电影，写一群生活在纳粹刀影下的犹太人，死亡时时威胁着他们。他们看不到一点儿希望，好些人就自杀了。为了给人们希望，电影的主人公就编了好多谎言，说自己有台收音机。他每天都给人们编出希望的谎言，好些人因此活了下来。莹儿想，这个故事太精彩了。无论咋说，生命的最终结局都是死亡。那是不可变更的绝望。人总该给自己设想些盼头的。莹儿想，那些宗教，是不是也是觉悟的圣人给人们编造的善意谎言呢？她想，是否真有佛国并不重要，重要的是叫人们相信：那生命的彼岸，是个美丽的永恒的世界。自己不也是这样吗？好些东西，究竟如何，谁也说不清。

黑很浓地压了来，马灯的光瑟缩着。灯光真的很弱小。夜的黑将兰兰的话也压息了。莹儿想，她定然也在想一些沉重的话题。她知道，兰兰心里的苦不在她之下。记得，兰兰自结婚后，就没离开过苦难。相较于她，自己似乎还算幸运呢。毕竟，占据她的心的，多是苦乐交融的相思。不像兰兰，现实打碎了一切。

莹儿抚抚兰兰的脸。不想，竟摸出一手的水来。兰兰在哭。莹儿问，你在想啥？兰兰屏息许久，才说，那天，爹听了我的话，该多么伤心呀。我不配当个女儿。莹儿的心热了，说，你别想那事了，爹早忘了。兰兰说，他忘了是他的事，我却总是内疚。细想来，爹一辈子，真没过几天好日子。当女儿的，真有些对他不住。莹儿说，人生来，就是这样。爹不是老说吗，老天能给，他就能受。真的。谁的生命里没苦难呢？老天能给，是老天的能为。你能受，却是你的尊严。

兰兰抹把泪说，要是驮盐能挣好多钱，我想带爹妈进城，叫他们尝尝下馆子的滋味。妈最喜欢吃炸酱面，一想，就流口水。

这一说，莹儿也想起了妈。妈又开始牵动她心里最柔弱的那根弦了。妈最爱吃猪大肠炒辣子，每次一提，也是口水直流。她想，无论如何，这次驮盐回来，先买些大肠和辣子，去看看妈。这一想，那念想的势头越来越强烈，就想到了妈的许多好处，越加懊悔那天的话了。

莹儿提过马灯，出了帐篷，挪挪骆驼，将缰绳接长些。这样，骆驼吃草的范围就大了许多。她看到好多质感很强的星星。也许因了空气纯净，沙漠里的星星比村里的大，也很低，仿佛手一伸，就能摘下来。

回到帐篷里躺了，还时不时听到兰兰的叹息。莹儿怕引出她更多的伤心，也不再问她啥，只说早些睡吧，明天还要赶路呢。

3

莹儿将手电放在枕头下，吹熄了马灯。因老惦记着要给骆驼换吃草的地方，她就提醒自己不要睡得太实。在沙漠里赶路，得叫骆驼吃饱。虽然驼峰里贮备着脂肪，但那是万不得已时才用的，不能动不动就叫人家消耗贮备。

莹儿怕失眠，就极力不去想那些刺激心的事。好在疲惫也来帮她的忙，没用多大力气，莹儿就迷糊了。她梦见自己也夜宿在沙窝里，跟那冤家在一起。梦里，他只是冷冷地望她。莹儿想，他是不是嫌我脏了呢？她很难受。这一想，她又发现徐麻子朝她色迷迷笑着，边笑边舞弄着冰凉的爪子摸她的小腿。

她惊叫一声。这一叫，她就醒了。她觉得真有个东西在摸她的小腿。她狠狠推兰兰一把，亮了手电。

兰兰一骨碌爬起来。莹儿说，有个东西进了我的裤子。兰兰一把抢过手电。莹儿觉得那东西仍在一蠕一蠕地动。莹儿惊叫，妈呀。兰兰说，你别动，别动。……好了，我揪住它了。

兰兰抽出了那冰凉。她尖叫一声，抡圆了胳膊。木架啪啪着，一阵摇晃。兰兰抡了那东西，往木架上摔打。这是帐篷里最实用的法儿了。莹儿怕她将木架打散，提醒道，你往地上打。

兰兰喘息道，你点了马灯。她的嗓门也在颤抖。莹儿摸出火柴，好容易才划着火柴，却见兰兰已瘫软在被窝上了。

亮光照着兰兰手中的东西。那是一条蛇，足有茶杯粗。莹儿平生最怕这瘆虫，腿早软了，忙叫，扔了，快扔了。兰兰喘几口气，说，它死了，死了。

果然，蛇头早碎了。木架上尽是蛇血，被子上也淋漓了好多。莹儿问，它咬了你没？咬了你没？兰兰叹息道，我不知道。兰兰的手上尽是血，但不知是蛇血还是人血。

兰兰在被子上擦了几把。莹儿用手电一照，见兰兰小臂处有个小口，正在喷血，不知是不是蛇咬的。就安慰道，不要紧，这是无毒蛇。

莹儿听说辨别有毒或是无毒，要看那蛇头是不是三角形，是三角形就是毒蛇，椭圆就无毒。她用手电扫视那蛇，却见蛇头早碎了，已看不出本来形状。她想，要是有毒，可就糟了。莹儿很怕兰兰死，要是她一死，在这天大地大的沙漠深处，一个人咋过呀？这一想，莹儿又觉出了自己的自私。她想，我咋能只想着自己呢？

兰兰醒了似的，把蛇扔到帐篷外，哭道：“我要死了。”

莹儿说不会的不会的。她捞过兰兰的胳膊，死命地吸。那黏腥的液体进入口腔时，莹儿想到自己嘴里也有好些口疮，有些已溃烂了。要是蛇有毒，自家也会中毒的，却想，管他呢，先吸了毒液再说。

吸了一阵，觉得要是真有毒，也早叫吸尽了。莹儿住了口。她想到，应该再看看帐篷里是不是还有蛇。她将被子扔到外面，仔细搜查。虽没发现别的蛇，却见有些蚱蚱虫们正惶恐地逃。

搜寻一阵，莹儿才放心了，但仍担心那蛇有毒。她问兰兰手臂是不是发麻，兰兰说胳膊只是木，倒觉不出麻。倒是莹儿觉得自己的舌头麻了。

兰兰说，这事怪我的。来时，爹掏了好多烟屎，我放在塑料袋里，忘了取出。

兰兰取出烟屎，叫它散发那怪味。爹说蛇虫的鼻子尖，一闻烟屎，就会逃远的。话虽如此，姑嫂俩还是放心不下。她们一同出去，又将骆驼牵到草多处拴了，重铺了被褥，却谁也没了睡意。直到东方的亮光照进窝铺时，才稍稍眯了眯眼。

4

日光照进帐篷时，莹儿才醒来。头有些疼，嘴里倒没明显异样。兰兰露在被外的胳膊有些肿，好在肉皮倒没黑，莹儿放心了。

她出了帐篷，一见杯口粗的蛇尸，心收紧了。她想，幸好她醒了。听说，以前打沙米时，有个女人的下身里进了蛇。她很是后怕。蛇长晃晃躺在沙上，沙上麻着黑血。她很佩服兰兰，要是自己，怕真没这份胆量。就算她有勇气抓住蛇，身子也不定会瘫软的。

骆驼卧在沙洼里反刍着，四面还有草，说明骆驼吃饱了。沙洼里有好多洞，不知是老鼠洞，还是蛇洞。夜里宿营时，天已暗了。她想，以后，要选个好些的地方，最好是能远离这号洞。

兰兰醒了。她搓搓胳膊。莹儿问，你胳膊麻不？兰兰说，你别怕，那蛇的毒不大。兰兰说她的神志很清，要是中了大毒，会影响到脑子的。莹儿说，也倒是。但那肿得发亮的胳膊还是叫莹儿倒抽冷气。兰兰说，那蛇虽无大毒，但也不是无毒，可能多少有点儿毒，不要紧的。这一说，莹儿又慌张了。

兰兰拣些干柴，燃了火，又找个长柴，穿了蛇身，放火上烤。莹儿知道她要烤蛇肉吃，一阵反胃，就说，要吃你吃，我可不吃。兰兰笑道，这是黄龙爷赐给你的好吃食，你不吃，人家不高兴。兰兰说她吃过好多野食，比如刺猬，比如黄老鼠，比如麻雀。她说最好吃的是刺猬，肉一丝一丝的，很香。

兰兰加些柴，火焰围了蛇欢叫，蛇肉发出嗞嗞声。莹儿闻到了一缕香。一想这个发出香味的家伙竟钻进她的裤子，她还是不由得打个哆嗦。兰兰说，蛇肉香，但做不好的话，会腥气逼人的。她说诀窍是不要叫肉沾铁器。要是煮食的话，最好用竹刀。但啥做法，都没烧的好吃。莹儿望着兰兰那肿得发亮的胳膊，说，也好，它咬了你，也该你补补身子。

兰兰撕去黑皮，投入火中，说这些祭黄龙爷。她撕下一块蛇肉，递给莹儿，莹儿说我不要。兰兰笑道，你可别后悔呀。说着，她在肉丝上撒些盐，仰了头，夸张地张开口，将蛇肉顺进嘴里。从兰兰的表情上，莹儿相信蛇肉很香。兰兰说，你真该吃些的。细算来，人的好多习惯，其实是毛病，就说你那洁癖吧。你无论咋洁，其实还不是惩罚你自己？见莹儿不语，兰兰又说，我们改变不了世界，但我们至少能改变自己。这一说，莹儿动心了。她想，就是呀，这些日子，自己不是变了好多吗？有些是自己变的，有些是叫生活赶的。不管愿意不愿意，她都在不知不觉地变着。她就说，你少给我一点点，我尝尝。兰兰却撕了一大块。刚一进口，莹儿觉得它跟以前吃过的肉不一样，但那异样，还在能忍受的程度内。待她吃了几块，竟觉出奇异的香来。姑嫂俩就取些馍，就了蛇肉，竟吃出了饱嗝。

上路后，她们都骑了驼。那骑驼，也不是轻省活儿。有经验的骑手不会直愣愣骑，不会拿自己的尾骨直直地跟驼脊骨硬碰，他会将尾骨错向一旁。莹儿没经验，约到中午时分，就觉得尾骨火烧火燎地疼。兰兰就从自家驼上取下褥子，垫在莹儿的屁股下，又教了她一些要领。兰兰安慰道，不要紧，谁刚骑时，都这样，过几天就好。又说，你别享福不知福，等驮了盐来时，你想骑，得先看人家骆驼有没有力气驮你。莹儿想，就是，我得锻炼锻炼。她走一阵，骑一阵，屁股虽好受了，但小腿肚子又刀割一样疼了。

5

晌午时分，姑嫂俩遇了两个老牧人。他们赶着一群叫日头爷舔得有气无力的羊。一个问，哎，你们是不是狐仙？兰兰笑道，真有狐仙吗？那老汉道，有呀，上回，我们在边墙下，见个红衣女子，正在梳头。我们一抡鞭子，她就尖叫，头一声还在边墙这儿，第二声已到十里外了。不是狐仙是啥？

兰兰笑道，我也希望是狐仙呢，可狐仙们不要我们，我们只有当剑客了。她拍拍刀枪。老汉笑了，说，要是拿个烧火棍，就成了剑客，沙洼就成剑客窝了……要小心呀，今年是豺狗子的天年，有个麻岗里尽是豺狗子，撒麻籽儿似的。小心别叫抽了骆驼的肠子。莹儿虽没见过豺狗子，却不由得一哆嗦。她的印象里，那是很阴的动物，它远比狼们可恶。莹儿不敢想象肠子叫豺狗子叼住后会有啥感觉。

兰兰却拍拍枪，说，豺狗子也是肉身子，怕啥？那老汉讪讪地说，有枪当然好。另一人却说，最怕的，倒不是豺狗子。你们这么俊的两个，也不怕叫人家起歹心。那些放牲口的，可比牲口还野呀，还是小心些好。另一个说，就是，常年累月，见不上个母的人，难保人家不起歹心。前一个又说，就算人家不起歹心，身子也会起歹心的。那些挨枪的，事罢了，才明白已做了挨枪的事。莹儿明白他们说的是实话，心不由得咚咚地猛跳。

兰兰却说，不怕，我会过好些毛贼，走不了几趟拳，我就能拨灭他们的灯。兰兰说的是行话，“拨灯”是指弄瞎对方的眼睛。这话，孟八爷们老说。莹儿感到好笑，心里仍不由得发虚。

一老汉笑道，既然姑奶奶有那号本事，我们还磨啥牙？又听得另一个悄声说，人家敢进沙窝，想来真有点本事的。两人嘀咕着走了。

莹儿说，人家说的，也不是没道理。兰兰叹道，要是有别的活路，谁愿进沙窝呀？不过，毕竟是太平世界，不信他们还没了王法。话虽如此说，两人还是停了下来，弄些锅煤子，抹黑了脸。从兰兰的脸上，莹儿看出了自己的丑陋，觉得好笑，心却突地悲了。她想，挨刀货，瞧，你把我害成啥样儿了。

因为有类似的担忧，进沙窝时，两人就没带很艳的衣裳，只挑了厚实的耐脏的。单从颜色上看，倒也不扎眼。为了防日晒，又都带了草帽，戴了头巾。头巾的颜色跟衣服一样，也很俗气。若在几十米外看，是分不清男女的。兰兰就说，以后我们一见人，就吆远些，别叫人看出我们是女的。莹儿却说，那盐池上的人，眼又没瞎。兰兰说，盐池上的人多，狼多不抬羊，不会出事的。话虽这么说，两人却总是心虚，走了好一阵，谁也不想说话。

为了壮胆，兰兰在枪里装了火药，怕走火，她没敢安火炮。她将枪背在身上。莹儿则拿了藏刀。这下，胆子真壮了些。

翻过又一架高到半天的沙山，就算进了二道沟。沙生植物渐渐多了。途中有好些骆驼的骨架，一见那骨架，骆驼就会抡头甩耳一阵。看来它们也跟人类一样，最怕死了。一见骨架，莹儿也暗自心惊。有些白骨，不知在沙漠里放多少年了，颜色都灰了。有些却是新死的，骨上还带着肉丝呢。听说近些年沙窝里老闹狼祸。莹儿很怕狼，也怕豺狗子。尤其对后者，她总是不寒而栗。"豺狼虎豹"中，豺占首位，想来有它的道理。她老想，要是自己是骆驼，叫豺狗子抽了肠子，会有怎样的疼痛？可怕的是，那瘆人的画面硬往脑子里钻。她甚至能感觉到肠子的抽动了。

一想豺狗子的可怕，莹儿就想打退堂鼓。兰兰说，与其说我们是去驮盐，还不如说在探一条路。世上虽有好多路，有些我们不想走，有些不适合我们走，我们总得找一条自己能走的路。

姑嫂俩下了驼，将骆驼牵到一丛草边，叫它们忙里偷闲地吃几口。又取下水拉子，就着水，吃了些干馍。因为天热，蒸馍馍上有了霉点。为防止馍馍长黑毛，兰兰将馍馍分成两份，用纱巾兜了。这下，漠风能自由地出入纱巾，就能带走潮气。

太阳还很高，还能行一段路，两人又出发了。按习惯的路程安排，今夜应该在下一个麻岗里夜宿的。但因昨夜遇了蛇，莹儿心有余悸，她就提出不在麻岗里过夜。麻岗里潮湿，多长虫。她说最好选个相对干燥些的沙洼，那儿只要有沙秸们就成。两人可以少喝些水，多少给骆驼一些，以补充不能吃水草的损失。兰兰说，按说，在沙窝里，要先照顾骆驼的。有它就等于有了一切。要是没了骆驼，你真是叫天不灵叫地不应的。但兰兰能理解莹儿。任是谁，叫蛇钻一回裤裆，也会那样做的。兰兰说，也好，走到哪儿算哪儿，只要有沙秸就成。反正沙窝里不掏店钱，迟一天早一天，问题也不大。

6

也许那两个老汉说的是真话：今年是豺狗子的天年。出了麻岗不到一里，兰兰们就见到一个死驼。它躺在沙梁上。老听说沙漠里有野骆驼，莹儿也分不清它是家驼还是野驼。听说野驼是国家保护动物。又听说，腾格里沙漠没有真正的野驼。虽有些无主的驼，但那是跑到沙漠里的家驼，并不是严格意义上的野驼。

那死驼很瘦，峰子软塌塌地萎在沙上，跟老婆婆的奶子一样。它的鼻孔里没有木圈，也没拴过缰绳的迹象。就算它不是真正的野驼，至少也在沙漠里野多年了。

这驼显然是新死的，看那样子，肠子真叫啥抽了。沙滩上的那摊血很扎眼。这一番惨相，比蛇进被窝更叫莹儿害怕。她握紧了刀子。兰兰却下了驼。她叫一声，财神爷呀，你送钱来了。见莹儿疑惑地望她，兰兰解释道，你知道，一张骆驼皮值多少钱？没等莹儿回答，兰兰说，上回我家那牛皮，卖了三百多块，还是个犊子。瞧，这驼虽死了，皮倒没啥损伤。莹儿说，再值钱，也不是你的。兰兰说，它是无主的驼。爹说，早年，从驼场里跑出了好些驼，它们在沙漠里养儿引孙……性子早野了。孟八爷套下过一峰，可咋驯，也驯不熟，还咬人踢人，只好又放了。

兰兰指着死驼的鼻孔说，要是家驼，这儿早没毛了。莹儿说，也倒是。

兰兰说，这驼有病，跑不快，才叫野兽抽了肠子。不过，你瞧，皮子倒没叫扯烂。要是我们不剥，过不了一夜，皮就叫野兽扯得七零八落了。兰兰说，反正，老天爷给你赐了一张驼皮，你要不要，那是你的事。我想，它总比牛皮值钱吧?

兰兰将骆驼拴在沙米棵上，说，先叫骆驼吃草，我剥了这皮。要是盐池上要皮子，我们就卖了。要是他们不要，我们就驮回去卖给皮匠。说着，她从莹儿手里要过藏刀。莹儿见藏刀长，剥皮嫌笨，就从包里掏出把小刀。这是憨头买来的保安腰刀，很利。

莹儿想，看来，老天也同情我们，这皮子要是卖了，也等于驮了回盐。她想，也好，要是各路儿都来些钱，凑起来就快些。又想，妈呀，你以后可别再逼我，瞧，我正给你弄钱呢。这一想，泪又想往眼眶外涌，莹儿仰了头，将泪重又顺入泪袋。

莹儿知道骆驼不好剥，平时，几个壮汉才能剥骆驼。其难度不在于剥，而在于给死骆驼翻身。兰兰说，不要紧，我们又不要肉，到时候，叫两个骆驼帮忙扯几下，不信两个活骆驼，还翻不了一个死驼。莹儿笑了，说，听你的口气，好像是职业屠汉似的。一说职业屠汉，她想到妈硬要她嫁的那个屠汉赵三，不由得皱皱眉头。

兰兰绾了袖子，挥挥手，驱赶苍蝇。死驼上趴的苍蝇虽不多，但很大，差不多有蜜蜂大。最扎眼的，是它们绿色的头。它跟萤粉一样发出绿幽幽的光。莹儿嗅到一股腥味，有些反胃，却想，行呀，忍忍吧。为了活人的尊严，你总得付出些代价。想到当初她是那么的爱干净，连丈夫的汗臭也受不了，现在却不得不忍受这驼尸的腥臭。她想，生活是最好的医生，它会治好你的所有毛病。……瞧，不觉间，她已将以前的洁癖当成毛病了。生活真厉害。

兰兰皱着眉头，寻找着最佳的剥皮角度。那模样，很叫莹儿感动。在这样一种人生里，能有个跟你风雨同舟的姊妹，真是不幸中的大幸。

兰兰说，还是先开剥肚皮吧。她用刀子一下下戳软处。莹儿怕一刀下去，会喷出散发着恶臭的粪来，便掩了鼻子。还好，刀子入肉后，却只是冒了几个气泡。莹儿有些恶心，她有心去望天，又觉得对不住兰兰。兰兰紧皱眉头，拉动刀子。那刀真是好刀，跟小船划破水面似的，死驼的肚皮上开了一个口子。

忽听一声厉叫。莹儿还没反应过来，剖开的肚皮处已弹出一个黑球。兰兰一躲，脚被驼后腿绊了一下，身子倒在沙上。黑物在空中扭身一下，又扑向倒地的兰兰。莹儿叫，用刀子戳！兰兰边直了声厉叫，边用刀戳那怪物。莹儿扑向火枪，一把捞过了枪，却仍是手足无措。别说她不会开枪，就算会开，那喷出的火，也定会伤及兰兰的。又见怪物虽然不大，跟狸猫大小相若，却敏捷异常。兰兰舞刀猛刺，虽没刺中怪物，倒也护住了要害。

用枪托砸！兰兰叫。

莹儿虽害怕那怪物，但见兰兰十分危急。怕归怕，她还是抡了枪托，砸了过去。怪物一弹老高，发出厉叫，落地后只是龇牙耸身，并不敢前扑。兰兰趁机翻身，从莹儿手中夺过枪来，压了火炮子，不等她扣扳机，怪物却厉叫而去。真像那老汉说的，头一声还在耳旁，第二声已到远处的沙洼里了。

兰兰软在地上。豺狗子。她说。

话音未落，刀口处又弹出了几个黑球。瞬息间，已弹到远处的沙山上了。

莹儿大瞪了眼。她脑中一片空白。要是它们一齐扑来，她们哪有命呀？

兰兰白了脸，喘息道，幸好，带了枪，它们闻到火药了……谁能想到，它们从骆驼肛门钻进肚里，正吃心肺哩。

兰兰爬起身，用枪瞄准驼的刀口处，叫了几声，却不见动静。莹儿说，算了，不剥了。要是里面还有豺狗子，咋办？兰兰说，你去，拿个棍子来，捅一下。要是还有，先给它一枪再说。兰兰手扣扳机，如临大敌。莹儿从驮架上抽个棍子，探入死驼腹内，捅不了几下，却哇地呕了出来。

没了。兰兰说。她的脸白戗戗的，一头的汗珠。方才的惊恐，已耗光了她的所有精力。见莹儿担心地望她，便笑了笑说，按说，朝肚子里打一枪保险些，可皮上洞子一多，怕人家皮匠不要。

莹儿吃惊道，你还剥呀？要是再有豺狗子，你要命不？

兰兰笑道，刚才，是个冷不防。现在，要是有，它一出，我就先给它一刀。她虽强作安详，但那后怕，还是从脸上渗出了。莹儿想，要是叫豺狗子叼住了喉咙，她早没命了，就说，算了，我们不要这皮了。正说着，见兰兰肩上已一片血红了。莹儿扑过去。兰兰说，不要紧，叫豺狗子的爪子剐了一下……要不是我跌倒，这会儿，正在黄泉路上奔呢。

莹儿见伤口不深，血也流得不多，就烧了些驼毛，撒在上面。她很后怕，哭出声来。

兰兰却说，你哭啥，眼泪是换不来自由的。她喝了几口水，慢慢起身说，来吧，我们还是剥皮子，我们不能白担一回惊恐。你别怕，豺狗子虽恶，也不过跟狸猫差不多大。要是里面真还有，它一出，我就先捅了它。

兰兰举枪瞄了刀口处，叫莹儿用棍子搅住肠子往外抽。莹儿没搅几下，又反胃了。兰兰就把枪给了莹儿，叫她瞄准刀口处，安顿道：要是有黑物钻出，你就扣扳机。她将棍子探入驼腹。她本想用棍子将驼的肚肠挑出来。这样，要是里面还有豺狗子，它也藏不了身。但见莹儿干呕不息，就抛了棍子，边警惕地观察刀口处，边剥起皮来。

驼皮比牛皮厚多了，剥起来也很吃力。好在保安刀很利，兰兰也不管皮上是不是带了肉，只管剥了去。剥了一阵，也没见里面有啥动静。莹儿放心了，就忍住恶心，上来帮手。姑嫂俩一个扯一个剥，剥一阵，再在驼腿上拴了绳子，绾到活驼的驮架上，就轻易地将死驼翻了身。二人忙活了一个时辰，总算剥下了驼皮。

天已进入了黄昏，日头爷在西沙丘上赞许地望她们。兰兰抹抹头上的汗。她的身子叫汗渗透了，脊背上水淋淋的。莹儿出的力少，但那提心吊胆，也拽出了好些汗。她给兰兰擦把脸。她发现自己以前并不真正了解兰兰。至少在此刻，她最佩服的人就是兰兰。她发现兰兰身上有种很了不起的东西。她想，哥哥真没福气，连这么好的人都无福拥有。

驼皮很重，莹儿使足了劲也捞不动。兰兰喘了一阵气，过来。她俩很想把驼皮搭上驮架，可两人抬了几回，都没能如愿。兰兰说，今个力气用尽了，别前走了，找个干净些的地方，缓一夜再走。兰兰选个有沙米棵的洼，先牵驼过去，卸下驮子，叫驼们先吃沙秸。姑嫂俩走走停停，终于将驼皮抬进了沙洼。兰兰说，谁也累了，别做饭了，吃些馍吧。莹儿说，你缓着，我做碗揪面片。沙洼里多柴，莹儿拣了一堆。

正做饭呢，忽听到不远处传来厉叫。

兰兰惊叫，豺狗子！

第 十 八 章

狼在豁牙里喊三声，虎打森林里闯了。

1

猛子和北柱出了村子，去掘双福的祖坟。

夜灰蒙蒙的。月亮从山那边探过头来，像窥视寡妇夜尿的神汉一样诡秘。

坟堆在月色中更像坟堆，半明，半暗，真成阴阳交汇处了。阴森味便从阴暗中溢出来了。猛子看到了被雷殛成半截的秃树，想起了树下据说成了精的血腥鬼，嗓门变干，心跳加快，便响响地咳嗽一声，恐惧因之而淡了。

北柱在夜气中悠忽成一个影子，忽而隐入暗影，忽而现于灰光之中，若不是那实在的脚步声证实他是个实物的话，倒真像虚虚幻幻的气孕育的所谓鬼魂了。猛子喊："北柱——"其声有喊的质态，而无喊的音量，曳出一股鬼胎之气。

北柱站住了。

猛子说："到了。我记得就在这儿。"

"可别弄错了。"

"错不了。埋他爹时，我在场，就在那棵秃树的东边，坟后还有棵树哩。后来树放了。树墩不知在不在？"

“这儿倒有树墩。不知是不是沙枣树的？”

“可能是。你看那土岭。双福说风水好就好在那里。前年攒坟时，我挖了几锨土，还挨了他一顿骂呢。”猛子说。

猛子望望土岭。土岭并不大，但因夜气的缘故，显得比往日雄大了些。他想，真是这土岭使双福发财？他开始不信，但谁都那么说，就信了。

这孙蛋，可真是平地里起了个鼓堆。

北柱说：“猛子，知道不？上回，光给学校翻修教室捐的款，就有十几万哩。一想，头皮都麻了……哎，这坟，真像说的那么好吗？”

“谁知道，都那么说。说是啥金盆养鱼。”

“反正，怪。自打他爹埋这儿，他发财发得邪乎。谁不知道他呀？以前，穷得尻子里拉二胡，连屁都夹不住。现在，嘿，歹了，成了啥董事长，牛皮烘烘的，连专员市长都跟前跟后跑呢。”

猛子说：“就是。这世道，钱多就是爷爷。官是个屁，没钱，还不跟龟孙子似的。”

北柱说：“妈的，想当初，他是个啥呀？二杆子。农业社那会儿，还巴结我爹呢。现在，呸，见了我爹，跟见了叫花子似的，正眼都不瞧呢。当然，我爹是斗了你。可不斗咋行？谁叫你偷苞谷？再说，斗你的，又不是我爹一个。有点年岁的，谁没斗过？……那孙蛋，可真牛气，叫他低头，愣是不低，脖子给砸得血糊糊的也不低。真没见过这号贼。”

“那是条汉子……就是……就是……不说了，挖吧。”

猛子望望天。月亮还那么诡秘。山峦黑黝黝的，屏障似的围着这坟地。他觉得这儿真有“盆”的味道，心想，在“盆”里葬的，又不单是双福的先人，为啥单他发财呢？就问：“掘了祖坟，真能败运？”

北柱说：“都说是的。孟八爷说，包家的先人已做了大官，祖坟一斩，人就死了。”

猛子说：“那就挖吧，我看不惯他那牛气样。”

“我也是。我可是为了整个沙湾呀。一人拔了簧，其他人，就只能砸锁儿铁卖了。这地方的簧，总不能叫他一个人拔掉。老子们也得活呀。知道不？凤阳的簧，就叫朱洪武拔走了。有个歌儿唱：‘说凤阳，道凤阳，凤阳本是个好地方。自从出了朱皇帝，十年倒有九年荒。’精气叫他一个人吸走了，不荒才怪呢。”

猛子说：“别说了，挖吧。”

北柱意犹未尽地用锹向坟头上插去，质感很润，并无沙石之类，遂狠狠挖了一锹，狠狠扔出。沙洼里便响起巨大沉闷的声音。猛子说：“轻些，叫人知道可不好。”

村子早睡了。沙山上望去，月光下的院舍像一块块土坯，不规则地摆了。灯光没有，狗咬也没有。但白虎关的喧嚣仍在遥遥传来。因为上次猛子们的被埋，村里男人暂时不敢再当沙娃，都说，财是命，命是财，拿财换命的事，他们不干。当沙娃的，大多是外乡人。虽老有人被压死，但仍然挡不住那汹涌而来的人流。

猛子想，明天，村里人知道了这事，会有啥反应？肯定会骂的。不骂才怪呢。一骂，这事就不是我干的了，自然一个比一个骂得凶。而心里，又咋样？猛子想，肯定在笑——不笑才怪呢。都见不得叫花子端定碗，凭啥他一人发财？他是个啥？一个二杆子，一个偷了秋禾叫村里人斗得过不下去的贼，一个穷得尻子里拉二胡的红眼老汉的崽子。凭啥？谁心里舒坦？猛子不掘，别人也会干呢。

“挖呀。”北柱喘吁吁道。

“换口气。”

北柱也住了手，直起腰，擦擦头上的汗。有风吹来，凉飕飕给人奇怪的爽。北柱心里有些怯，就有意找个话，使自己的意识摆脱阴森。

他说：“正月里，双福给村里人钱，你捉了没？”

“没。你捉了？”

北柱说：“当然捉呀。见钱不抓是傻瓜。硬崭崭一百块票老爷呀。咋？你没拿？”

“你咋能捉？你不看他那样，像打发叫花子。恶心。别看他脸上……心里可冷笑呢。最恶心的是斗他最凶的那几个，见了票子没了魂，连头三脑四也分不出来。那是钱吗？那是狗屎，往你脸上抹呢。”

“管他呢。狗屎也罢，啥也罢，给老子，老子就拿，老子并不领他的情。该气他，还气；该骂他，还骂。不拿干啥？为富不仁，为仁不富。那钱，不拿白不拿。”

猛子说：“嘿，全村像害了瘟症一样呀，眼里只有钱，只差喊爹喊万岁了。拿了钱，失掉的是啥？是脸皮。”

“嘿，管他呢。我说猛子，你别蚂蚁戴笼头，假装大牲口。穷就是穷。穷得连裤子都穿不上时，脸皮是啥？是屁股。你不拿？不拿白不拿！你以为不拿钱，别人会夸你？人家只会说你拔下屌毛栽胡子，只顾威风，不管疼痛。一百个票老爷啊，不拿干啥？为啥不拿？穷是老子的合该穷。他能给，老子就能拿！……哎，猛子，那天，他也花了好些呢，见一个人给一百，不管娃娃大小。我估摸，不下一万吧。”

“一万也罢，两万也罢，对他来说，一根毛。而你们，都跪下了。知道不？跪下了，别看一个个站得直棱棱的，其实都跪着。操！骨头脑髓都叫他看透了。他只差往票子上吐口痰叫你们舔了……还一个个贼眉贼样笑呢。呸！他是咋出去的？叫你们这些父老乡亲逼出去的。逼出去才学了手艺，才包了工，才发了财。现在，你们又像接天神似的，只差叫爷爷了。不就一百块钱吗？三拳两脚就花完了，而那耻辱是洗不掉了。”

北柱说：“你也别想太多。钱是拿了，可照样恨他。背后骂他的，也不是一个人。这不，老子照样掘他的坟。别以为，他给了老子钱，别以为，他修了学校，老子就对他感恩戴德。报上夸他是啥热爱家乡的企业家。呸！老子不稀罕！”

猛子叹口气，摇摇头，说：“人家的聪明正在这里，钱花在明处修学校。其实，说一千，道一万，不管他这个家那个家，实质是个商人。奸商奸商，无奸不商，无商不奸，报上说啥致富不忘家乡，成才不忘母校。嘿，屁。他这笔账算得很精，得到的，比花掉的多。就他这种有几个钱的，在凉州能赶一驴圈。可就他脑瓜儿灵光，一修学校，又是上报纸，又是进电视，名声出去了。这不，财又发大了。”

北柱嘿嘿一笑：“这孙蛋是鬼得很。听说，最近又拿出了二十万，成立个啥奖学金，专门帮助穷娃儿念书，用的，当然是人家的大名。吃饱了，喝足了，嫖好了，逛够了，又想留名了——还想千秋万代留名呢。嘿嘿，不过，说心里话，他要是不修学校的话，老子们也得集资修。谁都穷得夹不住屁了，哪有修学校的钱？别的村，一人集几十块呢……反正，不管咋样，他也算给村里干了点好事。”

猛子冷笑一声，想到了秀秀说过的一些话。它本是秀秀的牢骚，一张口，却从自己嘴里喷出了：“你懂个啥哩？你以为，他是为减轻你的负担才修呀？你以为，他对村里人感恩戴德呀？恨不得，他每人咬上一口呢。他爹咋死的？还不是叫你们这些饿老鸨斗死的。他咋跑了外地？还不是叫你们这些疯狗撵走的。你以为，他对你感恩戴德呀？你对他有啥恩？有啥德？值得他感？值得他戴？你以为他真爱家乡？家乡是啥？是穷山恶水狼都不想拉屎的沙旮旯，住着一窝想抽他筋剥他皮的穷恶霸，凭啥叫他爱？你说，凭啥？就凭你们把他爹的脑袋拧成个血葫芦？手插到屁眼里想想吧。这叫征服，懂不懂？他一张一张往你们面前扔票子是爱你？怜你？是揍你！嘿，他把一桶桶漂几块肥肉的泔水倒给你们，你们竟吃下去了。嘿，恶心。”这些秀秀的话，此刻说来，倒像出自自己肺腑了。

北柱也听出来了，说：“你这话，咋和双福女人一个味儿，那婆娘，动不动就说这种话。嘿，你们念了几天书的人，真是没意思。念的书多，生的蛆多。啥狗屁征服呢？馊臭馊臭的。其实，他只是摆阔耍排场而已。就算他真有你说的那种心思，老子们不知道，他还不是像月婆娘放了个米汤屁吗？反正钱也拿了，花也花了，我们感觉不到啥狗屁耻辱，也就没有耻辱。不过，不管咋的，坟我还是要掘的，嘿嘿。”

猛子叹口气：“那就掘吧。”

二人又动作起来。不多时，锨下便有了空堂堂的声响。北柱说："棺材盖快出来了，揭还是不揭？"

猛子说："你瞧吧，我有些恶心。"

北柱说："恶心啥？不就是几根白骨头吗，肉早没了……不过……我心里有些怯阴阴的。"

猛子沉思片刻，扔下锨，猴塑塑蹲在土堆上，点根烟，狠狠咂一口。他索然无味了。掘坟前为秀秀抱个不平的冲动消失得一干二净了。觉得眼前干的这活儿，真是莫名其妙。他甚至有些看不起自己了。

北柱望着月光下一闪一闪的烟头，说："要干的话，得快些，天一亮，人知道可不好。不管咋说，掘人家祖坟，总不是光彩事儿。"

猛子重重地叹口气，嘴上叼的烟头亮亮地闪了几闪，说："算咧。干到这个份儿上，也就行了。掘也掘了。叫他知道就成了……他眼飞毛奓，别以为修了学校就牛皮烘烘不知天高地厚。老子看不惯他那张狂劲！老子穷是穷些，骨头还没塌下，老子也往他脸上抹些狗屎……抹上就算了。"

北柱问："就算了？"

猛子嗯了一声。

"不行！"北柱叫了起来，"我啥都准备好了。这是红谷子糠，拌了黑狗血的……要干，就干个到底。你不干，我干！"说着，扫荡了棺材盖上剩余的土，丢下锨，捞过钢钎，撬出几声朽木破碎的声音："凭啥叫他一人发财？凭啥？"

猛子说："你以为，他发财真是祖坟的原因？"

"当然啊，啥都在祖坟里带着哩，坟荫里没有，求也白搭。蒋介石不是也斩过毛主席的坟吗？幸好没斩掉。黑皮子老道说，毛主席的祖坟是个风水宝地，无论下多大的雨，那个地方总不湿。不信？"

猛子摆摆手："算了，算了，我不听……行了吧……他发不发财倒没啥。我只是看不惯他那张狂样……我只想臊臊他的脸皮。"

北柱说："臊脸皮有啥用？你能臊个屌？！人家有钱，还不是那么风光？你能臊个啥呀？要从根本上解决问题。凤凰落毛不如鸡，富汉没钱鬼一样。

得叫他败！知道不？别看他财势大，可坏了风水，败起来快，就像筛子里盛水，百眼眼里往外流呢，他堵哪个好？嘿，想堵也堵不住。一夜能成富翁，一夜能成穷光蛋。靠的是啥？运气。运气在哪里？祖坟里。别看他得意得慌，穷起来，连鼻涕都吸不住哩。嘿嘿。”

猛子耸耸鼻头：“你美个啥呀？他兴他败，与你有啥关系？他兴了，你还能得些好处。他败了，你连个屁都闻不着。”

“嘿嘿，闻是闻不着，可……嘿嘿，心里舒坦。别看我接了他的钱，可心里难受。……别看我脸上笑……凭啥他能大把大把给人，老子却连裤子也穿不囫囵？日他妈。凭啥？凭啥？就凭他能吹，能哄，能骗！呸！老子可不稀罕。”

“别嘴硬了。说不稀罕，可给你一百，你恨不得抢来一千。”

“嘿嘿，那是另一回事。他以为，他给了老子钱，修了学校，就成沙湾的人物了？呸，你是根毛……毛都不如……还显阔？哼，你显了你的阔，也显了老子的穷呢。他没来那几年，老子也觉得活得差不多。馒头尽肚子吃。米汤拌面，想吃啥，就吃啥。比前些年，可是天上地下了。他一来，老子才觉得自己活得这么恓惶。操他妈。……真的，心里难受哩。”

“他钱多，是挣死挣活挣来的。你一天脊背贴炕屌朝天，头往扁里睡，当然穷。人家一天都闲不住。闲一天就当犯罪呢。不像我们，二两酒，也能喝一天。听说，人家能喝起酒，可喝不起时间……”

“哼，他才离开沙旮旯，就敢‘你们你们’地评头论足。上回，我说‘猪往前拱，鸡往后刨，各有各的活法’，他们以挣钱为乐，我们以舒坦为乐，都是对的。你猜，他咋说？他说我屌打胸膛自宽心哩。哼，他以为老子真羡慕他的臭钱啊？活人了世嘛。钱再多，也终究带不走。老子不信，他吃山珍海味，就一定比我吃山芋米拌面香。嘿，老子也不跟他磨牙了。给我钱，我就拿。转过身子，该骂就骂，该咋就咋。端起碗来吃肉，放下筷子骂娘。你也用不着假清高。你看老子，钱也花了，坟也照掘！”

猛子沉默了一阵，长叹一口气，自言自语道：“没啥意思，真没啥意思。

真的，咋臊皮他也是企业家，老子还得刨土吃。他张狂？……他当然要张狂啊。他有钱啊……你想张狂，拿啥张狂？……算了……没意思……真没意思。”

北柱说：“嘿，你真是。”遂不顾猛子的呆怔，从坟后的树墩下取过拌了黑狗血的红谷子糠，一把一把朝墓里扬去。猛子听到一阵沙沙的声响，心里有些发寒。

月亮已悬在西山顶上了。四下里，显得格外冷寂。夜风吹来，透进猛子的汗身里。他感到从里到外都凉了。掘坟前的愤愤然消失得无影无踪，剩下的只有索然无味。他望望用镇物秽物去毁坏掘开的坟茔的北柱身影，感到有点滑稽，甚而对他的乐此不疲有些厌恶了。

北柱说：“有尿吗？”

“咋？”

“往坟里弄。这地方，最忌这个。”

“没有！”

北柱没从猛子的语气中听出了不和谐成分，竟自哼哼咛咛掏出物件，朝那黑坑里撒起尿来。声音很响。随后，北柱走了过来，嘴中依旧发出那种含糊的得意的哼咛。到了猛子跟前，他表功似的喘几口粗气，吧咂几下嘴巴，嘿嘿嘿笑了几声，说：“好了……坏了……好了。”

猛子有些恶心，冷冷地说：“走吧。”

离开坟地的时候，月亮落了。猛子听到一声鸡叫。

他想：对这事，村里人会说些啥？

2

因折腾了半夜，猛子睡了懒觉。起床时，已到正午，他洗漱完，出了庄门，听到人们正议论那事。听说，双福只是打个哈哈，打发沙娃平了那窟窿。

双福啥话都没说。

村里人却都骂掘坟的缺德鬼。村里人眼里，套白狼，打闷棍，挖祖坟，欺寡妇，是最缺德的事。

当然骂。

猛子心里灰灰的，想：说不准，那娘们，也骂哩。

果然，双福女人冷冷望一阵猛子，问："那事儿，你干的？"

"没干啥呀。"他的心咚咚跳了。

"想叫他败？"

"乱说啥呀？"

"想为我抱个不平？"

"哪里啊……"

猛子忽然心虚了。因为，他从女人的话里听出了以往没有的语气。他想：这婆娘，成精了。猛子思维的筷子，咋也探不到女人的底。

女人眯了眼，许久，叹口气，说："你也罢，谁也罢，掘了就掘了吧！按我的性子，该啐他一脸唾沫星子。羞哩，人家有，是人家苦的。人家发，是人家挣的。关人家祖宗屁事？再说，不信你能掘了人家的坟。谁的坟，是谁自己掘的。别人掘不了。别人掘了的，只是别人的坟。不是吗？那掘坟的，最终，把自己心里的一种东西给掘了。不信干出这掘坟事儿的，能成个啥气候？"

猛子的头皮都麻了。女人的话像柳条，抽得他脸上热辣辣的。他想，我不掘，白狗也会掘。白狗不掘，还有人掘。你双福啥时不塌架，啥时便有人掘你的祖坟。这是明摆的。问题是，双福又没碍谁的事，咋谁都当他是仇人呢？损了他，谁也得不了啥呀？常听说损人利己，为利己而损人，还说得过去。可那掘坟，明明利不了己呀。

女人冷笑道："我上回说过，老天爷划了个道儿，有多红，就有多黑，谁也躲不过。双福的坟，是他自己掘的。别人，仅仅出了身无聊的臭汗而已。好没意思。"又说，"我也不管是不是你干的。若是你，我也不领这个情。有本事，拍着卵蛋，跟他明刀明枪地干，也用不着门背后踢飞脚，做那套白狼、打闷棍、踢寡妇门、挖绝户坟的事。双福虽不是绝户，也差不多了。我没生下个吊把儿的，也没听说哪个露水夫妻给了他个盼头。……不是你，当然也好。我可不希望这类恶心事跟我沾上边。其实，你我心里都清楚，人家也是条汉子哩。咋说，也是条站下戳天、躺倒盖地的汉子。不能因为待我不好，就把他涂成乌鸦。”

猛子灰溜溜走了出来。

夜风一吹，他倒恶心起自己来，就恶狠狠呸了自己一口。

几次了，从女人屋里溜出来，他总有灰溜溜的感觉。先前霸里霸气的他，竟奇怪地有些怕这女人了。

“你还叫秀秀哩，就这么个‘秀’法？”猛子晃晃脑袋，有些委屈。

第 十 九 章

黑云彩头上一条龙，空中里闪出个蟒来。

1

不知何时，沙丘上多了好些模糊的黑点，有的奔向死驼处，有的却凝在沙丘上。莹儿明白是豺狗子。她的舌头都吓干了。她求救地望兰兰。兰兰端了枪观察一阵，说，不要紧，它们是奔食场而来的。那么大的骆驼身子，够它们吃了，它们是不会冒险攻击人的。莹儿明白她在安慰自己。她很想说，说不准人家眼中的食场，正是我们呢。身子传递着一阵酥麻，她的腿一下子软了。

骆驼望着远处的沙丘，如临大敌。它们狠劲地突突着，时不时直杠杠叫一声。莹儿明白它们在威胁对方。听说狼怕驼啐，但没听说豺狗子也怕，但驼的反应还是感动了她。至少驼在声援自己。这已经很难得了。过去的岁月里，她很难得到这种声援。这世上，多落井下石者，多见利忘义者，多隔岸观火者，但声援者总是很稀罕。有时，哪怕仅仅是一句安慰的话，对一个濒临绝望的人来说，也是最大的帮助。

自家的公驼突突一阵，回望莹儿，仿佛说，你别怕，有我呢。那目光很叫她感动。莹儿想，成了，就算今天死在豺狗子口里，也不算是个孤鬼了。

这一想，倒不再有多么害怕了。她对兰兰说，你也别怕，就算它们是奔我们来的，也没啥。头掉了不过碗大个疤。兰兰笑了，放下枪，说就是，细想来，真没个啥怕的。活着有啥好？只是，叫这群豺狗子吞了，却有些不甘心。

莹儿说想透了，谁吞还不是一样。你觉得豺狗子恶，它们的娃儿还认为爹妈好呢。不管它了，要死，也要当个饱死鬼。说着，她支了锅，倒进水，燃了火，和起面来。

兰兰打起精神，将近处的柴棵们都砍了来。刀砍木柴声一起，豺狗子都慌了，骚动了好一阵。莹儿想，看来，它们也怕人哩。

吃了饭，兰兰燃起火来。她弄了好些柴，估计能烧一夜。两人也没支帐篷，就在火堆旁铺了褥子。因怕豺狗子抽驼的肠子，兰兰不敢叫骆驼去柴阔里吃，叫它们卧在火堆边，头朝外，尾朝火堆。这样，豺狗子即使真想抽肠子，也得先近火堆。驼们当然明白兰兰的心思，乖乖地卧了。莹儿抱些柴过去，叫驼们吃毛枝儿。

兰兰将驼皮弄开，毛朝上铺在沙上，这样一夜过去，干沙会吸去些水分，皮就会轻一些。等到了盐池，再在上面弄些盐巴，就能防虫蛀了。

入夜不久，死驼处就传来一阵又一阵撕咬声。豺狗子的叫声低沉而充满了嗔恨，在夜空里远远荡了去，又一晕晕荡了来，显得格外瘆人。驼们时不时抿了耳朵，发出突突声。骆驼是最能沉住气的动物，它们是轻易不抿耳朵的，说明它们很忌惮那群瘆虫。莹儿口中虽说不怕死，但一想豺狗子的模样，心还是一阵阵哆嗦。

那边的撕咬越来越厉害，说明豺狗子们对食物的争夺越来越激烈，也说明驼肉已满足不了它们的需求了。莹儿很害怕。她明白，要是那驼肉能满足豺狗子贪婪的食欲，她们就相对安全些。要是豺多肉少，等啃完那堆肉，豺狗子就会惦记她们了。突然，莹儿想到了村子，想到了妈。此刻，村子竟显得那么遥远而模糊，仿佛远到另一世了。妈也很温馨地朝她笑着。她想，那时，要是想到她会有这样的处境，她不会顶撞妈的。但一想到妈想叫她嫁屠汉，她还是受不了。她想，冤家，我等你，飞出巢的鸟总有回来的时候，我等你。

她想，等挣了钱，再给哥娶个媳妇，妈就不会逼她了。

兰兰取出了火药袋子和铁砂，放在离火较远的地方。莹儿则往火中丢着柴，她丢得很少。她想，听说狼怕火，不知豺狗子怕不怕火。要是不怕火，她们活的希望就很小了。莹儿明白，要是豺狗子一齐扑了来，连重机枪都挡不住，别说一支小小的火枪。

死驼那头的撕咬声越来越密，渐渐演化成一场大战了。惨叫声、吼叫声、威胁声、嘶鸣声一起扑来，间或夹几声长长的嚎哭，莹儿怀疑是狼嚎。她的头皮麻了。兰兰说，豺狗子和狼抢食场呢。豺狗子那么多，它们会吃了狼的。

乱麻般的叫声越来越大，爆炸般扩散着，连星星也瑟缩着，渐渐没了。诸多音响汇成巨大的旋风，在沙洼里啸卷着，忽而滚过去，忽而荡过来。忽然，一阵沉闷的撕咬声咬碎了嚎声，嚎声断断续续，渐渐被撕咬声吞了。另一个嚎声却突出重围，逃向远处。莹儿仿佛看到，那堆张着獠牙的动物正在狞笑着追赶。

兰兰捏捏莹儿的手。莹儿笑着回捏一下。两人的手心里有许多汗。莹儿悄声问，咋办？要不，我们走？兰兰说，来不及了，你的腿再快，也跑不过豺狗子……先多收拾些柴，熬到天亮再说。她叫莹儿拿手电照亮，自个儿抡了柴刀，将沙洼里的柴棵无论干湿，都砍了来。兰兰抱些湿柴给骆驼，又往火中丢了一些。火中马上响起嗞嗞声。

沙丘上的豺狗子都跑去抢食了，骆驼也安稳了。食场里的撕咬声更凶了。豺狗子没固定食场，哪儿死了牲口，哪儿就是它们的食场。或者说，它们瞅中了哪儿的牲口，哪儿就是它们的食场。它们没固定的窝。除非到了生殖期，那些大腹便便的母豺狗子才可能在某处相对稳定地住上几月。待娃儿一大，它们便成了沙漠中的旋风，哪儿有吃食，它们就刮往哪儿。豺狗子没有地盘观念，它们不像狼呀豹们用尿在自己的地盘上做记号，不，它们用不着。因为它们从来不抢地盘，哪儿也没有它们的地盘，哪儿也都是它们的地盘。它们无处不在。只要有生命的地方，它们便会嘣儿嘎儿地出现，撕咬它们想撕咬的东西。在沙漠里，它们是一个摆不脱的梦魇。

兰兰认真地压着火，不使它熄，也不叫它暴燃。火跟身旁的枪一样，成为这个世界里仅有的两种心灵依怙了。进沙窝时，老顺给她们包里塞了汽油打火机、气体打火机，还有火柴。在沙漠里，有了火，就有希望。老顺把它们分装在各处。兰兰这时才明白了父亲的用心，父亲怕她们不慎丢了，或是用光了，记得当时，她还笑爹愚呢。

兰兰将驮架们放在火堆旁，除了火药距火堆稍远，其余的都挪到身边。新剥的驼皮趴在不远处的沙上，时不时，风还会带来一股臭味。兰兰想，要不是剥那驼皮，这会儿早走远了。她想，好多东西，难说得很，谁也不知道便宜的后面是不是亏……不想它了，做了的，也用不着后悔了。是福不是祸，是祸躲不过，就算这会儿在远处，谁知会不会遇上一群狼呢？

兰兰把枪放得离火稍远些，以防火焰烤燃火炮儿。她对莹儿说，这会儿，它们还顾不上这头，你稍稍眯一会儿，要是它们吃不饱的话，说不准就会打我们的主意。那时你想眯，也怕没时间。莹儿说，还是你眯吧，你剥了半天皮，怕是早散架了。兰兰说也好，你操心些，别叫火熄了，省着点柴。枪上我压了火炮子，你小心些。说完，兰兰靠在驮架上，不一会，竟响起轻微的鼾声。莹儿想，她真是大肝花，在这号形势下，竟能睡熟。又想，就是，有个啥放不下的？大不了是个死，怕啥？细想来，虽没个啥怕的，可要是真死在豺狗子嘴里，她还是有点不甘心。

莹儿加些柴，火大了些。她有种历尽沧桑的感觉，仿佛活几百年了。她想，哪怕今夜死了，也不算夭折了，至少感觉上这样。有时想，人生来，本就是受苦的，要是啥都不经经就死去，不是跟没来一样吗？也好。她苦笑了。

那边的撕咬声小了些，但仍时不时响起，说明那儿还有食物，说明她还有机会想自己的事。但她也懒得想啥了，她觉得想啥也没用。人的命运不是你想想就能改变的。有时的想，反倒苦恼了自己。

可又觉得，有时的想，也是必要的。比如那时，她就想勾引灵官——想到“勾引”这个词，她过瘾地笑了，身子的某处也突地热了。要是她不生勾引念头，就不会行动；要是没有行动，也就没有后来的故事；要是没有那故事，她当然就会是另一种人生轨迹。看来，命运的改变，有时就源于“想”。她又想，村里也有些寡妇，男人死后不久，她们就前行了，仍在另一个男人身边发出快乐的笑。她们心里，定然也有些想法。那想法，导致了她们的行动。那行动，构成了她们的命运。

不想它了。莹儿挑挑火，吹口气，叫湿枝儿腾起火苗来。莹儿喜欢湿枝儿，喜欢它们发出的嗞嗞声。它跟鸟鸣一样，也是大自然中最美的音乐。莹儿想，要是豺狗子不危及自己生命的话，那撕咬声又何尝不是音乐呢？她认真地听那声音，透过外现的凶残，竟听出了一种柔音。是不是豺狗子妈妈正给孩子喂食呢？这一想，她就想到了盼盼，眼前就出现了盼盼那张可爱的小脸。一股潮水般的情绪啸卷而来，恨不能飞到家里，狠狠咬娃儿几口。

撕咬声渐渐息了。

一种巨大的静默卷了过来。莹儿甚至能感觉到挤压的质感，也仿佛看到了黑夜里绿绿的眼睛。她没机会仔细观察豺狗子的眼睛，但看过村里疯狗的眼。想来豺狗子望人时，也跟疯狗差不多吧？只是疯狗的眼睛红，豺狗子的眼睛绿，但红也罢，绿也罢，都定然会有贪婪，会有凶残。她能想出贪婪的眼神，比如徐麻子望她的眼神——想到这里，她干呕了一下，狠狠地晃晃脑袋——凶残是啥样子？她还真想不出来。记得妈妈在某个恨铁不成钢的瞬间，曾“凶残”地望过她，但她不知道用这词儿形容母亲的目光是否妥当。此外，她想呀想呀，也实在没法在她的生活里找出凶残来。这样，四面的夜里，就只能显出徐麻子的眼神和疯狗眼神混合在一起的豺狗子眼睛。

莹儿恶心地干呕几声。她宁愿她的四周布满疯狗眼睛，也不愿再叫徐麻子出现了。

忽然，骆驼狠狠地啐起来。莹儿吓了一跳。这说明，骆驼发现了逼近的危险。她推兰兰一把，亮了手电。光柱利利地扑向远处沙丘，上面已密密麻麻地布满了绿灯。那绿灯，质感极强，它们磷火一样游动着，飘忽着来去。莹儿打个寒噤，往火中丢一把干柴，吹几口，火突地腾了起来。兰兰悄声说，别怕，它们怕火。她捞过枪，枪口朝天。莹儿说，要不，打一枪，唬一下？

兰兰说别急，要是它们不逼近我们，我们也不惹它。现在，是麻秆儿打狼，一家怕一家。它们要是习惯了枪声，反倒不妙。说着，她取过马灯，点了。

为防豺狗子们偷袭，兰兰将铺盖和驮架变了方向，以前她们面朝骆驼，现在成了背向骆驼。骆驼有夜眼。这一变化，等于多了两双监视豺狗子的眼。她们可以不管身后了，只警惕前方即可。

兰兰后悔没再多砍些柴，对燃多大的火才能镇住豺狗子，她没有经验。她想，要是它们不怕火光，步步紧逼，火堆就得大一点。这点儿柴，怕支持不到天亮。

莹儿觉得恐怖直往自己心里渗。

2

豺狗子寂悄悄的，不发出一点儿声音。它们定然也在观察对手。胃里有了垫底的食物，它们当然不急。骆驼也停止了咀嚼，不再啐唾沫。除了火的呼呼外，啥声音也没有。莹儿觉得，那静寂变成了两堵墙，狠劲地夹向自己。这感觉真怪。以前，她喜欢静，厌恶吵闹，可没想到，静也会这样肆无忌惮地冲撞心。心便猛劲地跳，使劲地擂胸膛。沙洼里也涨满了心跳，而且，她渐渐觉出了好多心跳，兰兰的，骆驼的，还有豺狗子的。兰兰的心跳跟棒槌声一样，骆驼的心跳像石磙在缓慢地滚，豺狗子们的心跳则像破锅里炒石子，很是碜牙。渐渐地，碜牙声更大了，神经里就多了千万根拉动的锯条。她狠劲地咬住牙，晃晃脑袋，挨疼般屏了息，但碜牙声却仍在响，想来是豺狗子在咬牙。听老顺说，他亲眼见过千万个老鼠在磨牙，那种声音，真是能叫人精神崩溃的。莹儿想，这豺狗子的磨牙声一点儿也不比千万个老鼠的磨牙声好受。但怪的是，自己的心跳声也越来越大。她真怕心脏承受不住。

兰兰往火中扔了些干柴，火大了些，但多大的火光也只能照上十来米，再远，就看不清了。反倒因了近处的火光，模糊了远处的沙丘。莹儿想，要是豺狗子们悄悄摸到近前，冷不防一个猛扑，她们是绝对无法反应的。她亮了手电。强劲的光柱一射过去，沙丘上的黑点儿就慌张地动了，看来它们将手电当成闪电一样的东西了。听说，所有动物都怕雷电，因为沙漠里老有叫雷电殛死的动物。别说一般动物，就是有些很稀罕的有了灵性的精灵动物，也怕雷电。它们或是拜月，或是舔食少女的元红，或是采吸童男的精气，好容易修上千年，一遇雷电，照样叫殛成一堆灰了。它们当然怕这个闪电般的光柱。

看到豺狗子们的慌张，莹儿放心了些。她想，只要你有怕的东西就好。这一来，在火和枪之外，又多了一样叫豺狗子忌惮的武器。手电筒装着四节电池，她们还备了八节，就是连续用的话，也足能亮几个小时。

手电一熄，莹儿们又成了瞎子。她们只能看见模糊的沙丘轮廓。只有在火小时，才能望见远处黑里的绿绿的灯。这也成了个悖论。叫火小些吧，她们怕豺狗子们会一窝蜂扑了来。火燃大些，她们却成了瞎子。这情形，很像豺狗子们观看由人驼表演的节目。观众的视线都集中到了她们身上，她们却一眼的模糊。这真是要命的事。

兰兰想了个法子，叫莹儿侍候火堆，自己却提了枪，提了火药，带了手电，伏在离火堆稍远处。这样，火光就影响不了自己的视力。要是有前来偷袭的豺狗子，她会用火枪招呼的。

一离开火堆，兰兰就发现四面多了好些绿灯。绿灯们飘忽着，说明那帮贪婪的动物又向前推进了。她瞅个绿灯最密的地方，瞄了，一扣扳机，扫帚样的火喷了出去。一阵惨叫传来。绿灯们倏地退了。兰兰笑道，不给点颜色，还以为老娘拿的是烧火棍呢。

那闷雷般的枪响真管用，光柱里的麻点儿小了好多。看样子，至少在百米外了。火枪能装好些铁砂，但有效射程不过二三十米。一些豺狗子虽中了铁砂，但想来只伤了皮毛。兰兰就选了一颗架子车钢珠，独子儿射得远些，连黄羊都能打下，不信还弄不死个豺狗子。兰兰说，打死一个豺狗子，至少能安稳一阵，一是给豺狗子一些颜色看看；二来，豺狗子们会抢食死者，她们就会赢得一些时间。到天亮，就好办了。也许，豺狗子跟狐子一样，习惯于夜里活动，日头一热，它们的头就疼。

看来，心真是个怪东西，多恐怖的场面，只要假以时间，它就会木了。虽然强敌仍在环伺，虽然命仍悬在蛛丝上，但两人却没方才紧张了。为了看清对手，兰兰过去，将明火压了，只留下火籽儿。这一来，四面的黑又压了来。她说，沙漠里的牧人多带火枪，豺狗子想来叫揍怕了。莹儿却说，也许它们是第一次见火枪呢。要是真见惯了火枪，它们不会逃这么老远的。兰兰说也倒是。

兰兰举了手电四下里扫，发现豺狗子多集中在东方。西边的沙山上反倒不见黑星儿。她们宿营时，是按老规矩选的地方，即背风，干燥。也就是说，她们背靠西面的沙山，面朝着相对宽敞的沙洼。兰兰说，这不好，要是豺狗子上了西面的沙山，人家只一滚，就会滚进我们的怀里，你连扣扳机的机会也没有。得挪到沙洼中间，这样，不管它从哪面来，都得跑一截路，我们才有准备的时间。

趁着豺狗子们叫枪声震闷的当儿，兰兰燃个大火把，在相对阔敞些的沙洼里燃起了一堆大火，两人老鼠挪窝似的将驮子、铺盖、柴棵、骆驼们移了过去。果然，半个时辰后，西面沙山上也布满了麻籽儿似的黑点。不过，莹儿却觉得，要是她们不搬，豺狗子们也未必敢上西沙山，因为那在火枪的有效距离之内。现在这样一搬家，反倒腹背受敌了。

一远离西沙山，清冷的漠风明显大了。莹儿觉得脊背凉飕飕的。她打开盛衣服的袋子，取了两件衣服，给兰兰披了一件，自己穿了一件。她们仍是背靠了骆驼，但骆驼却没方才安稳了，显然，它们也看到了西山上的豺狗子。莹儿说，不搬倒好些。兰兰说不搬有不搬的好，搬了也有搬了的好，不搬我怕它们偷袭，老觉得它们会滚下沙山。现在，我们在明处，它们也在明处，大家都亮了相，要打了吃劲打一场，大不了填豺肚子。又说，我是想透了，人生来，早死早脱孽。你咋也是个死，缩手缩脚是个死，你大了胆子折腾也是个死。自打了几回七，我倒真有些参透人生的感觉了。当然，我离上师的要求还很远，人家菩萨，能舍身饲虎，能割肉喂鹰，按那标准，我该白溜溜躺下，喂这些豺狗子。可是我不想，要是豺狗子跟绵羊一样善良，我叫它吃了也没啥。它们是啥？它们是一群喝血抽肠子的恶兽。

兰兰这话，又提醒了莹儿。跟豺狗子对峙了许久，她真模糊了对手的凶残。她想，要是它们嘣儿嘎儿地一齐扑来，眨眼之间，她们就会变成两具骨架。她又觉出了恐怖。兰兰却笑道，你怕啥，要真免不了死的话，你怕也是死，不怕也是死。就像你活一辈子，你笑也是活，你哭也是活，不如开开心心，自得其乐一辈子，你说是不？又说，我想透了，人其实活个心情，那幸福呀痛苦呀，其实都是心情。心情好了，人就幸福。有一辈子的好心情，就等于有了一辈子的幸福。我们没办法改变世界，但总能改变自己的心情，你说是不？

莹儿对兰兰真有些刮目相看了。她发现兰兰近年的变化真大，像方才这番话，她是想不出的。细想来，陶醉她的，或是折磨她的，还是她自己的心情。又想，其实，人的价值，不也是那点儿心情吗？要是真修得心静如水，也许会少了许多做人的滋味的。

兰兰嘘一声，用手电一扫西沙山，那密麻的点儿动了一下。兰兰叫莹儿拿手电照着，她趴在地上，托枪瞄一阵。一股火喷出，没听到惨叫，却见那一线黑点立马炸散开了。兰兰嘿一声，说，没打中。这独子儿，射程虽远，却没准头，还是铁砂好。莹儿说，你别乱放枪了。你不放，人家或许还忌惮你，你嘣儿嘣儿乱放一气，人家倒不怕了。兰兰边往枪里装火药，边说，我是想给它们一点颜色看看的，谁料越瞄越不准。

莹儿说的话没错，就像麻秆儿打狼，狼以为你拿的是棒子，不一定敢到你跟前；你要是用麻秆打它一下，它反倒发现你手中只是唬人的玩意儿。这一枪之后，豺狗子只是慌乱一阵，很快又围了上来，距离反倒更近了。而且，它们已经习惯了手电，无论莹儿咋扫射，它们也不骚乱了。莹儿想，要是它们习惯了枪声和火，她们就该填人家的肚子了。她想，那冤家是不会想到她有这样的结局的。要是他知道我填了豺肚子，会咋想？他会不会哭？也许，他会哭，但哭的时间长短，可就难说了。她见过好些卿卿我我的两口子，一方死了，另一方至多哭上一场，不久就有说有笑了。这一想，莹儿万念俱灰。她想，人活着，真没意思，还不如填了豺肚子。记得小时候，妈老骂她“狼吃的”。开初，她觉着这骂好听，亲热。她想，莫非，娘老子嘴里真有毒哩，她填的，虽不是狼肚子，却是豺肚子。人说豺狼豺狼，形体虽异，但都是凶残的猛兽呀。

她想，死就死吧。与其活着想那号没良心的货，还不如填豺肚子哩。

忽听兰兰叫道，快，点火点火。莹儿醒过来，见那火籽儿，已暗成一点红了。她忙用打火机点毛枝儿，毛枝儿湿，点了一阵，只是嗞嗞响。兰兰递过一把干柴，引燃了火。她说，你得将干柴和湿柴分开，看这阵势，它们要下歹心了。你在四面都弄上些柴，万一它们要扑，就点了。说着，她用手电一照。莹儿倒抽一口冷气：那密麻，直扎眼睛，最近的几个，都看到身体轮廓了。

兰兰说，你管好火堆，千万别叫熄了。我得给它几枪，再不教训，人家就上你的头了。

这时，一直沉默不响的豺狗子们突然齐声大叫，其声震天，很像亿万老鼠堕入沸汤时的惨叫。

兰兰回了一枪，但没压息那叫声。

3

兰兰拧亮了马灯，她只管装火药，放枪。豺狗子们或厉叫，或惨叫。它们虽没齐刷刷扑了来，却也没一听枪响就炸散了。说明它们已习惯了枪声，不再把它当成多么了不起的东西。你想，一个狸猫大小的豺狗子敢跟狼争夺食物，而且不落下风，说明它的凶残和狡诈也不在狼之下。兰兰虽时不时放一枪，铁砂们时不时发出啸声扑向豺狗子，但它的震慑力明显弱了。恐怖又上了莹儿的心，兰兰也显得有些慌乱。莹儿说，你省着些用火药。兰兰嗯一声，说不要紧，来时带得多，熬到天亮问题不大。莹儿想，到了天亮，人家赖着不走的话，你有啥法子？

每装一次枪，得几分钟，一到这间隙，总有豺狗子跳跃着前来。它们在试探。看来，它们对火的畏惧倒比枪大。莹儿想，要是没火的话，它们定然早扑上来了。

看到那些试探的豺狗子，兰兰学聪明了，装了火药后，她悄悄瞄了，也不急着扣扳机，待胆大的豺狗子近些，再近些，距火堆有十多米时，就冷不防喷出一团火。这下，有几个豺狗子倒地惨叫了。它们发出吓人的叫。听那声音，它们的叫不是因为疼痛，而是因为愤怒。它们显然看不起这两个女人。没想到，就是这两个女人，竟叫它们吃了苦头。

一个豺狗子一瘸一拐地逃了。另几个叫一阵，渐渐寂了，说明铁砂打中了它们的要害。兰兰很高兴。她边装枪，边说，还是砂枪好，虽打不太远，可一打一大片。

听得骆驼又突突起来。原来，西边也出现了几个豺狗子，它们嬉戏般跳蹦着，忽而跳左，忽而跳右，像在挑衅，也像在躲避子弹。豺狗子出现时都这样，它们天性如此。除了在有十足的把握扯牛大肠时，一般行动中，它们很少有猛虎扑食那样的行为。它们总是一副嘣儿嘎儿的嬉戏模样。它们的力量并不大，但借助惊人的弹跳力，它们往往能将尖牙利齿的威力发挥到极致。

兰兰装好了枪。她屏了息，瞄那些蹦来蹦去的黑点。其实她也用不着瞄，铁砂出枪口时，不过酒盅粗的一股火，待到了几丈外，火就牛车轱辘大了。夜幕里看来，着实吓人。

待得那嘣儿嘎儿的豺狗子再近些，兰兰扣动了扳机，不料只听到撞机的声响。原来情急之下，她忘了安火炮子。一个豺狗子听到了声响，也许它明白这声响意味着啥，竟扑了上来。莹儿虽吓得直抖，还是用手电照了。那豺狗子到了近前，却耸了身，只管朝她们龇牙。它像护崽的母狗那样唬着，幸好火焰燃得正高，不然，它早就扑上来了。而且，要是它放胆一扑，要不了几秒钟，就能叼住一块人肉。莹儿见过它们在沙上飞的速度，那真是一道黑色的闪电。莹儿想抽藏刀，但要是放下手电，又怕豺狗子会趁机扑上。豺狗子低哮着，它的牙很白，眼珠不绿了，闪烁着一种飘忽不定的凶光。它定然是豺狗子群里最爱出风头的那一类。豺狗子尖嘴猴腮，有点像狐子。莹儿喜欢狐子，狐子身上有灵气，她很羡慕狐子那份轻灵的仙气。豺狗子身上却只有恶气。莹儿这时才算看清了什么是凶残。那凶残，正从它翻龇的牙里、低哮的声里、耸起的毛里往外喷呢。

那豺狗子边低哮边逼近，莹儿发现火对它的震慑似乎很有限。就像人中有智者一样，豺狗子群里定然也有智者，它们也可能发现火其实是个纸老虎。想来真是这样。老顺就遇到过不怕火的狼，它一直跟了他一路，情急之中他燃起火堆，狼竟然挑衅似的在火堆上跳过来跳过去。要不是孟八爷给了它一枪，他哪有机会生下灵官们？莹儿想，生不下倒好些，那号没良心的，人咋对他好，也拴不住他的心。这一想，莹儿倒不怕豺狗子了。她朝它斥道，滚！你个没良心的。

枪响了！

大把铁砂出了枪口。它们是一群燃烧的蚊蚋。它们啸叫着，撞击着，像雨后的蜜蜂扑向群花那样兴奋，像饥饿的苍蝇扑向污血一样急切，像发情的儿马跳出栅栏那样欢势，像喷射的精子游向子宫那样汹涌，像被久旱困在泥水中的蝌蚪突遇清水那样欢畅。它们将那稠浓的夜色划成了碎缕。在进入豺狗子的身体前，它们先进了它的眸子。豺狗子的心虽小，眸子却广如大海，世界有多大，那眸子也有多大。铁砂们当然明白这一点，你就尽情地欢畅地游吧。

莹儿觉得，铁砂们摇动着尾巴前游时，还扭头望着她呢。……“怎当她临去秋波那一转。”记得，那冤家当初老念叨这一句。

铁砂入身的一瞬，豺狗子瞪大了眼。显然，它明白这群欢游着的红色的蝌蚪，定然是来要它的命的。没错。它甚至只来得及扭动几下，就伸长了腿，大眼瞪天了。

兰兰说，你得把刀子准备好，看样子，也有不怕火的。她抹把汗。莹儿觉得脊背里凉飕飕的，她忙用手电照东面，见那些黑点已围上来了。

这有效的一枪并没镇住豺狗子们。

兰兰连喘息的时间也没了，她边装枪，边放。火药味弥漫在空中，她也不管打中打不中了，装一枪，放一枪，东一枪，西一枪。还好，火龙喷向哪面，哪面的豺狗子就退缩几步，但也仅仅是几步而已。枪声一停，它们就步步逼近了。莹儿取出为马灯准备的煤油。她想，万一豺狗子围扑了来，她就往环绕着的柴棵上倒煤油。再是它们突破火环进来，她就索性点了所有的柴，自己也跳进去算了。怪的是，心里的怕淡了好多。多深的怕，在心里搁久了，也会渐渐淡的。对死的恐惧倒退到其次了，最大的遗憾是死在这群没起色的恶兽嘴里。一想这么好的身子竟会成了这群龇牙咧嘴的怪物的食物，她浑身不自在了。她最恶心的，是豺狗子口中流下的涎液。一想它竟要沾上她干净的身子，她就干呕不已。因为夜里吃得不结实，肚子已有饿感了，当然也呕不出啥。那时时裹来的火药味更呛得她胸坎子发憋。透过烟雾，她发现枪声的作用很有限了，虽也时有豺狗子倒地惨叫，但别的豺狗子似乎已不在乎同伴的伤亡了。只有在兰兰的枪口指来的瞬间，它们才会稍稍躲避一下，但那是躲避，不是轰然而退，更不是四散溃逃。豺狗子能以瘦小之身打下好大的名头，当然有它的理由。在抢食时，即使是同伴被狼们撕成碎片，它们照样前赴后继，何况前方还有鲜嫩的女人和高大的骆驼呢。

据说，在所有食肉动物眼中，人肉最鲜，因为人肉的脂肪最多。虽然土地爷给他麾下的看门狗定了许多规矩，但只要谁尝过人肉，它定然忍受不住人肉的鲜美，就会屡屡作奸犯科。人类的法律中，也不管它是几级保护动物，只要它吃过人，就一定要将它击毙，因为它既吃了一人，就会吃百人。

这群豺狗子，是不是也想吃人肉呢？

枪声响得很稀。火枪装起来不太方便，先用铁溜子将一把火药顺下枪管，用捅子捅瓷实，再装入铁砂并加些火药捅瓷实。这样，每次枪响之后，就会有个间隙。每到这时，豺狗子就会嘣儿嘎儿地跳了来，直到再一次枪响后，它们才慌张地退缩一下。

豺狗子的退缩幅度越来越小。莹儿将火势弄得很大，火光已能照出豺狗子翻龇的牙，眼见得它们是越来越近了。虽没有在火堆上跳来跳去的豺狗子，但可以预见的是，照这势头下去，它们跳火堆是迟早的事。记得小时候，每次过冬至，村里总要燃起许多火堆，娃儿们都要在火上蹿跳，这叫燎毛病子。据说那天跳过火头，身上的毛病子就没了。莹儿当然不敢跳，她最羡慕那些狸猫般蹿跳不已的伙伴，可她一见火焰头就晕了。后来，妈就抱了她跳，第一次跳时，她闭了眼大叫；第二次跳，她就敢睁眼了。妈抱她跳过三次后，她就敢自个儿在火头上蹿了。她想，豺狗子也许会这样。它们怕火，但要是熟悉了火性后，它们定然会不顾火焰的呼呼，一窝蜂扑了来的。

然后呢？她打个寒噤。

第二十章

大山顶里割荨麻，割断了白蛇的尾巴。

1

猛子贼一样游进夜里，去做贼。

他不想做贼，可白狗要他做。白狗说，你不是吊把儿的男人吗？大头都欺到百姓头上，拉屎拉尿了。猛子是吊把儿的，只好跟白狗去。

毕竟是做贼，啥都睁了眼望自己，天地，星星，树木，房屋……都睁了贼眼，望他。这感觉，有过多次了。记得，第一次，是偷双福女人那次。……不知道偷人算不算做贼？据说，该算的。按村里人的说法，他是双福女人的贼男人。反过来，她是他的贼女人。这偷人，想来也算贼了。他当过无数次贼男人。可这次做贼的感觉，仍很新鲜。偷人，偷多少次，也只是偷人，好男儿采百花，偷得越多，越显本事。可偷东西，就叫人看不起了，人会骂“贼疙瘩”呢。瞧，连人都不是了，成“疙瘩”了，叫他心里能不噎噎？

大头虽是村长，他庄门的高度，却只在村里占第二。最高的，是双福，人家是凉州有名的企业家，财大气粗，拔根汗毛比别人的腰粗，不高也由不了他；第二，便是大头了。大头当了多年队长，后来又当了村长，瘦死的骆驼比马大，当然高。第三是神婆，人家癞蛤蟆接了雷的气，张口神，闭口神的，票子树叶一样往怀里落，当然高。

自白虎关一火，大头像吃了锁阳的叫驴，一天比一天牛气了。谁都觉出大头的可能腐败，也有人想把他换了。要说换也容易，开个会，换个人，举个拳头，定个音，大头就不是大头了。问题是乡上不招这样的会，人家只认大头。要是没乡上支持，你换了谁，也玩不转，到水管所，到乡上，到金管站土地局，等等，你都是嘉峪关的旋风边外的鬼，连话都搭不上。毕竟，大头多年了，已织成网了。那网，虽看不见，你一碰，刷——，人家就过来，把你罩住了。

对大头，白狗一直咽不下顺溜的气。不说别的，只那批金窝子上，他不定捞了多少。在征地时，他更是晃势成起性的驴了，哪一次，村里都要剥层皮，但又不公开账目。白狗就暗中咬了几次牙，找到猛子，说："大头这孙蛋，给了个篓儿，就当个天了。当个村长，多吃多占不说，还想在老子们的头上拾棱儿哩，整他一回。"

猛子说："整就整。"

瞧，他们"整"大头来了。

大头的庄墙，黑黝黝的，显得很高。这感觉，和见到双福家时一样。猛子整大头，就是看不惯他的牛气。这大头，简直太牛气了，比乡长还牛气，比市长还牛气。人家牛气，是人家有级别，你凭啥？穿开裆裤那阵，你偷了队里的果子，还叫毛旦爹揍得嗷嗷乱叫呢，就凭这？……还有，你见了老顺，也大不咧咧的，虽低了一辈，却似称兄道弟的哥们。当然，猛子不在乎这，哪怕你大头把爹叫孙子也没啥，只要你舌头大，想咋拌，就咋拌去。可要把老百姓当成土牛木马，想咋欺就咋欺，饿殍疯虱子一样咂血，不整整你，沙湾就没个拔毛出血的了。还有，你不该用那双贼溜溜的色迷迷的眼睛瞅莹儿，一想那场面，猛子就觉得气不打一处来，不整你个驴撵的，那肚里的气，咋也泄不顺畅。

当然要整！

两人抬个梯子，颠手颠脚，向大头家摸去。那路，就跟摸自己鼻子一样熟。白狗原打算不抬梯子，他说，与其抬梯子翻墙头，不如拿个镢头在大头的后院墙上挖个洞，把搁在后院的黄豆抬了就是。猛子说："不成，有响声哩。"白狗说："响声怕啥？我探试过，大头醉成死猪了。他一醉，你把他丢到火里也不醒。""女人没醉。""女人怕啥？她若一来，一脚就踩翻了。""人家会叫。还有狗呢，人一叫，狗一叫，庄里人都醒了。"白狗这才不说啥。梯子也好，镢头也好，只要能整大头，啥也成。

早想整大头了。为此，两人观察了好多天，开始，他们想偷大头的三轮农用车，可那东西，大，扎眼，不好处理；偷电视机，也一样，瞅来瞅去，就瞅中他后院的黄豆了。这些，拉到乡上收农副的地方，一过秤，钱就到手了，利索。

猛子好容易才鼓足了气，可每前走一步，鼓起的气就泄了一分。他想起哥哥住院时，大头帮过一百块钱。这份情，总忘不了，每每提及，爹总说大头是个好人。人家帮你，你却偷人家，真恩将仇报了。还有，不怕一万，就怕万一。偷了人家的东西，万一事发，贼名背定了。……上回虽偷了金沙，可那白虎关是大家的，却叫双福们占了，都说该偷。……虽也偷过人，可那偷，是能炫耀的资本。这回的偷不一样，因为粮食是用汗水换的，村里人最恨偷粮食的人。……这稀屎罐子，一扣到身上，咋洗也洗不净那恶心。爹说，这世上，最丑的事有两样：男盗女娼。这便是盗了。按爹的话说，"祖宗都羞得往供台下跳呢"。

他住了脚步。

白狗说："咋？尻子松了？你爹老说你嘴硬尻子松，真是的。"猛子道："大头是坏，可能不能想别的法儿？比如告，比如开会，撤了他。"白狗道："不行不行。你告个屌毛，人家上上下下尽是人，你一告，查不出个名堂，反倒把自己告牢里了。城北的九墩乡，有个告了的，反叫人家设了圈套，诬陷成了强奸犯，家破人亡了。撤也不行，人家乡上只认大头，再说撤个饱狼，换个饿狼，更坏。走吧走吧，这法那法，不如想个办法。这是替天行道呢。"这一说，猛子又想起大头的恶来，气又在心里鼓荡了。

夜深了，风很利。白狗有意选这风天。风一起，沙乱滚，三滚两滚，就盖了脚印，安全。

因为出力，猛子的身子发汗了。手提的塑料袋儿哗哗地响着，里面装了一块肉，准备贿赂大头家的狗。吃人的嘴软，拿人的手短，那海关关长，都能叫好处买通，何况一条狗。两人还备了麻袋绳子，若是狗不受贿赂，就索性结果了它。猛子狼都打过，对付狗，小菜一碟。若是狗扑了来，揪了它顶皮，用绳扣一套，一勒，就万事大吉了。但猛子总想事发后爹可能出现的脸。上回偷个女人，人家都吃人哩，要是再偷东西，真拿狗屎往他脸上抹呢。不过，这不是一般的偷，是替天行道呢。换句话，这是“天”叫他干的。谁叫他大头欺天呢？记得，双福女人说，天就是老百姓。

到大头家后墙了，两人放下梯子，将一头搭上墙头。那应该很轻的一响，却似心头炸雷，真做贼心虚了。白狗扶扶梯子，上了，四下里瞅。猛子觉得心使劲擂胸膛，就想，怕啥？我这是替天行道呢。

白狗下来了，猛子听到他压抑着的笑。他悄声问：“笑啥？”白狗低声说：“你还说告呢。任谁告，也不成，人家不但送钱，连女人也送了。你自己去看，悄些声。”

猛子上去，梯子在脚下晃，心也随了脚晃。猛子常登高，多高的树，也敢上。夜风吹来，吹到他因抬梯子而汗津津的身上，凉飕飕的。

上了墙头，看那后院，虽一片模糊，但借了月牙儿荡来的光，仍能窥个大概轮廓。忽听到，后院棚下，传来怪响；细听，却是会兰子在呻吟。恍惚中，见有团黑影在蠕动。猛子觉得一团火在体内腾起，他明白白狗发笑的原因了。

会兰子的声音突地大了：“快，快，乡长，你弄死我算了。”响起很大的喘气声。

白狗悄声没气地笑着上来，猛子朝旁边挪挪。又听得会兰子叫：“哥哥子，明日个，我也给你皮鞋上绣个花。”接着是呻吟，像狸猫儿叫春。

猛子偷偷笑了。这皮鞋上绣花，本是个笑话，上回，他和凤香鬼混，那婆娘也这样说；就咽一口唾沫，悄声道：“也不怕叫大头逮住。”白狗嗓里也咯叽一声，低声道："大头早成醉鬼了。……我还以为他回乡上了呢。这肉头，色鬼一个，老干这活，仗着酒量好，灌醉男人，弄女人。"

听得那男人喘吁吁问道："舒服不？" 女人吃吃笑道："舒服得不敢给娘家人说。"

猛子悄声问："咋？回吧？" 白狗说："等等，他们一回去，也跟死猪一样。" 果然，那二人吧唧一阵，脚步声去了，传来关门声。

"咋没见狗？" 猛子问。

白狗说："可能叫进屋了，怕坏她的好事。瞧，人家的关系。你还想告哩，你一告，谁不骂你？穷死不喊冤，屈死不告官。何况，告到中央，还得人家乡上处理。"

猛子却想："这会兰子，平日倒也正经，可浪起来，一点也不比双福女人差。" 想到了大头望莹儿的眼神，他快意地想："你还瞅别人干啥？自家女人也叫人操了。"

两人上了墙，抽上梯子，顺进墙里。白狗还在墙上，放下绳子准备往外吊。猛子下了墙，他拿着那块肉，准备对付狗。本来，他想叫白狗下来，可白狗说："你是对付狗的行家。" 这是天大的理由，猛子只好下了。

觉得到处是狗，那棚下，那黑影里，那不明不白的所在，都隐着一双绿绿的狗眼。那狗眼，本不放光，可猛子心里，却恍惚成狼眼了。这使他提心吊胆，想，你扑出来倒好些……当然，最好别叫，一叫，自己只好撒腿跑了。他四下里瞅瞅，后墙下有个烧馍馍用的火棚儿，上了棚儿，一蹿，就能上墙，比上梯子利索多了，想好后路，才心定了。

猛子走向棚下，数数纤维袋，有十袋，立着。方才那两人，正在这儿撒欢，看那阵势，是女人倚了袋子，男人又倚了女人，村里人管这姿势叫"栽庄子"。这"庄子"，就是大口袋的别称。想到那情景，猛子的嗓里很渴。想不到，一个平时并不惹眼的肉乎乎的会兰子，竟也能叫他上火。看来，北柱骂他骂对了，他说啥来着？对了，"三天不见女人面，见了母猪赛貂婵。"

他侧了耳，听到一阵呼噜……不，一群呼噜。大头的呼噜最响。难怪。听说，中央要开发西部，拨下款来，叫给老百姓换电线，不要钱。但乡上说，得叫电工、民工、干部啥的吃饭呀，总不能饿肚子，就收了钱。那钱数儿，比买电线的还多，大头们就有了呼噜的本钱。

猛子一吃劲，抱起一袋，从手感上觉出，是黄豆。啥也行，只要能放大头的血就成。喝的血太多了，该他放血了。他抱了袋子，朝墙上垂下的绳子走去。脚步声很响。猛子最怕偷嘴子狗，趁人不注意下口。要是狗不出声，偷偷跟来，一口，就能从腿肚子上撕下肉来。叫狗不咬人，咬人的狗不叫。猛子四下里望望，却不见狗影儿。他想："莫非，狗叫会兰子关起来了？"

猛子把袋子放到垂下的绳子上，绾个活扣，白狗几下就吊上墙头，顺到墙外。一抽绳扣儿，活扣就开了。白狗压低了声音说："脚步轻些。"猛子低声道："你来抱上百十斤东西轻轻看。"

往返一阵，袋子们就到墙外了。吊最后一袋时，出了点小麻烦，吊到半空，扣儿却开了，袋子劈空落下。猛子慌忙去接，却叫下堕的袋子砸倒在地。因了这一接，堕地声就不太响。

"伤了没？"白狗悄声问。

猛子被砸得眼冒金星，爬起来，活动一下腰腿，倒还自如，就第二次绾好，叫白狗吊出，才爬上墙头。

白狗说："你先下，我收拾一下现场。"他脱只鞋子，扣了，在墙头上蹭几下。"这下，没脚印了。"白狗喘吁吁道。

这下，提醒了猛子。他说："糟了，那后院，尽是我的脚印。""你穿了啥鞋？""布鞋。""皮底的？""布底。"白狗说："怕啥？那布底鞋，百十号人穿呢。明日早晨，你听着，一听到会兰子哭叫，就咋咋呼呼往他家跑，惊的人越多越好。这现场，三踩两踏的，就没了。"虽也是个法儿，猛子的心还是落不到实处。

白狗指指袋子，说："放你家？"猛子说："不成不成。爹知道了，打断我的腿呢。"白狗皱眉一阵，说："干脆，埋到沙窝里，埋远些。那儿最保险，轻易找不到；万一找到，也不知道谁偷的。"

两人先把梯子抬回家中，又来扛袋子。风更大了，沙鞭直抽脸，怪叫声也很瘆人。白狗说："正好，这风天，把啥都盖了。"话才出口，却叫风沙带了去，消失到远方了。

猛子扛一袋黄豆，虽不太重，但迎了风走，就显吃力了。那风时时鼓荡衣襟，要掀翻他。沙子也不时裹头裹脸来一气。一起风，就这样。这种天里，睡觉最好。在热炕上，迷糊里听风声，是一大享受哩。

做贼真辛苦。

2

次日，若不是听到嘈杂声，猛子还醒不来呢。这是他的本事，天大的事也睡得着。梦里正捧了会兰子啃呢，却叫妈推醒了。"起，看稀罕去，大头家出事了。"妈说。

猛子这才记起昨夜的事，一骨碌爬起，飞快地穿了衣出门。用不着他"惊"，人们看大戏一样朝大头家涌。

会兰子的哭声在晨风里游着。那声音悠长，尖锐，突地拔高，直插云端，再游丝一样，袅袅荡下。会兰子是村里公认的哭丧亚军，除了月儿妈，就数她了。她哭起丧来，很是耐听，边诉边哭，其声幽咽，其形痛绝，如泣如诉，余音绕梁。看来，她把哭丧练就的绝技使出来了，村里人自然不放过这一绝好的热闹场面。

大头家挤满了人，白狗早在那儿咋呼着当拉拉队。几个女人正拉扑天抢地的会兰子。那情形，真和哭丧一样了。会兰子跪在昨夜里销魂今早上断肠的那个所在，用脑袋一下下撞地面，弄得一脸污泥。看这模样，你真不信她竟能发出那种天籁般的呻吟。猛子四下里瞅瞅，见乡长一脸严肃，正给村干部吩咐啥。大头则垂了脑袋，眼皮仍显浮肿，想是昨夜真喝多了。猛子心里说："大头，你的女人叫人操了。"

大头儿子边抹泪，边扯妈的衣袖，想扯断那哭声。孟八爷也劝会兰子："算了算了。死了的哭不活，丢了的寻不着。哭有啥用？”

会兰子吵架似的直了声：“咋没用？我叫他好吃难克化。谁偷了我的黄豆，叫他断子绝孙！”

“就是。断子绝孙！”一些人应道。这应，是想表明：那事儿，不是我干的。

“谁偷了我的黄豆，生下娃娃没屁眼！”

“没屁眼。”这回，应的人更多了。因为有了准备，也更整齐响亮。会兰子拧把清涕，嚎几声，又叫：“叫他车碾马踏！”

“车碾马踏！”这回，全院人都喊了。

“叫他祖坟里埋的是老叫驴。”

“老叫驴！”声若巨雷。这阵势，比“文革”时的喊口号还来劲。

孟八爷不禁大笑。他一笑，喊口号的人们，也觉出了滑稽，笑声轰然，涨破院子，连紧绷着脸的乡长也笑了。这一来，把个哭丧的场面弄成看小品了。

大头起了身，朝会兰子吼：“起来，别丢底典脸了。”会兰子又朝大头龇起了牙：“丢的啥人？典的啥脸？老娘又没偷人，又没卖肉，丢了东西，嚎几声，有啥错？”

猛子想：“你咋没偷人？夜里，还给人家皮鞋上绣花哩。”不由笑了，望乡长的脚，见他虽穿了皮鞋，也不见有个啥花儿，定是会兰子放了空炮。

“骚货。”大头骂，“几袋东西，丢了就丢了，那有啥？就当给了孙子，就当吃了药。”

会兰子母狗般哮：“你当然不心疼。你一天甩上老屌闲游闲逛，是老娘头仰屎坑苦下的。你不心疼，老娘心上可刀刀儿戳呢。老娘偏要骂，骂他个七七四十九天。男人偷了，害大背疮。女人偷了，得盖天病。”这回，村里人没应。

猛子打个哆嗦。大背疮没见过，可听过，据说从前心能看到后背，很可怜。盖天病也听过，病一发，就从女人下身里出指头粗的蛆。会兰子这一咒，猛子觉得脊背凉飕飕了，他想，千万别得大背疮呀，我可是替天行道呢。虽也不信金刚亥母，他还是祈祷了一番。

“丢人呀，骚货。”大头痛心疾首。他没再骂更难听的，毕竟，自己大小也是个干部，不能失了身份。

会兰子又朝他扬起了獠牙：“谁丢人？你头吃上个砸尿榔头，吃时有你，穿时有你，操心时没你。你要是不喝酒，谁敢偷？你醉了醉，不要吐天哇地，把狗也弄醉，谁敢偷？大头烧山芋，吃了喝了，嫖风打浪，头放到杂碎盆子上，一点正事不干。”

猛子这才明白，狗没叫，是因为吃了大头的呕吐物，也醉了。真是好笑。猛子想说：“他要是不醉，你能给乡长皮鞋上绣花？”

这下，大头给戳到痛处了。他没多少文化，最怕人怀疑他的智力。这娘们，哪壶不开提哪壶，竟说他的头在杂碎盆子上搁着。杂碎是啥？猪羊牛的肚肠，明明的，把大头说成牲口了。是可忍，孰不可忍。村人还没反应过来，大头已揪过会兰子，瞄准她的脸，响响地扇了几下。会兰子的鼻血咕咚咕咚冒了出来。

“大头，你干啥？”孟八爷喝道。

乡长也撑了乡长的架势过来，没说话，指头一指，大头就扔了女人。女人索性扯起嗓门，哭丧似的骂起来。那内容，却从骂贼转向骂大头了。

3

派出所派了几人，装模作样看了一番，也没看出个眉眼，就走了。

大头招了村民，在家府祠门前的大树下开会。大头说，本来他不想开会，可那贼不偷别人，专偷他，似乎是想跟他叫板。再说，要是你也偷，我也偷，还叫他活不活人了？

家府祠是大清道光年间修的，原是当家户族祭祀祖宗的地方，但时代变了，谁也不在乎祭祀了。除了逢年过节到祖坟上奠几张纸外，“祖宗”二字，也很少听闻了。家府祠虽是旧房子，却很是气派，四梁八柱，雕花飞檐，尽是好木头。民国十六年，那大地震把凉州城的罗什寺塔都摇倒了，家府祠却安然无恙。后来，叫生产队当了库房。再后来，就空放着。每逢过年，花球们就提个录音机，放个舞曲，男与男互相搂了，学着城里男女，扭腰晃屁股，逗得村人嘿哈一通。

家府祠前，是棵大白杨树，径约两米，直插天空。因为年代久远，那枝丫就龇牙咧嘴，扭出古色古香的怪来。白杨命短，成材后若是不伐，中间就空了。可没治。树是祖先栽的，几百号子孙，谁也有一份，谁也不敢私自砍它。前些年，有个油把佬，出个价，想买去当油梁，可谁也做不了主，只好由它空去。不过，空了的大树仍是大树，那气势，仍压着别的树一头，加上家府祠，就显得威焰赫赫了。大头选这地方开会，是有他的用意的。

会议研究的主题是：他的黄豆丢了，咋办？

狗宝说："这贼真缺德，连种的都偷。日后，怕是没安稳日子了。"月儿爹说："就是。说不准连麦捆子也偷哩。这号贼，抓住，挑断脚筋，看他还偷。""就是，就是。"几人应道。

猛子想："宁给好汉牵马镫，不给懦夫当祖宗。我们打抱不平，你们，嘿，竟说这种话。"他发现，喊"就是"的，是平日私下里牢骚最大的。明白这"就是"，意在为自己脱干系。他想，怪不得凉州的贪官肆无忌惮，凉州尽是这号人，能不养贪官？

老汉们问大头："你说咋办？"

大头说："那东西，肯定还在村里，肯定还在！咋办？"白狗说："搜。"孟八爷问："搜不出咋办？"大头问孟八爷："你的意思，不搜了？"孟八爷说："我们没说不搜，可搜不出咋办？"这一来，有两个"咋办"了，村里人就研究两个"咋办"。

大树上有群乌鸦，也在叽喳聒噪，时不时，就落下一团白色的粪。平时，谁都忌讳这粪，按神婆的说法，乌粪落到人头上，会一年不利顺的。此刻，谁也不顾这吉不吉了，都把那"咋办"塞满心了。

"没啥说的，搜！"白狗说。

会兰子眼泡肿着，嗓门没肿，就尖尖地叫："当然搜！不搜，便宜了那挨刀货。”

这回，老顺也问了：“搜不出，咋办？”这话该问，搜谁的家，就把谁当贼了。搜不出，人家当然要问个尺码。再说，谁家的正堂里都供着神灵祖宗，你进去，翻箱倒柜，飞上跳下，跟那毛搔人的鬼没啥两样了，晦气呢。

大头说：“心里没冷病，不怕吃西瓜。”孟八爷说：“大头，话往好里说。我们没说不叫你搜，我们说搜不出，咋办？”大头问：“你说咋办？”孟八爷说：“大家说。”望望老汉们，却都垂了头。

白狗说：“没说的。搜！不搜，叫人家以为全沙湾都成贼了。”老顺说：“这话，说说容易，可你想，那黄豆，谁家没有？咋知道是你的？”

会兰子说：“我那黄豆，跟别人的不一样，是新品种，金豆子似的，没一个黑点儿。它和别的掺掉，也一眼能认也来。”

大头叫：“不搜了，不搜了，掉进贼窝的东西，你也拿不出来。蛇钻的窟窿蛇知道。心里没冷病，不怕吃西瓜。”这话明退暗逼，谁若不叫搜，心里就有冷病了。

孟八爷怒道：“大头，屁往好里放。老子第一个叫你搜。”白狗叫：“我第二个。”老顺说：“搜就搜吧。这孙蛋，话头上欺人哩。”

就搜。

从神婆算定的方向开始，一家一家搜。这是近年来少见的场面，跟日本鬼子的大扫荡一样热闹。不料想，才搜了几家，就从王秃子家搜出了一升“金豆子”。王秃子涨红了脸，承认他揪过大头的黄豆角，说是大头乱收水费，他气不过，摘过他的黄豆角。别的黄豆，他没见。

大头问王秃子：你承认不？不承认，我可报案哩。王秃子死不承认，大头就去了派出所。

4

一辆警车停在路口。大盖帽带了王秃子，朝车走来。

王秃子女人厉厉地嚎着。几个丫头也嚎。一股风卷来，那嚎就随了风声，忽大忽小。又听得会兰子骂："老娘早就知道是他偷的。眼斜心不正，心比驴还恨，怪不得他养不下娃子，断后焦尾巴。这号人，天不绝他，才是怪事。"孟八爷说："会兰子，你别提起箩儿斗动弹，就事论事，少往别的事上扯。"

王秃子本来阴沉了脸，一语不发，一听会兰子的话，脸色大恶。他驻足扭头，恶狠狠瞪着会兰子，从牙缝里挤出话来："你那娃子，墙头高，才算人呢。老子除非死在狱里，出来，老子这老羊皮，换你几张羔子皮。"

大头本来也没说啥，一听秃子这话，骂道："秃驴，你唬谁哩？有啥事，你冲老子来，唬女人娃儿干啥？老子又没栽赃，把黄豆塞到你家里。你是狗咬的，自寻的，怨老子干啥？"

王秃子冷笑道："老子偷没偷，天知道。"会兰子叫："没偷？黄豆咋到你家了？"王秃子只阴阴地瞪一眼会兰子，不再发话。

大盖帽喝："走！"秃子又机械地前走。

白狗说："就凭那点儿证据，就抓人家，说不过去吧。你们搜过了，几百斤东西，又不能塞进老鼠窟窿。抓奸抓双，捉贼捉赃。"会兰子说："谁说没赃？那黄豆，是农科院的新品种。别说沙湾，全凉州，也没几家种。"猛子道："人家不是承认揪过豆角吗？"会兰子说："那号话，谁不会说？"

白狗仍极力为王秃子开脱。猛子明白他的心思。他们做贼，是为惩罚大头，若叫王秃子顶了缸，良心不安呢。宁叫它变成无头案，也不能冤枉秃子，就对警察说："抓人，得有证据呀，人家承认揪过豆角。揪点儿豆角，够不上抓吧？我放牲口时，也揪豆角烧着吃呢。"警察解释道："这是嫌疑人，我们也没说他就是罪犯。若是没事，我们就放了他。"王秃子吼："你查，查出没事，老子这辈子，叫你们养活。你扣了老子一瓢稀屎，想轻飘飘地放我，没门！你放，老子也不出！"

一警察笑了，"好，不出，就多待几年，把牢底压穿。"一人却上前，朝王秃子扬起手："你给谁当老子？"另一人挡住："算了，算了。"

白狗叫："你们可不准打他！上回，我可是叫你们把吃上的米汤也打出了。”猛子说：“就是。王秃子，谁要是打你，认下模样儿，出来告他。”

一警察过来，“喂，你们是啥人？是同谋吧？”白狗笑道：“啥同谋？我们正是罪犯。咋？也抓我？”猛子暗抽一口冷气，却也笑道：“就是。我们干了许多惊天大案呢。那点儿黄豆，还没放在眼里呢。”

一警察吼道：“一边去，少妨碍公务。”

王秃子女人哭着扑来，绊倒在地，爬起，又扑来，一身尘土，一脸泪水。几个娃儿哭声虽大，却不敢追来。“冤枉呀。”女人嚎。

一警察过去，挡在前面，喝道：“嚎啥？放心，我们决不冤枉一个好人，也不放过一个坏人，坦白从宽，抗拒从严。”女人哭道：“他不是坦白了吗？他承认揪过豆角，谁叫他大头多收水费。”

白狗捣猛子一下，悄声说：“瞧，这女人，跟我们一个心思。”猛子眨眨眼，说：“夹嘴。”

那老些的警察说：“不是解释了吗？仅仅是嫌疑，我们还得调查取证。”女人住了哭，说：“你们可不准打他。打残废了，我碰死在派出所门上。”

警车啾啊着，牵一条灰龙远去了。白狗捣捣猛子，离人群远些，问：“咋办？叫人家顶缸，自己当缩头乌龟，不对劲吧？”猛子说：“先别急，叫人家审去，没证据，说不准就放了。你一出头，弄巧成拙了。天下有多少无头案呀。”白狗拧眉一阵，没再说啥。

听得王秃子女人哭道：“不叫你把帽子，呜呜，往缸上放，你不听，呜呜……看，我说顶缸哩……呜呜……真顶缸了……天杀的贼呀，你偷了东西，却叫我们顶缸。”

白狗上前，说：“你咋又乱骂人了？说不准是梁山好汉，打富济贫呢。”大头发话了：“白狗，贼成梁山好汉，老子成啥了？老子是高俅？是蔡京？老子派儿子霸占了你的女人？”白狗笑道：“想霸占，老子也没女人。不过，你是啥？天知道。”猛子道：“算了算了，狗咬狗，一嘴毛。”

孟八爷走向王秃子女人，拉了一把：“起来起来，哭啥？哭坏身子，娃儿可没人养活。那事儿，他没干，人家想按，也按不到他头上，放心。叫人家调查，不调查，说不准得背一辈子黑锅。调查清了，也好还你个清白。”女人哭道：“你说八爷，这天杀的贼，可恶不？好事自己干了，恶事叫人背。”

白狗道：“听，又乱骂人了。贼又没抓你男人，要骂，该骂派出所才是。他们头吃个砸尻榔头，连个案也破不了，乱抓好人。”女人却一声连一声地叫：“天杀的贼呀。”

白狗苦笑着望猛子：“没见过这号糊涂鬼。”

离哭声远些，猛子说：“叫秃子顶缸，心里总是难受。要不要想个法儿补偿一下？一进派出所，打少不了要挨，叫人家替我们挨打，心总是不安。”白狗说：“就是。先给他女人送些钱，二百，帮帮她，将来卖了豆子，也给秃子一份，卖多少，三个人分，就当秃子也入了股，不能叫人家白挨打。”猛子说：“也好，先一人出一百。”

夜里，却从派出所传出话来：王秃子招了。那黄豆，说是卖了，卖给过路的三轮车，也不知是哪里人。都说：这下，够判刑了。

5

一大早，白狗把猛子叫出庄门。见他一头冷汗，猛子惊问：“你病了？”白狗苦笑道：“也算病吧。……不，比死还难受，知道不？秃子女人彻夜嚎，跟折了崽的母狼似的，瘆怪怪嚎。”猛子道：“秃子咋招了？”白狗叹道：“进了那儿，想不招，也由不了他。人家想要个啥口供，总能弄出个啥口供。王秃子又不是铁身子。……老子想好了，汉子做事汉子当，我投案。我光棍一条，没啥牵扯。秃子若判了刑，会一家子死人。那婆娘得肝炎多年，都硬化了。”

一听他要投案，猛子的舌头麻了，他吞吞吐吐地说：“上回，哥一死，爹妈天塌了。我要是……他们咋活？”白狗笑道：“你不投，我一人承担算了。杀也一人，剐也一人。若是罚款，你就卖了黄豆，能顶当最好，顶不了，你出些。”猛子放心了，一拍胸膛：“成哩，没问题。剐骨头卖肉，你我平摊。”白狗说：“我一进去，就攀扯大头贪污的事。我要是攻成了，你把嘴夹紧。攻不成了，你也在外面闹，争取叫大头撤诉。解铃还得系铃人。能救我的，只有大头。”猛子又说：“没问题。我等你一个月，若没动静，我也攻。”白狗说：“你放心，打死我，我也不会供出你。你把心放到肚里，大了胆子，铁了心，整。头掉了，不过碗大个疤，拼他个鱼死网破。我坐牢，他也逃不了。那账，一查就明。斗大的石头，打磨眼里进哩。他想寻个路数儿，也没那么容易。”又说：“那黄豆，我分出来了半斗，埋在我家门口的土堆里，当赃物。剩下的，仍埋在那儿。你瞅个机会，卖了，钱交给我爹赎我。别忘了，一月后我若出不来，你就到乡上告状，多挂络几个人，他们不处理，你们就进城，坐在市政府门口，闹。”

猛子嗯一声，心突地热了，说：“白狗，你真是条汉子。这辈子，我交定你了。”白狗笑道：“啥汉子？我也怕挨打。可我心软。人家无毒不丈夫，我心软，算啥汉子？”

然后，白狗就去投案。警察不信，白狗就带了他们，在土堆里挖出了赃物。虽只有半袋，但确实是“金豆子”。白狗妈露出“天塌了”的可怜相，骂：“挨刀货，又不缺吃，又不少穿，咋干这号没脸的事？老娘少说，也有十几石麦子哩，你想干啥，明说。早知道他是这号丢底典脸的贼骨头，早一屁股压死喂狼了。丢人不如喝凉水哩。明理的，知道儿大不由娘，不明理的，还当老娘也喝贼汤呢。”狗宝说：“我们又没说你偷，你着啥急呢？”他这一说，反叫人觉得这女人做贼心虚，才喋喋不休呢。

白狗爹老狗般蹲在庄门旁，耷拉着脑袋，看不清脸色。

白狗吼道：“老子承认偷了，但老子是替天行道。他大头，榨了多少血啊？每年的水费占了多少？你们算过没？那么多卖窝子的钱，到哪儿去了？还有那卖地的回扣？你想黑馍馍盖天窗呀？”

大头虎着脸扑上去，扇白狗几个耳光：“你个杂种，你当贼还有理了？”白狗的鼻血流了出来。他瞪着眼，边啐边吼：“大头，你再动老子一下，老子就杀你的儿子。你以为老子不敢？就算老子坐牢，出来后，老子照样杀。你驴日的，再动老子一下。”大头又扑上去，却叫会兰子拦住了。白狗哈哈大笑。

在远去的笑声和尘埃中，人们沉默了。白狗的话，像一粒粒石子，打在他们的心上，便不约而同地相互望望。猛子说："不管咋说，这白狗，有骨头，有脑髓，有三分男气。"却没人应和。

狗宝尖声道："啥骨头啊？贼骨头。叫人抓住了，啥话不会说。贼不犯，是遭数儿少。谁知道以前队里的树啊，是叫人报了仇呢，还是叫人解了恨。"有人应和了："就是。"

狗宝是村长的跟屁虫，谁当村长跟谁好。老顺很反感，就说："话也不能那么说，丢树的时候，白狗才几岁？"狗宝尖声尖气地说："谁知道呀？几岁的不成，几十岁的呢？"

白狗爹跳起身，走上前来，指着狗宝说："你驴日的再吱吱，再吱吱。他儿子是他儿子的事，你提老子干啥？老子把你的牙敲掉！"狗宝慌了："我没说你呀。谁又说你来着？"

白狗爹黑着脸，一字一句地说："你们也用不着望笑声。谁也保不住妻贤子孝。你们要是想喧，走，请到我的大书房炕上，慢慢喧。你们要是不想喧，那就各回各家。少在人家的门上辱臊人行不行？"

众人都觉脸上无光，就讪讪地散了。

猛子却心神不宁地嘀咕：白狗那家伙，会不会挨不住打，把我给招了？

第 二 十 一 章

日头爷落到九龙口，恶狮子含了个绣球。

1

枪声已打不破豺狗子的环绕了。莹儿发现，兰兰的挪窝真是个错误，她们已四面受敌。枪里的火得分别喷向四面，才能使那些挤出低哮声的獠牙们稍稍晃动一下。

骆驼的啐声时不时响起，对那些瘆虫，它们早毛骨悚然了。但连枪声都不顾的豺狗子，咋会怕它们的突突声呢？骆驼狠劲地甩着脑袋，它们想扯断缰绳，但最不禁疼的鼻孔却叫煣过的柳条桎梏着。虽扯得柴棵一阵阵猛晃，骆驼还是发现自己的无奈了。它们发现，那脆弱的鼻孔绝对抵不过柴棵的根系，就算它们扯断鼻梁，也未必就能逃出豺狗子的恶口。豺狗子已完成了对人驼的包围。骆驼要是一逃，会首先成为对方的追击目标。驼们终于安静了些，不再扯缰绳，但突突声却不停息。莹儿明白那是在威胁豺狗子。她想，豺狗子连火枪都不惧，还会怕骆驼的唾星吗？

局面很不好了：首先是柴不够了。那柴，堆着时，看起来很多，但坐吃都能山空，何况火一直没熄。感觉上，想来有几个时辰了吧？但不好说，有时候，感觉会骗人的，有时一恍百日，有时却度日如年，莹儿不能断定时间。

虽也带了表，但表跟钱一起装在小包里。想到表，莹儿便想到了钱。她想，那钱可是驮盐的本钱，最好带在身边，就向兰兰要了手电，走过去，将包挂在脖里。捏捏小包，硬块儿还在，却又看不起自己的行为了。她想，看这样子，命都不一定做主了，我咋能想到钱？我真是个守财奴。但怨归怨，却仍是背好小包。她想，要是叫豺狗子吃了，也就吃了。要是逃出去，还得用钱。她从包里掏出电子表，一看快凌晨四点了，就对兰兰说，再坚持一个多小时，天就亮了。

莹儿后悔刚入夜时没多弄些柴。现在，沙洼里有柴棵处都叫豺狗子占领了。包围圈也越来越小。你想弄柴，先得对付那堆獠牙。莹儿将所有的柴弄到一起，也只有坟堆大小。想到坟堆，莹儿觉得不吉。她想，也许，真要死了。但却没先前那么慌张。她眼里，死不可怕。以前，“死”字也时时会迸入心里，跟吃饭穿衣一样便当。但要叫豺狗子撕扯一气，却是她不愿意的事。豺狗子最爱动物内脏，一想它们会在自己肚子上掏个大洞，再将那尖脑袋探入腹腔，咬了肝花心肺一下下扯，她便不由得反胃了。早知道如此，她会在那个大雨之夜死去。又想，也好，叫豺狗子吞了，世上就留不下尸首了，爹妈就看不到女儿的惨状了。她的消失，就跟蒸发了一样，留不下一点痕迹了。也好。但一想豺狗子在吞了内脏后，还会将脸啃得一塌糊涂，她还是不由得一阵哆嗦。她想，冤家呀，既然我的美丽留不住你，就索性喂豺狗子吧。她感到一阵恶意的快感，却涌出一脸的泪来。

兰兰斥道，火咋熄了？

莹儿抹把泪，扔几把干毛枝儿，吹几口气，火燃起来。几个豺狗子已经很近了。兰兰装好了枪，朝它们一搂火，倒下了两个。另两个却没逃，反倒朝兰兰龇起牙来。莹儿往火头上扔些柴，火突起了。那两个才后缩几步。看来，豺狗子顾忌的，还是火，可惜柴不多了。要是火一熄，枪声怕也阻不住豺狗子了。莹儿留恋地望一眼天。她想，也许，这是最后一次看天了。因为有火光，星星模糊着，隐隐幻幻的，跟心里的那个盼头一样。她想，她蒸气般从世上消失后，他会不会寻找？他也许会骑了驼，沿了那纵横的沟壑，一边叫她的名字，一边撕心裂肺地哭。……你来迟了，她念叨着。谁叫你不珍惜呢？世上有好些东西，给你时，你不要。你想要时，却没了。你找吧，哪怕你找遍每一个沙粒，但注定找不到她了。莹儿有种恶作剧地跟他捉迷藏的意味。她虽然恨那迟到的冤家，但那恍惚里的寻找还是感动了她。她边往火中扔柴，边泪流满面。她总是这样，总在一种虚幻的营造里，首先感动她自己。

柴没了。

随着火头的缩小，豺狗子的圈子缩得更小了。它们当然也看到没柴了。人类能看到它们的凶残，它们也能发现人类的弱点。它们齐声大叫，其声凌厉怖人。兰兰虽冷静地放枪，但装枪的速度慢了，她肯定慌张了。莹儿反倒冷静了。恍惚里，她看到那冤家在注视着她。她想，我是不能失态的，我改变不了命运，但我不失态总成吧？她知道，哭呀闹呀，是赶不走豺狗子的。那就不哭。她看到了火焰开始收缩。那是光明，是生的光明，是希望的光明，是黑暗中最温暖的东西，但它收缩了。她听到豺狗子们在欢呼。它们真是在欢呼。双方间的较量已不再是食物问题，已超越了物质层面。因为豺狗子们不再吞噬同伴尸体了。虽然它照样可以充饥，但火光和枪声显然激活了它们的另一种天性。

火光没了。黑压了过来，一圈绿灯凸现出来。如同一杯水无法浇熄火焰山一样，手电和枪声已很难震慑看到了胜利曙光的豺狗子了。兰兰装枪的速度更慢了，仿佛她在思考是否还要做无谓的抵抗。豺狗子们却只是尖叫，并不急着上扑，像是还有所顾忌，也像在玩猫逗老鼠的把戏。要是你听过豺狗子们的尖叫的话，你定然会明白那千百种可怕的声音一齐发出会有怎样的恐怖效果。那叫声是疯狗的狂吠、饿狼的哀鸣、泼妇的撒泼、屠夫的诅咒等诸多音响的混合物，它仿佛不是发自喉咙，而是从牙缝里挤出的。伴那声响的，还有涎液和狞笑。莹儿像是进入了梦魇。豺狗子缓慢地前移着，眼中的绿光水一样流动，映绿了涎液，发出汩汩的声音。

莹儿只希望，它们能一口咬断自己的喉咙，别先抽她的肠子。她最怕在尚有生命时，看到自己身体的一片狼藉。她不想看到自己的丑陋。她想到了那峰死在沙洼里的骆驼，要是她也那样死的话，她会很伤心的。她宁愿上吊或是投井。她不想叫自己的血肉跟粪便搅在一起，也不想叫那成团成团的绿头苍蝇绕着她嗡嗡，更不想叫身子滋养出乱嚷嚷的蝇卵。她想，最好的死法，应是吃上一团鸦片。鸦片虽不是好东西，却能带来好多美丽的幻觉。虽是幻觉，但美丽呀！细想来，人生本就是幻觉，眼前的一切，总是泄洪般东流，谁也抓不住它。人最珍惜的生命，其实也仅仅是感觉而已。那鸦片，既能结束你不想或不能再拥有的生命，又能给你带来美丽的感觉，当然是最好的了。莹儿后悔自己来时，没带上那块给憨头止疼备用的鸦片。那时，怕他寻短见，她将它藏在屋梁上，又糊了掩尘纸。却又想，就算是带了鸦片，你吞了它，豺狗子照样会撕扯了你，苍蝇照样在你的血肉碎片上生出白嚷嚷的蛆。一想那白蛆，莹儿又想呕了，就祈祷说，豺狗子呀，你要吃的话，就索性吃个精光，别留下一点儿渣滓。她想到藏地天葬时，喇嘛也在念经祈祷，祈祷神鹰们吃光死者的肉。据说，吃不净的话，是很不吉祥的，意味着死者不能如愿投生。她感到好笑。她发现，命运总在跟她开一些奇怪的玩笑，也总在改变她的心。就像跟猛子的婚事，开始觉得那想法亵渎了自己，渐渐能接受了，再后来，竟成了她极力想做而不得的事。这次也一样，开始怕豺狗子吃她，后来竟变成了祈祷豺狗子将自己吃干净些。想来真是好笑。这人生，真是难说得很。

绿光很近了。她甚至听到了它们的喘息。她等着它们扑上。她见过它们的弹跳速度，只要它们后腿一蹬，瞬间就能叼住她的喉咙。那时，一切就结束了，相思结束了，痛苦结束了，挣扎结束了。也许，她就会堕入一团没有亮光的黑里。她不知道她会不会有知觉。她当然希望有，一想自己会成为一团没有知觉的黑，她的心就会一紧。但又想，管那么多干啥？到哪时，说哪时的话。也许，生命结束之后，反倒有更美的景致。——当然，这可不好说。她觉得更美的景致里应该有他。没有他，多美的景致，也会没了意思。

莹儿望着那些环顾的眼，伸了伸脖子，想，你们来吧。

你们等啥？

她觉得一股风呼地扑来了。

2

谁料，随了那呼呼声扑起的，竟是一股冲天大火。莹儿闻到了刺鼻的火药味。那火直冲夜空。莹儿的头发也叫火燎了一下。豺狗子惊叫着，后退几步。莹儿正吃惊呢，见兰兰手一扬，火又蹿上半空了。她明白了，兰兰在往火中撒火药呢。那火药的力道，当然比柴棵的大，难怪将豺狗子吓懵了。

兰兰说，你别等死，快撕褥子，浇上煤油。

这下提醒了莹儿：就是，还有好些能烧的呢。

藏刀很利，几下就将帐篷和一条褥子割成碎块。莹儿想，先割一条褥子，不够了再割。要是能逃出去，没被褥也不成。莹儿往布片和驼毛上浇些煤油。煤油虽是给马灯准备的，要是没有马灯，行夜路当然不方便，但此刻，先顾命吧。莹儿淋了油，点燃。她本来想往熄了的火堆上放，谁知火燃起后，却心念一动，便索性将火球扔向豺狗子。那团火发出一晕一晕的光圈，缓慢地飞到东面的一个豺狗子身上，引燃了它身上的毛。豺狗子吓坏了，直了声惨叫。它背了火，四下里乱窜。东面豺狗子的阵脚大乱，轰地退出了老远。但豺狗子毕竟不是易燃物，油一燃净，毛一着光，火便熄了。那豺狗子的命虽保住了，却疼得直声长嚎，竟发出狼的嚎声了。

兰兰叫了一声好。她放下火药袋，燃了蘸油的驼毛团，扔向另外三面的豺狗子。这招真管用，豺狗子们四散而逃，但它们也不甘心就这样退去，退到二十米开外，便停了下来，瞪了绿眼赛呆。

兰兰说，再不能傻等了，想法子逃吧。

莹儿说，也好。她在那些布片毛团上浇了油，她不敢浇太多，只希望能引燃布片和驼毛就成。她腾出两个大塑料袋，将驼毛们分装了。那是她们的手榴弹，或许能炸开包围圈的。两人将驮架安到骆驼身上拴牢，将所有东西都拾掇停当。兰兰装了枪，将火药袋挂在脖里。两人骑了驼，各带了打火机和蘸了油的驼毛。莹儿揣好藏刀。她想，就算要死，也不能伸了脖子叫你们啃。

兰兰在前头开路。她亮着手电，那光柱劈开前方的夜。豺狗子们惊魂未定，都寂寂地望着，见兰兰过来，竟慌乱地闪到一旁。兰兰本想开枪扫路，见豺狗子们竟闪开了路，不由暗喜，对莹儿说，别跑，我们慢慢走。一跑，它们还以为我们怕呢。莹儿手中备好了毛团，随时准备点燃后投出，但她怕驼一跑，风一大，会打不着火，就说，就是，慢些好，反正跑也跑不过人家，反倒显得心虚。

但人不想快跑，驼却想快跑。它们当然忌惮那环伺的牙齿。它们突突几声，再直杠杠叫几声。兰兰用力拽驼们的鼻圈，好容易才叫那颠颠的驼掌稳了些。

豺狗子既然寂声不语，兰兰也不招惹它们。在吆驼经过豺狗子闪出的缺口时，莹儿一手燃了打火机，一边备好驼毛。要是豺狗子们一有反应，她就投出火去。豺狗子们似乎明白她的心事，后退了几步。

手电的光柱照着起伏而去的大漠，东方已有了亮色。这是希望的曙光。莹儿松了口气。她已经疲惫到极致了。紧张时，倒觉不出啥，此刻，她的骨髓似被抽空了，眼睛也硬往一块儿合。某个瞬间里，她甚至没了意识。她怀疑自己在那一瞬堕入了睡眠。她真想睡去。就算是身后有豺狗子，她也真想睡去。

兰兰的手电由前照变成了后射。光柱里，一线黑点儿变成了一攒，凝在沙洼里。那堆火籽儿仍发出昏黄的光。驼铃引来清冷的漠风，水一样在身上漫过，凉到心里了。莹儿很喜欢这风，因为流了好多汗，她觉得口很渴。她将毛团放入塑料袋，解下挂在驼架上的水拉子，她喝了几口，递给兰兰。兰兰把枪挂到脖里，接过拉子，喝了一气。兰兰本是最惜水的，但这场生死历练后，她想犒劳一下自己。

光柱里的那攒黑点儿越来越小了。莹儿舒口气。她很奇怪，那么凶残的动物，竟会叫暴燃的火药和飞去的火团吓成这样。也许，这就算出奇不意了。

东方的亮色浓了些。风越加清冽，这是村里人称为下山风的那种，它沿着祁连山回旋而下。几乎每天早晨都有这样的风。秋收打场之后，村里老人就靠这下山风扬场。它将莹儿的疲惫吹淡了些。骆驼响亮地打着响嚏，带着很庆幸的意味，步子也大了起来。兰兰也不再拽缰绳了。不管咋说，离那瘆虫越远越好。但莹儿害怕这一跑，反倒提醒了豺狗子。兰兰再拿手电照去，却不见那黑点儿，一道沙山将它们隔开了。也好，兰兰松了缰绳，狠劲一夹腿，骆驼狂奔起来。

驼峰看起来很稳，骑上去却没马背平顺。马奔时，只有缓慢的起伏感，驼跑时却上下颠得厉害。莹儿将盛驼毛的塑料袋拴在驮架上，两手撕住驼峰。她最怕驼惊，要是驼惊了，她是驾驭不了的。

兰兰看出了这一点，她开始控制速度。火枪在她胸前晃得很凶。她一手持枪，一手扯缰绳。那驼倒也听话，步子慢了下来。莹儿的驼跟着兰兰，前驼一停，后驼也就慢了。

但豺狗子的怪叫声也传来了。莹儿忙取出洒过油的驼毛，她一次次按打火机，但都叫风吹熄了。好容易引燃驼毛，抛向后面，但追击的豺狗子只是拐了一下弯。它们并没被火团吓住。骆驼又慌乱地颠起来。兰兰向后举了枪，却只听到一声轻微的火炮声，想来，枪里的火药早在颠簸中撒了。

莹儿一次次按亮打火机，一次次被风吹熄。她明白，就算是引燃袋中的驼毛，也阻不住豺狗子了。沙漠很大，路很多，它们稍一绕，就会将你好不容易引燃的火绕开。莹儿索性装了打火机，仍将那驼毛装入塑料袋。她一手撕住驼峰，一刀握了藏刀。没办法，她想，只好拼了。兰兰也试着装了几次火药，都在颠簸中撒了，也只好放弃努力。用不着她再夹腿，驼的速度更快了。现在，活的唯一希望就是看驼的奔跑能力了。但她俩都知道，豺狗子是沙漠里最善跑的动物之一。单凭跑，很难逃脱它们的利齿。

莹儿以前虽常骑驼，但她骑的，多是乖驼，而且多平稳地走，像这号奔跑，还没经过呢。骆驼开始跑时，她很慌乱，她伏在驼架上，上面虽垫了被子，但时不时地，尾骨还是被硌得发疼。她想，兰兰可受苦了。她垫的褥子被弄碎后，屁股下只有几条翻毛口袋。莹儿见火团阻不住豺狗子，就解下塑料袋，夹几下腿，赶上前驼，将袋子递给兰兰，叫她垫在屁股下。

不经意间，麻乎乎的天完全亮了。莹儿见豺狗子虽在追赶，但并不是全力追赶，显然还忌惮她们手中有秘密武器。这就好。它们的叫声却叫耳旁的风声和驼身上灶具的踢零哐啷声盖了。兰兰高声喊，你别怕，等日头爷高了，它们就该滚了。你骑好，小心摔下去。这好意的提醒，反倒使莹儿慌张了。她想，要是摔下驼背，立马就会被啃成骨架。她最怕驼会失蹄，因为沙漠里有好些鼠洞，要是驼掌踩进驼洞，驼身的重量仍会惯性向前，就会折断驼腿。鼠洞多在阴洼，但兰兰仍将驼吆往阴洼，因为阳洼里浮沙多，豺狗子们却能如履平地，骆驼稍不小心，就会滚洼的。

看得出，豺狗子是决不甘心叫眼前的这些食物逃走的。追了一阵，见对手也没玩出个啥新花样，就放大了胆子，撒欢似的追。它们越来越近，驼的步子慌乱了。莹儿想，像这样逃，不定啥时候，驼就会失了前蹄的。真要命。心却疲了，那恐惧呀啥的，也叫疲淹了，只能由驼了。已经听得见豺狗子咻咻的出气声了。她想，只要它们再跑一阵，一包抄，一切就该结束了。

忽见兰兰扔出个东西，莹儿认出是那个装驼毛的塑料袋。豺狗子滞了一滞，但很快，它们便明白那是啥了。它们一窝蜂上前，将塑料袋撕得一塌糊涂。这一下提醒了莹儿。兰兰那一招，虽没完全阻住豺狗子，但至少缓解了危机。她一手撕住驼峰，一手去扯解装灶具的袋子。她本想用手解的，哪知她摸索了半天，却不能如愿。又见一个豺狗子已跟驼并齐了，它仍是嘣儿嘎儿地挑衅着。莹儿朝袋子划了一刀，只听一声碎响，锅呀，碗呀，筷子呀，相互撞击着，摔了下来，发出巨大的声音。这一下，把豺狗子吓坏了。它们定是将那发出怪响的东西当成对方的杀手锏了，竟齐齐驻足了。

兰兰说，对，把该扔的扔了，保命要紧。

莹儿们趁机又逃出了老远。兰兰喊，你将备用的衣服取出来，只留下水和馍馍。一见它们追上了，就扔下一件，先顾命要紧。莹儿摸索了半天，才将那放衣物的包袱抽出，身后的厉叫声又响了。

日头爷冒出了半个脑袋，豺狗子们似乎并不怕大地上涌出的白盘。那场追逐已变成了闹剧。豺狗子对花衣的兴趣更大，一见飘下件衣物，便兴奋地一拥而上，你撕我咬，衣服很快变成了满地的花蝴蝶。包袱里的衣服一件件扔下，引起了豺狗子一次次的兴趣。它们显然明白对手的本事也到头了，就从容地将那撕衣游戏玩到了极致。每撕去一件衣服，它们总要嘣儿嘎儿跳一阵。莹儿知道正是那衣物缓解了扑来的死亡，但还是很心疼。最后，只剩下一件天蓝色上衣了。这是灵官送给她的，是爱情的证物，她想，这件，我说啥也不扔了。要死就跟它死一块儿。她索性将这件上衣穿在身上。

兰兰也扔下了好些东西，它们该起的作用也起到了。日头爷升到了半白杨树高。没有红霞，这意味着天会很热。但追逐的豺狗子们并没有头疼的迹象。兰兰说，对这沙路，她已糊涂了，反正往东逃吧，碰上牧人的话，再问路不迟。问题是她们仍是摆不脱豺狗子，它们在撕扯花衣的过程中耗光了热情，对她们扔下的别的东西也不感兴趣了。它们甚至对猎物们一次次丢东西的行为表示出极大的愤怒。于是，它们发出很大的叫声，叫声里充满了杀机。听得出，它们已完全弄清了那两驼两人的底细，谅她们再也玩不出新花样了。

它们要下杀手了。

满沙洼滚动着一堆堆厉叫。

3

豺狗子风一样卷了来。

莹儿见扔下的物件已无法再吸引豺狗子，就懒得扔了。明知死已逼到近前，那不甘心又冒了出来。心里有种灰灰的感觉。每到绝望时，都这样。整个世界都灰了。豺狗子的厉叫变成了梦，颠簸的沙丘变成了梦，在飞奔的驼上时时回顾安慰她的兰兰也变成了梦。她想不到自己会是这样一个结局。一股苍凉感从灵魂深处腾起，很像贤孝里的悲音。记得，灵官喜欢贤孝，喜欢贤孝那沉重的旋律。她却嫌它粗鄙。没想到，在生命可能要结束的这时，她心头萦起的，却是贤孝的悲音。那悲音，很像沙上萦蕴的一缕缕轻烟。莹儿的梦幻感更浓了。恍惚的回眸里，豺狗子们像热锅上的跳蚤一样跃在她身后。它们是来喝她的命的。但怪的是，她心里只有极度的疲惫。疲惫把一切都幻

豺狗子风一样卷了来，
它们撒欢似地追，
越来越近！

化了，连她自己也成了影子。

驼上坡下洼，颠簸度越来越大。莹儿差点叫颠下驼背。她想，颠下就颠下吧，反正是迟早的事。她的心虽这样说，但身体竟自个儿伏了，跟驼峰贴得更紧。听灵官说，身体是神灵的城堡。她也懒得祈祷体内的神灵们。她想，随你们吧，你们想喂豺狗子，就喂吧。她真有些奇怪自己了，仿佛豺狼子们追逐的，是另一些人。

后面的声音没了，不知是真没了，还是在感觉里没了，反正没了。驼的喘息也没了。耳旁的风也没了。一切，都晶在一块巨大的水晶里了。颠簸感虽有，但也影子一样了。心头的贤孝悲音还在萦着，三弦子的嘣嘣声里，她品出了一种灵魂的挣扎。她想，这才是真正的音乐，是沉淀了千年的灵魂的乐音。

身子乏到极致了。她真想在驼背上睡过去，哪怕豺狗子们抽肠子或是啃肉，都不在乎了。但身体虽乏，心却在恍惚里清醒着。她想，那恍惚的梦幻感，也许是真正的清醒吧？……记得，他老说人生是梦。她当然不信，当她搂着他鲜活的身子时，你咋说梦，她也不信的。现在她信了，一切真是梦。遥远的爹妈是梦，逼近的豺狗子是梦，颠簸的驼峰是梦，她忽而忽而悬上半天的命也是梦。那生命的弦音，当然更是梦了。

她想，这感觉，是不是就叫“看破红尘”呢？万念俱灰又恍然如梦。却明白，这所谓的看破，还不彻底。因为那不甘心，仍游丝一样，在心中摇来曳去。

兰兰慢了下来。她拽着驼缰，不使自己离莹儿过远。但那驼却另有想法，想来它明白，虽然它们跑不过豺狗子，但却能跑过另一峰驼。莹儿很感动兰兰的拽缰。她想，只有在这时，你才能看出一个人是不是值得你用生命去交。她想，命运真好，能给她一个愿跟她生死与共的姊妹。

兰兰发出尖叫，她在唬豺狗子，或是想将它们引向自己。莹儿苦笑了，她想，人家连枪都不怕了，还怕你的叫？她喊，兰兰，你别管我，你先逃，逃出一个是一个。兰兰瞪她一眼，啥话？你别怕，等日头爷再高些，它们的头就疼了。莹儿明白，她在给自己宽心。只听过狐子在太阳下头疼，没听过豺狗子也这样。

莹儿回望一下，见豺狗子嘣儿嘎儿，越来越近。最近的几个，已离她骑的驼不到两丈了。她甚至能看到它们贪婪的眼了，还有那翻龇的牙，还有蹬飞的黄沙。这一望，那叫虚幻感消解的恐怖又出现了。她想，叫那肮脏的嘴咬一下，真比死还难受呢，心里就升起了对豺狗子的厌恶。本来她还有种听天由命的味道，厌恶却叫她握紧了刀。她想，你别想轻易地咬我。她拍拍驼背，说，你可走好，可别滚洼，我叫豺狗子尝尝刀子。驼叫一声，仿佛说，你还不放心咱吗？

莹儿咬着牙，挣出虚幻感。她明白那感觉很危险，豺狗子可不管你是不是虚幻，它眼里的肉是实实在在的。死亡也是实实在在的。不管咋说，爹妈给了这么好的身子，乖乖地叫豺狗子撕，也对不起爹妈。一想到妈，她的眼泪又涌了出来。她想，妈，我不该那样说你。要是能活着出去，一定叫妈天天吃大肠炒辣子。大不了她卖血，不信还换不来大肠炒辣子？

听得兰兰叫，拿刀捅呀。莹儿扭头，泪眼里弹上一个黑丸，下意识举刀捅了去，才觉得刀触着了啥，黑丸已惨叫着滚下沙洼了。兰兰叫，好，捅死一个。莹儿吃惊地看看藏刀，果然看到了血。她很吃惊，豺狗子咋如此不禁捅？一想，却明白了，豺狗子不过狸猫大小，捅它，也跟捅狸猫差不多。她的胆子大了。见驼后的豺狗子一蹦一蹦想扯骆驼肠子，就举刀刺去。哪知，刺了几下，却连根毛也没碰着。

兰兰稳了身子，往火枪里装火药，她好容易才将溜子探进枪管，这下好了，火药虽有撒在外面的，也有部分进枪管了。她边装边捅，口中却发出呵斥声，就像她在村里突遇恶狗时那样。

几个豺狗子赶了上来，莹儿放大了胆子，像电影上的骑兵那样抡圆了藏刀乱砍，虽没砍中，它们倒也不敢贸然上扑了。它们边尖叫，边弹跳，它们显然想叫对方的精神崩溃。莹儿虽也害怕，藏刀的乱劈之势却没有稍减。倒是骆驼慌张了，开始东扭西扭。莹儿怕它乱跑，猛扯缰绳，好容易才遏制住它跟兰兰们分道扬镳的势头。

一个豺狗子趁机扑了上来。它似乎是想叼莹儿捉刀的手腕，但它没计算好提前量，落下时，却到了驼尾上，莹儿举刀猛刺，虽将它刺了下去，却将骆驼屁股也刺开了一个大洞。血一下冒了出来。骆驼也更慌张了。

闻到了血腥的豺狗子野性大发，它们纷纷蹿到前方。它们的意图很明显，它们要截下前蹿的驼。驼中计了，它猛地拐了方向。忽听兰兰叫，抱紧脖子！莹儿还没明白过来，就觉得一股大力抛出了她。她嗖地飞向半空，她似乎还在空中翻了几个跟头，就觉得许多沙粒向她打来。她只好闭上眼睛，由了身子滚。纷飞的沙子一阵阵泼向她的脸。她想，完了，这下，掉豺狗子嘴里了。妈呀！她叫。无论她以前如何怨妈，这一时刻，她叫出口的，仍是妈。

4

快！快！

身子的滚动刚刚停下，莹儿就听到了兰兰的叫。她睁开眼，先看到两条粗大的驼腿，然后看到兰兰伸下的手。她捉了那手，立起身。快上！兰兰又叫，莹儿扯着兰兰的手，踩着兰兰伸过的脚，好容易才爬上了驼背。她看到倒地的驼还在挣扎着惨叫，驼身上虱子般趴满了豺狗子。兰兰说，没治了。它的腿断了，想来它踩进了鼠洞。

豺狗子们扑向那惨叫的驼。虽也有一个豺狗子试探着想靠近这儿，兰兰咬了牙，一枪便将它打倒在沙上。兰兰也不急着离开，她明白，那倒地的驼，足够豺狗子吃了。她慢慢地装了枪。

莹儿脑中却一阵嗡嗡，天塌了似的。那驼，是老顺的爱物，人家出了四千块，他还舍不得卖呢。她想，与其这样，还不如自家喂了豺狗子。她木木地望着叫豺狗子扯得直声惨叫的驼，眼泪喷了出来。她说，还不如我死呢。兰兰虽也难受，却安慰道：咋说这号话？有人就有一切。有了我们两个大活人，不信还赔不了驼？

莹儿这才觉出了漠风，它吹透了自己的衣服，吹进心里了。她从里到外觉出了凉。对那些豺狗子疯狂的大嚼，倒也没觉出多少厌恶。驼已不叫了，它长伸四腿躺在沙坡上。它的身上盖满了豺狗子，只有四个蹄子还露在外面。豺狗子的所有注意力都转移到死驼身上了。它们懒得再望莹儿们。它们的对手变成了正跟自己抢食的同类，开始了相互的撕咬。莹儿想到方才那驼还驮了她跑呢，此刻却成一堆肉了。那虚幻又一下子扑了来。

兰兰装好了枪，叹息一声，说走吧。

她松开缰绳，用不着发命令，驼就掉转身，颠颠着跑起来。同伴的命运定然也强烈地刺激着它。虽然它的身子已叫汗水浇透，但速度仍然很快。是的，最厉害的鞭子，便是豺狗子尖牙的威胁。

莹儿抹去了泪。她想，哭是没用的。

兰兰叹道，别的没啥，只可惜了那些水。不过，也没啥，剩下的这些，我们省着些喝。

兰兰这一说，仿佛碰到了饥渴开关，那汹涌的饥渴开始醒了。两人在驼背上喝了点水，吃了些馍。兰兰说，幸好爹有经验，叫她们把吃食和水分成两份，不然，就算逃过豺狗子的嘴，也会变成渴死鬼。莹儿苦笑道，那是我们的罪还没受够。兰兰安慰说，不要紧，还有些火药，碰到倒霉的兔子，打两个……你没吃过烧兔子吧？那可比烧山芋好吃多了。又说，大难不死，必有后福呀。兰兰做个鬼脸。

莹儿却想，这死不死的，现在还难说得很。谁知道吞了那驼肉后，豺狗子会不会再次追来？

绷紧的神经一松弛，困意就大网般罩了来。两人都打起了瞌睡，有些东倒西歪了。兰兰强打精神，她怕骆驼胡乱跑了去。虽已迷了路，到了一个从没来过的地方，但兰兰知道，要是一直朝东走，即使迷了路，也没啥大不了。因为东边是蒙古，那儿总能碰到人烟的。有人烟就好，一人的食水两个人用，支持不了几天的。要是再遇上鬼打墙，绕不了多久，她们就会变成木乃伊。

驼的喘息声越来越大，跑了老远的路，又驮了两人，夜里吃的草料早化成热量了。要不是驼峰开始提供养分的话，驼早没体力了。兰兰想，得找个草多处，叫骆驼吃些草，她们也多少歇一会。她实在没气力了，头里面有几辆拖拉机在跑。莹儿已歪了身子倚着她睡了，兰兰怕再不休息，驼吃不消不说，她们也会栽下驼背的。

转过一道沙梁，见有些沙秸，虽是些陈年沙秸，骆驼是不嫌的。它的食物圈很大，沙漠里的大部分植物都能入口，兰兰晃醒莹儿。两人下了驼，兰兰将驼拴在柴上，也没歇驮子，两人就萎在干沙上。还没躺平顺呢，已堕入了梦乡。

不知过了多久，炽热的太阳烤醒了兰兰。她满头大汗，嗓子眼里冒着火。日头爷快到正午了。沙洼里没有一丝儿风。

骆驼却不见了。

兰兰吃了一惊，忙推醒莹儿。她说，骆驼跑了。她虽是个强性子，话音里却带了哭音。莹儿梦里正跟豺狗子周旋呢，一听兰兰的话，舌头倏地麻了。她想，完了，驼身上带着吃食和水。这不是要命吗？

两人沿了驼的掌印去找。幸好没刮风，驼掌清晰地印在沙上。那一串串或深或浅的印儿通向天边。兰兰暗暗叫苦：要是那驼执意要逃的话，她们是无论如何也撵不上的。狐颠颠，人三天。驼也一样，驼要是颠颠着跑上一气，人要想赶上，也得好长时间。按说，驼通人性，是不会半路逃跑的。它们也知道，在偌大的沙窝里，无论任何理由的逃，都是很不仗义的。何况，你还驮了人家的养命食水。兰兰骑的这驼，是向村里人借的，不像自家那驼，跟自己有感情，这号事，谅它也做不出来。兰兰对自家驼的可惜之情，这时才完全占据了心。自家的驼是村里最好的驼，曾吊死过咬了它峰子的两匹狼，被村里人尊为驼王。跟猛子去猪肚井时，它更是立下了功，没想到，却叫豺狗子填了肚子。

两人本就劳累，追了一阵，都喘粗气。兰兰想，不知它是去寻草场水源呢，还是逃跑了？要真是逃跑，她们的追是毫无意义的。两人萎在沙上，喘息一阵。莹儿说，找找看吧，尽了人力再说。两人又沿了那印迹跌撞而行。那印儿，忽而上坡，忽而下洼，她们只追到滚在蹄洼里的一个馍馍，却不见一点驼的影子。

兰兰擦擦汗，说，像这号驼，才是该喂豺狗子的。你说，该死的不死，不该死的却偏偏死了。莹儿说，再追追看吧。看这样子，馍馍袋子烂了，追不上驼了，能追上几个馍也好。兰兰说也好。追了一阵，她们又见到了几个馍馍。再追，就只有脚印了。兰兰说，那骚驼说不定把漏下的馍都吃了。果然，她们在一处沙上发现了一堆馍馍渣。

算了。不追了。兰兰说。

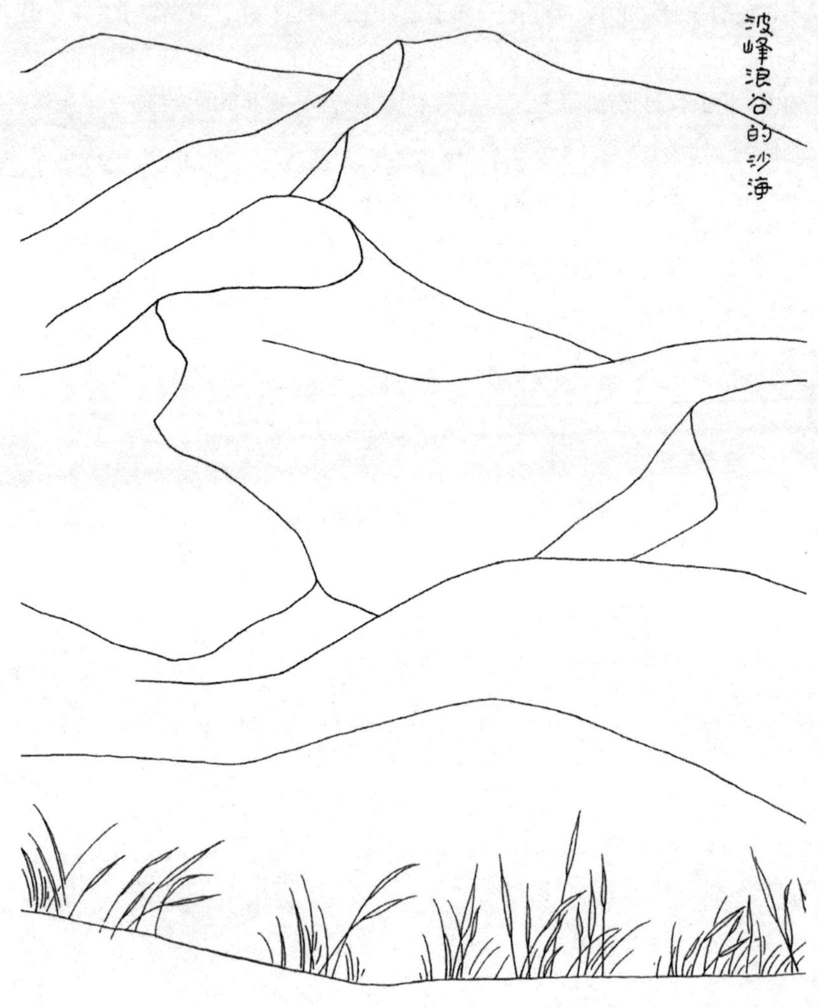
波峰浪谷的沙海

第 二 十 二 章

白疙瘩云彩大点子雨，黑云彩山尖上绕了。

1

白狗一投案自首，王秃子就出来了。派出所中午放了他，他却在河坝里猫了多半天，到夜深人静，才溜进家门。一进庄门，就没见出来过。也难怪，丢人哩。村里人眼里，最丢人的事，莫过于叫公家逮了去。所以，老先人说：“穷死不喊冤，屈死不告官。”

次日，村里就出了几桩怪事：一是母鸡叫鸣。这要怪母鸡们，明明没长个叫鸣的嗓门，偏偏又时不时喔喔。……据说，第一个叫鸣的母鸡，是王秃子家的麻母鸡，其声阴森，如闻鬼哭。王秃子杀鸡用了宰牛刀，只一下，鸡头落地。鸡却不死，扑扇了翅膀，斜刺里飞出，在庄门外洒下一条血路。王秃子在鞋上抹去刀上的血，木木地说：“一个母鸡，你叫啥鸣？”谁都诧异。第二天，那叫鸣的母鸡，到处都是。

第二件事是狗嚎哭。某夜，一串哭声从沙窝里游来。开始，人们还以为是哪个女人叫男人揍了，憋不住，才到沙窝里发泄的。后来才发现，那声响，竟出自一条老狗的喉咙。而且，仿佛大合唱似的，村里的狗都哭了，声音呜咽瘆人。白天还不显怪异，一到深夜，狗哭就涨满村子了。闻者悚然，都说，也许，那末日真到了。

按老先人的说法，这母鸡鸣狗嚎哭，主大凶，六〇年有过一回，沙窝里就塞满了饿死鬼。村里人便慌张了，门前都烧了一堆堆贿神的纸钱——求神保佑；院子都用白石灰圈了——恶鬼进不来；庄门上都吊了红布条儿——红布条儿辟邪。从清晨到夜晚，到处轰响着黑皮子老道传的“护身咒”：“天护身，地护身，八大金刚护我身，护了前心护后心，护了鼻子护眼睛，护了脚心护手心，护得两耳不灌风，护得身体如铁棍。今今风清，五付太上老君。”一出庄门，都要拿根桃条儿，前前后后摔打，边打边咕哝：“桃条本是无极根，王母院中长就生……一打家亲并外鬼，二打魍魉不正神……”那些日子，人们的衣服都像开了洞儿，前心后心都在钻风。人的头发也似变硬了，直竖竖地立奓着。有时，看见自己的身影儿，也会头皮发麻，吱哇乱叫。一人吱哇，马上就有百十人应和。

某夜扶乩，狐仙入窍，放出话来，要勾村里的十个魂灵子，以警世人。十人先走，末日后到，那时，便洪水浸天，猛兽遍地，白骨盈野，死无葬身之地了。到那时，日不出，月不明，人会生活在黑暗里；会有十个月浸天的大雨，会有八个月拔树的大风；瘟疫横行，人食同类；不行善的人会死无葬身之地，不积德的人会长毒疮，淌脓血，上不着天，下不着地，求生不能，求死不得，孽障得很。于是，有人买了几十包蜡，好在无日无月时照明；有人推了几十斗炒面，好在猛兽横行时充饥。一入夜，村里的乒乓声就搅天了，循声而去，便看到满头汗水的汉子在练功夫，嘴里哼哼哈哈，脚步趔趔趄趄，伸胳膊伸腿，探脖子探头，都在吼怪声出横气，苦练铁砂掌、金刚腿、铁布衫、金钟罩、断门五虎刀、霹雳乾坤剑，说是要练好功夫，好在猛兽龇牙时防身。有人则腿上绑个铁瓦，身上穿件沙衣，没日没夜，挣断脖筋，在大路上撒欢，说是练成陆地飞行术好逃避灾殃。至于胳膊下夹个簸箕，屁股下骑个板凳，跟着神婆咕哝咒语，苦练飞檐走壁上天术的，几乎占村里十中之一。

2

老顺心里也嘀咕了：这狗，你瘆怪怪哭个啥呢？而且，那阵候，竟传染似的，一只哭，百只应，游过来，荡过去，就满沙湾哭声了，差点盖过了白虎关的喧嚣呢。

这夜，当狗哭再起时，老顺就叫了孟八爷，去寻那哭声起处，看看究竟是哪些狗在哭。因为，那最先哭的狗，都叫主人宰了，变成一锅香喷喷的肉，又变成几堆臭烘烘的粪。就这样，发现一个，处理一个，已有多条狗丧命，但那哭的劲道却丝毫没减，入夜不久，哭声就漫来，淹天，淹地，淹心。

狗哭的间隙里，传来另一种声音，若隐若现，不知是在持护身咒，还是在超度祖宗。自打母鸡鸣狗嚎哭后，关于末日的说法越来越多，村里的孝子贤孙也越来越多。为了叫苦海里受苦受难的先人早日超升，成仙成神后再来保佑子孙，子孙们就从牙缝里挤出钱来，请黑皮子老道作法超度。那法事声，就伴了狗哭，响彻村落，叫人分不清哪是人诵，哪是狗哭。

老顺说："瞧，乌烟瘴气了。"

孟八爷笑道："这气象，真有末日的味道了。照这样子，也用不着那风呀，火呀，水呀，人先自灭了。魂不守舍，心无自主，活着也跟死了一样。"

老顺说："真疯了。那老妖，也要打七呢。说上回叫我搅了，这次要往圆满里打。"

"叫打去。不叫打，人家心不安稳。我不信，念那几个字儿，能躲了末日大火。哪天，我见了黑皮子老道，用打火机烧，叫他躲躲看。"

隐隐地，夜里又渗出狗哭声了。……无月的夜里，狗哭声就拽来风。那风阴森森的，旋出沙窝，旋向村里，最后旋进心了。有月时，狗哭声一起，月亮就倏地小了，仿佛叫狗哭声惊了，缩出老远，显出惨白的颜色来。

"这阵候，真邪乎。"老顺说。

孟八爷却说："邪乎啥？啥也哭呢。那年，天阴下雨，半个月不见一丝儿日头，狐子就排了队，齐齐朝天嚎。人家在求天呢，狐子怕雨，一下，娃儿就出麻疹。还有种说法，说雨会灌进鼠洞，淹死老鼠，狐子怕自己没吃的了，才告天。”

“这狗，有个啥嚎头呢？”老顺望着白孤孤的月亮，望望隐在月里的村子和沙窝。那狗哭，仍游过月夜，在身前身后乱窜。

“啥也哭呢。”孟八爷叹口气，“啥哭也有它的理由。狼哭起来，比狗哭更瘆人呢，也是齐齐儿排了，嘴头朝天，扯长了声嚎。它们在撵瘟神呢。它们也怕瘟神，怕瘟死了羊们，它们没吃的，才哭……这狗哭，想来也一样，总有它哭的理由。”

“啥理由？”老顺问。

“我不是狗，我咋知道啥理由？”

孟八爷不知道狗为啥哭。村里人却知道，都说，那末日想来到了。这理由，比天大呢。

两人沿村间小道任意走着。那哭声，忽在身前，忽在身后，难有个定处，许是回音作怪。

两人在沙窝里寻了许久，倒也没发现嚎哭的狗。孟八爷说：“老崽，走，看看王秃子。听说，叫折腾成‘半边人’了。”

老顺想，也好，那王秃子，和自己交情虽不深，但他捡过自己的兔鹰，老顺一要，人家二话没说，就还给了他，也没叫他赔叫鹰拧死的芦花大公鸡。这份情，老顺忘不了。人家落难了，自然该去看看，就说：“正好，我也想去呢。”顺路，孟八爷买了两包豆奶粉。

王秃子变了，瘦不说，形容也极是萎靡，见二人来，也不打招呼，自顾磨刀，霍霍的声音，很是瘆人。老顺认出，这刀，是秃子爹用了几十年的杀猪刀，那原来二寸宽的刃儿已不到一寸了，究竟杀了多少猪，谁也算不清。秃子女人倒很亲热，因为她患肝炎，无钱吃药，孟八爷每次进沙窝，就给她带些拐枣柴来，锯成木坨儿，熬茶喝，倒也没恶化。

孟八爷劝王秃子：“没啥，顶缸的事，人世上有哩，想开些。”王秃子不应，只霍霍地磨刀。

老顺也劝："那年，队里丢了树，也有人怀疑我。我说，老子行得端，走得正。怕啥？"

王秃子用拇指刮刮刀刃，没搭言。娃儿们心虚地望望爹，望望妈，又望望来客，却不敢出一口大气。

孟八爷说："有事不怕事，没事不找事。过去的，已过去了。人家也不是故意整你。"女人道："咋不是故意整？人穷志短，马瘦毛长。人家明贪明占，没人放一个响屁。我们，揪个豆角儿，就叫人家辱臊了一顿，又是挨打，又是受气。若不是白狗自首，这黑锅，背定了。"

老顺道："也不一定，我就不信是你们偷的。"

女人道："你不信，也没见你说了句啥话。"

这一说，老顺脸上烧烘烘的。当时，他真不信是王秃子偷的，倒是怀疑北柱或是白狗，可也没敢替王秃子说话。后来，听派出所的说，他招了，就信那"招"了，就说："他们说是他招的。"

"不招咋行？"女人提高了声音，走过去，撩起王秃子的衣服，几道扎眼的伤痕扑来。老顺和孟八爷都抽口气，又听得女人说："肋巴，也断了一根。这冤，找谁诉去？"

王秃子冷冷地推开女人，抖抖身子，卷起的衣服就落下了。他又磨刀了。磨刀声碜得老顺的牙根都酸了，像嚼了一嘴沙子。

一时静场。老顺和孟八爷都不知说啥好。

孟八爷干了嗓子，对王秃子说："你可别干糊涂事。"老顺道："就是。石头大了，转着走，忍忍，几十年就过去了。不为自己，也要为娃儿们想哩。"女人叹口气，望望王秃子，却不敢说出啥来。

这气氛，很令人闷憋。王秃子头上老捂顶帽子，不知捂多少年了，颜色早褪了，帽沿儿里的纸板也早成一堆了，可他舍不得扔，老捂着。村里秃顶的，虽不是他一个，但有他在场，谁也别说"秃"呀，"贼亮"呀，"和尚"呀之类的词语，一说，他便阴阴地瞅你。虽无恶言，但那瞅，也叫你心里怯阴阴的。

有时，王秃子也会冒出话来，大多疙里疙瘩，叫人回味无穷，却也没人费神去咀嚼。但一想他那形象，谁的心里都会有阴阴的感觉，都觉得他那顶帽子，不但捂了头，还捂了心。

磨阵刀，又刮刮刃，王秃子又搬过不知从哪儿捡来的破钢丝床，捣鼓起来。老顺擦擦额头的汗。这气氛，他有些受不了。

女人显然也受不了，她望望孟八爷，干瘦的脸上显出乞求的神色。孟八爷望望老顺，一笑，大声说："呔，老崽，你做啥哩？"

这回，秃子发话了：

"杀人！"

3

二人劝了一阵，出得门来，都不约而同地长出一口气。不觉间，他们已将一口气憋了许久。漠风吹来，把心头的闷吹了许多。

孟八爷叹道："这王秃子，瘸腿上拿的棍敲，娃儿多，婆姨病，又没儿子。这次，再叫辱臊一顿，心上能舒畅吗？"老顺问："你估摸，他真杀人不？"孟八爷长吁一口气："这可说不准。那口气顺过来了，就万事大吉。若是回不过心，钻了牛角尖，啥事也干得出。"

老顺说："他听你的话，你多劝劝。"孟八爷说："劝归劝，可也得提防着点。你给大头说说，叫他给王秃子个面子，看望一下，或给些补偿，或说些好话。看那样子，秃子可恨死他了。"老顺说："大头的嘴不牢实，一说，就顺风扬个满天，反倒不好。"孟八爷说："说说好，尽尽心。不管啥事儿，能防的时候，防一防。王秃子那号人，不像炒麦子脾气，一爆，啥事也没了。秃子闷憋了几十年，早成炸药了，一点个雷管儿，就爆炸。"

二人就又去大头家，叫他出来，说了王秃子磨刀的事，叫他瞅个机会，去消消秃子的气。哪知，大头一听，反恼了："你不磨刀，说不准，我还给你个台阶儿下。你一磨刀，老子偏不尿你。谁是你唬大的？是派出所抓的你，又不是我抓的。我又没动你一指头。”又说，“你们也别见怪。这号毛病，惯不得，一惯，日后大小遇个事，谁也朝我舞弄刀子。我也是长毛出血的，不能人一吓唬，就尿一裤裆。”

还说：“你们也别怕，谅他秃子，有那心，也没那胆。疯叫的狗不咬人，咬人的狗不叫。人家要是真动了邪心，也不给你们说。”

孟八爷却忧心忡忡，叮嘱道：“你也别太大意，能给下个话了，给他下个话。说几句话，也没人拔你的牙。不说，也不要把这事张扬出去。”

大头满不在乎地说：“没啥。你放心，借给他个胆子，也没那血性；就算有那血性，也没那力气。一风吹倒的身子，他杀谁呀？走，进去，喝酒。”见二人摇头，就说：“不进就算了，我还忙呢。”就进了门。

很快，大头的声音远远传来：“阿哈，还有人想杀我哩。”

老顺怨孟八爷：“瞧，你的好心，叫他当成恶意了。人家瞅个空子，又要报复秃子了。”

孟八爷长叹一声：“宁给好汉牵马拽镫，不给蠢货主谋定计。算了，你我尽心了，由他去吧。”边叹气，边摇头。

4

二人又在月夜里巡了一转，没见哪个实体的狗哭。回到家，那狗哭隐隐又响了。老顺说：“日怪。这狗，跟老子们捉迷藏了。”孟八爷说：“算了，由它哭去。不信，它能反了天。”老顺说：“就是。别小驴娃放屁自失惊。”

老伴却说：“反正，明日个，我去打七呢。上回叫你搅了，心口子一直痛。老娘一辈子为别人苦，就这七天，我也为自个儿活一回。”老顺说：“有啥屁用？要是修七天能成了佛，这世上早没人了。”猛子说：“就是。月儿妈打了七天，一出关房，脑袋倒肿成猪头了。”妈说：“那是她心不诚。神婆说，一入关房，她就开始捣弄是非，叫护法神惩治了一顿。”

老顺道：“那护法神咋不惩治神婆？……像丫头，不修行时，明理得很，对娘老子也知疼知热的。一修行，反六亲不认了。”猛子说：“就是。见了我，跟见了猪一样。”孟八爷却说：“那兰丫头，也是个苦命人。”

妈说：“不管咋说，我要打一次七。别人都打，我不打咋行？听说，打一次，家里平顺得很。这些天老做噩梦，身上的肉也老跳，总怕出事。憨头一死，心老提着，打一次，心就安了。”

老顺冷笑道：“不见得。一辈子了，你的心哪天安过？以前，动不动跑神婆家，动不动烧纸，动不动磕头上香，说是不这样，心不安。你折腾一辈子了，心安了没？是福不是祸，是祸躲不过。不信破锅里煮大粪似的咕哝七天，就能消灾？那王秃子，不也打了七吗？咋顶了缸，坐了牢？”

老伴叫道：“对呀，他进了关房，才打了两三天，就溜了，才招来的灾。谁听过中途退的？就是死，也要死在关房里，咋能半途而废？听神婆说，那王秃子，还遭恶报呢。”孟八爷笑道：“哪有这样的修行人，巴望着叫人遭恶报？这神婆，心口不一。”老顺道：“就是。那老妖婆，我一见，气就不打一处来。”老伴说：“你这人，用人家时，就亲家亲家叫得流蜜，恨不得舔人家屁股。不用时，就骂人家。上回，给猛子介绍对象时，你咋不骂人家？”

孟八爷问：“猛子那事，成了没？”他朝莹儿住的小屋扬扬下巴。猛子妈说：“算了，那白家，心不善呢。打发她来，说不准来抱娃儿呢。”老顺啐道：“贼屁少放。我咋没看出这来？人家一个寡妇，想站了，叫人家好好站；不叫站了，明说，叫人家走。你嘲兮兮的，胡说啥哩？”猛子妈说：“有本事，等她从盐池回来，你就去说。就说你不叫她站了，叫她另寻个家儿。”孟八爷说：“话不能那样说。这是人家的家，人家是明媒正娶的，你叫人家往哪里走？”

猛子妈长叹一口气，说：“这话，听来容易，可谁替我想过？心老是捏成个酸杏蛋儿，老怕娃儿叫人家抱走。这号事，又不是没发生过。人家抱了去，你有苦，都没处诉呢。”说着，她压低了声音：“我估摸，她是白家打发来的。不然，那老妖早来几次了，早闹成大戏了。可为啥，寂悄悄儿的？你想，人家是啥人，金头马氏母老虎呢，咋连个响屁也不见来放？”

孟八爷笑道：“人家来闹，你骂人家。人家不闹，你也心里嘀咕。猛子，你明日个通知白家，叫他们来闹一下，就说你妈的闹瘾犯了。”老顺道：“你就是这种贱骨头货，三天不挨揍挨骂，就胀唤了。”猛子妈说：“不是我爱闹，而是……人家为啥不闹？前些日子，天天来唱大戏。这些天，怪了，悄声没气的。”孟八爷笑道：“闹不闹是白家的事，你少怀疑莹儿。那丫头，心善着哩，不是你想的那号货。当了几年媳妇，你又不是不了解。”猛子妈说：“人会变哩。咋说，人家血管里，流的是白家的血。打断的骨头往里折呢，人家能不偏娘老子偏外人？”

孟八爷说：“不一定。莹儿若有那号心，上回就不来。”“不来？”猛子妈说，“不来她能抱走娃儿？”孟八爷笑道：“人家的娃儿，还不由人家了？人家若真是那号心，就叫人家抱去。”猛子说：“就是。不信人家抚养得比你差。”

猛子妈说：“这可是憨头的根呢。到人家，就姓人家的姓了。再说，日后，猛子能不能养下儿子，还难说。有了这肚儿不疼的娃儿，心安得很呢。不然，生一个，丫头；生一个，丫头。光那罚款，叫你这辈子休想翻身。”猛子笑道：“我的事，你就不用操心了。我看开得很，有养老送终的也成，没有了，捞出填狼肚子。人家南山里，那么好的丫头，都天葬喂鹰哩。我一个蠢汉，鹰也许不吃，喂狼总成吧？”妈骂道：“这号话少说，饭能胡吃，话不能胡说。”猛子道：“你以后也少唠叨。活人嘛，想那么远干啥？他们不是说末日到了吗？想多远，末日一到，还不是变成灰？”妈这才笑道：“末日归末日。活一天，就得想一天的事……反正，我一定要打七。”

孟八爷笑了，正想取笑几句，却见她已神秘了脸，一脸鬼祟，压了嗓门，说：“这七天，你们可要留心些。莹儿虽进了沙窝，白家的人可没睡着，别叫他们抱走娃儿。”

孟八爷以为她会泄露啥天机，却不料竟是这几句，不由大笑。老顺骂道：“我还以为你放个啥好屁呢，除了这几句，还有没别的屁放？”猛子晃晃脑袋，也笑了。

猛子妈不在意老顺的态度，解释道：“若不是挂牵娃儿，我早打七了……不过，我叫神婆算过，打七时，她也带不走娃儿，护法神保呢。……话虽这么说，你们还是留意些。”

5

夜里，猛子妈又在书房炕上整理她的包袱。这包袱，是她的保险柜，谁也动不得。还是在她当姑娘时，和老顺订婚时，按规矩，老顺扯了几尺布，缝了边子，拴上红头绳，吊个麻钱儿，就成所谓的包袱了。她用几十年了，红布早褪色了，那麻钱儿，也磨得贼亮，黄苍苍的，又光亮又滑顺。猛子妈最爱捣鼓这包袱，心情好时，捣鼓；心情不好时，也捣鼓。前者是享受，后者是为排解烦恼。闹离婚时，时不时地，她就夹了包袱出门。因为，这家中，只有这包袱，是属于她的。别的，都是婆家的。即使真离了婚，她有权带走的，也是这包袱。此外，她连个柴皮儿也拿不走。

这规矩，千百年了。

包袱里有啥？啥都有。她喜欢啥，就往里面塞啥。里面有婴儿衣物，那是儿子们穿过的，憨头穿了猛子穿，兰兰再穿，灵官再穿，猛子妈还想叫盼盼穿，可莹儿嫌它粗糙；还有袜垫儿，是她当姑娘时做的，大部分当了陪房，送了人，只剩这一对了，因绣得精巧，谁也舍不得穿，妈就藏了，作为自己当过姑娘的一个见证。此外，新旧衣服、布料……塞满包了，便成包袱了。

只有在捣鼓包袱时，猛子妈才是主人，里面的东西想送人就送人，想干啥就干啥。别的，得和老顺商量。那所谓“商量”，也勉强得很，意见相同时，听女人的；意见不同时，听男人的。男人是家主儿，这是凉州的规矩。老顺开导过儿子们：“你叫爹，得用舌尖；叫妈，用嘴皮儿就成。”以此证明，爹比妈更亲，也更有权威。

听说，凉州的祖先多羌族。古书上说，羌族人崇拜权势。老顺虽当不了官，可那想当官的情绪却永远淡不了。原指望，叫儿子们考个学，求个功名，当个官儿，光宗耀祖，可盼了个狗咬尿脬；就只好在家里，满足自己的当官欲了。年轻时，老揍女人。年老了，虽不常揍，但“权势”受到侵犯时，他决不妥协。娃儿们念书时，一开家长会，他就去，因为，他是家长，大小是个“长”呀。

看到女人又捣鼓包袱，老顺就用“家长”特有的语调说：“又捣鼓那破玩意干啥？”这一举动，已属侵权，因为女人就那么一点权力。于是，老伴迎头给了他一下：“我的包袱，我想咋捣鼓，就捣鼓，关你屁事？”老顺只好说：“好，好。你捣鼓，你捣鼓，我看你能捣鼓出金元宝来。”老伴说：“捣鼓出金元宝，也不给你。”

“不要，不要。”说着，老顺瞅一眼包袱，却发现，有个东西很扎眼。那是块布。老伴的包袱里向来是破烂玩意儿，这布，却是新的，看那质地，还挺不错呢，就上去抖开，果然是块沉甸甸的好布，就问：“哪里的？”

老伴一把夺过，折几下，放进包袱，说：“再是哪里的？下回送婚时，还能送呢。”老顺这才记起，这是当初憨头送婚时，给莹儿扯的布，问：“人家给你的？”

老伴道：“啥人家？还不是我们送的？瞧，白家那老祸害的疯狗劲儿，那事儿，怕没辙了。人家迟早得走，迟走不如早走。人走成哩，可东西，一样也不叫她拿。”

老顺这才明白：这布，是老伴“拿”的，怒道：“你咋能这样干事？你这是撵人家哩。你的包袱，人动不得。人家的包袱，你咋能乱挖？”老伴说：“啥还不是我们送的。当初，我们是送媳妇子的，又不是送外人的。人家起外心了，一针一线也不叫她拿。”

老顺啐道：“你咋这样说话？人家半夜三更从娘家跑来，说死也要死在婆家，人家又没说改嫁。”

“人家当然不说，人家有目的哩，人家放烟幕弹哩。人家虽老实，可后头有奸人哩。你能保证人家的心里没坏念头？”

“坏念头？我看你才一肚子坏念头。人家好好儿的，一副过日子的相。你干这号事，亏人家的心哩。”

老伴扯长了声音：“哟，能看了人的皮皮儿，瞅不了人的瓤瓤儿。那毛旦嫂子，也人模人样的，照样偷了娃儿卷了财。”

这一说，老顺才倒抽了一口冷气。毛旦家情形，跟自家一样，老大死了，老二毛旦想招嫂子，嫂子应承得好，却瞅个没人机会，卷了财，带了娃儿跑了。毛旦爹想告，可财是人家的财，娃儿是人家的娃儿，人家拍着胸膛朝天喊，理直气壮呢。毛旦爹悔不过，噎憋了几年，得了癌症，牛吼似的叫了几个月，撒手去了阴间。毛旦“露水曳到半山坡”，破罐子破摔，就成今天的模样了。

老伴说：“那婆娘，说的比唱的好，都跟毛旦圆房了，生米成熟饭了，还不照样溜？夫妻同床睡，人心隔肚皮。画虎画皮难画骨，知人知面不知心。不防着点，出了事，就迟了。”

老顺差点被她的这番话打动了。却忽然发现，老伴已偷转话头，把那块布无限上纲了，就问：“你防归防，拿人家的布做甚？”老伴说：“啥人家的？明明是我家的。”又压低声音说：“日后，你也精灵着些。东西叫卷些没啥，那娃儿，可千万别叫带走。”

这一来，老顺的心又叫老伴从布上扯到娃儿身上了。

这娃儿，老顺自然不会叫她带走，不仅仅因他是憨头的根，主要怕猛子婚后养不下娃子。女儿兰兰，为生男娃，费尽心机，也没盼来个吊把儿的。村里有好些人，像北柱、王秃子……哪个不是头想成蒜锤儿大，想生个顶门立户续香火的？有了憨头这娃儿，老顺就不愁了，万一猛子养不下娃子，将娃儿过继了，省事呢。不说别的，一想那超计划生育的罚款，老顺就头皮酥麻。这娃儿，能叫人带走？

老伴悄悄说：“我想了，防也不是个办法，防了初一，防不了十五。老虎也有打盹的时候，人家要是瞅个机会弄跑娃儿，说啥也是闲的了。我问过人，都说：‘人家是娘，娘带娃儿，天经地义，法律也向着人家呢。’”老顺说：“不一定，法院的人也长心哩。老子死了儿子，再把孙子判给人，我拼命哩。”老伴道：“你唬谁哩？小胳膊拧不住大腿，人家带法？人家一口唾沫，就能把你淹死。反正，得想个法儿。”“啥法儿？”“我想，得生个法儿叫她走。那娃儿，留下。就算将来判给她，我拼了老命，不给她，法院也没治。”老顺说：“这是人家的家，你撵人家，村里人笑话哩。”老伴道：“不明撵。她不是胆子小吗？等她从盐池回来，夜里，叫猛子装个鬼，忽而学捣地鬼，忽而叫，吓几夜，她不走才怪呢。”

老顺恼了，眯了眼，望老伴一阵："呸！你咋想出这号主意？人家是啥？人家是憨头的女人，是你的儿媳妇。人家死了男人，你再装神弄鬼地吓人家，连人都不是了。”

老伴红了脸，觉得这法儿太损，没敢还口，便讪讪地上了炕。才闭眼，就觉出腿上的肉嘣嘣嘣疯跳了。往常，身上的肉一跳，准没好事。

这下，她心神不宁了，想：这次打七，不会出啥事儿吧？

6

王秃子已把磨刀位置从家里挪外面了。谁都见他磨刀子，他磨了牛刀磨猪刀，最后磨老切刀，时不时地，就叫："杀人！”可他不叫时，谁都说他会杀人，一叫，反倒没人信了。都说："许是脑子坏了。”

王秃子用旧钢丝床做了一副盔甲。刀磨好后，他就开始制所谓盔甲。村里人都知道这事，一问，他就叫："杀人！”闻者就破口笑了："杀你的老屌吧？”

每天夜里，王秃子都穿了盔甲，在桥头上练习劈刺。他忽进忽退，神虽凌厉，形却踉跄。与其说在练功，不如说在杀想象中的人。老顺劝过几回，王秃子却不语，疯魔一阵，脚下一绊，腾地倒地，就长伸四肢，牛喘不已。

“杀人！杀人！”王秃子喘吁吁吼。

一听那吼声，村里人就笑。谁也不信，王秃子会真杀人。都说，叫狗不咬，咬狗不叫，他要是真杀人，是不会张扬的。

这天，老顺去给打七的老伴送了晚饭，正在金刚亥母洞旁的土地庙里歇息，忽听一阵乱叫声传来："王秃子杀人了！王秃子杀人了！”他以为是谁在开玩笑，却不料，那乱声渐渐逼近了，竟有一堆人声。老顺变了脸色，放下杯子。凤香已跑出屋外，拉亮门口的灯，见已扑上个怪物，身躯肥大，头大如牛。老顺叫："王秃子，真是你。”

“闪开！闪开！”那人叫，果然是王秃子的声音。他穿着钢丝床弄成的盔甲，头顶个摩托车头盔，一手舞切刀，一手舞长刀，厉叫："谁挡，老子可杀谁哩。老子只杀大头女人，与别人无干！"说罢，扑入关房。关房里传来一阵骚乱。几人逃出关房。会兰子厉叫着，也扑了出来。

王秃子舞刀追出。

"快！快！"凤香叫，"操家伙！"

老顺顺手捞过一个锨把，刚要前扑。王秃子叫："谁来，老子要谁的命。冤有主，债有头，老子算总账来了。闲人滚开！惹急了，刀子可不认人。"

老顺正犹豫，黑皮子老道一把夺过锨把，扑向王秃子。这时，王秃子已追上会兰子，一刀劈下，砍中会兰子的大腿。会兰子惨叫着倒下。同时，黑皮子老道的木棍也砸到王秃子戴的头盔上，只听一声闷响，王秃子晃了几晃，却没倒下，仍乱砍倒下的会兰子。

又有几人操了家伙，扑过去，棍齐落，击在王秃子身上，却叫那盔甲消去大力。老顺吼："呔，杀人偿命哩！"王秃子叫："老子早不想活了，谁再打老子，刀子不认人。"这叫，已变质了，显得格外瘆人。

会兰子倒在血泊之中，连呼"救命"。老顺急了，捞过一个榔头，知道王秃子头上身上都有护物，就朝他腿上砸去。王秃子跌了一跤，爬起，朝众人狰狞地吼："谁再砸我，我就杀谁！"说罢，一瘸一拐地跑了。

会兰子仍在血里滚着，不知伤没伤到要害，但面部已血肉模糊了。猛子妈抖得厉害，脑子却清楚，说："快，快找大夫。"神婆安排人往架子车里铺了被褥，抬上会兰子，急急去了。

众人还没喘一口气，北柱又扑上山坡，说："快，准备一下，王秃子要杀会兰子。"一人说："早杀过了。"北柱说："大头的两个娃子，已给杀了。幸好，大头没在家，王秃子打听会兰子呢，孟八爷叫我来报信。"

"死了没，那娃儿？"猛子妈问。

北柱说："死了，死了。不是他打听会兰子，人还不知道呢。那大头，单单今夜出去，要是他在，娃儿也不死。"

老顺说："大头要在，怕也没命了。人家穿了盔甲呢，棍子敲在身上，跟搔痒似的。”

“人呢？”北柱问。

“才逃出去。这家伙，还真杀人呀？我还以为他唬人呢。”北柱说。

“我也以为。”都说。

7

大头家书房里一屋血污。炕上的娃儿血肉模糊，看不清面目了。粉皮墙上溅了不少血，炕上的被褥湿了大半。半屋子人，都抽着气。

老顺打个寒噤，觉得在梦里。那电灯，挂着一轮轮光圈，散发着迷幻气息。众人的咋呼声也很虚，脑中仍有个锤儿，轰轰地敲太阳穴。

北柱说："大头还不知道呢。这孙蛋，不定还在哪儿快活呢。”猛子妈说："这秃子，娃儿又没惹他，杀娃儿干啥？”一个寒噤打来，把她后面的话打没了。几人嘀咕着："谁能想到他会杀人。”“就是就是。”“这秃子，平日是没嘴葫芦，一干事，却惊天动地。”“这号人，最可怕。爱说话的，把心里的啥都说了。这号人，闷葫芦，啥都想不开。”

孟八爷问："王秃子呢？”老顺说："不知溜哪儿去了。”孟八爷说："快寻快寻。北柱，去打电话报案。其他男人拿上绳子、棍棒，找王秃子。那家伙，杀一个也是杀，杀两个也是杀，杀红了眼，说不准还想杀平日有气的呢。”老顺说："就是。南乡那人，一夜杀了十几个人呢。”这一说，谁都害怕了，都怕王秃子趁他们在这儿，去杀自己的娃儿。

“快走，快走，先去我家看看。”一个说。几个人也开始乱嚷。孟八爷就叫备了绳索和棍棒，打了手电，一家家去查看。还好，那王秃子，并没乘虚而入。

老顺提心吊胆地握着榔头把，他和王秃子本来无冤无仇，但方才，他砸过王秃子一榔头，不知对方看清了没。若看清，报复是必然的。他叫老伴赶紧回家，叫猛子防备好，打里锁住庄门。

孟八爷也打发其他几个打七的女人回家，收拾好房门，不怕一万，就怕万一。他安顿道："最好，挨近的几家到一个院子里，人多些，也好有个照应。男人们，都带上棍棒绳索，去找王秃子。"

老顺说："秃子穿了盔甲，别处打不疼，只有小腿和脚面不经打。"孟八爷却说："两人扯了绳索，往倒里裹。一裹倒，一压住，他就没辙了。"

忽听远处传来"救命"，其声厉，直直刺来。孟八爷辨出，是王秃子家方向，就带人扑去。老顺有些头重脚轻，但又怕落后，只好连滚带爬，也还好，能勉强赶上。

转过弯，听那喊声，竟从王秃子家传来。秃子女人直了嗓门喊"救命"，几个丫头哭叫着。砸门声沉闷地传来。一人大叫："开门！骚货，老子杀人了，不是说好的吗？"

孟八爷吁一声，众人驻足，侧耳细听，竟是王秃子。

女人哭叫："你饶了我们娘儿们成不？丫头才活人。你杀人，娃儿又没杀人。"

王秃子吼："难受一阵子，就完事了。老子死了，你们会叫人欺负死的。你不是答应一块儿死吗？"女人哭道："我答应过，可丫头没答应。她们才活人。"王秃子吼道："骚货，开不开？老子可踏了。"那踏门声，暴响几声。女人娃儿骇极而嚎，门却没开。王秃子叫："老子劈门了。"响起切刀剁木声。

孟八爷叫："快，这秃子疯了。"第一个跑去了。众人却不敢前去。孟八爷喊："王秃子，警察来了，你快放下刀子。"一道光柱照去，见那怪物骇然回顾，又踏一脚门，才往屋后的沙窝方向逃去。

老顺道："还好。他要是真趁夜去杀人，不定有多少人着祸呢。"

见王秃子已逃。众人才随孟八爷扑上前去，敲庄门，却只听女人娃儿哭，仍不敢来开门。

孟八爷叹道："人说虎毒不伤子。这秃子，咋连自家老婆娃儿也想杀？"老顺说："你不听那话吗？想来商量好一块儿死，可女人后悔了。咋办？"孟八爷说："得寻秃子，不然，一夜过去，不定又杀几人。"又说："你们也别怕，那秃子，没力气。”月儿爹说：“我也知道他没力气，可心里总是害怕，一想那秃子，跟想到恶鬼似的。”孟八爷说：“怕也得逮住。那家伙，成疯狗了，见谁杀谁，危险得很。”说着，用手电照秃子脚印。那点点印迹，已探入沙窝了。

8

一进沙窝，众人走得很慢，谁都举着棍棒，如临大敌。他们在明处，王秃子在暗处。若是他候在一旁，伺机偷袭，会刀刀见血的。好在那串脚印明确无误地指着他的去向。他即使想潜伏，也不能把脚扛上肩头行动，这使众人放心不少。

估计到凌晨了，下山风很利，吹在手脸上，似寒水在荡。鸡鸣声此起彼伏，它们并不因夜里发生了血案而玩忽职守。老顺感到很饿，行来很是吃力。

越前走，沙丘越高。王秃子摸黑行来，慌不择路，脚印就老在不是路的浮沙上扭，害得老顺们也时时脚陷沙中，牛喘不已。

终于，发现那盔甲了，旁边有一大片践踏印迹。看来，王秃子至此，已筋疲力尽，喘息一阵，脱了半个钢丝床，才能勉强逃。孟八爷叫众人准备好，他估计，秃子逃不太远。

印儿指向狼舌头湾。这是个僻静的大湾，有狼出没，人很少来。前不久闹狼时，这儿夜夜传来狼嚎，这秃子，去那里干啥？

因为打了手电，早暴露了自家行径，谁也不用悄声没气。孟八爷说：“要说，这秃子，是个苦命人。半辈子了，没见他开心笑过。”老顺道：“就是。没个儿子，又养了个病婆娘。那娃儿，也没钱上学。”月儿爹说：“听我家老妖说，上回打七，他中途退了。前回，叫人顶了缸，当犯人抓去。现在，又出这号大事，莫非，真是啥报应？”老顺说：“啥报应？我不信。我砸了亥母牌位，她咋不来报应我？这是秃子没盼头了。”孟八爷接口道：“就是。别人苦了苦，心里还有个金刚亥母。他，啥也没有。苦了一辈子，也苦不出穷坑，没个盼头，又觉得谁也欺负他，活腻了。”“就是，就是。”都应。

老顺是放鹰好手，眼力好，虽也参与谈话，眼珠子却鹰一样滚。他用手电朝那串脚印扫去，见一棵黄毛柴上挂一东西，近前，一看，竟是那破摩托车头盔，就说："行了，别磨牙了，都留个神，别叫人家戳顿刀子。"他想：怪，这秃子，时不时留样东西，路标似的，啥意思？

几道光柱四下里扫，又捉到一样东西，在另一墩柴棵上挂着，像是衣服之类，谁也不敢近前。老顺发现沙上除脚印外，还多了串黑黑的线儿，手一捻，竟是血，还新鲜呢。

听得孟八爷叫："那秃子，在那里呢。"果然，孟八爷手中光柱照出了一团黑东西，血也正朝那儿淋漓了去。

孟八爷安顿两人，扯了绳子，若秃子扑来，先裹倒他；又叫其他人备好棒棍，才叫："秃子，有啥事，抹不过去？咋干这号事？娃儿又没惹你。"

黑影不应。

孟八爷提了棍，打着手电，慢慢过去。老顺怕他有个闪失，边跟了，边用手电扫视。他怕那黑影是秃子搞的假东西，自已则躲在暗处，伺机攻击，却见一柴棵上有段绳子似的东西，近前一瞅，竟是一截肠子，不由骇极，大叫："肠子。"孟八爷也发现了另一个器官。其他人也发现了人体器官，有人开始干呕。

几道光照住了那黑影，竟真是个人，是不是王秃子说不准，但肯定是人。这人裸了上身，前胸血肉模糊，开着大洞，那些器官，就是从这洞里扯出的。因他的脸上，也有无数刀口，跟大头的两个娃子一样，看不清本来面目了。

孟八爷说："是秃子。他那鞋，我认得。"

老顺也认出了鞋。那鞋叫牛舔鼻，用生牛皮自做的，土头笨脑，很是难看，但结实，一双能穿好几年。沙湾穿这鞋的，只有王秃子。

"死了没？"老顺问。孟八爷上前看看，抽口冷气，答："早死僵没气了。"

黑血四下里淋漓喷溅，渗入沙中。一大摊沙，被践踏得一塌糊涂。显然，王秃子在死前，经过一番疯狂的拼杀，只是这对象，变成他自己了。

孟八爷叹道："这秃子，是铁了心要死的。瞧那脏腑，也东一片西一片的，任是神仙，也没法救。”

众人都打寒噤。那寒风，也四下里飕飕，扑向心里。

几道光柱拢了来，齐齐向王秃子照去。见那脸虽血肉模糊，眼却圆睁着，怒瞪黑沉沉的天。

9

两个小时后，警察也来了。还有一大堆村里人和沙娃。日头爷从沙丘上探出脑袋，望着警察，望着村里人，望着王秃子血糊糊的身子。王秃子仍一如既往地阴沉了脸。那几道血口虽狰狞，却隐不了王秃子固有的阴沉。这阴沉，因生命的消失越加重了。

那一截肠子挂在柴棵上，在晨风里摇曳，旗帜似的炫耀着，很扎眼。这一招，想来是王秃子一生里最招摇的事了。

大头没来，拉会兰子去城里了。大夫王麻子也跟去了，边想各类法儿止血，边往城里送，不然，人没送到，血已流光。传来的讯息是，救下救不下，难说。但大头顾不上死的了，就带出话来：那娃儿，叫孟八爷处理掉。也许，他怕见那个场面。

警察在大头家拍了照，取了证，又来狼舌头湾拍照。这案，是秃头上的虱子，不需要动脑筋破。但警察仍装出高深莫测的样子，问了一大堆废话。叫村里人意外的是，他们终于逮住了一个情况：王秃子女人知道她男人要杀人。女人也承认了。若这样，她知情不报，近乎同谋了。但女人说，她给好些人说过王秃子要杀人的话，可谁都不信。她给大头也说过，你猜大头咋说？他竟说：“老子又不是叫人唬大的。”

这话，老顺信，孟八爷信，谁也信。这样，秃子女人就没大的责任了，但警察还是带她进了城。剩下几个娃儿，扯天扯地地嚎。

孟八爷叫毛旦把大头儿子的尸身子用血床单包了，抬到狼舌头湾来。死娃儿，人小鬼大，易作祟，得烧。平常这活，由毛旦干。干这活的地点，多在狼舌头湾。烧尽自然好，烧不尽，就由狼、狐子或是野狗去受用。那秃子，到这儿来死，也许是想填狼们的肚子。那棺材，虽不比木制的，也比叫抛在荒郊野外晒太阳强。

村人睁了瓷白的眼，望望王秃子，望望那两个娃儿，都抽冷气。按孟八爷的吩咐，他们拾来了一大堆柴。双福还打发沙娃送来了一塑料桶柴油。毛旦把娃儿和王秃子放到柴上，把那些散在四处的器官也叉了来，浇上油，一点火，三具尸体就在火里跳舞了。

被杀者和杀人者都叫火罩了，丝毫也分不出谁强谁弱。只是娃儿在火里跳得慌些。床单烧光后，白身子就叫烟熏黑了，开始了疯狂的扭曲，仿佛是不堪其苦，或是不堪其乐。王秃子相对安稳些，后来，见两个娃儿跳得很凶，他不甘心被比下去，竟突地在火中坐起，一脸狰狞，逗得女人们骇叫。

毛旦说："别怕，是腿上的筋揪了。"拿个棍子一推，秃子又睡火中了。

柴渐渐尽了。后来燃的，是那身子。娃儿胖些，身上的油淋漓着。秃子瘦些，没多少脂肪，只剩下那个黑木似的身子。这是富的大头儿子和穷的王秃子的唯一区别。毛旦就把秃子身子，拨到两个娃子身上，叫娃儿那富油去燃那瘦身。这举动，有重大意义，称得上"均贫富"了。

村人欷歔着，却没人落泪。

火渐渐熄了。那沙湾里，只剩一堆黑骨头了，还有几团东西，想是没烧尽的肚肠。从脑袋上，隐约能看出哪是秃子，哪是娃儿。骨头却混了，杀人凶手和被杀者亲热地拥抱了。

老顺想：要是王秃子知道骨头会拥抱，还杀人不？

第二十三章

阴山的牡丹雪压了，芦子草搭不上架了。

1

骆驼一逃走，姑嫂俩如遭雷殛。骆驼带走了馍馍和水。……没馍馍也成。因为沙窝里有沙米们，饿是饿不死的。没水可就要命了。那日日发着声波的日光一下下舔你的肌肤，要不了多久，你的血就稠得流不动了。再晒，你就干透了。你想活，也只能以灵魂的方式存在，肉体是不会听你的话了。莹儿想到了晒绿豆的情形。绿豆里，总有些虫子，它们打个洞儿，钻入豆里。她就把绿豆摊到院里晒，那虫子是最会装死的，一装死，你就会将它当成草籽。莹儿也懒得辨哪是虫子，哪是草籽，因为不管是虫子还是草籽，日头爷只管将它的水分榨干就成了。……这下，她们也要变成虫子了。她想，这是不是她招来的报应呢？晒虫子者，终究也会被虫子一样晒死。她知道，自己的体内，早就缺水分了，出了那么多汗，血的黏度想来很高了。却想，也难怪，驼也叫吓坏了。谁也是命，你怕豺狗子，人家也怕，而且前路有那么多未知的风险，它当然怕了。

两人坐在沙上，任日光烤炽，谁都不想说啥。驼将所有的生机都带走了。照这样子，她们走不了多远的。你每走一步，除了你消耗的水分外，日头爷还要夺走一些。真没治了，祸不单行呀。

骆驼没逃时，虽有渴意，还能忍受，稍微抿一口水，就能缓解了渴。骆驼一逃，周身的渴一下子醒了，每个细胞都喷出干渴来。莹儿甚至听到了细胞因缺水而破碎的声音。那声响，跟赤脚走在麦秆子上很相似。喉咙里像有无数只豺狗子的爪子在疯狂地骚动，充满了毛呵呵扎洼洼的感觉，又像是有一团的蝇卵在白乳胶里蠕动，黏黏的，很恶心。她极力不去想那画面，但还是厌恶自己了。跟豺狗子搏斗时，虽时有凶险，还能看得到对手，时不时也能给它一击。此刻，不知道对手去哪儿了。也许，那发出白光的日头爷算一个，但跟日头爷较劲，是讨不到好处的。再想来，对手也许就是命运，但命运是啥？命运是一团气，将自己包裹在其中，无论前行后退，你都摆脱不了它。跟它较劲，似乎也无着力之处。能看得见摸得着的对手，便是自己的身体了。细想来，自己所有的挣扎，都是为它的。为它寻吃，为它觅衣，如果除去灵魂的原因，将自己折磨得死去活来的相思之苦，又何尝不是肉体惹的麻烦呢？要不是那销魂的吻和肉体的交融，她会有后来的相思之苦吗？瞧，现在，这身体，又在折磨自己了。

莹儿索性躺在沙上，无奈地望天。日光直接照到她脸上了。以前，她很注意保护脸，不使它叫日光直射。要是日光晒多了，黑色素就会聚在一起，脸上就会出斑点。但要是成一个渴死鬼，啥模样还不是一样？或是成干尸，或是叫野兽啃得七零八落。她就说日头爷，由你烤吧，你索性一下子烤干了我，叫我少受些苦。……要是再叫沙埋了干尸，千年之后，人们也会挖出她，说不定，还会放到博物馆里呢。灵官就在凉州博物馆见过一具千年前的女尸，他说很难看。谁也不知道她是否爱过，或有过怎样的人生轨迹。那女尸，也不会告诉世人了。她的身世成了一个巨大的秘密。听说，好些学者想研究她的由来，但都是老虎吃天无从下口。莹儿想，要是千年后自己也被挖出，也会是个巨大的谜，没人知道她曾爱过，曾和一个叫灵官的男孩闹出过一段销魂。她想，这秘密也没人能考证得出的。她感到一阵恶作剧似的快感。她偷偷笑了，想，叫你们考呀证呀，累个贼死，你能考出我心里想啥吗？能考出我曾咋样爱他吗？不能吧，一群废物。她仿佛看到了学者们一头汗水的尴尬相，快意地笑了。

又想，既然别人考证不出啥，那不是等于这世上没存在过那段爱吗？就是，多好的花，要是开在偏僻的山谷，人看不到，不也等于没开花吗？这一想，她急了。她想，无论怎样，就算现在她如何隐瞒，不让人知，待得千年以后，还是应该有人考证出世上存在过那样一段生生死死的爱的。否则，不跟开在无人处的花一样吗？她想，得生个法儿，叫后来的人明白她有过一段怎样的情。

莹儿想呀想呀，实在想不出个好办法。要是眼前有石头，她会用藏刀在上面刻上字。她甚至想好了她该刻哪几个字。她费劲地看了看，没见到石头。眼前只有沙，沙是啥？沙是世上最不可靠的东西，你哪怕将最忠诚的心交给它，风一吹，就会抹了它。莹儿多希望能有块石头呀，可石头也跟命运里的盼头一样，不是你叫它，它就会应声而到的。莹儿想呀想呀，终于想到了一个法子：前年，在金刚亥母洞，出土了好些西夏文物，最多的是丝绸。那真是好丝绸，无论质地和花纹都叫专家们啧啧不已。有些国师，就在那丝绸上写字。她想，丝绸都能穿越千年，从西夏走到现在，她的衣服或许也会这样。要是在潮湿的地区，多好的衣物也会被焐成灰，但在这沙漠的干沙里，衣物肯定能保存好长时间，就算没有千年，也会有个几百年。成了，一样。对一个死人来说，千年或百年，一样，一样呀。

莹儿想用血在衣裳上写上字。她将食指探进口中，用力地咬。她很怕疼，才一咬，就觉得疼旋风般搅了。她忙松了口。她想，自己不过轻轻一咬，就忍受不了，那叫豺狗子们活咬的骆驼该如何难受呀？她的心哆嗦了一下，觉得自己对不起它。她想，要是她像兰兰那样注意吆驼，它也许不会折腿的。但那歉疚很快没了，因为她想做的事，又在起劲地叫她了。既知道那慢咬会瓦解意志，就索性抽出藏刀，伸出食指，在刃上划了一下。

血从刀口处渗出了，渗得很慢，莹儿脱下那件天蓝色褂子，用血在上面写字。哪知，才写了一划，血就没了。血真是稠到极点了。记得以前，她最怕出血，一出血，总是止不住，医生说她血小板减少，叫她吃花生的细皮。

她发现血也老跟她作对。以前，怕出血，可老出，而且一出就止不住。现在，她希望血出多些，好叫她写完自己想写的话，可血偏偏凝了。她用力吮呀吮呀，终于又吸出了一些。她就这样吮吮写写，终于将想写的话写了。因为不常写字，字很难看，但还是能看出内容的：

"莹儿爱灵官。"

她想，不管是千年后还是百年后，只要有人发现她的尸体，就会明白她叫莹儿，还会明白她爱过一个叫灵官的人。这样，她这具干尸就跟博物馆里的干尸不一样了。说不定，一些好事的作家，还会演化出许多动人的故事。故事里的男主人公叫灵官，女主人公就叫莹儿。她仿佛看到了百年后的人正在看那电视剧，都被感动得热泪盈眶。连她自己，也真的热泪盈眶了。她的嗓子虽干得冒烟，眼泪却怪怪地淌了很多。

她无言地哭一阵，抹去泪。不管咋说，她还是很满意自己的做法。

她是个很容易感动自己的人，总在虚构的故事里流着实在的泪。但那渴，却奇怪地躲远了。她想，也许，这就是艺术的作用吧。

忽然，一个念头却一下将她打蒙了：要是野兽撕了她的衣服和身子，那字不就也没了吗？

2

莹儿又陷入绝望之中，她想原来那永恒，并不是你想要就能有的。她老在村旁的河湾里看到叫野兽们撕得七零八落的衣服碎片，还有叫它们啃剩的骨头。她想，自己要是死在这儿，也定然会成那样子。除了豺狗子，还有狼，还有老鼠，还有好些长着尖牙的动物，它们都会撕碎自己向往的永恒。真是的，这世界总有好多尖牙利齿的。没办法，人既然是来受苦的，当然得有好多制造苦的母体。

一想那么美的爱情故事会随着肉体的消失埋入黄沙，她真的痛苦了。她想，这是比死更糟糕的事。

忽然，那“埋入黄沙”几字怪怪地引出了一缕游丝。莹儿捉呀捉呀，终于捉住了它。她想，就是，把自己埋入黄沙，叫野兽找不到自己。

她一下子兴奋了。

真是个好办法。她想。好些出土文物不是也被埋入黄沙或黄土才保存了千年吗？真的。四面望望，她瞅中了一个高大的沙坡。她想，反正是个死了，与其渴死，还不如活埋了自己。活埋时，那痛苦会很短。要是被渴死，得受多少罪呀。

她想，先不急着埋。等实在没希望了，快要死时，再埋。又想，真到快要死时，怕是连挖坑的力气也没了。她想，趁着有力气，我先挖好坑。到了那弥留之际，用足了劲一蹬，沙就会下堕，埋了自己。

她爬起身，走向那沙坡。沙坡很高，莹儿瞅个陡些的地方，用手一下下刨沙。兰兰正闭了眼，不知在想些啥，她只是望了望莹儿，却啥也没问，也许她以为莹儿想挖个睡觉的洼处哩。

莹儿挖呀挖呀，她小心地挖。在沙坡上挖坑虽不很累，但有一定的难度：她得既要挖出坑，又要叫坑周围有环伺的悬沙。而且，更得悬到一定程度：弥留之际的她一脚就能蹬塌下来。这当然有相当的难度，但莹儿还是成功了。她挖呀挖呀，但她渐渐失望了。她发现，沙坑里竟有潮意，就算她将自己埋在里面，要不了多久，潮湿也会毁坏那件有字的衣服。

她一下泄气了。

她很难受。她想，我真是背运透了，想找个干燥些的埋尸身处，也不能如愿。

不知何时，兰兰已到了身后。

忽然，她大叫起来，芦芽！

3

兰兰说，你知道，芦芽是啥吗？当然，芦芽就是芦芽。可你是不是知道，当年赶龙脉的道人，赶呀赶呀，待他们赶到龙脉时，首先就会发现芦芽？芦芽是龙脉的胡须。兰兰的兴奋也多少影响了莹儿。莹儿明白，兰兰是不会无缘无故地兴奋的。听孟八爷说，所谓龙脉其实就是水路。她明白兰兰高兴的原因了，见到了芦芽，就能挖出水来。她想，这当然是值得高兴的事，有比困在沙漠里挖出水更叫人高兴的事吗？

兰兰见莹儿的脸鲜活了些，也没解释啥是龙脉，凉州人谁也知道龙脉就是水路。龙脉当然还有更多的意义，比如有龙脉的地方出贵人等等，兰兰也懒得管这些。她眼里的芦芽是啥，是吃食，是水，是生命。兰兰弯下腰，拽下一截芦芽，用胳膊夹了，蹭去沙，扯成两段，将长的那段给了莹儿，说，你嚼，水汽大得很，那渣子也不要吐，多嚼一阵，咽下去。莹儿咬了一口，一股清凉在嘴里化开了。这感觉，美极了。莹儿没吃过芦芽，一看那样子，原以为是木头渣子，谁料它会有那么多汁儿。印象里，这几乎是她尝过的最美的食物了。

兰兰几口将芦芽塞进嘴里，她跳下沙坑，顺着那芦芽根系，慢慢地刨，边刨，边将芦芽根扔出。她说，你省着些吃，得防着养命呢。那芦芽白白的，胖胖的，水水的，很诱人。莹儿恨不得几口吞了。嗓子眼里也伸出了几只手，都朝芦芽伸了去。莹儿从衣袋里掏出个塑料袋，抽去卫生纸，将芦芽装了。她怕沙漠里的干风很快会将芦芽上的水分榨干。莹儿想，也好，总算又有了一线生路，人说天无绝人之路，真是的。每到山穷水尽时，总会有转机的。

兰兰扔出的芦芽渐渐多了。芦芽和甘草一样，总是一攒一攒的。只要发现一根，顺了那根系，就能扯出好多来。按民间传说，有时，皇家祖坟里的芦芽也能扯到千里之外，要是谁家的祖坟里沾了那龙气，这家就会出皇上的。沙湾就有被皇家斩断的龙脉。在沙湾人眼里，芦芽是吉物，谁家的坟里要是有了芦芽根，那是很值得庆贺的事。

兰兰的喘息从沙坑里传出。那些沙，全靠她一捧一捧地往外扔。塑料袋里的芦芽渐渐多了。莹儿说，你歇歇，我再刨一阵。兰兰抹抹头上的汗，笑道，成哩，不累。你咋想到这法子的？莹儿咋能将她想名垂千古的想法说出呢？她笑了笑，不语。兰兰也不在乎她回答与否。看得出，她很高兴。这真是意外之喜了。莹儿想，要是有把沙锨多好。但她马上又嘲笑自己：人真是贪心不足，有了芦芽，想要锨。有了锨，又想帐篷；有了帐篷，又想小卧车哩。烦恼就是这样来的。成了，在绝境之中，能有芦芽充饥解渴，已是上天最大的恩赐了。

塑料袋里已装满了芦芽。莹儿想找个别的东西，兰兰扔出了头巾。为防日晒，两人都顶着头巾。记得，还有纱巾的，装在那驼架上的包里。……不想了。丢了的东西，就不是自己的。

莹儿正想换换兰兰，忽见沙壁上溜开了沙。她觉得不好，忙叫，兰兰，快出来，沙要塌了。兰兰起身，正要往外跳，沙已塌下了。兰兰自胸以下，全被埋了。那沙，却仍在下泻着。

莹儿吓坏了。她一把拽了兰兰的胳膊，拼命外扯。哪知，她越扯，沙泻得越快，竟涌到兰兰的肩部了。兰兰大张了口，拼命呼吸着。莹儿不敢再拽，兰兰也不敢再挣，沙流了一阵，慢慢停了。

莹儿手足无措了。看这阵势，真是危险万分，要是沙再下泻，立马就会埋了头部。头一埋，脚就踏进阎王殿了，沙会顺了你的耳孔鼻孔嘴进入它能去的任何地方，就算你能被及时挖出来，那进入你体内的沙子仍是命里最大的麻烦。

莹儿叫兰兰别动，她怕她的挣扎会招来更多的沙流，反正人家黄龙有的是沙子。你只要招惹人家，人家就立马亲热地围了来。沙湾人都信黄龙，黄龙管沙，青龙管水。水淹死的多进了龙宫，沙埋了的就成了黄龙的眷属。早年，村里有黄龙庙，每到初一十五，村里人就去祭祀。要是一次不祭祀，黄龙就会发脾气。但时代不同了，一切都走下坡路了。最早的时候，祭黄龙得童男女。后来，变成牛羊了。再后来，庙叫红卫兵砸了。据老人说，自那后，沙就一步步移向村子，埋了好些地。莹儿本是不信神的，此刻，别说神，叫她信狗也会信。她就求黄龙，求她别带走兰兰。兰兰也求金刚亥母。兰兰只在心里求，她表面上很镇静。虽然沙的挤压已使她呼吸困难，但她还是极力保持平静。

她明白，这会儿，所有的慌张都帮不了自己。

兰兰想，那沙，说不定啥时又会下泻，趁着这机会，把该安顿的，给莹儿安顿一下。要是自己真死了，也别带着遗憾。

莹儿想了个法儿，她边求黄龙，边在兰兰北边的沙上挖坑。因为兰兰在沙球的北侧，只要在北边挖个坑，兰兰也许能慢慢挪出身来。莹儿说，你别动，我试着挖。

兰兰惨然一笑，也不去阻止莹儿。她明白，不管有没有效，那都是眼下唯一能施行的法儿了。

兰兰说，莹儿，有些话，我想对你说说。

4

莹儿，这辈子，最叫我难受的，有两个人，一个是你。我明白，我的离婚给你带来了很大的麻烦。我明白。莹儿，我明白它给你带来的伤害。我也是个女人。其实你也知道，这世上，最能贴近女人心的，还是女人。莹儿，我那样闹，没别的，我只是受不了你哥哥的打。这是真的。我不求爱情，不求富贵，更不求理想，我仅仅想像个动物那样活一场。真的，动物一样。我很羡慕猪，虽说它终究得挨一刀，可哪个人不挨刀呢？不说结扎呀动手术呀之类，单是老天给你的最后一刀，谁能躲过呢？所以，我很羡慕猪。你知道，当一个人羡慕猪时，说明他过的是一种啥样的日子？我还羡慕牛，虽然牛很苦，可我的苦哪点比牛弱？你知道，天麻亮时，我就起床了，打扫院子，收拾屋子，做饭，干活，直到天昏昏黑。一年三百六十五天，我都是这样。薅草，挖地，割田……哪一样离过了我？牛再苦，总有个农闲的时候吧？可我，你瞧，谁一见，都说不像个二十来岁的女人。这些，没啥，我能忍。生就个农民，天生就是受苦的。我认命了。

可我真受不了那些打，受不了。疯耳光、蛮拳头、窝心肘锤、踹心脚都是轻的。我最怕的，是那牛鞭。你知道，老牛挨那么一下，都得塌腰哩。人家一抡，就是半个时辰。半个时辰是多少？是一个小时，是六十分钟，是三千六百秒。那一场下来，身子就叫鞭子织成血席子了。然后呢，他又抓了碾面的盐，往伤口上撒，他说是怕感染——感染了，家里又得出钱。那疼呀，比挨鞭子还胜百倍哩。记得，我梦里都躲不过鞭子，老是从梦里吓醒。有一次，就是你给我挑刺的那回。你知道，他耍赌输了，我不过说了几句，他就折了好些刺条，扯光了我的衣裳。我知道，他是从贤孝上学来的。你忘了？好些受难的公子就那样挨揍。他为啥不学贤孝中的好人呢？那么多贤，那么多孝，他都不学，他为啥单学恶人呢？

他用刺条抽我后的第二天，你正好来站娘家，你不是挑出了一把刺吗？你没数，我可数过，四百五十一根。那时，我就发誓，下辈子，我扎他四百五十一枪，或是射他四百五十一箭。真的。你别生气。当时，我真是那样想的。

你别哭，真的别哭。你一哭，我就不说了。这些，憋在心里，快都捂臭了。我不敢说，你知道，有些人听了，不但不会同情你，反倒会望你的笑声。记得，村里有个婆婆，一骂儿媳，就说，你再犟嘴，兰兰就是你的后世。我听了，脸上像有条子抽。我咋给人说？我只好牙打落了往肚里吞。有多少苦水我自个儿咽。爹妈虽也知道我挨打，可他们咋知道我挨怎样的打呢？要是妈知道了，心会疼烂的。爹妈够苦了，我不能往他们的伤口上撒盐。你说是不？

不说了。你一哭，我的心也酸了。瞧，我惹你伤心了。好了，不提这话头了。我只是想叫你知道，我闹离婚，实在是受不了那种打。要是我不闹离婚，就只好寻无常了，或是刀路，或是绳路，或是喝药。记得，一次，我在梁上拴了绳子，刚将脑袋探进绳圈，就叫你爹救了。我还想喝断肠的农药，听说喝了药难受。我想，难受也罢，不过一阵阵。这号苦日子，啥时是个头呀？

后来，哥哥死了。我就想，我死不成了。哥一死，爹妈哭成那样。要是我再死了，可真要他们的命了。我只好闹离婚了。你别哭，我不想叫你难受。我只想叫你明白，我离婚，实在是活不去了。要是我挨得了那样的打，我会头仰屎坑，咬了牙硬挺的。不就是一辈子吗？咋是个死。挣扎也死，忍让也死，我想得通的。我终于理解了“文革”中挨打后自杀的那些人。真的，人生来，不是挨打的。多高尚多伟大的人，身子也是肉的。

其实，我是个安分的女人。我也不想飞上跳下。我从来没有理想，不想出人头地。我只想安安稳稳地活着，悄悄地混上一辈子。人嘛，原本就是个混世虫。混就是了。

当然，丫头的死，真揪了我心上的肉。那段日子，我的天也塌了。我能明白爹妈失了儿子的痛。那时，我心里最不能碰的，就是这事。但你知道，痛是会木的。无论咋样的痛，痛一阵，也就木了。我终于从那痛里挣出了。人觉得我闹离婚是因为这事。是的，我明里是这样说的。可我其实还是怕挨打，真是的。你也许没挨过打，那真不是人受的。所以，我最佩服的人，不是佛，不是菩萨，而是那些受刑的烈士。说实话，要是我，无论有多大的信念，挨不了几顿打，就会叛变的。

你别哭。

丫头虽然死了。虽然我也死去活来地闹过，可死的哭不活。没法，死了也就死了，就当她是那么个命。可那种打，我一想，心就发麻。所以，我发过誓，这辈子，我不打人。以前，我也只扇过丫头一巴掌——我最后悔的，就是这。我一想，心上就刀刀儿搅哩。我就发誓不打人。人打我时，我难受。我打人时，人家也难受。人生来，不是给人打的。

好了，你别哭了。我不说了。

你知道就好。好长一段日子里，我最怕醒着，因为醒着就老想事。也怕睡着，因为一睡着，不定啥时候，牛鞭就会呼啸。有时是真的，有时在梦里。好长时间，我分不清是清醒还是梦里，反正啥时候也挨打。要是哪一天，他没有抡牛鞭，只拿疯耳光疯拳头招呼我，我就会觉得很意外，觉得那是对我最大的恩赐了。你知道，手打虽也疼，疼却是钝的。那鞭子，是利利的疼，比刀子割还要疼百倍哩。你记得那头黑白花牛吗，人家一鞭，就将它打瘫了。只一鞭，牛就瘫了，牛眼里淌出黄豆大的泪。可我，得挨多少鞭呀。人家拧了腰，咬了牙，鞭梢就呜呜着飞了来，只一下，我就瘫院里了。

我真是叫打怕了。

你可别笑我。没办法，谁叫我是个软弱的女人呢？只要你理解就好。

你慢些挖，不要急。你小心些，别磨烂了手指头。你捧，对，就那样捧，你别用指尖，那儿皮薄，你用手掌捧。对，就那样。

说了这些话，心里好受多了。

5

第二个叫我难受的，我不说，你也猜到了。对了，就是花球媳妇。虽然我跟花球没啥，真的没啥。真像那花儿里唱的："大红果果剥皮皮，人人都说我和你。其实咱俩没关系，好人担了个赖名誉。"这编花儿的，真神了。他咋知道我心里的话呢？真是的。

我没想到，她会寻无常。真的没想到。我跟花球，虽闹了个天摇地动，其实啥也没啥。没结婚时，跟娃娃过家家一样。后来结婚了，就没那份心情了。老是挨打，啥女人感觉也打没了。你知道，那段日子，我身子不干净。……不过，我承认，跟他亲过嘴，他也摸过我。这会儿，我也没个啥避忌的。真的，就那样。我跟你和他不同，你们是真真实实地爱了……你别瞪我。我们啥都没有。真的没有。

那次打七，我们虽昼白夜黑地在一起。是的，这不假。我们在一起待了七八个昼夜，可你知道，那是在打七。那是在金刚亥母的坛城里，我咋能干驴事？再说，我身子还时不时来红。我是不能干那事的。再说，跟我们一起的，除了那放风捣嘴的月儿妈，还有凤香们……你想，我就是真想干那事，我又不是驴，咋能不分声场合地胡来？

她咋那么傻呢？她跟个风风儿，念个经经儿。她以为我真跟花球干了驴事，就干了糊涂事。……要说，也怪花球，女人嘛，嘴碎，说了叫她说几句，你能装了装，不能装了，就出了庄门溜达去。你动啥手？你不动手，人家都成个气葫芦了。你一动手，她就觉得没活头了。你说是不？要是我，我也会拿刀子抹脖子哩。

她不知，她这一弄，没影子的事，也成真事了。这号事，你又不能一个一个地解释。你越说，人家还以为此地无银三百两呢。世上的事就这样。你说，我有啥法呢？

你知道，她刚寻无常那几天，我也想拿刀抹脖子呢。我眼前老晃着她血糊糊的脖子，刀口那儿吹出噗噗的气泡。那血泡儿，老在我眼里噗噗着。我逃不出那梦魇。好几次，我举起了刀子，可我想到了爹妈……真的，我不能叫他们死了儿子后，再死女儿。我要是死，我爹也会像她爹抱了她那样哭得断气。我真不忍心。真的。

当然，我还怕疼，我真的怕疼。我算服了她了，她怎能那么狠心地戳自己呢？

你慢些捧，别急。这会儿松动了好多。对，你就捧胸膛上压的沙子，对，先捧那些。

没想到那女人没死。没死当然好。可你知道，她老是歪个脖子在村里晃，谁见了，都说她可怜。说她可怜的同时，当然就在说我可恶。要是她死了，人们说几年，也就不说了。可她老歪着脖子，你也见过那样子，跟怪物一样扎眼。我真不敢出门，一出门，就见她在南墙湾里晒太阳，见了我，她啥也不说，只拧了脖子，阴阴地瞅我。我怕那眼睛，比怕你哥的牛鞭还厉害。真的，我老觉得那眼睛在脊梁上戳着。有时，觉得天上地下，到处是那眼睛。它们发出蛛丝一样的光，将我裹成了蛛网里的苍蝇。要是有村里人，我就更难受了，他们会望一眼她，再望我。我知道他们心里说啥。

有时想，真没活头了。

真的。在婆家门上，等我的是牛鞭。在娘家门上，是比牛鞭还厉害的歪脖子女人阴阴的瞅。你说，我还有个啥活头？

真的。你别捧了。你索性上了沙坡，蹬下沙，埋了我吧。

不提这事，我还有活下去的念头，一提这些，真不想活了。早死早脱孽。

你说，我的命咋这么苦呢？莫非我的前世，真干了比天还大比沙还多的坏事？

算了，你别捧了。瞧，你的手出血了。我觉得没用。你捧上千百下，不如人家黄龙溜一次。

我只希望，你能替我做件事：要是我这次叫黄龙收了去，你要是活着出去，要是你有气力的话，就帮她一把。她的脖子虽歪了，但听说，兰州的大医院里能治，动个小手术，脖子就能弄直。当然，得看你有没有气力，没那气力，就算了。要是有气力，你就帮帮她。你知道，那歪脖子，是我的耻辱柱。只要它存在一天，村里人就会骂我一天。再说，花球心花，要是女人成那样，也拴不住他的心，他迟早还会出事的。那是个苦命女人，能帮了，帮她一下。

要是你没有气力，你带个话给猛子，叫他替姐姐满这个愿。他会做的。当然，要是你们的事成了，啥话也不用我说了。你们合了力，日子就好过些。要是那事不成——你知道，妈那人，心术儿太多——你就前行，嫁个有钱些的，当然就有了气力。……瞧我，给你心上加码子了，你不会怪我吧？没办法，我想说这话。不说，我心上难受得很。说了，你做不做是你的事。我的心就松活了。

有时一想，这辈子，真没活出个人样来。没办法。我虽也信命，但似乎也不全是命的事。你瞧村里女人，哪个不是苦命人？我想，是不是女人们都是磨盘上的蚂蚁？只要你上了那磨盘，你就得跟了惯性转？我想，定然还有些命以外的事。瞧，“文化大革命”里，受难的有多少？不信他们都是那个命，定然还有些命以外的事。我虽想了好久，但我一直没想透。算了，不想了。其实，爹的那话最好，老天能给，我就能受。是不是？你想呀想呀，想破了脑袋，你该受的，还得受。还不如开头就坦然地接受了下来，你说是不？

6

要是我真叫沙埋了，你也别哭。眼泪也是水，省些水，你就能活久些。你不认识路，别乱跑，你要一直朝东——你也别管盐池了，先保命吧——这沙窝，东西窄，南北长，要是走错了路，你是走不出沙漠的。你就一直朝东走。你千万不要在毒日头下走，那样要不了多久，你就叫蒸成干尸了。你最好在黑里走路，你只要瞅清那北斗七星，叫它悬在你的左上方，就只管前走。手电你省着用。枪也别扔了，火药别弄进去水，万一叫雨淋了，你晒干就成。枪其实很好放，你抓上一把火药——不要太多，你省着些用——溜进枪管里，你用那捅子捅个十来下就成，别捅得太瓷。要是捅得过实，会炸膛的。再装些铁砂——铁砂不多了，你也可以挑些大些的石砂，别太大，跟铁砂差不多大就成。再装半把火药，再捅瓷实些，这是挡那铁砂的。你就从铁夹里，取个火炮子，安在撞针上。有时，也会有命到了尽头的兔子碰到你的枪口上。要是碰上黄羊，你别打了。钢珠子在骆驼上挂的袋里，这号碎铁砂打黄羊只会浪费火药。要是你靠近些，也打能伤它，就算它伤得很重，你也撵不上它。你千万别费你的力气。你要节省体力。那伤了的黄羊，就算它跑上半个时辰，你要是撵，也会累死你的。你就只打兔子吧。要是你运气好的话，差不多一枪一个。记住，别离得太远，最好的距离，是十来米以内。

你别捧了。瞧，捧的，还没它流下的多。

打了兔子后，你要先喝它的血。你别嫌它恶心。你得先活命，有命才有一切。你忍了那血腥味，虽然它很浓，但它是最好的营养和水分。你只要弄上几个兔子，不要迷路，就能走出沙漠，到蒙古人的地盘。你找个人家，要些吃食和水——别一次吃太多——他们会帮你的。

你要记住的是，你只能在夜里走路。早上也成。千万别在焦光晌午赶路。日头爷高时，你就找个阴洼，挖个坑，你别挖太深，你只挖到有潮气的地方就成了。碰上芦芽了，你少挖一些，别像我这样太贪。你小心，坑不要挖得太陡，别叫塌下的沙活埋了。见到潮气后，你就伏下身子，深深地吸那潮气。你一口一口很深地吸气，你心里想着把潮气和地下的精气都吸到你心里。无论你多渴，这样吸一个小时，你就舒服了。你觉得舒服了时，也别出来，你就一直趴在坑里，整天那样趴着。这样，日头爷晒不着你，你又能吸到潮气，就能熬过毒日头的炽烤。等到夜黑了，露水下来时，你再走路。碰上沙米了，你顺路采些。你不要怕它扎手，为了活命，你当然得挨些疼。你别小看那些雀儿眼大的沙米。在你的头伸进湿坑后，你就像吃瓜子那样边剥边吃。它虽然小，但再小的食物也是食物。

你记住，无论如何，你都不要害怕。害怕是啥？害怕是杀你的刀子。你一害怕，它就会越来越厉害。那害怕，开始只有一点点，慢慢的，只要你心里有了害怕的种子，它就会生根发芽开花结果。最后，害怕就变成满天的大雾，会罩住你；会变成满天的大水，会淹了你。你就会听天由命了，你就懒得走路，懒得挣扎，你就会想，算了，可能我就这么个命吧。这样，你就死定了。因为你的心先死了。你的心一死，你也就死了。

你记住，无论活命还是干啥，你只要朝一个方向，走呀，走呀，不停地走，你肯定能走到那个你想到的地方。你只要认准方向，碰到兔子了，能打了，打一个。可千万别撵它，因为它会将你引到另一条路上，会消耗你的体力。你更不要想黄羊们。你要明白，没有火药和钢珠，你那“想”的心，只能算贪婪。你更不要叫美丽的海市蜃楼迷了心志。你永远记住，沙漠跟生活一样，是严酷的，别指望会出现奇迹。你所做的，就是朝着你选定的方向，走，走，不停地走。你坚信，你肯定能走到那儿。肯定。

这时，你最大的敌人就不是沙漠，而变成了你自己。你成了你最大的敌人。你会劝你，算了，认命吧！你会说，你走不出去了。你会将那可能已到咫尺的目标错移到遥不可及的天边。你会生出一些跟你的走不一样的想法。你可能会叫那想法搅乱了心志。你别望我，我这话，是我的上师告诉我的。知道不？就是传我金刚亥母法的那个活佛。

我想，这世上，没比这更殊胜的教诲了。

对了。我也该跟自己较量一下。你别急着捧我胸前的沙。你先把我的手取出来。瞧我，我只叫你别丧失信心。我自己，却差点认命了。我也试试吧。虽然我的试可能会招来更多的沙，可我想，就当我已叫沙埋了。最坏的结局，不就是叫它埋得更深些吧？

对，就这样，先试着弄出我的胳膊。

7

莹儿的手已叫沙磨出了血，但她仍在捧沙。她想，就是磨秃手掌，也要救出兰兰。兰兰的话，叫她心酸而震惊。人真是最奇怪的动物，耳鬓厮磨了多年，今天才算真正了解兰兰了。她想，一切都不说了，救出她的命再说。她想，要是兰兰叫沙埋了，她也就活埋了自己陪兰兰。她不愿将兰兰一个人丢在沙漠里。

莹儿的努力很有效，她已在兰兰身子北面刨开了一个深槽。虽仍时时有沙流入，但兰兰的胸部已出来了。这就好。等再挖一阵，只要将挤压兰兰上半身的沙刨掉，两人一齐用力，就会抽出兰兰的腿。

兰兰从沙中抽出胳膊。她泼水那样将身前的沙子往外泼。她动手的幅度很小，因为身后的沙子仍缓慢地下泻。好在那些潮湿的沙子能相对地稳了身形，才挡住了壁立的沙。也幸好是阴洼，这沙瓷实，要是像阳洼那么浮酥，兰兰早没命了。

莹儿头晕目眩了。因为使力，她出了好多汗。这一来，身体更缺水了，视力也模糊了，嗓子里像卧着刺猬。但她很高兴，毕竟，她看到了救出兰兰的希望。虽说这所谓的救出，仍离活着走出沙漠有很远的距离，但她们也算闯过了一个命运的铁门槛。一生里，谁都会遇上铁门槛的，你闯过一次，就成熟一次。就像唐僧取经那样，你只有经过九九八十一难，才可能得到正果。

莹儿的指尖先出血了，进沙窝前，才剪了指甲，沙就直接在指肚儿上磨。开始刨时，她是不顾命的，哪怕将十个指头全磨没了，也没啥。她就刨呀刨呀，没刨多久，指头就出血了。兰兰就叫她改成了捧，慢是慢了些，槽子却越来越深了。

莹儿觉得她不是在救兰兰，而是在救自己。她自己不是也陷入了跟沙坑差不多的绝境吗？不也正在进行自救吗？许多时候，救别人也就是救自己。

日头爷开始偏西，在这个地方，她们陷了一个多时辰了。饥渴蛛网般罩住了她们。莹儿觉得自己快要晕死了。跟豺狗子一夜的对峙几乎耗光了她们的所有精力，体力早就透支了。莹儿只想睡过去。她的手虽在刨沙，意识却快要休眠了。她多想睡一觉呀。她不知道，好些渴死的人就是这样睡过去的。趁着她熟睡的当儿，日头爷会榨光她身上所有的水分。那些渴死鬼就是在晕晕乎乎后的休眠状态里踏上黄泉路的。

兰兰说成了成了。莹儿住了机械地捧沙的手。兰兰叫她后移一下身子。看得出，桎梏兰兰胸腹的沙少了，要不是怕阴洼里还可能下泻沙流，兰兰自个儿就能挣出来。兰兰叫莹儿后退一下，她扯了莹儿的手。她必须一下子跃出沙坑，因为她那一挣，肯定会惹动沙墙一样的坑壁。她必须在蓄势待发的沙子们轰然塌落前跃出沙坑。不然，那崩泻的沙流会再次埋了她，前功尽弃不说，要是流得更多一些，沙一涌住头顶，一切就结束了。

两人求一阵各自想求的神，兰兰求金刚亥母，莹儿求黄龙。然后，兰兰叫莹儿踩稳了，她喊：一二三。两人一起用力。这一扯，沙果然下泻了，势头很猛，好在兰兰在那一跃之下将双腿拔出了沙坑。两人都使出了吃奶的力，二力一合，就一齐滚到沙洼里了。沙流轰然下泻着，一眨眼，就淹没了兰兰方才立足的地方。

目瞪口呆了好一阵，两人才抱了对方，放声大哭。

她们肆无忌惮地哭着。沙洼回应着，那哭声回过来荡过去，把天地都填满了。

8

姑嫂俩吃了塑料袋里的一半芦芽根。这是用生命和汗水换来的，是她们吃过的最好食物。等啥时候，你先在沙窝里晒上一天，到口焦舌燥时，再试着嚼那芦芽。我相信，你尝到的，定然是天堂的感觉。你只管轻轻一咬，芦芽特有的甘甜和清香就会沁入你的灵魂。那点儿汁水，带给你的，定然是叫你灵魂哆嗦的颤抖。要是你是佛门弟子，你就会觉得那是来自佛国的甘露，你只需在舌尖上滴上一滴，人生所有的苦都叫它消解了。

本来，所有意识都叫兰兰的安危牵了，饥饿呀，干渴呀，都进不了莹儿的心。这会儿，芦芽一入胃，感觉们都醒了。胃疯狂地蠕动起来。有只手在揉捏胃囊，质感很强。她又怨那逃驼了。她向村里人借它时，看中的，是它脾气好。没想到，这脾气好的蔫驼，品格却不好，在最需要跟人同舟共济时，却溜之大吉了。真是该死。

她想，该死的没死，不该死的却死了。

又想，也难怪，经了那场豺狗子的围攻，任是谁，也会叫吓破胆的。她不是也这样吗？当时，还顾不上害怕，此刻，害怕才渐渐醒来，跟饥饿缠在一起。她似乎不相信自己曾经历过惊心动魄的厮杀。一切都像在做梦。……近来，她老像在做梦。此刻，饥渴虽像砂轮机那样打磨她的每一根神经，虚幻感却浆住了自己的意识。

日头爷仍在喷火。没有风。兰兰说，走，先在阴洼里挖个坑，待到天黑再说。莹儿对挖坑心有余悸，但明白再待在毒日光下，会中暑的。体内的那点儿水分是禁不起日头爷舔的，就跟兰兰选个洼处。这次，她们有了经验，挖坑时，尽量挖大些，不使太深。待那潮湿的沙出现时，两人爬进了沙坑。虽然睡在湿沙上可能着病，但谁也不想这事。莹儿觉得那奇异的困和梦幻感浓浓地裹向自己，就身不由己地睡着了。

醒来时，日头爷已悬在西沙山上了。西天上有很红的云。明天仍会很热。莹儿当然希望下场雨，除了饥渴外，身上也是又黏又脏。要是脱光衣服叫暴雨冲一下，肯定比吃芦芽根更美。

兰兰仍在睡着。枪和火药袋放在沙坑外，一见它们，莹儿就有了安全感。她懒得考虑更多的事，虽知道处境仍很危险，但她懒得想。她明白，这时候，所有的想意思不大。没食物，她想不来食物；没水，她想不来水。不如不想它，省得想出许多烦恼，反倒将信心想没了。她想，只能走一步看一步了，能活着出去，当然好；出不去了，也没办法。她们就这么一点儿气力，跟老天爷或是命运较量，她们都不够个儿。但她还是能做自己该做的，那就是不要丧失自己的尊严。除了救出兰兰时她喜极而泣外，她很少流泪。以前，她爱哭，动不动就林妹妹似的抹泪。现在，她觉得哭是没用的，也就不哭了。这似乎是进步了。真的。她想，生活是不相信眼泪的。生活就是生活。生活是逼向绿洲的沙丘，是淹没天真的洪水，是你不得不正视的存在。没办法，你不想成熟，在生活面前，也由不了你。

忽然，不远处的柴棵下动了，很像豺狗子。她的心狠狠地“咚”了一下。她很想叫兰兰。但又怕自己花了眼。她慢慢探出手，取下枪。握住枪的那一刻，她才吁了口气。柴棵下的动点却消失了。她笑自己神经过敏，一朝被蜂螫，十年怕嗡嗡。她仔细地环顾四周，并没发现啥豺狗子。正舒气时，却见柴棵下又动了。她又紧张了。记得枪里是装了弹药的，莹儿取出火炮儿，压在撞针上。她想，要是一个豺狗子，也没啥可怕的。却发现那动了的，是个沙旋儿。再细瞅，原来是只土黄色的兔子。

莹儿很高兴。她想，这真是老天送来的好吃食。她慢慢转过枪口，对准柴棵。听兰兰说过，铁砂出了枪口，几丈外就车轱辘粗了。她觉得自己有把握打中兔子。她听兰兰说过瞄中的要领：三点成一线。刚要扣扳机时，心却跳得很凶。毕竟，她是第一次打枪。

她想，算了，还是叫醒兰兰，叫她打吧。但一个念头越来越强烈：她想叫兰兰一睁眼，就能惊喜地看到兔子。这想法，渐渐压了第一次打枪的恐惧。她发现，她每一呼吸，那黄点就在准星旁跳来晃去。她屏了息，使了很大的劲去扳枪机。她的心很猛地狂跳着。等到她用了所有的力却扣不动扳机时，才发现自己使劲扣的，竟是扳机外面的铁圈。她不由得笑了。她想，算了，还是叫兰兰打吧。

兰兰趴在沙坑里的姿势很不雅，脸上沾了好些沙子。莹儿推了几次，也没推断她的鼾声。莹儿想，她真是累坏了，就有些不忍心叫醒她了。她想，我真没用，连个枪也不敢打。这一怨，反怨出一股底气来。她屏了息，瞄了那仍在动的黄点，一扣扳机。她觉得枪托狠劲地砸了肩膀一下，耳膜一下蒙了。没看到喷出的火，但她相信是枪响了。

兰兰一骨碌爬起来。她问，咋？豺狗子来了吗？莹儿叫，我打中兔子了。她扔下枪，爬出沙坑，朝那柴棵下扑去。没等她到跟前，柴棵下弹出一个黄点，一跃一跃的，上了远处的沙山。

兰兰追了上来，哭笑不得，说，你呀，距离这么远，你以为这是快枪呀？

莹儿沮丧地坐在沙上，她很失望。她倒是真将距离忘了。她很后悔。她想，还不如叫兰兰打呢。要是打下一只兔子，烧了吃，真美死了。可叫自己一枪打没了。

兰兰虽也惋惜，却说，别后悔了，人家咋会乖乖等着你举枪来打它。算了，别怨自己了，那跑了的，就不是你的。

莹儿后悔了一阵，又想，就是，怨也没用，跑的已跑了。不管咋说，她总算敢放枪了。她发现，这也不是多难的事儿。

莹儿说，你仔细瞧瞧，我装一次枪。她按兰兰教的要领装了枪，又叫她教自己瞄准，并问询了一些射击距离等事项。

9

黄昏时分，沙窝里凉了。两人吃了剩下的芦芽根。手头虽有拣到的几个馍馍，但她们连碰一下的欲望也没有。要是没水的帮助，她们是无法将那被漠风吹干的馍咽下肚的。

兰兰决定走夜路，她想朝东走。虽说盐池在北面。但这会儿，先到有人处再说。先保了命，再想个法儿到盐池。听说那儿活多。因为折了自家的骆驼，兰兰觉得无脸见爹娘。她想，哪怕是空身子到了盐池，也要生法子挣钱，至少能挣够两个骆驼钱再进家门。这一说，两人都一脸的沮丧。进沙窝时，还指望能闯条路呢。谁料，人算不如天算，钱没挣上个毛，倒折了两峰骆驼。莹儿很是恼苦，按时下的价格，低些算，也足有五六千元的损失，是白福的多半个媳妇钱了。兰兰叹息一阵，见莹儿一脸灰色，就劝道，别想了，死的已死了，那逃了的，说不定会回家的。就算折，也仅仅折了一峰驼。莹儿明白，兰兰说的虽有道理，但也仅仅是可能而已。那逃了的驼，虽是老驼识途，有可能回家，但也有可能再遇上豺狗子，或是狼，或是牧人。无论遇上谁，都会将那拴了缰绳的驼逮了，据为己有。

兰兰说，要是那驼真回家的话，爹妈一见，就会替她们担心了。莹儿眼前便显出一幅画面来：婆婆在大哭，扑天抢地的。老顺阴了脸，蹲在炕沿上吧嗒烟锅子。村里人在劝。这是丈夫死时出现过的镜头。又想，要是自己死了，人家也说不准没丈夫死了那么伤心的。这一想，一缕委屈抽上心来。

兰兰说不想了，好些东西，想是没用的，还是赶路要紧。我们白天趴湿沙坑，夜里赶路，要是再遇到豺狗子，就当命尽了。要是活着到了盐池，总有法子的。莹儿说也好。

莹儿觉得很乏，她很想睡一觉，或是缓几天再走，但也只是想想而已。要是骆驼们在，吃食和水也在，啥话都好说。现在，你不走，就只能困死在沙窝里。

日头爷没入西山后，两人动了身。兰兰背了枪，莹儿备了手电。入肚的那点儿芦芽根早化了，肚里像有了好多小鸟，一起发出咕咕的声音。这显然是芦芽惹出的麻烦。饥渴之网，仍在浓重地裹挟着她们。尤其是渴，汹涌成大浪了。兰兰的嘴唇紫里带蓝，肿得老高，上面有层厚厚的痂，这是她老用舌头舔嘴唇的缘故。记得爹安顿过，进了沙窝不能舔嘴唇，多渴也不能舔，因为自家的唾沫里有毒，舔几次，嘴唇就肿了。莹儿就很注意自己的形象，她也叫兰兰别舔。可兰兰不听，瞧那嘴唇，足足肿了半寸高。此外，两颊也塌陷了，眼睛也大而无神，瓷化了似的。莹儿从兰兰脸上看到了自己，明白自家的尊容也好不了多少。嘴唇虽没肿，但定然也黑了，上面定然也有了层褐皮。她摸摸自家的脸，觉得也干瘪了好多。这当然是缺水太多的缘故。

水呀，一想这个字，心里都清凉了，但随后，又会搜来一股汹涌的渴。

莹儿揉揉腰，吃力地望去。星星还没出来，西山上还有洇渗而去的红。山黑黝黝的，变成了很美的剪影。开始有了风，虽仍是暖风，但清沥了些。要是水足饭饱，来这儿游玩，当然美极了。但面对挣命的莹儿们，一切都虚设了。莹儿木然地望一眼西山，费劲地动动喉结。她想，要是那冤家见到这景致，不定会咋样发诗兴呢。怪的是，此刻想到他，心也木木的，没以前那样的感觉了。她想，他说得对，爱情是一种感觉，不就仅仅是缺水吗？那感觉就淡多了。

两人的脚步挪动很慢。那腿脚，也没以前活泛了。莹儿竟听到两腿在移动时发出了干燥的声响。她相信那真的是关节在响，也真的觉出了摩擦的痛感。但记得妈老说："不怕慢，就怕站。"就想，走一步，总会近一步。她想兰兰也定然这样想。兰兰的身子晃得很厉害，那身子，也不听她的话了。那不太高的沙坡，她们竟上了好长时间。望着不远处更高的沙岭，莹儿真有些怕了。

上了沙坡，兰兰一屁股坐在沙上。莹儿也一仰身躺了。天暗了，风也凉了，空气有了一点潮意。这正是走夜路的好时光，但莹儿明白，她们的心虽强，但身子不听话了。多强的身子，就算它像汽车，也得靠汽油的滋养呀。莹儿明白，那白昼伏湿沙晚上赶夜路的想法在理论上虽然可行，但它需要强壮的身子、充足的食物和水。那点儿芦芽仅能为她们的身体提供一点儿养分，仅仅能保证在短期内不至于死亡而已。要翻越那高大的沙山，穿越那浩瀚的沙漠，显然是不可能的事。

莹儿萎在兰兰身旁。沙丘上的风凉了许多。兰兰说，得走啊。莹儿说得走。兰兰说，不能困死在这儿。莹儿说就是。兰兰说，走啊。莹儿说走。两人都说走，却谁也没动。莹儿长叹一声，将头枕在兰兰的肚子上。

莹儿真想睡去，身子似抽光了骨髓和精血。兰兰说，爬也得爬，朝东的大沙只有八十里宽，想来已走过大半了，穿过去就有牧人。莹儿说爬也得爬。两人又起了身。她们互相搀扶了，沿了沙脊东行。

开始因为很渴，莹儿没觉出腿疼。行了一阵，脚掌和小腿肚又刀割般疼了。除了偶尔打沙米，她很少进沙漠，没走沙窝的功夫。兰兰也一样。好在兰兰是婆家的重劳力，因常干活，体力比莹儿好一些。但由于肩上背了枪，体力消耗也很大。枪虽只有十斤左右，但路一远，就成了吞体力的老虎。别说枪，莹儿拿的手电筒，也似乎重逾百斤了。

夜很黑，黑了也没啥。北斗星很亮，有了它，就不会遭遇鬼打墙。那星跟枪一样，是能叫她们心安的东西。只是渴越来越浓，别说思维，连目光也叫渴浆了。眼珠的转动明显有了涩意，它们发出沙沙的声音。脚步移动时的关节声响也越来越清晰，在暗夜里发出咔嚓咔嚓的声音。这是从没有过的事。

腿虽疼，但往东走一步，就离希望趋近一步。某个恍惚里，莹儿觉得自己正走近灵官。她甚至发现灵官在远处的暗夜里向她招手。她觉得自己一下有了力量。真是奇怪。虽是个虚妄的幻觉，带来的力量，却是实实在在的。她极力清晰了那恍惚。她想，命运在这一瞬间给她这一暗示，绝不是偶然的。她想，说不定那冤家真在东面的牧区放牧呢。这是很有可能的事。记得以前，他老说自己最喜欢骑马。她眼前真出现了灵官骑马的画面。她没见过灵官骑马，所以画面里的他很像在驼背上颠簸。……成哩，你骑啥也成，只要你在那儿，你骑啥也成，哪怕你骑羊哩。这一来，莹儿真有了好多气力。见兰兰走得很吃力，她有心说出自己的方儿，却想到花球不可能到牧区。而且，从兰兰的口气上听出，花球在她心里，分量没以前重了。这方儿，怕治不了兰兰的疲惫。

怪就是怪，自那不经意的恍惚之后，莹儿走路快多了。虽然腿很疼，虽然渴已在每个毛孔里啸叫了，但因她为走夜路设定了个“意义”，一切都好受多了。

莹儿感到很好笑。

10

但“意义”产生的力量终究有限。午夜后不久，莹儿就实在走不动了。每到上坡时，她须借兰兰的帮凑之力才能爬上去，她早已恍恍惚惚了。兰兰也将原来扛在肩上的枪当成了拐棍，她枪托拄沙，倒也能借些力。她想把枪让给莹儿，莹儿却连捞枪的力量也没了。后来，两人便相依了前行，兰兰借枪托的力，莹儿借兰兰的力，才又支撑了一段沙路。等翻上一个缓坡后，两人都瘫倒了，干渴和饥饿已摧垮了她们的所有意志。

莹儿喘息道，死就死吧，我也算尽力了。她的嗓子已发不出声音，兰兰还是明白了她的话。兰兰没说啥，她也明白，死已逼近了自己。那势头，跟载了死人出庄门的棺材一样，不可阻挡了。就算没有次日的烈日，这逼近的干渴也会要了自己的命。她们已好长时间没喝水了，维系生命的，只有那点芦芽根的水分。记得，刚挖出芦芽时，她是多么高兴呀。她眼里的芦芽，真是救命星呀。原以为，她们能凭借它走出困境。没想到，费了大力冒着生命危险挖来的芦芽，相较于汹涌卷来的饥渴，仅仅是杯水车薪。她实在不敢想象，当明天的毒太阳悬到头顶后，等待她们的，会是什么样的命运？

莹儿觉得就要死了。命已成了风中的烛苗儿，忽悠忽悠的，老像要熄灭。心脏的扑通声有气无力，老像要停下来。人说性命在呼吸之间，现在算真正体验到了。那风中蚕丝般的呼吸一断，沙窝里就多了个孤鬼。听黑皮子老道说，死在外面的人是破头野鬼，阎王是不收的，它只能守在暴露的枯骨旁号哭，直到骨头入土，灵魂才能安详。村里对死的传说很多，一下都涌上心头了。她想，要是自己死了，会转个啥呢？反正，她不想再转人了，她觉得做人很累。她想转个小鸟，最好是百灵鸟，整天在林间唱歌。要么，转个狐子也成。莹儿跟兰兰一样，也喜欢那溢几分仙气的灵丝丝的动物。……那可真是个灵物呀，风一样来，风一样去，其存在的证据，仅仅是点点梅花般的足迹。莹儿最愿意转成能拜月的狐儿，她拜呀，拜呀，终于修成仙体，她就去迷那个书呆子。那时，灵官就老了，但老了的灵官仍是灵官，她是不嫌的。要是他需要，她就吐出好不容易修来的仙丹，叫他吃了，叫他返老还童。那时，是没人管他们的，她来无影去无踪，妈也不会逼她嫁人，也不会逼她换亲，更不会有徐麻子们恶心她。需要了，她还可以生下一堆小狐仙，都叫灵官，只在前头加个顺序，比如大灵官、二灵官、三灵官、四灵官等等。一想到那一窝尖嘴猴腮的灵官们，莹儿不由得笑了。是呀，那一窝灵官，真是很滑稽的。它们会在沙窝里嬉戏，会唱，会闹，会拜月，会风一样来去。轻捷的步子溅起如烟的沙尘，沙丘上印满了梅花。人间最好的画家也画不出那样的梅花。那份潇洒，是天成地造了的呀。

渴又提醒她生命的将逝，她觉得自己见不到日出了。死倒没啥，以前想到死，觉得那是天大的事，现在，死成了瞌睡一样的东西了。只要把该做的事做好，真“睡”过去，也没啥大不了。她想到了盼盼。真怪，这段时间里，她一直没想到盼盼。这说明，对婆婆，她是放心的。就算没她这个妈，娃儿也不会受委屈。莹儿坚信这一点。她觉得自己不配当妈，对娃儿，她没有对冤家的那种刻骨铭心的挂牵。没办法。她眼里的好些东西，都在冤家的阴影下，比如，它们是“灵官”的家、“灵官”的娃儿、“灵官”的家乡、“灵官”的父母等等。没治。她知道这不公平，但没治。她不是有意这样，仿佛是“本来”这样的。

因为脑子恍惚得很厉害，娃儿也就恍惚了。呼吸越来越细，心跳也更加有气无力了。又想，死就死吧，鹿活千岁，终有一死。只是她不想当渴死鬼。村里老有渴死鬼来毛搔人，被毛搔者老是喊渴，喝三盆水也解不了饥渴。这时，人们就请来神汉，神汉就拿刀在额头砍几下，砍出满脸的狰狞和血污后，再抡个麻鞭打鬼。据说，饥渴而死者，因为潜意识里种下的印象太深，成鬼之后，也摆脱不了灵魂深处的饥渴。它们会长夜哭嚎，找寻水，即使偶有所得，也会化为火炭和脓血——那饥渴，终究是解不了的。莹儿不想成那样的鬼。她只想质本洁来还洁去，只想有个干净的身心。虽然日头爷在嘴上罩了层黑痂，她的心却很白。真的。她想，老天，还是叫我投生为狐子吧。

她费劲地转动眼珠，看看夜空。眼珠跟多年没上过油的车轴一样干涩。星星都在哗哗地叫，似在吵架。它们也发出腿关节摩擦时的声响，有点像在悬空的铁锅里炒大豆。没想到星星也会喧哗。真是怪事。

夜里行久了，黑显得淡了，沙丘也恍然显出了形状，模糊出神秘来。莹儿觉得，那神秘，也跟自己的血一样稠了。死亡前的乏困再次裹向她。血液的黏度已成了绞索，失却了养分的心脏不堪重负，它再也推不动拌面汤一样浓稠的血浆了。肯定是这样。她想只要她困过去，醒来时，就会成一缕轻烟了。她的灵魂，就会风一样在大漠上空飘忽。

记得，妈老讲无常鬼的故事。妈说，无常鬼是阎王派来勾魂的。憨头落气时，老是落不下最后一口气，妈说是因为灵官待在他身边，无常鬼近不了身，就勾不了魂。妈说童身娃儿煞气大，在无常鬼眼里，他是无法靠近的火。后来，灵官刚一离开，憨头就断气了。妈的话里溢满了鬼气，叫人脊背上阴风飕飕。莹儿想，那无常鬼是不是已候在旁边，等着勾她的命了？她听到兰兰发出了鼾声。莹儿有些害怕。真怪，她不怕死了，反倒怕鬼。虽说她知道自己一死，也就成鬼了，但她仍然怕鬼。她不敢转过身去看身后。她怕自己冷不丁地看到无常鬼。她看过戏台上的无常鬼，惨白的脸，瘦高的身子，戴个尖尖帽。要是她看到那模样，不用渴来取她的命，只那惊吓，立马就能勾去她的魂灵子。

因为害怕，已裹住莹儿的困意反倒淡了。她竟真的听到身后传来了脚步声。……真是脚步声。这荒无人烟的地方，发出那声响的，不是鬼，又会是啥？心一下狂跳了。心真怪，它方才还将停未停呢，这会儿，倒变成捣地鬼了。……那身后的脚步，莫非也是捣地鬼弄的？村里的旧磨坊里就有个捣地鬼，一入夜，那鬼就腾腾腾地捣地，从半夜一直捣到鸡叫。莹儿甚至忘了渴。她的头皮倏然麻了。……捣地声渐渐到了身后。她甚至听到了呼吸声。那呼吸又粗又重，仿佛是鬼扛着巨大的铁索和钩子。莹儿差点叫了，但又怕叫声反倒会吓死自己。

呼哧声到了身后。莹儿觉得那鬼伸出了爪子。它肯定会捏脖子的。很小的时候，妈就告诉她鬼会捏人。……妈老说："头疼了，脑热了，肚子疼了屎憋了，心口子疼了鬼捏了。"……几缕热气真的吹进了脖颈里。她的心一横，想，怕啥呢？不就是个死吗？她想，就是死，我也得看看鬼究竟是个啥样儿。她悄悄摸了手电，猛地转过身。

一个巨大的黑影，正奇形怪状地立在前方。

她猛地打亮手电，大叫起来。

第 二 十 四 章

鸟儿出笼上天哩，兔儿出网进山哩。

1

月儿又回到了家乡。她爹在白虎关开了个歌舞厅，需要人手，叫她回来，她就回来了。

在人们的眼里，月儿是不该回来的，都说她是天生的城里人。但她还是回来了。月儿仍是那个月儿，只是瘦了些，白了些，眼里多了疲惫。对她，人们寄托了太多的期待，没想到，她竟回来了。……但很快，村里人便释然了：每年，有好多“月儿”出去了，又有好多“月儿”回来了。她们的出去和回来，跟燕子归巢一样，已成为最寻常的事。她们出去，村子似不曾少了啥；她们归来，村子也似乎没多了啥。虽说她们也带来了点点滴滴的讯息，但那讯息，仅仅是讯息而已。村里人终于明白，出去又回来的月儿，仅仅是个打工妹。一个打工妹，变不了好多既成的规矩。

但在那个落寞的黄昏里，月儿却伤心地发现，村子变了。

那窝在沙旮旯皱折处的村子旁，突出了几栋怪模怪样的楼。说它怪模怪样，是因为她对那钢筋水泥的组合物没有好感。出去后经历的磨难，倒了月儿对城市的胃口。她就愈加怀念那蜷缩在沙旮旯里的小村。一想到它，一晕温水似的东西就会在心里荡。……那是“家乡”呀。在她的心中，“家乡”是个熨斗，能熨去灵魂的伤痕呢。……但现在，那冰冷的庞然大物，也追到家乡了。

追到家乡的，还有那搅天的喧嚣：机器在隆隆，尘土在飞扬，人声在噪闹，几排类似街道的建筑横躺在大沙河两岸。……还有那些打扮得很艳的女孩，月儿曾在城里见过她们。她们本是清纯的农家女子，后来成了城市的点缀。她们用自己的青春，点缀着城市。进城时，她们还是处女。出城时，她们已伤痕累累。……现在，她们也追到了家乡。在白虎关的舞厅里，你只花十块钱，就可以搂她们跳上一曲，想摸啥就摸啥。每夜，沙娃们疯蚂蚁似的往里涌。

记得当初，她是那么急切地想逃离家乡。但逃离之后，却发现自己没有了根。她向往的城市势利而冰冷。受了几次伤后，她就想逃回家乡，就想躲在偏僻而宁静的角落里，小鹿般舔舐伤口。那时，一想到家乡，心中总是荡漾着一晕温热，就觉得那是心灵的家园，更是她生命的净土。但是，自踏入家乡的那一刻，她就明白：她已经没有了家园。

印象中的村间小道，已拓宽了许多。它以前本是架子车走的，现在，老有庞然大物在道上呼啸。白虎关更成了大癣，向四下里舔去。

村子越加局促了。

除了一茬茬冒出的楼房，沙娃们也在河床里起了槽子，垒上墙子，担上桦条，再到沙漠里砍些柴棵，胡乱铺了，丢上铺盖，就当家了。

人一多，事儿就多了。听说某夜，男主人去浇水，一个沙娃溜进屋子，女主人睡意朦胧，当是自家男人，正忙活，男人进屋，一锨就拍瘫了沙娃。据说，胯骨粉碎性骨折。这下，提醒了村里男人。以前，也有人将闲屋租给沙娃住的。这以后，虽也贪那每月几十元的租金，但一想要戴绿帽子，会辱没祖先叫人戳脊梁骨，就索性举起扫帚，将沙娃们尽数扫出了院门。

听说，才几个月，掌柜里就冒出了三大金客。关于他们，凉州人有个顺口溜：赵三的老屌，孔大的巷，双福的官司打不完。意思是赵三爱嫖小姐；孔大发明了打斜巷技术，淘金多了，占地也多了；双福开始有了许多官司，主要的大事有两件：一是他的工厂招了几千工人，每人集资几万，却老放长假；二是他老给卖玉米的农民打白条，据说数额上了亿。于是，老见农民来白虎关闹，老操双福的妈，老叫保安们揍得哭骂不已，老有大盖帽找双福。

2

月儿回来的第三天，白狗被保回来了，是大头保的。关于这一“保”，说法不一：一说是白狗钢牙铁口地攀扯大头贪污，加上王秃子那顿乱刀，大头屁股早松了，他怕白狗也朝他舞弄刀子。……再说，乡里乡亲的，低头不见抬头见。红了脖子黑了脸，也不是个事儿，就去保；另一说是孟八爷叫大头去保。说是孟八爷一听白狗做贼，先气炸了：“兔儿还不吃窝边草哩，你个贼砍头的，咋成这副孬样？”后听说白狗是替天行道，才噢了一声，抱着烟锅儿吧嗒了许久，扯了白狗爹去大头家，答应给他赔偿损失，还打了欠条。大头这才带着白狗爹到派出所，好话说了三骡车，交了罚款，才保回了白狗。

白狗挨了许多打，身上青一块紫一块的。这还是明的。暗的是“胃锤”。白狗说，把他吃上的都打出来了，可又没一点儿伤。“唉哟！那可真不是人受的。啥时候，你试试。”可他咬紧牙关不招，只说是一人干的，是为了打抱不平，谁叫大头贪污来着？“反正，老子豁出去了，大不了一死。老子羔子皮换他张老羊皮。叫大头知道，沙湾也有长毛出血的。叫他以后做昧心事时，先掂掂脑袋有几斤重。”

夜里，白狗和猛子偷偷挖出埋在沙窝里的黄豆，卖了，叫白狗爹还给大头，抽了欠条。粗粗一算，这番“替天行道”，不但没动了大头的一根毛，反倒贴了一千块罚款。白狗赚的，只是几顿打而已。

对白狗的义气，猛子很感动。他说：“白狗，你是条汉子，我泼了命，交定你了。”白狗说：“闲屁少放。你要是真信我，我们合伙开个窝子，干不干？人穷志短，马瘦毛长，这年月，腰里没银子，咋也硬不起来。”

猛子动心了。

那被活埋的后怕，只啸卷了月余，便渐渐息了。开初，一听那机声，猛子的脚就发软。听不了几次，心就包了层茧。强忍了一些日子，猛子才去了大沙河。他发现，淘金规模竟壮大了几倍，还多了几个怪模怪样的东西，一打听，原来是金管站的帐篷。那金管站，说是市里新设的机构。又听说，来过个国家勘测队，一测，说是此处虽有金子，但贮藏量不很大，不值得国家投资建矿。这倒好，要是国家统采，别人就只好喝风屙屁了。

开初，猛子们的被埋和几十个沙娃的惨死，吓破了村里人的胆。除毛旦外，都不敢再当沙娃。但谁都不是钱的仇人。那毛旦，虽数月间在绳梯上穿梭，却毫发无损；又听说：某某沙娃捡了金子，一夜暴富；某某沙娃，在撒尿时冲出金蛋一个……渐渐，村里男人又当起了沙娃。沙娃虽苦，但比起在建筑工地上当牛做马苦上一年，却连个钱毛也可能见不上的风险，当沙娃毕竟有眼见的实惠。本村的沙娃就渐渐多了。有本事有门路的，也弄些钱来，买个窝子。十个掌柜之中，也有三两个掘金发了财。有了这个榜样，凉州的“想钱疯”们，眼里就放出红光，一窝蜂拥入白虎关，有的一夜变富，有的血本无归。对后者，大多视而不见，心却叫前者熏醉了。除了淘金者，商店饭馆们也在白虎关安了家。

关于金子的神话也越来越多。据说，双福的窝子里掘出了一个金胳膊，金管站闻风赶了去，却是个苍蝇撵屁。这号“据说”有很多。每一个“据说”，都是搔猛子心的鸡毛。

除冒出了那钢筋水泥的林子外，还冒出了好些发廊。先是来了个女老板，抱着试探的心态开个发廊。哪知，才开业，沙娃就蜂拥而来。交上十块钱，就可以叫画一样的人按捏一番，间隙里，还能捏捏奶子，揪揪脸蛋，甚至啃咬几下。女娃倒也不怪，半推半就，或嗔或笑。

第一个发廊火爆后，一堆发廊就一夜间冒出了。大沙河沙多石广，拉点水泥，拉点砖，几日就能盖间房子。猛子没来河湾才几日，红砖小屋就遍布两岸，比海市蜃楼还叫人莫名其妙。人说毛头姑娘十八变，但她们再善变，也变不过白虎关。

猛子吃惊地望那些突现的建筑，仿佛做梦一样。见那砖屋门口，有许多女孩。平素里，只有在电视里才有这么多俊女子，可现在，随眼一撵，就会有俊脸冲着你笑。猛子的嗓门倏地干了。他眼里，这发廊里，定然有些不明不白的勾当的。想来价码很贵，一问，才十块钱，摸一摸衣袋，四面望一下，进了发廊。

发廊里有好多画，将墙壁的简陋遮了，显出一墙粲然来。猛子仍有做梦的感觉，见里面有几张俊脸齐望他，脑袋就嗡嗡个不停，便胡乱指了一个。那女子笑一声，指指凳子。他遵嘱坐了，正疑惑呢，一股热流直泻头顶，才明白对方要给他洗头。长这么大，还没女人给他洗过头呢，觉得头上揉搓的那只手很柔。一个软软的东西摇晃着蹭耳朵。待辨出那是啥时，一股潮热扑上心来。

躺在里屋的一张窄床上，任女娃捏出满心的舒服。品一阵睁眼，见一双黑眸正望自己，觉得很眼熟，又不能立马辨出是谁。猛子正要问，那女子已笑出声来。原来是他相过亲的菊儿。猛子吃惊了 :“你，你咋来这儿？”

菊儿嘟嘟嘴，“你不也来吗？你能来，我咋就不能来？”虽然猛子没和菊儿定亲，但因有过那次相面，猛子觉得她干这营生，太有些对不住自己了。

“你不怕人笑话？”

“笑话啥？”菊儿淡淡地说，“穷得连裤子都穿不上时，谁还在乎笑话呢？再说，我这是凭劳动挣钱，又没偷又没抢，有啥不好意思。”

猛子听到“偷”字，就想，“莫不是她在说我偷过沙吧？”望一眼，却又释然了。菊儿正望他呢，手却不停，将那舒服，从手下荡向遍身。

“你开的？”“给人打工。”“工资多少？”“三七分成，她七我三。”

“咋样？”

菊儿提高了声音 :“挣不发也饿不死，可比爹卖臭力强。爹有时苦一天，才挣十块。我按摩半小时，也十块……总不能再叫爹卖老骨头吧？”

这倒是，猛子想。他想到那长着核桃老脸的老头，长吁一口气，想 : 这菊儿，还有孝心呢。可一想她可能受的非议，就不由叹气。

“将来咋办？”他问。

“将来再说。我不知道啥叫将来。我只想叫爹妈别当牛了，叫弟弟能上个好学。还没想过将来，不过，若是没人要我，当老姑娘，我也认了。”

猛子笑了：“哪能呢？”望着菊儿俊俏的小脸，却总是可惜。

菊儿叹道：“不这样，做个规矩女子，又能咋样？寻个人家，嫁个土头汉子，养儿引孙，倒猪喂狗，从丫头变成婆娘，再变成老婆子，最后进土坑。这是看得见的命。嫁个善的，还好些。嫁个恶的，叫人家驴一样捶，捶没了青春，捶老了命，又能做啥？”

猛子笑道：“也倒是。你喜欢这工作？”

“不知道。”菊儿叹道，“反正，比待在家里开心些。那儿，只是静静地老了去。这儿，还有人欣赏你的美呢，还有人认可你的劳动，还能为别人带来享受，还能自己养活自己。至于将来，我没想过。其实，啥是将来？谁的将来，也不过一个死字。”

顿一顿，她又说：“将来，死就死，先开心活几年再说。”

正说着，一个女孩领来一个沙娃。才进门，沙娃就搂了女子亲嘴。猛子想，这菊儿，也定然叫沙娃们亲过，心一下子暗了。

按摩完，猛子掏出那叠皱皱的纸币，他很想塞给菊儿。却又明白，就是全塞给她，也不过多出几块钱，就仔细挑几张挺括些的，给了菊儿。

出得门来，一回头，见菊儿正望着他笑。他很想望出菊儿的泪，可没有。菊儿只是在笑，竟还有几分灿烂呢。

3

河床里大变样了。除了那洇水般扩散而去的井架、帐篷、地窝子外，还多了许多沙石山。沙娃们像蚂蚁搬家一样，将沙石从井底搬到沙石山上。双福的窝子已开始用卷扬机，这一来，进度快了几倍。以前，沙娃拼了老命才背出几锨沙石。现在，机器吼几声，就从井口冒上个湿淋淋装满沙石的筐来。

但大部分沙娃仍在背沙。他们的掌柜多为当地人，保守，怕投资太多，将来抽身不便，便凑合着开掘。却不知，待得他们掘开一个窝子，双福的卷扬机就能吼出十个窝子。双福边用仪器探测，边开掘，砂金一罐子一罐子地从他的清金槽里清出。

有门路贷款的村里人都弄了窝子当掌柜，没门路的人，或当沙娃，或打模糊。打模糊的人多了起来，那些人没有组织，胡乱堆沙，堵塞河道，抽出的水下流的通道时时被堵。一次，竟然灌入正在开掘的井中，幸好沙娃们溜得快，才没被淹死。于是，掌柜们要求金管站严禁打模糊，但村里人仍跟他们打游击，你进我退，你住我干。

……瞧，白狗端个金盆子，正站在河水中。一个金管站的脱了鞋袜，才试探着入水，就痉挛似的唏哩。另一个叫："你上来，我们不为难你。"白狗道："哄鬼去吧。坦白从宽，牢底坐穿。抗拒从严，回家过年。你们那套，我不信了。"警察举个枪，作势欲射。白狗拍拍胸膛，说："朝这儿打。一群溜尻子货。这河床，叫富汉捣腾成这样。老子没钱，才打个模糊，你们当啥疯狗。"一警察恼了，扔了鞋袜，才下水，疯石头就飞了过来，砸起水柱。另一个说："算了算了，你不见，那是亡命徒。"白狗说："你们才是亡命徒，见钱不要命。"警察们骂骂咧咧走了。

猛子玩笑道："警察叔叔，你们也怕了呀？"一人回头道："也不是怕。叫疯狗咬了，不值得。"白狗吼一声："你才是疯狗。"

见警察走远，白狗走出水来，他打着哆嗦唏哩道："冻进骨髓里去了。人家要是再守，我就熬不住了。"放下金盆子，见盆里金光闪闪，虽是麸皮金，但那点点斑斑，仍是炫目炫心。猛子噢哟一声。白狗道："就这，还是人家双福涮过的。金子是个溜尻子，谁有钱，就往谁那儿跑。"

"人家有仪器。"

"没仪器时，人家也照样红。"

白狗说："照这速度，不出一年，白虎关就会给翻个底儿。我正在生法子贷款，贷上也弄个窝子。明摆着，远远近近的人，都变成饿殍疯虱子了，都来这儿咂血。你三拖两拖，就连个腥气也闻不着了。听说不？市上眼红了，要统管呢。一统管，大头就连个边也沾不上了。趁大头说话还顶用，弄个窝子，好歹赌一次。成了，发个家；赔了，大不了捞条棍。”

猛子心动了。他想劝劝爹，好歹也赌一次。他不指望贷款，穷人指望那玩意儿，等于天上掉馅饼。他指望能说服爹，卖了羊，卖了树，卖了余粮试试看，成与不成，认命。

白狗说：“开个窝子，没个几万不成。我想，一个人怕支撑不了。要不，你，我，花球，我哥四个都想法儿。成了，均分。不成，大家承担。”

猛子说：“你去劝劝我爹。他那脑子是榆木疙瘩，八斧头也劈不开。你稍稍弄开个缝隙，我再锲几个锲子。”说罢，两人收了金盆子，回了家。哪知，才提及，就叫老顺浇了头狗血。他的理由很充分：“你不瞧，十个人中，发了财的，才不过三个。先前好好的日子不过，一胡折腾，连裤子也穿不成了。”

两人灰头土脸地出来。白狗说：“你呀，放着现成的财神不找。双福那婆娘，拔根汗毛，比咱腰粗。算她一份子，弄出钱来，给她分红。”猛子就去找双福女人，费了半斤唾沫，女人才答应给借五千，但说好是借的，窝子的红与废与她无关。猛子说：“成哩，弄出金子，给你打个金胡萝卜，省得你半夜里睡不着；若弄不出，老子把我赔给你。”

不几日，白狗、花球、北柱也各弄了五千块，合伙到大头那儿买了个窝子。

4

开窝子时，要祭土地爷。这是规矩，你要在人家的身上开洞，先得招待人家。要不然，人家身子一抖，你有多深的道行，也免不了被埋的命运。

祭神的方式是宰牲，听黑皮子老道说，土地爷嗜血，得用血祭。猛子把一个羯羊羔子扯向开窝子处。羊显然知道它的命运，四蹄着地，用足了劲，向反方向用力。但羔羊毕竟是羔羊，咋用力，也挣不脱命的。猛子嘿一声，双臂较劲，将羊提向空中。羊咩咩叫着，四蹄乱动。片刻间，已被猛子压在膝下。他接过花球递过的刀子，抹几下，羊脖处喷出猩红的血来。

“土地爷呀，保佑平安！”猛子叫。

“平安了。”众人应。

“财神爷呀，保佑多出金子！”

“多出金子。”众人应。

村里人围了来，有的拿绸被面，有的拿毛毯，挂到井架上。井架很潦草，几个檩子相搭而成。因资金不够，没钱置那卷扬机啥的，只买些棕绳，做个绳梯，买个抽水机水泵备用，其余的钱以备花销。好在入股的四人，都是青壮年，可以边当掌柜，边当沙娃。北柱在双福的窝子上干了多日，已知道一些程序，由他指点，一切居然似模似样了。

由猛子挖第一锨。他的被埋经历，成了“大难不死，必有后福”的证据。村里人都这么说。

挖第一锨时，猛子觉得胸间充满了一股气，仿佛能吞天吐地似的。一生里，这似乎是自己干的第一件大事。干好了，以此做基石，或许就能改变命运。干砸了……不，不会干砸的。他将那锨沙土用力扔了出去。因用力过大，土飞出老远，漠风却不知趣地吹了来，将那扬起的沙卷下来，弄了他一脸沙子。猛子心头掠过不祥的念头，想：“这兆头，不好吧？”

白狗扯了那尚在蠕动的羔羊剥皮。他剔开一腿，边捣边扯，几下就将羊剥成了精肚娘们，交给凤香，剁成拳头大的块儿，来招待前来挂红的人。

北柱花球接着下挖。

猛子看到了爹。老顺先是远远地瞧，渐渐地移了来，抖出一团红色，挂上井架。猛子心头热了。爹虽然反对他冒风险，但还是以当地特有的方式表达了祝福。除村里人外，四人的亲戚也都来挂红。这开井，跟盖房一样，是人生的大事，挂的红越多越吉利。

因四人都是好劳力，他们只招了八个沙娃，分成两班，轮流下井。这窝子，开始挖时容易，不多时，地面就出现了一个黑黑的大洞。白狗把煮熟的肉往洞里扔几块，以祭祀土地神灵，其余的就盛入盘中，端到空地上，招待来挂红的人。人多肉少，每人啃不了几块，好在酒多，吆五喝六一阵，人的脸上也挂了红。

日头爷渐渐高了，搅天的喧嚣泻向大沙河。猛望去，人密密麻麻，跟疯蚂蚁一样，闹嚷嚷的。那声响更是惊人，机器声、人声、铁器啃石声、猜拳声、叫好声、骂声……汇成一股旋风，直往脑里扑。

老顺喝了几盅，红了脸，大了舌头，趔趄着过来。猛子知道爹要跟他说话。每次喝醉，他都这样，就扔了锨，走过去。果然，爹含糊的话泼来了："娃子，别怪老子。老子就那点家当，养几条命呢。老子不比你，老子是打六〇年过来的。那时节，大沙河的尸体码了一层又一层。仓里没些粮食，心慌呢。"猛子说："知道知道。""知道啥？那羊也卖不得，留着下羔子哩。""知道知道。""知道个屁。那树……"老顺话没说完，猛子便大声说："小心，放屁别打烂裤裆。"众人大笑。老顺晃晃脑袋，也笑了。

猛子长吁一口气，望望天。天很蓝，也很大，插个翅膀，便能飞出无穷的景致。猛子将这井口当成了长翅膀的机会。他有好些设想，都是大事，可没钱。一没钱，多大的事儿也是屁。

洞深了。白狗吆喝着搭绳梯，他和花球干第一班。第一班浅一些，省力。猛子和北柱收拾地窝子。他们在井旁挖个深槽，垒上石头，上面担几根木头，用架子车拉来几车麦草，扔到槽中，胡乱铺开，丢上铺盖，便能住人了。纤尘仍在弥漫。猛子仰脸躺在铺上。他很兴奋，体内激荡着无穷的力。外面的声音虽在大响，他却听到了自己响彻天空的心跳，咚！咚！强劲有力。

花球带着富强子一齐背沙。富强子才出校门，身子单薄，才几趟，就一身汗水了。他最爱笑，人虽叫汗浇透，笑却越加灿烂。他别无嗜好，只对凉州民歌情有独钟，幼时，就和贾瞎仙厮混，大本的贤孝虽没学会，小曲儿却学了不少。闲时，他总要哼儿咛儿唱。他的理想很简单：先当沙娃，挣些钱，当路费，去凉州各地搜集民歌，将来出一本书。他说："这茬儿人一死，民歌就没了，我也算是抢救文化吧。"猛子们给他的工钱是，一天二十元。

看到一身汗水牛喘不已的富强子，猛子有些不忍心，就说："来，我替你背几回。”富强子笑道：“算咧，还是我来吧。挣你的钱，是不能惜力的。再说，人是怪物，越缓，就越乏成一堆泥了。熬上几天，就好了。”猛子笑道：“也倒是。”

大沙河想来流了千年的水，表层是沙，下去尽是鹅卵石。碜牙的声响从井里喷出。猛子最怕这声响，一听，牙就酸。不过，再下几米，又会是一层沙，沙下面是土，再下面是沙石。十几米之后，是一层薄薄的沙，金子就在这沙中。再往下挖，便青石板一样硬了，说不清是石头还是胶泥，金子就被那硬层挡住，不再下行了。

打到二三米深时，猛子就开始架木笼。若无木笼，随便坠下个石头，头上就是个窟窿。虽带了安全帽，但若是石头大，连那帽也会砸扁的。木笼用檩条和椽子相搭而成，井字形状，中间编上柳条或柴棵。这些东西，都取之于沙漠。或是瞅个黑夜，吆了骆驼车，到远处的南山上，偷伐几个时辰，就能使上一阵。

5

猛子和富强子吆了骆驼车，去沙窝里拉桦条。路过歌舞厅，见月儿和几个女孩正在门口晒太阳。猛子假装没看见，想快快地过去。月儿却叫：“哟，眼睛红了，认不得人了？才开个窝子，眉毛就上天了。你不是答应带我去沙窝吗？咋？又吃石灰了？尽说白话。”猛子笑道：“我去拉桦条们。你想去？成哩，走到半路，可别哭。”月儿笑着跳上车来。

月儿一上车，沙娃们就噢噢乱叫。一人喊：“猛子，娶亲吗？”猛子想：“胡说啥？人家是黄花闺女。”一人道：“哟，这年头，黄花黑花，也没个标准。”又一人说：“就是。连处女膜都能补，就是个黑花，也能补成个黄花。”猛子望望月儿，见她正眯了眼望云，就吁口气，猛抽一鞭，骆驼曳一条灰龙过去了。沙娃声追了来，但叫车厢的哐噹声搅了，听不清内容。

骆驼车拐进了沙漠。前些时，市里修水渠，在沙漠里修了条路，先铺麦草，再压土石，虽时不时叫沙埋了，但依稀能看出路的迹象。驱车行了去，倒也不下陷。时见沙娃吆车而来，车上装满桦条。

骆驼车吱吜了一个时辰，进了洼。洼深，雨多时，四面的水就拢了来。偶或，慌不择路的山水也会啸叫着出轨道，到洼里来休憩。日久天长，桦条、红柳、梭梭、黄老刺们便安家了。早些年，村里人盖房子时，也会砍些桦条，压在房顶上。不多久，桦条上就生了蠕蠕小虫，滚下麸皮似的木屑。后来，乡上林业所将林阔划入自家的职权范围，派了个歪脖子老汉看守。老见他喝得醺醺大醉。谁若想弄点桦条，成哩，只一瓶劣酒，就能叫他喊你爹爹。

太阳悬在沙洼上空，喷起热来。月儿的鼻梁上有了汗，一粒一粒的，晶莹出异样的韵味。猛子的心怪怪地柔了，但也懒得联想。他眼里的月儿，是终究要上天的仙子。你想是白想，反倒烦恼了心。心这玩意儿，你不惹它，倒也不觉它多厉害。你要是惹了它，它就成了猛兽，会一下下撕扯你，叫你六神无主。所以，许多时候，猛子是懒得惹它的。

富强子抡圆了砍刀，将桦条们砍翻了一地。月儿收拢了，抱到车上。她的腰身很鲜活，猛子心里泛上跳突突的潮热来。但他明白，女人这玩意儿，是快乐和麻烦的混合物。往往在你感到快乐的同时，麻烦也就来了。比如跟双福女人，前后加起来，也不过几个时辰的快乐，可麻烦却一晕一晕，联翩而来。心也趁机捣蛋，东一矛子西一枪，折腾不了几下，就伤痕累累了。

猛子咽口唾沫，上前，将桦条们拢齐整，就能多装些。因了沙娃们的砍伐，洼里的柴棵稀少了。猛子知道，照这样子，要不了几天，林阔就没了。他老听孟八爷唠叨环保，也明白些道理，但啥道理，仅仅是霜花儿，叫生存的毒日头一照，就化成气了。

忽听骂声传来。猛子一扭头，见那歪脖子老汉已抡个桦条扑来了。富强子早有准备，从布包里掏出一瓶酒递上。这是沙娃惯用的法儿，原以为会立竿见影。哪知，老汉那桦条，正是为它准备的，呜呜声一掠，细细的瓶颈便不见了。富强子正呆怔呢，呜呜声又掠向小腿。

“叫你偷！叫你偷！”老头边抡桦条边声讨，说些对母亲大不敬的话。

看这阵势，猛子知道好话不起作用了，定是老汉挨了林业所的骂，肚里憋了大气。若自己贸然上前，也定会招来桦条炒肉，就取出绳索，绾个扣，抛了过去。这法儿，本是对付野马的。猛子手一抖，老汉便滚进沙洼了。他的身虽叫绳子桎梏了，口却越加放肆，将娘糟蹋得惨不忍睹。

月儿开始还吓白了脸，等老汉成了滚肉，就不由得捧腹大笑。富强子卷起裤子，见几道青印，正在腿上狰狞，就胡乱揉了几下，啐老汉一口；却不复仇，忙往车上装桦条。

老汉翻起身来，四“蹄”乱动。猛子怕他抖落了索套，就将绳子一圈一圈地旋了去。老汉身子虽成了粽子，嗓门却越加阔敞，多种内容的声响喷涌而出，填满沙洼。

“快装！”猛子边扯绳子边吼。他怕林业所的人闻讯赶来，人赃俱获。富强子和月儿慌乱了手脚，虽将桦条装上了车，但毫不齐整，车还没走呢，就一车颤巍了。

“解了绳子，快！”富强子叫。

猛子抖了几下，从老汉身上取下绳子。他想，这老汉吃了些苦头，该乖爽些了。哪知，老汉却边骂边吼，扑了上来。猛子这才发现，这货色不好惹，忙把绳子抛给富强子，身子一闪，使个绊子，老汉便一头撞向沙坡。

“快！”猛子骑在老汉身上。他骑虎难下了：放了老汉，他肯定会拼命，但也不能老骑着人家。老汉边啐边骂，连老顺的祖宗三代也扯了进来。

“给他个老汉看瓜。”富强子笑道。

这倒是个法儿。猛子割断一截绳子，反捆了老汉双手，又解下老汉裤带，手一按，将那愤怒的脑袋塞进他自家的裤裆里，用裤带扎了。这下，老汉成了圆球，在沙洼里乱滚。因了裤裆的遮挡，骂声也含糊了许多，只闻愤怒之声，难辨其内容了。

三人吆车逃出老远，仍听到那沉闷的吼声。月儿抱着肚子，在车上哎哟哎哟地笑着打滚。

因怕老汉叫日头爷舔成干尸，猛子一到井上，就打发人去救老汉。老汉拽一路骂声，追到白虎关，扯了猛子，要往窝子里跳。白狗们说了几车好话，赔了他五十块钱，又喝了四斤酒。最后，也给了猛子一个“老汉看瓜”。

望着头被塞入裤裆在铺上乱滚的猛子，老汉说：“还没见过这号坏种呢。”话音未落，却破口而笑。

6

连着吃了十几天苦，窝子直溜溜钻向地心。乍一看，和双福的差不多了，猛子有了当掌柜的感觉。白狗们也很牛气，时不时提扎啤酒，吆五喝六，喝成红头公鸡。

月儿也常到窝子上来。月儿老望猛子，盈盈地笑着，若有所思。某夜，猛子送月儿回家，到了暗处，月儿很害怕，就捉了猛子的手。猛子便搂过月儿，亲起嘴来。他还想深入一步。月儿说，不成的，我要留给我的丈夫。猛子喘息道，那我当你的男人算了。月儿笑了，戳戳猛子额头，说你癞蛤蟆想吃天鹅肉。回来后，猛子很后悔自己的冒失，以为月儿生气了。可到了次日，月儿还是那样望他，眼里忽悠着一种亮亮的东西。

猛子发现，他越来越喜欢月儿了。不觉间，莹儿在他心里退出了老远。没办法，虽然他知道莹儿当媳妇好，可他还是想娶月儿。在他的感觉里，莹儿总是冷冰冰的。月儿却是一团火。月儿即使在静静地望他时，眼里也有种能叫他燃烧的东西。白虎关虽有那么多漂亮女孩，猛子却只想月儿。细想来，他很早就暗恋月儿了，只是没敢表露。村里人都以为月儿会嫁城里人。不料想，飞出去的月儿又飞回来了。

回来后的月儿变了，她不再像以前那样谈理想了，也似乎有了心事，老见她发呆。她待猛子比以前亲热，而且是主动的，有种追求他的迹象。猛子觉得很奇怪。他甚至认为，这是他开了窝子的原因。某夜，趁着酒兴，他对月儿说，一挖出金子，就叫神婆向她爹提亲。月儿抿嘴笑道，你以为，我是图你的金子呀？

双福在旁边也开了窝子。卷扬机的突突声霸气十足，一下就把猛子们比得泄了气。按说，从哪个角度看，他们都该买卷扬机的，省时，省力，可得花一疙瘩票子。猛子就只好把闷气往肚里咽。白狗们虽然也不畅意，猜起拳来，却牛吼一样，那气势，一点也不比机器声弱。好在双福不常上井，没到清底时，他是懒得上井的。哪儿到了底，哪儿窝子红，哪儿才有他的身影。

井壁上已有水淅沥了。这水，是地道的溜尻子货捣蛋鬼。越旱越需要水，它连个毛也不见；不要它时，它偏偏搜缝儿挤了来，这儿也淅沥，那儿也淅沥，不多时，井下就汪洋了一底。这时，就得合上电闸，轰隆几声，把水提上地表。

猛子小心地扎着木笼。自上回拉桦条后，他不敢再进沙洼。因那招“老汉看瓜”，使老汉的儿子们大失面子，他们扬言要修理他。猛子虽不是听到屁响就掉了魂的人，但君子不立危墙之下，就到南山上胡乱砍些柳条。柳条虽不如桦条结实，但也能挡挡沙石。各家再凑些檩条椽子，看上去，木笼比别家的蠢笨了许多。

越接近底，猛子心里嘀咕得越凶。近日里，好些人赔了血本。虽也有挣发的，但赔的占多数。指不定何年何月，这儿定然也开过金矿，证据是老有人挖到熟窝子。所谓“熟窝子”，就是别人淘过后又填埋了的。碰到这号窝子，别说发财，连力气钱也挣不回来。还有的窝子，看那形貌，也不是熟窝子，但清底时，却只能淘出几个麸皮金。白虎关的金子怪，并不均匀四布，而是一窝一窝的。运红的人能碰到蒜瓣金，金疙瘩就像栽蒜瓣似的，一堆一堆的。平常运的人，至多能淘出砂金。败运的人，连个金毛也见不着。都说，这金子，是个溜沟子货。运败金变铁，时来铁成金，就看你有没有那个运。

财神爷，保佑我呀。猛子暗暗祷告。

第　二　十　五　章

失群的咕噜雁盘虚空，没有个心疼的回声。

1

在那个可怕的大漠之夜里，莹儿发现，那光柱照亮的怪物，竟然是骆驼。

莹儿一把推醒兰兰，她叫：骆驼——，骆驼。兰兰一骨碌爬了起来。骆驼仍在呼哧。这真是天大的喜事。都以为骆驼跑了，没想到，它自个儿又回来了。兰兰跌撞到骆驼跟前，解开绳子，取下塑料拉子。还好，还有多半拉子水。莹儿叫，水——，水。此刻，没比这词儿更清凉的了。兰兰拧开塑料盖儿，递给莹儿说，你别多喝，少喝一点。多了，胃会炸的。莹儿美美地喝了一口，她一下一下很少地咽着。她以为，顺入咽喉的，应是清凉。没想到，那感觉跟火炭一样。她想，食道也许裂口了。等费力地咽了两口后，她反倒更渴了。

兰兰夺下水拉子，不叫她再喝。村里就有渴极后饮水过猛至死的人。胃想来已拳头大小了。

兰兰抿进一小口水后，要过手电，照那驼身。她发现好些东西没了，面袋被挂烂了，面都撒没了。羊皮水囊也开了个口子，水当然也没了。幸好塑料拉子还完好，才为她们留了点救命的液体。包馍馍的纱巾还在，兜着两个干馍馍。记得那时有十几个馍呢，想来多颠进沙窝了。

好在褥子还捆在驮架上，帆布包儿也完好，里面的钢珠还在，还有一包火药，一盘细绳。莹儿当然希望羊皮水囊没坏，她就能好好喝一顿。但明白这号妄想只会增加烦恼，也就不想了。

驼的缰绳被踏断了，只剩三尺长的一截了。兰兰取出细绳，折成几股子，接在缰绳上。两人都惊喜驼的失而复得。记得老顺说过，驼的嗅觉极好，迎风能辨出十里外的某种气味，只要它愿意，它当然能追上自己的。看那样子，至少在吃食上它没吃亏，没怎么塌膘。

驼逃走后的思想变化成了一个谜：关于它逃的理由，谁也能说个子午卯酉，不外乎怕豺狗子、怕炎热等；关于它为啥回来，也能说个大致差不离，不过是不忍心扔下两个女子，等等。只是，谁也不知道它有过怎样的灵魂搏斗，其惨烈程度，也许不弱于跟豺狗子的厮杀吧？

握住了骆驼缰绳，两人才安心了。莹儿有些过意不去：人家好容易逃出了人的手掌，经过了思想斗争，又回到人的身边，人首先给它的礼物，竟然是缰绳。这意味着，人还是不信任它。莹儿想，它定然很伤心吧？用手电照照驼眼，见从那眸子里透出的，仍是善良和温顺；既不为它曾经的逃走惭愧，也不为它的倏然而至欣然，仍是它一贯的那种淡然。

就着水，嚼了几嘴馍，胃反倒更饿了。饿归饿，谁也不敢多吃了。谁也不想变成胀死鬼。饿死鬼不好当，胀死鬼也不好受的。

驼的到来有了主心骨，身子里的乏趁机袭来，兰兰叫骆驼卧了。她们靠着驼身，眯了一阵。虽然眯的时间不长，但这是她们最安稳的一次睡眠。

醒来时，天已大亮。两人又嚼了几嘴馍，身子有了些力气。兰兰说，既然有了骆驼，她们就不向东走了，仍往北走吧。因为盐池在北面，只要方向对头，不会走不到的。到了东面，也还得往北走，耽搁的时间就长了。……她当然想不到，这主意，会将她们抛入漫无边际的大漠。死亡之剑，又开始悬上头顶。

东边已有日边儿，微微泛点儿红。沙洼的阴暗和东天的白亮形成了鲜明的对比，很像层次感很强的木刻画。沙浪一涌一涌，跌宕而去，至远处，就涌成了沙山。近处的纹路很像水波，细腻得叫人不忍去践踏。

漠风很清冷，莹儿打个哆嗦。她有那天蓝色褂子，挡了好些风。兰兰却一脸青色。她的脸上尽是鸡皮疙瘩。因为劳累，她们没解驮架上的褥子，入睡不久，就叫大漠清晨独有的寒凉冻醒了。也好，趁着凉快，早些赶路吧。莹儿想，这沙窝里真是邪乎，早上是冷冻柜，中午却成了晒驴湾。

两人又嵌入了驼峰。驼背厚实而温暖，她们有了落水后又爬上小舟的感觉。骆驼真好，有了它，心就有了依怙。

驼背蠕蠕拱动着，缓慢而自信。沙岭摇晃着。那挤出地缝的日头也摇晃着，显得很沉重，仿佛也驮着好多东西。日光涂在莹儿脸上，抹上些许温暖。她觉得又活过来了。不管几个时辰后的日头会如何发威，只要有了骆驼，心就落到实处了。没治，谁叫她是女人呢？连夜的走路使她的脚掌和腿有种刀割般的疼。她浑身上下，无处不疼。没有骆驼的话，她是一步也不想走了。那瘦弱的身子里蕴藏的力量，是不可能把她承载到沙海彼岸的。骆驼却能。这是个庞大而沉着的动物，它总是哲人般沉思着。哪怕它不说一句话，它身上溢出的力也能注入莹儿的灵魂深处。

从初进沙漠时骆驼的抡头甩耳上得知，它们也怕进沙漠。记得以前，每次进沙漠，老顺总要拿鞭子在驼背上炸出好多驼毛——有时，鞭还会裹向它最不禁打的鼻梁——才能叫驼乖乖地听人的话。它们当然知道，一进沙漠，背上是不会闲着的，或是人，或是货。负重是它的宿命，就像守候是莹儿的宿命一样。这世上，没有哪个动物是愿意受苦的。所以，莹儿对胯下这逃走后又再度归来的驼产生了相当的敬意。她想，你要是不回来，这会儿，或卧在沙洼里反刍，或嚼沙米，或吞嫩草，是何等逍遥。现在，你得驮着两个跟你同样苦命的女人，再次走向生命的未知。

我咋能不敬你呢？骆驼。她想。

兰兰辨认着路。她虽熟悉去盐池的路，但豺狗子搅碎了她的“熟”。面对渐涌渐高的沙浪，她觉得又被命运抛入了陌生。她老有这感觉，时不时地，她就会身不由己地面对巨大的陌生。从当姑娘到今天，她一次次面对那陌生，处理那陌生,忍受那陌生,眼前却仍是不知尽头的陌生。世界更是日渐陌生着,总叫她无所适从。

莹儿问,你辨清了没?兰兰说,我也恍惚了。这会儿,蝎虎子挨鞭子,死挨吧。……先走吧,只要方向对,走着走着,也许会瞅出眉目的。莹儿想,只好这样了。

走了一阵,日头爷渐渐高了。热又开始袭来。拉子里的那些水,得省着用,谁也不知道水源在哪儿。就这点养命水了,两人虽然渴得慌,却舍不得用水。只有在渴影响眼珠的转动时,她们才抿上一小口水。兰兰说,会用水的人,一次不能喝太多,水入体多了,会变成尿的。要让每一口水,都成为生命的养分,这需要克制。

走了一个多时辰,两人下了驼,因为骆驼实在太累了。它喷着白沫子,拉风匣似的喘气不止。兰兰说,叫骆驼歇歇吧。选个有沙秸的地方,两人卸下驮架。兰兰吃惊地发现,驼背早腐烂了。一股臭味扑面而来。显然,那是驮架磨烂的。驼一跑起来,驮架会上下晃荡,很容易磨坏脊背。那烂处很是可怕。想到两人竟压在人家的伤口上行了这么远的路,莹儿很是过意不去。

兰兰从帆布包里取出盐,化些盐水,给驼洗了一阵伤口。她说,你呀,那时咋不叫?要是早知道你受了伤,我们咋舍得骑你?驼叫了一声,叫一声,仿佛说,没啥没啥,这算啥呀?

日头爷高了,热光又泼下了。兰兰说,我们还是用那法子,热了趴进湿沙坑,天黑了再走路。这点儿水,省着用,到盐池问题不大。莹儿明白她在安慰自己。要是没豺狗子搅播,按旧路当然能顺利到盐池。现在,东里北里乱走了一气,就不好说了。但她啥话也没说,人到了绝境,气只可鼓,不可泄,便说,就是,天无绝人之路,有了骆驼,啥话都好说。

兰兰惊喜地在驮架上的小袋里发现了多半瓶清油。原是做饭用的,怕叫锅们碰碎瓶子,另装了,这才没跟锅碗们一起被扔下去。这清油虽不好喝,却能给身体提供养分。人家毕竟是植物脂肪,产生的热量要比馍馍大。兰兰说,这油先别动,因为馍馍干,吃时非得用水,不然咽不下去。那些水和馍馍先凑合几顿，这油到万不得已时再喝。

一见那清油，莹儿也觉得心里清凉了些。

两人找个有柴棵的阴洼，挖了两个坑，都挖到见了潮气。大些的那个叫骆驼用。骆驼体内虽有水袋，也禁不起烈日长久地暴晒，叫它也卧入湿坑，就能少些蒸发并吸些潮气。有了上回的经验，挖坑时她们远离了陡坡。兰兰用藏刀砍些沙秸，抱进坑里，骆驼边吃边躲那毒日头。

虽仍是又饥又渴，但比驼逃走后的那时好受多了。那时，因“弹尽粮绝”，饥渴就成了爪子，疯狂地撕扯她们。现在，有了食物和水，饥渴虽也折磨人，却相对能忍受了。那些妙物虽不多，但毕竟也是一份期待呀。

兰兰时不时用塑料拉子的盖子化些盐水，给驼清洗伤口。她化盐时，就叫莹儿将水拉子放在腿间桎梏了。每到这时，莹儿便如临大敌，老觉得塑料拉子会猛然挣脱桎梏，将这些救命液体洒进沙里。空气里也仿佛伸出了许多只手，来抢她手中的拉子。为了不叫它们抢去，她的手臂都酸了。这一来，闹得她越来越紧张，待得兰兰洗完伤口，她也累出了一身的酸困。

洗完伤口，兰兰将剩下的盐水倒进手心，伸给骆驼。骆驼就伸出舌头，将那汪清凉舔了。骆驼最爱吃盐，这清凉虽抵不了大用，但也算是对骆驼的犒劳吧。细算来，倒是骆驼喝的水，比人还多一些。这也好，谁也怕骆驼的伤口感染，都希望它早些结痂。驮人虽也重要，但更重要的，是一有了骆驼，心就落到了实处。

2

姑嫂二人昼伏夜行，又行了两夜。按行程，早该见着盐池了，不料，却进入了一片戈壁。一见那戈壁，兰兰暗叫坏事了。记得那时，她去盐池，并没见着这戈壁，说明她们走岔了。那点儿馍已吃光了，水也只剩下一点了。清油虽没动，但就这点儿清油，熬不了多久的。驼的伤口虽已结痂，两人却不忍心再骑它。累极了，就一人牵骆驼，一人扯了骆驼尾巴，就能借些力。

腿早不像是自己的了。后来，她们就轮换着骑骆驼，一人骑一个时辰。

驼峰已塌了下来，说明骆驼的生命贮备也不多了。途中有草的地方不多，虽然兰兰尽量选有草处昼伏，叫骆驼补充些营养，但驼峰仍然塌了。记得爹说，驼峰虽能贮存营养，但那是供万不得已时消耗的。要尽量叫骆驼水足草饱，尤其是水，最少不得。记得以前去盐池的道上，有几处地方，是专门为骆驼补充水草的。因迷了路，骆驼显然在吃食上吃了亏。兰兰就卸下驮架，从鞍子里抽出垫草，叫骆驼吃。然后，将褥子当了垫子。但那点儿草，对于饥饿的骆驼，仍是杯水车薪。

骆驼喜欢吃夜草，但夜里也正是赶路的好时候。白天虽也能吃草，但每到她们昼伏时，沙洼也成了蒸笼，骆驼吃上一阵，就经不了晒，卧入坑里。再说，也不是每次的昼伏，都能伏在有沙秸处。……驼峰不塌也由不了它。

好在那伤口倒长得快。这也是天性吧。因为老驮东西，驼背老被磨烂。久了，就结成了很硬很厚的老茧。盐一洗，伤口很快就结痂了。这样，只要骆驼有体力，就能驮她们。

进沙窝时，爹安顿过：要是骆驼乏了，走不动时，你们就揉碎馍馍，喂给骆驼。这会儿，连人吃的馍都没了，哪有驼吃的？为了叫驼有些气力，夜行时，只要碰到草，就由了骆驼吃一阵。但同样因为身体缺水，对那比沙漠更干燥的沙秸，骆驼也失去了兴趣。人不是也一样吗？等你叫日头爷烤上三天，见了炒面，你吞一口试试。

不找麻岗时，会时不时碰到麻岗。那儿有嫩草，无论人和驼，嚼一点，当然没坏处。可你想麻岗时，它却连个影子也不见。某天中午，莹儿终于发现了一处麻岗，那儿有水有牲口，可兰兰说那不是麻岗，是魔鬼城。果然，不一会儿，那些美好的景致就变成蒸气了。要是去撵它，会跟苍蝇撵屁一样。

进了戈壁，倒时不时能碰些草，骆驼吃得很欢。兰兰相信，这样吃上一个月，骆驼的峰子当然会再度耸起，但她们此行，不是为了牧驼，而是要找盐池。兰兰拧眉想呀算呀，终于认定，她们错过了盐池。她说，肯定是的。那盐池，其实是沙漠里的一块绿洲，并不太大，你只要在远方错上一里半里，就可能跟它交臂而过。

咋办?

兰兰说，只好往回走了，等进了沙漠，再往西走。要是运气好的话，不定就能跟盐池碰个响头的。

再进了沙漠，两人将驼拴在柴棵上，上了一座看起来最高的沙山。上沙山虽然费力，但站得高，看得远，说不定你一上去，就会看到那白晃晃的盐池的。两人拖着比灌了铅更重的腿，几步一缓地上了沙山。她们用了至少两个小时，两人都累瘫了。喘了好一阵气，她们才四面搜寻。原以为这沙山最高，一登上，就会一览众山小的。不料，一上来，才发现，一山更比一山高。真没治。她们只能望见一浪浪啸卷而去的沙山。别说走，只瞭一眼，就魂飞魄散了。

莹儿叫，我的妈呀。她一屁股坐在沙上，半天不想说一句话。

兰兰也沉了脸无语。两人欲哭无泪，脑中一片空白。哪怕能看到天边有一片白——那是盐池独有的颜色——她们也会爬向那儿，可是天边仍是沙山。这算她们爬到天边，那儿有没有盐池，仍是说不清的事。

兰兰说，下吧。

莹儿说，我实在不想动了。索性，就死在沙山上算了，变成一堆骨头。

兰兰说，走吧，该走的路走过了，再说。

望着山下黄点似的骆驼，莹儿想，早知这样，上沙山干啥?既费了好多体力，也弄得心灰意冷了。

既然走不动了，莹儿也懒得再沿缓坡下走，她索性走到陡坡处，一蹲，坐在沙上，滑了下去。不料，那一滑，竟像长了翅膀，耳旁风呼呼着，身心一下子轻快了。到了一个缓洼，她听得兰兰喊，你小心裤子，要是再溜，你屁股上肯定会磨出个大洞。

虽也心疼裤子，但那感觉实在太妙。莹儿想，这会儿，命都不知在哪儿悬着呢，管啥裤子?就跳下沙坡。沙流如水，载了她，感觉爽极了。许久了，还没这么轻松呢。她兴奋地叫着。沉寂的沙洼顿时鲜活了。兰兰也被感染了，她也不管啥裤子不裤子了，也坐在沙上溜下。两人都兴奋地叫着，把几天来的沉闷叫没了。

滑了一阵，莹儿怕屁股着沙处真叫沙磨破了。这是可能的。要是真磨出了洞，就算她们到了盐池，也会羞于见人。她便又翻过身，仰着头，在沙坡上游起泳来。她每一划沙，身子就嗖地下一截。沙流进了衣领，弄得身子痒痒地怪舒服。兰兰也开始游泳。沙洼里回响着她们欢乐的叫声。这不期而至的快乐，洗尽了她们的忧虑。

到了沙山下，两人边呸呸地吐溅入口中的沙，边笑成一团。多年了，她们总是活在别人的视线里，从来没这样疯过。不成想，在这算得上绝境的地方，她们竟一下子拣回了丢失了很久的女儿性。

为庆祝她们的好心情，两人各喝了一口清油。

3

方才那阵欢乐，将所有的精力都耗尽了。疯了一阵后，忧虑又进心了：不知道自己究竟能走多远？能否到达盐池？这号问题，问得越多，心就越灰，就索性不去想它。看看毒日头的劲道减了些，就骑上骆驼，向西走去。走虽不一定能找到盐池，但不走肯定会困死在沙海里。两下相比，还是走吧。有时，瞎驴也能碰个草垛，不定啥时候，她们或是碰到去盐池的人，或是碰到牧人。无论碰见啥人，鼻子底下长嘴哩，你只要开口问，人家肯定会答复你。要是碰到好人，或许还给你些食水呢。

黄昏时分，她们见到了一架驼骨，它立在一个沙旋儿旁。骆驼吃了一惊，倏地一抡脑袋，差点将两人甩下驼背。兰兰很高兴。这是她们在附近看到的跟人最亲近的东西。最扎眼的是头骨，两个黑洞洞的大眼望着来人，它一定茫然许久了。驼骨比较完整，牙齿和肋条也没散架。看得出，骆驼在死前和死后都没遭到野兽的撕扯。看到同类的尸骨，骆驼抡头甩耳了好一阵，时不时就打个响鼻，突突几声。按老顺的说法，那是骆驼看到了鬼。鬼最怕唾沫。莫非，死驼的灵魂还守在骨架旁？听说，有种守尸鬼，骨头几时不入土，它

沙流如水……
这不期而至的快乐
竟一下拣回
丢失了很久的
女儿娃，

也就一直守着。莹儿不信这大天白日，会有个鬼守着骨架，但还是心里发毛了。

兰兰说，瞧，这是驮盐去的。她指着驼骨旁的碎布屑说，这定然是蒙古人驮盐时累死的驼。莹儿看不出驮盐的迹象，但还是很高兴。毕竟，能发现些啥总是好一些。一路上，除了沙漠、戈壁和沙生植物，很少见到跟人有关的东西。这驼骨至少说明，这儿来过人。

但又想，说不定，这骨架，是野骆驼的呢。怕折了兰兰的兴头，莹儿没说出这话。人在绝境里，是需要盼头的。哪怕它是虚幻的，也比绝望好些。

莹儿想，即使这驼真是去盐池的路上死的，也说明盐池离这儿还远，要是近的话，驼会挣扎着到目的地的。要是再推测驼的死因，她越加心灰了。至少，近处可能没水源，也没嫩草，不然，驼咋会死？瞧那样子，若不是渴死的，便是病死的。死前，它肯定听天由命了。它像坐化的老僧一样坦然。它静静地卧在沙洼里，在命运举了刀抡来时，一副引颈受戮的模样。莹儿长长地叹口气。她想到了自己的命运。

兰兰叫驼卧了，两人又骑了驼。骆驼前俯后仰，晃摇好一阵，才起来了。莹儿回头望望驼骨，说，再见吧，谁叫你也是个苦命呢。想到自己也可能会在前方某处，变成一副骨架，就不由得一阵伤感。

再往前走，虽没明显的路，但遇到的骨头多了，或是骨架，或是腿骨啥的斜插在沙里，很扎眼。莹儿想，看这样子，这儿不是驼道，便是牧场，不然咋会有这么多骨头呢？她轻松了些。

兰兰一直想打个野兔，但怪的是，除莹儿惊了的那次，她们没见到啥活物。兰兰叹道，哪怕遇个黄老鼠也成。小时候，兰兰烧吃过黄老鼠，比鸡肉还香。饿极时，兰兰甚至希望再见到豺狗子，虽然一想那瘆虫，仍会心惊肉跳。但要是遇到单个的豺狗子，一枪崩了，也无疑是嘴好肉。对豺狗子的肉，村里人说法很多，有人说像狗肉，很香；有人却说像狐子肉，是木头渣子；也有人说那肉酸，跟老鸹肉一样。但不管哪种肉，总是肉。只要是肉，就能养命。可没治，你不想见人家时，人家死皮赖脸地死缠；你想见时，它偏偏连根毛也不送过来。

那瓶口
竟然伸向骆驼的嘴……
它当然很快乐.
没有比清油进入干裂成山药皮的
食管更快乐的事了.

清油真是好东西，喝一口，热量顶顿饭哩。姑嫂俩就把一口清油当一顿饭。那油不经喝，两人所谓的一口，虽只是一小口，但几顿后，油还是剩少半瓶了。没治。兰兰说定然有饿死鬼跟了，偷她们的油喝。这号事，村里也常发生。比如，要是遇了饿死鬼，你就算杀了一只肥羯羊，也吃不了几顿——遭了饿死鬼的羊肉是很不经吃的。当然，还有种说法，说要是谁的吃食不经吃，说明他是个穷命。爹就老这样检验客人：家里来了人，要是割来的肉经吃，说明来者命富；要是不见咋吃，肉就没了，说明来者命穷。照爹的理论，兰兰和莹儿都是穷命，连食水也守不住，剩下的也不经吃。莹儿本不信命，但一次次遇事，总发现某种力量左右了自己，就有些信命了。

……终于，发现驼道的迹象了：一具骨架旁，竟有个驮架。这证据，当然很充分了。那驮架上的木头快风化了。旁边，还有不定何年何月屙下的骆驼粪。兰兰兴致很高，不管咋说，总算到正路上了。莹儿当然也高兴，但也有些疑虑，为啥这段路上竟有那么多骨架？既说明了这儿走过好多驮户，也说明经过长途跋涉的驼们，一到这儿，就接近生命极限了。莹儿明白，她们面临的，是跟这沿途的白骨一样可怕的命运。这条路是否真的通向盐池？究竟还有多远？她们的体力能否熬到见到水源？一切的一切，都是未知数。兰兰定然也明白这，她只是不愿意点破而已。

最叫她担心的，却是骆驼。她们有清油提供热量，驼峰却塌成皮囊了。它还能支持多远？毕竟驮两个大活人，少些算，也有二百斤。好几次，它驮着她们起身时，总要摇晃好一阵。上坡时，也老是颤巍巍的，像要摔倒。后来，上坡时，她们就只好下了驼背，拽了驼尾借些力。看来，驼的体能也接近了极限。不然，见到那驼骨时，它咋会受那么大的刺激呢？

4

缓了一阵，两人各喝口清油和水，准备走夜路。驼骨们虽使夜里浸满了阴森，但也在提醒她们路的正确。莹儿想，只要上了路就好，就怕像没头苍蝇般瞎撞。兰兰说，不怕慢，就怕站，只要方向对，走一步，就近一步。

她们喊几声：跷！跷！这是叫骆驼卧的命令。

骆驼迟疑了一下，缓慢地卧了。兰兰叹息道，骆驼太累了。两人上了驼，兰兰抖了几次缰绳，喝了几声：嘚！嘚！骆驼晃着身子，想爬起来。它晃了几次，一次好容易撑起了前腿，却又卧下了。它叫了几声，又徒劳地挣扎几次。兰兰说，你先骑，我下来。她下了驼，边喊口令，边扯了驼尾上抬。骆驼长长地叹息一声，卧在那儿，不动了。

莹儿明白它力不从心了，也下了驼。她发现，驼大张着鼻孔，正缓慢而吃力地呼哧着。周围的沙丘上虽有干沙秸，骆驼却不望。莹儿明白，它太渴了，喉咙早成干皮了，它已咽不下那比日头爷还燥的沙秸了。莹儿很感激骆驼，要不是它，她们还不定趴在哪个洼里呢。她想，说啥也不能骑它了，它也不是铁打的身子呀。

兰兰又吆喝几声。驼却只是哀叫，仿佛说，你们走吧，我真的不行了。莹儿听灵官说，骆驼只要有一点儿力气，就会拼了老命，去干自己该干的事。它们是不惜力的。先前的驼队里，走着走着，就有倒毙者。她想，是不是驼骨刺激了它呢？有可能。就像那患了绝症的老人，忽然发现同伴死了。那死，会像鞭子一样抽垮它的意志。莹儿拍拍它的头，说，你怕啥呀？它们是它们，你是你。驼叫了一声，仿佛说，我不是怕，我是实在走不动了。

驼的峰子软成了皮袋，肋条也露了出来。驼吃力地呼吸着，时不时伸出舌头。驼舌上有很厚的苔，颜色或黄或黑。驼的倏然瘫软，虽然与缺养分有关，肯定还有精神原因。莹儿不知道如何才能解除它精神上的疾患。没办法，她既不能瞬息间学会驼语，也不能钻进它的脑子。她想，不管咋说，我们不能扔下它，不仅因为驼值两三千块钱，还因为它已成为她们中的一员。

她忽然明白，为啥这地方有那么多的驼骨。那驼骨，明明在提醒驼们：我们死了，你也该死了。这真是可怕的暗示。记得，憨头患了绝症后，他还一度抱有幻想。那时，他的生命之火一直在微弱地燃烧，总是欲熄未熄。等他终于明白了真相后，马上就死了。想来，驼也是这样。驼以为，好多驼都死在这儿，它也一定走不出绝境的。有些驼的体力虽能支持，但那暗示，却一下子摧垮了它们最后的一点儿信念。莹儿想，自己可千万不能学那些死去的驼呀。她想，只要心不死，人是死不了的。

她想，如何救这失去了最后一点信心的驼呢？既然无法钻进它的心中，总得想个别的法子。她想呀想呀，觉得除了给它灌些清油外，也实在没个别的法子。她一说，兰兰拧着眉头解释道，那可是最后一点了，路可能还远呢。莹儿说，我们总不能丢下它，人家已逃了出去，又来找我们……兰兰说成，大不了，我们死在一起。莹儿说，就是，活了，一起活。真要死的话，我们和骆驼一起死。

兰兰取出油瓶，一晃，油就在瓶壁上旋了，旋出很美的纹路。莹儿觉得心叫无形的东西挤压了一下，想来兰兰也这样。这些油，两人还能喝个两三口，虽不多，但这是唯一的食物了。

骆驼贪婪地望那液体，以前她们喝时，它就这样。它当然知道那是美味。以前，清油下来时，主人也会赏些稠油给它。那东西，可不是沙秸。沙秸虽能充饥，但干成麻鞋底的舌头和枯燥成砂纸的食道是无法接受它的。这液体却不然，它滑滑的，带着一抹清凉的神韵。它只能贪婪地望它，望着那两个女人下咽时喉部的蠕动。它甚至能听到那稠亮的甘露滑入食道时发出的咕咕声。干得冒烟的细胞们欢快地叫着，像渴极奔井的羊那样发出咩咩的声音。驼明白自己只能看一看。能看当然不错了，看惯了干燥的沙漠，再看一眼瓶壁上倏然一旋的清凉和润滑，真是痛苦又刺激的事。

它当然想不到那个好看的——虽然她的嘴上也布满了干燥的黑皮——女人会将瓶口伸向它。它以为她在逗自己呢。村里人老这样逗它。人说天窗里吊苜蓿，给老驴种相思病。人们也常给骆驼种诸如此类的相思病。村里娃儿就老举些嫩草引诱它，等得你张口去叼时，他们却倏地拿开了草，发出恶作剧的笑。人都是这样。以前，面对这号捉弄，它总是高傲地闭上眼。但你要知道，此刻，那晕清凉是多大的诱惑呀！哪怕你望它一眼，也是享受呢。虽然这享受也是痛苦，就像一个叫欲火烧烤的光棍汉面对黄色录像一样，他肯

走
虽不能找到盐池
但不走
肯定会困死在沙漠里
两下相比
还是走吧……

定是又痛苦又刺激的。他虽然赤红了脸呼哧，但那双滴溜溜的眼，仍不会放过每一个叫他痛苦又刺激的镜头的。

骆驼也一样。

那瓶口，竟然伸向它的嘴。它当然感到意外。它当然也知道其中的妙物对两个女人意味着啥。它望望那女人的眼，想捕捉住捉弄它的意蕴。没想到，它看到的，是一双充满了关切的眼。记得，小时候，它一脚踩入鼠洞弄折了腿后，母亲就那样看它。它当然忘不了那眼。你别小看它的记忆，它能记得十多年前某人对它的捉弄，也忘不了八年前某人给过它一把青草。它是最有记性的动物之一。在这一点上，它甚至超过了马。跟马一样，它是公认的能通人性，而且更加厚道。

驼真的被感动了。它毫不怀疑那眼中发出的信息。它明白她是真的想将那清凉给它。它虽然不知道那是仅有的，但早就从两人的举止中明白了它的珍贵——人家都几个时辰喝一小口呢。喝时，她们都闭了眼品味许久，她们当然想叫那味儿印入自己的灵魂深处。当然。

驼想说，你们喝吧！你们喝吧！它的客气是跟主人学的，主人就这样。他明明想喝酒，但别人邀他时，他却说这句话。主人当然是虚情假意的，驼却认真。驼心里的话虽也明白清晰，但人类总是听不懂。没办法。驼也知道改变人心是世上最难的工程，所以它总是沉默。它真的不忍心喝下那么好的东西。它只要一盆浑水就成，哪怕有虫子，哪怕有草渣，哪怕有蝌蚪，它都能闭了眼饮上一气。她们可不成，她们就那么一点了。驼于是坚决地摇了摇头。

驼当然想不到人家会将瓶口塞进它嘴里，也想不到那滑滑的液体竟会在舌上漫延开来。它听到舌上的味蕾们疯狂地叫着，叫声跟炎阳下的知了那样喧嚣。一股奇异的味道立马渗入了它的灵魂深处。它死也忘不了这味道。这甚至不能算味道了。它成了快乐的旋风，美味的海啸……还有好些比喻，驼死活想不出来了。它觉得舌上的小蕾真是贪婪，它们疯狂地大张了口，跟养熟了的鱼儿乞食时一样。虽然那液体是滑滑的黏黏的，它们还是咂光了好多。驼觉得舌头润泽了许多。它想，这下，又能吃些草了。吃了草，就能接着驮这两个美丽的女人了。它虽然不晓得人类关于美的标准，但它能从另一性别的人的眼里发现她们真的很美。它忘不了途中那两个老牧人的年轻眼神。他们不一定真的扒她们的衣服，那眼睛却明明这样做了。

瓶中的液体仍在流着，滑滑的妙物越来越多，味蕾们吞不及它们了。那清凉又滑向了喉管。喉管欢快地蠕动着，跟它进入母驼产道的阳物一样。因为干燥缺水，那蠕动时的声音像没蜕尽皮的蛇在游动。对，就是叫响尾蛇的那种。驼想，那喉管，想来裂了好多口子，很像干涸的河床里横七竖八的干口。这一点，是从它吞咽干草时的被剮感觉里推测出的。那地方，本该是滑滑的，有层黏膜呢。现在倒好，成干河床了。它觉得这干渴真是可恶，比村里的豁鼻梁恶驼更坏。豁鼻梁就够坏了，发情时，老是追美丽的母驼。追到后就咬它们的后腿，母驼们挣呀挣呀。它们是真挣的，但腿既然已到人家的嘴里，你的挣就等于咬你自己。……小母驼终于就给豁鼻梁扯倒在地，然后就不堪回首了。无数的小母驼就那样在豁鼻梁的身下蠕动着哀鸣。更有些可恶的母驼，叫豁鼻梁强暴一两次后，反倒老跟它黏糊在一起。每次一想这，它就感到强烈的厌恶。但那干渴，却比豁鼻梁更坏，证据是当干渴袭来时，连豁鼻梁都躲出了心。显然，它对干渴的厌恶，完全超过了对豁鼻梁的厌恶。

驼感到食管在疯狂地扭动着，它当然很快乐。没有比清油进入干裂成山药皮的食管更快乐的事了。它甚至听到了食管快乐的呻吟。那呻吟，很像它第一次深入生驼体内时身不由已地发出的那种。公驼跟男人一样。男人喜欢没叫人用过的处女，公驼也一样。公驼将那些未经驼事的母驼叫生驼。清油比生驼还好。食管也定然这样认为，不然它是不会那样蠕动和呻吟的。你肯定没听过食管的呻吟，那真是天籁。驼虽不知道“大音希声”这个成语，但还是听懂了食管那无声地啸卷着的大乐。你想，身外是干燥炎热的天空，连空气都在燃烧，身内的那一线清凉和润滑当然会有沁入灵魂深处的穿透力的。驼很感激那女人，她竟将这么好的东西让给它。驼想，要是我是男人的话，我一定会追求她的。但驼也仅仅是想想而已。它的天性告诉它，做梦是个不好的习惯。

清凉又滑向胃部。胃也惊喜地蠕动起来。胃蠕动时真像个怪物，它本该是暗红的，但现在早黑了。不但黑了，而且硬了，跟晒得半干的牛皮一样。不但硬了，而且还收缩了。那模样，跟八十多岁的老妪的脸差不多，跟沙枣树皮差不多，跟挂在屋檐下晒了三天的猪尿脬差不多，跟放在卤水和酱油里煮了五个时辰的胎衣差不多——这么多“差不多”一齐蠕动，当然是怪物了。它发出咔嚓咔嚓的声响，很像三百个老鼠在一起磨牙。胃里顿时弥漫了好多尘埃般的碎屑。它们本来潜伏在胃的皱褶处，因为胃液的不辞而别，它们趁机飘了起来，舒活舒活筋骨，活动活动精神。它们也惊喜地发现了顺食管下行的清油。因为胃里还没开窗户呢——这本是豺狗子们的本事——胃室显得有些暗，尘埃们当然看不到那半透明的东西正姗姗而来。因为沿途的细胞都在趁火打劫，妙物走得很慢，但那味道，还是当了先锋，扑进了它们的鼻子。你可别小看胃，那不是寻常的皮囊，而是一个世界。当然，当它被你弄成腊肉时，那世界就死了，只剩下一块叫你啧啧称赞的僵死。大脑不也一样吗？活着时，它有千般计较，有万种风情，好多缠绵的爱情故事就从其中演绎出来，等它一死，一入你的口，你只会觉得它是绵绵的一团腥，当然也有点香，但你是死活也品不出它曾有过的那么多故事的。胃也是那样。

怪物般的胃的蠕动声很可怕。你可以用世上所有的语汇来形容它，但都显得很苍白。你要是在沙漠渴上三天后，当你气息奄奄魂儿快要飞上半天时，要是看到一晕清凉的湖水时，你也会发出那种声音。但它不是声带发出的，而是出自灵魂。它啸卷如天旋风，充斥于九天之外，化为一堆堆乱抢乱舞的手，但很难用音符来再现。驼不喜欢那些乱舞的手，它们是一群强盗。它们想将那点儿润滑据为己有，它们叫冲呀杀呀叼呀抢呀。它们发出杂沓的脚步声。驼很为它们羞愧。它心虚地望望举瓶的女人。它很想解释，却想不出该说些啥。

那些疯狂的大手抢光了进入胃里的稠滑的液体。那形势，像海绵吸水，像春雨灌碱滩，像蝌蚪入鲸口，总之是无声无息又点滴不留。它们意犹未尽地期待更多的来者。驼也一样。但那瓶嘴磕牙声还是响了。为了使瓶壁上的清油完全滑入驼口，女人摇摇瓶口。驼觉得牙一阵震动。

女人将空瓶扔向沙洼。驼很想告诉女人，别扔瓶子，它还能盛水的。要是遇上牧人或是驮户们，就可以向他们要一瓶水。它叫了一声。女人当然听不懂那话。驼又想，她是不是嫌我弄脏了瓶口呢？

驼便忧伤地望望沙洼，想：随她吧。人家扔的，是人家的东西，关你啥事？

却见另一个女人捡回了瓶子，用衣襟擦擦瓶嘴，放入挂在它背上的袋里。

5

两人一驼又走向暮色。骆驼虽能起身了，但还不能驮人。这真是雪上加霜的事。骑骆驼虽累，尾骨虽也老叫驼脊骨弄破，总是火烧火燎地疼，腰也老是酸叽叽地难受，但体力的消耗总比步行小。她们喝的那口清油，虽解不了饥渴，但支撑身体的热量，想来还是够的。现在，她们不得不爬那高到天上的沙山。两人毕竟不习惯行沙路，身子也没有塌膘，也就是说身上的脂肪还没变成适合走沙路的肌肉。莹儿感到小腿肚子刀割一样。每行走一步，脚都会下陷，而每次下陷，那刀割的感觉都在加剧。脚掌也一样，每走一步，都撕疼一次。撕疼的次数一多，她就浑身瘫软了。

虽也安慰自己：走一步，离目标就会近一步。但每一瞭眼，都是黑黝黝的大沙山。星星虽照例地低，但星星是星星，她们是她们。对星星，她已失去兴趣，早没了初进沙窝时的那份诗意。她终于明白，诗意是个奢侈的词。只有在水足饭饱没生存威胁时，才可能有诗意。自进了沙窝后，她甚至没想过唱花儿。她于是明白了为啥那么多的女子并不像她那样喜欢花儿，她们面临的，也许是跟她现在一样的境况。当生存成为活生生的重压时，诗意的产生就成了奢侈。诗意是一份心情。它虽然需要苦难，但要是苦难像大山一样砸压下来时，诗意就没了生存的时空。

还是走吧。

拖了刀割般的小腿，望着苍茫暮色里模糊的前路，莹儿胶着了心思，冻结了诗意，木然了心情，守护着希望。她拽着驼尾，但她只是在上坡时才借些力。走在平处时，她尽量快些挪那灌了铅的双腿，不使自己成了驼的累赘。

兰兰右手拽了骆驼笼头，表面看她在吆驼，其实也在借力。笼头是进沙窝时爹特意加的。本来，骆驼用不着笼头，因为桎梏它的，是系了缰绳的鼻栓子，但要是拽了缰绳借力，会给骆驼造成痛苦的。骆驼的鼻子最不禁疼。对付不听话的驼时，最有效的办法有两种，一是抖松了缰，一下下猛拽，忽松忽紧的缰会猛拽鼻栓子，驼眼里立马会腾起泪光——你要是想尝尝这滋味，不妨朝鼻头猛扇一巴掌试试；二是用裹头鞭子猛抽骆驼鼻子，只消几下，多调皮的驼也会变成乖孩子。笼头则是由几个皮条绾成，套在骆驼头上，兰兰拽时，着力点是驼头，就算你用力拽，驼也是不疼的，就能借些力来。

莹儿拽了驼尾，在沙上行走。她只要稍稍借点力，行来就会轻松些。两人虽都在借驼力，但相较于骑，已给骆驼节省了体力。

虽然行走时的腿疼跟刀割一样，莹儿还是时不时闭了眼。她困极了。要不是时有沙绊她一下，她会睡熟的。没办法。那困，是窖里的酒，越窖，酒味儿就越浓。某个瞬间，她甚至觉得自己已睡在床上，就松开了手，睡在沙上了。幸好，兰兰在牵驼拐过沙湾时回首望了一下。兰兰说，幸好没风，要不然，就再也找不到你了。风不但会吹去沙上的所有印迹，还会发出怪怪的声音，它既能卷走兰兰喊莹儿的声音，还会营造出其他声音来引诱莹儿。莹儿会以为那声音是兰兰发出的，就会一直跟了那声音，走到一个兰兰再也找不到的地方。好多困死在沙漠里的人就是这样死的。

为防止莹儿再次睡着。兰兰取根绳子，一头拴在莹儿腰上，一头系在驮架上。兰兰稍将绳子放长些，要是莹儿拽着驼尾时，绳子是松的。一旦她松了驼尾，绳子就一下子扯紧了，用另一手拽着绳子的兰兰就会停下，叫醒可能再次倒在沙上的莹儿。当然，这样做的前提是兰兰必须吆好骆驼，否则的话，驼一惊，绳子就会扯倒莹儿。其情形，跟摔下马背脚却没脱出马镫的骑手一样，可能会被摔得稀烂。为了预防类似的危险，兰兰将拴在驮架上的绳子那头绾成了抽蹄扣，万一有了意外，她一抽，绳子就脱了驮架。

姑嫂俩就这样半眯半醒地在沙山间颠簸。进沙窝时尚有驼铃，但在逃豺狗子时丢了，路上就只有沙沙声了。时不时还能听到驼打个响鼻，很像炸雷，也能惊醒时不时就迷糊的莹儿。

手电里的电不多了，虽然她们节省着用，但坐吃都能山空的。只有在探路时，兰兰才舍得打亮手电。有时，光柱就照出一具狰狞的骨架。要是在以前，她们都会吱哇乱叫，但现在，早就习惯了它们。要是许久不见它们，兰兰心里还会嘀咕，害怕又走错了路。那些骨架，也不全是骆驼的，有时，还能看到很像狗的，但她们分不清那是狗还是狐子。按说，流动的沙会埋了骨架们，可怪的是偏偏没有，也许是北面的沙山挡住了大风的缘故。但这也只是猜想而已，大自然里的好些东西是说不清的，明明该这样的，却偏偏那样了，就像敦煌的月牙泉，本该是叫沙淹了或是叫沙吞了，可不，它偏偏存在了千百年。

约到半夜时分，两人实在走不动了，就缓了一阵。才停下，莹儿便堕入梦乡。兰兰怕自己睡着，不敢坐下。她明白要是夜里不多赶些路，白天会叫晒成干尸的。但实在太渴了，塑料拉子里也只剩下一点儿水了，至多有三五口。这真是要命的事。所以，渴虽变成火焰在烤喉咙烤心，却不敢打水的主意。兰兰想，这点儿水，就用来救命吧，要是一人叫太阳晒得昏死过去，另一人就用它来救对方的命。别小看那点儿水，有时，几滴水也能推迟已经降临的死亡。

困意很强大，像黑夜和死亡一样不可抗拒，兰兰就倚着骆驼眯了眯。她没叫骆驼卧，因为只要它一卧，自己也会身不由己地堕进梦里……不，不是梦里，她已没气力做梦了。她就倚着骆驼立在那儿。她想，无论骆驼是走还是卧，只要它一动，自己就会醒来。

随后，她闭了眼。她觉得向一团巨大的黑里堕去。

6

莹儿醒来时，兰兰还在熟睡。驼早卧了。兰兰的上身就靠在驼身上。驼也睡着了。驼睡得很小心。它本来可以躺了，长伸四腿地睡。骆驼平时就是那样睡的，所以，有经验的驮户不会睡在骆驼旁，怕驼翻身时压坏自己。这驼很懂事，便以跪姿进入了梦乡。显然，它也不想压坏或是惊醒兰兰。

天已大亮，啥都明白于天下。不远处，有个人头骨，正龇了牙望莹儿。莹儿也懒得理它。她很想叫兰兰多睡一会，但想了想，还是觉得趁清晨赶路为好。她推了几下，才推醒了兰兰。兰兰吃惊地睁大了眼，仿佛不相信天亮了。她说，瞧我，咋睡了个死？莹儿说，有时候，身子是不听话的。

困消了些，饥渴又袭来了。当渴很猛时，饿就退回次要位置了。本打算留那点儿水救命时用，但渴的力量太大了，大得兰兰也改变了主意。她用塑料盖子盛了些水，给了莹儿，自己也喝了一盖儿。两人都伸出舌头润润嘴唇。当然没用的，嘴唇早成干山芋皮了，你咋润也是干山芋皮。兰兰的嘴唇更是肿得老高，很奇怪人这么渴，嘴唇竟有心思和气力肿那么高。

她们又吆驼上了路。身体这玩意儿是最不该惯的，你要是老动着，倒没啥，虽也有疼，身子也会习惯了疼。要是你一缓，那乏呀疼呀，就给缓醒了。莹儿觉得身上的疼醒了，比夜里猛烈多了。身子很疼时，按说就该忽略了渴，可不是这样，渴和疼像两股旋风裹向了她。困倒是少了些，能相对清醒地走路了。很难说这是幸还是不幸，因为很困时，那疼呀渴呀就叫困淹了。此刻，困虽稀释了，渴和疼却探头了。它们是分明有獠牙的，你每走一步，它们都会撕扯你。莹儿甚至不去管路途的事了，只抵抗那疼和渴，就用去了她所有的注意力。

再往前走，沙山缓了些，变成沙丘了。植物仍是少见，偶尔也会遇上一些，但多是干沙秸，驼对它们望都不望。路上有了驼粪，兰兰揉碎几个，都显出久远的成色来。一个沙旋儿处生了几丛刺条，上面挂了好些驼毛，但刺条早旱死了，说明地下水已很难养活那些沙生植物。

此刻，莹儿眼里的盐池，已不仅仅是盐池了。好些事就是这样，你只要在心中存了某种东西，你多方寻求而不得，它就会在你心中一天天重大起来，比如那冤家，比如这盐池。莹儿想，此刻，盐池在她们心中，几乎等于圣地了。

她还没见过哪个修行人这样寻求心中的净土呢。莹儿想，也正因了她们心灵中“盐池”的重要，这番生命苦旅才有了意义。

为了分散对那恼人的渴和疼的注意，莹儿有意想些事。她先是想那冤家。她想，他走出沙湾走向大世界时，是否也经受过生死的历练呢？她的眼显现出了灵官的脸。他也流着汗，嘴唇也像兰兰那样肿得老高。她的这一想象是从兰兰身上嫁接过来的，他们长得有点像。她想，他也一定有过疼痛，有过饥渴，有过绝望……一切她经过的，他想来也经过。这一想，心里有种暖暖的感觉了。她觉得，她不是一人在受苦，而是“他们”在一起受苦。这就好。她想，将来，等见到那冤家时，就给他讲这段生命经历。那时，他躺在村外的沙丘上，她依在他的怀里，漠风清幽幽吹来，撩起她的头发，几缕发丝顺风扬起，拂在他的脸上。她幸福地闭了眼，慢悠悠地讲这漫长惊险的沙漠之旅。他当然会吃惊的，但他的吃惊不是一惊一乍，他不会。他只会望着她，眼里有欣赏，有爱怜，更有能把她吸入灵魂深处的力量。他虽没有惊乍的模样，心里肯定会涌起很大的波浪。他当然想不到两个弱女子会跟那么凶的豺狗子周旋，会忍受干渴、疼痛、绝望和寂寞。

她想，冤家呀，我这一切，其实是为了你呀。

她想，他一定会深情地望着她。她甚至能看到他的眼眸了。她相信，这一生死之旅一定会成为她爱情的见证。

想一阵灵官，莹儿又开始想盐池。她当然想不出盐池的模样。也正因为想不出，才有了那份神秘。在无休无止的磨难和寻觅中，盐池已成为图腾。她当然希望这盐池之行，能改变她的命运，至少能改变她的生活。记得以前，每到家境局促时，老顺就会吆驼进盐池。他总能带来些希望。但真的盐池是啥样儿呢？越往前走，她就越有了担心。她想，要是经了这么多苦后，找到的盐池令她大失所望的话，她会伤心的。她的生活里，有过一个个盼头。在不同的年龄阶段，盼头也不同。但终于，盼头都成了空中的肥皂泡，浮游时倒也五光十色，一旦破灭，总会留下难耐的失落和空虚。她不希望盐池也这样。她觉得心已很疲惫了，再也禁不起折腾了。

但那疼和渴的力量总是很大，每每将她拽出遐想。焦黄也时时扑入眼眸，日头爷又开始发威了。那沙丘却仍是无止境地荡向远方，看不到尽头。天知道那盐池蜷在哪个沙的皱褶处呢？她真不敢望远处了。每一远望，她总会心惊而绝望。

两人缓一阵，喝下了最后一口水。她们有两天没小便了。那饮入的水，并没被排出体外。饮最后一口水时，谁都无语，都明白这意味着啥。

走吧。兰兰说。

她们跟骆驼走入了正午。莹儿当然想像以前那样昼伏夜出，但手电已不起作用，她们不能保证夜行时不会走错路。再说，真到了弹尽粮绝时，就算是伏在深挖的洞里，身体仍会消耗能量的。兰兰说，也许快到了。她还说了许多“也许”：也许会碰到人，也许会发现水源，也许会碰到吃食……那么多“也许”，都是希望。只要有一个“也许”，就会解了困厄。

但正午还是在她们遇上“也许”前逼近了。

日头爷当然不会因她们的缺水而停止喷火，身体也不会因那些未来的“也许”而不丧失水分。水分的丧失先是从大脑开始的，她们都出现了迷瞪和幻觉。幻觉倒不怕，迷瞪则张着大口，老往腹内吞她们。兰兰老是提醒，不能睡呀，不能睡呀。莹儿也知道，要是一睡着，就再也醒不来了。俩人互相鼓励着提醒着，但眼皮还是被啸卷的干渴弄得直往一块儿粘。

最先摔倒的是骆驼。它半睁着眼，大张着鼻孔，发出沉重的呼哧，仿佛体内有个巨大的风匣在缓慢地拉动。莹儿想，已经不错了。那点儿清油产生的能量，已叫它拖着她们翻了好几道大山。莹儿最怕它倒下，要是它此刻倒下来，她们是无力救它的。她想，盐池快到了——她以为“当然”快到了——你可不能倒下呀。兰兰木然地望望骆驼，长长地叹口气。

骆驼颤抖一阵，慢慢地躺下了。它伸长了脖子和四肢，呼吸越拉越长。它要是死去，她们又得赔一笔钱，但她们都不再想钱了。莹儿关注的，是它的生命。那份关注，跟她当初关注弥留之际的丈夫一样。只是，迷糊已胶着了她的思维，明知驼快要死了，接下来死的，就会是她们。但心里倒也没多少伤感，除了隐隐有些不甘心外，也顾不上想别的事了。

莹儿坐了下来。她不想坐下来，是腿自己坐下来的。没办法。骆驼要是不倒，她还觉得有些依靠。骆驼一倒，凭她自个儿，是翻不过前面的沙丘的——翻过了又能咋样？前面仍是沙丘——她也懒得想死呀活呀了。她只想闭了眼，美美睡一觉。明知这一睡，就从这一世睡到另一世了，但也懒得想它。人家大脑想睡，你有啥办法？

兰兰咬了牙，望一眼骆驼，又望一眼莹儿。她的脸干瘦干瘦的，有许多汗道儿，鼻洼里有好些黑灰和垢迹。莹儿从兰兰脸上看出了自己的狼狈，但也懒得多想了。

兰兰说，你忍着些。我去找些水。

莹儿想说，这儿哪有水？但也明白：找比不找好。找虽然不一定找到，但不找肯定只有等死了。

兰兰也不等她回答，提了那个瓶子，一步一挪地走向北面的沙洼。她走得很慢。骨关节也发出咔嚓咔嚓的声音。恍惚里，兰兰便成移动的骷髅了。莹儿想，她这一去，也许就回不来了。

兰兰慢慢地转过沙丘，留下一片空白。那印象，像一滴水渗入了沙中。

莹儿想说，你咋丢下我一个人？她有些伤感。她想说，要死，我们也该死在一起呀。

骆驼仍眯了眼呼哧，肚腩的凹处忽而鼓起，忽而塌下。莹儿想，那里面，会不会有个豺狗子正在吞肠子？那可怕的小东西，也许趁她们熟睡时，早沿着肛门钻进驼腹了。怪的是，莹儿并不害怕。她想，你吞就吞吧，先吞了骆驼的，再来吞我的。

没有了声音。记得以前，正午时分，日头会发出巨大的啸叫，如万千个知了齐鸣。现在，日头爷寂了。沙洼里听不到任何声音。骆驼的呼哧声也渐渐息了。它的肚腩虽一鼓一荡，声音却没了。她也觉不出自己的心跳了。一种巨大的静寂融化了自己。她怀疑自己是不是死了。她抬头望天，天蓝成魔绸了，云是一条一条丝状的模样。它们是在赛跑呢，还是在赛呆？不管它了。

她又觉得兰兰骗了她，她根本不是去找水，而是抛了肉体，去另一个世界了。那世界当然好。她真不仗义。要走，姊妹俩一起走多好。但也懒得再怨她，因为迷瞪正织着大网呢，那大网已撒到空中，只等往自家头上抛了。它已抛过多次，一次像蛛网，一次像渔网，一次次更韧更浓更密了。她明白，这一次，那网定会将魂灵子网住的。以前，她是懒得管魂灵子的。跟灵官相恋时，她感受到的多是肉体的参与。只有在分离后，魂灵子才凸现了出来。但没了肉体的参与，魂灵子就只有相思之苦了。你这个迷瞪之网，将它网了去也好。

骆驼躺倒了。它长伸四腿，侧倒在沙丘上，跟它平日睡觉时一样。这说明它已经无力跪了。它的血想来很稠了，自家的当然也一样。日头爷伸一下舌头，总要舔走些潮气的。人家要舔，你就得叫人家舔，谁叫人家是日头爷呢。虽没云彩挡那白光，莹儿却觉不出热来。渴也叫迷瞪淹了。接下来，就该淹魂灵子了。莹儿想，你想淹，就淹吧。

她仍想在迷瞪淹了魂灵子以前想想灵官，但你知道，迷瞪很霸道，它既然能淹了好多东西，当然也能淹了她想见的画面。记得灵官很俊，但咋个俊样，却迷瞪了。她发现脑子老跟她较劲，她不想想他时，那画面时时扑入脑中，搅出她一身一心的火来。她想想他时，却连个影儿也没了。

一只黑乌鸦出现在不远处的沙丘上，嘎嘎地叫。莹儿明白她快要死了。听说乌鸦最爱吃死人肉，嗅觉又好，总能闻到活人身上的死人味，也总在人死时叫，人便以为它带来了晦气。灵官却说乌鸦是神鸟，是佛教大护法玛哈嘎拉的喽啰。莹儿想你既然说它是神鸟，那我就喂它算了。她不愿喂豺狗子，却愿喂乌鸦，当然跟那说法有关。她只希望，神鸟别在她的魂灵子还存留时就来吃她。听说乌鸦吃人，最先吃眼珠子。这是她不能忍受的。你咋能先吃眼珠子呢？她想，到最后落气前，她一定先伏下身，哪怕用黄沙埋了脸部。她是不能容忍那黑鸟向她美丽的眼珠伸嘴的。

又来了几只乌鸦，都齐齐地叫，然后齐齐地望她。听到那怪叫，骆驼也睁开了眼，它当然也明白那叫声意味着啥。它望望莹儿，莹儿也望望它，双方都交换着心照不宣的无奈。眼珠顿时更涩了。头里也发出轰轰的声音。

莹儿想，途中白骨上的肉想来就是乌鸦吃了的。在沙窝里，你很难找到比人肉更好的食物了，不说别的，那份滑腻，绝不是寻常的动物有的。它们当然盼望有人渴死在它们的地盘上。那我就满你们的愿吧。她又想，乌鸦们是不是吃了兰兰的眼珠后又来找她的？她真的看到了倒在沙窝里一脸血污的兰兰。你瞧，脑子就这样，老跟她较劲。她想看的，它不显一点儿图像。她不想看的，偏要血淋淋往里扑。

莹儿费力地晃晃脑袋。

恍惚里，几只乌鸦飞了来，在头顶盘旋了。它们可真性急。它们定然已将她当成了死人。要么，它们也想像人类尝活猴脑那样，尝尝新鲜的活物。肯定是的。莹儿虽愿意叫它们吃肉，但不愿意叫它们在自己还出气时就下嘴。她抡着那没有了电的手电，却发现它不是称手的作杖，便扯下拴在驼笼头上的鞭子。那是她们备用的。要是骆驼不听话，就抡了它抽它的鼻梁。一路上谁也没用鞭子，说明两头骆驼都很乖顺。莹儿才抽下鞭子，就发觉一道黑影已扑来了。她悄悄用足了劲。当然，那所谓的用足，也仅仅是将鞭子抡出相当的速度而已。显然，那乌鸦已将她当成了死人，没想到，竟会有一道暗影掠向自己。它不知道，自己的速度实在太快了，就算鞭子静候在那儿，它只要一撞上，也会晕头转向。何况，瞧那鞭子，正迎了它飞来呢。

只听一声闷响，乌鸦已滚进沙洼了。

别的乌鸦一见，怪叫几声，飞到不远处的沙丘上。

滚在沙洼里的乌鸦蠕动几下，寂了。

莹儿做梦一样。她想，真是怪事。她以前虽也甩过鞭子，但其熟练程度，也不过是不使那甩出的鞭梢裹了自己而已。这打中的几率，跟瞎驴碰草垛、跟瞎子嘴里掉进油馓子差不了多少。没想到，倒真的打中了。

她爬向死乌鸦，发现它比成年鸡小多了。飞起时，它张着翅膀，俨然也是个飞禽。一落地，竟瘦小成鸡娃了。几滴血印在沙滩上。莹儿想，那血，说不定也能养会儿命呢。她平日胆子虽小，这会儿，那迷瞪和木然却驱使她一把抓住了黑鸟。理智上，她想揪下乌鸦的头，咂些血。她甚至也开始操作。

她用了很大的力，却拽不断鸟颈。但一想自己会一嘴血污，却一阵反胃。她呕了几呕，虽没呕出啥来。胃和食道疯狂的蠕动却一下将迷瞪驱散了。她想，死也罢，不吃这脏东西。她狠狠抛出乌鸦。一道黑影划个并不长的弧，滚下沙洼。

不喝。渴死也不喝。她想。她实在不想叫自己变成电影上饮血的妖精。

她想，与其像饮血妖精那样活着，还不如死去呢。

喘一阵气，眯了眼，望远处的乌鸦们。它们也望她。都有些怕对方了。莹儿怕它们一齐飞来掏眼珠。要真那样，她是挡不住的。她会在眼珠剧痛后堕入黑夜。她很想说，你们急啥，馍馍不吃，在盘儿里嘛。想到自己曾对猛子也说过这话，觉得那是很遥远的过去了。她想，要是那时接受了他，是不是也像喝乌鸦血一样叫她恶心呢？不知道。

人鸟相峙着。驼已超然物外。它虽看到那精彩的一幕，却不显惊奇的神色。经了这一路的事，当然没啥惊奇了。

莹儿已将自己当成了死人。这是迟早的事，早一刻迟一刻，都会成乌鸦嘴里的肉。那夜，当豺狗子围来时，她还不甘心喂它们，此刻早没那想法了。她想，一样。谁吃也一样。她只是不想在活着时叫它们下口罢了。

她想，快了，你们也等不了多久。她发现，魂灵子已恍儿惚儿地飞了。也就是说，迷瞪又一阵一阵地淹没清醒了。等清醒叫迷瞪淹了，魂灵子就会走了。不知道它会走向何方，会不会到灵官那儿呢？听说，人一死，魂灵子就俱足了多种神通，就有了天眼天耳，就能瞬息千里地出现在任何地方。也好。但正像她怕自己寻觅的盐池会叫她大失所望一样，她怕灵官也会倒她的胃口。

她最怕的，是她的魂灵子找上门时，灵官正跟洗头妹打闹。她不知道自己为啥会想到洗头妹而不是别的女人。不知道。她最怕这。要是这样，魂灵子会伤心的。她不知道魂灵子会不会流泪，但肯定能发出哭声的。因为村里女人要是受了冤屈吊死后，她的哭声就会在夜深人静时出现，好些人都能听到的。她想，自己会不会也那样哭呢？不知道。活着的她都左右不了自己，她怎能保证死后的事呢？

不想他了。洗头妹就洗头妹吧。没治。人家长的是人家的心。

这一想，心就冷了。也好，她想，叫我在活着时明白你是个啥人，死后我就不会神头怪脸哭了。明明是她臆想的事，却竟当成真的了。她万念俱灰，想，乌鸦们，你们还是早些飞来吧。

乌鸦嘎嘎着，它们等不及了，但谁也不敢再试那鞭子的厉害。骆驼仍在抽风匣似的喘气。从它偶张的口里，莹儿看到了黑黑的干皮条一样的舌头，知道它的命也快尽了。她想，也好，做个伴儿。这样，她就不是孤鬼了。她是指望不了兰兰的，兰兰向往的，是金刚亥母的空行佛国，她的临终一念，就将魂灵子送那儿去了。莹儿是撵不上她的。因为她对那佛国，总是将信将疑的。这是修行最大的敌人。她当然撵不上兰兰。幸好有骆驼，她想，骆驼想来不知道空行佛国的，不知道就好。要是它也坚信自己能到空行佛国并发了愿的话，不想见他跟洗头妹鬼混的她就只好成游荡的孤魂了。

莹儿说，骆驼呀，你要走慢些。

但她已发不出声了。迷瞪织成的网又浓又密又坚韧，已裹向她了。空气里多了好些乱毛般的东西，它们塞向自己的口、耳、眼……乌鸦的叫声也没了。恍惚里，大鸟们飞了来，翅膀扇动的风也织成了大网。数道大网，齐刷刷裹向自己。

浓浓的夜降下了。

7

一个遥远的声音隐隐传来，很像小时候奶奶的叫魄。那时，每到她迷迷瞪瞪不清干时，奶奶就说她的魄掉了，就要给她叫魄。

奶奶的声音先从远处传来：

“莹儿哎——，远处吓了近处来——”

一人就应：“来了。”

“莹儿哎——，高处吓了低处来——”

“来了。”

“莹儿哎——，热处吓了凉处来——”

“来了。”

“莹儿哎——，饥处吓了饱处来——”

“来了。”

“莹儿哎——，三魂七魄上身来——”

“来了。”

奶奶还会叫出许多诸如此类的内容。她会从相对遥远的地方，一直叫到厨房里，再拿个红布包着的瓷碗盛了面，一下下按她的前心后背双肩等处。按一阵，碗中就会出现个陷坑，奶奶就说，瞧，亏损大了，就再添些面，再喊再按，直到碗中的面完全平了时，才算完成了叫魄仪式。

那时，应声的多是妈。奶奶是不叫白福应声的，因为他很调皮，叫他应“来了”时，他会说“偏不来”。这样，就意味着这次叫魄失败了，得另选吉日重叫。

奶奶的声音跟绿米汤一样悠长甜绵，一直能叫到莹儿心里。后来，奶奶死了，就没人再给她叫魄了。

现在，那悠长的声音又出现了。莹儿在恍惚里感到很温馨。她以为自己死了。听说只有在死后才能遇到死去的亲人。她想，也好，我又能见着奶奶了。奶奶待她最好了。奶奶的怀抱是最温暖的港湾。小时候，奶奶老是抱了她，叫一声：“我的乖乖！”然后吧唧吧唧地亲她。奶奶像老巫婆一样神奇，身上总有些稀奇古怪的东西，比如花糖呀花生呀，还会讲好多鬼故事，每每在夜里吹了灯后，吓得莹儿吱哇乱叫，直往奶奶的怀里钻。

莹儿觉得，那悠长的声音像茧丝，将她裹了，一下下拽了来，很像是牵着风筝。生命之风硬要将她吹向无底深渊，而那呼唤的绳儿却牵系了她。她就随了那拽力一寸寸移了来，慢慢靠近了呼唤者。她渐渐听出，那声音有些变了，很像是兰兰的。

她努力地想睁开眼。眼珠很涩，有种锈门栓转动的感觉。她用力地睁呀睁呀，一道亮光泼入眼睑。因为羞明，反倒看不清眼前了。

"快！你吃些这。"兰兰的声音很惊喜。

终于看见兰兰了。她拿个黑黑的棒子。见莹儿不动，她用鞭杆一下下刮那黑棒，黑皮没了，露出水白的成色。她见过它。那时，每到冬天，村里人宰了羊后，就将它跟羊肉炖在一起。叫啥来着，对了，叫锁阳。

兰兰掰一小块，塞进莹儿嘴里。莹儿轻轻一嚼，甜汁儿在嘴里弥漫开来。莹儿只见过晒干的锁阳，没想到，它会有这么多汁儿。

兰兰将刮去皮的锁阳塞给莹儿，叫她多吃些。自己又从头巾里取出一根——莹儿吃惊地发现，头巾里竟有许多黑棒儿。

兰兰嚼些锁阳，喂给骆驼。骆驼边沉重地呼吸，边伸出黑舌头，吃力地搅动兰兰喂进它嘴里的汁儿。

在莹儿的印象里，这锁阳，是她吃过的最好的东西。她轻轻一嚼，汁儿就会从牙间挤出，进入贪婪的味蕾中。味蕾们狂欢着。它们像饿极的小麻雀见到母亲叼的虫子那样，张大了口叽喳着，发出喧嚣无比的声音。锁阳那带着甜香的面汁勾起了胃迷失的记忆，胃疯狂地蠕动起来。

骆驼也开始吞那些黑棒子，它咔嚓咔嚓地大嚼着，白汁儿流出了嘴角，莹儿感到很可惜。兰兰兴致很高，对莹儿说，你把那根吃了。缓一缓后，我们再去挖，那个沙洼里，有好多锁阳。

吃下一个锁阳后，兰兰不叫莹儿再吃。她试着拉骆驼，骆驼挣扎着起来，步履蹒跚。它将兰兰带来的锁阳都吃了。锁阳解饿解渴又滋补，一下肚，骆驼飞悬在空中的命就回来了。莹儿的头虽隐隐作痛，迷瞪却消解了。兰兰说，成了，一次别吃太多，等会儿再吃。

两人牵了驼，去那沙洼。沙洼并不远，转过沙嘴子就到了。那地方，沙里带些土，锁阳就安家了。兰兰找个裂口处，跺跺脚，那儿发出空堂的声音。兰兰说，这里面，全是锁阳。刚才你们吃的那些，是一个坑里挖出的。莹儿看到，好些地方裂着口儿，跟山芋胀开地面时很相似。有些锁阳，还冒出了土层。莹儿叹道，天无绝人之路呀。

兰兰说，是金刚亥母救的我们，你信不？我走过沙嘴子，就跪在沙洼里祈祷。我说，亥母呀亥母，我要是活着走出沙窝，定当重修庙宇，重塑金身。求了一阵，就发现不远处有个红色人影，我以为是牧人呢，就撵，撵到这里，却发现了锁阳。……回去后，我就募捐修金刚亥母寺。我不能骗人家亥母，对不？兰兰说得很认真，莹儿却想，也许，你眼花了呢；又觉得这想法亵渎了金刚亥母，要是真是她带了路来，你这样想，她会伤心的；就说，那就谢谢亥母了。

兰兰刨开一个裂口处，里面尽是锁阳。这锁阳，是肉质寄生植物，形如㞗，长可盈尺，黑红色，多生于沙土相间之地，听说能补肾助阳呢。锁阳一生一窝，大些的一窝，至少几十斤，刨开沙土，用不着咋挖，已有一堆锁阳了。兰兰用鞭杆稍稍刮一下沙土，扔给骆驼。骆驼兴奋地大叫，萎靡早没了。

两人解下驮架，在沙丘阴面刨个坑。吃些锁阳后，两人就拴了驼，爬进坑里，睡了一觉。她们睡了吃，吃了睡，又有那么多能滋补的锁阳，几觉之后，精力就恢复了。

次日晨，莹儿发现，戈壁上竟有好些贝壳。显然，这儿有过许多水。她想，也许这沙漠，曾是大海呢。她想，连大海都终究会变成沙漠，一个人的生命是多么脆弱呀。真的，也许再一眨眼，她就老了，灵官也老了。她想，要是我们都老了，你就算奔来个啥前程，有啥意义呢？她又有些怨灵官了。

怨归怨，她还是挖了好些锁阳。她们宁愿自己走路，也要叫驼多驮些锁阳，然后朝着认定的方向，继续走了去……

第 二 十 六 章

兔儿的门上鹰旋哩，雀窝里蛇抱蛋哩。

1

老顺眼里，白虎关搅乱了一切。村里的好多东西，随着白虎关的热闹，都消失了。

最先消失的，是心的宁静，先前，村里人哪见过这么多的稀罕物。以前，多是山芋米拌面填肚囊，再好一些，就是转百刀拌面，要是有个肉星儿，就等于过年了。吃饱后，晒南墙湾，聊天，多开心。现在，世上的好东西都到了白虎关。有好些东西，是地主老财都梦不到的。更有那么多亮活妹子，一下就搅乱了心。

心一变，啥都变了。比如以前，沙枣成熟时，老顺总要给各家各户送些去，叫尝尝鲜。他家的沙枣个儿大，肉头厚，甜，都说好。现在，猛子却不叫送了，他说要卖给沙娃们。他狠狠臭了儿子一顿，说："要钱不要鼻脸。"没想到，他一如既往地送沙枣时，村里人却变了，眼里充满了问询，仿佛在问："你为啥送沙枣呢？是不是有啥事？"有些人甚至很客气地拒绝，仿佛怕欠了他的情。

老顺很恼火。

他觉得，好些东西都在变，以前，你一有事，谁也搭手。现在不了，人家要算：当一天沙娃能挣多少？人家不会白为你耽搁时日的。今年收秋禾时，就有了专门挣钱的，掰一天玉米要二十块钱。

都“要钱不要鼻脸”了。没治。

白虎关当然更热闹了，招来了更多的商家。荒地都成了聚宝盆，修了好些楼。听说，连乡政府也打算往白虎关搬呢。沙湾已成了市里的典型。这些倒没啥，因为啥典型，也挡不住村里人的舀饭勺子。

只有一点，老顺们很是惶恐。那就是征地。乡上已征过一次地，给各家银行修楼。村里人抗议过一次，没起作用，就索性将“卖国贼”狗宝罢免了，由公认硬手的白狗当了组长。但老顺担心，一个小蚂蚱，能挡住前行的车轮？

果然，白狗才上任，破锣嗓门就响了：“开会了！开会了！男人女人都来。”老顺知道，肯定又有事儿了。这些日子，老是事儿。

人们三三两两地到了家府祠门口。白狗蹲在树下的碾轱辘上，黑着脸，不说话。这是他生气的标志。不怕白狗骂人，他总是骂骂咧咧的。但他一黑脸，就说明他真生气了。他生气的缘由是啥呢？老顺猜不出。

白狗不理人，自顾黑脸，眼睛斜着，脸上的肉棱时隐时现。忽然，他跳下碾轱辘，骂句脏话，声音嘶哑得不像白狗了。

老顺慢悠悠问：“又是啥事？白狗。”

“欺人太甚！乡上要卖西湖坡，一亩地给六千！”白狗说。

“轰——”乱哄哄的声音。

“谁说的？”

“人家就要订合同了。”

“凭啥？”

白狗说：“不凭啥。说是土地是国家的，有人要修啥游乐场。”

老顺说：“乖乖，白虎关一热闹，四面都遭殃了。要是西湖坡再卖了，要命哩。”孟八爷却说：“长远地看，也不是啥坏事。眼看着，种地没希望了。”老顺说：“再没希望，总能填饱肚子。土地没了，喝风呀？”

白狗说："知道不，人家一亩地卖六万，却只给我们六千。不行，要卖，也得按市场价走。知道不？乡上吃差价哩。我知道种地没戏了，可也不能叫人家喂抓屁。……这事儿，不闹不成。开发商又是送钱，又是送女人。我们玩不过人家。老子们也不是和好的面，想咋揉，就咋揉。今日个，老子们也豁出去。人家有钱，我们有猪马牛羊；人家洗桑拿，老子们又不是没女人。"

"放屁。"孟八爷耸耸鼻头，"你嘴里咋能溜出这种屁来？"

"就是，就是。"男人们应和道。

"想哪儿去了？啊？你们想哪儿去了？"白狗涨红了脸，"谁又真给送女人？我只想辱臊他们一顿。啥都带上，钱，猪，羊，女人，反正老子们不卖地。要卖，价格也得由我们定。就这样，你看上啥拿啥。挑上哪个女人用哪个。不信这群驴真成了驴了。"男人们这才吁口气。

花球担心地说："要是那些驴真驴了，咋办？"

"放心。"白狗说，"他能咋样？他要真动上一指头，叫他吃不了的兜着走。"又笑道："花球，你怕啥？你那个猪不吃的茄莲。人家不稀罕。吓都把人家吓惊了。你怕啥哩？"

"难说。"猛子说，"牛吃菠菠菜，猪香狗不爱。说不准人家就瞅准花球媳妇，给她来一梭子。"

男人们笑了。花球晃晃脑袋，也笑了。说："我那个，连我都不硬。要小心你们的婆姨，弄不好叫人家浇上一水。绿帽子，可就戴稳当了。"

"闲屁少放。"白狗说，"谈正事。同意不？同意就闹。不同意，再生个啥法儿？有屁就放。若真叫人家卖了，少说老子里通外国当汉奸。同意不？"

"同意！"男人们说。

"不中。"狗宝发话了。自白狗撬了他的组长位子，他老跟白狗唱反调。狗宝提高了声音，"你以为人家是麻雀？你嘿一声，人家就能吓破胆？人家是啥？是蝎虎子。人家是大炮下轰过的，还在乎你几声鞭炮？辱臊？嘿嘿，看辱臊谁？要是老师娃子呀啥的，你辱臊一下，人家或许还在乎。那群驴，早没脸了，早成了脚后跟上的老皮了。抠几下，人家根本不在乎。"

“这倒是。”男人们又沉默了。

白狗说：“要是软的不成，就只好来硬的。现在这世道，不比从前了。讲文明呀，讲礼貌呀，不中用了。上回，我进城买打气筒，想换一个，叫了十声奶奶，那刁婆子理都不理，还骂我乡巴佬。老子索性揍你一顿，拿起打气筒，骂了三声卖屄货。你猜，咋样？嘿，乖乖换了。这世道，嘿嘿，讲文明没用。前怕狼后怕虎。难道由了人家在头上撒尿？”于是，都说：“对！捶绵这群驴的骨头。”

孟八爷捋着胡子，沉吟道：“闹事也不是办法，闹出事来，还不得由你承担？”

白狗说：“这也不算闹事，只能叫辱臊。”见人们不解，他解释道：“女人们辱臊。男人们打。但不能真打，一扑一张，气势要足，唬一下就成。……打巴掌的打巴掌，揉的揉。千万可别动真的，别给老子惹下事。”

孟八爷瞥一眼白狗，眯着眼问：“你给谁当老子？”

白狗笑道：“给当官的那群驴呀。”

2

白狗将任务摊到个人头上，还备了驴围脖子等物件。孟八爷一再叮嘱白狗们不可真动手。而后，手扶拖拉机载了男人女人和猪牛羊，浩浩荡荡奔乡政府而去。

老顺最担心猛子。这个愣头青，到了气头上，娃娃都敢往井里丢。于是，他一遍遍叮嘱猛子不要逞能。猛子烦了：“行了，行了。我又不是三岁大的娃娃。”

男人们都有种发泄的亢奋。老顺觉得这阵候不很妙，因为谁都不像谁了。他担心地望望猛子。发现他正跟白狗嘀咕。“这两个先人碰到一块，能有个啥好事？”老顺忧虑地皱起眉头。

乡政府门很高，一见它，老顺就感到有种逼人的东西扑面而来。人家毕竟带法呀。他想。

白狗们赶下牲畜，院里就差不多满了，猪在哼哼，羊在咩咩，牛悠长而气恼地哞着。乡政府随即被滑稽的氛围笼罩了。来这儿办事的人都吃惊地望这群不速之客。

“赶出去，赶出去……成啥体统？”一个穿白衬衣的小伙子气急败坏地骂。

白狗吼一声：“叫你们乡长出来。”小伙子环视一会，溜进办公室。

“乡长出来！”白狗又吼一声。猛子也吼：“出来！”

乡长摇晃着肥胖的身子出来了。他留个大背头，背着手，很威严。他没说话，只冷冷扫视一眼。老顺就觉得凉气顺脊背上来了。他怕见公家人，尤其怕见留大背头的胖公家人。一见他们，老顺的腿就发软，底气也没了。当然，觉得自己没活头时，他也想抡把铡刀杀公家人。但这只是想想而已，只要有碗山芋米拌面喝，他永远不会碰铡刀的。

乡长仍在摆派头，仍用那亮而小的眼睛冷冷望人，却不说一句话。老顺倒希望他说话，哪怕骂脏话也成。可他就是不说话。不说话比说话厉害。说话是导火索，能点着炸药。也许乡长知道这点。老顺发现好些人茫然了，不知下一步该干什么。

白狗嘿嘿笑了，显得不合时宜，却又恰到好处。老顺心上裹的绳子叫笑声抖落了。

白狗慢悠悠说：“放心，没啥。给你们送些东西。要啥都成。羊，猪，牛，都成……女人也成……只求别卖我们的地。成不？我们只剩下那点地了。”说着，他抽出刀来，说：“今日个，慰劳慰劳乡长。”

乡长后退一步：“你想干啥？无法无天了。”

老顺发现，乡长一说话，派头便没了，显出十足的孬种样，不觉有点好笑。心想，他像啥呢？像膨胀的驴，别看它大，却经不得戳。稍稍一戳，就软了。他抿嘴笑了，很得意这个比喻。

白狗一扬刀子。乡长又后退一步。白狗哈哈笑了：“放心，放心。羔子皮换你张老羊皮，不划算呢。”他走到羯羊前，拧了羊脖子，插一刀，血咕咚咕咚冒出。那羊由了他宰，一声不响，善良至极的眼里蓄满了水。渐渐地，水汽消失了，羊眼瓷成了图案，大瞪着地面。

“皮剥了，先煮了，巴结巴结官老爷。”白狗咬了刀，把羊朝乡长这边狠劲一扔，溅起尘土，飞扬开来。太阳很热了，透出焦味和血腥。羊后腿无助地蹬了几下。老顺感到嗓门很干。

乡长的裤腿上溅了好些血点儿。他懊恼地跺跺脚，想说啥，但望望那张衔了刀子又被血染得猩红的嘴，只含糊地咕嚅一句，就转过身，想进办公室。

猛子上前，一把撕住了他。老顺提悬了心，心想：“这个爹爹，你逞啥头哩？逞啥头哩？”他狠狠瞪猛子。猛子却瞪胖乡长，吼一声：“跑啥？还有呢。”

白狗提了刀，走向猪。猪叫着，挣脱桎梏，满院子跑。男人们便追。猪的叫声很干，很尖，像个削尖的玉米轴儿直往耳中钻。老顺怕听这声音。乡长定然也怕。他的额头和鼻头上尽是汗，脸很红。他慌乱地在额上刮几下，刮下几点亮光。

猛子们捉住了猪。猪不比羊。老顺觉得猪比羊聪明，因为它知道此刻等待它的是啥，所以它叫，它跑，它抗争，弄得男人们趔趔趄趄狼狈不堪。忽又觉得，也许羊比猪聪明，因为它知道叫没用，挣没用，无论咋挣，也挣不出命去。他想，闹啥哩？闹也罢，挣也罢，都会死的。不如像羊那样，平平静静，逆来顺受地活着。

尖刀一捅，猪气愤至极地叫了，叫声刺破天空。天一下凉了，老顺不由得打个哆嗦。白狗咬了牙，沾血的嘴唇很瘆人。他仿佛同猪有刻骨仇恨，将那刀旋了几旋。猪叫得更惨，血也喷得更凶。老顺打个寒战。女人们也闭了眼，拼命地忍受着啥。老顺明白猪叫的理由了：它是想把痛苦传染给人们。一定是的，老顺心上，就有那惨叫划过的痛楚。别人想来也是。……屠汉当然例外，屠汉的喜悦就是牺牲者的惨叫，他们说：“杀猪过瘾，杀羊没劲。”

猪的叫声，渐渐变成了记忆。老顺又感到了闷热。血腥味很浓。猪血在太阳暴晒下起泡，黑红，干硬，起皮了。白狗舞着血刀子，指挥男人们把猪抬到办公室门口。乡长头上流溢着汗水。他时不时用手抹一下，甩出点点亮星。

人越来越多。附近的村民都涌来看热闹了。这是真正的"热闹"。山凹背风，观者如堵。院里不透一点儿风。太阳随它位置的一点点升高，发出烤人的白光，似欲将这群人烤成熟肉。

白狗说："还有牛呢。顺便，宰了，招待招待乡长，别卖我们的地了。"

乡长摆摆手，张张嘴，许久，才发出沙哑的声音："算了，算了。那地，种不出多少粮食的，开了游乐场，有多少就业机会呀，再说……"

"屁。"猛子从白狗手里夺过刀子，一把揪住乡长，"那是老子们的养命地呀，凭啥才卖六千？啊？你以为老子们是软蛋，好捏。是不是？"老顺明白他们在唱双簧，但还是提悬了心。

"就是。捶这驴日的。"白狗也撕了乡长的衣襟，拳头乱晃着，像要往乡长脸上落。

北柱拉开他俩："有话好好说。人家又不是不讲道理的。好好说，好好说。"他是唱红脸的。

"说啥？跟这群牲口说啥？"白狗直了声吼，"是不是你洗了桑拿，操了小姐，把良心也给洗了。女人们过来，过来，躺下，叫这老驴操。看他的老屌有多长。"

"白狗，说话讲点方式。"北柱慢悠悠说。

"啥方式？老子没文化，老子说话，就喜欢袖筒里入棒槌……你还要啥？羊宰了，猪杀了，还要啥？你既然要女人，就给你，看你个驴日的。过来，过来，你们。"白狗朝女人们吼，已显出十足的疯狗样子了。

女人们低了头，涨红脸，一动不动。白狗大叫："怕啥？怕啥？你们支给他，叫他驴日的舔，看他舌头有多长。"女人们仍在扭捏。白狗火了："一群吃屎货。"凤香抬起头，咬了牙，出来："谁是吃屎货？你嘴里干净点。"一甩头，走到乡长面前，说："你瞅我成不？就是丑些。不过，我可干净，不像那些小姐，一身的杨梅大疮。"白狗说："咋不成？屄是一个屄，脸上分高低。盖个毛巾，一样。"

乡长手里已多了个手绢，他一下下擦额头："这算啥？这算啥？"凤香索性豁出去了，拽住乡长胳膊。几个女人也上来，围了乡长，将那备好的驴围脖子套到乡长脖子里，拽的拽，扯的扯，推的推，把乡长往办公室里捞。乡长用力挣着。尘土一阵阵飞扬。

白狗说："人家怕麻烦，就在这儿来。脱，脱了。"

乡长忽然发话了："行了，行了。那合同，我们先不签……"

3

回村时，一路笑声。这当然是最值得笑的事。扬眉吐气倒在其次，主要是保住了地，保住了地，就是保住了命。成了，成了，只要有点口粮，还求啥呢？身上三尺衣，肚里五颗食。不死就成了，还求啥呢？就这，还是撕破了面皮，花了代价呢。不错了。要不是这一闹，西湖坡就成了别人的。那西湖坡，可是村上最大最平最肥的地。村里人的养命食，多半是从那里挖的。

当然要笑。

女人们笑乡长戴了驴围脖子后的孬相，笑一阵，捂着肚子喊"哎哟"。男人们也笑，笑他没见过盘子大的屄；还夸猛子和白狗有骨头有脑髓，有三分刚气，夸得两人眼飞毛奓像刚踩过蛋的公鸡。

狗宝却冷冷丢了一句："得意啥呢？吃屎的能把拉屎的拿住？人家稍稍使个手脚，给水管所递个眼色，该给你个一千方水，人家只给你放八百。你又不能一桶桶盘，还不是哑巴子挨？……再说，那合同，你以为人家真不签呀？人家凭啥听你的话？"

像一桶水浇进沸锅，笑声一下子没了。是啊，人家是啥？人家还有好些能捏住你喉咙的法子呢。你的努力，你的高兴，你的得意，仅仅是霜花儿，你只要睁开眼，哪怕睁开个小缝儿，无奈就会沸汤般泼进心里。老顺感到呼吸困难了。空气变得很稠。太阳喧天叫着，喷来一晕晕的闷。近些年，老这样。现实的无奈是乌云，一出现，就能遮住那片巴掌大的天空。

脚步声踢踢趿趿响着，都无语。狗宝的话是石子，打疼了所有人的心。

那份得意潮气般没了。尘粒随杂沓的脚步声腾起，蒙在了心上。间或，有人叹气，但强抑着，做贼心虚似的。

忽然，有人说："㞞，头掉不过碗大个疤。"

"就是。今天没捶那驴一顿，捶了也就白捶了。"

"七拳八脚十三点，给他个蒜窝儿踏干姜。嘿。"

"其实，惹恼了老子们，给他卸成个几百片也就卸了。大不了吃个铁大豆。"

"法不治众，卸了白卸。"

凤香笑道："算咧，架打罢了拳才出来，事后的英雄当啥哩？那会儿干啥来？连个屁也不敢放。恨不得把脑袋缩进裤裆，这会儿牛啥哩？"

男人们遂不再嚷嚷着当英雄。脚步声响得没精打采。忽而，有人叹气，叹出许多无奈。

"其实，"狗宝说，"也不是我们不会耍英雄，喉咙在人家手里捏着。我们不过是个小鸡，耍不起呀。"

"人不报复人是假的。今日你整人家，明日人家饶了你才怪哩。人家使个坏，还不跟狗咬尿脬一样。孙猴子厉害不？可跳不出如来佛的手心。到头来，吃亏的还是你。人家工资可少不了一分。"

"就是呀，刀子谁不会抡呀。问题是，抡起容易放下难呀。瞧那王秃子……"

"小不忍，则乱大谋呀。心字头上一把刀。能忍，才是好汉子。"

男人们你一言，我一语，都理直气壮了。白狗黑了脸，拾起一块石头，恶狠狠砸向远处："倒是老子的不对了？老子吃饱了撑的？是老子一家的地？"

"说话注意点。不要动不动老子老子的。你给谁当老子？"狗宝说。男人们又七嘴八舌地数落白狗，说他不该当老子。

白狗疯狗似的吼："操你们的先人。有气朝官老爷撒去。朝老子撒啥？被窝里的猫儿，咬的被窝里的屌。宁给好汉牵马拽镫，不给脓包主谋定计。跟你们搅和，恶心。"遂蹲到沟沿上。

猛子冷笑几声，也离了人群，与白狗蹲在一起。

4

后来，白狗又带人闹了几次，但人家照样征的征，卖的卖。老顺们气得直骂娘，但骂归骂，窝子却仍像牛皮癣一样，向四面漫延。

那关于末日的传说，也越来越凶。据说，每到夜子三更，就有人跑到沙窝无人处，骑个板凳，夹个簸箕，炼法术呢。说是炼够百日，就能骑板凳夹簸箕，游行太空，躲了那末日的劫难。早年，大头爹曾炼此法，炼到九十九天，板凳已飞到半空。不料，毛旦妈一见，惊叫：三爸爷呀，你不怕掉下来？啪！应了这口气，大头爹就真的掉下来了，摔成了坏腰子。

不亲身经历，老顺真不相信，这号怪事，竟出在自己身边。

日影刚冒，黑皮子老道就从沙窝深处走来了。他扛个板凳，夹着簸箕，一头汗水。老顺打趣道："道爷，上天了没？"黑皮子老道说："快了快了。"老顺说："听说，炼法术得掐诀，你两手夹着簸箕，咋掐诀？"黑皮子老道说："能掐时就掐，不能掐就观想。"老顺道："我看呀，你与其炼那法术，不如天天吃牛肉熬萝卜，吃到哪天完蛋了，算。我不信有啥末日。"黑皮子老道说："你以吃牛肉萝卜为乐，我以炼法术为乐。人不同，心也不同。就像你娶儿媳妇，你想娶个能干活的牛，可人家猛子喜欢花瓶似的月儿呢。"

一提月儿，老顺的心就阴了。对那丫头，老顺不喜欢。自打猛子跟月儿公开了关系，老顺心头就有了刺，一碰就疼。他想娶个能吃苦的，可猛子偏要娶月儿，怪的是月儿家也同意得爽快，彩礼也不算多，连订婚送婚，总共要了一万。虽也是个叫老顺捋指头的数儿，但还说得过去。

神婆虽说过月儿的好些不是，但在这件事上，她还是出了大力。订婚送婚一次过，据说是月儿家催得紧。老顺嫌时间太紧，老伴却说，那是羊头上的毛，迟早得燎。她已打定主意，那想把莹儿给猛子的如意算盘，打不得了。一来，憨头一死，她就怀疑莹儿克他。这号事，不可不信，不可全信。她算过几回命，都有这说法。二来，听说莹儿是"白虎星"，这传言，风一样扩散着。她首先信出了一头疙瘩。心里有了疑病，老是提心吊胆，日子就不好过。三是她怕莹儿会瞅个机会，抱了娃儿回娘家。村里有过这号事，每一念及，她就心惊胆战。再说，猛子也想快些办婚事，一是他喜欢月儿，怕夜长梦多，叫别人抢了去；二是他怕见莹儿。趁莹儿不在家时办事，就免了许多尴尬。

老顺想，世界真变了，以前眼里的终身大事，现在跟捉猪娃一样了。好在两家都知根知底，倒也不怕碰上放飞鸽的。

黑皮子老道摇晃着身子远去了。他扛着板凳，夹了簸箕，像只怪模怪样的大鸟。老顺感到很好笑。他想，人心真怪，顽固时，比花岗岩还硬，电视里老叫转变观念，讲几十年了，也没见转出个啥成色。可接受邪的东西倒快得惊人，不多日子，好些人脱胎换骨了。

对那末日啥的，老顺是不信的。他不信，怪惊惊的，会来啥风，啥水，啥火。他想，那风，从哪里来？不信真有个风神，开了风袋儿放风。就算真有风神，人家能放，就能收。再说那水，是天下雨呢，还是地涌水？倒真希望有大水来，淹了沙漠，浇出一片绿来。至于那火，就更是莫名其妙了。他不信，那沙子，那地皮儿，会变成火？……就算真有水火，不信你叨咕几声咒子，人家就熄了？上回，老伴伤风，念了那么多咒，清鼻涕照样成瀑布了，要是真来了水火，不信你能有个啥辙？

……再说了，就算真有三灾八难，怕啥？能活了活几日，活不成了，也算脱孽了。活着有啥好？活一天，苦两半日子。活一年，当十二个月的牛，有啥好？叫那水冲了，叫那火烧了，叫那风吹了，吹个一溜子精光，省事。用得着修法，念经，诵咒，拜神？趁活着，多熬几个兔鹰，多喝几口白酒，多吃几块兔肉，多听几回贤孝，啥时阎王老子想你了，你就腿一蹬，哈哈，完事啦。

老顺望望大鸟般远去的黑皮子老道，想，小驴娃放屁自失惊，值得这样？

据说某夜，王秃子入了会兰子的窍，传出话来：末日真到了，那死的几个，仅仅是打头的。老鼠拉木锨，大头子在后头，谁也躲不过去。到那时，男人九死一生，女人十不活一；十庄难冒一烟，十户难见一男；有房无人住，有衣无人穿，有地无人种，有粮无人吃……总之，是积尸如山血流成河呢。

对王秃子入窍的事，老顺却有些怀疑。他说："怪事，那王秃子，斗大的字识不了半升，一入窍，咋放起文屁了？"老伴说："活着为人，死了为神。当人时虽糊涂，成神后当然精灵了。"

老顺冷笑道："杀人的要是成了神，地狱早空了。"老伴说："不一定。释迦佛当菩萨时也杀过人，为救一船商人，杀过五百强盗。那强盗，后来成五百罗汉了。"老顺说："好，那你也学王秃子，杀人去，上啥香？"老伴笑道："好，等哪天我有兴趣，趁你熟睡，砍下你的脑袋当尿壶。"

那次打七，没打圆满，成老伴的心病了。怕老顺的"魔行"，会给全家带来灾难。自大儿死后，老伴便成了惊弓之鸟，一有风吹草动，魂也飞了，魄也散了，手足也麻木了。所以，她那磕头，主要是代老顺忏悔，为全家祈福。

对老伴的苦心，老顺却不体谅，反而很蛮横："你们不是有护关的护法神吗？咋没挡住我？连我都挡不住，能挡住灾难？"又说："会兰子心倒是诚，又上香，又打七，咋着祸了？听说脑子坏了，成疯子了。王秃子砍她时，你那护法神到哪儿去了？"每次张嘴，他都是这号胡搅蛮缠。

猛子妈只有多磕头，多念咒，多忏悔，多供养，再也懒得去"度"丈夫，免得他再造口业。除了挂牵娃儿外，她最上心的，就是那金刚亥母。

第 二 十 七 章

莲花山上的金凤凰，落到了沙海的岸上。

1

猛子和月儿结婚了。事情办得很热闹。吃饱喝足的男人们涌入洞房，闹出了天大的喜庆味。

但猛子死也想不到，月儿竟患了梅毒。新婚那夜，月儿就不叫他碰。她的理由是，兰州时，用别人的盆子洗过下身，染了脚气，说脚气有病菌，怕传染。猛子有些疑惑，就逼她在回娘家站对月时进城检查。检查完，医生支开月儿，告诉猛子，月儿染了梅毒。

猛子觉得一个巨雷轰在头顶。他被殛晕了。怪不得，她一直不叫自己碰她。猛子想着跟月儿接触时的一幕幕场景，断定月儿早知道自己患了啥病。

猛子当然知道梅毒是啥。他觉得自己遭受了巨大的欺骗和侮辱。医生话音没落，他就觉得一阵酥麻，由舌根荡向全身。片刻间，脑中一片空白。他木了半晌，听得医生问道："你们同床没？"猛子摇摇头。医生说："幸好……不过，你也放宽心。现在医学发达，这号病，能治。"猛子不语，心里却在念叨："你咋能这样？咋能这样骗我？"

怪不得……怪不得……猛子想到了好多场景。结婚前，他冲动时，月儿总说："急啥？等结了婚，我就是你的。"当时，猛子还把这当成了月儿贞洁的证据。见识了太多的水性女子，月儿最后的坚守令他感动。闯荡了几年，他也多少经了些事，听了些事，明白爱情已成为这个时代的奢侈。但还是想不到，他新婚的妻子，会患上梅毒。万念俱灰。

医生劝他："你应当感激她才是。人家也是棉花，一见火也燃哩。人家的忍，你才没染病。"

猛子苦笑几声。这时，他才觉出了后怕。对月儿的怨恨，因之淡了些，但心头的那份痛苦，却依然沉重。他打定主意：离婚。这决定很解气，心头的沉重也轻了。但同时，又想："离了，她又咋活？"

月儿在走廊另一头的座椅上，低垂着头，任剐任杀的模样。猛子过去，月儿没抬头，只往旁边挪挪。猛子木木地说："走吧。"不管她，先出去了。

外面是亮晃晃的天。这灿烂的天，反衬着心里的阴沉。猛子长长地吁口气。他想到了爹妈，想到他们为娶媳妇花的那疙瘩钱，不由恨起月儿。他停下脚步，回头，见月儿倏然瘦小了许多，衣服宽大了。清风吹着她的头发，在惨白的脸上乱拂，无助和恓惶从她那弱小的身上渗出。猛子心软了，想："她也是个弱女子呀。"便打定主意，先治好她的病，再离婚不迟。虽是个名义上的夫妻，也不能扔下她不管。

等月儿赶上，两人并排了走。谁都不说话。城里很静，虽有无数的喧嚣，但仍然很静。两人的世界寂寞着，无声无息。只有一种惨白的感觉腌了心，啥也不想说。

见月儿嘴唇很干，猛子买个雪糕，递过去，说："啥都别想，有病就治吧。"月儿木一阵，却哭出了声。她说，她先是打定主意要跳出农门的，可进了城市，才发现，她进入的，是别人的城市。她永远是个漂泊者，无着无落，一若浮萍。她找过好多份工作，也坚守着自己的贞洁。后来，一个城里老板答应娶她。病就是他给染的。月儿说，患病前后，她经了很多事，终于明白，最珍贵的，还是乡下的那份淳朴的爱。回到家乡，她就不顾一切地追猛子，边治病，边张罗婚事。她相信她会治好病的。她会用自己的一生，来殉这份真爱。

猛子静静地听着，心里奇怪地平静。月儿说的，他懂。在那儿，他也打过工，有过局外人的尴尬和痛苦。一夜，没找到工作的他游荡在街头，那又饿又冷的感觉撕咬着他。四面的建筑物很高大，亮着的窗户，眼睛般望他，但他找不到能躲避寒冷的角落。他只是沿着那泛着苍白颜色的大街，走过去，再走过来，数着脚步，也数着时间。他不知道，一夜，竟会是那样漫长。那种局外人的感觉，一直没能消失。

猛子摇摇头，扭过头，见月儿正望他。他很熟悉那种目光，当初，患了绝症的大哥看医生时就这样。猛子的心突地热了。他揽揽月儿的腰，用了很大的力。月儿哭出了声。

凉州街头人很多，闹的，吵的，叫的，没人注意一个女孩的泪，没人注意一个男人的痛苦，没人注意身边还有正受着煎熬的心灵。身边的人虽在熙攘，但猛子觉得他们很遥远，远到心外了。他揽了月儿的腰，朝前走去。月儿仍在呜咽。一股强烈的怜惜淹了猛子的心。

他知道，自己的命运，已跟这弱女子连一起了。

为了散心，猛子陪月儿逛了几处，俩人都极力表现出好兴致以影响对方，但很快，谁都觉出了虚假和疲惫。月儿便收了笑，眯了眼望远处，脸上带一抹淡淡的愁。这使她显出一种异样的美。猛子想，要是她没有那事，该多好。这一想，心就灰了，觉得最美的东西被打碎了。当初，他也有过向往，向往事业，向往爱情。现在，他的妻子——他无数次设计过的角色——竟然有那样一段不光彩的经历。……他可以容忍月儿的病，但不能容忍她曾有过的浪漫，每一念及，就像吞了污水一样。他极力强迫自己不去想它，但那令人作呕的场景，总往他脑中涌。每到这时，那离婚的念头就会子弹一样打中他，一种快意的报复感就会弥漫开来。

"我可不想当退水沟。"他想。凉州人眼里，当"退水沟"是最没出息的。所谓"退水沟"，就是农民浇水时，放多余的水的备用沟。《红楼梦》里，薛宝钗入宫不成，贾宝玉就成了她的"退水沟"。凉州人眼里，当"退水沟"，是很屈辱的。

猛子想，她是想当城里人不成，才退一步嫁给他的。他觉得很委屈。可无论多么强硬的离婚想法，一面对月儿，就软了。月儿的脸白戗戗的，渗出一种无可奈何的绝望。猛子又想到了死去的哥哥。只有生命受过巨大创伤的人，才能读出那种无奈。猛子默默地叹口气，想，走一步，看一步吧。

回程的车上，谁都无语。猛子很想说些高兴的话题，但却明白，这时候，还是啥都别说的好。

月儿望着窗外飞逝的景致，一脸木然。猛子发现，世事的变化，也如车外景致，总在哗哗地变，稍一晃，就物非人非了。几年间，他经了许多事，生的生，死的死，原以为笑的，偏偏哭了；……原以为能挣出土地的月儿，却偏偏割不断命运的绳索，还染了一身的病，成为农民的妻子——想到这“妻子”一词，他的心揪了一下。以前，他死也不会想到，他会有得这种病的妻子。

想到妈时，猛子揪起了心。月儿长得俊，给妈长脸不少。妈老说：“我们村的媳妇，就我家的最亮活。”这也是实情，可月儿却害了这病。那是在打祖宗的脸。妈要是知道，也会抬不起头的。一想到月儿家人，竟这样瞒天过海，在活人的眼里下蛆，他气就不打一处来。

2

进了月儿家的庄门，月儿妈担心地望猛子。从她的眼神上，猛子断定她知道底细。一股羞恼冲上心头。他想，她们都是同谋，谋算的，是他和他的父母。此刻，病倒退到了次要位置。被欺骗的感觉很使他气愤。他想，你明明知道丫头有病，还叫她嫁人？就懒得去打招呼。

月儿妈望望月儿，又望望猛子，想说啥，却只是动了一下喉结。猛子知道她想问啥，就说：“你们喧，我到家里看看。”因按规矩，月儿在婆家待了三天，也要在娘家待三天，叫站“对月”。猛子当然也可以陪她，但他接受不了对方将自己当傻子耍的事实，就回家了。

出了门，一回头，见月儿倚着白杨树，默默望他。那一脸的无助，叫猛子的心一下子软了。眼泪不由得涌了出来。他很想转回去陪月儿。她妈的神态，又很让他厌恶，就一扭身，转过了墙角。

妈正在庄门上干活，见猛子来，问："吃了没？"猛子说："没。"妈吃惊了："你去认门，人家没招呼？"猛子不能说自己进城的话，只说："吃不惯，太油腻。想吃素面条。"妈便扔了家什，进了厨房，给他煮了碗面。

边吃饭，猛子边望妈。妈瘦了，但似乎更刚强了，一脸汗水，洗得妈红光满面。猛子想到了月儿的病，心又揪疼了。

吃完饭，躺在床上，觉得很沉闷。新房里所有的东西都在嘲弄他。对月儿的怜悯又消失了，多了羞恼。他想："这是不可原谅的。别的，都可以。这不成。……就是，还有啥比这更恶心呢？"那离婚的念头，又浮上心来。

躺一阵，仍是闷得慌，就索性起床，走出家门，走向田野。

地里干活的人多，见了猛子，都打趣几句。猛子胡乱应几声，走上沙梁。他远远地看到了白虎关。几天不见，白虎关又胖了，多了新房，多了红旗。听说，有个老板也想征地，想建个大漠娱乐城，项目很多，有赛驼场啥的。听说城里人好这一口，吃饱了，喝足了，见惯了花花绿绿的东西，想换种口味了。虽说可能是好事情，但猛子想，就算建成个花花大都市，又能咋样？他懒得前行，找个地头蹲了，胡乱想去，也没个清晰思路。

忽见月儿出现在视野里。月儿去家中找他，没找到，又一路追了来。有人远远地向月儿打招呼，月儿也像以前那样欢快地应。听到那声音，猛子皱皱眉，骂："你个没心没肺的货。"却忽然明白：她是不希望别人发现她的心事的。

月儿和凤香寒暄几句，凤香向猛子方向指戳一下。月儿发现了他，欢欢地跑来，一脸的灿烂。猛子以为她是装的，却发现，那灿烂出自她的心底，很像一个茫然失措的孩子，忽然发现了母亲。猛子很感动，潮热涌上心来。

月儿边喘气，边解释："没你，我一会儿也待不住。你可别笑我。"猛子心一热，捉了她的手。月儿紧紧握了，生怕他飞了。

"哟——，亲热也不分个场合。也不怕人笑话？"凤香远远地叫。

月儿脸一红，吐吐舌头，丢下手，距猛子远了些。太阳已到了西山上。斗大的云疙瘩翻滚着。风里有股腥味，像是白虎关窝子里的淤泥味。猛子望望月儿，心中漫上温水似的东西。他发现，自己一面对月儿，心就软了。

找个干净处，两人并排坐下，胡乱说阵话。猛子说："这病，不能再拖了。要治，就把那病根拔了。先住院，钱不够了，我去借。"月儿说，她有些私房钱，再问爹要一些。她打算以串亲戚的名义进城，住院治疗。以前，她只在私人诊所里看，都说是小病，几副药就好。钱虽铺了个路，可没能根治。

猛子说，这事儿，不能叫爹妈知道。天大的事儿，由他一个人背。

月儿说："治好病，我就真正是你的人了。"说着，她潮红了脸。猛子望着那张艳丽的脸，心头一荡，搂了她，狂吻起来。

站完对月，月儿回到婆家。那喜庆味仍有余韵，猛子的心却灰灰的。虽听说梅毒不是绝症，但它打碎的，是他心里很珍贵的东西。他又是懊恼，又是后怕，忽而怨月儿，忽而又爱怜她。虽也时时记得挂上笑脸，但那重重心事，妈也看出来了。妈问："咋？是不是怕上了绊，蹦跶不成了？"猛子正想找个借口去城里治病呢，便说："就是。月儿想进城看她姑妈，想叫我陪她去。"妈说："想出去了，就出去，别憋出病来。"

次日，猛子去了白虎关，见自家那窝子，距进底至少得二十来天，就放心地带了月儿，住进了凉州医院。

3

住了十多天医院，也没啥效果。大夫说，月儿抗生素过敏，青霉素先锋霉素啥的，都用不成。能用的药物都用了，效果却不明显。大夫怨月儿，说咋不早治，病已很重了，叫他们到兰州的大医院去试试。月儿说一直在治，因为抗生素过敏，时好时坏，没能根治。见猛子很沮丧，大夫安慰道："别怕，又不是艾滋病。这号病，现在算不了啥。"月儿也说："就是。有好些比我重的，都治好了。爹访查了个老中医，专治这病，神得很。"

办了出院手续，月儿带了猛子，去见老中医。月儿说那人学过奇门遁甲，神奇无比。解放前，凉州城有专门求雨的道人，若是天年大旱，县里也会找道人求雨。求雨前，都要订契约的：求下雨来，县里酬粮五百石；求不下雨来，就架笼火，烧死道人。每次订契约前，道人都要问老梁爷——月儿说他叫老梁爷——老梁爷掐指一算，说某年某月某日有雨，道人就将契约订在那天。若是算出近日无雨，哪怕县里给多少粮，道爷也不敢应承。现在，有些卖烧鸡的，若是剩得多了，也会来找老梁爷，叫他算算，哪个方向吉。一算，朝东，就朝东；朝西，就朝西。一去，多少剩货都能卖完。此外，老梁爷专门炼各种丹药，治愈了好些疑难杂症。别说梅毒，就是更重的病，在老梁爷那儿，都是小菜一碟。

月儿显得很有信心。

但猛子的心很沉重。他看得出，月儿在极力安慰他。他常看到月儿的眼圈泛红，明白她在偷偷地哭。但他还是装出相信的样子。

老梁爷有一脸苍老的肉，但无一根胡须。唯一能显示其异的，是他肥大的耳朵——那甚至算不上耳朵，只能算形状像耳朵的一堆肉。猛子有些怀疑他的能为。月儿却很是亲热。

老梁爷面无表情，也没问她的病情，只叫她脱了上衣。然后，他取个小球，上面插满了针。老梁爷抡圆那刺猬球，才几下，月儿脊背就布满了血珠。猛子问痛不痛，月儿答不痛。老头连抡几十下，才取过药瓶，往血珠上撒黄色药末。

月儿已成了汗人，脸上却光鲜了许多。她抽出几张票子，老头胡乱接了，扔到桌上，闷闷地说："要治，就连续治。甭三天打渔，两天晒网。"月儿赔笑道："以前怕痛。以后，按时来。"

接过老头递来的几包药，道了谢，出了门。月儿兴致很好，说她以前治过几回，效果很好，后来怕痛，就不来了。"不然，早就好了。"她叹口气，很后悔的样子。猛子说："长痛不如短痛。这回，抓紧治一阵。我弄个摩托车，天天捎你来。"月儿说："不用。一周去一次就成，平时自己洗。"

两人乘车回家，先去白虎关的歌舞厅，放下住院时买的杂用东西，以防叫妈看出啥来。月儿爹正和一人闲聊，见月儿来，很亲热。猛子很厌恶他，认为他也是合谋者，就不冷不热地待他。月儿爹倒不在乎，取过一个饮料，扔给他。

月儿问爹：“生意咋样？”爹答：“没以前好。现在又开了几家，竞争很厉害，没好姑娘招不来客人。”一听这话，猛子的恶心涌上心头。他扔下饮料，说：“我走了。”扭头出了门。他真想骂：“老畜生，月儿已毁了，你还想毁别人？”才出门，月儿已追了上来。

猛子恶狠狠说：“听见不？他还想找好姑娘呢。”月儿不语，走一阵，才说：“那事儿，不能怪爹。他又没叫我往坏里学，是我自己不好。”猛子说：“他不叫你出去，你能学坏？”月儿长长地叹口气，说：“话看咋说。城里那么多学坏的，爹也没教她们。我细细算过，我有许多次学坏的机会，在兰州，在花儿茶座，我受到好些引诱。这世界，到处是陷阱。稍不留意，就栽进去了。”猛子想也对，不再说啥。

一进家门，妈见月儿瘦了许多，悄声问：“她是不是有了？”猛子心里隐痛，却笑道：“你急啥？”

4

猛子妈终于发现了月儿的异常。

次日早晨，妈上地干活前，给猛子安顿事，一推门——自得知月儿的病后，猛子决定不锁门，他怕自己万一冲动干出傻事——月儿正打个手电洗那下身。妈一眼，就发现了异常。月儿惊呆了，怔了怔，才捞过纸，捂住下身。

妈叫出猛子，悄声问：“别骗妈。她害的，是不是杨梅大疮？”妈脸上，有种大白天见鬼的神色。猛子笑道：“妈，你胡说啥呀？”妈却直了眼，呻唤道：“天呀，我造了啥孽。”她的眼泪立马涌出，开初，她还强抑着，不发出哭声。哪知，越抹泪，倒抹出一脸水光来。

“妈，你眼花了吧？”

妈边抹泪，边说：“娃子，我吃了几十年饭了。当初，月儿爹的二姐就害过这病。我见过的，那阵候，跟她一样……娃子，她害了你了。”话音没落，爆出哭声。

猛子知道瞒不住了，也明白，妈以为自己已跟月儿圆过房了，就劝道：“妈，我没事的。我没有碰过她。”妈住了哭声，望他：“真的？”猛子点点头，妈却搂了他，发出更大的哭。

猛子觉得脑中嗡嗡响着，心里既觉得难受，却又轻松了许多，想，叫他们知道也好。这号事，终究瞒不了人的。

哭一阵，妈抹把泪，说：“娃子，你的阵势你知道。妈不好说啥。妈只告诉你，那黄水水，你只要沾上一点，这辈子也就完了。”说着，她又骂起来：“那号猪狗不如的老畜生，明知道自己的丫头有病，却来害我的娃子。”

猛子怕月儿听到难受，就劝道：“妈，你少说两句。谁又想害那病呀。人家又不是故意的。”心里却又怨恨起月儿的父母来。

老顺进了庄门，以为妈又和谁犟嘴，就怨道：“老妖，又是啥事？你一天不干正事，刀枪矛子地乱舞啥，闹得鸡飞狗上墙的。”妈拧把鼻涕，说：“你娶了个好媳妇，把杨梅大疮带到家里来了。”老顺吃了一惊，望猛子。猛子解释几句，他以为爹会震怒的，因为他一向反对自己和月儿的婚事。不想，爹只是阴阴地望一眼洞房，又阴阴地望一眼猛子，啥话都没说，就坐在台沿上，机械地抽烟。

院里很静。日头爷从东厢房探出半个脑袋来，窥视着院里。妈时不时拧一把鼻涕。

猛子进了小屋，见月儿坐在炕沿上，木头一样。猛子希望她像妈那样哭。有时，哭能泄了心中的难受，但她却只是呆怔。屋里充满了一种浓得化不开的沉闷和死寂。地上的盆子很扎眼，一汪黄水，几团卫生纸，还有那歪倒的玻璃瓶，几星黄色的药末，都压在猛子胸口。

月儿雕塑般一动不动，猛子不知说啥好，只是长长地叹一口气。他理解爹妈心中的痛楚，也理解月儿的绝望。他们都是受害者，可却不知道害人者在哪里？

猛子抚抚月儿的肩，安慰道：“这事儿，人家迟早会知道。”

这一说，月儿才涌出了泪。那泪水，先是争先恐后地往外涌。月儿极力强抑着哭声，时不时发出哽咽。猛子的心也酸了。他拧好瓶子，捡了纸，把盆子放入椅子下。他不能去倒那脏水。此刻，他一不小心，就会伤害妈。妈疼他，养他，并不是为了给“杨梅大疮”倒尿盆的。

月儿边抹泪边说：“这事儿，也不怪爹妈。他们不同意，是我铁心要嫁你的。……谁知，它这么顽固。”

“别说了。我又没怨你。”猛子搂搂月儿的肩，出了门。院里阳光灿烂了。几只鸡在四处觅食。爹举了烟锅，半晌不动。

妈却不见了。猛子怕她去月儿家，急忙出了庄门，往月儿家去了。

5

猛子妈真去月儿家了，边走，她边骂：“老祸害！老祸害！”她心里鼓荡着一种气，横冲直撞的，正找出口呢。自打白虎关一热闹，村里反倒冷清了。几个娃儿一见猛子妈的阵势，知道有好戏看了，都做个鬼脸，悄悄尾随了，边学猛子妈的姿势，边吐舌头。

老祸害！猛子妈骂的是月儿妈。把杨梅大疮充黄花闺女，这比卖假药更可恶。那一疙瘩彩礼不提，若是娃子真沾了身，不等于杀人吗？老祸害。老畜生。老牲口。老杂毛。她想着一个个能泄愤的词，但啥词儿，也泄不了心头的仇恨。

路上土多，猛子妈顾不上择路，溏土溅起，染白了裤腿。几人问她，她理都不理。那几人互相望望，也尾随了。谁也不放过这个看大戏的机会。很快，猛子妈身后拽了个长长的尾巴。

月儿家的庄门虚掩着。猛子妈一脚，就踏出了搅天的声响。一辈子了，她还没这样威风过哩。那声炸响，惊出了月儿妈。她见猛子妈来，知道没好事，却仍是堆了笑："哟，亲家。"

猛子妈吼一声："老祸害，你干的好事！"她边骂，边脱下鞋。月儿妈还没反应过来，脸上已挨了几鞋底。"叫你害人！杨梅大疮！"猛子妈边骂，边抡鞋子。开始，月儿妈还躲着，一听"杨梅大疮"，便一下子萎倒在地，任对方鞋底往脸上扇。那张脸先灰了，接着又紫了，一缕血流下嘴角。

若是对方反抗，猛子妈可能会越战越勇，可亲家偏偏支棱着脸，由她逞凶。她扇了几十下后，觉得再扇，外人会笑话她的，就穿上鞋，捡起一块石头，进了屋，叫："砸了你个杨梅大疮！"屋里便响起玻璃破碎声，随后是木器断裂声和各种声响，最后是扯长了声的嚎哭。

"老祸害呀——老祸害——，你咋拿杨梅大疮骗人呀？"她边嚎边骂，是典型的哭丧架势。

月儿妈木木地坐在门口，身上脸上都是土。她的眼睛干枯枯的，像两口干涸的深井。她强悍了一辈子，村里人从来没见过她的这副孬样。按她以往的做派，还口还手，都不在猛子妈之下。两强相遇，才有好戏。不过，虽没看到想看的好戏，人们还是听到了一些新鲜事。有人问："啥是杨梅大疮？"有人就解释，问来猜去，就明白了一些事儿。

猛子以为妈仅仅是去私下里兴师问罪，却不料闹出了惊天动地的响动。他连忙跑往月儿家，见门口黑压压了，不由顿足。他恨起妈来，明白她这一闹，月儿的名声就毁了，叫她以后咋活人？他拨开人群，见月儿妈在院里呆坐，模样很是可怜，就上去拉她："大妈子，起，起来，有啥事，到屋里去说。"哪知，不拉时，她还只是呆坐，一拉，反倒拉出了扯天扯地的嚎哭。她边嚎，边撞头抢地，额头上多了几个青包。

"你们望啥笑声？"猛子朝门口的人一瞪眼，于是有两人上前，抢住月儿妈的胳膊。

猛子进了屋，见地上有碎镜片。地桌上也多了几个窟窿，露出木渣，知道是妈的手笔，不由顿足长叹。

妈坐在炕上，扯长了嗓门，哭丧似的嚎，时不时骂一声“杨梅大疮”。她已将一床红绸被子拉开，铺在屁股下。尘土和脏物将被子弄得污秽不堪。猛子的脑袋一下子大了。她咋能这样？平素里，虽也老见村里女人演这剧目，妈却很少使这招。在猛子的印象中，妈只使过一次：小时候，他叫大头打出过鼻血，妈扯了他去，糟践了大头一次。妈一定气糊涂了。

“妈，你别丢人好不好？”猛子气出了眼泪。

“丢啥人？你说我丢啥人？我又没拿杨梅大疮，冒充黄花闺女。”妈撒泼般吼。

猛子哀求道：“你别嚷嚷成不成？你叫人家咋活人？”

“她咋不想想你咋活人？花了一疙瘩钱，却买了个杨梅大疮。”

猛子不由长叹。他忽然恨起妈来。他想，你就不能顾顾我的面子吗？月儿是谁？是你的儿媳妇呀，你在臊谁的脸皮？可妈想不到这些。对妈的不可理喻，他束手无策，只有长叹。一想到月儿因此受到的伤害，不由得发急了：村里人的唾沫会淹了她的。

白狗想是听到了风声，气势汹汹扑进庄门。他还以为打架呢，就恶狠狠望猛子。猛子解释几句，白狗脸色大恶，朝娘吼道：“你们去死吧！去死吧！”

接着，他又朝看热闹的人吼：“看什么看？！”人们都讪讪散了。

白狗又朝母亲吼：“我还以为你们嘀咕啥好事？瞒着我。原来是这号事。祖宗都羞下供台了。退！给人家退了婚礼。拉回了，烧了喂狗。”

两个老人都扯长了声嚎，一嘶哑，一雄壮，你高我低，此起彼伏。人们又在远处嘀咕了。那本该是秘密的，此刻已大白于天下。猛子反倒坦然了，想，也好，索性挑明了，细想来，也没啥。他反倒轻松了许多。

只是，那搅天的唾星，会淹了月儿的。

叫她日后咋活人呢？

"老祸害呀—老祸害—，
你咋拿杨梅大疮骗人呀？"
她边嚎边骂
是典型的哭丧者架势。

第 二 十 八 章

骆驼的脖儿鸭儿的嘴，隔山着吃不上草了。

1

莹儿们终于看到了一片耀目的白。

在黄沙里浸了多日，那白很是扎眼。走得近些，才见那是盐碱地。这儿，真寸草不生了。盐碱将地皮儿蒸出老高，踩上去软软的。空气也潮了些，有种大海的咸味了。

兰兰高兴地说，快到盐池了。她说，盐碱边上，都这样。

驼也高兴地叫了。那声音，有种唢呐的喜庆味。

按说，莹儿也该高兴的，不料却有种奇怪的平静。她怕自己寻觅来的，是又一次失落。

再前行，她们看到了高大的盐山。兰兰解释道，那叫盐坨。那些盐，就是从盐池里捞出的。日光照在盐坨上，反射出许多光来，莹儿有种梦的感觉了。到处是耀目的白，水晶宫似的。骆驼兴奋地大叫。

盐坨上有人，远瞧去，蚂蚁般大小。再行一阵，莹儿便看到了盐池。那真是池，宽两米左右，长则不等，多在百米开外。池中水深绿，民工们举个铁勺，正在捞盐。铁勺上有漏洞，民工每一捞起，勺里就漏出许多水线。池与池之间，是一长溜的空地，捞出的盐，就放在两池间的空地上，呈规则的梯形。

那些民工，只穿个裤衩。莹儿虽觉得扎眼，但他们毕竟是“人”。没见“人”许久了，心里涌上一种说不出的滋味。

兰兰走上前去，问一个民工，有水吗？那人提过个铁桶来，说，还有半钢笼呢，你们要用，送你们好了。莹儿听他把桶叫钢笼，感到好笑。

骆驼一见水，长长叫一声。兰兰取出瓶子，探入桶里，瓶口咕嘟着，好一阵，才舀满一瓶，递给莹儿。莹儿虽知驼嘴沾过瓶口，但还是仰瓶喝起来。水虽然有些热，但这是真正的水。那锁阳虽也解渴，但不如水酣畅。莹儿一气饮了瓶中水，将瓶子递给兰兰。兰兰也饮了一瓶。她想给骆驼也装一瓶，民工却将桶提给了骆驼。骆驼将脑袋伸进桶里，咕噜一气，吸光了水。

兰兰不好意思。那人却说，不要紧。这儿不缺水。……你们是来驮盐呢，还是来打工？

兰兰心念一动，试探着说，打工？我们可干不了你们的活。那人道，你们有你们干的，缝麻袋呀，拾盐根呀，正缺人手呢。兰兰望望莹儿。莹儿说，死了一峰驼，损失大了，要是能挣些钱，当然好。驮盐不也是为了挣钱吗？兰兰就说，成哩，我们先试两天。要是能顶下来，我们就干。那人说，我带你们去找头儿。头儿是个老头子，他说成哩，你们先住下来，干几天试试。

初进盐池时，莹儿以为这儿没女人，还担心呢。谁想，这儿有好多女的，她们晒得一脸黑红，就住在盐池边的土房子里。那头儿说，你们，就跟她们住一起吧。

两人牵了驼，到土房子前，卸下驼架，发现驼背又烂了。那烂处，发出阵阵恶臭。兰兰舀些卤水，给驼洗了伤口。

土房不大，没有正规的床，却担了一排铁轨枕木。兰兰们本有两条褥子，一个撕碎了，溅油当了手榴弹。被子则在叫豺狗子扯死的那峰驼上，现在只剩下一条褥子。枕木高低不平，褥子又很薄，睡上去会硌得慌。但出门在外，是讲不得排场的。为了挣个进家门的脸面，她们吃屎喝尿，当猪当狗，也认了。

同屋住的女子叫三三，她身板很大，很壮，也很热情。这沙窝，外地女子不多。好容易来个伴儿，就当成来串门的亲戚了。三三做了一顿白面：就是在开水下面条，调点盐，不放菜的。这儿最缺的就是菜。听说，八里外的场里，时不时会有车拉来菜，但得排队。民工是没时间去排队的。好在那白面，吃起来也很香。锁阳已渲开了她们叫干渴弄萎了的胃，都吃出一头汗水，畅意极了。

吃了饭，三三给驼弄了些草，拴在门口。她说，你们好好睡一觉，这儿没人偷驼的。这儿只来拉盐的车，贼是不会到这儿来的。

兰兰和莹儿就美美睡了一顿。

2

傍晚，几个民工来找三三，叫她帮自己缝腿上裂开的血口。

莹儿吃惊地发现，民工的大腿上竟有盔甲般的硬皮，像老牛脖里的老茧。茧很厚，灰白色，已裂成了一条条血口。血口很深，红刺刺的，像娃娃嘴一样，虽不流血，但很瘆人。

关于血口的来历，三三解释道：那一铁勺盐，有三十斤重，单凭两手的力量，从池里捞出来很吃力。民工们就勺把当杠杆，大腿做支点，天长日久，腿上就垫出了厚厚的皮，足有几铜钱厚。人一活动，硬皮就裂成血口，越扯越大。好在常有卤水进入，虽能引发疼痛，倒也不怕感染。

三三就穿了针线，缝那些血口。

莹儿冷气倒抽。她没想到，进了心中圣地般的盐池，首先看到的，竟是这惨景。她煞白了脸，望别处。血口们却围了她，边龇牙，边发出瘆人的笑声。真有种梦魇的感觉了。记得，在沙窝里想到盐池时，仿佛是清凉的梦。不料想，才到来，血口们就倒了她的胃口。

见忙不过来，三三叫兰兰也帮一手。兰兰有一手好针线，但她的针线不是用来缝血口的。一个民工便嬉笑了，他自个儿拿了针线，夸张地刺穿硬皮，狠狠地将大张的血口扯到一起。他虽在有意逗乐，但额头上滚出的汗珠，暴露了他的痛楚。

缝了血口后，民工们嬉笑着走了。三三点了煤油灯。电灯是没有的。三三说，那发电机，只用来带卷扬机。八里外的场部，据说有电灯，但也只亮到夜里十点。

三三说，给她们水的那人，叫大牛，是民工头儿，他最能干，一天能捞十吨盐。场里给民工的粮食定量是每天十斤面。那十斤面做成的饭和馒头，才能保证他们干一天活的热量。

莹儿听得目瞪口呆。

正说着，大牛来找莹儿们，说头儿叫她们明天去捡沙根，拣一桶，给一块钱，月底结账，又给她们发了帆布工作服和墨镜。三三说，捡沙根是盐池上最轻的活儿。你们的运气真好，刚好有人撂挑子了，不然是抢不到手的。

临睡前，兰兰去弄了些麦草，抱给骆驼。跟前的沙丘上虽有梭梭们，但那是人种的，专门用来固沙，不叫骆驼吃的。因为有了充足的水，那麦草虽燥，骆驼还是吃得津津有味。

夜里，三三说，这盐池，本是蒙古王爷给女儿当陪嫁的，几百年历史了。她说，这真是世上最好的陪嫁了，跟聚宝盆似的。那盐，捞了一茬，又会长出一茬，取之不尽的。

莹儿想，同样是女人，人家咋那么有福气呢？

又想，有福气又能咋样？公主虽有聚宝盆，还不是成一堆骨头了？

3

次日晨，两人吃些馍馍，上了盐坨。盐坨上多是老盐，颗粒很大，是从新开的盐池里挖出的，不定在卤水里孕多少年了。捞了老盐后，再过几年，卤水里又会长出新盐来，颗粒没老盐大。老盐的味道好，价格也高。

挖老盐先得揭去盐盖巴——也就是硬硬的地皮儿。揭去盐盖巴，才会发

在盐池，
干活儿的女人
都穿了帆布衣，
都戴了围巾和黑镜

现卤水里的盐。但盐中会有些沙子跟盐的结晶物，叫沙根。莹儿和兰兰干的，就是捡沙根。

捡沙根的多是女人，都穿了帆布衣，都戴了围巾和黑镜。大牛也叫莹儿们照样装扮了。

那卷扬机，将盐和沙根一起卷来，扬上盐坨。沙根是黑的，一见白盐上有了黑疙瘩，莹儿就赶紧捡了，丢进桶里。卷扬机的隆隆声很响，直往脑里轰。莹儿的脑袋就大了。她最怕听噪音。太聒噪了，她就有种要发疯的感觉。但盐粒水一样流下时，她还是顾不上噪不噪了。沙根沿盐坨滚落下来。她不停地捡。她觉得噪音淹透了她。

正捡呢，忽听耳旁炸起一个声音：呔！你瞎了吗？

莹儿扭头，见一人很凶地望她。那人指着盐坨上没滑下的几块沙根。莹儿戴墨镜不习惯，不晓得沙根们还会赖在盐坨上。她取下墨镜，朝那人歉意地一笑，上了盐坨，去捡沙根。不料想，盐们正裹着卤水飞泻而下。莹儿才直起腰，就觉一股大气推倒自己。眼里也扑进万千根针来。她捂了眼，滚下盐坡。

那人又斥道，你取啥眼镜？……不要紧，卤水进了眼睛，疼是疼些，可不碍啥事。他叫过一个民工，叫他代莹儿拣一会，叫莹儿去那淡水桶边，舀瓢水冲眼睛。

冲了一阵，莹儿觉得疼缓了些。她取下毛巾擦擦脸，向那人说声谢谢，回头就走。那人叫住了她，问她哪儿来的，家里有啥人。莹儿本不想回答，又觉得也许是盐池的规矩，就一一答了。

干了一阵，莹儿才明白捡沙根也不是好活：一是紧张，那盐流时时裹来沙根，你时时得拨亮眼珠，稍不留意，沙根就叫盐埋了；二是腰疼，因老弯腰，不一会，就觉得腰疼如折，骑骆驼久了，腰本来就不舒服，这下，腰疼更变成了旋风，总想往倒里裹她；三是那卤水时时溅入眼睛，蜇得眼老是流泪。本来，眼镜就是防卤水的。但卤水跟贼一样，总是防不胜防。你只要上盐坨拣沙根，不定啥时，卤水就会随了盐流，劈头盖脸浇来。莹儿有了经验，一觉出异样，就先闭了眼，身子虽浇个透湿，眼却避免了卤水的直接冲击，但无孔不入的卤水还是贼溜溜渗入一些，蜇得眼球跟火燎一样。

莹儿头晕眼花了，想，就这，还是最轻的活呢。想到民工腿上狂笑的血口，她当然信这说法。她想，天下没白吃的午餐，想挣钱，就得吃苦呀。

随着日头的高升，盐坨变成了蒸笼。卤水味弥漫开来，腥戳戳的，有种大海的味道。莹儿想，这盐池，也许真是死去的大海。记得，在挖锁阳的地方，她就发现过贝壳。她心里有温水似的东西荡了。记得，灵官答应过她，要带她去看大海。她只在电视上见过大海。她很喜欢那横贯天际的蔚蓝。她想象中的大海，应是非常清凉的，微风吹在脸上，痒酥酥的。它没有盐池这样热，也没有这样闷。但莹儿想，这活儿虽也难挨，我就当它是你带我去看的大海吧。成不?

那人又吼了，呔！你睡着了吗?

莹儿打起精神，她发现卷扬机又送来了好多沙根。它们跟白脸上的黑麻子一样，撒在盐堆上。她连忙捡了。

4

不知何时，莹儿发现，衣服变成了盔甲。卤水浇上衣服，日头爷舔光了水分，衣裳硬成了一块。白白的盐层覆盖了本来的颜色。

莹儿的身子忽而湿了，忽而干了。湿时很难受，说不清是汗还是卤水，反正黏糊糊的。干时也很难受，当风吹日晒弄干水分后，盔甲似的内衣又来蹭乳头。她也说不清是该盼湿，还是该盼干，想洗澡的欲望却越来越强烈。

好容易熬到中午，女人们都进了芨芨席子围成的更衣室。脱下工作衣，莹儿发现它们真成盔甲了。无论裤子还是衣服，只要往地上一立，它们就自个儿站住了。女工们换下衣服，提了盔甲，到淡水桶里一淘，也不用搓揉，衣服里的盐就化进水里了。她们将工作衣晾在日头下，开始做饭。

莹儿和兰兰的换洗衣服丢给了豺狗子，只有身上的这套。她们又没经验，在干活时没换下自己原来的衣服，结果，所有衣服都变成盔甲了。她们只好先将工作服淘洗了，仍穿着一动就响的衣服做饭。

三三悄声问莹儿："那老死娃子，找你干啥？"

莹儿不解，啥老死娃子？

就是头儿呀。找你的那人。

莹儿感到好笑，说，人家活得好好的，你咋叫老死娃子？

我们私下里都那么叫。三三掩口笑了。

三三告诉莹儿，那是个中头儿，虽不是大头儿，可权力很大。三三说，女人们偷偷叫他老死娃子，是因为他好"那一口"。哪一口？就是……三三掩口笑道，再是哪一口？他老叫女民工去谈话。人家可是正大光明的，人家的老婆死了。……你知道，男人最开心的事是啥？是升官发财死老婆，老死娃子都占全了。人家当然成香饽饽了。人家当然要光明正大地找老婆了。

正说呢，那人进来，给莹儿和兰兰扔下两套半新衣服。莹儿想，这人真不简单……他咋知道我们没换的衣服？

那人望望三三，望得三三直吐舌头。

他出去后，三三大气都不敢出了。半晌，悄声问莹儿，他是不是听到我说的话了？莹儿安慰道，不会吧。兰兰却说，听到了怕啥？像这样驴一样苦，哪儿也能挣上钱。三三反问，那你到这儿来干啥？倒将兰兰问哑了。

三三说，女人挣钱，当然容易。只要你变坏。但你要是不想变坏的话，你就得当驴。这儿当驴，你天天还能见个麦儿黄，到有些地方，你苦也白苦，全叫黑包工贪了。

莹儿怀疑那人拿来的衣服是他死去的老婆穿过的，有些嫌。兰兰却已换了一套。见莹儿正迟疑，兰兰说，换吧，到哪山，打哪柴，换下了，我洗去。莹儿就换下已成硬甲的内衣，跟兰兰一起去洗衣桶里，洗了一番，晒了。

三三朝门外窥了窥，又悄声说，你可别小看那老死娃子，他的钱很多。他弄钱的路子可多了，比如，他跟拉盐的司机说好，他装六吨，可以按四吨算，多出两吨的钱，他就跟司机分了。莹儿问，这号事儿，你咋知道？三三撇嘴道，纸里哪能包住火？早成公开的秘密了。反正那盐池，又不是自家的，谁也懒得管这号屁事。这年头，谁有本事，谁弄去。

莹儿们做好了饭，正要吃。“老死娃子”又来了，他望望莹儿，扔下几包榨菜，没发一语，又出去了。三三望望莹儿，想说啥，却没说。

虽仍是开水煮面条，但因饿了，加上有了榨菜，吃来也很香。莹儿吃得满头大汗。这是她多日来吃得最饱的一顿饭。

下午收工时，有人来量女人们捡下的沙根，莹儿最少，只有十二桶。兰兰十五桶。最多的，有捡了二十多桶的。莹儿想，要是卷扬机送来的沙根数量差不多的话，跟兰兰相比，说明自己漏捡了三桶沙根。她很是内疚。她想，谁买了那盐，肯定会吃些亏的。

夜里，躺在枕木上睡觉时，莹儿大腿上的肉嘣嘣跳了。她怪怪地有了怕。以往，要是肉跳，总会有些事儿发生。

那么，这次会发生些啥事呢？

5

一连捡了几天沙根，算来两人已挣了百十块钱了。盐池上按月结账。虽没拿到钱，但听三三说，这儿挣多少发多少，不乱扣的。她说，就这样，能在这儿待下去的人都不多，狼拉屎时，都嫌这儿苦焦呢。好些人至多干满一月，领上当月工资就溜了。——盐池上当然不敢扣工资的。不但不扣，对那捞盐的职工，待遇还很好。以前，干重活的职工的定量是每月三百斤杂粮。后来，来了个大官，叫粮站全将杂粮换成了细粮，定期还供应肉呢。不过，民工不包吃食，吃多少都由自己承担。

一到晚上，大牛就到莹儿们住的房里来，或是叫三三缝腿上又裂开的血口，或是瞎聊。他老是偷偷望莹儿，说她比画上的人还俊。盐池上虽有女人，可遭了风吹日晒，脸变成牛粪色了，哪见过莹儿这么水灵的。别说莹儿，连兰兰这号的，也少见。但跟莹儿在一起时，兰兰显得很吃亏，她本来也是俊女子，但叫莹儿一衬，就显得平常了。兰兰倒浑不在意。因了沙漠里的那番奇遇，她又捡起了金刚亥母，开始持咒。她是带着感恩的心态修炼的。她想，我这条命是金刚亥母给的。要是不修的话，真对不起亥母。

除了念咒，兰兰还老是念叨家里。怕爹妈着急，兰兰请头儿给村里小卖部打了个电话，叫他们告诉爹：她们好好儿的，正在盐池上打工，叫爹妈别急。她发现，爹妈是个矛盾的综合体，在一起时，他们总是说愚话干愚事。一离开，兰兰却想到了他们的好，觉得他们苦了一辈子，没活几天安闲人，心里便很是愧疚了。爹妈跟家乡一样，是一种离开了才能觉出温馨的存在。

大牛是盐池上的劳动模范。他脸上虽瘦，但身上尽是腱子肉。出力时，腱子肉就鼓起来，一条一条的。美中不足的是，皮肤叫晒成了褐色，大腿上也布满了硬茧和血口。但捞盐的民工都这样，几天过去，莹儿就见怪不怪了。

大牛老讲故事，多是关于盐场职工的。大牛眼里的职工，是另一个世界的动物，老是莫名其妙。比如，他说一对母女一起爱上了某个职工，闹出了一场大风波。莹儿听来，也是天外的事。

大牛也谈“老死娃子”，他不叫他“老死娃子”，而叫主任。他眼里的主任是天人。主任叫他当了小头儿。你别小看那小头儿。当小头儿前，他仅仅是捞盐工，当了小头儿后，就跟权力有了联系。只这一下，大牛在民工里就升格了。民工要遇上个啥事儿，他就能跟头儿搭上话，说合一下。

大牛除了能跟头儿搭话外，还有些油水。他成了日捞十吨盐的模范后，那量方数的也会有意无意地照顾他。民工们捞出盐后，就在池边弄成梯形，场部就派了人来，量那方数。有时职工撒懒时，也会叫大牛去量，自己只是偶尔复核一下。这下，大牛等于有了相当的权力，他偏向谁，谁就多少会占些便宜。大牛当然得意了。他拍着胸脯对莹儿说，你有啥事，就来找我。他一副吞天吐地的模样。

莹儿感到很好笑。

6

场里要演电影了。这消息，风一样刮遍了盐池。女人们快快地吃了饭，穿上了鲜亮衣服。莹儿本来不想去，可兰兰说，走吧，不管电影不电影，我们撒活一下眼睛。两人给骆驼抱了些麦草，饮了些水，就跟了别人，去那场部。

通往场部的路就是用沙根铺的。沿途有好些沙生植物，如梭梭啥的。一路上，大牛前颠后晃，大献殷勤。莹儿也懒得理他，民工们时不时叽咕一阵，发出野人般的大笑。莹儿皱皱眉头，拉住兰兰掉在后面。大牛就骂那些民工，民工们大笑着，一窝蜂远去了。

大牛说，你们别在意，他们就那样。三天不见女人面，见了母猪赛貂婵。兰兰说，这是啥话？难道我们是母猪不成？大牛急了，解释道，不是不是，我是说，这儿女人少，像你们这样的俊女人更稀罕。……他们当然眼馋了。兰兰笑道，莫非，他们要吃人不成？大牛说，你们放心，有我在，他们是不敢放肆的。

兰兰悄悄拧莹儿一下，掩口笑道，听，人家要当护花神呢。

场部不大，不过几长排平房而已。虽也有个叫电影院的大房子，但里面没凳子，场里职工都自带了凳子，民工们只好在边上站着，他们都有意无意地跟女人们挤。莹儿就扯了兰兰离他们远些。大牛也挤出民工群，跟她们在一起。

“老死娃子”也来了，他提着两把矮椅子，递给兰兰。莹儿发现，面对头儿时，大牛虽时露谄笑，但头儿一转身，他就一脸敌意了。等他走远些，大牛悄声说，你们要小心哩，他又盯上你们了。那是个色狼，老借找对象睡女人。睡了一个又一个，最后都蹬了人家。

兰兰打趣道，你有本事，也学他呀。

大牛气呼呼道，现在的女人，都成“想钱疯”了，哪有个好的？

这下，他连兰兰们也骂了。兰兰白他一眼，扯了莹儿，去前面坐了。

电影开了，说的是一堆犯人的故事，莹儿嫌里头的镜头不雅，不喜欢看。她四下里望望，发现看电影的人还不少，民工堆里时不时蠕动一阵，传来女人骂声。她便对那头儿产生了好感。她想，不管咋说，是人家好心送了椅子，她才躲过了那种恶俗的挤。

换胶片间隙，她见大牛也抱个木墩往里挤，人们都指戳他。他边赔不是，边挤。

电影又开了，大牛脑袋遮去了大半个银幕，惹来一片骂声。他连忙蹲了。莹儿明白他要往自己这儿挤，便有些气他了。女人虽喜欢别人讨好，但得看那讨好者是谁。要是自己不喜欢的人老来黏，是很讨厌的。

大牛顶着骂声，到了她们身边。兰兰往旁边挤挤，挪个空地，叫大牛放了木墩。他大功告成似的长吁了一口气。莹儿皱皱眉头，觉得好多人都在戳她的脊梁，真有些洗不清的感觉了。民工里虽免不了有偷情的事，但她不愿意染这号事。她觉得人活着，得守护一种东西，不然，就跟动物一样了。

大牛的出气声很粗。莹儿不喜欢这声音。因为它总在提醒自己：她此刻呼吸的空气里，也有他出来的气。她有些恶心。虽也明白，那洁癖其实是毛病，但没治，她自小就这样。只要别人用过的杯子，她是渴死也不用的。被褥、衣服等也一样。当然，也有例外，她就没嫌弃过灵官的用物。……不过，生活已开始修理她了。她不是也穿了头儿拿来的衣服吗？她不也用盐池上发的铁碗吗？

忽觉得手背上被啥搔了一下，她以为是谁无意碰她，也没理它。哪知，那搔竟渐渐强烈了，莹儿觉得一股热扑上脸来。她明白原因了。她往旁边挪挪，躲开那指尖。不料想，她一有反映，那手指竟索性握了她的手背。她挣了几挣，对方反倒握得更紧了。莹儿很生气，她恼怒地瞪一眼大牛，却看到他一脸贪相。她很想骂他几句，又怕他难堪。骂不得又挣不脱，大牛越发大胆了，他向莹儿的手心里伸入一根指头，另只手将她的手掌弯了，那探入的手指竟抽动了起来。莹儿明白那含意，大羞。她真生气了。她狠狠地拽几下，但无论她发出多大的力，都不能叫那手稍稍松一松。她觉出了无助，眼泪涌了出来。

那手指，却动得越来越欢，握她手背的手也汗津津了。她狠狠地甩了几甩，没甩脱，便倏地站起。她的头便遮住了银幕，惹来好些斥声。她觉得脸上有柳条在抽，就说，我出去一下。她一起身，那手便暴露出来了，莹儿才得到了解脱。

为了摆脱大牛。她起身，弯腰，出了人群。才出人群，眼泪又涌出了。她想到了徐麻子欺负她的那夜，觉得这次，也跟那次一样恶心。她想，这次回去，死也不出来了。外面的世界既不精彩，也很无奈。但又想，在娘家，不是也有人欺她吗？在婆家，不是也有人用榔头把捣她吗？她想，这世界，真没个叫她安详度日的地方了。

见好些人望她，她只好装做去撒尿的样子去了外边。本来也没多少尿，哪知一到外边，竟真的憋了。四下里望，终于发现个僻静处了，就走过去。还没到那地方，两只大手就搂定了她。她听到大牛狠粗的喘息声。

丢开！莹儿斥道。

大牛喘息道，妹子，可真想死你了。你就可怜可怜我，叫我见一回天日。

莹儿挣几下，挣不脱。她怕那抡惯了盐匀的手强来，就软了口气，说，有啥话，你松开手说。

大牛放手了，他想拥抱莹儿。莹儿边躲边说，有啥话你说，动啥手？

大牛说，我可是铁心待你好的。真的。我要是说假话，祖坟里埋的是老叫驴。你信不信？你信不信？

莹儿说，这种事儿，强求不得。我心里有人呢。

大牛道，当不了正式的，当我的贼女人也成哩。莹儿啐道，你咋能说这种话？

大牛不语，冷不防扑了来，抱起莹儿，往远处的黑里走。莹儿挣几下，却挣不脱那铁箍般的手。她大叫几声，也没个人应。大牛的喘息声淹了她的天。她边挣边说，你要是这样，我死给你看。

大牛喘息道，女人都这样的。刚开始挣扎，等会儿，你搂得比啥还紧呢。

莹儿想咬他胳膊，伸了几次嘴，都叫对方的手挡了。她哭出声来。

一个黑影出了电影院门口，叫："大牛！大牛！"

大牛忙丢下莹儿，渗入夜里了。

莹儿听出是头儿的声音，抹去泪。她也不敢撒尿了，往亮处走。

那人问，那是大牛吗？

莹儿没回答。

她明白，那人也盯着自己。

7

此后几天，大牛没敢上门，他只是远远地望莹儿。夜里，莹儿也总要插好门后的插销。兰兰误解了她，因为那夜她先出去，大牛随后跟了去，定然会有些事儿的。事儿当然有，但不是兰兰以为的那种。莹儿本不想解释，怕影响大牛的名誉，但见兰兰误解了她，只好将前因后果都说了。兰兰咬牙道，等他再来，我非啐他不可。

倒是三三对莹儿的态度明显变了。莹儿到来之前，她跟大牛相好过。关于他们的闲话，盐池上传得很凶。听说，大牛跟三三上过床。这号事，大牛本不想张扬，可三三对人说，大牛想勾引她，叫她骂了一顿，弄得大牛很没面子。大牛恼了，就将他跟三三上床的事抖出来了。三三喜欢大牛能吃苦，挣钱多。现在，大牛的目光却转向了莹儿，三三就待莹儿不冷不热了。因为莹儿们的灶具扔在沙窝里了，三三虽不叫她们另开灶，但那热情，却明显没了。

兰兰想，一个锅里搅勺子，低头不见抬头见，老看人的脸色也不好。她就问头儿哪儿卖灶具，头儿给了她们几件，说是以前的民工留下的，先叫她们用。头儿又问，是不是她们想另住个房子。兰兰想，不管咋说，身边还是多个人好，就说，不了，我们就跟三三住吧。头儿说也好。

在盐池上待了几日，莹儿发现了许多不便：她们没换洗的衣服、经期来时没卫生纸，等等。尤为不便的是，她们的被子留在了死驼背上——想来早叫扯成碎片了——沙漠里昼热夜寒，白天晒死驴，夜里又能冻死狗。日头爷一落山，漠风就时不时。到早五更时，屋子就寒如冰窖了。刚来时，三三还将自家的破毛毯让给莹儿们。莹儿嫌那毛毯脏，盖毛毯时总要先贴身盖上那件天蓝色上衣。自打看电影那夜后，三三有意无意将毛毯捞过去了。莹儿明白，她定然以为她抢了她的心上人。

别的还好受，唯有早五更的寒冷是很难抵御的，姑嫂俩只能不脱衣服。幸好工作服也能遮寒，下午漂了水后，后半夜就干了，盖在身上，也能顶些用。但寒冷总能钻透几层衣服，弄得她们老是嗓子疼。

还有那骆驼，行在沙海里，当然是方便之舟，但在盐池上就成了麻烦。她们得时时给它寻吃的。头儿就联系了一个附近放牧的蒙古人，请他代放几天。但那驼，是向村里人借的。虽然骆驼多用于春耕，秋上大多闲站着，但要是耽搁久了，人家也许会有意见。兰兰就想等个来驮盐的凉州人，叫他们顺路带了驼去。她算了算，驮了盐去虽能挣些钱，但肯定不如在盐池上干实惠。而且，盐池上挣的，是现成的票子，就算她们驮了盐去，还得去换粮，再卖粮，很麻烦的。

兰兰就叫民工们帮她打听：要是有凉州驮盐的来了，就告诉她一声。但她发现，她了解的盐池，还是十年前的。那时，公路没修通，村里还有人来驮盐。现在，公路早通了。虽然它扭向另一个方向，离凉州更远了，但汽车并不怕远。人家一车就拉好几吨，你一峰驼才驮几百斤。兰兰想，自己真是瓶里的苍蝇，世界早变化了，她的思维却停在记忆里。她想，早知这样，还不如来打工呢。她打听清楚，从凉州乘车，到另一个城市，就能等到来盐池的便车。听说，司机最欢迎女人，你只要招手，人家就会踩刹车。但要是遇上不学好的，你也会付出代价的。

兰兰才明白，沙窝里为啥有那么多的豺狗子。以前，常有带枪的驮户，时不时乓一枪。你也乓，我也乓，日久天长，豺狗子想起群，也没那势头。现在，汽车一突突，驮户稀罕了，枪声也稀罕了。

兰兰想，自己只不过经了几件事：从姑娘到婆娘，挨男人的打，闹离婚……世界的变化，就叫她目瞪口呆了。要是不来盐池，还以为世界停在她当姑娘时呢。

盐池也变了许多，以前，都是人挖盐的，现在，也有了机采的。以前，只要你带个兔子来，就可以换一驮子盐。现在不成了，得用钱买。别的变也没啥，只有那汽车，立马叫骆驼的大力显出了寒碜。她终于明白，为啥驮盐成了稀罕营生。进沙窝前，她还得意自己的设想呢。

这世界，不看不知道，一看吓一跳。

她想，先打一阵工再说吧。要是这儿好，要是有人能将骆驼带回村去，她们就在这儿打工算了。

她想，哪儿的黄土不埋人呢？

8

头儿不知从哪儿知道了兰兰们没被子，就打发民工送来了两条毛毯。

毛毯很厚，又是纯毛的，对莹儿们来说，真成雪中送炭了。

莹儿发现，好些民工总在朝她指指戳戳。因为对工作越来越熟练，她捡沙根的桶数多了。打某一天起，她竟成了捡沙根最多的人。女人们都怪怪地望她。她也觉得奇怪。她发现，每到她午休后上班时，她的沙根堆就会长大许多。

这天，莹儿吃过饭后，没像往常那样上枕木休息。她将门开个缝儿，悄悄瞅那放沙根处。半个时辰后，大牛出现了。他鬼鬼祟祟，提了个纤维袋，四下里瞅瞅，见没人注意，就将袋里的沙根倒到莹儿捡的堆上。莹儿明白，那沙根，定是他从公路上捡来的。通往场部的道路，大半就是用沙根垫的。

莹儿脸上一阵发烧。她想，他咋能干这号事？要是叫人发现，我的脸往哪儿放？

她悄悄推醒兰兰，叫她去找大牛，叫他千万别再干这号事。等大牛再次来时，兰兰去了。见是兰兰，大牛也没露出怯意。兰兰回来，对莹儿说，他叫你别管，有啥事，他自个儿背。兰兰笑道，他还说你烧包呢，他说这样的话，你一月至少多拿一二百。

莹儿气恼地说，他把我看成啥人了？这号昧心钱，我不要。次日中午，待大牛再干那事时，莹儿就迎了上去。她阴了脸，叫他别往自己脸上抹黑。见莹儿真放恼了，大牛说，成哩，我热屁股溻到冷炕上了。……你只要明白我的心就好，我可是真心对你好的。谁不知道睡午觉香，我苦了苦一些，可是能叫你手头松一些。

莹儿怕他还会干这事，就说，你要是再干这事，我可给头儿说哩。

这一说，大牛慌了，成哩，我不干还不成吗？说完，慌慌地走了。

回到房里，莹儿一身冷汗。她想，这号事儿，要是叫人知道了，她跳进黄河也洗不清哩。这跟做贼有啥两样？再说，别人还以为，他跟我定然不清不白，不然，人家凭啥不睡午觉干这事？

果然，次日，她无意中听一个民工说，瞧，那个俊女人，是大牛的贼女人。她又羞又恼。她估计放这风声的，可能有两个人，一个是大牛自己，听说民工都这样，因为身边缺女人，他们的想象力格外发达，总爱编造些风流故事；另一个人可能是三三。瞧她那眼色，真将莹儿当成情敌了。她跟凉州女人一样，一见莹儿，便格外走出一股风来。按妈的形容："瞧，呜呜闪电的。"

虽住在一个屋里，三三却很少跟莹儿对视，也不跟她说话。这一来，她那炉子，莹儿们就不好再用了。兰兰找了几块砖，在门口砌了个小炉子。四面虽有柴棵，但用于固沙，不叫砍伐的。莹儿们就利用收工后的间隙去捡驼粪。烧饭时，她们最喜欢骆驼粪蛋儿。因为它耐燃，丢几粒，会燃好一阵子。但民工们也都自己做饭，谁也捡骆驼粪蛋子，场里的职工子女也捡。捡的人多，粪就显得稀罕了。有时，为了能做熟一顿饭，她们得花个把小时捡燃料。

这天，两人利用午休又去捡烧的。兰兰说，这回，要捡就多捡些，就借了架子车，去牧人的地盘。哪知，那儿也没多少粪。兰兰说，早知驼粪这么金贵，在来时的路上，就把自家驼屙的粪拾掇了。莹儿说，那时，你命都不做主，谁还想那么远？话虽如此说，她也可惜那些撒在路上的驼粪。她想，人心真是怪。有时欲壑难填，有时也很容易满足。现在，只要发现一堆蛋粪儿，她们定会狂喜地奔了去。那狂喜，一点儿也不比秀才中状元弱吧？

推了车子行走时，车轱辘老是陷入沙里，不一会，两人都一头汗水。兰兰说，捡的这点儿粪，还没她们流的汗多呢。捡沙根时屡屡弯腰，两人的腰都有些疼，都想躺在枕木上歇歇。可好些事，你不想做也得做。她们拨亮眼珠，像以前寻盐池那样，寻找能充当燃料的东西。那时的心有多急切，此刻的心也有多急切。想来真是好笑，这会儿，心中的圣地，又变成了卧着驼粪的那个沙洼。

寻了一个多小时，莹儿灰心了，说回吧，别影响上班。兰兰说，既然来了，再找找，我不信那些牲口都叫牧人扎了屁股。

正说呢，真发现有堆驼粪，正在不远处的沙洼里笑呢。两人大喜，拉了车，扑上前去。都觉得有梦幻的味道了。那感觉，跟狐仙给她们做好了饭一样。有些驼粪干了，有些还潮着。两人也不嫌脏，干的湿的都往车里捧。兰兰说，这骆驼真怪，屙粪时，专在这一个地方。莹儿说，谁有谁的习性，也许人家跟人一样，也有专门的厕所。

两人将驼粪装上车，正要走，却听到一声苍老的咳嗽。她们都吓了一跳。一位老者已转过沙角子。莹儿这才发现，沙角子那头有个小屋。因为屋子很小，墙又是用盐盖巴砌的，猛一看，屋子跟大地一色，加上叫沙角子遮了大半，就躲过了她们的眼。

老人问，你们咋偷我的烧的？

她们这才明白，这驼粪，也是人家捡来的。两人大羞，脸上火一样烧。兰兰解释一阵。老人说，噢，你们是凉州来的吧？成哩，这驼粪，就当我送你们的。

莹儿说，这咋成？你也烧饭哩。

老人笑道，咋不成？我再去拾。牲口的尻子又没叫缝住。他给了兰兰两个纤维袋，叫她们将驼粪晒干后，装进袋子，放进屋里。不然，一夜过去，粪就全叫民工偷了。

两人谢了老人，推了车子，往盐池方向走。行了一阵，却发现地貌变了。两人明白是迷路了。这可麻烦了。她们算算，快到了上班时间，都发了急。后来，兰兰想了个法子，沿那进来时的车辙走。虽走了好些弯路，却迟到了一个小时。

兰兰们到盐池时，头儿正派了几个民工，要进沙窝寻她们。见她们归来，都长出一口气。兰兰以为头儿会骂她们。哪知，他只是叫她们以后别进沙窝太深。

姑嫂俩晒干驼粪，装入纤维袋，放在枕木床下。因三三也时时缺烧的，莹儿时不时接济她一下。三三的脸色就好了些。一次，她家人来看她，带了些沙米，她还给莹儿们分了一碗。

老人给她们的驼粪虽值不了多少钱，但莹儿每一念及，还是觉出了许多温馨。她想，这世上，还是好人多呀。

同时，她们捡粪捡到牧人家的秩事，也成了民工们的笑料。每一提及，就哈哈大笑。

第　二　十　九　章

阴山里打枪阳山里响，枪子儿落到了地上。

1

白虎关的第一场大战爆发了。

此前，沙娃间虽有纠纷，但规模很小，或是沙娃之间，或因打模糊引起，至多闹些摩擦。这次却不然，竟惊动了市上。在人们印象中，算得上惊天动地的。

起因是猛子的井口发现了“大牛”。

沙娃所说的“大牛”，就是大石头。金客子都知道，井里出大牛，是吉兆。好多金子就在大牛底下。白虎关的金子怪，虽多是麸皮金，但也时见大金。那大金，多是物体形状。据说，双福挖出了一个金靴子，重达三十多斤，叫一个回民买了去。虽是个据说，但谁都信。因为那据说之后，双福又买了好些窝子，其中几个就紧靠猛子的窝子。一听那卷扬机声，猛子的气就不打一处来。人家虽比自己迟挖二十多天，可窝子直溜溜钻向地心。

好在，猛子们终于见到了大牛。

按规矩，沙娃是不能将石头叫石头的，都称“牛”。平素里挖的，或是大沙，或是碎石，待见到大牛时，就该出金子了。牛越大，金子越多。那金子，大多躲到牛身下。抬了石，准见那黄色耀目呢。前几天，一个民办教师到双福窝子上，他一到，大牛出来了。双福说，这是个有福之人，就留下当了窝掌。这窝掌，比把式大，比锹家大，相当于钦差，监督窝子里所有的人。平素里，掌柜不搜沙娃身子，但若是见了大牛，每次下班时，掌柜都要搜身。这时候，最有可能捡到金子的，是锹家。他若看到一点黄色，就弄点浮沙一盖，胡乱上几锹，打发了背手，然后就偷偷装了金子。若是把式窥出了把戏，就按规矩见者有份，取了那金块，一砸为二,一人一半。所以，大牛一出，掌柜就有权搜沙娃的身了。

猛子们轮流当起了窝掌，也按班次，一人一班。想来猛子叫那次塌方吓破了胆，一进底，就觉得木笼扎扎作响，老觉得那地壳会合了来。明知道是幻觉，腿却倏然软了。有时想，这活真不是人干的，提了脑袋，不定啥时就成隔世的鬼了。但想归想，心里还是指望能淘出金子，弄些钱给月儿治病。

终于见到大牛了。

一挖出大牛,沙娃们欢呼起来。先是见到牛背,一棱脊梁,露出沙石之外。猛子很兴奋,他往背斗里狠劲上沙。沙娃们也喘吁吁一身臭汗。大家都很高兴，腿脚也格外有劲，你上我下，穿梭样把大牛背上的沙石运出了井外。

“掌柜呀，挖出金子，要给我们奖金呀。”富强子叫。

“给！给！”猛子欢欢地应。

井口围来了好多脑袋，都来看大牛。猛子很想看到双福的脸，那脸最好带点儿忌妒，越忌妒，猛子会越开心。可那些脸中，并没那张泛着红光的脸，猛子便吼：“闪开！闪开！把亮遮住了。”一个声音传下：“哟，才见个牛，就牛成这样。挖出金子，还上天哩？”

猛子一缩脖子，想：就是，我咋也成浅碟子货了？口却不饶：“有本事，你也去挖个大牛出来。”

那声音又道：“你拨亮眼珠子瞅。那大牛，好是好，可别骑了石驴。”

猛子头里嗡了一声。他提了锹，在沙石处戳几下，真听到坚硬的碜牙声，舌头倏然干了，想，可别真骑石驴呀。沙娃所说的“骑石驴”有两种：一种是石头太大，超过自家井底，无法下手；另一种是索性骑到石山上。地下有好些石山，山顶虽小，地盘却大得不知所终。无论骑哪种石驴，都很麻烦。即使大石下真有金子，你也是老虎吃天，无法下口的。

猛子安慰自己，怕啥，有大牛总比没有好。金子的“走手”怪，不定何年何月，财神爷的金袋子漏了，在地上撒了一长溜子金子，源头可能在清风岭。那是祁连山的一个寻常的峰，那是人们见到金子的最上游，下来是磨脐山、马路河、双龙沟……最后顺着大沙河，到白虎关了。沙娃们都知道，金子会走，它会沿了地下河水，一路滚了来。除了沿水路走，金子还会向下面走。金子重，它就咬了沙石，钻呀钻呀，最后停在底上。那底，多是青石板，或是黄胶泥，硬，金子咬不下去，只好乖乖地待在那儿，等千年后的沙娃们来捉它。

当窝子里见到大牛时，多已到底。许多时候，一掀开大牛，就能见到黄灿灿的蒜瓣金，齐崭崭栽在沙里，放出黄光，熏晕人的脑袋。这蒜瓣金，就卧在大牛下。寻常的沙里，只有寻常的砂金。所以，猛子们挖出大牛时，整个白虎关沸腾了，都说：“这几个孙蛋，这下发了。”

但谁也想不到，这牛太大了，大得越过了井口。究竟超过了有多少，谁也不知道。沙娃们虽喜欢大牛，但这牛不可大得太邪乎，若是大得超出了自家的势力范围，就很麻烦了。掌柜们最怕骑石驴。

随着牛背上沙石的一筐筐被清，猛子们的担心被证实了：那窝子，确实骑了石驴。

这下，猛子们都没了脾气。从发现大牛的惊喜，到骑了石驴的绝望，前后不过几个时辰。那感觉，等于从天堂堕入了地狱。骂了几回娘，明知骂哑嗓门，也无济于事，便齐齐地蹲在井口发呆。

沙娃们也歇了。他们清光了属于自己井底的沙石。每个窝子都有自己的范围，长宽各四米，再往前挖，就是别人的地盘。最叫猛子可气的是，自己窝子的前后左右，竟都是双福的窝子。他很后悔自己的短视。当时，他应多买几个窝子。他想不到，仅仅二十多天，双福就将好些空地都买到了自己名下。在他的刺激下，掌柜们都疯买窝子，白虎关已没有多少空地了。

这信息，是猛子骑了石驴想扩充地盘时，才得知的。几十天里，他只是晕头晕脑地开窝子、结婚、进城治病。直到这时，才发现，他和白狗们的糨糊脑子，确实不能跟双福的化学脑袋比。更糟糕的是，即使他想再弄几个窝子，也没以前容易了。市里已从大头手里收回了白虎关的开采权，已派金管站清点了已卖出和已开采的所有窝子。想新买，成哩，你先得向金管站申请，由金管站报到市里；到市里，只有市长才有权批新窝子。这一切，仅仅是半月间发生的事。

窝子的价码立马看涨了。半月前，从大头手里买个窝子，只需几百元。现在，市里一接管，一个窝子涨到五千元。这就是说，双福即使不开采，只要一转手，他就能挣几百万。

这消息，比骑了石驴更叫猛子们窝心。他们后悔得舌头都麻了，都说："早知这样，索性把那钱都买了窝子。"现在，肉叫人抢光了，自己拥有的，只是块难啃的骨头。

但后悔归后悔，最要紧的，是先得从石驴背上下来。

大战就是从这里开始的。

2

大战的起因，是猛子们想扩张自己的地盘。

白虎关的窝子是先向下打井，到底后，再向四面打横巷。只是那横巷，只能打在自家的地盘上。也就是说，整个巷，不能越过那方圆四米的范围。因为，外面是别人的地盘。你是狼，别人也是豺狗子。你想吃人家的肉，人家更想抽你的肠子呢。

猛子们向四面搜了搜，仍不见大牛的边。不过，叫他们心安的是，这不是石山，而是真正的大牛。那石面，相对平坦。据说，这号牛下，最可能卧大金的。

虽说挖出大牛是吉兆，但那后悔，仍潮水般涌向猛子，也涌向村里人。

他们都懊恼没多买几个窝子。要是多弄几个，一转手，票老爷就会往怀里扑。当初，大头想给村里每家每户分个窝子，美其名曰“扶贫窝子”，可没人要。毛旦还风言风语说：“那白虎关，撂荒千百年了。想要，老子早一舌头掠了，还用你大头分？”后来，你想要，得交几百块钱。再后来，涨了再涨，竟涨到五千了，还得市长批条子。乖乖，市长是谁？比天还大的人物。这下，一村子的捶胸顿足了。

猛子这才信了黑皮子老道的话：“飞财不富命穷人。”真的。当初，财神爷借大头的手，扔下一堆金元宝，可叫村里人一脚一个，踢出了老远。

也许，自己真是穷命。他想，就说这骑石驴，虽也听人说过，可真骑了石驴的，并不多。而自己，才开第一个窝子，石驴就自个儿跑了来，硬往你屁股下钻。你想不骑，也由不了你。没治。白狗骂也没治，北柱咒也没治，花球祈祷也没治。那石驴，眼见是骑定了。

猛子亲自下井，当了把式，打起横巷来。这横巷，本是清底时打的，为的是多弄些掺金的沙，多淘几把砂金。这会儿打横巷，却是想找大牛的边。猛子想，那大牛再大，也得有个限度。他想，要是把地盘往外扩，扩，说不准就能见到大牛的边。然后，就往下挖，再往里掏，没准就能将石下的蒜瓣金……要是有的话……不，肯定有的……弄出来。哈哈，猛子想，那时，别说你月儿得个梅毒，就是得了艾滋病，老子也能揪了它。……可气人的是，那横巷，东哩，西哩，南哩，北哩，都打到自家的地盘尽头了，可见到的，仍是大牛，真叫你没脾气了。

要是当初多弄几个窝子，就可以再东，再西，再南，再北，一直打到大牛的尽头。它终归有尽头的。猛子请人看过，那石面很平，不像是山脊。可现在，四下里全叫双福的窝子包围了。这孙蛋，啥时跟毛爷爷学了这招？毛爷爷是农村包围城市，他是富汉包围穷汉。

能不懊恼？

北柱找过双福，他想叫双福把窝子让几个给他们。你猜双福咋说？他说：“成哩，一手交钱，一手交货。”他说的钱，包括开采费和窝子钱。不说开采费，只那窝子钱，就叫人大眼张风了。双福倒没多算，他只按市价算。他买时，一个窝子五百，现在已涨到五千，只东西南北四个窝子，就得两万元。北柱说："双福，你就按你买的价给我们，帮帮穷哥儿。"双福笑道："我愿意卖，就是最大的帮呀！谁也知道，那大牛下的金子，不止这个数。再说，我要的不多。那开采费，就按机器算。若按人算，就顶破天了。"北柱问："总共多少？"双福伸出五个指头。北柱回来一说，白狗就跳起来，"妈的，吃人呀？"

没治。吃人的时代，就得叫人吃。猛子想。

猛子狠狠地抡镐。巷道的质地很硬，说明它是生巷，人没掏过。虽然老有人叫嚷挖到了熟巷，可猛子老怀疑。他问过爹，问过孟八爷，都没听说老祖宗在白虎关淘过金，只听说民国年间在双龙沟那儿有金客子。大户们因淘金富得流油，后来却叫穷汉们斗得嗷嗷乱叫。可见，金子带来的，不一定是好运，可猛子还是希望能挖出金子。穷怕了。好饭没盐水一样，好汉没钱鬼一样。人穷志短，马瘦毛长，没几个麻钱儿撑腰，放屁都没个响声儿。更何况，他还要给月儿看病呢。近来，一看她削瘦的身架，心就抽抽地疼。

"早过线了。"花球提醒。

井下的范围是按直井中心算的。由此，向四下里扯绳，扯多长是定死的，过了那限度，就是侵权。两井之间，原有五十公分的隔墙，两家都动不得，不然，你钻我的井，我抢你的金，就乱套了。再说，也是为了安全，要是掏空，很容易塌陷的。可猛子想，说不准再刨几下，就能见大牛的尽头，就刨呀刨呀，使气似的抡镐。

"再刨，人家可有意见了。"花球说。

猛子恶狠狠抹把汗，愤怒地喘口气。他扔下镐，闪过身子。富强子举锨将沙石扔进背斗。因为井深了，沙石浸满了水，沙娃每次只能背三四锨沙石。而对方井口，只将那钢绳，系上柳筐，上满沙石，一合闸，就到井外了。所以，虽然猛子早开井二十多天，对方只用了几天，就和自己差不多深了。猛子隐隐听到了对方的说话声，不由急了。他希望，那大牛的边不在对方窝子里。不然，人家一迂回，你就是个苍蝇撵屁。

咋办？猛子问花球。

花球说，你问我，我问谁？我早头三不知道脑四了。

猛子便恶狠狠吼：“管他呢，刨！”

那大战，就是这样引起的。

3

才开个洞儿，就听到对方吼：“没规矩了？这是我们的地盘。”白狗笑道：“啥是你们的地盘？你们的地盘，只是你们女人的肚皮。不过，就连双福女人的肚皮，猛子照样下犁，这算啥？”北柱们大笑。猛子嗔道：“白狗，你少狗拉羊肠子。”白狗兽吼似的笑。他是很想闹一下的，不死不活许久了，一直想寻点刺激，猛子一说刨，他第一个叫好。北柱和花球就不好说啥了。

一块石头从洞里飞来，砸到镐上，砸出脆响。白狗叫：“可是你们先打人的。”一人叫：“打就打，谁叫你们侵略！”话没落，一个锨头捅入，白狗躲得快，才没叫铲中小腿。白狗吼：“打呀！”捡起石头，疯砸而去，对方有人惨叫了。猛子则闷声不响，使劲抡镐。他想弄大口子，再扑过去肉搏。对方定然也在刨，才几下，就听哗啦一声，一个大洞突现出来。

“打呀！”白狗边吼，边用锨铲起沙石，摔打过去。那几人边躲，边向绳梯爬去。“快去告诉掌柜！”一人吼。

“告诉个屁。连他的老婆，老子们都照样操。他若来，老子一并揍。”白狗口虽说话，手却不停。那锨虽能抛打沙石，力道却散，对方虽时有惨叫，却不会伤及性命。

“滚！滚！”猛子吼。那几人倒也识相，沿了绳梯，一溜烟上去了。猛子们进了对方窝子，仔细观察，见也是整井一块巨石。

“操。”白狗说，“也骑石驴了。”

猛子暗暗吃惊。看这阵候，按那理论，下面会有好多金子。没想到这牛竟如此巨大，不知尽头在哪儿，不由暗暗叫苦。忽然，一股强大的水，向他们激射而来。原来，对方已到井外，掉过水龙头，射向他们。白狗叫：“呔！想淹死老子？”猛子见水已在井底汪洋开来，就退回自家窝子。

对方骂声仍在继续，越来越响，显然是骂者沿绳梯下行了。那水激射的劲道也越大了。这下，越发激起了猛子的斗心，他对富强子说：“去，弄袋沙秸，再带些辣面子。”富强子应声而去，片刻便回。猛子取出打火机，点上沙秸，着意鼓捣出浓烟，放在洞口，撒上辣面子，脱下外衣，一下下扇。浓烟滚滚，扑向对方，呛出一井咳嗽。

“不好了，他们放毒气。”一个叫。

白狗哈哈大笑，也脱下外衣猛扇，一慌乱，却将那浓烟卷向自己。猛子觉得辣味直冲头部，鼻涕眼泪随咳嗽喷出。他连忙扔了外衣，沿绳梯上蹿。白狗们也边猛咳，边上逃。

好容易出井外，迎了清风，大口吸气。这时，才觉出那浓烟辣味，好生了得，鼻腔胸腔都刺痛不已，咳嗽也机关枪似的响个不停。对方和自家人，都竞赛似的猛咳。这场面，很是滑稽。猛子很想笑，却见对方几人，正捡石头，知道他们想报复，就说：“快进窝铺！”白狗们也觉出了不妙，几步逃进窝铺。才喘气，石头已乌鸦般飞来了。

石头砸在地窝子上面，灰尘逐声而下，溅满本就矮小的空间。白狗像搜骨头的饿狗一样四下寻找称手的物件。这下，提醒了猛子。他想，老子也是长毛出血的男人，咋能叫人几石头就砸进窝铺？他捞过一把镐，嫌镐头易伤人命，就倒提了，向地上猛戳，几下，就褪下镐头。那搞把，长短正好，粗细也称手。他安顿道：“一下子扑出去，别打头，往折里打腿。”话未落，一猛心扑出。

对方几人也齐齐扑了来。他们也不想闹出人命，石头飞得低，目标是腿和屁股，力道也不猛。猛子眼尖，东跳西蹦，就避了。他几下到对方面前，一棒抡向一人大腿。那地方不禁疼，猛子只用了五分力道，那人就倒地了，像挨刀的猪一样惨叫。

白狗的桦条却不分轻重地乱抡。桦条轻，有弹性，每一着肉，便是一道青红的血痕，疼到极点，却不致命。白狗才抡了几下，对方已倒下两个。别的人见势不好，落荒而逃。倒地者见对方势猛，也不犟嘴，只管惨叫。

轻易地得了手，打倒了对方，猛子反倒觉出无聊来。他不知接下来该咋办。继续打，人家已成了癞皮狗；扔下他们干自己的活，又难保他们不反扑。更担心的是，双福开了几十个窝子，沙娃有几百号人，要是人家起了群，凭自己几个，是无法抵挡的。北柱也觉出这一点，唠叨出相似的担忧。

果然，忽听一片大声传来。黑压压一群人，正朝这边扑来。沙娃间老有纠纷，打群架是家常便饭，但这号阵势，还是少见。猛子的心猛跳，明白若落到那些人手里，定会捶绵了自己；有心逃，又抹不下面子。正迟疑，听得北柱叫："快跑吧，光棍不吃眼前亏。"话没落，他已逃往窝铺，富强子们也涌入窝铺。白狗却滋润了脸，又揍了俘虏几桦条，见对方增援者已近了，才扭身进了窝铺。

猛子怔了怔，朝窝铺里吼："那窝铺，顶个屁用，人家一脚就踩扁了。"因见对方已发出石头，纷纷飞来，只好也扭身进了窝铺。

石头雨一样落向窝铺。猛子顺气窗一望，见对方尚有三五十米的距离，就说："快逃，这儿待不得。"说完，他举个锅，倒扣上脑袋，扑出窝铺。随后，白狗头顶了锅盖，北柱们头顶被褥，一齐扑出。

对方人虽没到，飞石头早到了。石头冰雹般落下，头顶时不时炸一声响。猛子这才后悔自己的惹事。身上虽挨了几石头，倒顾不上感觉疼，只是那石头砸锅声很是扎耳。好在那锅是熟铁所制，很厚，虽挨了几石头，倒没碎。

瞅个空子，往后一望，见那堆人边骂边扑。沙娃们平日叫掌柜吆五喝六，早憋了一肚子气，这会儿有个泄处，都想往大里闹事。那骂声很刺耳，都是针对母亲的。富强子虽头顶被子，一块石头却飞向腿部。他抛下被子，倒地惨叫，又见那飞石，并不因自己的惨叫稍加稀疏，就赶紧捡起被子，胡乱折几下，顶在头上，一瘸一拐地跑。

猛子很窝心。那些石头虽没准头，但跟闹秋的麻雀一样，乱嚷嚷飞，指不准哪块就能碰到你。而且，他发现对方多是虚张声势，那意图，是想将自已赶出地盘。显然，有人叮嘱过他们，别叫闹出人命。但猛子明白，要是叫对方占了地盘，不定会干出啥的。前些天，沙娃们一闹纠纷，胜者就填了败者的窝子。要是对方使这一招，这些天就白干了。于是，他朝白狗吼 :“拼吧，再跑，人家可填井哩。”白狗说好，他一手举锅盖，一手仍舞着桦条，折了回来。“打！打这些驴日的！”他吼。

猛子将锅一扔，拾起一把沙锨，一猛心扑上去。他虽留意飞石，还是有几块石头砸上了胸膛，一块重些，砸出他一串咳嗽来。这一下，反倒将他的横气砸出来了。他再也不管对方咋样，只管抡锨，猛扑而去，发出比兽叫还难听的声音。

很快，便打入对方群里。猛子抡锨猛拍，只将那锨头凸处，朝对方屁股大腿上拍。这招最管用，每拍击一次，就有人倒地惨叫。听得一人叫 :“这孙蛋，真拼命呀。”另一个叫 :“砍死人了，砍死人了。”猛子一惊，怕那锨头一侧，拍就变成砍了。要是不慎砍错地方，半个脑袋会应风而飞的，就不敢再胡乱抡锨，却铲起沙石，四下里乱打。没想到，这招更管用，那石子威力虽弱，沙子却直扑对方眼睛。有几人捂眼蹲身，口中连啐，发出伤骡子打喷嚏的声响。

白狗的桦条也猛极了，他跟孟八爷学过棍法，平时也没丢手。桦条一抡，便满沙洼的风声。好些人捂腿惨叫。北柱们却只是捡了石头，胡乱扔去，准头虽无，叫声也怪吓人的。

“滚！滚！”猛子们齐吼。

近前的沙娃被唬住了。他们虽想惹事，但对方这号拼命架势，谁也怵呢。胆小的一哄而散，胆大的也驻足了。一个叫 :“泼命哩，闹出人命，要吃铁大豆呀。”猛子听出对方的心虚，索性直了声吼 :“老子不想活了，谁来，要谁的命。”白狗也吼 :“打死了填井。”那群沙娃互相望望，都一脸惧色。

远远的，一人叫 :“你唬啥？老子们也是长毛出血的。捡石头，往死里砸。”猛子认出，他是双福安排的总管。一听总管吩咐，沙娃们又弯腰捡石头。猛子想不好，叫人家乱石头砸死，你连个家儿都认不下。才后退几步，乱石又呼啸着，密密飞来。

“快跑！”富强子叫。

猛子也顾不上面子了，想，先顾了脑袋再说。他撩腿就跑。石雨落在身后，砸起好多黄沙。猛子一跑，白狗也泄了气，捡起锅盖当盾牌。猛子顺手捡起锅来，刚举在头上，便听到几声震响。若不是锅替他挨了石头，脑浆怕已流出了。

瞅个空儿后瞧，见对方蝗虫似的扑来了。飞石也蝗虫般密麻麻飞来。猛子倒抽一口气，明白这较量，力量太悬殊。论钱势，论人势，他们都不是双福的对手，心虽不甘，却无可奈何。见北柱又朝窝铺方向跑，猛子忙叫：“别进窝铺。”富强子问：“去哪儿？”白狗接口道：“进村！进村！”

几人便往村口跑，边跑，北柱边叫：“鬼子进村了！鬼子进村了！”这怪叫，招来许多看热闹的婆娘。她们见本村人被追打，便发声示威。追者见有人接应对方，便住了足，只将那石子胡乱扔来。

虽挨了不少石头，但终于躲过了追杀。谁都吁了口气，却见那帮人又一窝蜂扑向窝子。猛子说：“操，他们要填井。”话音未落，窝子里果然响起沉闷的声音。那窝铺，也被拆得七零八落。沙娃们踩了那狼藉，边笑边欢呼。

一股血冲上猛子的头。他扔下铁锨，沮丧极了。却听得北柱说：“别怕。他填了，得给老子挖。走，找大头。”这一说，提醒众人，便涌向大头家。

4

大头出了面，各打五十大板，疼白挨，两家都白挨。狗咬狗，一嘴毛，活该。但填井不该，大头就叫双福把填了的井挖开，填了多少，挖出多少；弄坏的窝铺也赔，弄坏啥，赔啥。双福允诺了。这双福，自有了钱，人就变谦和了。他将自家的沙娃臭骂一顿，叫他们别再闹事，又安排了一个卷扬机，挖猛子们的窝子。

这时，猛子有些后悔自己的多事了。因为，跟自家窝子相邻的几个窝子都进了底，除一个骑了石驴，其余三个并不知底细，若是都骑了石驴，也好说，要骑大家一齐骑。但要是人家有一个没骑，直插下去，再朝自家窝子里拐个弯，自家井里的金子，就不做主了。原指望将那隔墙打通，占对方便宜。没想到，药狗不成，反丢了一块肉。北柱便老是怨他，他只是出横气，并不反驳，却朝那卷扬机和沙娃发火，脏话火枪似的外喷。

那卷扬机和随带的沙娃并不还口，手也不停，但猛子老觉得他们在磨洋工。那机器，时不时就熄火，一修就是半日。那沙娃舞个油手，忙出一头汗，见了猛子，就赔笑，反叫猛子过意不去，进度自然受了影响。猛子很着急。

相邻的对方窝子里已响起破石声，锤砸钢钎声炸得山响，一声声往心上迸。猛子更后悔，自己咋没想到破石呢？他时时跑到对方井口，问询破石进度。对方的每次失败，都成了他最大的安慰。

破石的间隙，双福派一人带个机器进了窝子。那机器发出怪叫。猛子听说过，说它会发出一种波，可透入地面五十米。根据电阻的不同，就能测出地下的金属。猛子认真地看那人的脸，想从中看出点讯息，但那脸一直木着，无嗔无怒，不悲不喜。猛子失望之余，不由大叹：这世界，已不是穷汉的了。有了钱，就成了千里眼顺风耳；没钱的，是瞎子聋子。

四下里，已见不到空地了，都叫双福的沙娃们包围了。他们打着口哨，或说或笑，时不时丢句难听的话，但猛子懒得在乎。他知道，自家折腾不起。双福填了十个窝子，也不过九牛一毛。他们的窝子，则是希望，是命，要是赔了，命就栽了很大的跟头。能不能再爬起来，难说得很。

他怀疑双福派来的沙娃磨洋工，就去找大头。大头喷着酒气，冲猛子喷起唾星：“行了行了。就这，还是老子拿偏刃子斧头砍的。那事儿，谁惹的？你要是不挖洞，人家的好手，会逗你这泡臭大粪？我要是双福，偏不挖。你说我填了井，我还说你打伤人呢。知道不？人家挨打的沙娃都进过城，去法医门诊部验了伤，还拍了照片。一打官司，你吃不了兜着走。你还拿烟熏人家，还放辣面子，那营生，是当年日本鬼子干的。几个沙娃说肺受了伤，都嚷着叫你赔呢。也就是我大头，看你们穷得夹不住屁，才当了压菜缸的石头。不然，你早蹲班房子了。你还胡吱吱啥？”说完，不由猛子辩解，一把将他推出，反锁了门。

猛子戗白了脸，倒惊出一身冷汗。那天大战，对方肯定有人皮肉受损，但自家也挨了石头。他解开上衣，见伤痕早没了。才挨石头时，有个青印。第二天，就成了黄印；第三天，就若有若无了。白狗们的伤也定然这样。没想到对方沙娃竟会叫法医做鉴定。猛子慌乱地回去，叫白狗们看伤。除富强子的小腿上还有个青疙瘩外，别的人，挨打处比没挨打处更泛出一份健康来。北柱说："他妈的。自家身子也不随心。那天，青紫青紫的，死疼死疼。正要个证据时，却背叛了老子。"都叹气。

扯一阵打官司可能出现的情况，谁都慌了，都后悔自家没去验伤。富强子说，那验伤，得花好多钱。这一说，谁都不吱声了。

事已至此，除了怨自己的榆木脑袋外，谁也放不出一个有价值的屁来，都阴了脸，时不时朝那开卷扬机的吼一声，叫他别磨洋工。那人仍是赔笑，但不管咋个"磨蹭"，那进度，却比人力强出了许多。猛子们也不好太逼人家，怕自己惹恼了对方，人家索性罢了工。都说，听天由命吧。口虽这样说，脸上却一副火烧火燎的模样，时时去破石的井口，打探对方进度，见那钢钎虽咬出火星，大石倒不见个缝儿，心才安了。

四下里已一片人海了。村里的男人都当了掌柜和沙娃，四乡里的人也涌了来。白虎关越显局促了，到处是井口，到处是窝子，到处是粪便，到处是垃圾。最惹眼的，是沿河而建的小屋们，上写"干洗按摩"之类，老见俏女娃背个黄包，出没于沙娃堆里，使得焦躁的白虎关滋润了许多。

好些楼直戳在大沙河岸，还有些楼正在出生。银行、信用社、商店们纷纷在白虎关落了户。凉州城里有啥，白虎关就有啥。据说，未来的沙湾很有开发潜力，金矿自不必说，还有沙漠旅游、文化旅游等诸多项目。白虎关稍东些，人们发现了一个唐营，是唐朝驻军的，后来叫沙埋了。幸好沙埋了，现在才有了一个保存完好的营盘。兵营、烽燧墩、运兵道、军火库都保存完好，极有价值。还有那个西夏的岩窟——就是叫金刚亥母洞的那个，更有价值，是佛经上有记载的圣地。因为地震，叫埋了千年。现在一开掘，嘿，绝对的稀罕。听说，有个南方女人想开发，要投多少千万。哎呀，小城镇一建，沙湾人就是城里人了。

因了那几栋大楼和相对整齐的店铺，这儿俨然有城的气象了。乡也不再叫乡，改叫镇了。你别小看这一个字的变化，前者是乡下，后者是城镇呀。听说，镇政府也打算迁到沙湾这儿。有个有远见的商家，正打算买一百亩地，准备建个市场。据说，比凉州市场还要大。乖乖，这下，沙湾人有好日子过了。

猛子虽也喜欢听这号新闻，但他更希望看到自家窝子里出金子。他明白，乡村也罢，城镇也罢，没钱不成。当个乡里人，没钱，还能凑合着过日子。真要是变成城镇人，你想撒尿，也得先掏几毛钱呢，不然，憋死你个驴撵的。再说，凉州城里人都活得恓惶，下岗的垒成堆了。除了国家公职人员，一般市民，活得也孽障。就是自家真变成城镇人，没了钱，照样跟鬼一样。天上掉馅饼的事，八辈子还没遇过呢。

5

憋了几日，猛子就想转一转，散散心。眼不见心不烦，他就安顿白狗盯着点，自己顺那窝铺间的小道，去闲转。一路上，已找不到当初的迹象了。大沙河已被翻了个个儿，白虎关像个磁铁，把许多铁砂似的人、窝子、建筑都吸成了一攒。好些在前些时看不上眼的地方也搭起了井架，插上了红旗。大沙河上空便有了一片耀目的红，漠风吹来，红旗哗啦啦怪叫。都说红色吉祥，辟邪，但猛子还是觉出那红的海洋过于扎眼了。说不清为啥，只是感觉而已。

走出自己的窝子，猛子才发现，白虎关的变化，真是大得邪乎，有种天翻地覆的味道，竟有那么多建筑冒出了地面，还有更多的正在冒。一种浮躁的喧嚣到处流溢，乡村曾有的宁静和祥和没了。他想，这世界疯了。

踏上河岸，虽远离了卷扬机和沙娃的嘈杂，却陷入另一种声音的包围。一个个陌生的女孩围了来，招呼他进屋。怪，这狼都不拉屎的沙旮旯里，竟涌来这么多靓丽女娃。猛子知道她们是冲金子来的。可是他没金子，也不知自己将来有没有金子。先前，猛子觉得勾引女人是件很麻烦的事，现在看来容易多了。你只要有钱，谁都愿意为你解裤带的。

一阵潮热涌上心来，连着忙了许多天，心里充满了杂音。那扑面而来的女人声很清凉。他瞅着那一张张热情的脸，咽口唾沫。他发现那个叫菊儿的女孩也在里面，就悄悄问："多少钱？"菊儿说："干洗十块。"说着，她压低声音："打炮一百。"猛子吃惊了。他慌乱地四下里望望，见除了女的望他外，男人们都各忙各的。这世界，并不在乎他的存在。又听菊儿说："最低八十。不能再低了。"菊儿的声音也变了，变得很水了。她穿着黑裙，露着肉肉的胳膊，胸前那两团颤晃晃的东西一下勾起了猛子的渴。洗个头吧，脏死了。他大声说，但连他自己也听出了那大声背后的心虚。

洗头屋不大，外屋有两个椅子，猛子表白自己似的，一进屋，就坐在椅上。这时，他有点后悔，袋里虽有些钱，但那是井上公用的。他怕叫人偷了抢了，老觉得那里屋藏着彪形大汉，派出所的黄衣们也阴阴地瞅着他，都虎视眈眈呢。听说这号事，一旦逮住，就要罚五千块。那是个叫人头皮发麻的数字。

菊儿看出了他的心事，说："别怕，我们给他们交钱呢，不查。"又说："一会儿的事。"猛子想，一会儿就八十呀？他想找个脱身的理由，但菊儿那身肉却黏住了他的目光。"包管叫你玩好，玩舒服。"菊儿说，"还吹箫呢。"见猛子不懂，菊儿噘起嘴唇，吁了一声。

猛子很想走，可身子却不听话，手也叛变了他，竟揽了菊儿。他想到了月儿得的病，觉得很委屈。他想，谁叫你先那样呢。一想月儿可能也当过菊儿，他有些生气了。他很想报复她。

猛子一把揽过菊儿，想亲嘴，菊儿却扭过头去。她解释道："下巴刚动了手术。"她伸出手说："先办手续。"猛子知道她要钱，掏出钱，数几张给她。菊儿装了钱，向门口说："看着点。"门口女孩应了一声。她带他进了里屋。里屋，有两张窄窄的小床。

菊儿很利索地脱下裙子，只剩下腹部系着的一绺黑布。猛子不明白，她系那黑布做啥？却不想问，因为，一个声音开始狠劲地撞大脑，渴也向口腔啸卷。"脱呀。"菊儿说。因为紧张，他的身子哆嗦着。他很想气势汹汹地把她扔上床，可那该气势的东西，却静静地睡着。

菊儿肥硕的奶子一下下晃，这是最刺激猛子的地方。他握了奶子，一下下揉，菊儿发出呻吟。这呻吟，淹去了恐惧。狂潮气势汹汹扑了来。菊儿立起身，躺在床上。

猛子很想亲菊儿的嘴，可菊儿总是扭过头。她定然是怕他弄坏那画好的嘴唇，或是嫌他的嘴臭。他有些委屈。他想，还是月儿好，月儿亲他时，很投入的。这一想，月儿一下子浮上心来。他觉得有些对不起月儿。不管咋说，人家正在病中，虽然那病总叫他不舒服，但啥病也是病。他想，我真不是人。他狠狠地扇了自己一个耳光。

“脱呀！”菊儿催他。

猛子晃晃脑袋，闭了眼，心头竟涌出一股热热的东西。他念叨，月儿，我不做对不起你的事。他一甩袖子，出了门，觉得那明晃晃的太阳很虚。虽很可惜那几张票子，他还是觉得自己做得对。

折回井上，卷扬机仍在轰叫，白狗却懒洋洋瞅隔壁的井。那大牛，破开了没？猛子问。破个屌，那石头比铁还硬。对方的沙娃接口道。

忙碌了几日，又见底了。那大石横在井底，嘲弄地看猛子们。猛子弄了钢钎铁锤，开始破石。刺耳的铁器相撞声整天响着，涨满脑袋。这时，猛子们才发现那石很脆，砸不了几下，就砸裂了一块。他们很兴奋。虽是不大的一块，但能弄碎一块，就能弄碎百块。咬定一处，直咬下去，就能钻个窟窿。猛子和白狗各领一班人，昼夜不停，老鼠啃铁一样，在大石上咬窟窿。终于有一天，一锤下去，竟出现一个大洞。一股潮湿之气，扑面而来。

凿通了！大伙儿欢呼起来。

抡了锤，一下下砸去，洞越来越大。待得能进个人时，猛子抢过手电，腰上拴绳，顺洞下去。他吃惊地发现，那洞很大，水声滴答着，显得很空旷。脚下是石灰岩，形似马牙，也叫马牙石。听说，金子就是在马牙石上长的。一股水箭，向前激射，水却流入缝隙里去了。

猛子的脑袋倏地大了，那含金的沙层哪儿去了？

第 三 十 章

老蜘蛛摆下的八卦阵，打灯蛾落在了火炕。

1

下雨了，盐池上给捡沙根的放了假。莹儿想出去走走。几个民工来叫兰兰给他们缝腿上的血口子。因为见怪不怪，兰兰也敢下手了。莹儿嫌屋里聒噪，就出了屋子。

来盐池虽有些日子了，但因为捡沙根固定在盐坨上，她也没机会到处走走。现在天帮了忙，她也想散散心，就信步出了屋子，去看盐池。

民工是按劳取酬，捞出的盐多，挣得就多，好些民工仍冒雨上班。有几人正揭盐盖巴。前面说过，那盖巴，就是履在盐池上的地壳表皮，很硬。先得用炸药炸开最硬的那层，用钻揭了稍软的盖巴，再弄去沙盐相混的那层，才可以看到浸在卤水中的老盐。

揭盖巴的民工们抡着钻。那钻头，呈三角形。钻杆有四棱，长约一米，再按个一米长短的木把。听三三说，钻有四十多斤。民工们举了钻，用力下戳，待得钻咬进盖巴，再用力一橇，就会撬下一大块盖巴来。因为盖巴硬度好，相对规则些的，就用来砌墙盖房了。那些不规则的，就成了沙漠里铺路的上好材料。

忽然，一个民工远远地喊，哎——，给你个盐根。

莹儿以为他喊别人呢，待他喊了好几声，才确定他在喊自己。她以为他说的盐根，其实就是沙根，心想，我天天捡它，还用你给我？却见那人捧一团晶亮。粗一瞧，竟跟她捡的沙根大异，就走过去。那民工眉清目秀，朝莹儿一笑，将手中的晶亮递给她。莹儿一看，眼睛一亮。这东西，真是太美了。它是由一块块大盐粒黏凝成的，晶莹剔透，形若雕塑。莹儿很喜欢它，就道了谢。那人灿然一笑，说谢我干啥？要谢，谢盐池才对，那是它造的。

莹儿发现，那民工脸上有很熟悉的东西。她想呀想呀，才明白灵官脸上也有它。那就是书生气。她不由得多看了他两眼，问，你念过书吗？那人还没开口，另一人已帮他答了："人家宝子，是高材生呢。考上大学了，可家里没钱供。"莹儿见宝子阴了脸，怕惹他难受，就转过身看盐池。

那盐池，很像村里的麦田，一长条一长条的。因为要站在池外捞盐，盐池不宽，约两米左右，但那长度则可随心掘采，多长达百米。池中绿绿的卤水，曾蜇疼过她的眼睛。捞了老盐后，卤水里还能生出新盐的。

宝子又开始工作，他将推板放入盐池，将老盐推拉着鼓捣几次，盐上的沙就没了；又持着一丈多长的铁勺开始捞盐。他先是舀了满满一勺，垫在腿上，撬了几撬，勺却只是晃了晃。他只好把勺里的盐倒去了些。虽只剩多半勺了，仍显得很吃力。捞不了几勺，他就气喘吁吁了。莹儿想，照他那样儿，挣不了多少钱。又想，也许，过上几年，他就能像大牛那样干活了。但那时，他是不是还有书生气？会不会变得像大牛那样粗俗？

想来大牛常注意莹儿。她才到这儿，他便追来了。见莹儿望宝子，他也阴阴地望。望一阵，他叫："哟，哪有这样干活的？瘦狗努屎似的。瞧我的。"他一把从宝子手里夺过勺来，瞬息间，已捞出十多勺。那阵势，真如风卷残云。莹儿虽厌恶他，却也佩服他的大力。

大牛又捞了几勺，才盛气凌人地望宝子。宝子不服气地说，等锻炼一年，我也跟你一样。大牛大笑，说，跟我一样？下辈子吧。老子是天生神力。说着，他一把抓过宝子，一较劲，竟单臂将他举过头顶。大牛说，你闭上眼睛。说着，将宝子抛进盐池。

莹儿朝大牛斥一声，你咋能这样?

话音未落，宝子已咕咚一下，翻上水面。民工们大笑。原来，卤水的比重比人体大。人一掉入，立马就会上翻。

宝子突突地啐着，爬上岸来。

莹儿见他并没危险，放下了心。她知道，要是再待下去，大牛不定还会卖弄出啥出格的事来。就离他们远了些，找个地方坐了，欣赏那盐根。盐根的那份晶莹，渐渐渗进了心。

雨不很大，比牛毛雨稍大些。雨丝进了盐池，发出沙沙声。她渐渐融入那份韵致里了。许久了，心总是为尘事所扰，心浮气躁，劳碌奔波，难有个宁静机会。这会儿真好，那深绿的池水，那清凉的雨丝，那雨中若有若无荡漾远去的沙浪，还有被雨丝朦胧了的世界，都进心了。她发现，当她面对人事时，总是有千般的无奈和烦恼，人间的纷扰总会将她的心搅得一塌糊涂。当她单纯地面对大自然时，大自然就会赐给她一份宁静、一抹淡然、一种超然物外的空灵。

隐隐地，雨里传来不同寻常的声音，很像春天乍到冰面融解时发出的那种。她有些害怕了。怕那绿澄澄的卤水里，会突然爬出个怪物，将她拽下水去。但一想，她就笑自己了。说真的，经了几次磨难，她已看淡了好些东西。

凝神一阵，那声音渐渐大了。瞅那声音起处，竟发现有冰块破碎的迹象了。她想，那些盐，会不会先是结晶成一面镜子，再碎成晶莹的盐粒？一定是的。记得三三说，卤水中的含盐量，过浓过淡，都不产盐的。只有在某个范围，盐才会结晶的。

她想，一定是雨水使卤水里的含盐量发生了变化。一定是的。

想了一阵，她也懒得去追问那结晶的理由。她只管用眼睛瞅了水面，看那似有似无的盐块的断裂，听那时隐时现的破碎声，渐渐忘了身在何处。

还好，大牛也没来骚扰她。莹儿就坐在细雨里，直到兰兰喊她吃饭的声音传了过来。

2

吃过饭，莹儿仍留恋盐池边的宁静，想拽了兰兰去。正要出门，三三带来个女人，人称她吴姐。所有捡沙根的，都由吴姐管。每天，都由她盘莹儿们捡到的沙根。她待莹儿很好，每次盘桶数时，桶子装得都不很满。这样，次数多了，她记在本上的沙根桶数，就会比实际捡的多出几桶。莹儿很感激她。虽然那多了的，充其量不过是几块钱，但人家跟你无亲无故，能这样待你，你能不感恩吗？

吴姐叫兰兰和三三先出去一下，说她想跟莹儿喧个谎儿。兰兰们就出去了。吴姐四下里瞧瞧，说，哟，我还不知道，你过得这么苦焦。真该怪我。以后你缺啥，就给我说。大姐的，也就是你的。

莹儿明白她定然有事，不然也不会冒雨前来的，但她也不好先问。

吴姐又胡乱说些废话，终于谈出正事儿了。她问，你瞧，我们的头儿咋样？莹儿问你指哪个头儿？吴姐笑道，就是你们骂“老死娃子”的那个。莹儿虽没骂过，但还是不好意思了。莹儿说，挺好的。瞧，这毛毯，就是借他的。

吴姐感叹道，要说，头儿真是个热心人，哪个民工没受过他的恩惠呢？都叫他“及时雨”呢。莹儿没听过谁叫他“及时雨”，但还是默认了。

吴姐又说，你可能没听说过，他的老婆没了。

莹儿似乎明白她要说啥话了，心怦怦直跳。

吴姐果然说出了那话。她说，人家心里，可有你了。

又说，他观察了你好些天，发现你不错。

又说，他见了好些女人，你最合他的意了。

又说，你只要一点头，就能吃香的，喝辣的，再也不用受苦了。

又说，想填那缺儿的女人能拉一驼车呢。你要是愿意，他立马就能跟你结婚。

还说了好些话。

莹儿沉默一阵，她在想些合适的理由，既不要伤别人，又能拒绝她。想呀想，却也没个好理由，就想，还是实说了吧，就说：事倒是个好事，可惜我没那个福分。我也有我的心上人呢。

吴姐噢一声，他在哪儿？

在省城干事。

莹儿虽然不知道灵官究竟在哪儿，却神使鬼差地说出了“省城”。她有意没说他打工，只说“干事”。那“干事”，看你咋理解了。当省长也是干事，洗盘子也是干事。至于究竟干啥事，叫她自个儿猜去。

这下，吴姐不好说啥了，又胡乱说一阵话，叫她再好好想想，就走了。

三三一进来，就一改过去的冰冷模样。原来，她在窗外偷听呢。她说，你咋不答应？人家，可真是金饽饽呢。有多少女人梦想着填那窝儿呢。你要是不放心，先跟他领结婚证呀。你不听，人家愿意立马结呢。这样的好事，你咋不答应？又说，你是不是嫌他老气？其实，他岁数也不大，这儿风沙大，皮肤当然比城里人黑。

兰兰没说啥。

莹儿约她出去走走。两人打着三三的伞，又到了莹儿上午待的地方。雨还是那么大。人说“早雨不多，一天啰唆”。真是的。那雨，虽能湿了人的衣裳，却也为世界添了好些韵致。兰兰说，要说那事儿，也是个好事儿。人嘛，想那么远干啥？再说，你想人家，人家还不定在做啥呢。按说，我不该说这号话，可你想过没？好些事，是由不了你的。

莹儿明白兰兰说啥。心一下子灰了，她眯了眼，望望远处。雨里的民工没了。盐池很静，只有雨丝落在伞上的声音，偶尔，还隐隐能听到盐层断裂声。

莹儿叹道，我给你讲个事儿。小时候，爹给我买过个玉佩儿，我很喜欢。一天，哥在上面吐了一口唾沫，他是有意气我的。他知道我有洁癖。我嫌它脏，就摔碎了它。明白不？……我明明知道，人活在世上，有时得委屈自己，随顺一些人和事，可我没办法。人不过是几十年的物件，为啥不干净些活呢？有些东西，你一脏了，是洗也洗不尽的。对不？

兰兰长长地叹口气。

莹儿说，你心里，不是也有不能玷污的东西吗？我心里也有。要是没那东西了，就没意思活了。

又说，我不想为了一点好吃好喝和好穿，扔了我活着的理由。

又说，为了那个活的理由，我可以不活。

兰兰说，瞧你，胡说啥？但还是明白，莹儿真是铁心了。

3

由于三三的宣传，盐池上的人都知道头儿的心了。头儿显得很没面子。男人们都这样，面子比啥都重要。于是，找莹儿的人多了，都说吴姐说过的话。想叫莹儿答应的理由也越来越多，但无论啥理由，一跟莹儿活着的理由一碰，就粉碎了。莹儿也不说啥，她只是沉默。不料，那沉默反倒增加了她在头儿心中的分量。有人说，头儿说了，不将她弄到手，这辈子，就白活了。

因为话已挑明，头儿的攻势猛起来。他开始打发吴姐往莹儿房里送菜。盐池上，没比菜更诱人的东西了。大约一个星期，城里才会来一辆拉菜的车。为了买菜，盐池职工的家属成了专职的买菜人。菜车来的那天，她们都早早地排了队。民工也会派专人去买些很便宜的菜，但多便宜的菜，一进了沙窝，就至少贵好几倍了。莹儿当然是很想吃菜的。她的手心里老是起皮，人说那是不吃菜的原因。

头儿的司机朋友多，每次来拉盐，他们都会给他带几纤维袋菜。头儿就叫吴姐送一些给莹儿。莹儿说不要，吴姐还是把菜放在地上。对那菜，莹儿是不叫兰兰碰的。那菜开始还脆绿，一天过后，就黄了萎了。三三急得大叫，你这是糟蹋呀。她就将那些快要烂的菜淘洗了，自个儿炒吃了。莹儿也懒得去管。

吴姐老送菜来，莹儿也老说不要。她也不多说话。也许头儿有冷藏的冰柜，吴姐每次带来的，都是新鲜的。吴姐一走，三三就径自淘洗了。她说，反正莹儿是不吃的，与其糟蹋了，不如她吃了。渐渐的，民工也知道了这事，吴姐送来菜后，才出门，他们便一窝蜂拥了来，将菜分了。

莹儿不吃头儿送的菜的消息很快就传遍了盐池，都说，这女人有志气，那可是脆生生绿盈盈的新鲜菜呀。连头儿她都这样拒绝，那大牛，怕是连根毛也没摸着吧？大牛卖弄出的好些闲话，民工们都不信了。传来传去，莹儿就被神化了。

但大牛却错解了莹儿的心，他以为，莹儿之所以那样待头儿，是因为钟情于他。他被这一臆想感动得热血沸腾。好几次，看到莹儿独处时，他就瞅个空儿前来，说，你这样待我，我也会真心待你的。又说，你等着，我会做给你看。弄得莹儿莫名其妙，她弄不清自己咋“待”了他。

大牛总认为，莹儿肯定崇拜他的力气。他忘不了自己风卷残云般捞盐时，莹儿看他的那一眼。那一眼充满了惊奇，大牛却当成了爱慕。昼里梦里，他都思谋那一眼，并衍化出更多的眼神来。浸淫于那些眼神里的他一天天陶醉着自己，干活也格外有劲了，某日竟捞出了十一吨盐。

陶醉于自己的世界里的人，总能臆造出许多别人爱慕他的理由。大牛想，莹儿没有不爱他的理由。他力大，有一身腱子肉，人长得也精神，挣的钱也多。只有在挣钱上，他不如头儿。但他想，头儿那钱，是黑钱，来路不正的。不定哪一天，雪一化，尸身子一出来，钱也就叫公家没收了。而他的钱是血汗钱，说到天上也是他的。而且，他听说，女人都喜欢强壮男人。头儿早过了强壮期，哪有他大牛有“力量”。

大牛老是哼一种快乐的小调，听那曲子，很像是《我们的生活充满阳光》，但因走调太多，变成另一曲了。那歌很老了，似乎是个电影插曲。民工房里有个小琴，就是一手弹拨一手按键的那种。还有一本破书，那歌就在破书里睡着。一天，宝子闲极无聊，弄醒了它。开始，它只是呻吟咿呀。几天后，它就活了，随了那琴声到处乱窜。耳濡目染，大牛也就会哼了。他无论走路，还是劳动，都哼那曲子。

都说，瞧，大牛得花痴病了。

4

吴姐又来了。这回没带菜，只说，那两个捡沙根的又来了，叫莹儿们换个活儿。莹儿笑笑，说成哩，干啥也成。要是没活儿，她们回家也成。吴姐笑了，你想到哪儿去了？其实，那活儿比捡沙根干净，虽是个力气活，可没有卤水啥的。兰兰说成哩，干啥也成。

新派的活是压沙。风老是将沙丘吹得四下里乱走。它要是进了哪个盐池，哪个盐池就死了。

压沙的方法有多种，一是抬土上沙丘，在沙上造些土棱儿；二是将麦草们压进沙里，织成网状。因盐池上缺麦草，多用土压沙。场里对土棱定了要求，多宽多高，每米付多少钱。……但无论哪种方法，效果都是暂时的。等流沙将人工织的屏障埋了后，沙丘就又活了。所以，压沙成了盐池上常年干的事。

一到干活现场，莹儿就发现，压沙比捡沙根苦多了。你得在毒日头下干活。沙丘上无遮无拦，日头爷就尽情发威。这倒不算啥，最苦的是抬土。两人抬个帆布抬杆，装上土，一摇一晃，挪上沙丘。在沙丘上走路，前行一步，便后陷半步，空身子都嫌吃力，何况抬上重物。

每次抬土上沙丘，莹儿就觉得抬杠在咬手，那挤压，直往骨头里钻。土的重量也变成了拽力，老想将她拽下沙丘。脚陷入沙中，沙钻进鞋里，跟脚亲热不已，才行了几步，就狼狈不堪了。她咬了牙，较劲儿似的屏了息，才将一兜土抬上沙丘。她扔下抬杆，萎在地上。她发现女人们在望她，也懒得管那些嘲笑的眼神，只管喘气。兰兰擦擦头上的汗，说，先试着干一天。你要是熬不下来，我们就给他们下个话，结了账，回家算了。

莹儿说，回家又能咋样？你瞧，那么多女人不也干吗？她们能，我们为啥不能？

咬紧牙，两人又抬了几兜，莹儿发现手腿都成了别人的。汗除了从毛孔里淌，还从眼窝里外涌，真“手心里起皮，眼窝里淌汗”了。最难受的是腿，每一挪动，腿肚里就有刀子割。她怀疑韧带受伤了，但看了几次疼处，倒也不见有啥淤青。

两人干到中午，汗流了不少，那土棱儿却没多长。莹儿粗粗地算了算，照这样子，她们挣不了多少钱。

因为压沙处离宿舍有段距离，两人不打算回去了。她们来时带了水和馍馍。本打算将午休的时间也用来压沙，不想，稍稍一休息，却谁也不想动了。望望别人的成绩，她们暗暗惭愧。

正相顾苦笑呢，大牛带着宝子来找她们。一见她们，大牛大呼小叫地扑上沙丘。兰兰亲热地打个招呼。莹儿也含笑示意一下。这下，大牛受宠若惊了。他跟宝子抬兜运土，不一会，那隆起的土棱儿，竟比她们一上午干的还多。

大牛说，你们真傻。你瞧，人家咋干的？他过去，将别人的土棱儿一刨开，莹儿才发现那奥妙了。原来，别人先将沙弄成棱儿，再在上面盖些土。这样，一兜土，就能造好长的一截棱儿。兰兰说，照这样子，风吹了土，不跟没压一样吗？大牛说，谁管得了千秋万代呀？都猫儿盖屎地干，你不那样，能挣个屌毛呀？兰兰问，场里不管吗？大牛说，事在人为。大不了，给验工的人送条烟，人家睁一眼闭一眼，也就过了。

兰兰说，那号骗人的事，我们也做不来。要是想挣昧心钱，还用到沙窝里来吗？

兰兰这话，说到莹儿心里了。

大牛们吃劲干了一阵，累了个满头大汗。到了上工时间，大牛对莹儿说，我去给头儿说说，最好还叫你干轻省些的。这活儿，累死驴呢。

休息一阵，两人又开始抬土。莹儿有些身不由己。好几次，好容易到沙丘的半腰，却一下子萎倒了，土当然全倒了。兰兰也累得前仰后合，直喘粗气。都筋疲力尽了，但都不想干那投机勾当。

兰兰说，以前有个善人，上了三年香，心很虔诚，菩萨化成一个卖盐人，前来试他。那人拿出做过手脚的秤，多弄了半斤盐。菩萨笑道，上了三年香，不抵半斤盐。兰兰说，那人三年的功德，叫他骗去的半斤盐折消了。她说，修行主要是修心。莹儿却说，功德不功德，我倒不在乎。我只是做不出那事，穷了穷些过，我们又不是只值那几个钱。两人仍是实打实地按要求压沙，虽累成一堆泥了，却没干出多少成绩。粗粗地算算，要不算大牛们帮的那些，两人压一天沙挣的钱，还不如捡半天沙根呢。

5

大牛出事了。

黄昏时分，两人回到住处，听三三说，大牛打了头儿。事情很简单，大牛以为自己跟头儿私交很好，想说个情，叫莹儿们继续捡沙根。他忘了，无论他多有力气，其实质还是个打工的。那“交情”二字，用在身份相若的人之间才适合。于是，头儿眯了眼望大牛。三三说，那“老死娃子”，早就气恨大牛了。一个民工，竟想跟他争女人。人家正想找他的茬儿呢，大牛自个儿碰枪口上了。头儿眯了眼，望大牛，许久才说，谁的裤裆烂了，露出你来了？你以为你是谁？大牛便放恼了。

听宝子说，那大牛，也生头儿的气呢。莹儿记起，大牛说过：“你等着，我会做给你看。”宝子说，大牛早想打头儿了。上回，头儿一提亲，大牛就咬牙切齿地说，也不撒泡尿照照，一头老驴了，还想啃嫩苜蓿？还说了好些话，有些想讨好头儿的民工，就将话转达给头儿了。头儿就将大牛说成老屌。大牛就恼了。

恼了的大牛也是大牛，他只要灰头土脸地出来，也就没事了。头儿天生是骂人的，你叫他骂几句，也没啥。可大牛答应了莹儿，要给她换个轻省些的活。他不能说白话放白屁的。他一条长毛出血有骨头有脑髓的汉子，咋能失信于女人？他想努力说出自己该说的话。以前，每次头儿喝醉酒，都由他背回屋子，头儿总叫他兄弟。头儿还打发大牛干一些不便使唤盐池正式职工的营生——那些人的贼眼也盯着头儿的位子呢。大牛便知道了头儿的好些秘密。但大牛义气，只是在某次醉酒后给照顾他的三三说过一些。大牛边说，边牛吼般哭，说他妈的世道真不公，人家稍稍使个手脚，就能扫树叶子一样捞钱，自己拼了老命，才能挣个养命的光阴。

知道了头儿底细的大牛便开始给好些人说情。大牛就这样挣足了面子。

但这回，他一提莹儿，头儿就铁青了脸，叫他出去。要是头儿只吼“出去”，大牛也会出去的，头儿不该动手推他。头儿一推，两推，大牛的手就不听话了，就也回推了头儿一下。三三说，你想，大牛的劲多大，头儿一下撞向办公桌，差点砸倒桌子。

三三说，要是仅仅砸倒桌子，也没啥。头儿不该抡起椅子，头儿一抡椅子，他的身份就变了。他就从头儿变成了想跟大牛打架的人。大牛不想打架，可他的手想打架。大牛一抡胳膊，椅子就散架了。然后，大牛的拳头就撞向头儿，磕飞了两只门牙。

这下，大牛犯法了。据说，打落牙齿虽不是多大的事，可也算是伤害，不知是轻伤还是轻微伤，总之是伤害了。盐池派出所的警察去逮大牛，大牛跑进了沙窝。

三三说，大牛完了。只那么一拳，他的命就变了。场里扣了他的当月工资，说是要支付药费。三三说，钱倒是小事，最大的损失是场里不会再要他了。要是叫警察逮住，牢是坐定了。加上他的逃，性质更严重，谁知道得坐几年牢哩？

民工们都说，女人真是祸水。

6

莹儿很难受。不管咋说，大牛是因她们出的事。要不是给她们说情，人家的劳动模范不照样当？听说，大牛给盐池挣足了面子，每次省上来人参观，都要到大牛干活的现场去。要不是莹儿，头儿肯定会卖他面子的。可是，两个公狮子都会为母狮子拼个死活呢，何况两个长毛出血的男人。再说，头儿又不想打天下，何必要舍了面子收买人心呢？

兰兰也拧眉不语。三三将那事说得很严重。姑嫂俩的心很沉重。要是没警察掺和，倒也没啥。村里人打架，打下鼻血，打落牙齿的，多得海呀。谁又管啥伤害不伤害呢？可大盖帽一掺和，事情就麻烦了。听说凉州的大盖帽很厉害，连好人也能弄成杀人犯。一想大盖帽正在追捕大牛，兰兰的心就砸芨芨似的噔噔。

夜已经很黑了，三个女人各怀心事，都没入睡。油灯儿恍惚着，摇曳出许多诡秘和莫测。屋外的风叫着。一入夜，多是这样。听说，安西是世界风库，一年一场风，从春刮到冬。因为少有树木的阻挡，那风库里的风直溜溜就能吹到这儿，弄出许多鬼鬼的声音。那声音里，有各种怪模怪样的鬼脸，它们散披着头发，噘着口唇，随意吹奏出一曲曲叫人毛骨悚然的调子。莹儿分明看到了它们风中翻飞的长发。那长发，时如马尾披风，时如疯蛇乱舞。

三三叹道，那大牛，好好儿的，撒啥野？他还供妹妹上大学呢。他一出事，喀噌噌的，天就塌了。

兰兰和莹儿也只是叹气。

忽听有人敲门，那声音很小心，在风中显得隐隐约约，但三人还互相望了一眼。谁？三三问。

那人不语，只是敲。

三三说，不说名字，那你就走吧。再敲，我可要叫人了。深更半夜的。

门外传来一声：三三。

三三叫一声，扑下地去。一眨眼，她已抽开插销。

大牛进来了。

莹儿的头一下大了。警察正逮他呢，他竟敢送上门来？

大牛一身的灰。他先是找个碗，舀碗水，灌了一气，才抿抿嘴，对莹儿说，这儿，我待不得了。你跟我上新疆吧！

莹儿不知如何回答。

大牛又说，新疆大得很。我又没杀人，他们不会死追的。这儿待不得了。你知道，那“老死娃子”嗔恨心重得很，就算警察不逮我，他手下，我也活不出人了。……你跟我走，我会一辈子待你好。真的。

三三望着莹儿，一脸的羡慕。她似乎很生气莹儿的不识抬举。

莹儿苦笑一下，望望兰兰。兰兰明白那一望的意思，就对大牛说，你不知道，人家有心上人哩。人家的心早给人了。大牛脸灰了，说，既然你有了人，咋那样对我好？

莹儿摇摇头。她很想说，我咋对你好了？我啥话也没对你说，啥事也没对你做？那“好”，从哪里说起？但又想，这样一说，会叫他很没面子的。

兰兰也替她说了，她没对你咋呀？人家天生就那样，谁见了也喜欢她。你呀，想哪里去了？

大牛木了脸，待一阵，又说，你喜欢谁我不管，反正我喜欢你。我就是死，也要将你搞到手。

那个“搞”字，听来很是扎耳。莹儿沉了脸。她想说，你把我当成啥了？

兰兰说，啥话？强扭的瓜不甜。你瞧，三三待你多好。

三三一听，灿烂了脸，望大牛。

大牛却拧了眉头，一语不发。半晌，他说，叫我想一想。要是我想不通，还会来找你的。

静一阵，大牛却抽泣起来。他用手一抹，抹下一把泪来。谁也想不到，这牛一样的汉子，竟会女娃般抽泣。看得出，那事儿对他的打击很大。抹了一阵泪，大牛苦了脸说，我完了，我的一切都完了。要是叫人家逮去，非打死我不可。你不知道，那些黑心贼，往死里整人呢。头儿的儿子就当警察。再说，就算能过了警察那一关，也会叫犯人打死的。你不知道，最坏的是那些犯人，他们整人的法儿多，有六十四道菜呢。每道菜，都是要命的。你看那“坏腰子”……对，就是缝麻袋的那个，他的两个肾，就是叫犯人用肘子砸坏的。

大牛牙缝里抽一阵气，木一阵，又说，就算我能活着出来。人家也不要我了。……你叫我咋有脸面回家？爹妈把我当摇钱树呢，妹子也靠我供呢。……真不敢往深里想，一想，就觉得没意思活了。

兰兰说，一个大男人，咋说这号话？又不是个掉脑袋的事，这儿干不成了，到别处去。

大牛说，你站着说话腰不疼。这年头……不过，我认命了。算命的说，我今年有个铁门槛。我躲呀躲呀，也没躲过去。……我也不是怕挨打，我是怕丢人。你知道，我们那儿，只要你进过局子，身子就染黑了。你咋洗，也是洗不白的。

莹儿说，你该去向头儿认个错。说不定，他会原谅你的。

大牛说，不会的，我知道头儿的性子。你好我好时，他也好。要是稍稍抹了他的性子，他会恨你一辈子的。这回，他的脸丢大了，能饶了我？再说，他的事，我知道得太多了，他早想撵我了。

说完，大牛阴了脸，对三三说，我给你说的那事，可别乱说。要是叫人知道了，你也该掉脑袋了。他长叹一口气。

三三说，你索性将那事儿抖搂出来，反倒安全些。

大牛说，那事儿，一扯，会扯出一大串来。我也正想咋办呢。又对莹儿说，……你也好好想想，新疆真是个好地方。

莹儿想，再不能给他添幻想了，就说，我是死也不会跟你的。这事上，我是铁了心的。你别逼我。

大牛叹道，真羡慕那些山大王。我要是能当了山大王，就抢你做压寨夫人。

说着，他取下莹儿们挂在墙上的皮水囊——兰兰用细麻绳扎了那个口子——灌满水，拿了几个馍馍。出门前，他狠狠地望一眼莹儿，惨然一笑。

7

次日晨，莹儿去找头儿。她想给大牛求个情。她想，人心都是肉长的，三句好话暖人心哩。她想，只要能帮大牛，她就多说几句好话。

头儿缺了门牙，老气了许多。莹儿明白，门牙不是啥大事，今个缺了，明个补个金牙，会更牛气的。头儿最在乎面子，叫民工揍一顿，很丢人的。

他的对手也会拿这事做文章。头儿的级别不高，可是个肥缺。那大自然的盐，出多少又没个定数，跟橡皮筋一样能伸能缩。伸缩之间，财就滚滚而来了。

民工们都这么说。

莹儿望着头儿。她第一次这样望他。她发现她无论望啥人，都发现对方有种陌生的怪模怪样，只有灵官例外。……头儿也一样的怪模怪样，而且是那种叫她不能接受的怪模怪样。她怀疑这是一种毛病，但没治。

莹儿垂下眼睑，对头儿说，我给大牛求个情。

头儿干脆地说，成哩。

莹儿原以为他会说些理由拒绝的，就吃惊地望他。

成哩。头儿用亮亮的眼睛望着她。解铃还得系铃人。人家给你说情，你也给人家说情。这叫一报还一报。

谢谢。莹儿说。

头儿说，不过，那事儿，你可要成。

啥事儿？

再是啥事儿？

头儿用亮亮的眼望她，说，也许，我心急了些。你瞧，这样成不？你要是不了解我，我们先不结婚。先试一段日子，成了，再结。或者，不结也成。

莹儿一听那“试”，一阵反胃。她当然明白那“试”的含意。她觉得一只手扼住了咽喉，她有些喘不过气来了。她吃力地说，不成。那事儿不成。

头儿离开办公桌，向她移来。莹儿怕他动粗，就后退到门口。她一脚在里，一脚在外，她想，他要是动粗。她就手扳门框大叫。

头儿看出了她的心思，笑了笑，说，那我只好叫法律办了。你想，有那么多民工，你也打，我也打，我有多少牙叫人家打？

莹儿觉得头里有面钵在敲。她吃力地说，我也是尽心而已。只是……你也别逼人家太凶，给人家一条活路，别逼人太盛。

头儿大笑。莹儿觉得有种很强的波向脑中卷来。她甚至怕自己会晕倒，就赶紧退出门来。她看到有好些民工在望她。他们也定然知道莹儿来干啥，她觉得有些对不住他们。她想，我真没用。

她往自己的住处走。那段路虽不长，但莹儿觉得走了很久。脑中的钵仍在起劲地敲。她想，我也是尽心而已。

她有些恶心男人了。他们咋都这样？

8

次日清晨，忽听有人喊，快来呀，出人命了。

莹儿跟兰兰出了门，见一大堆人正围个池子嚷嚷。三三失态地扑了去。很快，她发出一阵吓人的哭声。宝子也呜呜地哭。

大牛的尸体飘在卤水中，看不出有伤。深绿的卤水衬着他空洞洞的眼睛。莹儿觉得头里嗡嗡地响，很像在梦魇里。眼前的一切都很虚。民工们都睁了木然的眼。偶有欷歔者，跟穿窍而过的微风一样悠长和空洞。

这池子离莹儿的住处不远。莹儿发现盐池边上有挣扎的痕迹，看不出厮打的意味，但分明有挣扎过的迹象。她想，是不是他不小心掉进盐池呢？但她也知道，即使是真的掉进盐池，也不会淹死人的。那卤水的比重，比人体的比重大。莹儿觉得有只无形的大手在揉捏她的心。

警察来了，民工们木然地散开。警察叫民工们捞出大牛。一个法医开始验尸。他叫民工们脱了大牛的衣服。莹儿们就远远地避了。

三三也不哭了。兰兰惨白了脸，扯了三三的胳膊。莹儿觉得胸口很噎。她觉得大牛死得怪。她想，谁都会觉得他死得怪，但谁都不说。她想，大牛憨大心实，他难道会为打落个牙齿赔上自己的命吗？不知道。

三三打着一个个寒噤。她一声接一声地打。那神情，仿佛很冷，但又像吃得过急过饱时的那种呃嗝。莹儿发现，三三是真心待大牛的。三三长得虽不俊，却健壮出一种跳突突的味道。莹儿想，大牛，你真是没有福气。但想到他对自己也是真心的，心里有缕疼抽了一下。记得以前，一想到大牛对她的黏，她就觉得受不了，觉得那黏有些亵渎了自己。此刻想来，却很叫她感动了。毕竟，人家是真心的。心里的疼化成了暖意，暖意荡一阵，就觉得一股强烈的感觉涌向鼻腔。一串眼泪滚下鼻洼。

一切都恍惚着，都叫浓浓的幻觉虚化了。梦魇的觉受越来越明显，噎也越来越明显。莹儿搂了三三，默默地流着泪。三三却木着，她的眼睛深枯枯的。因为风吹日晒，三三的皮肤很干燥，脸上也布满了雀斑。三三舍不得买菜吃，却花了好些钱买治雀斑的油。莹儿明白，多好的油也起不了大作用，因为那雀斑是黑色素沉积造成的。只要三三仍在烈日下干活，她就别想有好的皮肤。

远处的法医好像在解剖尸体。一片白影在人影间透出。莹儿不敢多望那儿，但仍是想起了大牛腿上灰白的老茧和娃娃嘴一样大张的血口。

宝子过来了。他抹着泪，蹲在三三身旁。他抽噎着说，大牛身上倒无伤痕，只是他的褂子烂得怪，叫撕得一塌糊涂。那模样，很像是水里有个怪物，扯了衣服往水里捞人。宝子抹把泪说，大牛肺里胃里积满了卤水，像是淹死的。可怪的是，你就是想自杀，人家卤水也不会成全你。宝子说，大牛落水后，定然有种外力往水里按他。一定是的。他说，头儿也在抹泪。头儿说他已给派出所打了招呼，叫他们别追究了。他说，不就是个牙吗？……谁料想，他竟死了。

宝子说，要是大牛真自杀的话，当然也行，比如跳盐池前，他可以抱一块盐盖巴，就浮不上来了。人一死，手一松，卤水才会将人托上水面。宝子说，当初诗人屈原跳江时，就抱了块石头。

莹儿懒得说话。

宝子又说，大牛一死，别的没啥，他的妹子就没法上学了。宝子说，全凭大牛牛一样苦，他妹子才上了大学。

9

要烧大牛了。

民工们都围了来送他。大牛爹妈也来了。他们牛叫般嚎着。两人都很干瘪，像风干的茄子一样。很难想象，这两个干瘪的老人竟能生下犏牛般的儿子。老头长嚎着，胡须上淋漓着泪。老婆子扯长了声音，边嚎边用脑袋撞盐盖巴。场里派人请他们时，只说是大牛病了。他们没想到，那牛一样壮的儿子已成了红绒单盖着的死人。怕他们伤心，民工们不叫他们接近大牛。这当然是对的，要是那干瘪的老婆子看到儿子被解剖得一塌糊涂时，肯定会心疼死的。但解剖的结果很明了：胃里的残留物中没毒，身上也没明显的伤。虽有几处划痕，但并不致命。可以肯定是淹死的，而且，法医倾向于自杀。但听说，派出所尚有不同意见。

至于自杀的原因，说法颇多，一是说大牛怕叫警察逮了，会挨打；二是说大牛料定他吃不上盐池这碗饭了，心灰意冷，绝望自杀；三是说大牛得不到莹儿的爱，觉得活着没意思了。因为有了第三种说法，派出所便找莹儿谈话，莹儿将那夜大牛说的话告诉了派出所。派出所又找三三谈了话。

民工们弄了好多干柴和牛粪，将裹着红绒单的大牛抬到柴上。一位司机从汽车油箱里抽了半桶汽油。大牛妈像护鸡娃的老母鸡那样一扑一张。她想最后见儿子一面，但民工们坚决不叫她靠近尸体。老头子却很现实，他只是缠定了头儿，时不时就抱头儿的腿。这是农民对付官员最有用的一招。头儿说，你儿子是自杀的，凭啥叫我们赔命价？老汉却不管不顾，只管抱腿。后来，头儿叫出纳给了他一万块钱，但不叫“命价”，只说是对老汉一家的帮助。又听说，老汉拿了钱后，却认定头儿心虚，不然，他咋会给自己那么多钱？

本来，老汉是不想烧儿子尸体的。他还想多闹些钱。他怕尸体一没了，再闹时，就没现在这么理直气壮了。但因尸体开始发臭。民工们都求老汉，说已熏得他们吃不下饭。老汉就心软了。

汽油浇到裹大牛的红绒单上。刺鼻味弥漫开来。大牛妈打滚撒泼，厉厉地嚎。三三们也陪了她抽泣。莹儿心里的噎感更重。一切都化为稠稠的梦，虚幻成影子了。一人举个火把，在风里呼呼。它慢慢凑向红绒单下的柴们。柴们早迫不及待了，不等火把吻上自己，就急不可耐地腾起一团亮亮的光焰。火焰漫延得很快，像天旋风一样疯狂而放肆，瞬间就吞没了绒单。

火们欢快地呼呼着。它们是一群狂欢的乌鸦。它们一口口叼走了绒单，叼没了衣襟，将白皮肤舔成了黑色。它们似乎更喜欢大牛腿上的硬皮和血口。它们舔呀舔呀，硬皮想顽强地守候自己本来的颜色，火却在顽强地舔，渐渐地，灰皮泛白了，变得斑驳陆离。

火溢满天了。到处是呼呼声。大牛妈大张了口扑天抢地。大牛爹也大张了口，他似乎在哭，又似乎在惊讶儿子的耐烧。……是的，大牛很耐烧。一般人多脂肪，大牛身上却多腱子肉。前者助燃。后者却得凭借柴的力量，才能完成最后的升华。肉皮上的灰斑渐渐洇渗开来，冒出了一股水液，但火很快就气化了它们。

大火弥天。烟渐渐少了。汽油完成了它的使命。剩下的事，该由柴和牛粪做了。大牛显得很不好意思，他在火中扭捏几下，引起民工的惊呼。一人叫，别怕，那是筋揪了。这一叫，大牛立马安详了。好像变魔术的叫人揭了底一样，他显出一种赧然的安静。似乎是为了弥补他的过失，他的身上开始流出新的燃料，液体呈泡沫状，一滴一滴，从一晕晕散开的灰色中渗出，先是水汽般的晕纹，渐渐凝成一滴。那“滴”越来越大，终于流下发黑的躯体，在火中溅出一团光华。

因为大牛的配合和支援，火变得非常纯正和干净。火光不再飞扬跋扈，竟有炉火纯青的迹象了。肉变成了硬皮，贴在骨殖上，意味着火已消灭了大牛体内的水。除了脂肪仍作出液体的姿态外，骨肉都凝在火中。民工都半张了口，眼里发出瓷器的光泽。

大牛妈的哭从火中渗出。她的哭不像哭丧，只能算厉厉地嚎，是受到剧痛后抑制不住的那种嚎。大牛爹也发出很大的哭声，但他似乎能自由地出入悲痛。他老泪纵横地哭一阵后，总要偷看头儿一眼。头儿脸灰着，似乎是忧伤，也似乎是烦躁。

干柴没了，只剩下火籽儿，牛粪仍在喷出它特有的火光。大牛的身子收缩了。按火化的规矩，应该有个人拿个铁钎，一下下捅那黑团，以便烧得彻底些。但谁也不去捅它，大牛只好黑成一团了。

干柴和牛粪跟专业化尸炉不一样，火熄时，大牛还没完全变成骨头。据说，大牛妈想背回娃子，大牛爹却不同意。他想将大牛埋入沙窝，省得在家乡扎眼。要是大牛完全变成干净骨头，他妈当然能拗了老汉性子，背儿子回家。但柴火帮了老头的忙。那火力，并没完全燎光肉。它仅仅是将肉变成了釉状物。这样，大牛妈只好由了民工们，将大牛埋在盐池北面的沙洼里。

埋了大牛的次日，莹儿们按当地习俗，做了些汤饭，去送给大牛。她们发现，埋大牛的沙丘已不见了。大牛早曝尸在外了，他贴在骨上的肉早叫啥动物啃光了。骨头虽叫烟熏黑了，但那一道道的牙印却啃出一线线干净的白。

莹儿们边哭，边将散了一地的骨头收拢了，埋进黄沙。

第　三　十　一　章

车户的鞭子蛇抱蛋，车轱辘碾坏了牡丹。

1

村里人知道了月儿的事，都骂月儿家，都替猛子抱不平。开始，猛子妈还很解气地应和，渐渐，她觉出自己的不是了，但她面里不承认自己的错。月儿家送来了一万块钱，这是当初的婚礼数，但对方没提婚礼，只说叫他们先给丫头看病。

妈明白这是闹来的结果，但这结果，却是以伤害月儿为代价的。唾星搅天。凡有人闲聊的地方，都会聊这话题。每次提起，都有人朝月儿家吐口水。有人甚至扬言，要将月儿拉到家府祠里批斗一顿，谁叫她给当家户族丢人，但说归说，都忌惮月儿哥白狗的横，不敢乱来。

村里人都说："这号事，出门风子哩。"因为，月儿爹的二姐也害过那病。解放前，她在河西大旅社里卖笑，后来遭了恶报，害了杨梅大疮，死得很惨。此外，还没听谁干过这营生。近年，村里出外打工的女娃虽多，但多隐了名姓，跑了外地。虽也疑惑那飞来的汇款单，但毕竟没啥证据，来证明人家的不清白。月儿却是铁证如山，那梅毒，硬硬地将她钉在了耻辱柱上。村里人甚至怀疑猛子也染了那病。他们不信棉花见了火不着，不信猛子搂着那么水灵俊俏的肉身子会守身如玉。这下，村里女人一见猛子就躲，仿佛怕他把杨梅大疮强暴给她们，甚至连那些丑陋至极令人作呕的垢甲婆娘也不例外。

猛子妈终于明白，自己的“闹”，已经影响到儿子的清白。这阵候，即使猛子离了婚，怕也没人敢嫁了。于是，她只好先将那离婚念头放下，说，先治吧。她估计，有了白家送来的一万块钱，那啥疮，也能叫科学揪了去的。

表面上，妈虽不认错，但在实际行动上已向儿子和儿媳表示了和解。她说服老顺，花了八百块钱，买了个旧摩托，叫猛子定期捎月儿去凉州城，在老梁爷处看病。

自上回淘金叫命运喂了个抓屁后，老顺坚决不叫猛子再去白虎关。好在是几人联手，算到猛子名下，赔了才三千多。老顺心疼，骂了几回，猛子脖子一梗，说这债由他自己背。儿大不由父，老顺面里不好再说啥，背后却唏哩了好几天。

自猛子将被褥从窝铺里搬回家，就忙坏了爹妈。猛子当掌柜时，跟月儿分居，倒也没啥。现在，两人要往一个炕上滚，那杨梅大疮，就成了悬在头上的剑。虽然猛子没碰过月儿，但以前的没碰，不等于今后的不碰。猛子正是“钻出火”的年龄，保不定哪天，感情一冲动，来上一梭子，叫杨梅大疮一舔，就麻烦了。

老两口便整天提心吊胆，除了一次次叮嘱猛子一定要守住阵地外，还定了一条规矩：晚上睡觉，不准锁门。猛子妈又私下和老头子商定，由两人轮流值夜，等小屋一熄灯，就赤了足，悄悄过去，蹲在门侧，听那动静。若有异样，惊动一下。开始，老顺嫌这法儿损，有做大不正之嫌。后来，见老伴一人值夜太辛苦，就应允了，老伴值前半夜，他值后半夜。

猛子并不知道，自己的一切，已置于父母的监督之下。

这夜，月儿洗完身子，扑了药粉，穿好裤子，上炕躺下。那病，虽没往恶里变，但也无明显好转的迹象，两人商议一番，想去兰州治，又听说兰州用药也多是凉州医院用过的那些，怕白花钱，月儿很犹豫。两人谈了些别的事，多是上学时的趣事，月儿显得很愉快。她人虽瘦了些，那美丽，却没受多少伤害，反倒因怜悯之情，在猛子眼里越加美了。猛子伸手，握住另一个被窝里的手，一想这如花似玉的人儿，却能看不能用，不由得心酸哀叹。

月儿说你别叹气，等治好病，你咋也成，只怕你到时候有心无力。

猛子说，到时候，你别告饶就成。月儿吃吃笑了。

两人你一句，我一句，打趣一阵，猛子觉得月儿的手心里汗津津了。那汗津津的感觉很有诱惑力。他一下紧，一下松，握那小手，滑鱼鱼的感觉令他想入非非，就伸过头去，吻月儿。哪知，两个嘴唇一合，就再也分不开了，嘴唇咬嘴唇，舌头绞舌头，咂咂连声。这夜，正是老顺值夜，他不由大急，偷偷摸回书房，捣醒老伴，说："有响动了。"老伴披衣出门，厉声叫："猛子——"猛子应一声。妈说："来，给你爹找个去痛片，他头疼。"猛子并无耽搁，应声而来，打亮手电，在一个纸包里找出去痛片，沏了水，递给爹。出门时，妈叮嘱道："你们可离远些，那水水，一沾上，就有了病。"猛子说，知道知道。听了猛子的说话语气，爹放心了。妈却提悬了心，穿了衣，又去值夜。

那阵隔靴搔痒的肌肤之亲给两人带来了极大的刺激。虽仅仅是接吻，两人还是觉得其乐无比。相隔时，你是你，我是我；相拥时，却是你中有我，我中有你。那种巨大的幸福将一些不快挤到了外面。为了避免意外，两人都不脱裤子，开始两人还着内衣，渐渐，觉得内衣碍手，索性也扒了，就裸了上身，相拥而卧。

两人开始沉浸到一种异样的新婚幸福里。猛子觉得自己已向下滑去：开始，两人仅仅是握手，渐渐发展到接吻，进而拥抱了，随着肌肤之亲的逐渐深入，快乐越来越多，诱惑也越来越大。

那一连串的响动，每每将猛子妈弄得心惊肉跳，一有风吹草动，她就叫猛子取药。猛子倒始终没发觉父母的窥视。他并不知道，他的那一点点快乐，要给爹妈带来多大的惊恐。

随着诱惑的渐大，猛子觉出了痛苦。月儿那少女的身子，勾起了久违的许多感觉。身子已不太听理智的使唤，指不定何时就燃起大火，那相吻和相拥，却总是火上浇油。月儿的性情又柔到了极致，每每在相拥时发出天籁似的呻吟。她也许是有意取悦猛子，也许是身不由己，但带给猛子的，却既是享受，又是痛苦。但同时，也令值夜的老顺痛苦不堪。“浪货！浪货！”他不停地咕哝。他怕听到那声响，却又怪怪地渴望听到，每每弄出一头的汗来。

在这层层的爱抚中，猛子和月儿的感情急剧升温，加上两人要共同面对的那个病魔，他们谁也离不开谁了。月儿只有在和猛子拥吻时，才感受到做女人的甜蜜。和性爱不同的是，性爱的高潮往往是情绪低落的开始，而接吻和拥抱，则是永无止境的激情。同时，因为有了可望而不可即的巨大诱惑，反倒更增加了黏合力。

这夜，两人一如既往地打趣一阵，继续着情人间的抚摸。开始，他们还仅仅是接吻，但月光透过窗帘，渗入小屋，小屋便隐隐幻幻了。猛子发现，月儿竟是那么美，是任何词汇都无法形容的那种美。一种温柔到极致的波从月儿身上发出，逗得猛子烈火熊熊。月儿静静地望着他，目光沉静而忧伤。她强抑着起伏渐大的胸脯，手指在猛子身上游动。猛子吮吸着她少女的乳房。那圆圆的、柔柔的尤物，叫猛子欲死欲仙。开始，猛子还能强迫自己冷静。很快，他就被一股巨大的狂潮卷没了。他扑到月儿身上，发疯地吻。他想，只要能和月儿融为一体，死了也值。月儿先是挣扎，很快，她也变成了一团大火。猛子取出备好的避孕套，喘吁吁说：“带了这个，就一次。”月儿慌乱地摇头：“不……不……”但很快，她也默许了。

情欲在激荡，热血在燃烧，巨大的干渴裹紧了喉咙，心跳擂鼓似的轰击耳膜。猛子手忙脚乱地撕开塑料袋，一个软软的东西跳上指尖，巨大的幸福正扑面而来。

这时，妈的声音却厉厉地刺来：“猛子——，院里有贼！”

月儿这才明白了，公婆在窥视。她像遭烫的孩子那样大哭。猛子也哭了。两人相拥了，肆无忌惮地哭到天亮。

2

除了一如既往地在老梁爷处治疗，猛子妈还到处寻找土方。村里人虽听说过杨梅大疮，但它是红是黑，是圆是方，谁也说不出个子丑寅卯。再说，猛子妈也不能逢人就说儿媳得了那脏病，她只是向相好的询问。那相好的，又有相好的，好好相串，所有的人都知道了月儿是个“烂货”。这样做，客观上损害了月儿的名声，但也起到了预期的作用。这天，大夫王麻子提供了一个土方：用牛粪熏。他说：“那时，有些才患病的，也有叫牛粪熏好的。”他的理由是，牛粪里有百草的精气，能治病。

猛子妈虽然说不出牛粪里有啥精气，但牛粪不花本钱。村里养牛的人多，只要是牛，都会屙粪。将那湿湿的黏黏的粪打到墙上，不几日，就成了干干的牛粪饼。猛子妈弄了好多牛粪饼，堆到脸盆里，要给月儿熏了。开始，月儿不让，她不信牛粪比药还管用，但挡不住婆婆的热情。于是，她赶出了猛子——她是死也不让猛子看那脏烂处的。

猛子出去后，月儿褪下裤子，露出病处。妈大吃一惊。有几处已经烂了。黄黄的软烂疮中，流着黄水。妈怕月儿难堪，也不去问她想问的话。虽也憎恶月儿以前的不正经，但还是从心底里升腾出一股怜悯来。她煨了牛粪，一点火星，渐渐渗开。那不是寻常的火，是希望之火。火慢慢扩散着，一缕白烟，袅袅上旋。妈移了那精气，去熏那疮。开始，倒不显啥，但随着火的渐大，烟的大浓，疮处有黄水渗出，渐渐凝成一滴，滴入火中，发出嗞嗞的呻吟。

“舒服不？”妈问。

“舒服。”

月儿有意下蹲了体位。那火燎黄水的嗞嗞声很解气。那是世上最大的恶魔。它害了许多人，又来害她。月儿甚至觉出魔鬼被烤得龇牙咧嘴，惨叫不已。她感到很快意。开初，那暖暖的火烤疮处的感觉很舒服，渐渐有了疼，那不是寻常的疼，而是一种舒服的熨疼，它裹挟着舒适，一晕晕荡。真想融入火中，成为一团蓝色的火。她悄悄对那魔鬼说：“你滚吧！否则，我会跟你同归于尽的。”

随着体位的越下，黄水流得越来越凶。难闻的恶臭弥漫开来。月儿甚至觉出了灼痛。这时，已不仅仅是熏，而变成了烤。月儿很性急。她想，最好一次两次，就把那病烤好，叫那冤家好好闹活一场。每次看到猛子焦渴的样子，月儿总是心疼。

看到月儿快把伤处贴火上了，妈在她的腿弯处衬了个毛巾，叫她抬高些。她说主要是熏，而不是烤。她怕会烤坏皮肤，添了烧伤反倒不好。妈边说，边认真地添牛粪。恍恍惚惚里，她也忘了月儿的“不正经”，将她当成了自己的孩子。患病的孩子，是最叫娘心疼的。

烤一阵，妈端出了火。月儿在疮处衬了纸，整好衣裤，躺在床上。她觉得很累。那炽烤处隐隐发疼，但她仍然很高兴。终于又有了一个法儿，而且，不用花钱。她眼里，一个法儿就是一条路。许多时候，她觉得自己的路断了，有种走投无路的感觉。这使她心如死灰。当初，她以为这病虽恶，但现在科学发达，又不是啥绝症，才满怀信心地和猛子结婚，边筹办婚事，边抓紧治疗。原指望能在婚前治好病，哪知，那烂处，竟伸了舌头，一下下舔向四周。早知这样，她会另有打算的。

躺在床上，懒洋洋望顶棚。那塑料拉花，仍散发着新婚的喜庆。这让月儿想到了夜里和猛子的拥吻。她发现，啥都是心的作用。因为爱猛子，虽是个寻常的吻，也激荡着幸福的波晕。她想不出治好病后，两人会有怎样的幸福。那一定是个巨大的幸福旋涡，定会吞了他的。月儿抿嘴笑了。

猛子进来了。“好些了没？”他问。月儿不语，只是默默地望着他。她发现猛子瘦了，也黑了，嗔道：“你急啥？”她一把搂过他，按到自己的胸上。这时，一种母亲才有的感情在她心头涌起。

月儿抚着他的脸，一下下抚，有种柔软温润的熨感。自打被埋到井下的那时起，猛子就觉得自己变了。他老会想些莫名其妙的问题，老想为啥活着之类的问题，开始还觉得人生有意义，但他一路追问下去，追到宇宙命尽的那一天，就发现一切都没了意义。他发现，万事万物，归根结底，都归于一个巨大的虚无。这使他万念俱灰，但想到在这个天大地大的虚无里，能有个女人和他在一起，陪他哭，陪他笑，陪他度过孤凄的人生，心里就温暖了。

老想被埋到井下时的那种无助和孤凄，那种灵魂的无着无落，就会不由得追问活着的意义等。这当然是扯淡的事，除了叫他烦恼外，追不出啥结果的。他便羡慕父亲那一代，他们少欲寡求，知足常乐，虽被人称为愚昧，但何尝不是更高意义上的生存智慧呢？

问题是，人糊涂时，明白是遥远的事。人明白后，便再也难以忍受糊涂了。他无法再变成父母，就像他无法再进入子宫中一样。而且，他明白，某种灵魂的痛苦，任何人治愈不了。他只能自救，但他又不知如何自救。他渴望有一只智慧的手，如月儿抚慰他的肉体一样，来抚慰他的灵魂。

那智慧之手，现在何处？

3

猛子妈决定送月儿回娘家。

老两口已疲惫不堪了。他们托人给盐池上带过几回口信，叫兰兰们快些回来，好替他们分一分忧，却没个回音。……他们可实在熬不住了。白天干农活，夜里还得值夜。那种值夜，又最是熬人，时觉有风吹草动，时时如临大敌，精神紧张到了极致，再折腾，怕成精神病了。这倒在其次，最怕的是，万一两人感情冲动，或在睡意朦胧迷迷糊糊中，成就了好事，那大错，就无法挽回了。所以，老两口决定，送月儿回娘家住。待治好了病，再圆房不迟。

此外，老顺还打算给猛子找个营生，免得他闲极生事。正好，城里林业局正搞野生动植物保护中心，他们打听到猛子去过猪肚井，熟悉沙生动植物，想请他去帮几天忙。真是瞌睡遇到了枕头。猛子还在犹豫，老顺已一口答应了。这下，老两口才松了口气。

倒是月儿泪眼迷离，心事重重。虽说猛子妈再三解释：没别的意思，仅仅是怕他们出事，才暂时隔开。先前，村里有个规矩，女儿若在婆家做了丢人的事，就要送往娘家。妈解释，这送和那送不一样，他们没一点兴师问罪的意思。还说，事情到了这种地步，他们也一锤打个肚儿里疼，认了。他们也不再说啥气人话。他们只求别叫娃子染病。他们还会帮月儿看病，还把她当儿媳看待……还说了好些宽心话，但月儿还是哭得失声断气。

猛子妈就叫凤香来劝，但凤香只能陪月儿抹泪。她想说的话，月儿都知道，用不着再饶舌。多好的劝，都在揭月儿的伤疤。先前苦极了时，凤香还有些羡慕月儿，羡慕她能像没笼头的马一样在大世界里蹦跶。现在，她发现，那蹦跶的同时，还可能栽进一个个陷阱，就再也不羡慕了。

两人默默无语，相顾流泪。月儿的新房很好，但此刻看来，反有些嘲讽了。那喜庆颜色，反衬着悲凄。凤香抹把泪，轻声道："别想太多，治好病再说。"月儿哭道："我咋有种不好的感觉。这回一离开，可能就回不来了。"凤香说："不会的，不会的。"月儿摇摇头，哭出声来。

猛子妈很讨厌月儿的哭。在书房里，她一下下顿足。虽说她也老抹泪，老扯哭声，但还是讨厌别人哭。因为，每次家里不利顺，一叫神婆掐算，就说叫哭神冲了。她于是知道了有个哭神，是个凶神恶煞，人一嚎哭，它就出现，家人就会被它冲出毛病来。妈几次想去劝月儿，猛子都拦住了她，说："叫她哭哭吧。哭哭心里舒服。"

但哭归哭，月儿还是顺从了公婆的安排。

吃过晌午，猛子带月儿出了家门。月儿显然不想去娘家，但猛子明白爹妈也是为他们好。而且，他也发现，自己也正向未知里滑落。他也怕自己在关键时刻把持不住。那夜，要不是妈的惊叫，真说不出咋个麻烦呢。每每念及，总是后怕。他明白，时下最紧要的，是治疗月儿的病。他背着父母，正在筹钱。他想带月儿到兰州看病。该尽的人力尽了，由天断吧。

两人沿着村间小道，往月儿家走。路上有些人，正在闲聊，见月儿过来，都纷纷避了。怕月儿伤心，猛子寻个话头，想引开她的注意力，但月儿还是显出了一丝痛苦。但她没掉泪，反倒马上鲜活了脸，步履也坚定起来，竟有示威的意味了。猛子很理解她，但也不去提及，只胡乱说了些事。

月儿一到娘家，就再也硬朗不起来，扑进她妈的怀里，哭出声来。她妈也陪着流泪。猛子解释了爹妈的做法。他努力避开那些容易刺激对方的字眼，但月儿妈还是变了脸色。但她没说出难听的话。这件事，理亏的是她家，别说叫站娘家，就是人家闹离婚，她也不敢放一个响屁的。

猛子回家时，却费了些周折。月儿抓住他的手，不叫他离开。那样子，与其说是缠绵难舍，不如说是抓住了一根救命稻草。仿佛她身侧有个吃人恶魔，一等猛子离开，就会扑过来咬她似的。那份执著和痴迷，叫猛子很是凄酸。他明白，自己已成为她唯一的精神支柱了。面对巨大的病魔，面对唾星搅天的生存环境，一个女子，实在太弱小了。猛子长长地叹口气，觉得自己同意送她回娘家，实在是太残酷了。

娘家倒也清静。哥哥白狗去了白虎关——自上回赔了后，白狗只好又当起了沙娃；爹仍去照料歌舞厅。和村里一样，消闲些的，只有老人和孩子。院落也冷清出一种惨白来。白孤孤的日头爷孤零零悬着，院落也显出了惨白色。这世界，本是心的映象，因为心的孤寂，一切都变样了。

月儿瘦多了，脸上有种没有血色的白。因没有外人，她不再表演那种示威的刚强，还原为一个弱女子。她的手却很有力，她仿佛使出了全部的心力，来不使猛子离开。眼中的渴望和爱怜也浓得化不开。

猛子心中涌出一股冲动。若有可能，他会从月儿身上抓出那病，放入自己的体内。

第三十二章

天上的云彩雨露露，乌云天杀梢子哩。

1

兰兰和莹儿又压了几天沙，身子散架了似的。因为不愿投机取巧，她们三天压的米数还不如人家一天压的。兰兰说，照这样子，除去吃喝，挣不了多少钱。看来，这儿也不是久待的地方，索性结了工资，回家吧。

因为大牛的事，莹儿很难受。她发现好些人都指戳她。她感到一种巨大的压力，加上活也很苦，就一天也不想待了。好容易熬到结账那天，她们领了工资，准备回家。

姑嫂俩将吃剩的面都蒸成馒头，掰成核桃大的疙瘩，用油炒干，再拔些沙葱腌了。沙葱有些老了，但老了的沙葱也是沙葱，等嘴里淡出鸟时，就着沙葱嚼油馒头，会独有一番滋味的。

兰兰把毛毯和灶具交给吴姐，叫她转给头儿。吴姐过意不去，给她们装了三纤维袋盐。因盐池有个规矩，附近的蒙古牧民吃盐或是用盐喂骆驼，从不掏钱的，兰兰就接受了盐。两人找到牧人，给了些辛苦费，要回了骆驼。养了几十天膘，驼峰又立了起来。但莹儿总觉得驼有些怪怪的了，说不清为啥，只有这感觉。

因大牛拿走了皮囊，兰兰就去场部的小卖部里买了个塑料拉子，用以装水。驼驮了盐们，就不能再骑人了。莹儿说，不骑就不骑，腿生来，就是走路的。兰兰说，只要豺狗子不再来搅搔，她们就不会迷路，直溜溜就出去了。

一说豺狗子，莹儿的腿就软了。她就有这毛病，一叫啥吓一次，再次提及时，腿就不由得会发软。但她没把自己的怕表现出来。她知道兰兰也怕，但这时只能鼓气，不能泄气。要是你也说怕，我也说怕，那虚拟的怕，就把人吓死了。

兰兰检查了一下，火药还剩了一半，铁砂也有些。她也怕豺狗子，可没治，她们要么横穿沙漠，要么得转老大一个圈子。横穿沙漠时，只要不迷路，三四天就到家了。转圈子就说不清了，最少得走二十多天。兰兰说，还是走老先人走过的截路吧。莹儿想，就是，不管咋说，沙漠里没遇上过坏人。

买塑料拉子时，兰兰还买了煤油、电池等，煤油是马灯用的。上回遇豺狗子后，马灯罩子碎了，幸好小卖部里有卖玻璃罩子的；又买了些自行车珠子，万一遇到野兽，能当子弹用；还买了些鞭炮。恐吓野兽时，鞭炮比枪管用。

锅碗等灶具本是借别人的，还了后，也懒得再置办。兰兰说，要是再置办锅灶，花钱不说，也给骆驼增加了负担。莹儿说成哩，不就几天吗？只要有水有馍馍，就能凑合。

两人就出发了。莹儿的心里空落落的。记得，她们在沙窝里寻找盐池时，真抱了天大的希望，比念佛的老婆婆盼望极乐世界还要急切。哪知，好些东西是近不得的。原以为是条路，是个能改变命运的契机，可想不到这儿也不比家里好过。她明白，除非她改变自己。不然，就连压沙那种苦活，她也是干不长的。现在，三条腿的驴难找，两条腿的打工的比蚂蚁多。你要是得罪了头儿，就到一旁晾着去吧。

可头儿期盼的那种“改变”，莹儿是死也不愿意的。都说女人变坏就有钱，可一旦真的变坏了，还算人吗？莹儿想，人之所以为人，定然有一道底线。一过了那底线，就算不得人了。不管别人咋样，她是死也不愿变成头儿希望的那样。没办法。

还是走吧。

两人出了盐池，踏入那片盐碱地。驼掌踩在暄起的盐碱地里，发出噗噗声。一股股干燥的白尘溅起。干燥和渴意扑面而来，想来那经历过的干渴已印入灵魂了。莹儿觉得很疲惫。来时，尚有向往；去时，则只有历经沧桑的疲惫了。莹儿想，该离开了。也许，她跟盐池，就只有这点浅尝辄止的缘分。缘分一尽，就了无牵挂了。她发现，人是最孤单的。许多时候，你得独自面对一些东西，别人是帮不上忙的。无论痛苦，还是孤独，你都得自个儿承受。随着脚步的前移，盐池终于化为泛白的亮点。望着一波波荡向远方的沙浪，莹儿觉得又被抛向了未知。这时，她才有些留恋盐池了。虽然那儿的人类形态各异，但总是同类。

不经意间，她想到了大牛，心里先是涌过一缕暖暖的感觉，随后痛感就袭来了。不管咋说，大牛的“铁门槛”因她而起，要是他不为自己说情，就不会跟头儿闹。要是不闹，此刻，他还是模范呢。但好些事情，难说得很。许多时候，性格就是命运，只要大牛不改变自己的犏牛性子，迟早会发牛脾气的。

想到大牛，莹儿就觉得她对盐池的“了无牵挂”不大对劲，有种妈说的“无义种”味道。小时候，妈老这样说她。因为她总是沉浸在自己的世界里，她喜欢独处，喜欢想自己的事。有时，妈眼里天大的事，她看得却很淡，妈便骂她“无义种”。一想妈，莹儿又想到那雨夜的事了。心觉得被啥扎了一下。她晃晃头想，不想了，啥都不想了。

这世上没白费的功，真的。抬沙虽苦，却也锻炼了脚力。记得，刚抬沙时，小腿肚刀割般疼，五六天后，疼就钝了。这会儿进了沙窝，腿脚就轻捷了许多。骆驼反倒很吃力，要是行长路的话，驼驮得就嫌重了。但三五天的路程，多驮个百十斤，也能支持得了。为节省骆驼体力，兰兰选了缓坡，但驼还是口喷白沫，喘息不已。

天倒是不热，一来到深秋了，二来有浓云遮了太阳。记得，离开盐池时，云没现在这么厚。那时，只有一大朵一大朵的云，灰楚楚的。那时要是有这号黑云，她们就会等几天再走。因为这号黑云里，可能藏着麻钱大的雨。要是雨不知趣地泼下，会很麻烦的。但沙漠的天像娃娃脸，说不定过一会儿，那黑云疙瘩就叫漠风吹到山那头去了。谁也懒得将它们往心里放。

步子虽不沉重，两人心里却不轻松。来时的向往都没了，盐池也不是清凉的梦。向往中的亮晃晃的大路又黑沉沉了。回到家后，又能咋样？兰兰说，回去后，要是实在过不下去，她就仍到盐池里来。莹儿问，你来又能咋样？拼上老命，挣点儿血汗钱，却得干些昧心事。当这个世界谁都昧心时，你不昧心就成了怪物。莹儿问兰兰，你想昧心吗？兰兰不语。

莹儿又说，就算你能常在盐池干，又能咋样？这一问，兰兰就哑了。她发现，要是一直追问下去，就发现盐池里干也没啥意思，充其量，是用一日日青春的逝去，换些养命食而已。再往前追问，就没意义了。无论她咋追问，等追问到肉体消失时，一切就失去了意义。兰兰说，这样一想，还是修行划算。莹儿笑道，要是你用"划算"来衡量的话，那修行，能有个啥意思？

兰兰笑了，说，我想，回去后，还是修行吧。

莹儿发现，相较于现实中的许多东西，兰兰说的修行，倒还有点意思。不管咋说，那所谓的功德，并不因肉体的消失而失去。莹儿想，那最早的修行者，是不是因为发现了现实的无奈，才设计了"修行"这号在无聊中寻"有聊"的事呢？

莹儿说，有些路，不管有没有意思，你都得走呀。

2

雨终于下了。

先是黑云里打了个闷雷。雷声不大，像是虎叫，也像牛哞，更像两个磨盘在摩擦。但就是那几声闷响，竟拽出搅天搅地的水帘来。世上好些事总在拗人的性子，当你渴极了想雨时，天连个潮屁也不放。当她们水充粮足需要赶路时，天却偏偏泼下水来。那雨没头没脑的，并无丝毫的过渡，直接就将水柱般的帘子拉下了。姑嫂俩还没反应过来，就被浇了满头满身的水。

莹儿心细，做了好些准备，无论水呀，面食呀，都足够十天的，可就是没准备雨布。谁也想不到离开盐池不久，会遇到雨，会遇到这号瓢泼大雨。仿佛老天爷也成了婆婆，老跟她们斗气，见她们没防啥，就恶作剧般地折腾啥。真没治了。两人都觉出了不顺，这不顺是指命运的不顺。按妈的话说，就是背运了，你干啥啥不顺。兰兰说，也许是命吧。可莹儿却说，有些东西，看咋说，要说是命，但只消她们稍稍变变自己，按头儿要求的那样变一下，那不顺也就顺了。说明那叫她们不顺的，其实是一种外力。兰兰说，你不是不愿意改变吗？那不愿改变的心，就是你自己的命。莹儿想，就是，当满世界都变了时，你想守候某种东西，当然不顺了。

雨渗入沙里。行来虽无泥泞，湿沙却老是沾鞋。鞋就比平时重了几倍，行走很是吃力。这倒没啥。难受的是雨总是没头没脑地泼，头发里漫出的水老往眼里流。天地白茫茫的一片。耳里充满了泼水声。要是有雨布，行路虽仍是艰难，倒也有另一种趣味。但来时的饥渴喧嚣在记忆里，将可能遇雨的事挤到心外了，不然，她们会弄些塑料布的。

雨点很大，很有力，有种鞭子的味道。雨初降时，几乎每个雨点的敲击，肌肤都有相应的感觉，但很快，皮肤就叫冷雨激麻木了。那冷，能激得人牙齿打颤。毕竟到深秋了，日头爷露脸时，冷当然得避一避，待得那乌云夺了日头爷的风头，冷就趁机肆虐了。两人的脸都白戗戗的，嘴唇也紫了，外露的胳膊上已起了好些鸡皮疙瘩。真要命。

四下里一片烟雾，莹儿听到巨大的瓢泼声。她明白那是雨打耳朵造成的错觉。它甚至比冷更烦人。莹儿喜欢安静，一入嘈杂的环境，她就受不了。捡沙根时，她最怕的，其实不是闷热，而是噪音。但那时，捡沙根需要的专注消解了噪音。现在，瓢泼声扯天扯地，她快要被聒疯了。

兰兰牵着骆驼，显得很瘦小。她的衣服贴在了身上。兰兰咬着牙，腮上布满肉棱，那形神，很像她妈。莹儿喜欢兰兰，但很怕婆婆。婆婆有太多的心机和强悍的性子，不经意间一想，她的腿就软了。她发现，婆婆竟跟豺狗子一样，将害怕种进了她的灵魂深处。一想到回去后又会见到婆婆，竟真的有了一种透入心底的怕。

莹儿想，兰兰的将来，会不会变得像婆婆一样？难说。莹儿发现，那些好女儿，就是在不知不觉中，变成了厉害的婆婆。她们的女儿性没了，多了那种悍妇的泼辣。

她想，兰兰，你可千万别变成你妈呀。却又想，自己会不会在日后也变成妈？这一想，心猛地抽了一下。听村里人说，妈当初，也是个美人，远近闻名呢，但生活还是将她变成了一个同样远近闻名的悍妇。莹儿明白，妈的变，是叫生活逼的。她想，婆婆当初，想来也跟兰兰一样，也是生活把她变成了一想就叫莹儿打软腿儿的婆婆。

莹儿觉得眼里有热热的东西涌出了。她很想说，兰兰，你可别变成你妈呀。又想，她当然不愿变的，但进了菜籽地，就得染黄衣。许多时候，你不变，也由不了你。……那么，灵官会不会变呢？变得跟老顺一样。说不清。就算她和他真的能天长地久，谁能保证他们不会变得像爹妈那样，老是像毒蜘蛛一样啃咬呢？她想，跟她不愿变成妈一样，灵官也不想变成老顺。但生活里肯定有一种大力，会将他们变成他们不想变的那种人。这一想，她真的万念俱灰了。她想，与其像爹妈那样互相撕咬，还不如去死呢。

她想，反正，我可是死也不愿变的。要是活不下去，我宁愿去死。

这一想，雨就不那么难耐了。她想，这雨虽大，总有息的时候。但那种她不愿接受的“变”，也许是人力很难左右的。真可怕。她仔细地看看兰兰，发现她眉眼虽像婆婆，但也有种婆婆没有的东西。莹儿想，也许，它跟金刚亥母有关。据说，一个人的命很难改变，除非他有了信仰。信仰的力量能改变命运。她就想，兰兰，看在金刚亥母的份上，你可别变成你妈呀。

莹儿不信金刚亥母，若说信仰，她的信仰就是爱。小时候，她将爱寄托在花儿上。但问题是，莹儿唱的好些花儿，就是妈教的。那些充满诗意和柔情的花儿，并没能阻止妈向母老虎的异化。

雨仍在泼。莹儿抹把脸上的水。她很难受。她想，还是别想了，有时候，想是白想。要是生活硬叫她变成妈的话，她无论咋想，也起不了作用。因为她会在不知不觉中变成妈，就像掉进狼窝的婴儿，会在不知不觉中变成狼孩一样。她想，那时，还不如死去呢。

路越来越难走了，除了那湿沙让鞋重了几倍外，还因为她们正在上一座沙山。要是早知道会下雨，她们会在山脚下歇息一阵，等雨停下来再走。但雨是她们上到半山坡时才泼下的。那时，坡还很缓，行来不显多吃力。现在，随了坡度的渐大，真的很费劲了。她很想叫兰兰停下来，找个地方缓缓。但抬头一望天，却发现云一疙瘩一疙瘩攒了来，很沉的模样。看样子，雨一时半时停不了；就想，要么，翻过这沙山，再找个地方歇息吧。

莹儿拽着驮架，用以借力。驼早成落汤鸡了。因为天热，驼毛褪了。记得，她们进来时，驼虽有褪毛迹象，但不明显，现在却褪成没毛鸡了。莹儿这才想到，那些驼毛，定是叫牧人撕了。那驼毛，能卖好些钱呢，牧人真占大便宜了。记得当时，她只觉得驼怪怪的，但没细想它怪的原因，现在明白已迟了。但她想，算了。她只想找个干净地方，好好睡一觉。要是再能吃上一口热面条，是比当神仙更美的事。

到了稍稍缓些的旋涡儿处，兰兰停下了。她说，稍缓一缓，吃些馍。她解开袋子，见馍已泡成了糊糊。莹儿说，糊糊就糊糊吧，总比没有强。虽然黏黏的很难吃，但就着沙葱也能下咽，两人尽量多吃了些。

骆驼呼哧呼哧地喘着气，喘一声，舔一下从肩坎上流下的雨水。兰兰淡淡地说，盐化了。果然，盐袋儿不那么圆了。莹儿很可惜，但还是说，化就化吧，老天爷要化它，你有啥法子？她很想说那驼毛都值几百块钱呢，何况这点儿盐？但她怕兰兰难受。不料，她想说的话，兰兰却说出了。莹儿说你也才发现呀？兰兰说，我早发现了。可我们两个弱女子，能奈何了人家？你把骆驼叫人家放，人家又没给你打收条，要是惹恼了他，他连驼也给你昧了，你有啥法子？兰兰叹道，大不了，我们挣的那些，回去赔人家驼毛。莹儿想说啥，又觉得真没个啥说的，心里却升起了浓浓的无奈。她想，莫非，我命里的禄粮尽了？不然，为啥百眼眼儿都不顺？

兰兰叫驼卧了，解开一个袋口，挖了些盐，放在塑料盆里，递给骆驼。骆驼伸过嘴唇一掠，就很响地嚼了。驼吃得很香。平时，它虽也吃盐，但多是那种新盐，里面有硝，人吃时嫌苦，就拿来喂驼。它当然没吃过这么好的老盐，那喀嘣声就格外脆和。

倒是两个女人显得很恓惶，很像秋冬里遭淋的小鸡。湿衣服跟肌体亲热得没一点缝隙了。雨从贴在脸上的头发上流下，冲洗着她们发青的嘴唇。盛盐的脸盆里也汪了雨水，驼错动着嘴唇，连水带盐掠入嘴里。它想来很喜欢这种风搅雪的吃法，吃出一脸的欣然和悠闲。一看骆驼，莹儿的心静了些。她想，骆驼真是好性情，无论有风，无论有雨，它总是很悠闲。它定然也知道，面对无奈的外部世界时，慌张是没用的。因为无论你有怎样的心，世界总是世界。世界并不因你的慌张而迎合你。许多时候，折磨你的，其实是你把持不住的心。

骆驼风卷残云般吃光了盐，又几口咂了盐水。它意犹未尽地望望兰兰。兰兰说成了，细水长流吧。她起了身，扎牢袋口。虽知雨水正不停在溶化盐，但也懒得计较了。这会儿，她们最想的，不是钱，不是爱，不是富贵，而是热炕。没办法。人的好些东西，其实很脆弱。比如，吃饱喝足穿暖时，兰兰心里最重要的，当然是金刚亥母。但此刻，跟热炕一比，金刚亥母也就没以前那么诱人了。人的动物属性，决定了人首先需要身体的舒适。

莹儿发现，不知不觉间，她们的脚已叫一层蠕动的沙流埋了。

3

流沙来了。

开始，莹儿们并不知道那是流沙。对流沙啥的，她们还只在故事里听过。比如，《西游记》里的沙和尚就生在流沙河里，但谁也不知道沙咋个流法。平时，起大风时，也见沙沿了阴洼上行，溜到阳洼里。那沙丘，就是这样蠕蠕而动的。它们压房屋，埋庄稼，但村里人从不叫它们“流沙”。因为沙丘的移动很缓慢，许多时候，人不去注意那过程。但眼前的流沙，却真是流沙。想来沙丘表层已渗透了水，下泼的雨很难全部渗入沙丘，就沿坡下流。流水裹了沙子，蠕蠕而动，就成流沙了。

那股灰暗的液体缓缓地漫下，不觉间，就埋了她们的脚。莹儿被吓呆了，她从没听说过这号事。她想，完了，要被流沙埋了。以前想到死时，倒也不觉咋怕，可一想要叫流沙埋了，却很是惶恐，可见并不是每个人都能视死如归的。兰兰倒冷静些，她忙从流沙里拔出脚。她发现那流沙倒也瓷实，并不像稀泥那样。流沙里有种很强的吸力，拔脚时，得费很大的劲。她忙叫莹儿挪脚。莹儿用了很大的力，才拔出了一只脚。兰兰帮她拔出了另一只。兰兰说，这儿停不得，一停，就叫流沙活埋了。她吆起骆驼，顶了雨，慢慢上行。

那流沙也不是到处都有，多是循水而下。哪儿凹，哪儿的流沙就多。兰兰就避了凹处，专择鼓起的地方走，虽也避开了几处流沙，但莹儿还是头晕目眩了。她发现沙在乱动，仿佛没一处静的，就觉得天旋地转，老像要晕过去。

望望沙山，却看不到顶。雨帘把一切都模糊了，天地和沙丘都隐入了灰色。也不知此刻几点了，只能觉出是下午。要是没雨，她们还能估算出时辰。可雨里度日如年，天知道她们熬过了几分钟还是几个小时？她们只知道，要是天黑前上不了沙山，流沙肯定会埋了她们。

兰兰尽量选平缓处走，而且多走阴洼，路线也呈“之”字形，行来就轻松些。可有时，她们就不得不穿越流沙。莹儿渐渐发现，流沙似乎没她想象的那么可怕，只要你快些挪动步子，就不会被流沙埋掉。倒是骆驼的身子重，驼掌时不时陷了，老拔出沉闷的扑通声，听来很是瘆人。驼腹起伏着，扇出很大的呼哧声。

天显得很阴沉，也很低，铅一样压在上空，莹儿感到很憋闷。腿也很是酸困，时不时就会打软腿儿。她发现越往上走，流沙的面积越显得大了，想来那泼下的雨全变成了裹挟沙子的水流。到处都蠕蠕着，脚步稍一停，流沙就埋了脚踝。但因为流沙从上方流下，又流向下方，倒也不会被马上活埋。最危险是沙旋儿处，流沙像汪着的积水，会涨平沙旋儿，你稍不留意，就会叫淹了。

天暗了许多，不知是乌云的缘故，还是已近黄昏。闪电的裂缝格外扎眼，雷吼也移到耳侧了。有时，一个炸雷打来，骆驼会惊恐地扬脖子。莹儿想，要是叫雷一下子打死，倒也不失为一种解脱。听说，世上有种人，会自己喷出火来，把身子烧成灰。但这种好事并不是谁都能遇到的。

……很怪，近来莹儿老想到死，觉得被浓浓的死味腌透了。按村里人的说法，这定然是跟了冤屈鬼。冤魂是很难投胎的，除非找个替身。村里老有叫冤魂找了替身者。黑皮子老道说，遇上这种情况，你就念："三界唯心，万法本空，当下解脱，勿找替身。"这样，冤魂就会得到解脱。这法儿，是老祖宗传下的，据说很灵。但不知大牛算不算冤屈鬼？这一想，大牛的惨相扑进脑中，雨里也透出了凄凄阴风。莹儿念了那几句，阴森味反倒更浓了。

驼掌的扑通声越来越大，流沙似乎很厚了。虽然腿酸困到极点了，莹儿却不敢停下脚步。兰兰提醒她将步子放碎些，这样可以挪得频繁些。但雨丝毫没有停的迹象，更糟糕的是，沙山仍望不到顶。莹儿的力气快耗尽了。她大口大口地喘着气，时不时吞几口雨水，但仍是觉得渴。好的是冷倒是没了，也许还出汗了。兰兰的身子摇晃着，步履蹒跚，老将驼头拽得下沉。莹儿觉出了不妙：要是她们用光了力气，就有被流沙活埋的危险。

忽见兰兰扔了骆驼缰绳，坐在沙上。那情形，很像耍赖，也叫"耍死狗"。这是凉州女人的杀手锏。凉州出过许多天下闻名的冤案，后来的平反，就是女人们"耍死狗"的功劳。当所有申诉都泥牛入海后，女人们就去抱市委书记的腿，冤案就得以平反了。莫非兰兰要拿这招对付老天爷？正疑惑呢，却听得兰兰叫，快躺下。莹儿还在迟疑，流沙已漫上足踝。兰兰又叫，快躺下。莹儿大悟，就顺势躺了。流沙在身下鼓荡着。她轻轻蠕动身子，竟漂到流沙上了。

骆驼却木然站着。兰兰喊了几声，驼置若罔闻。流沙趁机漫来，很快淹了驼掌，又淹了它的小腿。兰兰喊："跷！跷！"这是叫骆驼卧的口令。但驼早叫流沙吓呆了。不一会儿，顺流沙漂下的莹儿看出，那流沙，快漫到骆驼的腹部了。

莹儿想，完了，这驼也完了。

雨仍在瓢泼，西天上亮了些。向西望去，那一缕缕雨柱，竟成了烟缕，由大漠腾向天际。别处却朦胧着，仿佛是一些雨化成了蒸气。莹儿懒得管这些。心倒是轻松了，因为叫流沙托了的感觉很美妙，几乎可以跟沙山上游泳相媲美。她发现流沙并不可怕，它的比重比卤水大，你想叫人家淹死你，它也是力不从心呢。不过，要是在很陡的沙山上，再遇上山洪啥的，就难说了。那时的流沙，也跟泥石流一样，压房屋，埋树木，人家想咋样逞凶，都能随了性子。

抹一把脸上的雨，莹儿扭过脸，瞅瞅骆驼。骆驼也在无助地望她们。莹儿想，它也许叫流沙吸住的腿桎梏了。没办法，只能随缘了。好在天上有了光亮，西边渗出了隐隐的红。

两人在一个相对平缓处停了。莹儿试着坐起身，发现坐着也不下陷。她也懒得动了，方才惊慌时，冷躲到了远处。这会儿，冷又袭来了，牙齿也得得着。裸露的胳膊上布满了鸡皮疙瘩，青桔桔的，跟兰兰的脸色相若。她想，要是雨下一夜的话，她们会被冻死的。她们虽有打火机，但到哪儿找干柴去?

莹儿想，这真是一趟生命的苦旅。来时虽有期盼，那猛兽酷日，却如影随形。生命成了风中翻飞的肥皂泡，时时有破灭的危险。去时，盼头没了，梦破碎了，只留下遍身的疲惫和伤痕。这凄风苦雨和寒冷，更成了自己的影子。……而此刻要去的目的地，也是个叫她一想就打“软腿儿”的所在。真没盼头了。

恍惚了一阵，莹儿坐起身来。西山上的红没了，雨小了些。流沙也没了。兰兰已萎在沙上睡着了。怕她着凉，莹儿推醒了她。两人都不说话，只木木地坐一阵，就往骆驼那儿爬。到近前，见驼腿全叫沙埋了，兰兰扯几下缰绳。驼动了动，很想起来，却显得力不从心。

两人吆喝几声，驼扬脖扭身，腿却毫无声息。身子对冷的抵抗，是很费精力的，两人都乏到极致了。兰兰说，算了，先在这儿眯一夜，到明天再刨它的腿。反正，上去也没个地方落脚。想弄堆火，也没处找干柴。两人就吃些叫雨弄黏的馍，又给驼取了些盐。在驼喀嘣喀嘣的吃盐声中，两人靠着驼身，眯了过去。

4

不知过了多久，莹儿被冻醒了。下山风很利，跟寒冷的流水一样。雨仍在下，但小多了。只是衣服的湿很难耐，靠驼身处虽有暖意，别处却寒凉入骨。莹儿觉得嗓子很疼，她一阵一阵地打颤。她想，要是伤风了，可不太好。她揉揉虎口，按按太阳穴，掐掐各指节。她想，可千万别病倒。要是病了，会给兰兰带来麻烦。又想，老天爷，你就是叫我死，也得等我回家再死。现在要有个三长两短，就把兰兰拖累了。虽也不太信金刚亥母，但还是祈祷了一番。

兰兰很响地打个喷嚏，醒了。她摸索过来，坐在莹儿怀里，紧紧地靠在她身上。莹儿明白她在给自己遮寒，有些过意不去。兰兰说，反正总得有人面对下山风，谁挡风也一样。莹儿说，也好，我们两人换着取暖。因前有兰兰，后有骆驼，莹儿暖和了些。她也很紧地搂着兰兰，像妈搂婴儿那样。这样，兰兰的脊背就会暖和一些。

天很黑，看不到星星。雨点儿没以前大，但很密。她们脸上的水没干过。好在驼的体温还是能传到莹儿身上，莹儿暖一阵，再叫兰兰靠了驼背搂她。兰兰虽不愿意，但拗不过莹儿性子。莹儿想，也许，这就是相依为命吧。

远处尚有闪电的迹象，隐隐能听到雷声。骆驼发出逍遥的鼾声，像垂死的老人在咽气。前胸后背虽能轮换着取暖，屁股下却煞凉煞凉的。兰兰说，这会儿，也不求啥热炕了，只要有个麦草墩儿就成。莹儿苦笑了。

兰兰说，我发现，这辈子跟我最亲的，就是你。爹妈虽也亲，但他们是他们，我是我。他们进不了我的心，也不能陪我。你却陪我经历了一场生死，你也丢不下我，我也丢不下你。这难道不是最亲的人吗？莹儿说，我也是。细想来，老天爷待我们还算不错，叫我们做了对方的伴儿。就算是死了，也不是孤鬼。这尘世上，不知有多少孤鬼呢，孤独了生，又孤独了死。

兰兰说，你别再说死呀死的。你别看这肉身子是个拖累，可也是个大宝，成佛由它，做祖也由它。没它，你就成了一阵风，啥也做不成的。莹儿说，可有时候，这肉身子堕落了，人也就堕落了。你不想堕落的话，就得先没了这身子。兰兰说，你这是啥话？她长叹一口气，说，莹儿，你答应我个事儿，不管咋说，我们生也经了，死也经了，那豺狗子虽凶，也没扯去我们的命。我们无论遇到啥，也得好好活着。你可别想无常，成不？

莹儿不言语，叹了一口气。半晌，才说，有时我想，活人真没意思，多活几十年，不过多当几十年的牛。最后，从清凌凌的女子，变成了絮絮叨叨叫人生厌的婆婆，有啥好？

兰兰说，这话，看咋说呢。要是他混世，当然没啥意思。要是他修行呢？你听过一个叫唐东的喇嘛吗？他是香巴噶举的成就师，他用一生的时间来修桥。那时，过河得攀着绳索，每年总有百十个人叫水淹死。在修桥前，唐东不过是个平常的喇嘛。修桥后，他就成了大德，都说他功标日月呢。

莹儿说，人家干那么多事，是人家有大力。像你我，虽也叫活人，却连个风筝也不如。我也不想当大德。我仅仅想像一个人那样活着，稍稍自由一些，想些自己的事，干些愿干的活，守着个盼头。谁料想，却像掉进豺狗子窝里了，你也想撕，他也想啃，都想往粪坑里拽你，都想染黑你的身子。要是你稍一迷糊，别说身子，连心也叫他们染黑了。有时，并不是你想做啥就能做成的。当一个巨大的磨盘旋转时，你要是乱滚，就可能滚进磨眼，被磨得粉身碎骨。这一说，兰兰噎了。

莹儿跟兰兰换个位置，立马像掉进了冰窖。风直接吹进了心，毫无遮拦似的。她打个哆嗦，想，啥时才能熬到天亮呢。兰兰说，还是你到里面来，我外面习惯了。莹儿不肯，说你也是肉身子。兰兰便很紧地搂了她，说，还是说说话吧，这阵候，要是睡着，会阴死的。莹儿说也好。但两人真要说话时，却发现也没啥说的，就胡乱找些话题，聊一阵，都觉出无聊了。

四下里黑成了一块，心也叫黑腌透了。雨小了些。兰兰说，来，我们点了马灯。她脱下背心叫莹儿遮雨，她怕雨落到烧热的灯罩上，会炸坏灯罩。兰兰摸索着取下马灯，又摸索了好一阵，才找到打火机。气体打火机真好，一打，夜里就晃起一团亮来。倒是如何将那亮引入马灯，她们费尽了心机。打火机粗，近不了马灯的捻子。后来，莹儿捻些驼毛，蘸些煤油，总算点着了马灯。

光明真好。莹儿马上有了暖意。她扔了遮雨的背心，将身弯了，把马灯放在胸前，这样，雨就下不到灯上了。虽有很难闻的煤油味，莹儿还是很高兴。她发现马灯除了有照明功能外，还能取暖。她将手放到玻璃罩上面的铁皮上。一股暖流就化成了活物，先是蠕进手心，又缓缓沿着手臂进了心。她叫，兰兰，快来烤火。

马灯真好。那热虽然很有限，但总是热，姑嫂俩弯了腰，边为马灯遮雨，边烤起火来。烤一阵，她们发现手虽然不冻了，身子却因离开了驼背打起了哆嗦。莹儿无意间发现，雨滴在灯罩上，先是湿湿的一团，渐渐就变成了蒸气。她说，不要紧，灯罩不太热，炸不坏的。兰兰试着用手摸摸灯罩，却再也不想挪开手了。这样，两人又背靠了驼背，莹儿捂了铁皮，兰兰捂了灯罩，就尝到了天堂的感觉。

兰兰根据手的承受程度，调节着灯苗大小，觉得灯罩不热时，她就拧大些；觉得手受不住热了，她就拧小些。虽然灯苗的热度也很有限，但两人都很满足了。

天渐渐亮了，姑嫂俩就着沙葱吃了些馍。她们试着拉骆驼，发现湿沙的吸力仍很强，凭骆驼本身的力，是很难拔出腿的。兰兰说，要是没人救，这骆驼，就渴死饿死了。细想来，那流沙，倒也没个啥可怕的，只要不叫陷了身子就成。一陷了身子，日头爷一烤，就成干肉了。

两人挖了许久，挖去了桎梏驼腿的湿沙，吆喝几声，驼才出了陷坑。一出来，驼就兴奋地叫几声。莹儿发现，驼背上的盐多叫雨化了，纤维袋扁了。她倒也不心疼，经了生死，经了风雨，就看淡了好多东西。说不清这是心的疲惫还是苍老？都一样。反正心木了，天大的事儿也觉得不是个事儿了。也好，许多时候，你的心只能折磨自己，它是左右不了世界的。那心，还是木了好。

后来，兰兰说，在那个寒冷潮湿的夜里，她们之所以没被阴死，就因了那马灯。

第　三　十　三　章

相思病肝花上穿孔孔，没有个插针的缝缝。

1

月儿出了家门，走向大沙河。白虎关虽有许多沙娃，他们也定然知道村里有个患梅毒的女子，他们也可能会指戳她，但月儿懒得管它。她要去等猛子。今天是猛子到来的日子。猛子每两天回来一次，带些药，带些城里的消息，还带来月儿渴盼的幸福。

月儿越来越离不开猛子了。说实话，以前，她只是喜欢猛子实在，跟城里的花花肠子们相比，猛子的实在很难得，但要说她有多爱，还真谈不到。不料结婚后，感情反倒迅速升温了。也许那内疚充当了催化剂，更也许她跟猛子有了生死相依的感觉。自生病后，她发现以前很在乎的东西都跟自己不相干了，倒是能在孤寂里陪她的猛子成了她的慰藉。每到她疼得抽气时，猛子脸上的肉也在抽动，每每抽出满头的汗来。这真的很叫她感动。

虽也渴盼健康，但这已退至次要位置。她最渴盼的是见到猛子。她每分钟每分钟地捱，度小时如度年。家中显得很沉闷。村里人很少来串门，也许是怕沾上她的"病水水"，都谈梅色变了。屋里充溢着炕粪味，这是多年没拆炕的缘故，却成为她挑剔地不想待在屋里的理由。她每天用牛粪熏好多次，效果很好，有些地方已经结痂。除了每周进城一次，叫老梁爷扎出满脊背的血珠外，她所做的就是熏，并吞下大把大把的药片。但好的是，那病魔乱舔的势头，已遏制住了。希望之火，在生命里越燃越旺。

一踏出家门，她就照例见到远避的人，主要是女人，仿佛与她有深仇大恨似的。她们定然怕这“骚货”勾引自己的男人，再间接把病传染给自己。月儿感到很好笑。有时，她也会遇到男人，同姓的单家户族都远远躲了，定然嫌她给自己家族丢了脸。也倒是，他们和外族人吵架时，只要对方一骂“杨梅大疮”，他们就先泄了气。异姓男人却不躲，反倒趋前来，在月儿脸上仔细扫视，不知是想窥出她脸上的淫荡，还是希望发现渗到脸上的“大疮”？月儿就由了他们看，一脸的义无反顾，需要时，还向他们礼貌地点头微笑。当初她是那么害怕叫村里人知道，现在，真知道了，反倒发现也没个啥怕的。

现在，她最怕的，就是失去猛子。猛子已成为她的宗教。以前，她有好多盼头。后来，盼头一个个破灭了，最后只剩下爱情。要是没有死亡的威胁，这爱情，也许不这么强烈。因了一个死神候在身侧，爱反倒怒潮般汹涌。而且，爱的狂潮往往能卷走对死神的恐惧，或是索性就淹没了死神。真的，跟猛子见面的渴望，反倒淹没了疾病的痛苦。

每到猛子回村那天，月儿就早早起了床，早早打扮好，早早到那个猛子必经的路口。路口有棵沙枣树，她就倚了那树，望羊肠小道的尽头。幻觉里，猛子就骑了那辆可爱的破摩托出现在路的尽头，忽悠而来。虽然老是幻觉，但幻上一千次，真的猛子就会出现。一出现，月儿就心跳不已，一股巨大的幸福就席卷了自己。她就会去迎那渐趋渐近的彩点，跑呀，跑呀，到近前，扑上去拥吻。有时，扑的势头太猛，也会将骑车的猛子扑倒。两人就嘻嘻哈哈，滚在沙洼里。只有在发现汽油已顺盖子流出时，打闹才停止。然后，他们扶起摩托车，两人骑了，她很紧地搂了他的腰，缓慢地颠簸着回村。

这是她最幸福的时刻。这时一般已到黄昏。巨大的太阳已悬到沙山顶上。村里会升起许多炊烟。白虎关那儿也会有好多烟腾上半空。无风的时候，烟是不散的。烟只是升高升高，到一个高度后，就不再上升，而是散落下来，

两人骑了摩托车，
她很紧地搂了他的腰，
缓慢地颠簸着回村。
这是她最幸福的时刻。

罩着村落和小道。月儿就觉得自己在童话里游。摩托的突突声很轻微，温柔地在心上舔。有时，还能在路上碰到牧归的羊群。羊们都死皮赖脸地在车前磨蹭。猛子就吆喝着打喇叭。羊们就会扭过那冒着傻气的脑袋，望一阵月儿，眼里竟充满羡慕，全然不顾辗向自己的车轱辘。月儿感到好笑，边朝羊们做鬼脸，边“咩咩”地叫。她叫得很逼真。她一叫，总会招来一大堆的“咩咩”，猛子就笑了，说：“看样子，你的前世是只羊。”

猛子回城后，月儿就想这场面，想出一脸红晕和痴迷的笑。

每次，她一人路过白虎关时，淘金的沙娃就会叫。他们扯长了声音，嗷——，嗷——，但那声音里并无恶意，只表示好感。等到猛子捎她回家时，他们就不再叫了，只攒了脑袋看，悄声无息的，只有那枯燥的机器在轰鸣。

美中不足的是，那一天实在太漫长。月儿是早上日影冒时就到那所在的，猛子是太阳快落山时才回村的。月儿总要带上馒头，带上水，带上药。出门前，妈问她，去这么早干啥？她也不去解释，只觉得屋里待不住，而在那村外，总是有盼头的。只要那羊肠小道上出现个黑点，她的心就会狂跳，就望呀望呀，那黑点，先是猛子，后来就变成另一个面孔，或男人，或女人，月儿也不恼。她只是干咽一口唾沫，再望那小路尽头。

这天出门时，日头爷带了个风圈儿。妈叫她别出去了，说是这阵候，肯定是老毛黄风，人家说不定不来。月儿却不听，她裹了头巾，又去那儿。晌午时分，真起了老毛黄风，黄风褐浪，滚滚滔滔，席卷而来。沙子掺和到风里，拧成沙鞭，一下下抽她。她先是倚了沙枣树，后来，风就不叫她再站立了。她就猫了腰，蹲下，用那头巾，捂了鼻脸，只留个小缝儿看那小路。风最猛的时候，小路就没了，天地间茫茫一片，除了风，除了沙，啥也没了。日头爷也没了。月儿就念叨：“你别来了。这么大的风，你别来了。”可心里还是希望他早一些出现。她既怕他风天里骑车不安全，又怕他真不来了见不着她。她就忽而盼他别来，忽而盼他来，倒将身外的风沙忘了。

村里有几个进城的人过来了，一见风中瑟缩的红点儿，便知道是月儿。自打月儿来这沙丘上等猛子，村里的骂声就稀了，好些人心软了。一见苦等的月儿，就劝她别等了，他来的话，自会去你家找你。可月儿仍是等。

风最大时，就没天了，只有飞的风沙；也没路了，只有一条风沙织就的幕布。那布，也罩在心上，造出一种传说中的地狱印象。虽生在这儿，月儿还不知道风沙竟有这般能为。以前，风沙起时，人多在屋内。那时的风沙，只是声音：沙泼窗纸声，风过树梢声，怪风啸叫声，或刷刷，或嗷嗷，或神头怪脸地叫些莫名其妙的内容。此刻，那诸般声响，却混乱成了一团。虽用头巾裹了脸，沙却搜缝儿入，打上月儿的肌肤，死疼死疼的。

那条小路隐现于风沙中，若有若无。它跟悬上西天的亮晕一样，虽模糊，却透出极强的信息来。梭梭们死命摇曳着。风显然想将它拔出，梭梭虽随顺了风的性子，根系却死死地咬入大地。顺了捂口鼻的头巾上沿，瞅一阵梭梭，月儿竟被它感动了。她想，就是，要像梭梭那样活着。

几点黑影从风沙里移了来，月儿心一动，惊喜溢满了心。她想，这回该是他了吧？虽已失望多次，她还是充满希望地将掠入眼中的一切都当成猛子。这样好。这样，风沙里透出的，就是希望。

那黑点儿近了，近了，看出是两个人，男人推自行车，女人在身后推，车架上捎个娃儿。风将那几人的衣襟一鼓一荡。每一鼓荡，车都趔趄，但终于没被吹下路基。再近些，月儿辨出，是同村人，就大声问："婶子，你们见猛子没？"话才出口，就被风抢走了。问了几回，对方才听清了内容，答："没。这路上，连个鬼影也没有。回家吧，这阵候，他不会来了。"月儿心灰了许多，却又欣慰。她想："不来也好，这号天骑车，很危险的。"

见那人走远了，月儿又猫在沙枣树下。倚着的树干一下下拱她的脊背，身子便随那拱摇晃，却觉出一种温暖来。此刻的世界里，它是唯一向自己表示亲近的活物了。那力道，透出强劲和柔韧，也充满了关怀，仿佛说："回去吧，回去吧，这么大的风。"一股热涌上鼻腔，泪花模糊了眼帘。

但月儿仍是不想回家。这些日子，家似乎没了温馨，只透出沉闷。倒是这小道，因为能载来幸福和期盼，而洋溢了温馨。风虽在卷，沙虽在滚，小道虽时时模糊，但那路的尽头，可能会出现她盼望的影儿，那就候吧。等得来等不来，倒成了次要的事。温暖心的，是等的过程。

日头爷慢慢移下山洼，风小了，沙乖乖地待在新落户的所在。月儿想，他可能不来了，这么大的风……你不来，我也不怨你……却仍是拨亮眼珠，望路的尽头。终于，酸涩的眼眸里，渗出了一个黑点。那黑点，缓慢地洇大了。月儿品出了熟悉。她惊喜地扑了上去。

这回，是猛子。

扑入猛子怀里时，月儿幸福地哭了。猛子也很紧地搂着她。两人的泪掺和到一起，洗刷着脸上的尘土。两人谁都明白，自己离不开对方了。

捎了月儿回村时，沙娃们起劲地欢呼，仿佛他们也等了一天。月儿闭了眼，将脸贴到猛子背上，流出了幸福的泪。

2

不知从哪天起，月儿发现，病又重了，结的痂开始溃烂，疼也一波一波地连绵不已。腿部已有了溃烂的洞。医院里开的药和老梁爷配的药已没有多大的效果，那牛粪烟火也毫无作用了。一片很大的阴影掠向月儿心头。

妈找来了偏方：叫她坐在烧酒里。那烧酒，只在伤处沾一点，就能牵出一大片疼。疼沿着神经荡向全身，但月儿仍是咬了牙，坐在盛满烧酒的脸盆里。不一会儿，她就疼出了一身汗水，但她一边咬牙，一边念叨："淹死你！醉死你！"她仿佛看到那病魔在酒水里呼爹叫娘，就快意地笑了。

但在酒里坐浴的效果还不如牛粪熏，虽忍了大疼，可伤口并不愈合。酒精能杀了的，只是外部的病毒，更多的病毒，早进入血液了。月儿也知道这些。

这回，爹也急了，凑了好些钱，把月儿送进兰州医院。除了月儿过敏的那些抗生素外，大瓶小瓶不停地输，但仍是没一点儿起色。月儿清晰地看到，死神在偷窥她，老向她鬼鬼地笑。

自"死"字罩了心后，天地就灰蒙蒙了。一切色彩都没了，只有裹尸布一样的惨白。以前，总觉得"死"是个遥远的字眼，总和别人连在一起。现在，它突兀地逼近自己，露出了獠牙。月儿有种手足无措的慌乱和恐惧。好长时间里，她的脑中一片空白，啥都没有，只有灰灰的空白。那空白，是个无形的罩子，把她和世界割裂开来。世界在外面，自己在里面，一切都遥远到心外了。跟自己邻近的，只有无助，只有恓惶，只有那种灰灰的无着无落。老觉得在梦魇里，痛感虽一晕晕荡，但梦的感觉却很浓。她想，要真是梦多好。这一想，却又从梦感里挣出了。“死”字带来的疼痛就会利利地扎伤自己。

真要死吗？她老这样问自己。觉得自己还没咋活呢，就要死了。真没活出个眉眼，猛一想，活过的岁月只是几个瞬间。此外，一片模糊。生命的经历，跟那迷茫于风沙中的小道一样，模糊得若有若无。那几个瞬间，倒很清晰：上学读书时的向往，跟莹儿学花儿的情景，和猛子的拥吻……就这不多的几个镜头。莫非，这二十多年的人生价值，仅仅是这些？

月儿也开始想那些玄而又玄的问题了。以前，别人一提死，她就嫌它败兴。现在，这问题逼近了她，不由她不正视。她想，死后咋样？这身子没了后，那个叫月儿的哪儿去了？等等。她是找不到答案的。有时问爹，爹却极力避免谈“死”。月儿知道，爹怕她难受。好在这些问题只是浮光掠影似的一闪，一种悲哀绝望的感觉很快就淹没了它们。

感谢病魔。它们的肆虐范围，仅仅限在了衣服能遮盖的地方，脸上倒不曾受到伤害。镜子里的那张脸，仍称得上美。这既让她欣慰，又叫她伤感：这么漂亮的脸，也终究会死去。

她多想活呀。细想来，她活了没几天。小时候，懵懂无知；再大些，就叫学校作业占据了身心。真正为自己活的，也就是十八岁后的这几年。除去睡眠，除去为生计奔波的日子，除去那些不值得想的场景，剩下的，没多少时间了。真正觉得有意思的，也就是跟猛子相处的这些日子。……真没活好。要是这样死了，跟没活有啥两样？

她常常泪流满面。

有时，她后悔自己没早些跟猛子恋爱。刚从中学毕业的那几年，她还有个干净身子。两人早一点相爱，拥吻，甚至做爱——一想这个词，她的心一紧——那该是多好的人生享受。若真是那样，她也许……不是也许，是肯定……不会得这病。在那些不堪回首的日子里，她与其说是被人骗了，不如说是自己空虚所致。那时，生活里虽有盼头，但遥远得像浮游在梦中的肥皂泡，好容易追上一个，一捉，却啪地破了。捉一个，失望一次。失望多次后，心就空空落落，老想宣泄，老有种想堕落的冲动。那时，即使那人不勾引她，她还会遇到别人的勾引。空虚的她，是抵御不了勾引的……但若是跟猛子早一些恋爱，一切就会是另一个样子。每每念及，她就懊悔万分，虽明白迟来的懊悔于事无补，但懊悔时，心中就没了“死”的位置。那情绪，把一切都挤了出去，疼呀，绝望呀，都叫啸卷的懊悔挤没了。

那么，只能怨自己的命了？小时候，她算过几次命，都是好命，都贵到能当皇娘娘了。也正是这几次算命，使她幼小的心灵里产生了许多幻想。她一直期盼着生活中出现王子——这也是她没早些选中猛子的原因。她走出家门，找呀找呀，没找到她想找的人物，却找了一身杨梅大疮。她不明白，为什么那么好的命——有好几个半仙都异口同声呢——却落得今天的结果？是她自己污染了好命，还是一种强大的外力干预了命运？她不知道，也没人能告诉她。

记得，兰兰老说心决定命，说是心善则命吉，心恶则命凶。她还举了好多例子，粗看似乎有道理。但一和自己对照，那理论就不堪一击了。她自认自己善到了极致，她从没想过要害别人——当然也没像兰兰向往的那样要“利益众生”——但恶是丝毫不曾有的，可为啥命竟是如此之凶？月儿想，定然有些东西干预了自己的命。细追究，却没个清晰思路。

但想活下去的念头却很清晰。它很强烈，如啸卷的巨浪一样汹涌，尤其在想到猛子时。因林业局的事忙，猛子不能到兰州来陪月儿。才过了几天，月儿就熬不住了。开头，想活的欲望很强烈，渐渐地，相思探出了头，并占据了上风。相思最强烈的时候，她甚至有种冲动，拔了手背上的针头，跳上西行的汽车，到凉州去，拥了猛子，疯狂地咬他的衣服——她不敢再亲他的嘴了，因为兰州的医生告诉她，口水也会传染。她已给猛子打了电话，叫他输几天青霉素——或者，执手相看泪眼，也比待在这尸布般惨白的病房里好上百倍。有时候，啸卷的相思往往会压了对死神的恐惧。她就想说服爹，早一些出院吧。

钱大把大把地花出，药大瓶大瓶地输入，不过敏的那些抗生素已降不住疯狂的病毒了，更糟糕的是，她的肝肾心脏都出了问题。大夫偷偷将这讯息告诉了爹，爹便老是偷偷抹泪。月儿嗅出了异味。腿上已有了几个黑黑的洞，发出一种刺鼻的怪味。死神老从里面探出脑袋，朝月儿做鬼脸。月儿感到死神像个鸡婆，裹个围巾，露出了尖尖的喙。那洞，就是那尖喙啄的。恍惚里，月儿定定地望它。她虽想尽量清醒些，但那恍惚越来越频繁，时间也越来越长。月儿明白，死的网已蒙向自己，就像那入网的兔鹰一样，虽也拼命扇翅膀，但逃出网的希望却渺茫到了极点。

她仿佛看到了那个向她逼近的大口。这个在童话电影里常见的镜头老在她眼前出现。幻觉中的她总在逃，但那羸弱的腿，却咋也挣不出黑夜般漫长的阴影。常入梦，梦境和幻觉一样，总是她在逃，后面逼来个茫无边际的怪物。身后的阴影水一样流淌过来，咬住她的影子，一点点将她扯入大口。这时，她会叫："猛子，救救我！"仿佛诵神奇的真言一样，一叫猛子的名字，她就会从那种无助的状态中惊醒。醉人的相思就会趁隙袭来，裹挟了她。

她数着日子在熬。她总能听到缓慢的秒表声。那吧嗒吧嗒的声响总在心上割，很钝的感觉。那疼痛，使时光显得很漫长，仿佛没有光亮的黑夜，看不到一点儿希望。在家乡的时候，她还能走上那条等待的小路，望路的尽头出现的黑点。不管那黑点是不是猛子，但她至少有个盼头。现在，除了疼痛，除了死神的阴影，除了爹愁苦的脸，她看不到一点叫她心头亮活的东西。

她明明知道，她快要死了。

怪的是，她反倒迟钝了对死的恐惧。她相信死后还有灵魂。她只怕死后的孤单。有时，她甚至自私地想叫猛子跟她一块儿死。能和爱人一块儿死，是多么幸福的事呀。疼痛稍加平息时，她就会沿着那思路一直想下去。她很愿意从婚前开始联想，最美的镜头是她和猛子的相拥、接吻、做爱，而后两人并排躺在一张洁白的大床上，都染了病，但他们一点也不沮丧，而是更加热烈地闹——最多的场面当然是性爱——一天，他们死了，一齐死了。死的形式是从两具仍然美丽的尸体上飘出了更美丽的影子，蝴蝶一样翩翩起舞。他们会游世上最美的地方。那儿有花，有草，有清凌凌的水，此外，她实在想不出还能有哪种美法。……这时，她就很懊悔婚后没和猛子做爱，但这懊悔，仅仅是掠影似的一闪，因为疼痛很快就会提醒她想法的荒唐。她可实在不忍心叫猛子也忍受她这样的痛苦呀。

除了怕死后的灵魂孤独，她最怕的，就是猛子可能会和别人结婚。这是比死亡更糟的事，一想在另一场婚礼里，主角不是自己，而是另一个女子——怪的是，她长着莹儿的脸——她就觉得自己喘不过气来。只有在这时，对死的惧怕才会再一次袭来。死最大的可怕是把猛子从她怀中抢了去，送到另一个女人怀中。而她——若是真有灵魂——只会无助地哭泣。她甚至想象得出自己影子般的灵魂的哭泣模样。她就像没娘的孩子一样，蜷缩在洞房的炕角里，眼睁睁望着那两个冤家销魂地闹。这是她最不愿看到的场面。那场面却黏了来，硬在她脑中晃。她便觉得一只大手扼住了自己的喉咙，勒得她喘不过气来。也倒好，身体的疼痛倒因之淡了。我可不想死呀。她呻吟道。

这想象的未来的场景使她对猛子产生了怨恨，明知道这怨恨蛮不讲理，她还是说服不了自己。她甚至找了几条理由，来证明她恨得有理。明知道，猛子没陪她来兰州，是林业局的事脱不开身，但她偏要说他在躲避她，想要抛弃她。她甚至把婆婆当初想叫他俩离婚的事也扯到猛子头上。为了证明自己的论点，她找了许多证据。村里有不少这样的证据，女人尸骨未寒，男人就有了新欢。这一来，她万念俱灰，觉得心中的靠山倒了。一切都显出虚假来，啥都没有了意义。爱情，会随着她肉体的消失而消失，她学会的花儿亦然，还有金钱、房子、父母、兄弟，自己的青春、美丽等等，都没有了意义。她发现，生活中的一切原是个巨大的骗局。降临的死亡，立马就叫它们露出了原形。

假的。都是假的。她呻吟道。

一滴泪珠，滑出眼眶。她哽咽一声。见爹凑上前来问询，她扭过头去。她啥都不想说，谁都不想见。心被一种灰灰的感觉笼罩了。

她想，啥都原形毕露了。

第 三 十 四 章

黑老鸹招手烟洞上停，忽喇喇惊醒了梦中人。

1

猛子在林业局帮忙，算打零工，工资按天数算，一天二十五元，月月结清。这天，他结了一个月的工资，打在月儿的卡上。他还想多给她筹些钱，可找了好些人，也没借来多少。他就想，要不，我厚着脸皮，再向双福女人张个嘴？虽然上回借了钱没气力还，他有些不好意思，但为了月儿，真叫她辱臊一顿也没啥。又想，治病的事，不比别的，那女人大气，说不定会帮他的。

哪知，猛子一进村子，却听说双福出事了。

谁都没想到双福会出事，但双福还是出事了。没办法，人要出事，谁也挡不住的。

按说，双福是最不该出事的。他有过许多出事的机会，都该出事的，可偏偏没出事。这次，本不是个大事，却出事了。按北柱的说法："那孙蛋，祸事的还是尿头子。尝了骚的尝浪的，尝了老的尝嫩的，最后，尝到人家学生身上了。知道不？在学校里修楼，他却跟人家的女学生相好。事没发，是风流韵事。事一发，叫对方咬成强奸了。听说，是班主任牵的线，钱叫他一舌头掠了，女的一闹，才传成风了。这下，命不做主了。"

北柱朝猛子眨眨眼，说："那事儿，应了。"猛子这才记起了掘坟的事，慌张了，四下里望望，见人们并不知那事儿是啥，才放心了。他懊悔地想："咋干了这号没脸的事？"

北柱说："听干活的小工说，那女娃，可漂亮呢，红处红，白处白，眼睛会说话，眉毛像柳叶，一掐，都出水哩。这孙蛋，嫩葫芦啃得好，这下，嘿嘿……"

北柱的语气，很叫猛子讨厌。凉州人称之为"望笑声"："望"着别人的祸事，发出自己的"笑声"。但奇怪的是，双福暴富时的嚣张令他反感，双福出事后别人的望笑声也令他反感。他说不出这是啥心态，便气呼呼道："你高兴啥呀？人家败了，你又嚼不上个财把儿。"

"可我心里舒服呀？"北柱笑道，"这下，双福婆姨可成了带财寡妇。她进了城，处理去了，也不知处理了个啥样。才回来。"

猛子想："怪不得，去她家几次，都铁将军把门，原来出大事了。"又想："出这么大的事，她都不通个声气儿，把我当外人哩。"觉得有些委屈。

自发现月儿有病后，他就没去过双福家。他怕自己把持不住，干出对不起月儿的事。

"我早就估摸出事了。"北柱说，"那天，派出所的来，还挤眉弄眼地捂盖子哩。纸里能包住火吗？多厚的城墙也漏风哩。唉，懂得江湖三分理，必定世上命穷人。为富不仁，为仁不富啊。那天夜里，来个车，天没亮，就拉了双福女人去了。我觉得肯定出了事，果然。嘿，还是种庄稼实在呀。瞧双福，平地里起了个鼓堆，不遇事，还耀武扬威。大小遇个事，就稀里哗啦，成烂摊子了。"他望望不远处疯扭疯唱的会兰子，悄声说："那大头，也危险呢。说不准哪天抖出来，这疯女人，也就成带财寡妇了。"

猛子不爱再听这号话，就皱皱眉头，往双福家走去。身后，传来北柱的笑。

那笑声，听来很刺耳。猛子很想朝北柱脸上来一拳。怪！不久前，他那么讨厌双福，曾想法儿叫他败。可一听他真出了事，却咋也高兴不起来。……莫非，双福的出事，真跟掘坟有关？往深里一想，又觉得不是。双福好色，历史悠久。掘坟前，他就是有名的探花郎，寻鲜的，找嫩的，逐香猎色，远近闻名。那么，他出事，不过是迟早的事；却又想，天下做那号事的，又不是双福一人，为啥偏他出事？莫非，掘坟真使他败运了？难说。运红了，天大的事儿也屁大；运败了，屁大的事儿也天大。猛子前思后想，脑中一团糨糊。

但无论他咋为自己开脱，总觉得双福的出事跟掘坟有关，心中就异常憋了。这时，双福在他心中，就又是条汉子了。想来，也真是。仅仅是饿极了，偷了点玉米，就叫村里人斗了个贼死，头砸成血葫芦，活不下去了，才逃了出去，才混成个人样，才成了远近闻名的企业家。这一切，猛子常听妈念叨。他每次受教育时，双福总是榜样。后来，双福的一切显赫都叫他憋气，才掘坟，才盼他倒运。谁知，双福真倒运了，他心里不但没轻松，反倒更憋气了。猛子简直弄不清这个“心”，究竟是啥玩意儿，为啥老和自己过不去呢？

对老一辈讲的风水故事，猛子不信也信，信也不信。这要随他性子的。掘坟时，他将信将疑。现在，他有些信了。一信，心就怪怪地难受了，又觉出双福的好了。他仗义疏财，能干有为，修学校，捐款……一系列事儿渐次出现，融入心中，心就憋得慌。怪。先前，他可从不是这样，那时，他今朝有酒今朝醉，不管明日喝凉水。妈骂他“大头烧山芋”，爹说他“肩膀上扣的是谷糠盆子，没一点脑子”。那么，爹妈是盼他长脑子了？可一长脑子，心里的事儿就多，就烦，就觉得有股恼人的憋，就活得不自在了。真想回到过去，可是，脑袋一开窍儿，再想蒙昧它就困难了。这事儿引来那事儿，就一脑子事儿了，乱麻一样，丝丝络络。你想理，也理不清头绪了。

猛子走向双福家。他除了想安慰双福女人外，还有救双福的强烈冲动。可惜，他不认识大人物。他认识的最大的人物就是镇上的秘书，可是秘书常把他和白狗混淆。但猛子心里救双福的冲动却涨潮似的激荡个不停。虽说他心里也没啥主意，却想给女人出个主意。

到双福家门口，他吃惊地发现，那门楼竟灰塌塌了，也没逼人的显赫感了。他甚至没觉出门楼的高大就进了院里。院里有几个女人，正劝秀秀，都说些不着边际的话，但都觉出了虚假，说的累，听的也累。猛子一进来，她们便借故离去了。

屋里一下子静了。

女人扔过一盒烟。猛子没烟瘾，抽不抽都成，但还是取一支，点了。看看女人，女人却没啥变化，仍旧那么平静，既没一点悲哀，也没幸灾乐祸的神色。这婆娘，啥心事呢？记得当初，她说："谁都躲不过老天划的那个道儿：有多红，就有多黑。"

猛子说："可叫你说准了。这下，他可真黑了。"

女人抬眼，望猛子一眼，道："我可没咒过谁。那挨刀货，是自己咒的自己。做啥事，就得啥报应。雪一化，尸身子就出来了。不过，你也用不着望笑声。人家倒了，也是条汉子，比那些嘴硬尻子松的货强。"

"当然。当然。"猛子讪讪地笑笑。他觉得，女人最后的话是骂自己的，想到掘坟的事，心又不自在了。记得当时，他心里有一股气的。有了那股气，就有"汉子"味了。现在，气散了，说话也没底气了。唉，咋干那事儿呢？猛子很是懊恼。

"你一定怪我为啥没变？"女人淡淡地笑道，"你说，我咋变？幸灾乐祸？我还没活到那德行；嚎天扯泪？也没有那种情分。但我，还是双福女人。至少，法律上还认我。那挨刀货，出了事才明白，那些姐呀妹呀的，都靠不住。往外抖事儿的，趁火打劫的，尽是她们。老娘是个烧山芋，看没看头，可不是落井下石趁火打劫的货。"

"人呢？"

"抓了。"

"要紧不？"

"能保下小命，老娘给他烧三辈子高香。"

猛子的头一下子大了，却不知该说些啥。又听得女人道："他这时才明白了谁好谁坏，就是叫一枪崩了，也不是糊涂鬼。不像有些人，活着不是明白人，死了也是个糊涂鬼。"

"究竟啥事？"

“祸事的，还是那毛病。可拔了萝卜，捞出一疙瘩泥，扯出了一大堆事儿……不算这些事儿，只那女学生的事，就够毙了。人家一口咬定是强奸……这事儿，说小，屁事一个；说大，毙也够了。”

“他的那摊子事呢？”

“叫老娘料理。手下那几个，倒义气。老娘还以为是嘉峪关的旋风边外的鬼呢，可人家法律上还认我。”女人尖声尖气地笑了，“你说这事儿，演戏呢。忽而串红角儿，忽而演黑角儿，忽而花脸，忽而白脸。求财的，头想成个蒜锤儿大，却连个财毛儿也不见；不想财的，天上的元宝硬往怀里落。这老天爷，是个魔术师哩。”说着，又尖笑了几声，笑声却渐渐变成哭声了。

女人的哭声很大。猛子慌神了。叫人听到，又不知会说出啥难听的话来，就赶紧关了门窗。

女人哭一阵，擦了泪，又一脸淡然了：“憋许久了，总算哭出来了。这几天，我老捉摸，女人图个啥呢？男人老实了，守了她一人，却嫌他没出息。盼男人出息了，成大款了，却连男人也没了。那挨刀货，说他要是能重新选择，就当个农民，啥也不争，不斗，也不想，安安分分，务息好几亩地，教好娃儿。还说他对不起我，是他先伤我心的，不怪我……他也算明白了。我要是重活一次，叫他啥也不干，也不经商，也不求官，只叫他做个男人，当好爹爹就成。”说着，又一脸眼泪了。

猛子这才明白，女人心里装的，还是双福。不过，他也承认，双福很出色。无论精明毅力，还是别的，都有过人的地方。那毛病，当然也很过人。不过，若是有条件，哪个男人不犯那毛病呢？当皇帝，也不就是为了玩女人吗？就说：“那事儿，看咋说。花点钱，说不准也没事儿。”

女人说：“那事儿，坏就坏在传出去了。要压服了，倒好办。事主儿的钢口太硬。官老爷的口气也能咬断钉子。……就怕引起公愤。这些天我就安抚那些卖粮的农民和集资的工人，先凑了几千万，把欠人家的先还了。……要是引起公愤，官家想保，也保不住。”

“真是强奸？”

“这会儿，都说是。可那会儿，天知道。据说是班主任引诱的，说好给钱，可班主任全掠了，人家就闹了……你说这事儿，多恶心。我说你双福真不是人，小姐遍地是，打人家学生的主意干吗？你有本事，谈上一个，叫人家爱上你，出事了，也能说成爱情。这会儿，人家女娃也恨死他呢，一辈子也清白不了，满城风雨呢。人家不说强奸，说啥呢？听说，那学校的学生大半要转学，家长们也攻得厉害，那班主任也抓了……要说，这班主任也不是人，一块儿喝酒，开个玩笑，他就当真了，猫颠狗窜地忙活，又是个财迷，不出事，才怪呢。”

猛子又想到了掘坟。按黑皮子老道的说法，这类事儿，是“赶”的，是鬼神赶你去干你不一定要做的事。这一“赶”，往往能改变命运。祖坟好了，祖宗就能采天地灵气，就有了保你的能力。有了祖宗的保，想赶你的鬼神就近不了你。坟一坏，气散了，人靠精神鬼靠气，祖宗想保你，也没那能力了。而且，那红谷子糠黑狗血，又是镇物，撒到哪儿镇哪儿。双福的祖宗都叫镇了，就保不了双福。他不出事，才怪呢。

又听得女人说：“狗改不了吃屎。听说，他老干这号事，到哪个学校包活，就打漂亮女生的主意。”

猛子吁了口气。这一说，他又轻松咧。贼不犯，遭数儿少。你双福，风流姐儿，浪荡娘儿，尝腻了，想尝童子鸡，想啃嫩葫芦咧。一次不犯事，贼胆大了，两次，三次，十次，百次，总有一次要犯事。一犯事，小命儿就不做主了。真成女人说的了：那坟，是你自己掘的。

女人说：“男人，哪个不这样呢？有的有贼心没贼胆；有的，贼心也有，贼胆也有，却没那机缘；有的，色大胆小怕花钱。……那贼心，谁都有的。看穿了这点，才算懂了男人。”

这倒是。猛子想，可为这，搭上一条小命，真不值；就说：“要救呢。钱是死的，人是活的。”

“咋没救？”女人叹息道，“这些天，老娘的膀筋都跑断了。这年月，谁都是蝎虎子，张口就喝血。喝吧，江上来的水上去，我也是尽我的心。心尽到了，成咋样，就咋样。”说着，她抽泣起来。

这娘们，前些天，还钢牙铁口地等老天划的道儿呢。那道儿来了，“红”的变“黑”了，却又心软了。莫非，这就是女人?

只有在哭泣时，这个叫秀秀的女人，才显出十足的“秀秀”味来。平常时分，那心，那架势，比猛子还猛呢。猛子就抚了女人肩头，说：“跑吧，尽力子跑吧。有钱能使鬼推磨。要说，双福也是条汉子哩。”

女人扑到猛子怀里，放声大哭。随眼泪泄出的，是她多年的怨愤。

2

女人哭了一阵，刚抹去泪，沙湾小学的校长带几个老师来找她。

前些时，双福给了学校二十万，以自己的名儿设了个奖学金，专门救济村里上不起学的孩子。学校还敲锣打鼓地送来一块匾呢。现在，那钱仍在，名儿却不能在了。以强奸犯的名字命名，似乎辱没了钱，要换成村名。校长说，这是镇上的意思。

女人说：“叫啥也成。那名儿，你们看着办。钱只要花到娃儿身上，叫啥也成。”

校长又唠唠叨叨，解释一番。

“成哩。”女人的态度仍不冷不热，“就这样，你们办去吧，咋改也成。”校长又小心地解释了一阵，才带着老师们走了。

屋里突然静了。烟味很浓烈。女人开了窗，洒了水，扫了地，点了香。呆坐了一阵，女人说：“瞧，这世道。先前，这名儿，碰一下都光荣。现在，躲还来不及呢……钱还是那钱，名却不是那名儿了。你说钱重要，还是名重要？”

猛子叹道：“该生个法儿了。”

“啥法儿也想了，我也跑，人也跑。”女人又说，“难得你这份心。多少人，躲还来不及呢。”

猛子一阵冲动，泪涌了出来。“我不是人。你不知道，那坟，是我掘的……”

女人迷离了眼，望猛子一阵，才说："那事儿，一出来，我就知道是你。……该败的，不掘坟也败。不该败的，掘也掘不败……听说练气功的，真气太足了，身体受不住，就走火入魔了。钱也一样。心大了，有多少钱也没啥。心小了，有一点钱，就烧唤了。一盅的量，给个一碗酒，不烧才怪呢。"又说："贼不犯，遭数儿少。心不变，毛病就改不了。毛病改不了，迟早会犯事。细一想，也是定数呢。只有心变了，那定数才会变。"

猛子说："这也许是命吧。"

"命是啥？命是心。长啥心，就是啥命。心穷了，命也穷。心窄了，命也窄。长个鹰的心，就是鹰的命。长的兔子心，就是兔子命。那挨刀货，有创业的能力，却无守业的心。平地里起个沙鼓堆，大风一刮，啥也没了。……该花的，我也花了。那钱，可是千百个小工的血汗换来的。入黑沟门子，实在心不甘。那些饿殍疯虱子，你给一万，他想十万，狮子大张口，多少也不够。随他们吧。……我问了他，他也同意处理公司。我不是那块料——就是那块料，我也不搅和了。一个小瓶子里，一群毒蜘蛛，为苍蝇大小的利益争来斗去，血肉模糊的，想想都恶心。处理了，叫人家争去斗去。"

猛子急道："你可得救人家。把那钱花光也成。"

女人淡淡笑了："花光？花光就能救下？狼只要不封口，一两块肉，能塞住它？越吃越贪哩。"

"这么说，你不救了！真不是东西。"猛子变了脸，"钱算啥？有人就有钱。"

女人笑了。她认真望猛子一眼，见猛子一脸怒气，她脸上的笑就没了，却流下泪来。很快，就一脸水光了。她抽泣道："我看得出，你是，真心的，真心救他的人。"

哭一阵，女人抹泪道："放心，他死不了。听说要判二十年。……你放心，要是他死了，也会有一群垫背的。他这些年，有本账呢。哪个吃了肉，哪个喝了血，一清二楚，啥都给了我。拔了萝卜，也会捞出泥的。他活着，我学个封口的狼。他要死了，我就把啥都抖出去……我钱也送了，话也说了。他们也心知肚明。……这叫以毒攻毒。”见猛子仍一脸紧张，女人又安慰道：“放心，人家能吃多少食，就有多少力。多少年了，把些瘦狗都喂成肥狼了。一笔笔账，他也记了个清。……那挨刀货，人虽烧包了，脑子却没坏，把这么大事儿，托了我……他……他……还算长了颗人心。”她又泪花闪闪了。

猛子这才轻松了些，总觉得自己也该做些啥，但拧了眉头，前思后想，却死活想不出该做啥。

“我真没用。一遇事，才发现自己真是个蠢猪。”他说。

女人一脸感动。她想了想，出去反扣了庄门，踩了凳子，在天花板上一推，就露出个口来，一伸手，取出几包东西，分出一包，给了猛子：“这是救命的。我复印了十封，你保留一封，可千万不敢叫人看。”猛子看那包，扎得十分精致，一时半时也解不开，还打了蜡，上了封签，就说：“放心，我埋在干燥处，谁也不叫知道。”

女人望着猛子，许久，又说：“别的，我也给了可靠的人。那原件，我放在一个最保险的地方。那是他的账。……那挨刀货，也许没想到，真心想救他的，却是他想抛弃的女人和掘了他祖坟的男人。这事儿，也算怪呢。”又眯了眼望望天花板，说：“那儿，还有钱和几个古董，够你花几辈子了。我若有个好歹，你就把那东西多复印些，给省上各单位送。那些钱，由你花去。”

猛子慌了，听她的口气，咋有点安顿后事的味道？又听女人说：“这号事儿，难说。难保不叫人灭了口。一个在牢里，一个灭了口，就天衣无缝了。不过，还有人哩。只要有一个人在，那些事儿，就不会是黑馍馍盖天窗。”她笑了几声，很冷。

猛子很感动。女人竟把这天大的事告诉了他。他有了一种以前没有过的崇高感和责任感。此刻，若是叫他拿命换双福的出狱，他也愿意呢。

女人又说：“你若还想干个啥，就请个人，写个东西，说说他修学校的事，叫村里人签个名，请个愿。”

“有用不？”

“总比没有强。给人家个说话的理由。”

猛子兴奋了。这事儿，倒是他力所能及的。心里虽记着借钱的事，但人家遇了事，就张不开嘴了。倒是女人先问到月儿的病，没等猛子说出借字，就给了他一万，叫他先用，不够了再来取。

猛子回了家，先将女人给他的纸包埋到后院的老庄墙上，又找富强子写了请愿书，罗列了双福捐资助学等善事，希望政府能从轻处理。念来听听，倒也感人。猛子拿着请愿书，从村东开始，找人签名或按指头印。原以为会费些周折，谁知都说双福好话，都希望能救下双福的命，都夸猛子干了回人事。猛子很是感动。

干完这事，夜幕已降了下来，风也凛冽了。猛子跑出了一身汗，叫风一吹，水泼般凉，但他还是很兴奋。……怪，世事变化如此之快，心也一样。以前叫双福败时，心那么迫切。现在救他时，心照样迫切。虽是同样的迫切，内容却大相径庭。看来，世上无永恒的亲仇。事过了，境迁了，啥都会变的。

猛子很感激村里人。原以为，双福一出事，谁都会幸灾乐祸。先前，他们见到双福时，面里虽谄笑，背后却恨不得捅上几刀。现在，双福败运了。他的财像筛子里端水，百眼眼儿往外漏了。村里人却又念起他的好了，盖指印时，都情真意切，说了一大堆好话。有人甚至问，需不需要集体上访？若需要，他们就再开上三轮子，浩浩荡荡，到那顶事儿处，哀告也行，静坐也行，绝食也行。猛子虽不知道需不需要上访，但这份情他领了。……怪。“领情”？他竟将双福当自己人了。记得哥生病后，他就领过村里人的情。现在，这领情，竟跟那时一样。

真怪。

3

忽然，拐角处转出几人。一个问：“猛子吗？”猛子才嗯一声，腿上就遭了一击。他惨叫一声，跪倒在地，想，坏了，叫人灭口了。

又是重重几下，打得他冷气倒抽。他辨出，是木棍。

猛子以为他们会抢请愿书，但对方只用棍子招呼，并不来搜身。忽然，一个东西从头顶罩下。呛人的灰尘扑入鼻腔。他辨出，是个麻袋。……坏了，叫人家劫了。猛子暗暗叫苦。忽觉得自己悠荡起来。自家虽然命不做主了，但他更担心秀秀。悠荡了许久，身子才又落到实处。

噼啪声又响了。这回是皮带。

因挣扎蠕动了麻袋，时时绷紧的袋子抵消了皮带的力量，猛子也能受住疼。但他还是直了声惨叫。他想招来村里人。

“叫你叫！”随着一声呵斥，猛子脸上一阵剧痛。这一下抽得实在。他疯牛般嚎叫起来。那些人心虚了，风一样飘走了。

静了下来，疼也渐渐钝了。猛子叫：“救命呀。”却听不到回音。

麻袋口被扎了，猛子只能窝成一团。他按按胸部，纸还在，便舒了口气。除了腿上和脸上外，别处的疼息了。看来那些人并不想灭口。不然，一顿乱棍，早捶成肉酱了。

……但也许，他们马上会回来的。那时，就要灭口了。猛子紧张了，一下下蹬袋口。但袋口扎得很结实。呛人的灰尘扑入鼻中。从气味上辨出，麻袋盛过菜籽。

又蹬了几十下，仍是白费力气。但猛子心浮气躁，只管乱蹬。麻袋也随了那乱蹬，开始滚动了。渐渐地，麻袋越滚越快。猛子辨出，他正向沙坡下滚去。

滚了好一阵，麻袋才停了。猛子头晕目眩，懒得再挣扎。因蜷缩久了，背有些酸。他费劲地变换着姿势。鼻中呛了许多尘灰，很难受。那鼻孔，怕是成灰洞了。

“他们做啥呢？既想灭口，为啥又用皮带？……坏了，他们杀女人去了。杀了她，才会来杀我。”猛子慌张了。他仿佛看到，女人也在乱棍下惨叫呢。但猛子能想出乱棍，却想不出惨叫的女人。那女人，叫人打死，想来也不会惨叫的。她只会披头散发，一脸血污，眯了眼冷笑。

静了静，汗不再冒了。他长长地叫一声：“救命啊——”然后竖了耳，听那动静。

猛子先听到风声，再听到星星在哗哗哗闪，又听到一个怪怪的长嚎声。这声音很熟悉，阴森，冷漠，悠长，透出绝望。这是啥叫呢？猛子费力地想着。脑子却似给浆住了。静凝许久，他的舌头一下子干了。

“天啊，这不是狼嚎吗？”

这一声，把猛子的三魂七魄都吓飞了。他曾在猪肚井打死过狼崽。莫非，母狼寻仇来了？有可能，狼的鼻子尖，能辨出万种气味，能追到千里之外。莫非，它真的讨命债来了？……可秀秀托他的事儿，还没办好呢。……还有月儿，要是他死了，月儿咋办？

但许久，狼嚎再没响起。猛子便怀疑是幻听。这现象，老出现。哥死后一月间，妈哭灵的声音还时时在耳边响呢。这狼嚎，也许是这样。在猪肚井，脑子“录”了狼叫。一有机会，它就“放”一次。很可能。猛子的心才安稳了，开始想法儿。他最初想解开扎袋口的绳子，后来，想到了电视上孙悟空老用的法儿，就取出钥匙，一丝一缕，挑起麻袋来。终于，他挑开了一个大口。

出袋后，觉得空气清新极了，他长吁一口气。四下里虽模糊，但还能辨出，这是狼舌头湾。这儿老烧死娃娃，狼和野狗常来这儿会餐。……他明白了，那些抬他的人，有歹心哩。

腿很疼，那一棍力道真猛，想来有瘀青了。脸上有些木，摸了摸，似乎肿了。这倒没啥，他的肉厚实，挨几下打，没啥大不了。

“这些人，又没灭口，又没抢东西。怪。”猛子认定女人是遭劫了，一定，也许，不一定……他一次次随愿望修正着判断。后来，他一甩脑袋，想，费那脑子干啥？去看看，不就明白了。

却听到一声突兀的狼嚎。这一回，他才确信，方才不是幻听，是真的狼嚎。只是这一次，近了许多。

猛子的头皮麻了。他想，先找个称手的家当再说。他摸呀摸呀，先摸到几把沙，终于又摸到了棍状物，但似乎是人腿骨。他忽然想起，王秃子就烧在这儿。眼前就显出王秃子阴阴的脸来。他哆嗦几下，打个寒噤。有心抛了骨头，却又想，没个称手的作杖，要遭狼口的。掂掂那物件，粗细倒正好。

又觉得，身前身后，到处是绿幽幽的狼眼，都磷火似的燃，忽闪出贪婪，忽闪出冷酷，忽闪出狼独有的阴森。待真的四下里望去，却只有夜色。自上回和狼摔了跤，他一走夜路，就这样。按妈的说法，是苦胆吓破了。

风在耳旁叫了，发出呜呜声，很像狼嚎。但猛子却认定，方才听到的，不是风声。那是真正的狼嚎，它低沉，幽暗，冷漠，是真正的“嚎”。听得出，那是匹老狼。它像坟头恸哭的老女人，历练了沧桑，经历了绝望，冷漠了感情，看透了虚妄，不再有倾诉，只想孤独地嚎。

又是一声狼嚎。一声化成万声，渗入毛孔了。狼眼也晶在夜里。还有流着涎液、上下错动的口。它扯向耳门，很是阔大。但回头，却仍是黑夜。

猛子打个哆嗦。夜空里到处是狼眼，都在幽幽地冒着绿火。

怪的是，那狼眼，倒像是双福的眼睛。

4

那狼，只是嚎，却终于没有露面。

猛子走进村子，来到双福家门口，用力拍门上的铜环。“开门，开门。”他叫。女人问：“谁呀？”“狼。”女人笑道：“你是狼，我就是狼外婆。”开了门，院里的火光一下子扑出。猛子的心才到了肚里。

女人正在院里砸那些匾。匾上，写着“惠及桑梓”等。女人边砸，边往火堆里扔。火光冲天。凤香很可惜那些匾，“乖乖”个不停。

女人望猛子一眼，说：“哟，你咋灰头土脸的？”因为有外人，猛子胡乱嗯一声。女人就说：“正好。来，帮帮我，把它们砸了。”

“为啥？”

“不为啥？”女人笑了。那笑很自然，还显出少有的清凌呢。“这些，都是假的。没用。烧了干净。”女人举了铁锤，狠狠砸下。破碴声腾起。她又往火里扔些碎块。火里噼噼啪啪地响。

“丫头，炕上的那些锦旗呀啥的，都抱来。”女人喊。

那丫头颠了脸出门。几月不见，她长高了一大截，只是瘦，脸白戗戗的。显是爹的事，在她心里留下了伤口。

女人从丫头手里抓过锦旗，一一扔进火里。火忽忽地升腾着。凤香说：“天爷爷，你别烧了。给我吧，打个铺衬呀，做个鞋底呀，补个衣裳呀，多好。烧了造孽呢。瞧，多好的绸缎。”

秀秀牙咬嘴唇，拧眉一阵，进了屋，取剪子出来，几下，就把剩下的锦旗剪成了尺把方圆的块儿，叠起来，递给凤香。“成哩，粘个鞋底，纳结实些。牢实得很哪，穿几年都不烂。”凤香接了，一脸欢笑地走了。

丫头颠着脸，一语不发，进了屋。

“你颠啥脸？丫头。”女人喊道，“谁不犯错呢？犯了，改了，不就得了？不信你爹是个榆木脑壳，二十年也不开个窍儿。再说，也不定蹲二十年呀。改好些，还减刑呢。你羞啥？那坏事，又不是你干的。”

“谁像你，脸皮城墙厚。”丫头的声音传了出来。

女人嘎嘎笑了：“老娘有个啥羞的？自己吃饭自己饱，自己造业自己了。他做了，他受。老娘，等他二十年，不就得了。他坐牢，是他的造化。老娘等他，是老娘的本分。”

猛子说：“二十年，你就老了。白头素素的，脸成核桃了。”女人道：“老了怕啥？他出来，老娘陪了他，种苞谷，种山芋。忙了，出一身爽快的汗。闲了，看看星星，望望月亮，不也挺好？以前，不就是这样过的吗？后来，钱多了，才生事。那玩意，太多了，可真不是啥好事。”

火渐渐小了。女人又砸了一块匾，扔进火里，进了屋。她掺好热水，放到院里。猛子边洗，边喧方才的事。女人拧一阵眉头，说：“打你的，不是他们。是跟你有气的人。”猛子想不起对谁有气。他是个炒麦子脾气，噼里啪啦响一阵，立马就凉了。但若真是别人报复，也没啥。仅仅是挨些疼，不会叫人灭口了。他放心了，取出那几张满是指纹和签名的纸，给了女人，说：“还好，没弄烂。我还怕他们抢这个呢。”

女人张开纸，看一阵，小心地折好，放在窗台上。又望猛子，渐渐地，她眼里涌出泪来。她一把撕过猛子，狂吻起来。女人从来没这样主动过，从来都是身子做事口却说相反的话。猛子东躲西躲。多温柔的嘴唇，触了伤处，也会疼的。

女人黏了他，边抽泣，边亲吻，把猛子吻了个龇牙咧嘴，一塌糊涂。忽然，女人的脚触到猛子腿上。他叫了一声。

猛子卷起裤子。小腿肚上，有很长的一处淤青。那一棍，是下了狠劲的，幸好打在软肉处。若打到干骨上，腿怕早折了。女人惊叫着，抹了泪，去橱里翻出碘酒，小心地抹。

“谁下的这种死手？若是打致命处，怕没命了。”女人口中唏哩，一眼泪花。

女人抹好碘酒，眯了眼，望猛子一阵，道：“以后，你夜里别来。成不？白天来也成，跟一般串门的一样……那事儿，我不想做了。”

“啥事儿？”

“再是啥事儿。其实，我也想，我也是女人。夜深了，人静了，也想。也想叫你陪个整夜。可活人，得活口气。我要叫他看看，我究竟是个啥人。我啥都能做出，也啥都能守住。”

猛子笑道：“老虎不吃人，也臭名在外哩。你就是真守了，谁信？”

女人摇摇头，说：“咋说呢？我给你讲个故事，上学时看的，记不清名儿了。有个英雄，得罪了上帝。上帝罚他向山顶推一块石头。他推呀推呀，石头到了山顶，他也力尽了。石头就重新滚回山下。再推上，再滚下。……那英雄，就这样推了一辈子的石头，他没有偷懒，也没有妥协。这故事好不？”

“好啥？”

“在上帝面前，英雄是弱小的。但就是在那单调乏味的无效劳动中，他实现了人的尊严。这个故事里，上帝多么无聊，人多么伟大。许多年了，那英雄的影儿老在心里晃。”

这女人，又犯病了。……女人老是犯病。但怪的是，她每一犯病，都会有一丝儿光，透进猛子心里。他迎合道：“就是。爹老说，你老天能给，老子就能受。”

“对！”女人兴奋了。这是猛子最有水平的一次迎合。她认真看猛子一眼，发现他真有些变化了。“就是。老天能给，仅仅是老天的本事。我能受，却是我的尊严。不怨天，不尤人，静了心，把给你的灾呀难的接过来，眯了眼，笑一笑。这有啥？活人嘛，甜的尝了，苦的也舔一舔。”

猛子发现，这女人，竟和爹相似了。只是爹老骂老天爷。现在想来，爹的骂，反倒是在乎了它。就是，眯了眼，笑一笑，接过那巨石，一次次滚上山。你能再滚下来，老子就能再滚上去。

猛子这才明白了女人的心。看来，那种“朋友”，她真不想“维”了。女人眼里的“上帝”，既是命运，也是双福。他觉得有热热的东西涌上了。他转过身，没等那潮热滚下脸颊，悄悄用手抹了。

“我去了。”猛子哑了嗓门说。

“去就去吧。”女人也哑了嗓子说。

第　三　十　五　章

千年不倒的祁连山，万辈子不塌的青天。

1

莹儿和兰兰回到村里，也没引起多大的注意。人们的心都叫金子占了。听说，双福女人放出话来，要卖掉自家名下的所有窝子，就招来了一群又一群的“想钱疯”。机器声仍潮涌般激荡着，跟关于金子和城市的故事一起，总在搅乱人们的心。

倒是老顺可惜了好些天。那么好的能当种驼的骆驼，竟进了豺狗子的嘴。心里的难受，老是噎噎地晃荡。但他也只是背地里可惜，嘴上却没说啥。他只叫兰兰们赔了人家的驼毛，却不再提自家的驼。他眼里，这也是老天扔来的灾难，他自个儿受就是了，咋能怨两个逃出了豺口的弱女子呢？

兰兰又进了金刚亥母洞，这回，她想多闭段日子，希望能证到她向往的那种觉悟。

猛子既已结婚，莹儿的身份，就明显变了。她不再是陈家的媳妇，而成了白家的替身。婆婆把白家欠的许多账，都算到她头上了。莹儿老觉得身后有双眼睛，老是戳脊背。虽没有争吵，但婆婆的那份客套，更令她受不了。而且，那客套，已开始变成另一种语言。

夜深了，娃儿仍不睡，婆婆要了几次，娃儿都哭闹。白天，娃儿还叫爷爷奶奶抱，一入夜，就谁也不认了，莹儿便抱了娃儿，回到小屋。想到月儿的病，也为她伤心。

肚里有些疼，不明显，咯咛咯咛地难受。莹儿下了炕，穿了鞋，到院里去方便。院里很静，熟悉的一切都模糊进夜里。以前感觉中的所有温馨都没了，凉凉的寒意渗进心里。

记得当初，灵官说，爱情是一种感觉。听了这话，她还伤感了许久呢，神圣的甜美的爱情咋是感觉呢？可现在想来，不是感觉，又是啥？院落仍是那院落，房屋仍是那房屋。先前，丽日总照着院落，一院子寒暄，一院子说笑，一院子祥和，一院子富足，一院子火爆爆的味儿。现在，这一切，都没了。仿佛，灵官一去，就把院落的魂儿抽走了。剩下的，仅是个又老又丑的臭皮囊。

小屋也冷清了，充溢着阴森的寒意。她虽填了热炕，却驱不了寒意。那寒意，渗骨头里了。她已不是过去的莹儿。这家，也不是过去的家了。莫非，人生的一切，真的仅仅是感觉？又想，生死，不也是一种感觉吗？这身子，比那尸体，多了的，还不是感觉？

回到小屋，摸摸娃儿嫩嫩的小脸，心中的热又微微荡了。凭了这份热，她才度过了许多孤寂的夜。女人心里离不了盼头，这盼头，有时是爱人，有时是娃儿，有时是别的。没了盼头，就没活头了。

忽然，隔壁书房里有响动了。一人拖了鞋，蹑手蹑脚，出了门。莹儿知道是婆婆，也知道她定然去看庄门上的锁是否被撬，还看那放倒的梯子是否搭在房上。她明白，婆婆是怕她带了娃儿逃跑。

那脚步儿果真走向庄门，锁吊儿响了一声。院里踢踏一阵，才寂了。

泪突地涌上眼帘。她很想忍了，可泪不争气，总要涌。真没活头了。她想，长这么大，从没叫人当贼一样防过呢。想到自己抱了天大的希望在那个雨夜奔了来，伤了爹妈，只为了自己那一丁点的梦想，却叫人当贼提防，真没活头了。

箱里的那几匹布也叫翻走了，翻走就翻走吧。她也不去计较，自己是小辈，孝敬一下大人，该。可你猪哩狗哩问一声，或是趁她在家时，明打明地开了箱取，不该趁她去娘家时“拿”。不该，妈。娘家的妈，做了不该做的，婆家的妈也做。这些妈，眼咋那么小，针尖大一点利益，就叫她们不像妈了。妈呀，真污了这个“妈”了。

她望望屋顶的掩尘纸，倒没见打动过。里面的某个凹处，有一块鸦片。那是憨头患病时弄来的，本想在止痛针用完时，救个急。许多个恍惚里，她总在吞它，但每次，都叫娃儿拽醒了。

她撕开掩尘纸，取下小包，放进内衣兜。她想，不定啥时候，或许能用上它。爱是她活着的理由，为了这个活的理由，她宁可不活。要是不能干干净净地活着，她宁愿干干净净地死去。

心里噎得难受。也好，有了这噎，才有了活的感觉。老觉得自己已成了幽灵，在梦里恍惚。那黑黑的夜化了身也化了心。夜在她的生命里，也完成了一次循环：最初，夜是夜，她是她，两不相干；后来，遇了灵官，夜就多了些叫她甜晕的场景，惹得心里的温水一晕晕荡；再后来，夜又还原为夜了，她就在夜里泡着。夜变得异乎寻常地漫长，她熬呀熬，也熬不出东方的那晕白来。

梦里，也老在一些陌生的所在飘忽，黑的天，黑的地，黑的心。那冤家，也梦不到了。她多想梦见他呀，可他偏偏不进你的梦，你也没法。孤独的人，做梦也是孤独的，连个伴儿也没有。梦里没有路，没有太阳，没有风，没有雨，只有灰蒙蒙的陌生和灰蒙蒙的感觉，她就在灰蒙蒙里浮游，忽而东，忽而西，忽而上，忽而下，成幽灵了。那冤家虽仍在心里晶出，却恍惚了，不似以往那么清晰。也好，啥都朦胧了，把“我”也朦胧了，可那孤寂，却醒着闹着，伴着妈们的作为，一下下撕扯心。

真没活头了。

心疲惫极了，像在走没有尽头的夜路，没有照亮的灯，没有指路的星，没有风雨，只有死寂，连脚步声也听不到。听说，人死后，得拾尽自己留在阳世上的脚印，才能转世。自己，真像那鬼了，在漫长的夜路上，寻觅一个个被岁月掩埋的脚印。脑中的许多场面，像洇了水的古画一样，都泛黄了。那激动过的，也不再激动；痛苦过的，也不再痛苦；仿佛拿了一叠不相干的相册，时不时翻一下，心却在孤寂里泡着，少有波动了。

却明白，这小屋，终究是要离开了。还有这院落，还有那已经泛黄的感觉……可她，是多么不想离去呀。

2

白福上门来了，带着一脸的难堪和别扭。自上回抢亲后，他第一次上门。

为避嫌疑，白福先进了书房，打过招呼，对猛子妈说："大妈子，妈病了，叫我来请妹子。住几天，再送来。"猛子妈知道，那"再送来"的话，是先给她喂定心丸，却不去揭破，问："啥病？"白福说："不知道。肚里有个疙瘩，也没去查。"

猛子妈心里冷笑，想，你编谎，就编个别的病，这"肚里的疙瘩"，明明是个屁。当初，她自己逼兰兰换亲，也是"肚里有疙瘩"。说具体的病，有咒自己的嫌疑。那"疙瘩"，看咋理解。心是个疙瘩，吃饱的胃是个疙瘩，癌包也是个疙瘩，你咋理解也成。她心里虽冷笑，却顺坡下驴，说："哟，那可不是个好兆头，我那舅舅，就是肚子里出了疙瘩，牛吼一样，叫了一月，才死了。你妈，总不是那号病吧？"说完，她狠狠地咒：这老妖，也该得这号病。

白福心实，哪能体会出猛子妈的心思，说："不会吧，妈是个大肝花，又没干啥缺德事，咋能得那号恶病。"

无意间，他又触到猛子妈痛处了。因为大儿憨头得的是肝癌，肚里有篮球大的疙瘩，是典型的恶病。按白福说法，是干了缺德事了。但她又不好发作，说："得病的事，难说得很，好人得恶病的有，恶人不得病的也有，难说得很。"白福不善应酬，只问："大妈子，你说，叫妹子去哩吗不去？"

"去呀——"猛子妈拖长了声音，"又不屙金，又不尿银，我留她干啥？"莹儿待在身边，她总是心不安，老觉得她会瞅个空子，抱了娃儿，往娘家溜。

每次外出，她总是安顿了又安顿，叫人又是站岗，又是放哨，心还老往嗓子眼里蹦。夜里，更睡不安稳，风一吹，门一响，就觉得莹儿要往外溜。娃儿是她生的，若叫她带到娘家，再往回要，比登天还难。提心吊胆了好些天，身心早疲惫不堪了。有时想，干脆，叫她回娘家得了，可人家是明媒正娶来的，你咋能撵她？上次，她还打算用装鬼的法子，吓吓莹儿，叫她害怕而回娘家，可一说，叫老顺狠狠臭了一顿。看来，这世上，变化最大的，是人心。前不久，她还怕莹儿走，还费尽心机地想留她，现在，又怕她不走哩。

白福松了口气，还怕陈家为难他呢。自上回抢亲后，他总是提心吊胆，不敢上门，怕猛子报复；可妈硬叫他来，说要是在气头上，说不准猛子会揍他。现在，事都搁凉了，他有那心思，也下不了手。再说，也没个合适人打发。叫徐麻子来，又怕老顺跟他干仗。她自己来，也是针尖对麦芒，免不了和女亲家拌嘴。想来想去，还是白福合适，毕竟，他是陈家合法的女婿，于情于理，都说得过去。但白福还是背着妈，揣了把刀子，想，要是猛子跟他过不去，他就横下心来，拿刀子跟他说话。没想到，事情倒挺顺利，他一张嘴，“大妈子”就答应了，就说：“妈还叫把盼盼带上，她想娃儿。”

猛子妈冷笑道：“她的丫头，我管不了。那娃儿，别打主意，想带，连门都没有。”

白福说：“妈只是想娃儿，没别的心思。”这话，已“此地无银三百两”了。猛子妈撇撇嘴，扯长声音，喊：“莹儿，收拾一下，你妈打发你哥请你来了。”又对白福说：“娃儿的事，夹嘴吧。头想成蒜锤儿大，也不成。再要是提，我可放恼哩。”

莹儿突地涌上泪来。

白福一来，她就知道他干啥来了。还知道，婆婆也等着这一天。她早发现，这家里，她已经多余了。一切，变魔术似的快。

盼盼用那双黑豆豆的大眼望妈，仿佛他也觉出了啥。死别已过，该生离了。明摆的，她休想从这门里带出娃儿。活扯了心头的肉了，莹儿抹把泪。

妈真病也罢，假病也罢，并不重要。一切，仅仅是个借口。来请她的，是个借口；叫她走的，也是个借口。谁都需要这个借口，心照不宣吧。但莹儿也终于明白，这儿，真待不得了。

多想在这熟悉的小屋里度过余生呀。这熟悉的院落，熟悉的环境，熟悉的感觉，总叫她难忘难舍，总叫她恍惚着想到盼头。多么可怜的一点愿望，实现它，却比登天还难。

带来眩晕幸福的一切都远去了，近的是娃儿。他几乎成为生命的全部了。但她明白，生离，已成为必然。

贪婪地望一阵娃儿，贪婪地亲几口，贪婪地叫娃儿黑豆豆的眼瞅了笑，贪婪地凝眸，贪婪地流泪吧。能流泪，也是幸福。

盼盼，我生命的盼盼呀。原指望，这名儿，能真的带来我的盼头，可终究又落空了。这不长的生命里，已失望多次了：盼着考学，到大世界去，盼一分真心的爱，盼一种温馨的结局，盼一个安详的守候，盼一生宁静地活着。所有的盼，终于成了云烟，远去了。现在，又要离开盼盼了。

莹儿搂了娃儿，狠狠地亲。泪水洗着娃儿的脸。

她费力地望望屋里。这熟悉的带来过美好回忆的小屋，也终究要离开了。她很想带走天蓝色外衣。还有那头巾……但她终于移开目光。明知道，婆婆眼小，看重的，尽是这类小东西，那就留下吧。……可心中，总是不舍，就换上那件外衣。虽不是好料子，却是她命里最好的东西。

白福进来，悄声说：“妈说了，叫你该带的都带上。你觉得啥好，就带上啥。”

莹儿厌恶地皱皱眉头。哪头的妈，都这样。眼里的东西，总比人重要。……我觉得啥好？可那最好的，我能带去吗？我生命的至爱呀，多想带了你，去浪迹天涯，哪怕当乞丐，也胜似天仙。可此刻，你在哪儿？若是有上帝，若是上帝给我一次选择的机会，我就选你。那荣华，那富贵，那高名，那一切，都不要。可这一生，由自己性子的选择，一次也没有。哪怕有一次，也成。可没有。这辈子，白活了。

白活了啊。莹儿的眼睛模糊了。

白福说："妈说了，衣裳能穿了穿上。布，裹到腰里。"

莹儿的眼里涌出了泪。她明白，妈指的，是压她箱底的那几匹布。婆婆眼里，是它。妈眼里，也是它。两个妈眼里，都没她这个人。这世上，最好的，应是人呀。灵官，你这冤家，你跟她们，也是一路货。知道不？啥前程，都比不上这个鲜活的人呀，冤家。这人身，很快就会从世上消失。那时，你的前程在哪里？理想在哪里？为啥不拥了这鲜活的身子鲜活的心，闹出段命运的销魂呢？

不想它了。该过去的，叫它过去吧。

莹儿胡乱梳几下头，照照镜子，里面映出憔悴的脸。她叹口气，扔下镜子，扔下梳子，亲亲娃儿，一咬牙，说："走吧。"

"就这样走？妈的话你不听？"白福说。

莹儿已跨出了门。

婆婆早如临大敌，守在门口，见她空手出来，如释重负。莹儿说："妈，我去了。"婆婆说："去吧去吧。"莹儿想：你咋不说早些来？但妈不说，自有她的道理。莹儿捋捋被风吹到脸上的头发，向门外走去。

别了，院落；别了，小屋。

才出门，莹儿就一脸泪了，白福推了车子，跟在身后。那车子，踢零哐啷，招来许多目光。一人问："莹儿，站娘家去吗？咋没抱娃儿？"莹儿胡乱嗯几声，过去了。

这偏僻的村落，这遍地的溏土，来时这样，去时也这样。莹儿却变了。来时，她是黄花闺女；去时，她是寡妇。来时，心里懵懂；去时，历尽沧桑。只有一点是相同的：来时，无奈；去时，也无奈。

记得来时，也是个秋天，那辆破旧的汽车，载了她，把她从少女载成了少妇。那天，刮着风，风卷尘土，弥漫了眼前的路。记得她像做梦。此刻，何尝不是梦呢？那村落、黄沙、沙枣树，都成梦中的印象了。清晰的，是心头的伤口，不经意间，总要捞扯它。

莹儿想到那个夜奔的雨夜。那夜，她以为挣出命了。谁知，还得回去。

她自己奔了来，还得自己回去。妈，你总死心了吧。这回，你没抢，是我自己回去的，你该会心地笑了。

“上车吧。”白福说。

莹儿跳上了捎尾架。风吹来，把头发吹散，披脸上了。就叫你披去吧。那形象，想来成妈说的破头野鬼了。啥也成，妈，只要你高兴，我当啥也成。人生，本无定形的，忽而得，忽而失，忽而人，忽而鬼。啥也成，妈，啥也成。

没娃儿多好，无牵无挂，想咋样，都成。这娃儿，成绳索了。不过，婆婆待娃儿心头肉似的，也没她牵挂的。妈曾劝她打官司要娃儿，莹儿做不出。人家死别了一次，再叫人家生离，莹儿做不出。明知道法律向着她，也做不出。何况，把娃儿交给婆婆，她是彻底地放心的。

那起伏着孕育了无穷神秘的大漠呀，那和煦的夹着熟悉气味的漠风呀，那局促低矮而又美丽无比的村舍呀，那扭曲着身子却又充满无限生机的沙枣树呀，别了！

3

莹儿要出嫁了。

她像下山的石头一样，由不得自己了。心中的构画，本也美丽，但叫命运的风一吹，便稀里哗啦，一片狼藉了。

娘家准备了两床大红绸被儿，两个红油漆木头箱子。妈还请村里女人为她做了鞋垫儿和枕头。这些，是她的陪房，将随她到赵家。

那所谓的人生大事，实践起来，却也简单：割些肉，买些菜，请些人，扯个证——在赵家人眼里，这结婚证无所谓，但他们早替莹儿办了——再雇个车，拉过去，一入洞房，就生米煮成熟饭了。

生米煮成熟饭是最好的法儿，妈也知道。所以，在莹儿还在婆家时，他们就办好了所有手续，订婚和送婚是一次过的。赵家抱来了一万块票子。

天很晴。一大朵白云在远山上飘着。仅仅是一大朵，很白，也没遮了日头爷，反倒点缀了天的晴。亲戚们都来了，都兴高采烈。他们都满意这个前行的结果。那赵三，可是个富户呢。亲戚脸上也沾光了。所以一大早，他们就来了。一来，就敬了礼，大多敬一百块。只礼钱，娘家就收了几千块。妈笑得没了眼睛。

莹儿木然着。她没哭，只呆坐在炕沿上，木了脸也木了心。

那泪，只在没人时才流。这泪，是自己的，流进嘴里，自个儿咽；咽到心里，自个儿噎；噎出病来，自个儿受。面对别人时，莹儿无语。语是没用的。啥语，也说不出心中的无奈。

真是无奈。这命运，竟如此强大而无奈。那惯性，左右了自己，不，裹挟了自己，一路奔去。一眨眼，已到另一个山坡了。她面对的，是再一次滚落。

那花儿，已懒得唱了。那花儿，只在心中溢了浓浓的情绪时才唱。现在，心里只有木然，只有无奈——连绝望也没有。那浓浓的木，把啥都吞了。

妈忙颠颠的。妈很欣慰，妈把木然当默许了。那是妈的事。亲戚也诧异她的平静，那是亲戚的事。那当陪房的箱子红得耀目，但那是箱子的事。世界是世界，莹儿是莹儿。世界能裹挟了莹儿的身，但裹不了她的心。

亲戚们都在书房里吃菜，说笑声很响。娘家门上的菜很简单，仅仅压个饥。等会儿，赵家的车就来了。他们会风光地坐了去。对方的东家会接天神一样待他们。那时，七碟子八碗，由你们放开肚儿吃。

爹端来一碗烩菜，递给莹儿，叫她吃结实些。到那边，可没时间，又是典礼，又是敬酒，又是闹洞房，怕没个消停时间吃饭。莹儿也不搭话。爹不再说啥，怯怯地把碗放到炕桌上，退了出去。

书房里，传来妈很响的话："吃，吃，不对亲戚是两家，对了亲戚是一家。别做假。吃不好了吃饱，可别饿着。"一个声音说："吃啥饱？吃饱了，那边的席哪里盛？人家，可是海参鱿鱼呀。"妈笑道："哟，我能和女婿比吗？人家，拔根汗毛，也比我的大腿粗。我连毛也撕不上一盘子呀。"一个说："啥呀？丫头一过去，就是当家婆。稍稍拉你一下，就成肥屁子了。"另一个说："就是。到时候，别把我们这些穷亲戚扔到脑勺子背后了。"

一屋子说笑。

莹儿取过镜子，照照。那脸，虽仍是黄，但叫新娘子的大红衣裳一映，倒比往常光鲜了些。她有些奇怪，咋没那种撕心裂肺的痛呢？仅仅是心有些木。这木，是先前没有过的。也好，你木了，就叫你木去。怪的是，那灵官，也木成暗晕了。倒是那块鸦片很清晰，带在身上，老朝她笑。

新车子来了。一辆大客车，一辆面包车，一辆小卧车。车镜上，都挂着红红的被面子，红得耀目。莹儿还没坐过小卧车呢。上回，憨头娶她时，是个大汽车，车皮里拉客，她坐在驾驶室里。那时的感觉，也和现在一样。明明是自己的人生大事，却又觉得与自己无关。

上车了，小卧车的坐垫很软，莹儿觉得陷进去了。村里人都来看。娃儿们扑前扑后地叫。大人娃娃都兴高采烈。这可是喜事儿呢，为啥不笑？妈边欢喜地招呼人们，边取来一把挂面，递给莹儿，说："这是'熟旧饭'。回去，一定吃了。"

莹儿知道，这面代表她命中的禄粮，少不得。送亲的嫂子连忙接了。"知道，知道。"她说。

车开了。村里人都忙往路边让。几股尘土，从车后冒出，淹了村子，淹了村里人。那个日头爷却淹不了，还在当空叫呢。车子在日头爷的嗡嗡中上了大路。这路，不是车来时的路。新车子，开不得回头路，中途更停不得。和憨头那回，新车子坏在半路上，憨头也就半路里撇了莹儿。这事儿，仿佛很遥远了，又仿佛正在发生。那时，坐新车子的她，是个出嫁的姑娘。现在，成前行的寡妇了。中间，怕有好几年吧？咋觉得只是恍惚了一下？除了跟冤家的闹混，除了憨头带来的惨痛，便一片空白了。人生真怪，好长好重要的一段人生，回想去，仅几个片段而已。

车里，响着欢快的歌曲。一个女人唱："人的一生有许多回忆，只要你的回忆有个我。"心中有了，又能做啥？那心中，还是啥都没有的好。啥都木了，才好。若不木，此刻，说不定咋个丑态呢。木了，就只有木了。

赵家的大门上候一群人，见新车子一来，就噼里啪啦放起炮来，还燃起一堆大火。上回，没燃大火，只在门口放一火盆，放一水桶，叫车头转向东方。她下车后，先进火，后进水，再进人。后来，还是出事了。那水火，并没带来吉祥。

送亲的嫂子牵了莹儿，绕火堆转了三圈，再进庄门。刚进门，有人就往她头上撒面，这便是“白头到老”了。头上的面淋漓下来，把大红的新娘子服染白了几处。白了白去，莹儿也懒得去管。

院里人多，桌子多，凳子多，声音多，眼睛多。那视线，织成网了。莹儿穿过网，进了洞房。后面，追来白福的声音：“这点儿钱，打发叫花子呀？”这是他近年来少有的理直气壮的声音。莹儿知道，白福在压箱子。东家们抬陪房箱子时，先得给白福压箱钱。少了，他不起身。东家就添，一直添到白福满意的数儿，他才起身，西客们才哗哗啦啦下车。

新房很阔，比当初憨头布置的阔出许多。头顶，有五颜六色的塑料拉花，墙上有五颜六色的画张，床上有五颜六色的床单。还有桌子沙发，就很阔了。桌上的大录音机在吱哇，声音很大。平素里，莹儿很讨厌大声。今天，心木了，你再大些也没啥。

那个穿一身蓝制服的胖子，便是赵三了。莹儿瞟过一眼，只觉得他脸上油晃晃的，长个蒜头鼻。此外，没啥印象……对了，声音很大，似乎比白福赢了钱时的炫耀还大。这很正常，有钱人都这样。以前，妈最讨厌这种声音，说它嚣张人哩。现在，妈很喜欢了，夸它是男儿气。

男儿气就男儿气去，莹儿也懒得管。只是想呕，头也有些晕，像吃了过多的感冒药一样。那晕，恍惚了心。眼前的一切，就有梦的感觉了。

婚礼也比前次热闹。捧场的多，调笑的多，观看的多，喝彩的多。东家们把毡折成二尺方圆，叫新郎新娘站，莹儿就站了。赵三反倒扭捏，惹得村人大笑。人群里，有她的女同学，以前，也清凌得不食人间烟火，现在，也像村里人那样笑着，却终于也恍惚了。恍惚里，有无数大张的口，无数大睁的眼，无数大声的笑，都叫日头爷染上了嗡嗡声。

只希望，这节目，快些结束吧。她觉得很累，仿佛走了十分漫长的路，从里到外都乏了。真想睡过去，睡他个千百年。瞧，这眼皮儿，硬往一块儿粘呢。

一切都迷糊了。但出洞房前吞下的那块鸦片却醒醒地笑着……

4

后来的兰兰常想：在那个黄昏里，垂危的莹儿会是一种怎样的心情？

……想来，疲惫早拧成难解的网了。网里罩着狞笑。还有，命运的呼啸。还有……绝望……痴呆。呼吸已成了蚕丝，一丝，一丝，又一丝，悠悠地抽。怕要断了吧。……窗外的天空，也滚翻成乌云了。天，你是要满腹忧伤地向地面淋下无穷的愁雨吗？我如何把绝望和忧伤寄给你？

心是一派荒凉了。一切，成了灰色的影子，虚虚幻幻，若有若无。

泪缠缠绵绵地洒下，一阵紧似一阵。她不停地唤那个叫她心碎的名字。

这黑暗的、残忍的环境，是地狱吗？黑蝇在暗中冷笑，瘦妖在风里跳舞，寒流的尽头有一个洞穴，洞穴是嫉妒的女巫。

……母亲，为何苦苦逼我？真想碎了尸，把血肉掷还给你们，像那个叫哪吒的孩子。看着那鲜红的血，和撒了一地的肉，是不是才肯饶我？是不是还要纠缠？

生命，到尽头了！

我的心将永归沉寂，你们狞笑吧。我听见血在流淌……流淌吧……我的灵魂渐渐凋零，我的尸体正在冷却，我死不瞑目的、上帝的羔羊般的眼里没一束鲜花。为什么酷爱春天的情感，却总是这样纤弱？

瞧，魔鬼正为我钉棺材呢。涂满红漆……说是柏木做的，值钱，耐用。好，那我笑吧。瞧，我脸上的肉动了……别管我的泪，你只瞧扭动的肉就成……至于那点儿泪水，抹去就成。手一抹，或袖子一擦，就看不见了。柏木的棺材好。比白杨的好……比直接丢进火葬炉里更好。可柏木的棺材莫非就不是棺材？涂满红漆也罢，画上龙也罢，描上凤也罢，总是棺材。死了，还管棺材干啥？美丽都不管了。爱情都不要了。棺材，总是棺材，盛的，总是一堆骨头。

啊，她听见棺盖揭开时吱呀凝重的声音。

母亲跳了出来。是你吗？母亲。……你真是那被秋风吹得蹒跚的身影吗？你真是那每每刺出我泪水的白发吗？你真是不经意间注入我心中的沧桑吗？你真是沙枣树一样弯曲的老树吗？莫非，你真是堆满皱纹却依然灿烂地叫“莹儿——”的……那个……母亲？

你赤着脚，跳着舞，向我召唤：“进来吧！亲爱的孩子！这里面，是我亲手为你布置的春天！”

是的。母亲，我知道它是柏木做的，涂满红漆，值钱，耐用，暖和，好看。母亲，那我笑，总成吧。瞧，我脸上的肉又动了……别管我的泪，你只瞧扭动的肉就成……至于那泪水，手一抹，就没了。柏木的棺材好。母亲，我既然不能像哪吒那样剖尸还骨，就只好进棺材了。谢谢你，苦命的母亲。为了这柏木，又让你费心了。

明知道这是无间地狱，我还是欣然地进吧。母亲，我信你的话，我知道妈为我好。那么，就让我的灵魂，去诅咒自己吧。

我知道，不能涅槃的我，只有幻灭了！在无间地狱中，我将再次死去。

……为什么天使的影子那样罕见？为什么魔鬼的笑容那样频繁？

为什么我爱鲜花，却没人送我春天？为什么注定要充当魔鬼的月亮？为什么喝稀粥的曹雪芹注定孤独？为什么托翁要走向那个小站？冤家，我的冤家，来生，再告诉我吧。

棺材，近了。

魔鬼，请吧。

5

关于莹儿，凉州流行着许多传说。

有人说，莹儿死了，她并没走出那个秋季。这说法，虽说让许多人疼痛，但这是真实的人生。她这样的人，是不可能留在尘世的。所以，无论多少人希望她活，但谁都明白，追求完美的她，在这年头，是很难活下去的……这说法，有个强有力的证据：从那以后，沙湾人再也没有见过莹儿。只是，也没人发现她的坟堆——当然，要是她那样死了，娘家是不愿留坟堆的。

也有人说，莹儿被救活了，解除了那个婚约。在一个飘满黄尘的下午，历尽沧桑的她，终于走出了那个惨白的黄昏，也走出了那个蜗居在沙漠皱褶里的小村。人们都喜欢这说法，那年头，这是最叫人欣慰的说法了。都说，莹儿能走出命去。都说，莹儿带着盼盼，还有婆婆送还的那匹压箱底的布——怪的是好些人留意了它——去找盼头了。都说，搜遍天涯海角，不信还找不到灵官。……不过，也有人担心，莹儿即使真的找到了他，她能找到的那人，还是不是她想找的“灵官”？都说，这年头，啥都变了，出去时是处女，回来时却成了婊子，那找到的灵官，还是灵官吗？

这时的凉州，除了白虎关外，很少有“都说”的话题了，这些“都说”，却风一样卷开了，仿佛那事儿，跟自己有关呢。

在莹儿住过的小屋里，兰兰发现了一张纸，是莹儿的笔迹。她不知道，这是莹儿写下的，还是抄来的——

明知那扇相约的窗下，已等不回你熟悉的影子了，但我还是禁不住伫立在那里，让我看看过往的风和过往的人；但或许还可以，还可以待到过往的你！

你不是来去无踪的风，也不是缥缈若幻的云，你是深深种在我心田上的珊瑚树，每个黄昏我用相思的甘露浇灌你，盼你在某一天拖着浓浓的绿意与我相逢在小屋里！

我早已说过想在这窗下种一棵树，那时的你笑得无所顾忌，说我的想法固然美丽，但这是过往的路，又怎么可以种树！那现在倒好了，我是一天天把自己深种在这里了，静静守候着相约的窗口和失约的你！

你为什么不随着黄昏的余晖从小巷深入，款款而至呢？要知道我总是在此时望断天涯在路口等你，等你温馨的一笑和雨夜在窗下亮起的那盏温馨的灯火。

……多想在清风夜雨里赶了去，与你说一夜闲话，说说在千年的路上怎样赶回来与你相会，听听我怎样坐破了五百个蒲团，圆了一千次梦，怎样走一次天涯，是为了一种心情！

扶着那小屋的墙角，兰兰泣不成声。

小屋很破了。小屋的墙皮已脱落，它在喧闹中沉默着，苍老了许多。

小屋依旧，墙角依旧，沙枣树依旧，只是不见了莹儿……不见了轻盈地劳作的莹儿，不见了临风伫立眺望伊人的莹儿，不见了用平凡的姿态站成一抹独特风景的莹儿，不见了从小巷尽头迤逦而来的莹儿……沧桑扑面而来。兰兰无声地哭着。

兰兰在静默中哭诉着……莹儿，能不能陪着你走？虽然我不够温柔。既然留不住你，便把遗憾盖上心头！出去的路太暗，想分你的忧，可又说不出口。还是留下悲伤吧，把你的希望带走。只是今生里，总会有牵挂的理由。

兰兰无声地哭着。……小屋，命运的小屋。可曾镶嵌着那份温馨？可曾冉延着那缕柔情？可曾保存了你的寂寞？可曾沉淀了你的孤独？

小屋，梦萦魂绕的小屋。……命中的木鱼，心灵的袈裟，前世的岩窟。

6

那个夜晚，兰兰独自漫步在通往沙漠的小道上，她想到了那个跋涉的秋季，想到了沙漠里发生的故事。一切都遥远而模糊。浓浓的沧桑扑面而来。

一切，真仿佛梦了。

留下的，仅仅是一线梦的痕迹。

此外，只有时间在喳喳地赶路。它从无始里走来，还将这样走下去。时间啊，何处是你的目的地？

莫非，你留给人间的，除几星耀目的火星外，真是个巨大的虚无？可那火星，也会成死寂哩。

莹儿，你在何方的世界里寻觅？谁徘徊在你的梦里？你可记得那沙漠的雨夜？你可曾翻阅那心底的秘密？可记得，那个叫盐池的所在，和盐池里发生的许多故事？

在那个万籁俱静的夜里，清晰的，仍然是无常的脚步。有多少故事正在发生？有多少故事早已远去？前不见古人，后不见来者，念天地之悠悠，独怆然而涕下。

人生是什么？真是梦吗？真是无痕的春梦吗？

人生，真是巨大的虚无吗？什么是相对久远的永恒？

谁来指点我迷津？

谁来做我的上师？

谁能给我以清晰？

第　三　十　六　章

宁叫玉皇的江山乱，不叫咱俩的路断。

1

在医生的建议下，月儿出院了。因为药物已不起作用，反倒弄坏了肝肾，引起了并发症。结局是明摆的，再住，也是白花钱。爹花了两万多，猛子打到卡上的一万多也花完了。爹还想死马当活马医。月儿却说："出吧，我一天也不想待了。死，也叫我过一天舒心日子。"

回到家，村里人都来看望。她在小路上的等待感动了许多人，村里已听不到骂声了，好些人还洒了同情的泪。谁都知道，月儿是个好姑娘，自小就好，长得好，心也好，虽得了脏病，但除了死人和佛陀，谁不犯错呢？于是，都可怜这花儿一样的女子。兰兰还为她找了好些土方。

她又见到了猛子。无论月儿勾勒出多少理由恨猛子，猛子一来，她的心仍狂跳不止。听说他已打过青霉素，月儿放心了，这样，以前接吻时可能传染的病毒就害不了他了。她很想拥紧了他，像以前那样接吻。她很喜欢跟猛子在口内交搏的感觉。那感觉，有太强的诱惑，但月儿知道，自己的口水也有毒。他们只能执手，凝视，或泪眼相向，或笑脸相迎。这也好，比起兰州病床上的孤寂，已到天堂了。

见到猛子，月儿活的欲望强烈地膨胀，大逾天地了。猛子一进城——他一天的工资，刚够月儿的药钱——月儿的胃就成了土方们的试验场。她除了大把大把地吞那些肯定损肝肾的药片外，牛粪火已烤坏了她的多处肉皮。她每天有好多个小时在酒中坐浴，几处地方泡烂了。此外，她还拖着瘦弱的身子，到野外采集据说能解毒的野草，在水里随便一淘，就大把大把生吞。但无论怎样痛苦，月儿给村里人的感觉还是一个美丽的女子。每次出门前，她都要着意打扮。为防那些伤处外露，她不穿短裤短衫。她忍着疲惫和疼痛画了淡妆，用淡淡的胭脂盖去了脸上的萎黄。润唇膏更是带在身上，一到无人处，她就掏出小镜子检查，发现问题，及时补救。她展露给世人的，始终是自己当时最美的状态。所以，除了父母，谁也不知道她的病究竟到了何种程度。

她想，谁叫我是猛子媳妇呢？这是她打扮的理由之一。

她每天试验着兰兰找来的新土方，除了一种，她没有试，就是活吞癞蛤蟆。据说，这是有人贡献出的神方。今生里，她最怵那种身上长满瘤状物的东西。她也曾将它举到嘴边，闭了眼——为了跟猛子，她也会将它生吞下去——这时，癞蛤蟆叫了一声。这一声，提醒了她：它也是个生命。她想，它也许有老婆孩子，我吃了它，它的家人也会痛苦的。何苦为了自己的命，去伤害人家的命呢？于是，她弯下腰，轻轻将它放入溪水中。她看到它回过了头，轻轻地叫一声，仿佛说谢谢。月儿顿时泪流满面。她觉得那生灵能懂她的心。她永远忘不了它那充满同情的眼神。

连最迟钝的人，也觉出了月儿的求生欲望。望着有时仍到村外小路上等待的背影，好多人会流泪。

四下里没人的时候，月儿会跪在沙洼里，向日头爷，向金刚亥母，向所有她能想到的神灵祈祷，希望他们能降伏病魔。哪怕叫她健康几天也成，能叫她真正当一回猛子媳妇。她甚至愿意在死后上刀山或是跳油锅。可是，祈祷归祈祷，病魔的势头却越加凶猛，溃烂处上移得很快，再蔓延，衣衫就遮不住了。

有时，身旁没外人时，她也和猛子抱头痛哭。虽也在兰州怨过他，但那怨是更深的爱。随着生命的进入倒计时，两人的爱恋越加升温。但更多的时候，他们只是握住对方的手，默默相望。

猛子除了当零工挣钱，还偷偷卖过几次血。他到处找医生，到处买药，哄月儿吞药片——因为她不想叫他多背债——他已经向所有熟人张过嘴，但筹到的钱，仍是入不敷出。因为，光是买顶事儿的止痛药，开支就很大。但他打定主意，等双福媳妇回村时，再向她多借些钱，带月儿去北京看病。他想，花多少钱也成，只要能治好月儿的病，他大不了当一辈子牛马。

2

一个黄昏里，日头爷孤悬在沙山上，不红，不亮，懒洋洋地惨白。月儿想去沙漠，猛子就用摩托捎了她，走过那条村里人打沙米的小道，走进沙漠。摩托车低速的突突声很是单调和无奈，仿佛苍老的叹息。月儿背个黄包，并了腿，坐在摩托上——因为疼痛，她已经不能像以前那样骑了。她认真地施了淡妆，脸上敷了粉，戴了洁白的手套，一脸很圣洁的光。路并不远，但猛子有意在村里绕了一圈。一种很浓的悲哀罩了他，浓浓的悲伤腌透了心。

在漠风的轻拂下，他支好摩托，和月儿走向沙丘。这年月，人跟人生疏了，大漠却日渐亲近了村子。许多地不见了。因为白虎关那儿淘金扎木笼，好些梭梭柴棵叫人砍了。沙丘光秃出一种心酸。猛子明白，这沙丘，也像月儿那病一样，一天天舔向好的肌肤。照这阵势，要不了多久，整个村子也会给舔个精光的。

赶跑了窥视的沙老鼠，猛子坐在沙坡上，月儿斜倚了他。日头爷暖洋洋地照晒着身子，给人以活的感觉。隐隐地，从白虎关传来城市才有的喧嚣。那声响，跟沙漠一样，也一天天舔向村子了。但猛子知道，那白虎关，终究也会叫那搅天的黄沙填了，或叫无常吞了，或在若干年后宇宙命尽的时刻，变成一抹消散的烟雾。

一切都幻觉般地轻盈和虚濛，无一丝实质的觉受。但此刻的相拥却很实在，暖暖的太阳里，拥了温柔的月儿，躺在沙坡上，享受活的滋味。这活的滋味很缥缈，才觉着，已泄洪似的远去了。猛子能感受到那种远去，那觉受瞬息万变，却又恍然在永恒里。也许，此刻的相聚，会以某种方式定格下来的。他想，那就定格在心中吧。

两人很少说话。也明知，话是无用的，正如思考是无用的。那就只享受这相聚吧。别去向往未来，未来很缥缈，向往本身就是对现实的伤害；别去追忆过去，过去了不可得，追忆同样在伤害现实。就这样相拥吧，静默着跟对方交流，静默着诉说心灵的秘密。都知道，在喧嚣渐渐逼来的时刻，能静默就是最大的享受了。也许要不了多久，这世界就喧嚣成一锅沸水了。那时的世上，就不会再有“静默”一词。

别想那病，明知病毒仍在吞噬肌体，还是别想它。想透彻些，谁也不健康。从生下的那刻起，死神就一口口吞噬着生命，其残酷程度，一点也不比梅毒弱，只是人们不觉得罢了。正是在那种无知无觉中，婴儿成了少年，中年成了老年，一步步挪向坟墓。别去管它，啥都别想，只在这难得的静默里，享受这份活着的感觉。

坦了心，放了眼，望那大荒。那沙浪，一波一波，荡向未知。不知它来自何处？不知它终于何时？它的怀中，定然有过许多生灵，他们定然也跟自己一样，有过病痛，有过焦渴，有过期盼，但终于烟一样消散了。那大荒，并无些许痕迹。多年之后，这儿仍会有千万个人，去做那逝者做过的事：经受痛苦，历练灵魂，向往未来。可他们是否知道曾活过个叫猛子和月儿的人？莫非，自己刻骨铭心的存在，也不过是小小的虚无？

猛子搂搂月儿，那质感柔软而实在。耳旁有她轻盈的气息，还有健康的心跳。那心脏，似乎并不知梅毒已侵向自己，跳得自信而坦然；还有那少女独有的弹性温柔，虽是分明地感觉到了，却总也打不破他那浓浓的虚幻感。他是分明地感受到了无常。那泄洪般飞逝的幻像，总在心头晃。好多剧痛因之虚幻了。他虽然明明觉出月儿的痛苦，但他也明明知道，这痛苦，很快就会消失。那速度，比肉体的忽生忽灭还要快上万倍。

猛子觉得自己有些对不住月儿。他想，自己应该跟月儿一样痛苦，一样的痛不欲生，可没办法。虽也时时有痛苦生起，但只消片刻，虚幻就会消解了它。他唯一能做的，就是全心全意地待她。

月儿眯了眼，望着那起伏的沙岭。白惨惨的日光从她身后洒来，给她脸上的汗毛涂了层虚濛的晕纹。月儿缓缓转过来，望着猛子，轻声问："我美吗？"猛子紧紧地握握她的手，啥都没说。

月儿惨然一笑。她取下黄包，掏出一盒檀香，燃了，插在沙上，拉猛子跪了。猛子以为她又会向神灵祷告，却听得月儿说："答应我。下辈子，跟我做夫妻。"

一股潮热涌上眼眶，他机械地说："下辈子，跟你做夫妻。"

"不是一辈子，是三辈子。"

"三辈子。"

"不。是永远。"

"永远。"

月儿爱怜地望着他，轻轻拢拢他的头发，理理他的衣领，拂去他肩上的几粒沙，捧了他的脸，定定地望着他，缓缓地说："记住你今天的许诺。"说完，她望着被沙丘咬缺的落日，一脸红晕。

3

月儿想走了。

溃烂已开始向颈部蔓延。她知道，再不走，美丽的月儿就没了。她将一封信和自己绣的鞋垫放入妈的被窝。那是给猛子的。信封里除了信，还有猛子妈刚送来的八千块钱，她用不上了，信里她很感激婆婆，说那些钱的真正用处，是她有了另一个妈。

她仍然仔细地画了淡妆，选了一套最亮丽的衣服，戴了耳坠、项链，走

向白虎关的照相馆，照了几张照片，叫摄影师交给猛子。摄影师说，那是他照过的最美的相，希望能挂在橱窗里。月儿同意了。

月儿带了该带的东西，沿着猛子那天捎她来的线路，一路路品味着。她咀嚼着几天前的情景，时不时露出甜晕的笑。村里人都远远地望她。谁也没有打搅她。她能感受到人们目光中的那份关爱，心中的温水一晕晕荡。

她走出村子，走向沙漠。

她很愿意变成一滴清凉，渗入浩瀚的大漠。

出家门前，她已将自己用过的东西烧了。她知道上面沾了魔鬼的唾沫。自打确证是那种病后，她一直这样做。妈去了白虎关，没人打搅她。她做得很仔细。她想，火是世上最好的东西了，多脏的东西，一经火的洗礼，就干净了。她不想叫那毒，去伤害更多的人。

她想，火真好。

沙浪一如既往地跌宕而去，宕向未知。月儿明白，她的灵魂也定然如此。不知道离开这病入膏肓的身子后，她又将飘向哪里？那是她不能自主的。她唯一能自主的，就是在人世上留下她最后的美丽。明知道生命已无可挽回，那就留住美丽吧。所有美丽最好的定格，是死亡。

她的心中，没有啥比美丽重要，尤其是留在爱人心中的美丽。那就走吧，融入那个黄天黄地的所在，叫美丽定格成永恒。

眼前老恍惚着一场大火，那火通天彻地，能燎尽烦恼呢。听说，凤凰就是在火中涅槃的。

漠风轻柔地舔着她。这是此刻唯一亲近她的东西……不，还有那记忆。但此刻的记忆像调皮的猴子，总不愿在一处久待。也随它吧，记忆是不能定格的。

前面就是那天发愿的地方，风沙已抚光了所有的痕迹，但那种温馨仍在。风还在呢哝着那天的承诺。那是巨大幸福的由来。她会在这儿静静地等那个“下一世”的到来。猛子，你可别赖账呀。

月儿笑笑。虽到正午，但因有云，沙洼里并不热。沙粒温乎乎的，坐下，像偎在爱人怀里。她取出小镜，最后打量了一番自己，看不出病魔舔过的痕迹。她吐吐舌头。她很想最后想想猛子，可猛子却溜得不知去向了。这几天，老这样。没办法，到下辈子，再跟你算账。

一个小动物游了来，睁了圆圆的眼，望月儿。那是小蜥蜴，村里人叫它沙娃娃。沙娃娃是沙漠的孩子，无论多热，无论多旱，它总能活下去。此刻，她宁愿自己变成沙娃娃。她想，活着多好呀。她不知道那死后的世界会是啥境况。她不怕轮回，不怕地狱，却怕啥都没了……她想，哪怕是当沙娃娃，也比啥都没有了好。

这一想，泪便涌上眼睑。一丝不甘心也爬上心头，开始咬她。……她想，这辈子，没活出个好样子。不甘心，真不甘心。渐渐，那不甘心波漾开来，慢慢地淹了绝望，淹了痛苦，淹了好多东西。一点火星从心里迸出，慢慢地洇渗开来。

她眯了眼，跟沙娃娃对视了。她觉得，那两点瓷灰里，发出了一晕晕的波，向她传来一种力量。

待呼吸稍稍平顺了些，便眯了眼望天，天的蓝液体般进了心。她觉得，自己也化成了天空。

许久。

隐隐地，传来一声呼喊，似乎是猛子的。细听时，却只有风声了。

她想，我多想成凤凰啊！

月儿长长地吁口气，觉得自己还应该做些啥的，想呀想，终于想出：应该唱一曲花儿。以前，她老是给别人唱，还没给自己唱过一曲呢。她想，人的一生里，总该为自己唱一曲的。于是，她抿抿嘴唇，轻声唱了——

雷响三声地动弹，
太岁爷爷们不安。
宁叫玉皇的江山乱，

不叫咱俩的路断……

——2000年8月初稿完成于甘肃武威

——2005年11月二稿完成于凉州红云窟

——2006年6月三稿完成于上海青浦

——2007年9月四稿完成于上海浦东

——2012年6月修订于樟木头雪漠禅坛

——2016年10月修订于沂山雪漠书院

●雪漠

写作的理由及其他（代后记）

1

《白虎关》完稿后，“老顺一家”就该告一段落了，因为朋友老劝我：该写写别的了，别叫人把你定位成“乡土作家”。

其实，“乡土作家”也没啥不好，因为所有的名相都是虚妄的。别说名相，连这世界也虚幻无常呢。就算我能写出“传世”之作，那欲“传”的“世”究竟能存在多久？谁也说不清。不提人类正复仇般地作践地球，也不谈万物的成住坏空，只要某个有核武器的疯子一犯病，那“世”就没了。

当然，我也想靠文学来救世。救世先救心，读过我《猎原》的朋友可以看出，我甚至极力想凭借文学，来延长“世”的存在时间呢。当有人抱了救世之心时，这“世”就很令人担忧了。正如当人类抢救和保护某种动物时，该动物也就面临了灭绝。

所以，连“世”都不知寿命几何，在乎那名相做甚？

我们知道，许多时候，文学很无奈，它改变不了世界。它所能改变的，也许仅仅是我们自己。但从另一种意义上说，改变我们自己，又何尝不是在改变世界呢？

按我自己的心愿，我倒愿意用一生的时间，来写活一家农民。在智者眼里，一粒沙子都是一个世界。能写活一家农民，也即写活了一个时代。当然，还可以再说小些：要是你写活了一个人，又何尝不是写活了一个时代呢？普鲁斯特的《追忆似水年华》和穆齐阿的《没有个性的人》等都在为我的理论充当证据。因此，我的确是想用一生的精力写一家农民的。

但我终于要将“老顺一家”告一段落了，原因不仅仅是朋友的规劝，更因为另一些生命对我的催促。他们都簇拥在我的四周，不停地喧闹，老在嚷：“你啥时叫我们出世？”他们是另一种小说的人物，他们早活了，已跟我生活了多年。每到聒噪声太响时，我就呵斥：“吵什么吵！等我写完老顺们，就写你们。”我一次次地安抚他们，实在不好意思再拖了。而且，他们的噪闹也日渐猛烈，弄得我寝食不安了。

因此，从某种意义上讲，我其实不会写作，是作品它自己往外涌。没办法。真是这样。那所谓的“写”，也仅仅是我“宁静空明”了心，叫那些吵闹不休的人物“出生”而已。他们有着各自的生命轨迹，有着各自的命运。他们属于另一个独立的世界。我可以跟他们对话，但我从来不曾强暴他们。

去年，我曾在上海图书馆搞过个讲座。在那次讲座中，上海音乐学院的一位博士问我：如何处理形式和内容的关系？我答：我很少考虑这类问题。我所做的，仅仅是如何让自己更博大一些。我常说，要是创作主体是老鼠，那它们无论怎样思考“形式和内容”，也照样生不出狮子。哪怕它胀破肚皮，生出的仍是老鼠。要想生出狮子，只有一个办法：先让自己变成母狮，再跟另一个雄狮——也即作家感受到的强有力的生活——进行生命的交融。我的深入生活，我的读书，我的思考，我的所有意愿和行为，其目的，仅仅是努力让自己变成“狮子”。我说过，要是你成为大海的话，哪怕绽出一小朵浪花，也照样有大海的气息。

我虽也大量读书，甚至也读一些叙事学之类，但我的所有读书，仅仅是想让书成为我灵魂的营养，而不是想叫它们变成我的镣铐。所以，我从来不想叫“主义”和“技巧”之类束缚我鲜活的灵魂。许多东西，甚至包括宗教，一旦被制度化后，就成了一堆僵死的教条。

《白虎关》跟《大漠祭》、《猎原》的写作同步，完稿已多年了。伤筋动骨的重写和大改有三四次，小改更是不计其数。我发现我没有某些作家一挥而就的天分，写时虽也喷涌不已，但我总是不满意自己。比如，我的《大漠祭》，原是中篇小说，我越成长，就越不满意它。我只好一次次重写，屡废屡写，不知写了多少遍。《猎原》和《白虎关》也是这样，我也是越成长，越不满意它们。那不满意导致的重写和修改，也就无休无止了。

从二十五岁写中篇《大漠祭》开始，到四十五岁长篇《白虎关》完，二十年就这样过去了。这二十年，从表面看来，我只写了一家农民。其实，它更是我最重要的一段人生历程，我完成了从文学青年到优秀作家——我自己这样认可——的升华。不管我写的有没有价值，但至少做到了一点：我奉献了黄金生命段里的全部真诚。

一位朋友曾问我，你为啥不写城市？我回答：因为世上有许多小说高手，他们写了大量关于城市的经典小说、先锋小说和时尚小说等。这文坛有我不多，没我不少。但正因为写老顺们的人少，写活他们者更寥寥无几，我才觉得自己有了写作的理由。我只能按我心灵的意愿而为。否则，我就不写小说了。我会去放生，去朝圣，去享受灵魂的安宁，或将那安宁传递给需要它的人。

老有人问："《白虎关》比《大漠祭》咋样？"我总是回答："不好说。"要是按我以前的性子，我会肯定地说："当然比《大漠祭》好！"因为在这三部长篇中，《白虎关》用了我最多的生命积累，耗了我最多的心血，投入了我最独特的生命感悟；但我仍然回答："不好说。"因为《猎原》的出版，让我聪明了许多。有时，作者喜欢的作品，读者则不一定认可。像《猎原》，它多次登上人民文学出版社《当代》杂志的"专家排行榜"，还曾排名第一，可人们一提及，还是认为《大漠祭》更好。所以，我不知道《白虎关》能否赢得比《大漠祭》更多的喝彩。

我在《大漠祭》"序"中曾说：读书如攻城堡，是需要实力的。欲读真诚的作品，至少也需要投入相应的真诚。从对我的小说的解读上，我发现了一个有趣的现象：叫好者，多是相对宁静之人。因为我发表的小说，都是从宁静中流淌出来的，心灵浮躁者很难深入文本。关于它们，雷达、陈思和、李星、崔道怡、阎晶明、白烨等先生都有过不同的解读，其中不乏真知灼见。记得《猎原》完稿时，为避免读者误读，我着意用了个题记："在心灵的猎原上，你我都是猎物。"但好些人仍仅仅将《猎原》当成了环保小说，这如同把《堂吉诃德》读成了骑士小说一样。所以，这次人问我《白虎关》比《大漠祭》咋样，我聪明地回答："不好说。"

好在我的写作只为慰藉灵魂，非为赢得喝彩或是招来名利。当然，有喝彩有名利我很高兴，没有它们我也不沮丧。我曾在《光明大手印：实修心髓》中写道："我愿意在喧闹之中寻找一份清凉，在迷醉之中保持一份清醒，在庸碌之中体现一种高贵，在大善之前保持一份谦恭和敬畏。因为我知道，承载我思想的肉体很快会消失，无论我多么虚矫和世俗，都不会改变我终究成为白骨的命运。相较于亘古的大荒，生命的翕忽善逝比闪电还快上万倍。趁着还能表达自己的思想时，趁着还能做些有益于众生的实事时，我应该投入全部的身心，奉献全部的真诚，宁静专注地做我应做的事。”

要知道，无论你是否愿意，那名利和喝彩都会烟雾般远去的。哪怕此刻全人类都在赞美你，但这一茬人类消失时，你仍然会成为另一茬人类的陌生，除非你写出了能叫下一茬人类也喝彩的东西。所以，问题的关键在于：你写出了啥？

经过了二十多年的修行之后，我常常成年累月地融入宁静和空灵，心无挂碍，触目随缘，行住坐卧，明空如天。读书写作之余，心中也会涌出世上没有的歌。于是我就唱它，陶醉在一种境界中。这时的唱，啥都不为，只将“我”消融于那善美的旋律之中，快乐无忧，觉醒于当下。当然，那时是想不到喝彩的，更不会算计唱一曲能挣多少钱。这时的唱，本身就是目的。

我的写作亦然。

我老是陶醉在写作本身的快乐中。当写作进入酣畅状态时，身心就啸卷着能充满宇宙的空灵和大乐。它几乎超越了世上所有的享受。这时的写，本身就是目的。

当然，除了享受写作的快乐，我也会想些“写作的理由”之类。我的写作理由很简单，概而言之，不过两种，一是：“当这个世界日渐陷入狭小、贪婪、仇恨、热恼时，希望文学能为我们的灵魂带来清凉。”这是我领取“中国作家大红鹰文学奖”时的发言，虽只有一句话，却赢得了雷达、莫言等先生的高声喝彩，可见他们也深有同感。文学应该有一份光明，有一种能使我们的灵魂豁然有悟的智慧，它能使我们远离愚痴、仇恨、贪婪和狭隘。

我写作的另一个理由，就是想将这个即将消失的时代“定格”下来。当然，我指的是农业文明。爱尔兰女作家西芙告诉我，现在的爱尔兰文化也成为一种过去，全球化的浪潮卷走了许多地域性的文明。时下我所描写的这种生活，已到了夕阳西下的时候。那亘古的暗夜很快会淹没一切。而且这种淹没，是永恒的消失，绝不会再有回光返照的可能。除非在另一个新生的大劫里，重新诞生人类，重新孕育出新的农业文明。

中国有几千年的农业文明，我们的小说为它留下了哪些东西？你要是仔细清点的话，你肯定会失望的。而时下，那能冲毁一切的狂涛已经破门而入，势不可当了。我只想努力地在艺术上定格一种存在。但更有可能，我的所为，也跟堂·吉诃德斗风车一样滑稽。

看了以上文字，你也许就明白我的小说为啥是这样一种风格了。我不是不会写时下流行的那种小说，我也会时尚，也会编故事，也会故弄玄虚，也会卖弄技巧——不信你看看我的《西夏的苍狼》——这样的小说，有许多人正在写，或者已经写了。这世上没我不少，有我不多。我写的，并不是好些人眼中的小说，我只写我“应该”写的那种小说。它也许不像小说，也许有许多毛病，也许显得很笨，也许为一些学者嗤之以鼻。但那正是我想追求的，因为它能最大容量地承载我想描写的生活，换句话说，我不想当学者眼中的好作家，更不想在文学史上讨个啥地位。我仅仅是想定格一种即将逝去的存在。

当然，我想定格的，当然不仅仅是生活，更是灵魂。对前者，《大漠祭》、《猎原》着力较多；对后者，《白虎关》更为侧重，书中便有了那些经受历练的灵魂们。

2

对我的小说，誉者称“真实”，毁者也嫌“真实”。需要说明的是，我的小说并不是照搬现实世界，它们是我创造出的精神世界。只是因为它比现实世界更显得真实，才招来一些非议，认为我在临摹现实。这是很滑稽的事。一个作家的想象力，不应该体现在故弄玄虚和神神道道上，而应该把虚构的世界写得比真实的世界更真实。我的小说中那扑面而来的生活和呼之欲出的人物，都是我熟悉并消化了生活后的创造，是更高意义上的创造力和想象力的表现，更是一种极深的生命体验后的产物。虽然我没叫人物长尾巴和翅膀，没叫他们变成虫子，没把主人公分成两半……但不是我不会，而是我有自己的追求。当满世界都追求神异和玄虚时，我更向往和崇尚一种质朴、干净、超然和清凉。相较于满世界的神异和夸张，我更喜欢六祖慧能的那种质朴安详的微笑。这正是我有意拒绝怪诞和神异的原因所在。

时下，当你翻开杂志和书籍，你就会发现满世界都流行着一种腔调的所谓“时尚叙述”——当然也不乏精彩大气的例外。有时，我们不一定进入文本深层，只看那份长舌妇的神韵，就会倒了我们的胃口。所以，虽老有朋友劝我，时下已进入叙述时代，你的写法太陈旧了。我虽然感谢他们的真诚，但我宁愿展示生活的本真画面。我想，世上已有了那么多的时尚叙述，也不缺我一个。就让我遵从心灵，流淌出质朴和真诚吧。成了，叫世上多一种另类的文本；败了，我自会窒息于搅天的信息里，也污染不了人类的生存环境。

由于一些大奖和“大师”们的误导和引诱，文学中故弄玄虚者日众，渐渐远离了文学该有的那种质朴和高贵，也将读者吓得所剩无几了。相较于时下红得发紫的那些莫名其妙的“大师”，我还是怀念俄罗斯文学，还是敬仰托尔斯泰和陀思妥耶夫斯基，还是向往文学曾有过的那种精神。许多时候，对传统的追忆和学习其实是一种进步。比如，韩愈曾领导的古文运动，表面看是复古，又何尝不是最大的进步呢？

当然，在题材需要时，我也愿意进行一些文学形式方面的探索。这一点，读者会在我的小说《西夏咒》中看到。

我认为，一个作家最重要的，是如何让自己大起来，有大的境界，大的格局，大的眼界，大的胸怀。只有在你成为梵高之后，在别人眼中司空见惯的向日葵才会燃起生命的火焰。我眼中的每个人物每个家庭都是一个世界，作家穷其一生也未必能写出万一。这世上，最大的谜团其实还是人自身。任何一个自认为写尽了某个领域和行业的作家只能说明他的弱智。按我自己的选择，我倒愿意穷其一生写好一家农民，写出他们的灵魂、命运和追求。因为，他们的身上，也承载了人类的全息。

时下，文学界对西部作家的说法颇多，非议者说西部作家“倚西卖西”，将西部符号化了，不是大漠，就是戈壁。这种说法很可笑。难道要我们不写自己熟悉的生活，反倒要去写陌生的纽约和上海外滩？其实，题材并不重要，《红楼梦》也不过写了些日常琐事。哪怕面对一朵小花，不同的心灵也会折射出不同的境界。重要的是，写作主体如何摆脱渺小、媚俗和卑下？如何让自己的灵魂伟大起来？如何叫你感受到的独特世界跃然于纸上，给世界带来全新的善美？

我是个很“自私”的人，我的写作，更多的是为了享受灵魂酣畅流淌时的那份快乐。生命很短暂，我实在没有时间和心情去计较别人的好恶。我的作品能否传世固然重要，但对我个体生命来说，享受当下的宁静和快乐是超越一切名相的。我真是为自己的灵魂写作的。我不会为了叫一些也许是智者也许是混混的有着各种称号的“他们”叫好而扭曲自己的心灵。

无论哪个时代，充斥世界的，多是些不明生命意义的“混世者”——对这个词，我没有丝毫贬义。我父亲就自谦为“混世虫”，我仍然很尊敬他，并羡慕他的活法——当满世界的时尚的“阳春白雪”泛滥成灾时，选择即将绝种的“下里巴人”，是需要清醒和勇气的。但我从来不六神无主地观察世界的好恶。我只想说，我不会迎合外现。我只求能在死亡追到自己以前，说完自己该说的话。哪怕固执的结局是被搅天的信息掩埋，但我明白，被掩埋的璞玉仍是璞玉，被摇成旗帜的尿布还是尿布。

因为我清醒地明白，岁月的飓风正在吹走我们的肉体，无论我们愿不愿意，都会很快地消融于巨大的虚空里。你可能留下的，也许只是你独有的那点儿精神。所以，每一个有灵魂和信仰的个体，都应当明确地告诉心外的花花世界：我不在乎你。

其实，许多时候，不迎合世界者，反倒可能赢得了世界。世上有好多这样的特例，如孔子的儒学，如罗曼·罗兰的反战，如托尔斯泰的勿以暴力抗恶等，在噪音搅天的那时，他们都没有迎合世界——孔子甚至被讥为“丧家之犬”呢——但终于，世界却迎合了他们。再如德国哲学家康德，在他驻世的很长一段时间，没人知道他。人们只看到他在那条小路上走过来走过去，像闹钟一样准时，却没人理会他。但后来，全世界都知道他，他成为哲学史上绕不过去的桥梁。时代的喧嚣并没淹没康德。那个固执而不明智的“丧家之犬”，更成为“万世师表”了。

前不久，我接受了美国旧金山KTSF26电视台的专访，梁国书先生问我：在全球化的文化大背景下，有多少人能体会或是欣赏你所向往的那种精神呢？我这样回答他：“在人类历史的长河中，能承载人类精神的，只有少数人。在任何时代都这样，无一例外。可是，当你翻开历史，就会发现，人类历史的每一个时代，闪光的，就那么几个名字，就那么一点思想。跟他们处于同一时代的绝大部分的人都被淹没了。被淹没了的，多是混世者，多是追赶时尚和潮流的人。他们只有欲望，却没有思想，也没有灵魂追求和信仰。他们占绝大多数。他们制造的喧嚣和噪音也最多。在他们所处的时代，他们总能淹没一些声音，就像现在的追星族可以淹没我的声音一样。但历史上留下来的，恰恰是那极少数人的声音，它是人类文化中最闪光的东西。哪怕世上的人大多变成追星族，大多成为混世者，但这茬人死去之后，留下来的，仍是那个时代最清醒的灵魂。这些灵魂的数目并不多，像俄罗斯的某个时期，留下的，也不过是托尔斯泰和陀思妥耶夫斯基等。但正是这几个名字，代表了俄罗斯大地上最宝贵最精髓的东西。现在，时代的喧嚣惊天动地，一些外来文化、一些时尚文化、一些追求及时行乐的文化总在淹没真正的智慧。但随着这茬人肉体的消失，那些声音就被岁月的飓风吹得再也找不到一点痕迹。留下来的，仍是一种清醒的智慧的声音，它可以穿越历史的时空。”

3

在领取“中国作家大红鹰文学奖”时，莫言跟我谈到了西部文学。他说：“中国未来的大作品，可能会出现在西部，因为西部有宗教精神。而中国文学最缺乏的，正是宗教精神。”对莫言的说法，我深以为然。我也认为，中国的文学，应该要寻找一种新的营养了。但同时，我也赞同陈思和先生高扬的那种人文精神。是的，人必须从神的阴荫下走出。我们可以敬畏和向往一种精神，但不可以消解了人的主体性。换句话说，我们需要的，是真正的宗教精神，而不是披了宗教外衣的心灵枷锁。

我曾跟雷达老师谈过我对这一问题的思考。后来，我又写了《文学朝圣与灵魂滋养》一文，发表在《世界文学》上。在那篇短文中，我谈了我坐火车时的感受，即存在和世界在“飞逝而去”。那感受，很接近人生的真相。我们的许多作家，就忽略了这种“飞逝而去的存在”，而将眼前的虚幻，执著为实有，从而迷失了智慧的光明。文学的功用化、世俗化、功利化，正是作家“执假为真”的结果。眼前的物质外现成为一个个迷失心灵的诱因。文学因而也成为欲望的助缘。而许多时候，欲望的助缘也是罪恶的助缘。任何阅读时能激发欲望、贪婪和仇恨的作品，充其量只是罪恶的帮凶。真正的文学应该为人类带来清凉，带来宽容祥和，带来宁静和平。

多年来，我一直进行在朝圣途中，而从不去管我经历过什么寺院。某年，我朝拜了五台山的几乎所有寺院，但我没记下它们的名字。只记得，数十天里，我宁静地走在那“朝”的途中。当然，我心中的朝圣，不是去看哪座建筑或是地理风貌，而纯属于对一种精神的向往和敬畏。我所有的朝圣仅仅是在净化自己的灵魂，使自己融入一团磅礴的大气而消融了小我。

更多的时候，我的朝圣都选择偏僻而冷落的所在。因为只有当自己拒绝了喧嚣而融入宁静时，你才可能接近值得你敬畏的精神。我曾许多次接近朝圣的目的地，却选择了远望静思，而后转身。因为我朝的不是那几座建筑，或是那几尊佛像。不是。我在向往一种精神并净化自己，这也许是真正的朝圣。我心中的圣地，已不是哪个地域，而成为一种象征、一种命运中不可亵渎或碰撞的所在。它仅仅是我期待、遥望、向往的某种东西的载体。我生命中汹涌的激情就源自那里。

多年来，我研究了世上十多个有名的宗教，包括基督教、伊斯兰教、印度教、耆那教以及佛教的几乎所有流派。我甚至深入到了它们的支流和深层。

我不仅仅是在研究，更是在实践印证。我的“行”与“学”，是想汲取一种能滋养人类灵魂的养分。宗教被制度化之后，已成为一种远离真理的教条化存在，失去了其本有的精神，成为另一种意义上的枷锁和镣铐。当然，被制度化的文学同样如此。宗教的真正精神是追求绝对自由，即任何外现和存在都干预不了主体的独立、宁静和大自在，这才是真正的解脱。宗教被制度化后，却远离了这种精神。繁冗的教条使宗教变成了心灵枷锁，而世俗的欲求又使宗教成为另一种“买卖”。数以亿计的信仰者，其目的，仅仅是想用那点可怜的信仰铜板，换来金山般的福报。更可怕的是，制度化宗教也正是利用了这一点，使“信仰”成为另一种意义上的贪婪诱因。我们知道，几乎所有能发酵欲望的贪婪诱因，都是罪恶。因此，我在《我的灵魂依怙》一书中“题记”道：“真正的信仰是无条件的。它仅仅是对某种精神的敬畏和向往。信仰甚至不是谋求福报的手段。信仰本身就是目的。”

作家的创作自由亦然。当世上所有的制度、规矩、外现、存在，只能成为创作主体的养分，而不是枷锁和镣铐，也即所有外现干预不了创作主体的独立心灵时，自由才可能产生。自由是心灵独立后的产物，是“了无牵挂”后的本真显现。

所以，从严格意义上说，我仅仅是个信仰者，而从来不是——将来也不是——教徒。我仅仅是敬畏和向往一种精神，而从来不愿匍匐在神的脚下当“神奴”。我最不爱听那些消解了智慧主体而满口宗教词汇的话语。

当我用行者和学者的身份契入超越宗教名相的真正精神，达到一种难以言表的境界时，写作就成了我的信仰。在哲学的教条化、宗教的制度化、文学的功利化之后，我一直在寻找一种新的东西。它能汲取宗教、哲学、文学、艺术的营养，但又能超越母体。它抛弃宗教之制度化局限，抛弃哲学之繁琐、文学之虚浮，成为一种能“直指人心”的东西。它简单，澄明，干净，质朴，超越名相，能春雨润物般为灵魂提供一种滋养。

我们可以期待这个世界对文学的重视，但我们首先得给它一个值得重视你的理由。在越来越多的新型媒体显示出巨大的生命力时，我们必须追问：

小说要想在这个世界上存在下去，你有哪些必须存在的理由？你是想为世界提供贪婪的诱因，还是罪恶的助缘，或是娱乐等等？只有在这个理由非常充足时，小说才可能存在下去。任何一种因边缘化而被人们抢救的对象，都是因为它丧失了存在的理由。

有人说，这个时代，是一个众神缺席的时代，教徒们仍在顶礼膜拜，但被膜拜的神却不见了。文学亦然。文学的诸种形态仍然存在，但文学精神却不见了。一种徒有形体而乏精神的僵死，是不能在这个世上永存的。换句话说，时下的一些小说，已经丧失了存在的理由。欲继续存在下去的小说，必须找到那已经迷失的精神。所以我说：当这个世界日渐陷入狭小、痛苦、仇恨和热恼时，我们的文学，应该成为一种新的营养，能给我们的灵魂带来清凉，带来宽容，带来安详和博爱。

最后说明一点，本书的一些章节我曾发表过。因为我无法拒绝朋友的约稿。每遇到约稿时，我总是脑袋发涨，惭愧不已。我几乎将所有的创作精力都用来写长篇，无暇写中短篇。当我实在拒绝不了朋友的真诚相约时，我就只好从长篇中揪出一节来，稍加整理，以还文债，望读者理解。

●雪漠

呼唤的灵魂（《白虎关》番外篇）

昨夜里西风又起
一面血红的大旗
在残照里猎猎作响
黑马长啸
牵动边塞的烟雨
灵魂在西风里
声声呼唤
归来吧，我的虞姬

一

很小的时候，我就崇尚一种精神，觉得，人活着，就得有一种精神，有一种豪气。练武时，向往武林中的那种侠义，只想仗剑走天涯；后来选择写作时，就铸剑为犁，文以载道，希望自己拥有托尔斯泰的那种大悲悯；年龄再大时，就憧憬着自己成为释迦牟尼，能够给世界带来光明和清凉。每个生命时段，我总是为自己设计不同的梦想，然后不停地走，不断地打碎自己，战胜自己，一步步走到了今天。这种特质，倒成了我生命中的一种基因。

任何时候，当我觉知自己快定型时，就会毅然打碎自己，将所有的一切归零，重新开始。我最怕的就是重复，就是原地踏步，如果总是在一个高度上跳高，不给自己增加难度的话，是没多大出息的。所以，我走的路，看似弯弯曲曲，曲曲折折，但总在螺旋上升着。在不同的生命阶段，我总在为自己开辟新的路。于是，我才有了那一部部永不重样的作品。而且，每一部作品，都是一个巨大的世界。其原因就在于，我总在不断地寻觅，寻觅新的生机。在我心里，重复意味着死亡。

在“大漠三部曲”里，我写了很多动物，天上飞的，地上爬的，都有。在所有的动物里，我最爱的，就是鹰和骆驼。我喜欢鹰的势，也喜欢骆驼的韧性。这两种东西，我都有。它们经常出现在我的小说中，甚至出现在我的书画中，它们已成为很多读者心中的图腾。

我喜欢鹰的那种桀骜不驯，透着一股王者之气。真正的鹰就算死了，那种傲气犹存。在《大漠祭》中，我写过一只鹰，它宁可饿死，也不愿被人驯服。最后，它饿成了一把干毛，还直挺挺地立在那里。这个细节，感染了很多人。

最震撼人的，还是鹰的重生，这个故事，我一直很喜欢。据说，鹰可以活一百二十岁，但到四五十岁时，鹰的嘴头和爪子就钝了，再也抓不到东西吃了，就会被饿死。真正的鹰会不屈于命运，它会在生命的关键时刻，做出一种选择，要么饿死，要么重生。选择重生的鹰，会在石头上磕去嘴头和爪子，忍受剧痛，饿上十多天，重新长出嘴头和爪子。这个过程，血肉模糊，鳞片脱落，相当惨烈，近乎于脱胎换骨。但重生的鹰，会焕发出新的活力，再活上五六十年。所以，我很欣赏老鹰，向往它的这种不服输的精神。

想要重生的人，也是一样的。在那个过程中，必然要忍受阵痛。如果没有这个过程，人是立不起来的。任何人，想要真正像个人一样活着，就要经历一番灵魂的历炼，重铸自己。红尘中，有了这种历炼，人才能真正窥破虚幻，走向精神的另一高度。

同样的，在我的作品中，我想留下的，不仅仅是生活，是故事，还有人物，甚至是动物们所承载的那种精神。唯有精神，才能薪火相承。这一切，都源于自己的选择和行为，与他人无关。即使在看似无法选择的情况下，其实还是有选择的，是绝望，是希望，完全取决于一个人的心。但是，很多人做不到。为什么？因为心不明白，心中无光，不知道如何分辨和选择。心中无光，其命运也只能随着惯性浮沉。如《白虎关》中的莹儿，她之所以后来没有走出命运，就在于她的心仍是一片黑暗，灵官给她带来的那点光，很快就被黑暗淹没了，因为那是灵官的光映射到她身上的，而不是自己生命中真正焕发出来的光。所以，她和千千万万的西部人一样，当巨大的命运漩涡裹挟而来时，个人的力量是微乎其微的，要么被吞噬，要么自我毁灭。所以，面对命运时，人是很难改变的，除非他有信仰。没有信仰的人，只能随波逐流，只能庸碌一生，只能不断地轮回下去。

二

多年前，有个北京女子，想到凉州修一座寺院。刚来投资的时候，第一次，当地政府接待了她，她很满意；第二次，也以贵宾的标准接待了她；第三次，政府就不再接待了，因为那样接待的话，会无休无止。当时，她就非常恼火，说，你们这个地方怎么这样？我们到别的地方，政府都像接天神一样招待。当时，我就对她说，你错了。你永远记住！你修寺院也罢，做什么也罢，你不是为政府做事，你在为自己做事。如果你不修寺院，你不过是北京城里的一个寻常女子而已，像你这样的人，车载斗量，岁月的风一吹，你就找不到任何痕迹了。因为修了这个道场，你就从那个群体里冒了出来。百年之后，人们也许会记得这个道场是某某人修的，会记住你曾经的事迹，传颂你的这种精神。你的行为，决定了你的价值。所以，你在为自己做事。你修建寺院，虽然能给当地经济带来创收，老百姓也会得到一点利益，但是，这利益仍是你的价值。你带来的利益越多，你的价值就越高。究竟看来，你其实在为自己做事。

实质上，好多人同样也是这样的。比如王宝钏的故事，她的守护行为，让她的人格本身升值了，表面看来，她在为薛平贵守贞，但是，在守的过程中，她升华了自己。她的行为决定了她的价值。比如潘金莲，是她自己成为潘金莲的，而不是因为他是武大郎的老婆，她的行为，决定了她的价值。而武大郎，很多人都非常同情，他自身的善良决定了他的价值，与潘金莲的红杏出墙没有关系。

同样的，《白虎关》里的莹儿，她一直在等灵官，期待着灵官回来。但是，当她的这份爱、这种守护，遭到周围环境扼杀的时候，她选择自杀也罢，逃离也罢，那都是她自己的选择和行为，与灵官的回来与否没有太大关系，她是为自己守着的。她对爱的执著和守护，才让她成了莹儿。虽然，最后她殉了自己的爱，很多人感到不理解，觉得很可惜，但是，如果她不这样，而真的做了赵屠汉的婆姨，莹儿还是莹儿吗？

一定要明白这一点，每个人都在为自己做事。任何人做事，最终受益的，是他自己。当他将智慧和慈悲回报给人类的时候，他就是人类的圣者。贡献社会，同样是在为自己做事，你在贡献社会的时候，不求回报，那么你的生命本身就升华了。比如，一个小人不断地奉献社会，升华自己，最后成为圣人，这个结果本身就是价值，社会回报不回报，并不重要，回报也好，不回报也罢，都无所谓，都改变不了他从一个小人成为君子这一事实。

一个人成为智者，为世界做出一种表率，这是他自己的行为决定的，世界只是为他提供了一个平台和助缘。

写《白虎关》，就是我的行为之一。

我在成长，我作品中的人物也在成长，他们不但是灵官、琼、黑歌手、琼波浪觉、马在波，也是雪漠。换句话说，他们的所思所想、所有的状态，都是我生命中的呈现。他们分别代表了我的不同生命阶段。因此，每个读者在阅读的过程中，不断地吸收滋养，不断地成长着，对于他们来说，有了这样一段人生经历，再来看世界的话，如同站在巨人的肩膀上，有了另外一种角度和眼光。

三

细心的读者，只要读过我的《白虎关》，就会发现，虽然小说中看似写满了人和事，写尽了世俗的生活，但那不单纯是些生活场景或事件，更是诸多心灵的展示。透过人物的心灵及习气，就能完全发现他们的命运迹象，能读出更深层的东西。在那凡俗的生活表面，有着难以察觉的生命真相。这一切，都与我们每个人息息相关，只要能深潜进入，你定然能发现其中的奥秘。小说里的所有人物，其实也是我们每个人，里面隐藏着人类的全息。你，我，他，皆是如此。

与《大漠祭》和《猎原》不同，在《白虎关》中，相较于生存状态，我更愿关注人的灵魂和信仰，以及产生这种灵魂的文化土壤。生活为我的创作提供了营养，好似肥料，我的作品是肥沃的土壤中长出的花。没有生活不成，将生活直接搬入作品也不成，要将生活进行提炼和吸收。读过我的小说，读者就会发现，我的小说不仅仅是故事，除了故事、人物、生活之外，里面还有一种灵魂的东西、精神的东西。写作时，我更侧重于灵魂的叙述，特别注重人类心灵的挖掘和展示。

有一年，我到张掖参加一次笔会，和另外两个作家去理发时，遇到了一个小女孩，她才初中毕业，显得非常单纯。她每天要干十多个小时的活，不但拿不到一分钱，还要给老板交好多所谓的学费。我非常同情这个小女孩，就劝她别干这营生，去上学吧。若是想上学，我会帮助她，给她提供学费。她说，她的父母不同意。我说，劝劝你父母，他们若同意，你可以给我打电话。于是，我就把名片给了她，并请她和她的同伴吃了饭，送了她几本书。后来，我一直在等她的电话，但她一直没有回话。回到武威，我心里一直很难受，一个很好的小女孩，却不能上学，好在这个发廊很正规，不是那种色情场所。

第二次，到张掖的时候，我又去找她，她的同伴说，她不干了。她回了一趟家，回来后，就去了一家洗浴中心。她的同伴告诉我洗浴中心的地址后，我就去找她。正好，她从里屋出来，问我啥时来的？我说，下午。她只说她很忙，就进去了。一会，老板追出来拉我，说这儿尽是小女孩，一个才一百五十元，全套服务。我拒绝了。当时，这件事对我的心灵触动非常大。

这女孩，后来成了《白虎关》中月儿的原型。

这是一个小说题材。如果其他人写的话，也许仅仅会把它写成一个故事。我若写时，会从她的心灵着手，从她向往崇高，向往上学，到走到今天这一步，她的心中有哪些想法？她会不会有痛苦？她的父母可能对她讲过啥？她如何从一个纯洁的小女孩变成妓女的？这个过程中，她有哪些心理变化？要是把她写出来，可能会打动许多人。而且，我更关注的是，这个女孩为什么会这样？除了生活所迫之外，这儿肯定还有一种文化和土壤，让她的心灵发生一种变化，我更关注这些内在的东西。

后来，我经常会想起这个小女孩，她一直在我心中活着，如果我不把她写出来，她就会一直折磨我。她是民乐县某乡某村人，理发店的所有人都知道她的身份，她到洗浴中心的事，好多人都知晓。大家想一想，她会有怎样的命运？当然，世上有许多这种人，但她们都到离家乡很远的地方从事这种职业，而她，因为没有经验，所以待在了家门口。这样，她未来的命运就会受到她行为的影响：谁会娶她？她会幸福吗？如果她嫁了人，她的男人会扇她的耳光，会一直把她折磨到死，每次吵架，就会骂她婊子。更有可能，会有人骂她的孩子是婊子养的。所以，一时的选择，却可能影响她一生的命运。

这便是月儿的原型，在《白虎关》中，我几乎没有虚构，很多情节，都源于生活。

这类事带来的痛苦成了我的一种创作动力，作品在一天天长大，有一天，我就会肚子疼，就知道要生孩子了，生不出来的话，我会很痛苦。所以，我的所有作品都是这样写出来的，不是我想写，而是生活让我写。

在《白虎关》里，我就塑造了两个农村女孩菊儿和月儿。菊儿和猛子初次相亲时，他们的对话很有意思，这就暗示着菊儿以后的命运。虽然写她的笔墨不多，但在我心里也是一种伤痛。而月儿，一心想到城里去，结果被人骗了，患上了杨梅大疮，无奈之下，又回到乡下，她所经历的一切，我就是在那些女孩身上得到的灵感，再进行艺术的升华，赋予了月儿一种精神。在历炼了命运的残酷之后，月儿升华了自己的灵魂，为这个世界定格了一种高贵和大美。

四

《白虎关》初版题记说："当一个时代随风而逝时，我拣回了一撮灵魂的碎屑。"

有人曾问我，什么是灵魂？我说，灵魂是活着的理由。一个人的价值，就在于他生命的附加值，而不是其他物质的东西。金钱、财富、地位、权贵等，都不会长久，人一死，都会易换主人，根本不属于你，有时甚至是累赘。所以，我们活着的时候，要让自己的灵魂自主、博大、明白、高贵，尽可能地为这个世界留下一些岁月毁不了的东西。

当你明白了自己活着的理由，明白了一种使命，明白了自己这辈子应该做什么、不该做什么的时候，你就真正认识了自己，也就在滚滚红尘中保持了一份清醒。这时，你就是一个有灵魂的人。当你瞅准目标，拒绝一些东西，守住一些东西，坚持不懈地走下去，就一定能达到目的地。很多人之所以半途而废，或者三天打鱼，两天晒网，到头来一事无成，就因为他没有那种定力。没有定力就没有智慧，就不会看破虚幻。

一个人，一生中必须拒绝很多与生命目标无关的东西。有时，迫于生存的时候，我也去经商，但每次只要能够吃饭了，我就不做了，不贪。我始终记住自己这辈子该做什么，要守住那个东西。比如，我在教委工作时，很穷，也是写作《大漠祭》很关键的时刻，也是文学顿悟前的破晓时分，遇到了经商诱惑，可以挣大钱，但我仍然选择写下去，没有去经商。我宁愿饿死，也要守住自己的梦想，去完成它。这好像在行走的过程中，突然出现了一条叉路，你不调头回来的话，就会离目标越走越远。

在《白虎关》里，兰兰和莹儿有一段沙漠之旅，她们所遭遇的一切，实质上是一个巨大的象征。没有经历过生死留难的人，可能很难领悟到其中蕴藏的寓意。尤其是当兰兰被流沙深埋、濒临死亡时，她对莹儿所说的那些话，对于走上灵魂历炼之路的人，都有一定的启迪意义。

兰兰说："你记住，无论活命还是干啥，你只要朝一个方向，走呀，走呀，不停地走，你肯定能走到那个你想到的地方。你只要认准方向，碰到兔子了，能打了，打一个。可千万别撵它，因为它会将你引到另一条路上，会消耗你的体力。你更不要想黄羊们。你要明白，没有火药和钢珠，你那'想'的心，只能算贪婪。你更不要叫美丽的海市蜃楼迷了心志。你永远记住，沙漠跟生活一样，是严酷的，别指望会出现奇迹。你所做的，就是朝着你选定的方向，走，走，不停地走。你坚信，你肯定能走到那儿。肯定。”

是的，肯定。我的人生经历同样验证了这句真理。即使在我最困难、陷入极大精神危机的时候，我仍然没有放弃自己的追求。再怎么黑暗，哪怕看不到任何的出路和希望，我也坚信，自己能成功。这一点，毫不怀疑。我自小就有这样的自信。我常说：“没有失败，只有放弃。”在这个过程中，最重要的是，你要盯住自己的目标，不要让其他的东西扰乱了心，不要给自己找任何的理由，不要偏离目的地，让你变得一事无成。

在小说《无死的金刚心》里，琼波浪觉就对莎尔娃蒂讲述了自己父亲一生的境遇，他说：“你可能不知道我父亲的故事。很小的时候，他就想效法那些古代的大德，去印度求法。但后来，他一直没有去。因为他一直能找到不去的理由。因为任何人只要想找理由，他总能找到任何理由的。世上所有的理由，都是在你需要它的时候出现的。它的本质是欺骗你自己。父亲也这样一次次用那理由欺骗着他。他一天天长大了，理由也一天天多了。到了某一天，他发现自己当初的那种想法真是太幼稚了。于是，他心甘情愿地当了本波的法主。再后来，当我有了他小时候的那种追求时，他竟然想阻止我。因为在他的眼中，我的那种想法，是幼稚的标志。就这样，父亲日渐成熟的世故，终于杀死了他的梦想。”

琼波浪觉与父亲不同的就是，他知道自己的宿命，就是寻找奶格妈，所以，他一直在寻找奶格妈。即使遇到巨大的灾难时，他也没有停下脚步，没有陷入到爱的缠绵中，毅然走向自己的寻觅。生活中，很多人其实都如琼波浪觉的父亲一般，被各种理由所迷惑，看不清那理由的本质，不管在世间法上，还是出世间法上，都是这样。

在《白虎关》中，兰兰和莹儿之所以有追求，就是因为明白自己需要什么。

还有就是，人在追求梦想的过程中，还会陷入更为可怕的魔桶。或者说，很多人一辈子都活在魔桶中，但他浑然不知。

什么叫魔桶？我在《无死的金刚心》里就写了一种魔桶咒，它指的是一种迷惑你、让你失去向往的幻觉。琼波浪觉遭受过两种诅咒：一种是诛杀咒，施咒者想要夺去他的生命；另一种就是魔桶咒，施咒者想要夺去他的慧命。在那故事中，琼波浪觉在某次错误的选择之后，进入了一个名为圣地、实为魔桶的世界，那个世界跟现实世界一样真实，里面有个自称奶格玛的女子，琼波浪觉和她结了婚，过了一段名为双修的红尘生活，还修出了一双儿女。直到有一天，他们的儿子突然死了，妻子因为极度痛苦而失控的反应，让琼波浪觉发现，自己所认为的奶格玛，其实不是真正的奶格玛，因为真正的奶格玛证得了究竟智慧，是不会因执著而痛苦的。那个瞬间，他的幻觉突然就破灭了，于是他离开妻子，再一次踏上了寻觅之旅。可那时，已是二十二年后了。

故事中的象征意义，对很多当代人来说，都是一种警醒。这个时代的很多人，都被一种类似于魔桶咒的东西魇住了，或是金钱，或是名利，或是脸面，或是感情，或是物质，等等。一旦被魇住，就会忘掉自己真正该做的事情。这也是一种魔桶。

有很多人，就陷在生活的魔桶中，欣欣然，不知所归。能真正窥破魔桶而跳出来的人，不多。

《白虎关》中描写的生存环境，也许就是一种魔桶。而兰兰、莹儿、月儿三人，都想跳出这魔桶。但在那历史文化的阴影中，她们必然要遭受着群体性的一种摧残和挤压。兰兰希望的自由，莹儿坚守的盼头，月儿向往的生活，在那种巨大的命运磨盘下，都显得微不足道。

虽然《白虎关》中写的西部文化非常厚重、博大，但因为千年来，这块土地非常封闭、非常原始，对人的心灵有了一种束缚和制约。

心如瓶子，瓶子不大，装不了多少东西，硬装的话，瓶子就破了。只有心宽如天，才能富大似海。要想不被岁月掩埋，那么你就必须有不被岁月掩埋的理由。

六

由于时代浪潮的冲击，中国正面临着巨大的社会变革，旧的价值体系在巨大的社会变革面前坍塌，新的价值体系正在建立，《白虎关》便写了这种新旧价值体系的撞击与交替，这是时代发展的必然。

我说过，任何一种文化，发展到一定时候，如果没有活水的注入，就会变成与大海隔离的大池塘。这个池塘，因为缺乏与外界的沟通，已经变臭了，历史的灰尘、垃圾、石块都沉积在池塘里。那么，这个池塘就有两种命运：第一种，让它继续封闭下去，让它继续发臭，被太阳蒸发，最后消失；第二种，把大海之水引入池塘，让它变成大海的一部分。那么，这时候就会出现一种状况：当大海冲进来的时候，沉积下来的诸多灰尘、垃圾会一翻而起，整个池塘显得浑浊不堪。池塘里的鱼、虾会感到难以呼吸，甚至面临窒息。然而，命运就是这样。要么维持现状，让这个池塘里的鱼、虾苟延残喘下去，最后死亡，跟这个池塘一起消失。世界上诸多的文化都是这样消失的，就因为池塘没有与外界的大海接轨。另外一种就是引进活水，暂时忍受一下外界水流的巨大冲击力，哪怕难受也不要紧，因为你很快就会和大海之水融为一体了，要承受一些阵痛。

《白虎关》中，就写了这样一种时代的阵痛。

在新的价值体系建立过程中，阵痛是不可避免的，是必然要发生的。无论池塘里有多少垃圾，都会被大海净化，然后，都会重新焕发出新的生命力。事实上，阵痛是打碎，打碎固有的观念、陈腐的意识、障碍心灵自由的壁垒、习惯的理由与借口。文化困境的原因不在于历史遗留下的垃圾，不在于遇到的某些阻碍，而在于自身。所以，一切要反省自身，从解剖自身开始。任何人只有与时俱进，才能实现超越，否则终将出局。

这是一种自然的进化论，如同从猿类到人类，从爬行到直立，文化的淘汰和出局，这不是哪个人能控制的，这是历史发展的一种必然。目前，时代的变化正以迅雷不及掩耳之势，撞击着我们的灵魂。

《白虎关》想写的，就是在这样一个新旧交替的历史时期，对西部人的灵魂和命运的叩问。面对那些即将消逝的背影，我们都有一抹难言的疼痛和落寞，但我想，这也许是暂时的阵痛。要勇于承担起这种阵痛，阵痛过后，就会迎来新生儿。

随着时代的发展，很多东西都异化了，许多文化和精神，已成了一个遥远的梦。人类文明中，定格历史的，是精神；传承历史的，也是精神。任何一个时代，只要有人类，就有人性，就有向往，就有追求，就有“人”这个物种独有的一种精神。

《白虎关》想定格的，就是这种精神。

——2016年9月10日写于沂山雪漠书院